MARGARET GEORGE (Nashville, 1943) escribe novelas biográficas sobre personajes históricos descomunales, de las que Ediciones B ha publicado *Las memorias de Cleopatra, María, reina de Escocia, María Magdalena* e *Isabel I*.

Todos sus títulos han figurado en las listas de más vendidos del *New York Times*, y *Las memorias de Cleopatra* fue llevada a la pequeña pantalla por la cadena televisiva ABC.

Disfruta muy especialmente con las investigaciones que lleva a cabo para sus novelas, para lo cual se ha visto compitiendo en un antiguo estadio griego, ha asistido a una escuela de gladiadores en Roma y ha estudiado la farmacopea del veneno de las serpientes.

margaretgeorge.com

MAXI

Penguin
Random House
Grupo Editorial

Título original: *Mary, Called Magdalena*

Primera edición: febrero de 2018
Tercera reimpresión: noviembre de 2023

© 2002, Margaret George
© 2003, 2018, Penguin Random House Grupo Editorial, S. A. U.
Travessera de Gràcia, 47-49. 08021 Barcelona
© Ersi Samará, por la traducción
Diseño de la cubierta: Alejandro Colucci
Fotografía de la cubierta: © Getty Images

Printed in Spain – Impreso en España

ISBN: 978-84-9070-433-2
Depósito legal: B-26.384-2017

Impreso en Liberdúplex
Sant Llorenç d'Hortons (Barcelona)

BB 0 4 3 3 B

María Magdalena

Margaret George

Traducción de Ersi Samará

MAXI

A Rosemary,
mi hermana favorita

Agradecimientos

Quiero agradecer:

A Alison Kaufman, Paul Kaufman y Mary Holmes su atenta lectura de este libro. A Charlotte Allen y David Stevens las ideas y el ánimo que me dieron. A Benny y Selly Geiger, Rachel y Tziki Kam, y Mendel Nun la ayuda que me brindaron en Israel.

A la isla de Iona, en Escocia, la inspiración y el espíritu que la habita.

Y, como siempre, a Jacques de Spoelberch, mi maravilloso amigo y agente.

Pilatos le preguntó: «¿Qué es la verdad?»

JUAN, 18:38

Escribo la historia de lo que nos sucedió de aquel momento en adelante. Muchos nos seguirán, y ninguno de ellos habrá visto, y deben estar seguros de lo que vimos nosotros.

El testamento de MARÍA de MAGDALA,
la que llaman Magdalena

Conoceréis la verdad, y la verdad os hará libres.

Jesús, en JUAN 8:32

PRIMERA PARTE

LOS DEMONIOS

La condujeron a un lugar donde nunca había estado. Lo que veía era mucho más vívido que un sueño, tenía color y profundidad, y detalles tan exquisitos que parecía más real que los ratos pasados con su madre en el patio, más real que las horas de ensueño frente al gran lago de Magdala, un lago tan grande que lo llamaban mar: el mar de Galilea.

La elevaron del suelo y la depositaron sobre una plataforma o pilar alto, no podría precisarlo. Y a su alrededor había gente, que se iba concentrando en torno a la base y la miraba, allá en lo alto. Volvió la cabeza hacia un lado y vio más pilares, con otras personas encima, una enorme fila de pilares que se extendía hasta perderse de vista. El cielo tenía un color amarillento, un color que sólo había visto una vez, durante una tormenta de arena. El sol estaba oculto pero había luz, una difusa luz dorada.

Entonces alguien se le acercó —¿es que estaban volando, se trataba de un ángel, cómo habían llegado allí arriba?—, le tomó la mano y le dijo:

—¿Vendrás? ¿Vendrás con nosotros?

Sintió el contacto de la mano que sostenía la suya, era fina como un trozo de mármol, ni fría ni caliente ni sudorosa; una mano perfecta. Tuvo el deseo de apretarla pero no se atrevió.

—Sí —dijo finalmente.

Entonces la figura —todavía no sabía quién era, no tenía valor para mirarle la cara, sólo los pies calzados con sandalias doradas— la levantó por los aires y se la llevó, y el viaje fue tan mareante que perdió el equilibrio y empezó a caer, a caer en picado hacia la negra oscuridad que se abría debajo de ella.

Se incorporó sobresaltada. La lámpara de aceite se había apagado. Fuera se oía el delicado sonido del agua que lamía la orilla del gran lago, no lejos de su ventana.

Extendió la mano y la palpó. Estaba húmeda. ¿Sería por eso que aquel ser la había soltado, la había dejado caer? Se frotó la mano con fuerza.

¡No, deja que me limpie la mano! Gritó en silencio. ¡No me abandones! ¡Puedo limpiarla!

—Vuelve —susurró.

Pero sólo le respondieron la quietud de su alcoba y el murmullo del agua.

Corrió al dormitorio de sus padres. Estaban profundamente dormidos; ellos no necesitaban una lámpara, dormían a oscuras.

—¡Madre! —gritó, agarrándola del hombro—. ¡Madre! —Sin esperar el permiso, se metió en la cama y se acurrucó bajo las mantas calientes, junto a su madre.

—¿Qué... qué pasa? —La madre se esforzó por pronunciar las palabras—. ¿María?

—He tenido un sueño tan raro —exclamó ella—. Me han llevado... a una especie de cielo, no sé dónde, sólo sé que no era de este mundo, había ángeles, creo, o... no sé qué... —Calló para recobrar el aliento—. Creo que he sido... que he sido llamada. Llamada a seguirles, a formar parte de su compañía... —Pero se había asustado y dudó de querer seguirles.

Entonces se incorporó el padre.

—¿Qué dices? —preguntó—. ¿Has tenido un sueño? ¿Un sueño en que has sido llamada?

—Natán... —La madre de María extendió la mano y le tocó el hombro tratando de contenerle.

—No sé si he sido llamada —respondió María con voz débil—. Pero he tenido este sueño, y había gente en lugares altos y...

—¡Lugares altos! —gritó el padre—. Allí estaban los antiguos ídolos paganos. ¡En lugares altos!

—Pero no en pedestales —repuso María—. Esto ha sido distinto. Las personas que recibían honores estaban sobre ellos, y eran personas, no estatuas...

—¿Y crees que te han llamado? —preguntó el padre—. ¿Por qué?

—Preguntaron si quería ir con ellos. Dijeron: «¿Vendrás con nosotros?» —Al repetir las palabras, oyó de nuevo las voces melodiosas.

—Debes saber, hija mía, que los profetas han callado en nuestra tierra —dijo el padre finalmente—. No ha habido profecías desde los tiempos de Malaquías, y aquello fue hace cuatrocientos años. Dios ya no nos habla de esa manera. Sólo nos habla a través de la Ley sagrada. Y esto nos basta.

Pero María estaba convencida de lo que había visto, la calidez y la gloria trascendental de la escena.

—Padre —dijo—, el mensaje y la invitación han sido muy claros. —Mantuvo la voz baja y el tono respetuoso, aunque aún estaba temblando.

—Querida hija, estás confundida. Ha sido un sueño provocado por nuestros preparativos para ir a Jerusalén. Dios no te ha llamado. Y ahora vuelve a tu cama.

Ella se aferró a su madre pero la madre la apartó.

—Haz lo que dice tu padre —ordenó.

María volvió a su habitación, aún inmersa en el sueño majestuoso. Había sido real. Lo sabía.

Y, si era real, su padre estaba equivocado.

En las horas justo antes del amanecer, la familia se disponía para emprender su peregrinaje a la ciudad de Jerusalén, a fin de celebrar la fiesta de las Semanas. María estaba agitada, porque sentía el ansia de los adultos de iniciar el viaje y porque se supone que todos los judíos anhelan ir a Jerusalén. Sobre todo, sin embargo, por la expectativa del viaje en sí, porque la niña de siete años jamás había salido antes de Magdala y grandes aventuras les esperaban, sin duda, en el camino. Su padre hizo alusión a ellas cuando le dijo:

—Iremos a Jerusalén por la vía corta, atravesando Samaria, así nuestro viaje durará tres días en lugar de cuatro. Pero el camino es peligroso. Otros peregrinos a Jerusalén fueron asaltados y agredidos. —Meneó la cabeza—. Se dice que los samaritanos aún adoran a los ídolos. Abiertamente no, por supuesto, no junto a las vías públicas, pero aun así...

—¿Cómo son los ídolos? ¡Nunca he visto uno! —inquirió María intrigada.

—¡Y ojalá que nunca lo veas!

—¿Cómo sabré que es un ídolo, si lo veo?

—Lo sabrás —respondió su padre—. ¡Y debes evitarlo!

—Pero...

—¡Ya basta!

María recordaba todo aquello, pero la curiosidad que inicialmente le había despertado Jerusalén quedaba eclipsada por la impresión que le dejara el sueño, tan vívido aun en la oscuridad.

Zebidá, la madre de María, atareada con los preparativos finales, dejó bruscamente de llenar los sacos de grano y se inclinó sobre su hija. No mencionó el sueño sino que dijo:

—Con respecto a este viaje, no debes tratar con las demás familias, excepto con aquellas pocas que te indicaré como aceptables. Son muchos los que no observan la Ley, que sólo ven la visita a Jerusalén, ¡y al propio Templo!, como unas vacaciones. No te alejes de las familias practicantes. ¿Me has entendido? —Miró a María con severidad. En aquellos instantes su hermoso rostro tenía una expresión intimidatoria.

—Sí, madre —respondió la niña.

—Somos estrictos en la observación de la Ley, y así debe ser —prosiguió la madre—. Que esos... transgresores cuiden de sí mismos. No es cosa nuestra salvarles de su negligencia. Cualquier relación con ellos no hará más que contaminarnos.

—¿Como si mezcláramos la carne con la leche? —preguntó María. Sabía que eso estaba terminantemente prohibido, tanto que cualquier cosa relacionada con esos elementos debía también mantenerse separada.

—Precisamente —afirmó la madre—. Peor, incluso, porque su influencia no desaparece el día siguiente, como pasa con la carne y la leche. Queda contigo, corrompiéndote cada vez más.

Estaban preparados. Las seis familias que iban a viajar juntas esperaban en el camino que bordeaba Magdala, con los burros cargados y los fardos a cuestas, la llegada de otros grupos, más numerosos, que venían de los pueblos cercanos para unirse al peregrinaje a Jerusalén. María viajaría a lomos de un burro; era la más pequeña de la familia y no resistiría caminar largas distancias. Tal vez para el viaje de vuelta estaría ya tan robustecida que podría prescindir de la montura. Eso esperaba, al menos.

Había comenzado la estación seca y el sol ya le quemaba la cara. Ardía sobre el mar de Galilea después de asomar por detrás de las montañas. Al alba aquellos montes tenían el color de la uva tierna; ahora mostraban su verdadero tinte pedregoso y polvoriento. Eran yermos y tenían, a ojos de María, un aspecto malévolo. Aunque quizás esa impresión se debiera a la mala reputación de la tierra de los viejos amonitas, antiguos enemigos de Israel.

¿Qué habían hecho los amonitas para ser tan malos? El rey David había tenido problemas con ellos. Aunque él había tenido problemas con todo el mundo. Adoraban, además, a ese dios maligno, cuyo nombre María no podía recordar. Un dios que les pedía que le sacrificaran a sus hijos, quemándolos en la hoguera. Mo... Mol... Moloc. Sí, así lo llamaban.

Levantó la mano y se hizo sombra para mirar la orilla opuesta del lago. Desde luego, desde donde estaba no podía ver los templos de Moloc.

La recorrió un escalofrío, a pesar del calor. No pensaré más en Moloc, se reprendió a sí misma. El lago, resplandeciente bajo el sol, parecía estar de acuerdo. Era demasiado hermoso para que sus aguas azules se tiñeran de pensamientos de un dios sanguinario; María estaba convencida de que era el lugar más bello de Israel. A pesar de lo que se decía de Jerusalén, ¿cómo podría haber un paisaje más hermoso que ese cuerpo de agua ovalado, de color azul brillante, rodeado de colinas que lo protegían con su abrazo?

Podía distinguir las siluetas de barcas pesqueras sobre las aguas; había muchas. Su pueblo, Magdala, era famoso por su pesca, aquí pescaban, salaban, secaban y enviaban pescado a todo el mundo. El pescado de Magdala constituía un plato apreciado en ciudades tan lejanas como Damasco y Alejandría. Tan apreciado como en la propia casa de María, ya que su padre, Natán, era uno de los más importantes procesadores del pescado que llegaba a su almacén, y su hermano mayor, Samuel —que por razones comerciales prefería atribuirse el nombre griego Silvano—, dirigía la empresa y concertaba las ventas, tanto con la gente local como con extranjeros. El gran mosaico que decoraba el amplio recibidor de su casa reproducía la silueta de una barca pesquera, dando fe de la fuente de su fortuna. Cada día, al pasar ante él, daban las gracias por su buena suerte y por la multitud de peces con los que Dios quiso enriquecer su mar.

La brisa del este acarició las aguas del lago e hizo estremecerse la superficie; María pudo distinguir los surcos, que vibraban como las cuerdas de un arpa. El antiguo nombre poético del lago era Kineret, lago Arpa, debido a su forma y a los motivos que el viento dibujaba en su superficie. María casi pudo oír el delicado sonido de las cuerdas templadas que cantaban sobre el agua.

—¡Aquí vienen! —Su padre le hacía señas para que se reuniera rápidamente con los demás. Al final del camino polvoriento había hecho su aparición una enorme caravana que, además de los burros y el nutrido grupo de peregrinos a pie, incluía un par de camellos.

—Debieron de celebrar el Shabbat hasta bien entrada la noche —comentó la madre de María secamente. Tenía la expresión ceñuda, el retraso en la partida era un inconveniente. ¿Qué sentido tenía esperar hasta después del Shabbat si comportaba perder medio día? A nadie se le ocurre comenzar un viaje largo un día, siquiera dos, antes del Shabbat. La ley rabina que prohibía caminar más de una milla romana en Shabbat significaba la pérdida de un día, en lo que al desplazamiento se refería.

—El Shabbat es el pretexto perfecto para perder el tiempo —comentó en voz alta Silvano, el hermano de María—. Esta obstinación en la observación estricta de la festividad nos perjudica frente a los comerciantes extranjeros. ¡Los griegos y los fenicios no restan un día de cada siete al trabajo!

—Sí, ya conocemos tus simpatías paganas, Samuel —repuso Eli, el otro hermano mayor de María—. Supongo que pronto te veremos correteando desnudo entre tus amigos griegos en el gimnasio.

Silvano, alias Samuel, le fulminó con la mirada.

—No tengo tiempo para eso —dijo fríamente—. Estoy demasiado ocupado ayudando a padre a llevar el negocio. Eres tú, con todo el margen que te dejan el estudio de las escrituras y la consulta con los rabinos, quien dispone de tiempo de ocio para ir al gimnasio o a cualquier otro lugar de entretenimiento que te plazca.

Eli se indignó, como Silvano bien sabía que haría. Su hermano menor tenía mucho genio, a pesar de todo el empeño puesto en el estudio de los cómos y los porqués de Yahvé. Con su perfil agraciado, su nariz recta y su porte aristocrático, bien podía pasar por griego, pensaba Silvano. Mientras que él —era para reírse— se parecía más a los jóvenes estudiantes eternamente agachados sobre la Torá en el beit hamidrash, la Casa del Aprendizaje. Yahvé debía de tener un sentido del humor formidable.

—El estudio de la Torá es lo más importante que puede hacer un hombre —dijo Eli con dureza—. Supera a cualquier otra actividad en valor moral.

—Sí y, en tu caso, excluye cualquier otra actividad.

Eli resopló y se apartó con su burro, girando hacia su hermano las ancas del animal. Silvano se limitó a reír.

María estaba acostumbrada a oír distintas versiones de aquella misma discusión entre sus hermanos de veintiún y dieciocho años, respectivamente. Jamás se resolvía y jamás progresaba. La familia de María era muy creyente y observaba todos los rituales y normas religiosas. Sólo Silvano parecía incómodo dentro de lo que su padre llamaba «la Ley perfecta del Señor».

A María le gustaría estudiar esa Ley en el beit haséfer, la pequeña escuela aneja a la sinagoga, para formar su propia opinión. O robar los conocimientos que Silvano había adquirido de sus estudios de la Torá, ya que a él no parecían interesarle demasiado. A las niñas, sin embargo, no les estaba permitido asistir a la escuela, ya que no había lugares oficiales para ellas en la religión. Su padre solía citar severamente la máxima rabina: «Sería mejor prender fuego a la Torá que oír sus palabras pronunciadas de labios femeninos.»

—María, deberías aprender griego para poder leer la *Ilíada* —le dijo en cierta ocasión Silvano, riéndose. Naturalmente, la respuesta de Eli había sido colérica, pero Silvano insistió—: Si los estúpidos dictados de la cultura y la literatura propias le deniegan acceso a sus conocimientos, ¿acaso no la impulsan a buscar otros?

No le faltaba la razón. Los griegos ofrecían su cultura a los demás mientras que los judíos guardaban la propia como un secreto. Cada uno de sus actos derivaba de la fe en la superioridad de su cultura. Los griegos pensaban que bastaba saborear el pensamiento helénico para convertirse a él; los judíos consideraban al propio tan valioso que su ofrecimiento a cualquier extraño no podía más que mancillarlo. Por descontado, esto aumentaba la curiosidad que María sentía por ambos. Se prometió a sí misma que aprendería a leer para poder conocer la magia y el misterio de las sagradas escrituras.

Los dos grupos se encontraron y entremezclaron en la bifurcación del camino, en las afueras de Magdala; unas veinticinco familias se disponían ya a emprender el viaje. Muchas guardaban entre sí relaciones de parentesco más o menos estrechas, de modo que muchos primos terceros, cuartos, quintos y sextos iban a encontrarse para jugar por el camino. La familia de María procuraba no alejarse de las demás familias practicantes. Mientras se reagrupaban para formar la procesión, Eli no pudo resistir un aparte con Silvano.

—No entiendo por qué haces este viaje —dijo—, estando, como estás, en desacuerdo con nuestra manera de pensar. ¿Por qué vas a Jerusalén?

En lugar de una respuesta cáustica, Silvano respondió con una reflexión:

—Por la historia, Eli, por la historia. Amo las piedras de Jerusalén, cada una de ellas cuenta una historia, y la cuenta mejor y con más detalle que las propias escrituras.

Eli pasó por alto el tono solemne de su hermano.

—¡No conocerías esta historia si no la recogieran las escrituras que tanto desprecias! Las piedras no hablan ni cuentan historias, fueron los escribas los que las registraron para la posteridad.

—Lamento que te consideres el único capaz de mostrar sensibilidad —respondió finalmente Silvano. Se detuvo y esperó al grupo siguiente; no haría ese viaje en compañía de su hermano.

María no sabía con quién de los dos quedarse y prefirió volver junto a sus padres. Caminaban resueltos, con la mirada puesta en Jerusalén. El sol castigaba, su resplandor les obligaba a entrecerrar los ojos, haciéndose sombra con la mano.

Se levantaban nubes de polvo. El verde vivo de la hierba primaveral de los campos de Galilea empezaba a desaparecer bajo un manto pardusco; las flores silvestres que adornaban las laderas como joyas de variados colores estaban ya marchitas y apagadas. Desde ese momento y hasta la llegada de la próxima primavera, el paisaje se tornaría cada vez más pardo y el glorioso estallido de amor de la naturaleza quedaría en el recuerdo. La tierra de Galilea era la más exuberante del país, se parecía a un jardín paradisiaco persa en el corazón de Israel.

Las ramas de los árboles frutales se vencían bajo el peso de manzanas y granadas tiernas; el verde claro de los primeros higos asomaba bajo las hojas de las higueras. La gente los recogía; los higos tiernos nunca permanecían largo tiempo en las ramas.

La nutrida caravana remontó pesadamente la cresta de las colinas que rodeaban el lago, desde donde María pudo divisarlo por última vez antes de que desapareciera de su vista.

«¡Adiós, lago Arpa!», canturreó para sí. No sintió una punzada de dolor, sólo la expectación del futuro próximo. Ya estaban en camino, la vía les llamaba y pronto las colinas que María conocía desde que tenía memoria del mundo desaparecerían, serían reemplazadas por cosas jamás vistas. Qué maravilla, igual que recibir un regalo extraordinario, abrir una caja repleta de objetos relucientes.

Pronto llegaron al camino principal, la Vía Maris, una de las grandes arterias que cruzaban el país desde los tiempos antiguos. Había tráfico: mercaderes judíos, delgados nabateos con ojos de halcón montados en camellos, negociantes de Babilonia envueltos en sedas, que lucían unos pendientes de oro que a María le parecieron dolorosamente pesados. También había muchos griegos entremezclados con los peregrinos que se dirigían al sur. Y otros viajeros, a quienes todos cedían el camino: los romanos.

Pudo reconocer a los soldados por sus uniformes, aquellas faldas insólitas que, con sus tiras de cuero, dejaban al descubierto piernas gruesas y peludas. Los romanos civiles le resultaban más difíciles de reconocer, aunque los mayores los identificaban sin problemas.

—¡Un romano! —susurró su padre, indicándole con señas que caminara detrás de él al acercarse un hombre de aspecto anodino. Aunque la calzada estaba muy concurrida, María observó que nadie chocaba con él. Al pasar, volvió imperceptiblemente la cabeza y la miró con cierta curiosidad. Ella le devolvió una mirada humilde.

—¿Cómo has sabido que es un romano? —preguntó con interés.

—Por el cabello —explicó su padre—. Y porque va afeitado. Reconozco que la capa y las sandalias podrían ser de un griego o de cualquier otro forastero.

—Por su mirada —interrumpió la madre de pronto—. Es la mirada de quien es dueño de todo lo que abarca su vista.

Llegaron a una explanada, amplia y seductora. Árboles dispersos por la llanura proyectaban sombras que prometían frescor; ahora el sol estaba en su cenit. Montañas aisladas se erguían a ambos lados de la carretera, el monte Tabor a la derecha y el monte Moré a la izquierda.

Al aproximarse a las estribaciones del monte Moré, Silvano apareció a su lado y señaló vagamente a la montaña.

—¡Cuidado con la bruja! —la previno con sorna—. ¡La bruja de Endor!

Ante la expresión perpleja de María, explicó:

—La bruja a quien consultó el rey Saúl para convocar al espíritu de Samuel. Aquí tenía su morada. Dicen que el monte sigue embrujado. Si te alejaras y fueras a sentarte bajo aquel árbol y esperaras... quién sabe qué espíritu aparecería.

—¿Es eso cierto? —preguntó María—. Di la verdad, no me tomes el pelo. —Le parecía un portento ser capaz de convocar espíritus, especialmente los espíritus de personas muertas.

La sonrisa de Silvano desapareció.

—No sé si es cierto —admitió—. Lo dicen las sagradas escrituras pero... —Se encogió de hombros—. También dicen que Sansón mató a mil hombres con la mandíbula de un asno.

—¿Cómo se reconoce a un espíritu? —insistió María, que no se dejó amedrentar por una mandíbula.

—Dicen que se sabe que lo son por el terror que te inspiran —respondió Silvano—. En serio, si alguna vez vieras a un espíritu, te aconsejo que eches a correr en dirección contraria. Todo el mundo sabe que son peligrosos. Pretenden engañarnos, causar destrozos. Me imagino que por eso Moisés prohibió todo contacto con ellos. —Y, escéptico de nuevo, añadió—: Suponiendo que lo hiciera.

—¿Por qué repites esto una y otra vez? ¿No crees que sea verdad?

—Oh... —Silvano dudó—. Sí, creo que es verdad. Aunque Moisés no lo dijera, sigue siendo una buena idea. Casi todo lo que dijo Moisés es una buena idea.

María se rió.

—A veces hablas como los griegos.

—Si ser griego significa ahondar en las cosas, me sentiría honrado de serlo. —Se rió también.

Dejaron atrás otras montañas, cuya fama excedía su tamaño: el monte Gilboa a la izquierda, donde Saúl presentó su última batalla y pereció a manos de los filisteos. Y el monte Megiddó a la derecha, sobre el horizonte de la llanura; se erguía cual torre construida para la batalla del fin de los tiempos.

Poco después del monte Gilboa, cruzaron la frontera con Samaria. ¡Samaria! María asió las riendas del burro con fuerza y apretó las piernas alrededor de sus flancos. ¡Peligro! ¡Peligro! ¿Había realmente peligro? Escudriñó el entorno con mirada alerta pero el paisaje era igual al que acababan de dejar atrás: las mismas colinas pedregosas, los mismos llanos polvorientos tachonados de árboles solitarios. Le habían dicho que bandidos y rebeldes usaban como escondrijos las cuevas de los alrededores de Magdala, pero ella nunca había visto a uno cerca de su casa. Ahora esperaba ver algo, ya que se adentraban en territorio enemigo.

No tuvieron que esperar demasiado. Sólo habían recorrido un corto trecho cuando un grupo de jóvenes apareció junto a las márgenes del camino, abucheando, lanzando piedras y profiriendo insulto tras insulto con voces guturales:

—Perros... Desechos de Galilea... Pervertidores de los libros sagrados de Moisés... —Algunos les escupieron. Los padres de María mantuvieron la mirada fija al frente, fingiendo ni verles ni oírles, cosa que les enfureció aún más.

—¿Conque estáis sordos? ¡Tomad esto! —Sacaron bramidos discordantes del cuerno de un carnero y profirieron silbidos estridentes e inhumanos, que parecían proceder de más allá de sus gargantas.

El odio reverberaba en el aire. Pero los galileos siguieron sin mirarles ni contestar a los insultos. María temblaba a lomos de su burro al pasar a poca distancia de un grupúsculo de agitadores. Luego, por fin, les dejaron atrás; desaparecieron primero de su vista y después de sus oídos.

—¡Es terrible! —exclamó María en cuanto sintió que podía hablar sin peligro—. ¿Por qué nos odian tanto?

—Es una riña antigua —explicó su padre—. Y no creo que se resuelva mientras nosotros vivamos.

—Pero ¿por qué? ¿A qué se debe? —María insistió en saber.

—Es una larga historia —repuso el padre en tono cansino.

—Yo se la contaré —se ofreció Silvano, y se puso rápidamente a la altura del burro de la niña—. Ya sabes la historia del rey David, ¿no es cierto? ¿Y la del rey Salomón?

—Por supuesto —dijo María con orgullo—. ¡El primero fue nuestro más grande rey guerrero, y el segundo, el más sabio!

—No tan sabio para criar un hijo sabio —dijo Silvano—. Su hijo hizo enfadar tanto a sus súbditos que diez de las doce tribus de Israel abandonaron el reino y crearon el suyo propio, en el norte. Y eligieron a un supervisor como rey, un tal Jeroboam.

Jeroboam. Ya había oído hablar de él y, fuera lo que fuera, no era bueno.

—Puesto que los pueblos del norte ya no podían acudir al Templo de Jerusalén, Jeroboam erigió altares nuevos para ellos, donde adorar carneros de oro. A Dios no le gustó aquello, por eso les castigó enviándoles a los asirios, que destruyeron su país y los llevaron cautivos. Aquél fue el final de las diez tribus de Israel. Desaparecieron en el interior de Asiria y nunca más se supo de ellas. Adiós, Rubén; adiós, Simeón; adiós, Dan y Aser...

—Pero Samaria no está despoblada —dijo María—. ¿Quiénes son esas gentes malvadas que nos gritan?

—¡Los asirios mandaron pobladores paganos! —gritó Eli, quien estaba escuchando la conversación—. Se mezclaron con los pocos judíos que quedaron atrás y produjeron esa mezcla ruinosa entre el paganismo y la verdadera fe de Moisés. ¡Una abominación! —Su rostro se contrajo en una mueca de repulsión—. ¡Y no me digas que no tenían otra elección!

María se apocó. No se le había ocurrido decir nada por el estilo.

—¡Siempre se tiene elección! —prosiguió Eli—. Algunos miembros de aquellas diez tribus fueron leales a Jerusalén. Ellos no sufrieron el castigo ni fueron llevados a Asiria. Nuestra familia entre ellos. Éramos, ¡somos!, de la tribu de Neftalí. ¡Pero no perdimos la fe! —Su voz sonaba muy fuerte y parecía estar furioso—. ¡Y no debemos perderla!

—Sí, Eli —respondió María mansamente, preguntándose cómo se hacía eso.

—¡Allá abajo! —Señaló hacia el sur—. ¡En la colina de Gerizim, celebran sus ritos herejes!

Eli aún no había respondido a su pregunta, de modo que María la formuló de nuevo:

—Pero ¿por qué nos odian a nosotros?

Silvano inclinó la cabeza hacia su hermano.

—Porque nosotros les odiamos a ellos, y lo dejamos bien claro.

El resto de la jornada transcurrió en paz. Al atravesar campos y aldeas, los lugareños se alineaban junto al camino para verles pasar, pero no les gritaban ni intentaban obstaculizar su paso.

El sol pasó por encima del hombro izquierdo de María y emprendió su descenso. Las pequeñas sombras que cubrían el suelo bajo los árboles como faldas encogidas al mediodía, se proyectaban ahora lejos de sus ramas, como colas de capas principescas.

La cabeza de la caravana deceleró la marcha a fin de buscar un lugar adecuado para acampar esa noche. Necesitaban de la luz de la tarde para encontrar un sitio seguro y era probable que padecieran escasez de agua.

Los pozos siempre representaban un problema. Para empezar, ya era difícil encontrar uno con agua suficiente para tanta gente; luego venían las hostilidades con los propietarios del pozo. Muchos perecían en disputas sobre el agua. No era probable que los samaritanos les ofrecieran sus pozos sin reservas, les facilitaran cubos y les dijeran: «Bebed lo que queráis y dad de beber a vuestros animales.»

Los guías de la caravana eligieron un terreno amplio y llano a cierta distancia del camino, un área que contenía varios pozos. Era el lugar ideal, siempre que les dejaran disfrutar de él en paz. De momento había poca gente por los alrededores y los galileos pudieron montar sus tiendas sin problemas, dar de beber a los animales de carga y sacar agua para sus propias necesidades. Cuando todos estuvieron acomodados, apostaron centinelas alrededor del campamento.

La hoguera crepitaba y chisporroteaba al gusto de María. Significaba que las llamas tenían personalidad y trataban de comunicarse con ellos. Así, al menos, se lo había imaginado siempre. En la enorme tienda de piel de cabra había espacio para todos, y eso también le gustaba. Era reconfortante poder sentarse junto al fuego y saber que todos se encontraban en el mismo círculo.

Contemplándoles —a su hermoso hermano Eli y a su no tan hermoso pero absolutamente fascinante hermano Silvano— sintió el temor repentino de que uno de los dos estaría ya casado el año siguiente, hasta podría tener un niño, y ya no ocuparía la tienda familiar sino otra, de su propia familia. No le gustó la idea. Quería que todo siguiera igual, todos unidos para siempre como en esos momentos, para amarse y protegerse. Esta pequeña familia, este pequeño círculo, tan fuerte y tan consolador, no debería separarse jamás. Bajo el fresco crepúsculo de la primavera samaritana, su deseo parecía posible.

Era noche avanzada. María dormía ya largo rato sobre una manta gruesa, tapada con su cálida capa. Delante de la tienda, las ascuas de un pequeño fuego guardián latían suave y lentamente, como el aliento de un dragón dormido. De pronto se encontró totalmente despierta, un despertar extraño, como un sueño muy nítido. Levantó lentamente la cabeza y miró a su alrededor; todo aparecía borroso en la luz tenue, aunque podía oír la respiración cercana de los demás. Su corazón latía con fuerza pero no recordaba haber tenido una pesadilla. ¿Por qué estaba tan agitada?

Vuelve a dormir, se dijo. Vuelve a dormir. Mira, fuera sigue siendo noche cerrada. Aún se ven las estrellas.

Pero estaba desvelada y temblorosa. Se acomodó de nuevo, tratando de encontrar una posición confortable, girando sobre la manta y arreglando el material acolchado que le servía de almohada. Luchando por enderezar la manta, sus dedos palparon un obstáculo junto a su almohada. Tenía cantos agudos. Lo tanteó con curiosidad, no parecía ser una piedra sino algo más delgado y pequeño; tampoco una punta de flecha, ni una hoz ni nada metálico, sin embargo. Lo exploró con los dedos y descubrió muescas en su superficie. Impaciente, utilizó la punta afilada de la tira de sus sandalias para desenterrar aquello. Cuando al fin pudo liberarlo, vio que era un objeto tallado.

Pálido también y demasiado ligero para ser una piedra. Lo levantó y lo giró de un lado al otro, pero no pudo distinguir de qué se trataba. Tendría que esperar hasta que amaneciera.

Y de repente, casi como por milagro, volvió a quedarse dormida.

La luz del día inundó el cielo a oriente y María despertó parpadeando. Su familia ya se había levantado y trajinaba recogiendo las mantas y la tienda. Se sentía aturdida, como si no hubiese dormido. Al apartar la capa que la cubría, sintió el objeto que apretaba en la mano. Confusa en un primer momento, lo levantó y lo miró.

Aún estaba cubierto de una fina capa de tierra, como un velo que oculta la desnudez femenina; a través de su opacidad, sin embargo, emergía un rostro reluciente, un rostro de belleza exquisita.

¡Un ídolo!

Tal como le había dicho su padre, supo que era un ídolo aunque nunca antes había visto uno.

«¡Y debes evitarlo!», había añadido.

Ella, sin embargo, no podía apartar la vista de aquel objeto. La atraía, la obligaba a mirarlo. Sus ojos soñadores, con los párpados medio cerrados; sus labios carnosos y sensuales, que dibujaban la curva de una sonrisa; el abundante cabello recogido hacia atrás, dejando al descubierto un cuello esbelto como cetro de marfil...

Marfil. Sí, éste era el material del que estaba hecho ese... ídolo. Amarillento y con algunas manchas oscuras, pero sin duda marfil, color crema, casi traslúcido. Por eso era tan ligero y delicado, por eso incluso sus cantos agudos no eran cortantes.

¿Quién eres? Preguntó María mirándolo a los ojos. ¿Cuánto tiempo llevas enterrado en este lugar?

Su padre se acercó sorteando alforjas y ella escondió apresuradamente la mano bajo la manta.

—Ya es hora de irnos —dijo él bruscamente, agachándose sobre ella. María volvió a abrir los ojos, fingiendo que se acababa de despertar.

Caminaba junto al burro —sobre el que iba montada su madre— y palpaba su nueva posesión, que había ocultado entre los pliegues de la larga tira de tela que le servía de cinturón. Sabía perfectamente que hubiera debido enseñársela a su padre enseguida, pero no deseaba hacerlo. Quería quedarse con el objeto, y sabía que él la obligaría a tirarlo, con una maldición, seguramente.

Tenía ganas de protegerlo.

Al mediodía de esa segunda jornada, cuando el sol más abrasaba, tuvieron que dar un rodeo alrededor de un pozo vigilado por los samaritanos. De nuevo hubo amenazas e insultos, a los que los peregrinos trataron de no hacer caso. Menos mal que habían podido utilizar los pozos de su lugar de acampada. Sólo les quedaba una noche más antes de abandonar Samaria, sólo tendrían que encontrar un grupo más de pozos.

—¡Pensar que fueron nuestros antepasados los que cavaron estos pozos, y ahora ni siquiera nos permiten beber de ellos! —murmuró Eli—. ¡El país entero está tachonado de pozos que por derecho deberían pertenecernos!

—Paz, Eli —dijo Natán—. Quizás un día todo sea devuelto a su legítimo propietario. O tal vez los samaritanos vuelvan a la religión verdadera.

Eli adoptó una expresión de asco.

—Que yo sepa, las escrituras no contemplan esa posibilidad.

—Oh, seguro que hacen alguna mención —dijo Silvano, quien viajaba junto a su familia toda la mañana—. Las escrituras lo contemplan todo. En ellas abundan las promesas de todo tipo, desde la llegada del Mesías hasta la situación de los pozos. El problema está en saber interpretarlas. Se diría que Yahvé no quiso que sus fieles comprendieran con facilidad sus mensajes.

Eli estaba a punto de contestar cuando se produjo una conmoción más adelante y la caravana se detuvo. Natán se separó del grupo y corrió hacia la cabeza de la procesión. La noticia, sin embargo, fue más veloz en propagarse a lo largo de la caravana.

¡Ídolos! ¡Habían encontrado un montón de ídolos!

Pronto la caravana se dispersó en un torbellino de gentes que acudían corriendo para verlos. Todos eran presa de una gran agitación, porque ¿quién había visto hasta ahora un auténtico ídolo antiguo? Desde luego, existían los ídolos modernos de los romanos, aunque su presencia quedaba confinada en las ciudades paganas de Galilea, ciudades como Séforis, la que pocos peregrinos se habían atrevido a visitar.

¡Pero ver ídolos antiguos! Los ídolos legendarios contra los que tronaron los profetas, los que trajeron la ruina y el exilio primero al reino del norte de Israel y después a su reino hermano, Judea. Hasta sus nombres inspiraban una especie de temor titilante: Baal, Astarté, Moloc, Dagon, Melcar, Belcebú.

Un rabino de Betsaida esperaba de pie ante un cúmulo de piedras junto al camino, mientras dos de sus ayudantes escarbaban con las manos en una grieta, de la que sacaban diversos bultos envueltos en trapos. Toda una fila estaba ya dispuesta en el suelo, como si fueran los restos de guerreros muertos.

—¡El sello era perfectamente visible! —exclamó el rabino, señalando la piedra que había tapado la entrada al hueco.

¿Por qué se cree con derecho de abrirlo?, se preguntó María.

—¡Supe que son malignos! —dijo el rabino, contestando a su pregunta muda—. Debieron de esconderlos hace mucho tiempo, con la esperanza de que sus dueños regresarían y los restablecerían a sus... sus lugares elevados, o donde fuera que los sirvieran y adoraran. Aunque probablemente ellos perecieron en Asiria, como sería de justicia. ¡Desenvolvedlos! —ordenó a sus ayudantes—. ¡Desenvolvedlos, para que podamos romperlos y destruirlos! ¡Abominación! ¡Ídolos! ¡Toda abominación debe ser destruida!

Los viejos trapos, aplicados a modo de vendajes, estaban tan deteriorados que les resultaba difícil desenvolverlos, por eso el rabino y los demás los arrancaron haciendo uso de cuchillos. Aparecieron unas pequeñas estatuillas de arcilla, objetos burdos de ojos abultados y extremidades toscas como palitos.

María apretó su tesoro escondido en el cinturón. El suyo era hermoso, no feo como aquéllos.

Cuando el rabino empezó a romper las figurillas, golpeándolas con un palo, María se preguntó si no debería poner la suya también en la pila. Pero la idea de destruir aquel rostro tan bonito le resultó dolorosa. Se quedó allí observando los fragmentos de los ídolos que caían como lluvia a su alrededor. Un pequeño brazo roto aterrizó sobre su manga y ella lo cogió y lo examinó. Parecía un huesito de pollo. Hasta tenía una especie de garras.

Sin pensar en lo que hacía, se lo guardó también en el cinturón.

—¿Quiénes crees que eran? —preguntó Silvano distraídamente—. Quizá fueran dioses cananitas. Podrían ser cualquier cosa. —Una lluvia de fragmentos cayó sobre ellos—. Bueno, fueran lo que fuesen, ya no son. Puf, han desaparecido.

¿Cómo desaparece un dios? ¿Se puede destruir a un dios? María no sabría decirlo.

—¡Ay de quien ordene a la madera despertar, a la piedra tomar vida! —gritó el rabino, al tiempo que asestaba un último golpe maestro a los ídolos—. ¿Puede una cosa como éstas pronunciar oráculos? Mirad, están cubiertos de oro y plata pero les falta el aliento. —Paró, detuvo el palo y asintió con satisfacción. Luego hizo un ademán hacia Jerusalén y su voz surgió dichosa al citar los siguientes versos del profeta Habacuc—: ¡Pero el Señor está en su Templo sagrado; que la tierra entera guarde silencio ante Él! —Alzó su báculo—. ¡Mañana, amigos míos! ¡Mañana veremos el Templo sagrado! Bendito sea Dios, el único y eterno SER.

Escupió sobre los restos de los ídolos.

2

Un último atardecer, un último campamento antes de Jerusalén. Cuando se acomodaron para pasar la noche, María podía percibir la emoción de los adultos por hallarse ya tan cerca de la ciudad.

Esta vez el suelo bajo su jergón era firme y liso, indicación de que debajo no había nada. Se sintió algo decepcionada, como si esperara que cada punto de aquel paisaje desconocido contuviera objetos exóticos y prohibidos. Había desatado su cinturón con cuidado allí donde estaba la figurilla y lo guardó bien envuelto, cerca de su almohada. No se atrevía a sacarla con tanta gente alrededor. También el brazo roto del pequeño dios permanecía en su escondrijo. Y ella era consciente de su presencia en todo momento, como si la llamaran, como si la hechizaran.

Luchando contra el sueño, se preguntó qué encontrarían en el Templo. Mientras se hallaban reunidos en torno al fuego de cocinar, Eli había dicho:

—Me imagino que registrarán la caravana entera, simplemente porque somos galileos.

—Sí, y seguramente habrá más guardias en el Templo —añadió Natán—. Muchos guardias.

Parece que había habido disturbios recientemente, causados por un rebelde de Galilea.

—¡Judas Galileo y su banda de maleantes! —dijo Silvano—. ¿Qué esperaba conseguir con su rebelión? Estamos bajo el control de los romanos y, si ellos deciden cobrar impuestos, no podemos hacer nada para evitarlo. Él y su patética resistencia sólo sirvieron para hacer las cosas más difíciles para el resto de nosotros.

—Aun así... —Eli masticó bien su bocado antes de completar su reflexión—: A veces, la sensación de impotencia y de desesperanza puede ser tan abrumadora que cualquier acción, incluso siendo fútil, aparece como necesaria.

—Jerusalén estará tranquila en esta festividad —dijo Silvano—. Oh, sí. Los romanos se asegurarán de que así sea. —Hizo una pausa y prosiguió—: Uno ya puede alegrarse de que nuestro buen rey Herodes Antipas se preocupa de nosotros, en nuestra querida Galilea, ¿no os parece?

Eli resopló.

—A fin de cuentas, él es judío —añadió Silvano, en un tono de voz que María supo que quería decir lo contrario.

—¡Una mala imitación, como su padre! —Eli picó el anzuelo—. ¡Hijo de una mujer samaritana y de un padre idumeo! ¡Un descendiente de Esaú! Pensar que estamos obligados a fingir que...

—Silencio —le previno Natán—. No hables tan alto fuera de las paredes de nuestro hogar—. Rió para que sus palabras parecieran una broma—. ¿Cómo puedes decir que su padre no era un buen judío? ¿Acaso no nos construyó un bonito Templo?

—No era necesario —espetó Eli—. El original ya era bastante bueno.

—Para Dios, tal vez —asintió Natán—. Pero los hombres quieren que las moradas de sus dioses sean tan majestuosas como las de sus reyes. Dios quiere más, y a la vez menos, de lo que normalmente le damos.

Cayó un profundo silencio ante la verdad de aquel comentario aparentemente casual.

—María, dinos qué es la fiesta de las Semanas —ordenó Eli rompiendo el silencio—. A fin de cuentas, nos dirigimos a Jerusalén para celebrarla.

Al verse señalada, la niña se puso a la defensiva. Cualquiera de los presentes podría contestar mejor que ella a la pregunta.

—Es... es una de las tres grandes celebraciones que observa nuestro pueblo —dijo.

—Pero ¿qué es? —insistió Eli, presionándola como en un examen.

¿Qué era, realmente? Tenía que ver con la maduración de los cereales y con la cantidad de días pasados desde la Pascua judía...

—Se celebra cincuenta días después de Pascua —respondió María tratando de recordar—. Y tiene que ver con los cereales.

—¿Qué cereales?

—¡Basta, Eli! —exclamó Silvano—. Ni tú lo sabías cuando tenías siete años.

—Cebada... o trigo, creo —aventuró María.

—¡De trigo! Y ofrecemos a Dios la primera cosecha —dijo Eli—. De eso se trata. Depositaremos nuestras ofrendas ante Él, en el Templo.

—¿Qué hará con ellas? —María se imaginó que un gran fuego voraz bajaría del cielo y consumiría los cereales.

—Una vez terminado el ritual, serán devueltas a los fieles.

Oh. Qué decepción. ¿Hacían este largo viaje sólo para ofrecer una cosecha que luego les sería devuelta intacta?

—Ya entiendo —dijo finalmente—. Pero nosotros no cultivamos cereales. Quizá deberíamos haber traído pescado. El pescado que salamos.

—Es un gesto simbólico —dijo Eli escuetamente.

—El Templo —propuso Silvano—. Quizá sea mejor hablar de él, resulta más sencillo.

Y, mientras el sol desaparecía y retiraba sus cálidos rayos de sus espaldas, hablaron del Templo. Su gran importancia para el pueblo judío. Que era el tercer templo construido, y que los dos anteriores habían sido destruidos. Que, de hecho, su importancia era tal, que fue lo primero que reconstruyeron los exiliados cuando regresaron de Babilonia, hacía ya quinientos años.

—Nosotros somos el Templo, y el Templo es nosotros —dijo Natán—. Sin él, no podemos existir como pueblo.

Qué idea más espantosa: que un edificio deba permanecer de pie para que exista el pueblo judío. María sintió un escalofrío. ¿Qué pasaría si fuera destruido? Aunque esto no podría ocurrir. Dios nunca lo permitiría.

—Nuestro ancestro, Hurán, fue trabajador en el Templo de Salomón —dijo Natán. Sacó un objeto que tenía colgado del cuello y les mostró una pequeña granada de bronce sujeta a un cordel—. Esto es lo que hacía. —Se quitó el colgante y se lo dio a Silvano, quien lo examinó con expresión pensativa antes de pasárselo a Eli.

—Oh, hacía muchas cosas más, objetos voluminosos —pilares y capiteles de bronce, salidos de enormes moldes de arcilla—, pero éste lo hizo para su esposa. Hace mil años. Y desde entonces ha pasado de padre a hijo en nuestra familia. Incluso nos lo llevamos a Babilonia y de allí de vuelta a Israel.

Cuando el objeto llegó a sus manos, María lo sostuvo con reverencia. Le parecía inmensamente sagrado, aunque sólo fuera por su gran antigüedad.

Mi tatara-tatara, muchas veces tatara, tatarabuelo lo hizo con sus propias manos, pensó. Sus manos, desde hace tiempo reducidas a polvo, hicieron esto.

Lo sostuvo en alto y lo hizo girar. La luz mortecina se reflejó en la superficie, en el cuerpo redondeado de la fruta y en las cuatro puntas que sobresalían del ápice, formando la corona de la granada. Su ancestro había capturado la forma de la fruta, representando a la perfección su hechura simétrica e ideal.

Sin atreverse a respirar siquiera en su presencia, la devolvió a su padre. Él se la colgó del cuello y la ocultó contra su pecho.

—Como puedes ver, nuestro peregrinaje no es cualquier cosa —dijo finalmente, dando palmaditas a su túnica, en el lugar que cubría el talismán—. Vamos a Jerusalén en nombre de Hurán y de los últimos mil años.

Rompía el alba cuando los peregrinos empezaron a desmontar las tiendas y a cargar los animales, y las madres a llamar a sus hijos dormidos. María se despertó con la extraña sensación de haber estado ya en el Templo y de recordar largas hileras de estatuas de diosas... dentro de un bosquecillo de árboles altos, cuyas copas oscuras oscilaban suavemente con la brisa. El Templo la llamaba, y también el susurro del viento entre los cipreses.

Tardaron poco en recoger y reemprender la marcha. La caravana entera avanzaba con gran energía, como si acabaran de iniciar el viaje, en lugar de llevar ya tres días en el camino. El embrujo de Jerusalén les atraía hacia la ciudad.

A última hora de la tarde llegaron a la cima de uno de los riscos que bordeaban la ciudad santa y la caravana se detuvo para contemplarla. A sus pies se extendía Jerusalén, sus piedras, ambarinas y doradas bajo el sol de la tarde. Dentro de las murallas, la urbe se elevaba y descendía siguiendo los desniveles del terreno. Aquí y allí destacaban unas pinceladas de blanco, palacios de mármol construidos entre los edificios de piedra caliza; y sobre una elevación plana resplandecía en oro y plata el Templo y sus anexos.

Un silencio profundo reinó entre los peregrinos. María miró la ciudad, demasiado joven para sentirse embargada por la admiración reverente de sus mayores; sólo veía la pureza blanca del Templo, la luz dorada, tan distinta a cualquier luz que hubiera visto hasta entonces, y que bajaba del cielo cual cascada de manos alargadas que se extendían para tocar la ciudad.

Había otros grupos de viajeros sobre el risco. También, agrupaciones de carros decorados, que contenían las ofrendas simbólicas de las primeras cosechas de pueblos y ciudades que no podían enviar peregrinos aquel año. Los carros estaban cargados según dictaba la tradición: debajo de todo iba la cebada, después el trigo y los dátiles, luego las granadas, los higos y las olivas en capas sucesivas y, encima de todo ello, las uvas. Pronto entrarían en Jerusalén para ser presentados a los sacerdotes.

—¡Una canción! ¡Una canción! —gritó alguien—. ¡Cantemos la alegría de que se nos permita venir a Dios y a su Templo sagrado!

Y un millar de voces se alzaron enseguida para entonar los salmos que tan bien conocían, aquellos que celebraban el ascenso a Jerusalén.

Nuestros pies atraviesan tus puertas, oh, Jerusalén.
Hasta aquí ascienden las tribus, las tribus del Señor,
según la ley que Él dio a Israel.
Oremos por la paz de Jerusalén:
Que los que te aman gocen de seguridad.
Que haya paz entre tus murallas, y seguridad
entre tus baluartes.

Anhelantes, agitando ramas de palmera, descendieron la última ladera para dirigirse a Jerusalén. La muralla y la puerta que habrían de atravesar se erguían imponentes delante de ellos.

El tumulto parecía multiplicarse al acercarse los distintos grupos a la ciudad, y sus filas crecían al entremezclarse. Era una masa dichosa y alegre, impulsada por una amalgama de religiosidad y de fervor. Más adelante, otras carretas descendían la pendiente tambaleándose y otros cantos de peregrinación se elevaban al aire, acompañados del estruendo de los címbalos y del campanilleo de las panderetas. La gran puerta septentrional estaba abierta; mendigos y leprosos vagaban por los alrededores, profiriendo lamentos y gritos de limosnas; las muchedumbres casi les aplastaron en su avance.

María vio a algunos soldados romanos que, montados a caballo, vigilaban desde las bandas, alertas a cualquier desorden. Las crestas de sus cascos se erguían feroces contra el azul luminoso del cielo.

Los viajeros aminoraron la marcha hasta ir casi a paso de tortuga delante de la puerta; la madre de María la sujetó contra sí ante la presión agobiante de la masa; se produjo un inmenso apretujón y, de repente, se encontraron del otro lado de la puerta, dentro de Jerusalén.

Pero no tenían tiempo para detenerse y admirar: el gentío que las seguía empujaba hacia delante.

—¡Aaaa! —murmuraban todos a su alrededor, boquiabiertos.

Aquella noche acamparon fuera de la ciudad junto con otros miles de peregrinos; los campamentos rodearon prácticamente Jerusalén, formando una segunda muralla exterior. Así sucedía en todas las grandes festividades: hasta medio millón de peregrinos convergían en la ciudad, que no tenía medios para alojarles a todos. De modo que una nueva Jerusalén surgía en torno a la primera.

De las tiendas y hogueras vecinas brotaban risas, voces y canciones, la gente visitaba a los conocidos, buscaba a sus parientes y amigos de otros pueblos. Los judíos de otras tierras, que habían recorrido grandes distancias para visitar el Templo, salían de sus tierras insólitas: unas, terminadas en punta; otras, auténticos pabellones de seda, y otras más, con puertas adornadas con flecos. Algunos provenían de familias judías que se habían ido de su patria ancestral hacía más de diez generaciones y, sin embargo, consideraban que el Templo era su hogar espiritual.

María cerró los ojos y trató de dormir, aunque no era fácil en medio de tantos ruidos festivos.

Cuando al fin quedó dormida, no soñó con Jerusalén sino con el misterioso huerto de árboles y estatuas; a la luz onírica de la luna, los pedestales blancos de las estatuas parecían flotar como espuma sobre las olas del océano. En su sueño danzaban los susurros de los árboles, el glorioso resplandor de mármol y la promesa de unos secretos olvidados.

Antes de la primera luz del día se levantaron para prepararse a entrar de nuevo en la ciudad, esta vez para participar en los festejos. María casi temblaba de curiosidad por ver el Templo.

Las multitudes eran aún mayores hoy, día de la festividad. Ríos de gente atestaban las calles, apretujándose de tal modo contra las paredes de las casas que parecía que las piedras cederían de un momento a otro a la presión. Unos peregrinos muy curiosos, por cierto: algunos, venidos de Frigia, sudaban profusamente bajo sus capas de piel de cabra; otros, de Persia, lucían sedas bordadas en oro; los fenicios llevaban túnicas y pantalones a rayas; los babilonios, austeros ropajes de color negro. Aunque avanzaban todos, ansiosos por llegar al Templo, parecían voraces más que piadosos, como si allá arriba hubiera algo que se disponían a devorar.

Al mismo tiempo, los ruidos de la ciudad se confundían y rivalizaban. Los gritos de los vendedores de agua —que iban a hacer un negocio seguro aquel día—, los cantos de los peregrinos, las voces de los mercaderes que esperaban vender dijes y tocados y, por encima de todos, los berridos de los rebaños de animales que eran conducidos hacia el Templo para su sacrificio; todo aquello generaba un estruendo casi doloroso. A lo lejos, sonó el toque de las trompetas de plata del Templo, que proclamaban la celebración.

—¡No te alejes de nosotros! —advirtió su padre a María. Su madre le agarró la mano y la atrajo hacia sí. Sus dos cuerpos, casi trenzados, pasaron arrastrando los pies por delante de la enorme fortaleza romana que solían llamar la Antonia y que se cernía, vigilante, sobre el Templo y el terreno que lo circundaba. Filas de soldados romanos estaban alineados sobre las escaleras, en uniforme militar completo, las lanzas dispuestas, observándoles impávidos.

Las tropas siempre estaban alerta durante las festividades, para evitar posibles disturbios o intentos irreflexivos por parte de autodenominados Mesías de sublevar a la población. Los importantísimos territorios centrales de Judea, Samaria e Idumea se encontraban bajo el control de los romanos. Y esos territorios incluían Jerusalén, el más preciado de todos. El procurador romano, que normalmente residía en la ciudad costera de Cesarea, acudía a regañadientes a Jerusalén para las grandes festividades de peregrinación.

Así que el Templo estaba vigilado por una fortaleza de soldados romanos, y ojos paganos escudriñaban el recinto santo.

La familia de María quedó atrapada en una corriente de peregrinos que empezó a avanzar más rápidamente, subiendo ya hacia el Templo. Erguido contra el cielo, el lugar más sagrado de la religión judía llamaba a sus fieles. Un enorme muro de mármol blanco rodeaba las edificaciones y la plataforma; resplandecía cegador a la luz de la mañana. El parapeto de la esquina donde estaban los trompetistas era, según se decía, el punto más alto de Jerusalén.

—¡Por aquí! —Eli tiró de la brida del burro y giraron hacia la gran escalinata que conducía a la esplanada ante el Templo.

Y de allí al mismísimo recinto del Templo sagrado, el lugar resplandeciente.

La esplanada era enorme y parecería aún más vasta si no estuviera repleta de peregrinos. Herodes el Grande la había ampliado hasta el doble de su tamaño original construyendo una prolongación del muro, como si con ello fuera a doblar la gloria del lugar, y de su propio nombre. No modificó, sin embargo, las dimensiones del propio Templo, que acogía el Sanctasanctórum —las cuales había decretado Salomón—, de manera que la construcción se empequeñecía sobre la vasta plataforma de Herodes.

El rey no había escatimado adornos y el edificio constituía una joya del exceso arquitectónico. Estacas doradas sobresalían del techo y reflejaban los rayos del sol. La suntuosa edificación se encontraba en un nivel superior al de la esplanada, y los fieles tenían que subir una serie de peldaños para llegar hasta ella. En la enorme Corte de los Gentiles, ubicada en el exterior, podía entrar cualquiera. A continuación, había un área reservada para los judíos. La siguiente barrera cerraba el paso a las mujeres judías, y sólo los israelitas varones podían acceder al siguiente recinto. Finalmente, los sacerdotes eran los únicos a quienes les estaba permitido ascender al altar y a los lugares de sacrificio. En cuanto al propio santuario, se prohibía el acceso a todos los sacerdotes menos a aquellos que salían elegidos cada semana para oficiar; y sólo el sumo sacerdote podía entrar en el Sanctasanctórum, una vez al año. En caso de tener que efectuar reformas, bajaban al interior a los obreros, encerrados en una jaula que les impedía ver el Sanctasanctórum. El Sanctasanctórum: donde el espíritu de Dios moraba en la vacuidad y en la solitud, una cámara cerrada en el mismísimo corazón del Templo, donde no penetraba luz alguna, sin ventanas, revestida de pesados cortinajes.

María, sin embargo, no veía más que la inmensidad del lugar y el mar de gente que se movía a su alrededor. Grandes rebaños de animales destinados al sacrificio —bueyes, cabras y ovejas— balaban y mugían en un rincón, mientras los gorjeos y los cantos que provenían de las jaulas de los pájaros, objetos de sacrificios más baratos, aportaban una nota de dulzura por encima del jolgorio general. De los pórticos techados que bordeaban el extremo de la esplanada llegaban los gritos de los mercaderes, que gesticulaban tratando de atraer clientes.

—¡Aquí el cambista! —gritaba uno de ellos—. ¡Aquí el cambista! ¡En el Templo no se admiten monedas no autorizadas! ¡Cambien aquí! ¡Cambien su dinero aquí!

—¡Maldición a quien introduzca monedas prohibidas! ¡Yo cambio a mejor precio! —vociferaba otro.

—¡Que se callen! —gimió Eli, tapándose los oídos con las manos—. ¿No pueden hacerles callar? ¡Están profanando el Templo!

Al acercarse a la puerta, María vio rótulos en griego y en latín dispuestos a lo ancho de la entrada. ¡Si supiera leer! Tuvo que tirar de la manga de Silvano para preguntarle qué decían.

—«Los que sean arrestados morirán, y ellos solos serán los responsables de su muerte» —citó su hermano—. «Queda terminantemente prohibido que los no judíos atraviesen esta puerta.»

¿Habían dado muerte de verdad a los que lo intentaron? Le pareció excesivo que la simple curiosidad mereciera semejante castigo.

—Preferimos pensar que Dios es más... sabio que algunos de sus seguidores —dijo Silvano, como si hubiera leído su pensamiento—. Me imagino que aceptaría a un pagano curioso por descubrir otros ritos, aunque sus sacerdotes no lo ven así. —Silvano la cogió de la mano para no perderla entre el gentío que se arremolinaba—. Vamos, entremos ya.

Pasaron sin dificultad a través de una enorme puerta de bronce que daba entrada a un patio amurallado que, como el exterior, estaba rodeado de pórticos y otras estructuras erigidas en las esquinas. Pero María no los miraba, sólo veía el Templo, que se erguía al otro extremo del patio, precedido por varios escalones.

Se alzaba grande y poderoso, el edificio más grandioso que había visto o imaginado jamás. El mármol blanco, iluminado por el sol de la mañana, resplandecía como la nieve, y su imponente dintel, con el friso de oro sobre las puertas macizas, parecía un portal que daba entrada a otro mundo. Proyectaba un halo de poder y proclamaba que el Dios Todopoderoso, Rey de todos los Reyes, era más formidable que cualquier monarca terrenal, cualquier soberano de Persia, Babilonia o Asiria. Porque realmente parecía ser eso: el palacio enorme de un rey oriental.

Al contemplarlo, sólo pudo pensar en los cantos y las historias de Dios que aplasta a sus enemigos. Allí, delante de sus ojos, los fieles temblorosos eran el botín del terrible rey; eso le sugirieron los animales para el sacrificio, las ofrendas y las nubes de incienso. Todo hablaba de miedo.

El que entrara en un recinto equivocado, pagaría con la vida. El que usara monedas equivocadas, sufriría un castigo. Y cualquiera que trasgrediera los límites del santuario, encontraría un escarmiento peor que la muerte.

Deseaba sentir amor, orgullo y venerable admiración por su deidad, pero sólo podía sentir miedo.

Un nutrido grupo de sacerdotes levitas enfundados en vestimentas inmaculadas estaba en los escalones que separaban la Corte de las Mujeres de la Corte de los Israelitas. Acompañados de flautas, entonaban himnos de belleza exquisita, y sus voces se veían secundadas por las dulces voces altas de sus hijos, a quienes también les estaba permitido cantar.

Otros sacerdotes esperaban recibir las ofrendas y conducir los animales que habían de sacrificarse a las rampas y los altares. Las hogazas de cereal recién segado se presentaban sobre palas planas, que iban a «balancear» ante el Señor en una ceremonia especial. Detrás de las cabezas de los sacerdotes, María vio el humo que se alzaba del altar, donde el fuego consumía las ofrendas. El olor penetrante del incienso se mezclaba —aunque sin cubrirlo— con el hedor de la carne y la grasa quemadas.

Cuando vinieron a llevarse las ofrendas de su grupo de Galilea (siete corderos machos, dos carneros, un toro, una cesta de frutas y dos hogazas de pan hechas con harina de grano nuevo), María sintió que debería añadir el ídolo de marfil. Deshacerse de él, ahora. ¿Cometía sacrilegio llevándolo consigo? Parecía quemarla bajo los pliegues de tela en los que lo había escondido. Pero, sin duda, era un truco de su imaginación.

Si lo entrego, ya nunca será mío, pensó. Lo perderé para siempre. Quizás ofenda a Dios si lo mezclo con las demás ofrendas. Lo dejaré quietecito en mi bolsillo. Y cuando vuelva a casa, lo miraré por última vez para recordarlo y lo tiraré, antes de que lo vea mi padre y me castigue por ello.

Abriéndose camino a través de la puerta principal, la llamada Puerta Hermosa, María y su familia atravesaron de nuevo la Corte de los Gentiles. Era todo tan grandioso, tan abrumador, tan diferente a las cosas de la vida cotidiana.

—Si pudiera entrar en el Templo, ¿vería el Arca de la Alianza y las tablas de piedra con los Diez Mandamientos? —preguntó María a Silvano—. ¿Y el cuenco donde se conserva el maná, y la vara de Aarón? —La sola idea de esos objetos tan antiguos le producía un escalofrío.

—¡No verías nada en absoluto! —respondió Silvano con voz amarga. Raras veces María le había oído hablar en ese tono—. Todo ha desaparecido. Destruido por los babilonios, como el resto del Templo de Salomón. Aunque se dice —cómo no— que el Arca está enterrada en algún lugar del recinto sagrado. Claro. Siempre preferimos creer que en realidad nada está perdido, no de veras, no para siempre. —Se le veía triste en medio de la multitud de peregrinos gozosos—. Pero lo está.

—Entonces, ¿qué hay allí dentro?

—Nada. Está vacío.

¿Vacío? Tanto edificio, tanto esplendor, tantas leyes y normas... ¿para nada?

—¡No puede ser! —exclamó María—. No tiene sentido.

—Lo mismo opinó Pompeyo, el general romano que conquistó Jerusalén hace cincuenta años. Tuvo que comprobarlo por sí mismo. Cuando vio que no había nada, se sintió perplejo, no entendía a los judíos. Nuestro Dios es misterioso. Ni siquiera nosotros le entendemos y, al servirle, nos hemos convertido en un pueblo que nadie más entiende. —Silvano calló.

Pero María no estaba satisfecha.

—¿Por qué tenemos un templo, si las cosas preciosas que honraban a Dios ya no existen? ¿Fue Dios quien nos pidió construirlo?

—No. Pero nosotros quisimos creer que así fue, porque los demás pueblos tenían templos y deseábamos ser como ellos.

—¿De veras? —A María le parecía de extrema importancia comprender ese asunto.

El bullicio de la gente que les rodeaba le impidió oír con claridad la respuesta.

—Dios no dio instrucciones a Salomón ni a David para que construyeran un templo. El propio Salomón lo admitió claramente cuando dijo en sus oraciones: «¿Realmente morará Dios en la tierra? Si ni siquiera los altos cielos pueden contenerle, ¡cuánto menos este Templo que yo le he construido!» ¿Estás ya satisfecha? —Silvano la miró con afecto—. Si no fueras niña, diría que tienes madera de erudita. Podrías llegar a ser escriba. Ellos se pasan la vida estudiando estos temas.

Era cierto que María deseaba aprender todo de Dios y sus designios, pero no quería pasarse la vida leyendo —y discutiendo— documentos, como los escribas y los eruditos que conocían en Magdala, hombres cómicos a la vez que poderosos dentro de su comunidad. Ni siquiera Eli deseaba unirse a sus filas.

—No es eso... —intentó explicar. Lo que realmente quería preguntar a su hermano era: ¿Qué se puede adorar en un templo vacío? Aunque tal vez él no comprendiera la pregunta.

3

El viaje de vuelta se hizo más corto. El gran cortejo partió de la cima del risco desde donde se dominaba la vista de Jerusalén tan pronto se reunieron todos y los líderes contaron las familias, para asegurarse de que no faltaba nadie. En cuanto se dio la señal, las primeras carretas emprendieron la marcha hacia el norte, hacia Galilea. Otras se dirigieron al este, a Jopa, y otras más, al oeste, hacia Jericó. El grupo en el que viajaba la familia de María partió como una flecha hacia el mar de Galilea.

Ahora parecía haber más confusión, mayor mescolanza. La familia de María y las demás familias practicantes de Magdala hicieron piña dentro del grupo, aunque la niña no dejó de buscar una oportunidad para escaparse. De repente, tenía ganas de ver a sus vecinos que habitaban las orillas del lago, y aquélla era seguramente su única oportunidad. Ya conocía los nombres de las pequeñas ciudades: Cafarnaún y Betsaida, y de otras, tierra adentro, como Nazaret. Quería conocer a las gentes de esas ciudades. Los únicos niños que viajaban con el grupo de Magdala eran ella misma y sus primas terceras, Sara y Raquel, y ellas tenían tantas ganas de explorar como la propia María.

—¡Escapemos! —les susurró—. ¡Metámonos en uno de los otros grupos!

—¡Sí, sí!

Por un instante se sorprendió de que Sara, dos años mayor que ella, y Raquel, aún mayor, la obedecieran, pero estaba demasiado contenta para pensar en ello. Estaban de acuerdo y eso era lo único que importaba.

Se escurrieron agachadas entre el rezongar de las ruedas de los carros y el jadeo de los asnos. No tardaron mucho en localizar el grupo de Cafarnaún. Era el más numeroso, compuesto sobre todo por adultos y personas mayores, que caminaban con dificultad, profiriendo suspiros de cansancio. En sus filas había pocos niños, de modo que

María y sus amigas se alejaron pronto. Cafarnaún era la ciudad más importante del mar de Galilea, construida justo en el extremo más septentrional de la orilla pero, a juzgar por sus peregrinos, tenía que ser un lugar severo y aburrido.

En el grupo de Betsaida parecían viajar sólo personas religiosas —¿acaso no había salido de él el rabino destrozaídolos?— y tampoco despertó el interés de las niñas.

De comitiva en comitiva, la banda de exploradoras furtivas se fue acercando a una representación totalmente desconocida —con toda la emoción que eso anunciaba— cuando María se dio cuenta de que las seguía una niña que debía tener más o menos su misma edad. Dio la vuelta de repente para sorprenderla y se encontró frente a una niña de abundante cabello rojo, que unas cintas mal puestas trataban de sujetar en vano.

—¿Quién eres? —exigió saber. En realidad, correspondía a los miembros mayores de la compañía pedir la identificación pero, dado que las primas Raquel y Sara permanecían calladas, María se hizo cargo de la situación.

—Casia —respondió la niña resueltamente—. Mi nombre significa «flor de canela».

María la miró fijamente. Su cabello, rojo oscuro y rizado, y sus ojos dorados le daban un aspecto exótico. Desde luego, Casia era un nombre apropiado para ella.

—¿De dónde eres? —preguntó de nuevo.

—De Magdala —dijo la niña.

—¡Magdala! ¿Y quién es tu padre?

—Benjamín.

Pero la familia de María jamás había mencionado al tal Benjamín. Y su familia no viajaba con las otras seis del pueblo. Esto significaba que no eran practicantes, que no eran compañía adecuada. Desconocía tantas cosas de Magdala que, de repente, la dominó el deseo de saber.

—¿Y dónde vives? —insistió.

—Vivimos en la parte norte de la ciudad, en la pendiente sobre el camino...

En el sector nuevo. Allí donde vivían los nuevos ricos, los amigos de Roma. Sin embargo, puesto que habían hecho la peregrinación a Jerusalén, no podían ser amigos incondicionales de Roma.

—Casia —declaró solemnemente, con toda la ceremoniosidad de que es capaz una niña de siete años—, seas bienvenida.

—¡Oh, gracias! —La pequeña sacudió su gloriosa melena, y Ma-

ría sintió una punzada de envidia. Si mi pelo fuera así, mamá lo cuida-
ría. Seguro que sí. Ahora piensa que no soy bonita. Su pelo es más espeso y brillante que el mío. Pero si tuviera el cabello de Casia...

—¿Qué estás mirando? —preguntó Casia. Después se rió y tendió la mano—: ¡Venga, vamos a explorar!

Se abrieron camino hacia otro grupo que parecía no querer mez-
clarse con los demás y, cuando les dijeron que venían de Nazaret,
echaron a reír.

—Oh —dijo Sara—, nadie hace caso a los nazarenos. Son simplemente insignificantes.

—¿Por qué? ¿En qué sentido? —preguntó María. No se apartaba
del lado de Casia, su nueva amiga, como si hubiera hallado un tesoro
junto al camino y no quisiera compartirlo con nadie.

—Nazaret es un pueblo pequeño y sus gentes son pobres —explicó Sara—. Es un milagro que consiguieran reunir un grupo para ir a
Jerusalén.

—Aunque tienen muchos camellos —observó María. Le parecía
que la gente que tenía camellos era más interesante que la que tenía asnos, porque los camellos tienen más personalidad que los asnos.

—Muy cierto —admitió Casia—. De acuerdo, entonces, tratemos de
introducirnos en el grupo. Así podremos juzgar por nosotras mismas.

Avanzaron con cautela, se acercaron furtivamente y echaron a andar al lado de los miembros de una familia. Intentaron entablar conversación preguntándoles sobre Nazaret. Las respuestas que recibieron fueron escuetas y aburridas.

—No hay muchos forasteros en Nazaret —dijeron. Nazaret es un
pueblo tranquilo, ideal para criar hijos, afirmaron.

—Como no hay nada que hacer, los niños no se meten en líos —explicó una anciana con muchas arrugas—. Como aquella familia de allí.
—Señaló a un grupo nutrido que caminaba en filas cerradas; dos niños
pequeños viajaban a lomos de un burro—. Esa gente: José y los suyos.

María se volvió para ver de quién estaba hablando. Un hombre joven y de aspecto simpático caminaba a paso ligero, seguido de la que
debía de ser su mujer y de bastantes personas más. El burro con los
niños cerraba la comitiva.

—Es carpintero —apostilló un jovenzuelo—. No va a Jerusalén
todos los años, aunque acude bastantes veces. —Se produjo una pausa—. Por lo demás, cuida de su taller y de su clan. Tenía un hermano
en Cafarnaún, cuyos hijos eran unos alocados. Se unieron a los insurrectos. Me imagino que José quiere evitar esos líos.

Justo detrás de José y su mujer caminaba un hombre joven y alto —mejor dicho, más muchacho que hombre todavía— de mandíbula resuelta y espeso cabello oscuro que brillaba rojizo al sol del mediodía. A su lado caminaba otro chico, y detrás, todo un tropel.

En ese instante, el joven se volvió para mirar a María y sus amigas. Sus ojos eran negros y hundidos.

—¿Quién es? —preguntó Casia.

—Es el hijo mayor, Jesús —dijo su informante—. El predilecto de José.

—¿Por qué? ¿Es muy buen carpintero?

El muchacho se encogió de hombros.

—No sé. Supongo que sí o José no estaría tan orgulloso de él. Aunque les cae bien a todos los adultos.

—¿Y a la gente de su edad?

—Pues... nos cae bien pero es tan... tan serio. Le gusta jugar, desde luego, y es muy afable. Pero... —el chico se rió— le gusta leer demasiado e intenta mantenerlo en secreto. Imagínate, confesar a tus amigos que disfrutas del estudio que el resto encontramos tan aburrido. Dicen que ya puede leer el griego. Que lo aprendió él solo.

—Eso es imposible —afirmó una muchacha alta—. Nadie puede aprender griego sin ayuda.

—Pues, entonces, le ayudaron pero él estudió a solas. Y en secreto.

—Seguro que no era un secreto para sus verdaderos amigos —dijo la muchacha con desdén.

—¿Como tú?

—Yo no soy...

María y sus amiguitas decidieron estudiar aquella fascinante familia por sí mismas. No fue difícil acercarse y caminar a su lado. José, el patriarca, caminaba a grandes zancadas, punteando cada paso con un golpe enérgico del bastón contra el suelo. María observó que la empuñadura estaba tallada en forma de palmera coronada de dátiles: el toque de un artista.

Al mismo tiempo tuvo un pensamiento inquietante: Espero que no lo pierda. Quizá sería mejor no llevarlo en viajes como éste.

—Qué bonito bastón —dijo Casia para entablar conversación.

José las miró y sonrió.

—¿Te gusta? Lo hice yo, y Jesús talló la palmera.

—Es precioso —dijo Casia. María se sentía incapaz de hablar.

—Disfruté tallándola —dijo el joven. Su voz era muy agradable y, de algún modo, especial—. Aconsejé a mi padre que no llevara el bastón en este viaje. Si lo pierde, no sé si podré hacer otro igual. Desde luego, no sería igual. Es difícil hacer copias exactas de las cosas.

Es exactamente lo mismo que pensaba yo, sobre el bastón y la posibilidad de perderlo, pensó María. Qué curioso. Pero ¿por qué no podría hacer otro igual? ¿Qué ha querido decir con esto?

—Las cosas nunca son las mismas —explicó el joven, como si le hubiera adivinado el pensamiento—. Por mucho que uno desee que lo sean. —Y sonrió; una sonrisa deslumbrante y tranquilizadora. Su semblante cambió por completo y sus ojos, hundidos en la intimidad de las sombras, parecieron salir a la luz.

—¿De dónde sois? —preguntó al ver que ella no respondía enseguida a su comentario sobre el bastón.

—De Magdala —dijo una de las primas.

—De Magdala —repitió María.

—¿Cómo te llamas? —preguntó él.

—María —respondió ella quedamente.

—Mi madre también se llama María —dijo Jesús—. Deberías conocerla. Está siempre encantada de conocer a otras Marías. —Hizo un ademán hacia atrás, hacia una mujer que caminaba rodeada de sus hijos.

Obedientes, María, Casia y las primas aminoraron el paso, esperando encontrar a la otra María. Caminaba a paso ágil, inmersa en la conversación con los que la rodeaban.

Aunque más tímida que su esposo y su hijo mayor, les dio también una cálida bienvenida. También ella hizo preguntas pero con discreción, sin ánimo de entrometerse. Quería saber de dónde venían y quiénes eran sus familias. Había oído hablar de Natán —«¿Quién no conoce su nombre y la importancia de sus negocios?»— y admitió «envidiarle sus hijos, que tanto le ayudan en el trabajo». Las facciones de la mujer eran regulares y delicadas, y prestaban a su rostro un aire clásico, como si fuera la efigie de una estatua o una moneda; sus modales eran tranquilos y reconfortantes. Dijo que ella misma o algún otro miembro de su familia solían ir a Magdala una vez al año para comprar pescado salado, cuya calidad no tenía igual.

—No tenemos pescadores en la familia —añadió—. Así que dependemos de otros. —Hizo una pausa—. Hasta el momento, al menos. Quizás uno de vosotros será pescador cuando sea mayor. —Miró a los tres niños que caminaban detrás de ella: un chico moreno y ceñudo que debía de rondar los doce, seguido de un niño de cabello castaño, bajito y fornido, probablemente dos años menor que él, y el último, el más joven de todos—. Santiago —dijo señalando al moreno— y Jude. El más pequeño es el joven José, aunque le llamamos Joses en la familia. Dos José se prestan a confusión.

Joses sonrió y les saludó con la mano; Santiago asintió en reconocimiento de su presencia.

—A Santiago le interesan poco las cosas del exterior —explicó María, aparentemente sin ánimo de juzgar—. Prefiere estar en casa, leyendo.

—Como mi hermano, Eli —dijo la pequeña María alegremente. Tal vez todas las familias tuvieran su miembro estudioso.

—¿También está aquí? —preguntó María la mayor.

—Sí, allí, con el grupo de Magdala.

—¿Cómo te llamas? —preguntó María la mayor.

—María.

—¡Yo también! —Se la veía muy satisfecha—. Es un honor conocerte. —Parecía hablar en serio.

—Gracias —respondió la pequeña. Nunca antes le habían dicho algo así.

—Somos hijas de Miriam, entonces —continuó la otra María—, aunque nuestro nombre corresponde a la versión griega. —Se volvió para buscar al resto de sus hijos y les hizo ademán de que se acercaran—. Ella es Rut —dijo, presentándole una muchacha más alta y mayor que María.

Rut inclinó la cabeza.

—Y Lía. —De pronto, apareció una niña de huesos fuertes, que debía de tener la edad de María.

—Hola —dijo Lía—. Tú no eres de Nazaret.

¿Era una pregunta o un desafío?

—No —admitió María—. Yo, mi amiga y mis primas somos de Magdala.

Ante la expresión interrogativa de Lía, María explicó:

—Está en el mar de Galilea. El mar de Kinnereth.

—Oh, sí. ¡Es como un espejo por la mañana y a la luz de la tarde! ¡Qué suerte vivir en sus orillas! —Lía se rió.

—Debes venir a visitarme y conocerlo.

—Tal vez lo haga. —Hizo un gesto con el brazo—. Creo que ya nos conoces a todos menos al bebé —dijo Lía—. Allí está. —Señaló a un burrito pardo con un bebé sobre sus lomos, que otro primo sujetaba con firmeza mientras caminaba junto al animal—. Éste es Simón.

Charlando así mientras caminaban, ni María ni Casia ni las dos primas se dieron cuenta de que el sol descendía ya hacia el horizonte. Resultaba tan divertido viajar con la familia de Nazaret. Todos ellos —o, como mínimo, María la mayor, Jesús y Lía— parecían escuchar con mucha atención lo que ella decía y encontrarlo muy interesante. Las preguntas que le hacían eran, misteriosamente, preguntas a las que deseaba responder, no como las que solían hacerle los demás, aburridas, y que provocaban respuestas igualmente insulsas.

De pronto, el grupo aminoró la marcha.

—Llega el Shabbat —anunció María la mayor con firmeza.

¡El Shabbat! La pequeña María y sus compañeras se miraron sorprendidas. ¡Lo habían olvidado por completo! ¡La caravana tendría que detenerse, allí mismo, en el corazón de Samaria, para observar la fiesta! Debían volver inmediatamente a su grupo.

—Quedaos con nosotros —propuso María la mayor.

—Sí, pasad la noche con nosotros. Hay espacio para todos. —Fue Jesús quien habló.

María le observó para ver si hablaba en serio o, simplemente, quería ser amable.

—Por favor. —El joven sonreía, y su sonrisa era de clara aceptación.

¿No se enfadaría su familia? ¿No estarían preocupados?

—Siempre tenemos visitantes —dijo María la mayor—. Es una buena manera de hacer honor al Shabbat. Jesús puede ir a avisar a tu familia, para que no se preocupen.

—¿También a las nuestras? —preguntaron Casia y las primas, ansiosas.

—Por supuesto.

—Gracias —respondió María. Se mordió el labio para no delatar su gran alegría ante la perspectiva de pasar el Shabbat con esa gente extraña, cuya compañía resultaba tan misteriosa y reconfortante a la vez.

Empezaron a buscar un lugar donde pasar la noche. Con el poco tiempo que les quedaba antes de la llegada del Shabbat, no podían ser muy exigentes. Apresurados, eligieron una llanura con algunos árboles, que les ofrecía cierta protección y la posibilidad de atar los animales. Las demás familias de Nazaret se acomodaron a su alrededor, y pronto surgió un pequeño poblado de tiendas de campaña.

—Rápido, ya —dijo María la mayor a sus hijos—. ¡El fuego! ¡Encended el fuego! —Jude y Santiago empezaron a apilar ramas en medio de un claro delante de la tienda y se apresuraron en prenderles fuego—. ¡Niñas, ayudadme a preparar la comida para el puchero! —Sacó cazos y cucharones de un fardo, y señaló otro—: Las judías. ¿Nos da tiempo de hacer pan? —Miró al sol para calcular el tiempo del que disponían.

Entretanto, José atendía a los asnos. Les quitó los fardos y las mantas de montura y los condujo a un arroyo para beber. En el interior de la tienda grande, María, sus primas y Casia estaban atareadas tendiendo las mantas para dormir.

—¡Las luces! —María la mayor apremió a Rut con un gesto de la cabeza—. ¡Por favor, dispón las luces del Shabbat! —Rut rebuscó en un hatillo hasta encontrar un par de linternas. Con mano experta, las llenó de aceite de oliva hasta el borde y las depositó con cuidado en el suelo.

Colocaron un hornillo de barro sobre las ramas encendidas y pusieron a hervir las judías; a su lado dispusieron los delgados panes, amasados a toda prisa. La propia celeridad de sus actos y el acontecimiento que se acercaba veloz producían un sentimiento de intensa expectación. Prepararon más comida —ya que debía haber suficiente para durar hasta el anochecer del día siguiente— y, en cuanto estuvo lista, la apartaron del fuego para poner más.

El sol siguió deslizándose por el cielo hasta cernerse sobre el horizonte, proyectando sombras de color púrpura sobre el campamento, sombras que dibujaban las siluetas alargadas de los camellos y de los árboles. De los numerosos fuegos encendidos delante de las tiendas se elevaban hacia el cielo columnas de humo también purpúreo, creando un escenario envuelto en brumas violáceas.

—Casi hemos terminado —anunció María la mayor con voz de alivio y emoción—. Ya está. —Retiró dos hogazas de pan del horno y metió otras, aún por hacer. Dejó enfriar los panes horneados, que impregnaron el aire con su olor a corteza crujiente.

Rut y Lía ya habían servido las judías cocidas en cuencos de arcilla, que ahora disponían a lo largo de la manta sobre la que se sentarían durante la cena. Las dos linternas del Shabbat aguardaban encendidas junto a la manta. Los muchachos trajeron odres de vino y sus hermanas pusieron las copas. Sobre un mantel, dispusieron queso de cabra, pescado seco, almendras e higos.

El sol rozaba el horizonte.

Si algo quedaba por hacer, tenía que hacerse deprisa o desistir de ello. ¿Estaban bien atadas las cuerdas de la tienda? No se puede atar nudos durante el Shabbat. ¿Habían apagado el fuego en el horno? Ni se cocina ni se encienden fuegos en el día del Shabbat. ¿Alguien tenía que hacer anotaciones en el cuaderno? Deprisa. No se puede escribir en Shabbat, salvo que se usen tintas no permanentes, como el jugo de una fruta, o que se escriba en la arena, o con la mano izquierda, siempre que no sea ésta con la que se escribe habitualmente.

Rut se trenzó el cabello deprisa. No se puede trenzar el cabello el Shabbat. Lía se quitó con desgana los lazos que adornaban su pelo; los ornamentos están prohibidos en el día del Shabbat. Los hombres se quitaron las sandalias de viaje, cuyas suelas estaban clavadas al calzado. También están prohibidas las suelas clavadas.

Jesús regresó apresurado y se sentó inmediatamente, quitándose las sandalias.

—¿Has podido encontrar a nuestras familias? —inquirió María—. ¿Has podido hablar con ellos? —¿Tenemos permiso de quedarnos?, se preguntó. Casi estaba segura de que tendría que volver, y rápido, antes de que el sol se escondiera tras el horizonte.

—Sí —respondió Jesús—. Sí, les he localizado a todos. —Se inclinó hacia delante, todavía falto de aliento—. Los tuyos, Casia, parecían contentos de que fueras nuestra invitada para el Shabbat. —Dirigió la mirada a Raquel y a Sara—: A los vuestros no les entusiasmó tanto la idea, aunque dieron su permiso. Y los tuyos... —Miró a María—: No ha sido fácil convencerles.

¿Qué había pasado? El corazón le latía con fuerza mientras esperaba el relato.

—Tu padre... Natán... —Jesús hizo un gesto de asentimiento.

—Sí —respondió la niña.

—Dijo que es irregular, que no nos conocemos, que es muy estricto en lo que a las relaciones con familias menos practicantes se refiere.

Claro. Por supuesto. María sabía que sería así.

—Necesitó pruebas de nuestra respetabilidad.

—¿Cómo... cómo se puede averiguar eso? —preguntó la niña.

—Me sometió a un examen —Jesús rió, como si la situación le divirtiera en lugar de ofenderle—. Quiso indagar en mis conocimientos de las escrituras, esperando así descubrir mis defectos.

Al oír esto, su madre se echó a reír.

—¡Gran error! —dijo meneando la cabeza—. Como cualquier rabino de Jerusalén bien sabe. —Se volvió hacia sus invitadas—: El año pasado Jesús se quedó en Jerusalén para preguntar a los rabinos y los escribas del Templo acerca de algunos puntos delicados de las escrituras. Puedo entender a tus padres, María, su preocupación por la hija que se aleja de ellos. Pero nadie gana una competición de conocimientos sagrados con Jesús.

El joven hizo una mueca.

—No fue una competición —dijo—. Sólo me preguntó acerca de algunos textos... —Se encogió de hombros.

Se reunieron todos alrededor de la manta aunque los últimos rayos del sol se proyectaban aún sobre ella. Rut se agachó y encendió las velas del Shabbat, su cabello recién trenzado recogido en torno a la cabeza. En silencio, observaron el sol que desaparecía.

María hacía lo mismo cada semana con su familia, pero aquélla era la primera vez que vivía la experiencia lejos de los suyos y de su hogar. En casa también sentían la misma expectación exultante, como si contuvieran el aliento hasta la llegada del Shabbat. Y cuando llegaba... el tiempo parecía distinto. Casi mágico. Ella se decía: Éste es el pan del Shabbat, ésta es el agua del Shabbat, ésta es la luz del Shabbat.

De algún lugar del campamento vino el sonido de una trompeta, que tocó dos notas repetidas tres veces. Anunciaba la llegada del Shabbat, del momento fugaz entre la aparición de la primera y la tercera estrella en el cielo polvoriento. Según la tradición, el primer toque avisaba a los obreros que debían abandonar sus tareas; el segundo advertía a los comerciantes que debían cerrar sus negocios; y el tercero anunciaba el momento en que se tenía que encender la luz del Shabbat. El Shabbat comienza a brillar, como dice el refrán.

María, la madre, se adelantó para consagrar las luces ya encendidas. Con las manos por encima de las linternas, dijo con voz queda:

—Bendito seas, oh Dios, nuestro Señor, Rey del Universo, Tú que nos santificaste con Tus mandamientos y nos ordenaste encender la lámpara del Shabbat. —Su voz cálida y sosegada brindó una riqueza especial a las palabras.

Todos se inclinaron sobre la manta y guardaron un momento de silencio. El cielo se oscurecía rápidamente, y las potentes linternas del Shabbat emitían cada vez más luz. Otras lámparas ardían delante de las demás tiendas. Una quietud dominó el campamento, rota sólo por el balido o el mugido ocasional de algún animal.

—Damos la bienvenida a nuestras invitadas —dijo José, haciendo un gesto de asentimiento a María, sus primas y Casia—. Aunque no vivimos tan lejos unos de los otros, en las ciudades cercanas hay vecinos que nunca tenemos la oportunidad de conocer. Estamos agradecidos de su llegada a nosotros.

—Sí —añadió Jesús—. Gracias, por venir a nosotros. —Sonrió.

—Ahora debemos comer y recibir el hermoso Shabbat. —José partió una hogaza de pan y distribuyó los trozos entre los presentes.

Sentados a horcajadas sobre la manta, aceptaron los trozos de pan. A continuación sirvieron las judías, finas rodajas de cebolla, los higos, las almendras y el queso de cabra. Finalmente, el pescado salado de Magdala.

Jesús lo contempló con gesto sorprendido y dijo:

—Parece que sabíamos que íbamos a tener invitados de Magdala. —Cortó un trozo y pasó el resto.

Un estremecimiento de orgullo recorrió a María. ¡Hasta era posible que aquel pescado proviniera de las salazones de su padre! Escogió un trozo y lo colocó con cuidado sobre un pedazo de pan.

—Los peces de Magdala viajan lejos —dijo José, levantando alegremente un trozo de pan con pescado—. Nos habéis hecho famosos en Roma y más allá. —Dejó caer el trozo en la boca.

—Sí, a los galileos nos respetan en otras tierras aunque no en Jerusalén —interpuso Jesús. También él probó el pan con pescado y sonrió complacido con el sabor.

—¿Qué quieres decir? —preguntó Santiago, ceñudo.

—Ya sabes lo que quiero decir —repuso Jesús—. ¿Cómo llaman a Galilea? El círculo de infieles. Es porque hemos formado parte de Israel tantas veces como no, según las partes del país que conquistaban los enemigos... —Tomó un sorbo de vino, pensativo—. Es un tema interesante, qué y quiénes son los verdaderos hijos de Israel. —Rió e inclinó la cabeza hacia las mujeres—: Y las hijas, desde luego.

—¿Quién es judío? —preguntó Santiago de pronto, con el gesto serio—. Quizá sólo... Dios... sepa responder. —Hizo una pausa—. Hay medio judíos, aquellos cuya ascendencia está en entredicho; hay supuestos judíos, como Herodes Antipas; hay gentiles que se sienten atraídos por nuestras enseñanzas (¿y quién no, si las comparamos con las vergonzosas religiones paganas que nos rodean?), pero que no están dispuestos a ir hasta el final y ser circuncidados. Y todos estos casi judíos, ¿ayudan a nuestra causa o la entorpecen?

—Depende de si a Dios le complace que otra gente desee acercarse a Él, aunque mantenga cierta distancia, o se siente ofendido por su actitud —dijo Jesús.

—No sé responder —admitió Santiago.

—Ni yo —interpuso José con firmeza, poniendo fin al tema de conversación—. Al margen de esto, estamos profanando el Shabbat con charlas frívolas. Y somos responsables de las palabras frívolas. Tendremos que responder de ellas ante Dios.

—¿Qué es una charla frívola? —preguntó Casia. María se sintió escandalizada de que se atreviera a encararse así con José—. ¿Es algo profano? Se me ocurren muchas cosas de las que hablar y que no son muy sagradas. —Hizo una pausa—. Por ejemplo: decidir qué ropa ponerse.

—Hay leyes que rigen estos asuntos —dijo Santiago—. Moisés hizo leyes y los rabinos después de él...

—¡Quiero decir, si ponerse ropa bonita o vestidos apolillados, telas de colorines o pardas y deslucidas, ropa cara o ropa barata! —Miró a su alrededor con expresión de triunfo—. No hay leyes que decidan estas cosas.

—Pues, en este caso, tendrás que recurrir a un principio general —respondió José—. ¿Merecerá la ropa la aprobación del... Santo Nombre? ¿Le glorificará? Verás, no es tan sencillo como obedecer una ley. ¿El buen aspecto exterior refleja la voluntad de Dios? ¿O sólo es agradable a los ojos de los hombres, que no pueden ver lo que encierra el corazón?

—Es tan complicado —se quejó Casia—. ¿Cómo podemos saber lo que quiere Dios?

Justo en ese momento, Rut mordió un dátil seco e hizo una mueca:

—¡Mi diente! —exclamó, más sorprendida que dolorida.

—La raíz de parietaria —dijo su madre—. Está en la bolsa de cuero, en... —Bajó la voz—: En el gran fardo de la montura. —No hizo falta decir nada más. El fardo estaba atado con fuertes nudos, y no se podía desatar nudos hasta el anochecer del día siguiente. Y, aunque hubiese estado a mano, la ley prohibía tomar medicinas el Shabbat.

»Pero... —recordó la madre— tenemos vinagre. Está permitido el uso del vinagre para sazonar la comida y, si resulta que a la vez hace bien al diente, no hay trasgresión alguna. —Por suerte, sí habían desempaquetado el pequeño frasco que contenía el vinagre. Lo pasaron deprisa uno al otro y, cuando llegó a sus manos, Rut se sirvió generosamente.

En el reposo que siguió a la cena, y mientras esperaban a que el vinagre aliviara el dolor de Rut, la familia empezó a recitar pasajes de las escrituras. Tenían que hacerlo de memoria, ya que estaba prohibido leer.

Terminadas las recitaciones, sin embargo, Rut no parecía sentirse mejor.

—Quizá debiéramos consultar al rabino —sugirió José—. Tal vez nos diera permiso para desatar los nudos o para tomar medicina, como medida de excepción.

Alguien salió corriendo en busca del rabino y, al cabo de un rato que pareció larguísimo, su silueta emergió entre las sombras que rodeaban la tienda.

—Dejadme ver a la niña —dijo. Avanzó directamente hacia Rut, le pidió que abriera la boca y la examinó. Después él mismo se la cerró.

—No veo que falte nada —se pronunció.

—Aun así, duele —dijo Rut.

—¿Podemos desatar el fardo que contiene el polvo? —preguntó José.

—¿Podéis desatar el nudo con una mano? —repuso el rabino.

—No, es un auténtico nudo, hecho para soportar las sacudidas del viaje.

El rabino meneó la cabeza.

—En tal caso, ya conocéis la ley. —Se dirigió a Rut—. Intenta ser valiente, hija. Es ya noche avanzada. No falta mucho para el anochecer de mañana. —Les miró a todos—. Lo siento —añadió mientras se disponía a dejarles—. Pensad que, aunque la medicina estuviera aquí mismo, no la puede tomar en el día del Shabbat. —Y en tono triste, como si quisiera disculparse, concluyó—: Lo siento, José.

Después de su partida, José fue a sentarse junto a su hija y le sostuvo la mano mientras ella hacía muecas de dolor. La miró atentamente a los ojos y, finalmente, se puso de pie.

Se acercó al fardo y con movimientos lentos y deliberados desató el nudo.

—Haré una ofrenda compensatoria por este pecado —dijo—. Pero no puedo quedarme esperando hasta mañana por la noche.

Sacó la medicina y se la dio a Rut.

Poco después fueron todos a acostarse, dirigiéndose en silencio a los jergones improvisados que les esperaban para dormir. A María, sus primas y Casia les habían asignado el mismo rincón de la tienda, y la niña pronto se encontró luchando contra el sueño. Con cuidado, se había quitado el cinturón y lo había guardado a su lado, junto con la capa de abrigo. Le dio unas palmaditas protectoras y se acomodó, sintiéndolo cerca de su cabeza.

Se quedó dormida con una sonrisa en los labios. Era muy divertido tener un secreto. Y había sido un día maravilloso, había encontrado a aquella gente y tenido la oportunidad de conocerles. Tenía que admitir que era divertido alejarse de su familia, poder ser otra por un tiempo. O, quizás, otra no, sino real y auténticamente ella.

Durmió profundamente y no se despertó cuando todos se levantaron por la mañana. Ya estaban fuera cuando ella se frotó los ojos y se incorporó, se vistió con precipitación y salió a buscarles.

El cielo ya era azul y claro, hacía rato que habían desaparecido las pinceladas púrpura del alba.

Compartieron un frugal desayuno de pan con queso, sentados en círculo mientras el cielo se tornaba cada vez más luminoso y las dulces fragancias de la mañana anunciaban un día espléndido.

—Si el primer Shabbat fue tan hermoso como éste, no es extraño que Dios decidiera descansar, considerando que había hecho un trabajo «muy bueno» —dijo Jesús. Masticaba lentamente un bocado de pan y contemplaba el cielo con expresión de dicha.

Todos asintieron. El aire mismo parecía impregnado de paz.

—Sí —respondió la madre de Jesús con su voz melodiosa. Pasó una cesta de higos a su izquierda, con un gesto casi tan grácil como el de una bailarina.

Es una mujer hermosa, pensó María, y no me había dado cuenta hasta ahora. Es mucho más bella que mi madre. De inmediato se sintió desleal, incluso culpable, por esta ocurrencia.

Dedicaron el resto del día —que se les hizo largo a la vez que corto— a deleites ociosos y a devociones especiales. Les estaba permitido sentarse tranquilamente y charlar, cantar, dar cortos y agradables paseos, dar de comer a los animales, tomar los alimentos preparados el día anterior, pasar ratos en silencio y ensoñación. También había un tiempo para la oración, íntima y en grupo, como la más antigua, la más fundamental oración de todas: «Shemá» —¡Escucha!— «Oh, Israel, Dios es nuestro Señor, Dios es Único.»

María vio a Jesús sentado bajo un árbol pequeño, parecía estar adormilado. Observándole con atención, sin embargo, se dio cuenta de que no dormía sino que estaba por completo concentrado en pensamientos íntimos. Quiso alejarse pero ya era demasiado tarde. La había visto; le había molestado. Jesús le hizo además para que se acercara.

—Lo siento —dijo la niña.

—¿Qué sientes? —Más que molesto, parecía auténticamente perplejo por sus palabras.

—Haberte interrumpido —explicó.

Jesús sonrió.

—Estoy sentado aquí, a la vista de todos. Es imposible irrumpir en la intimidad de alguien que se encuentra en un espacio público.

—Pero estabas solo —insistió ella—. Seguro que querías que te dejáramos en paz.

—No tanto —respondió él—. Tal vez esperara que sucediera algo interesante.

—¿Como qué?

—Cualquier cosa. Todo lo que sucede es interesante, si lo consideras con atención. Esta lagartija, por ejemplo. —Inclinó la cabeza lentamente para no asustar a la criatura—. Intenta decidir si debe salir de su grieta o no.

—¿Qué tienen de interesante las lagartijas? —Nunca le habían parecido especialmente llamativas aunque, por cierto, nunca se había detenido a observarlas. ¡Se movían tan rápido!

—¿No te parecen fascinantes las lagartijas? —preguntó Jesús muy serio. ¿O estaba bromeando?—. Su piel es tan extraña, tan... áspera. Y cómo mueven las piernas... no como los demás animales de cuatro patas. Las mueven de una en una, no de dos en dos. Cuando Dios las creó debía de querer mostrar que hay muchas maneras de viajar y muchos modos de ser rápido.

—¿Y las serpientes? —preguntó María—. No entiendo cómo pueden moverse, y menos tan rápido, si no tienen piernas.

—Sí, las serpientes son mejor ejemplo. Dios, en su inteligencia, les enseñó a moverse y a vivir una vida feliz a pesar de su carencia.

—Y no se nos permite comerlas —añadió ella—. ¿A quién quería proteger Dios, a las serpientes o a nosotros?

—Ahora sí que celebramos el Shabbat —dijo Jesús inesperadamente—. Éste es un placer como tienen que ser los placeres.

Qué extraña manera de hablar. Pero a María le caía bien, a pesar de todo. Algunas personas que dicen cosas raras te asustan, porque intuyes que son peligrosas o tontas e imprevisibles. Este muchacho, sin embargo, parecía todo lo contrario: sensible y digno de confianza. A él le podía confesar: «No sé qué quieres decir.»

Jesús dio un suspiro de placer.

—Que estamos pensando en Dios, hablamos de Sus obras, meditamos, si lo prefieres, en la Creación.

—¿Meditamos en una lagartija? —María no pudo reprimir una risita.

—También es obra de Dios, tanto como el águila o el león —respondió Jesús—. Y tal vez una prueba mejor de Su ingenio.

—¿Podríamos pasar un año meditando en una criatura distinta cada día? —preguntó la niña. La idea le pareció fascinante.

—Desde luego. Recuerda el salmo que dice:

*Alabad a Dios desde la tierra, vosotros, dragones, y seres de
    allí abajo:
Fuego, granizo, nieve, hielo, vientos tormentosos que cumplís
    Su palabra:
Montañas y colinas, cedros y árboles frutales:
Bestias y ganado: serpientes y aves plumadas.*

María no recordaba el salmo, pero ahora ya no lo olvidaría jamás.

—¡Alaba a Dios! —ordenó severamente a la lagartija, que salió disparada de la rendija y desapareció. Jesús echó a reír.

Pronto —pareció que demasiado pronto— el sol acarició el horizonte, señalando el fin del Shabbat. De pie, contemplaron su desaparición y escucharon la trompeta que anunciaba la conclusión del descanso sagrado.

4

A pesar de que María la mayor le hubiese asegurado que una visita es un modo apropiado de celebrar el Shabbat, y a pesar de que Jesús hubiera buscado a la familia de María para decirles dónde estaba la niña, cuando volvió estaban enfadados con ella.

—¿En qué estabas pensando cuando te fuiste de ese modo? —la regañó su madre—. ¡Perdida justo cuando empezaba el Shabbat, teniendo que pasarlo con una familia de desconocidos! —La miró indignada—. Ese muchacho que vino a hablar con nosotros... no me gustó —añadió.

—¿Jesús? —preguntó María.

—Es evidente que no está bien educado. No se mostró respetuoso. No deberías relacionarte con este tipo de gente.

—Entonces... ¿por qué me permitiste quedarme con ellos? —preguntó la niña con voz azorada.

—Lo que yo quisiera saber es por qué tú querías quedarte con ellos. ¡Ésta es la cuestión!

María deseaba decirle que aquella familia era maravillosa, contarle cuánto le había gustado hablar con ellos y la aventura de la muela de Rut. Pero sabía que la trasgresión meditada de José no complacería a sus padres. De modo que bajó la vista y dijo:

—Parecían muy amables.

En ese momento llegó su padre.

—Nazaret tiene mala reputación —declaró—. Y ese Jesús. Le hice algunas preguntas referentes a las escrituras y él...

—Sabía más que tú —interpuso Silvano, que venía detrás de él—. Cuando le interrogaste acerca de aquel pasaje de Oseas... —Se rió—. Ya sabes, tu favorito, ese que tanto te gusta recitar, que habla de la tierra en luto...

—¡Sí, ya! —interrumpió Natán secamente.

—Me pidió que te diera esto —dijo María, tendiéndole el bastón hecho por Jesús y José. Habían insistido en que se lo llevara, como si quisieran ablandar el corazón de Natán. Ella había protestado (era demasiado precioso y habían trabajado mucho para hacerlo), pero se mostraron inflexibles.

—¿Cómo? —Su padre lo agarró y lo examinó con detenimiento. Las comisuras de sus labios se contrajeron. Le dio la vuelta repetidamente, estudiando la obra de artesanía—. ¡Bah! —espetó—. ¡Vanidad! —Tiró el bastón al suelo, y María hizo una mueca de disgusto.

Silvano se agachó y recogió el bastón.

—Es un pecado desdeñar un regalo como éste —dijo.

—¿De veras? —repuso el padre—. ¿En qué pasaje de las escrituras lo dice?

Dio la vuelta y se alejó.

Silvano recorrió el bastón con los dedos.

—Cuando vuelvas a ver a Jesús, pregúntale, por favor. Estoy convencido de que en algún lugar de las escrituras se dice que no se debe profanar un obsequio. Seguro que él sabe dónde.

—Ya no volveré a verle —dijo María. La posibilidad era inimaginable. En cuanto a Casia, su nueva amiga, estaba decidida a visitar su casa en Magdala. Su padre, por supuesto, lo prohibiría. También desaprobaría la amistad con Casia, no le cabía duda. Pero su padre no podía prohibir lo que no conocía.

Magdala les esperaba para darles la bienvenida. Los peregrinos siempre se convertían en foco de un intenso interés los primeros días después de su regreso de Jerusalén, en una especie de celebridades efímeras. «Decidnos —les preguntaban—: ¿Cómo son las calles de Jerusalén? ¿Había muchos judíos extranjeros? ¿Es el Templo realmente tan espléndido como dicen? ¿Fue la vista de sus recintos el momento culminante de vuestra vida?» Aquella atención pasajera, aquella adulación transitoria, podían ser más embriagadoras que la propia peregrinación. Pero al final se desvanecían, inevitablemente. Y el próximo grupo de peregrinos —los que irían a Jerusalén para el Santísimo Día de la Expiación— ocupaba su lugar en el centro de la atención.

Pasaron varias semanas —a las que correspondieron seis Shabbats— antes de que María volviera a ver a Casia. Habían conseguido intercambiar mensajes y concertar un día para que María visitara a

Casia y compartiera una comida con su familia. Sería en la tarde que supuestamente iría a una demostración de tejeduría, que celebraría en una casa vecina un maestro tejedor de alfombras venido de Tiro. Asistió realmente a la demostración por un rato y pensó que era un arte hermoso pero que ella jamás sería capaz de hacer algo así. Después se escabulló del sombreado taller a orillas del lago, atravesó a toda prisa el bullicioso mercado y enfiló la calle que conducía al sector norte de la ciudad, la parte montañosa donde estaban las residencias recién construidas.

Las calles se tornaron tan empinadas que tuvo que detenerse para recobrar el aliento. Las casas a su alrededor eran más y más grandes e impresionantes, amparadas por altas paredes sin ventanas del lado de la calle, hecho que, de por sí, ya indicaba que las cosas en su interior precisaban protección.

La casa de Casia se encontraba al final de la calle y estaba construida de tal manera que, para subir hasta la puerta, había que ascender una serie de escalones colocados en ángulo. La puerta de la entrada era de bronce ornamentado. Antes de que María tuviera tiempo de llamar, Casia abrió con una sonrisa triunfal en los labios.

—¡Has llegado! —exclamó, haciendo pasar a María y abrazándola.

—Sí, pero... ha sido difícil. —Trató de no pensar en el castigo que la aguardaba si sus padres descubrían que había dejado la demostración de tejeduría. Pero ahora estaba allí, donde quería estar. Entró en la casa y enseguida llamó su atención el amplio y penumbroso atrio que la rodeaba. Era asombroso que pudiera estar tan fresco en un día tan caluroso.

Quedaron mirándose, un poco incómodas. La amistad que tan rápida e intensamente habían forjado hacía un tiempo ahora les parecía un equívoco, un producto de su imaginación.

—Bien —dijo Casia al fin—. Estoy contenta de verte. Ven, te enseñaré la casa. —Tomó a María de la mano y la condujo fuera del atrio y a través de una serie de estancias adyacentes. Había muchísimas, dos y tres veces más de las habitaciones que tenía la casa de María.

—¿Tienes habitación propia? —preguntó la niña.

—Oh, sí, y hay más habitaciones en la segunda planta. —Su voz era amistosa y desenfadada, juguetona, como si todo el mundo viviera de aquella manera.

María se esforzaba por no delatar su asombro. Pero las estancias cavernosas parecían salidas de un sueño. A pesar de tener sólo tres paredes, con la cuarta abierta a un patio bañado de sol, las habitaciones estaban en penumbra. Cuando su vista se acostumbró a la luz tenue, vio que las paredes estaban pintadas de color rojo oscuro, herrumbroso; en una de las habitaciones, eran de color negro. Por eso conservaban la oscuridad.

Casia siguió tirando de ella hasta que dejaron atrás los aposentos formales de la casa y llegaron a las habitaciones de la familia. Allí, María entró en una alcoba de paredes amarillas y con el techo más bajo, amueblada con sillas pequeñas y una mesa, sobre la que habían dispuesto copitas y jarras en miniatura. El suelo estaba fresco, pavimentado con piedra pulida, y en uno de los rincones había una elegante cama individual de patas torneadas, pintada de negro y con barrotes dorados. El cubrecamas era de seda lustrosa.

—¡Oh! —exclamó finalmente María, contemplándolo todo estupefacta—. ¿Es aquí donde vives? ¿Aquí duermes?

—Sí —respondió Casia—. Desde que tengo memoria. —Ambas echaron a reír, porque eran conscientes de que siete u ocho años no es tanto tiempo y recordarlos no es gran hazaña.

María no se podía imaginar viviendo en una casa como aquélla. Me pasaría el día admirándola, pensó. Observó las copas y platos diminutos encima de la mesa, salseras, jarras y cuencos decorados, de tamaño minúsculo.

—¿Comes aquí? —preguntó indecisa.

Casia rió.

—Oh, no, sólo son juguetes. ¡Tengo demasiado apetito para satisfacerlo con porciones tan pequeñas!

¿Tendría muñecas? Las muñecas estaban prohibidas; seguro que no habría ese tipo de juguetes en la casa.

—Son para mí y mis amigos imaginarios —explicó Casia—. Y, ahora que estás aquí, para una amiga real. ¡Podemos pretender que celebramos un banquete! ¡Un banquete de comida invisible, que no deja manchas ni te obliga a fregar después!

—Nunca he tenido un lugar donde celebrar mis banquetes imaginarios —dijo María. ¡Qué divertido sería todo esto!

Entonces la timidez que se interponía entre ellas se disipó. Eran realmente muy parecidas, estaban destinadas a ser amigas.

—Ven, ha llegado el momento de comer de verdad, y quiero que conozcas a mis padres. Y, por supuesto, a mi hermano pequeño, Omri.

Omri. María nunca había conocido a nadie llamado Omri. Recordaba vagamente el nombre, pertenecía a un antiguo rey malo. Aunque tampoco había conocido a otra niña llamada Casia. Era obvio que esa gente prefería no dar a sus hijos nombres normales, como María, Jesús o Samuel.

Casia condujo a María a otra sección de la casa, a una estancia también abierta al patio interior. Las paredes eran de color verde oscuro, y en los paneles superiores había pinturas de árboles y flores, tan bien hechas que parecían reales. En el centro había una mesa baja de mármol, rodeada de cojines apoyados en respaldos de piedra. El calor no llegaba al interior de la estancia, aunque la luz, sí.

—Madre, padre, ésta es mi amiga María —dijo Casia con orgullo, presentándoles a María como si fuera un juguete valioso—. Os acordáis, os conté que la conocí en el viaje de vuelta de Jerusalén.

—Ah, sí. —Una mujer alta vestida con sedas color carmesí se inclinó para saludar a María, mirándola con gran solemnidad, como si estuviera en presencia de alguien muy importante, de otro adulto, no de una niña—. Estoy muy contenta de que Casia y tú seáis amigas —murmuró.

—Bienvenida —dijo el padre de Casia, Benjamín. Por su edad y estatura, resultaba bastante parecido al padre de María, aunque lucía varios anillos de oro en los dedos y sus vestimentas eran más llamativas que las túnicas sencillas que prefería Natán.

Un chiquillo de cara redonda, algo más joven que la propia Casia, se acercó a la mesa arrastrando los pies y se apoyó en ella.

—Hola —musitó finalmente.

—Éste es Omri —dijo la mujer—. ¿No podrías sonreír, Omri? Dices «hola» pero no pareces muy dispuesto a dar la bienvenida a esta muchacha.

—¡Vale, de acuerdo! —Suspiró Omri, dibujando una parodia de sonrisa—. Bienvenida —dijo, exagerando la palabra.

—¡Omri, eres un bicho! —dijo Casia.

—Ya lo sé —repuso el chiquillo, orgulloso. Se dejó caer en un cojín y esbozó una sonrisa traviesa.

María se sentó con movimientos lentos y se quedó inmóvil. Qué diferente era todo aquello de su propia casa. Ojalá no cometiera errores embarazosos delante de esa gente. Pero ella nunca había comido así, en una mesa de mármol, y tampoco la habían atendido sirvientes. ¿O eran esclavos?

Miró de reojo a las mujeres que traían las bandejas. No parecían ser esclavas; no eran extranjeras y, cuando hablaban, lo hacían sin acento. Debía de ser gente local, contratada para realizar las labores del hogar. Esta idea la hizo sentir algo más cómoda.

Muchos de los platos contenían alimentos que no le eran familiares. Había un cuenco de queso blanco con vetas rojas en sus rugosidades, y otro lleno de hojas saladas de color verde oscuro, y una fruta que no conseguía identificar. ¿Serían alimentos... impuros? ¿Podía ella comerlos?

Aunque esta familia había estado en Jerusalén; seguro que observan la Ley, pensó la niña.

—Casia nos dijo que tu padre es Natán, el dueño de la gran pesquería que hay junto al lago —dijo el padre—. He tenido ocasión de tratar con él y debo reconocer que su honestidad y sus elevados principios son raros de encontrar en la industria del pescado. Me temo que la mayoría son personajes tan escurridizos como sus mercancías.

—Gracias, señor —respondió María. No le resultaba cómodo hablar de su padre en esos momentos. ¿Y si la estaba buscando? ¿Y si la demostración de tejeduría había terminado temprano?

—¡Mi padre es joyero! —anunció Casia con orgullo—. Tiene un taller muy grande, y muchos artistas trabajan para él. ¡Mira, mira qué anillos! ¡Son de nuestra propia tienda!

Eso explicaba por qué llevaba tantos. Ya no parecía un acto de tremenda vanidad. Sencillamente, mostraba las obras de su arte más allá de los límites de su joyería. María deseaba que esta familia fuera intachable y confiaba en que, si ella no encontraba nada que criticar en sus actitudes, tampoco lo encontrarían sus padres.

—¿Has visitado alguna vez nuestro taller? —preguntó el padre de Casia—. Está justo al otro lado del mercado central.

María creía que no, pero no estaba segura. Sus padres no compraban joyas de oro, no parecía haber razones para visitar la tienda de un joyero.

—Iremos juntas esta tarde —propuso Casia—. Has de volver al taller, padre, ¿no es cierto?

—Sí, iré un poco más tarde. Os enseñaré el taller donde los orfebres trabajan las láminas de oro puro, y donde hacen las filigranas.

Esta tarde... No, no podía ir. Sin duda la descubrirían si demoraba tanto su regreso a casa.

—Hoy no me es posible —farfulló María. ¡Qué rabia tener que decir eso! ¡Qué ganas de visitar la joyería!

—Ah. En otra ocasión, entonces —dijo el padre encogiéndose de hombros—. ¿Fue éste el primer viaje de tu familia a Jerusalén?

—Sí —respondió la niña.

—¿Qué les pareció? ¿Fue lo que esperaban? —preguntó la madre de Casia.

—No lo sé —admitió María—. No sé qué esperaban, exactamente.

—¿Y qué esperabas tú? —La madre de Casia se inclinó hacia ella, como si la respuesta de la muchacha le interesara de verdad.

—Esperaba ver algo que no fuera de este mundo —respondió María después de una breve reflexión—. Me imaginaba que las piedras refulgirían como el cristal, que las calles serían de oro y de zafiros, y que me desmayaría en cuanto viese el Templo. Pero las calles sólo estaban pavimentadas con adoquines y el Templo no era mágico, aunque sí colosal.

Dijo el padre de Casia:

—Esperabas ver la ciudad que el profeta Ezequiel vio en su visión. Pero aquélla fue una promesa de lo que podrá ser. Las visiones son eso: promesas de Dios.

¡Las visiones! ¿Serían como un sueño vívido?

—¿Aún hay gente que tiene visiones? —preguntó María.

—Quizá —respondió el padre—. No podemos saber qué sucede en las casas de la gente.

—Nuestros amigos, los romanos, eran bien visibles en Jerusalén —interpuso la madre de Casia—. No creo que los romanos formaran parte de la visión de Ezequiel.

—¿Nuestros amigos? —María se sintió escandalizada al oír llamar a los romanos «amigos».

—¡Lo dice en broma! —explicó Omri—. En realidad, quiere decir todo lo contrario. —Se cruzó de brazos con ademanes autoritarios.

—Gracias, Omri. Se me ocurre que nunca deberías plantearte una carrera en la diplomacia. —El padre, sin embargo, le sonreía en lugar de reprenderle—. De hecho, algunos romanos sí son amigos nuestros. Son varios los que frecuentan nuestra tienda, y compran los más hermosos collares y pendientes para sus esposas. ¡Un hombre que cubre a su mujer con joyas de oro no puede ser tan malo!

María, acostumbrada a las arengas de su familia contra la vanidad, por no hablar de sus diatribas contra los romanos, se echó a reír. Sí, sería apasionante visitar la tienda de un joyero, con plena libertad para elegir lo que más le gustase.

Una brisa fresca sopló desde el patio abierto. Desde la altura de la casa, María podía divisar el resplandor del lago. La residencia de la colina estaba bien ubicada para recibir los vientos de verano. Pero ¿qué pasaría en invierno, cuando se levantaban tempestades?

El tintineo de una rueda de cristales colgados componía una música dulce al paso de la brisa. Sonaba como un arpa acariciada por el viento.

—En invierno nos retiramos al interior —explicó la madre de Casia—. A las habitaciones pintadas en negro o en rojo, como está de moda en el extranjero. Dan sensación de calidez y de comodidad. Aunque, ¿quién puede pensar ahora en el invierno? —El campanilleo sonó de nuevo, como un suspiro cosquilleante de notas leves.

El feo invierno, que levantaba tormentas sobre el lago poniendo en peligro los barcos de pesca, con sus temporales, sus nieblas y sus fríos que se colaban hasta los rincones mejor resguardados de las casas... No, mejor no pensar en él. Ahora no, en pleno verano, cuando la tierra se abre a la luz y al calor, cuando el lago es afable y seguro, lleno de embarcaciones de todo tipo y tamaño.

—María es un nombre muy bonito —dijo el padre de Casia—. ¿Cómo se llaman tus hermanos?

María es un nombre muy común, pensó la niña. Es muy amable por elogiarlo.

—Tengo dos hermanos. Uno se llama Eli y el otro, Samuel.

—Nombres comunes, también—. Mi madre se llama Zebidá —añadió. Éste sí que era inusual, era el nombre de la madre de uno de los antiguos reyes de Judea.

—Nunca he conocido a nadie llamado Zebidá —comentó la madre de Casia.

—¡Y yo no había conocido nunca a una Casia ni a un Omri! —confesó María.

—Casia era el nombre de una de las hijas de Job —explicó la madre—. Después de que Dios restaurara su fortuna. Significa «flor de canela», que es una especia. Ambos pensamos lo mismo cuando vimos su cabello rojizo.

—¿Y Omri? —Seguro que de él no escuchaba nada bueno.

—Omri fue uno de los reyes del reino del norte de Israel —dijo el padre—. El padre de Ajab.

¡Lo sabía! ¡Era malo! Le costó un gran esfuerzo no llevar la mano a la boca en un gesto de estupefacción.

—Oh, ya sé que le tachan de malo, porque ahora todo y todos relacionados con el reino del norte se consideran malos —dijo el padre de Casia—. Pero examinemos las pruebas.

María no sabía cómo examinar las pruebas, pero estaba ansiosa por descubrirlo.

—Fue fundador de la gran ciudad de Samaria. Una ciudad destinada a ser rival de Jerusalén. Reconquistó los territorios perdidos al este de Jordania y conquistó Moab. Firmó la paz con Judea y puso fin a las guerras continuas entre estados hermanos. ¡Es un hombre de quien estar orgulloso, a quien emular!

—Queríamos que nuestro hijo fuera fuerte, valiente y lleno de vigor —añadió la madre de Casia—. Por eso le llamamos Omri. Los que conocen las hazañas de Omri lo entienden. En cuanto a los demás... ¡son necios ignorantes y fanáticos!

Como mi familia, pensó María. No tienen buena opinión del reino del norte.

—¡Sara! —exclamó su esposo—. Exageras mucho. Son ignorantes, pero no deberíamos llamarles necios.

—Si lees nuestra historia, tú mismo verás hasta qué punto son ciegos.

—¿Leer la historia? ¿Aquella mujer sabía leer?

La madre de Casia se dirigió a María:

—¿Estás aprendiendo a leer? —preguntó—. Casia acaba de empezar.

—No, yo... yo quiero aprender, lo quiero más que nada en el mundo.

—¿Te gustaría compartir las clases de Casia? Las lecciones son más divertidas cuando hay más alumnos que maestros.

—¡Sí, por favor! ¡Te gustará mi tutor, es muy divertido!

¿Podía hacerlo? ¿Podría escapar de su familia para ir a aquella casa a aprender a leer? La sola posibilidad le produjo una sensación de vértigo.

—Las clases son dos veces por semana —dijo Casia—. A media tarde. Cuando la mayoría duerme la siesta.

—Puedo... preguntar —dijo María en voz baja. Pero ya conocía la respuesta. No tenía sentido preguntar.

—¿Quieres que hable yo con tus padres? —se ofreció la madre de Casia—. Podría ampliar la invitación...

—¡No! —respondió María apresuradamente. Eso la obligaría a explicar a sus padres cómo había conocido a la familia de Casia y toda la historia. Y la respuesta seguiría siendo negativa—. Yo... preguntaré —concluyó.

—¿Cómo nos comunicaremos? —quiso saber Casia—. Podríamos dejarnos mensajes en el árbol que hay junto al lago. Ah, pero tú no sabes escribir.

En ese momento María decidió que aprendería a leer y a escribir, no importaba a qué artimañas tuviera que recurrir para conseguirlo.

—Dejaré un pañuelo rojo en caso de que pueda venir y un pañuelo negro si no puedo —resolvió.

—¿Dónde has estado? —La madre de María se irguió en el momento en que entró en el atrio, un atrio que ahora le parecía pequeñito.

En el camino de vuelta a casa, María había preparado su coartada. Después de la demostración de tejeduría había ido al mercado a buscar lanas de colores, como aquellas que les había enseñado el maestro tejedor. No había sido su intención demorarse tanto.

Dijo su mentira con valentía. La madre la observó:

—Fui a la demostración poco antes del final. No estabas allí —dijo.

—Me fui un poco antes, para llegar al mercado antes que la muchedumbre —explicó María.

Zebidá asintió en aprobación.

—Sí, es mejor así —admitió—. Si un mercader tiene que atender a un gran número de clientes, sabe que la venta está asegurada. Se atreverá a elevar el precio. Entonces ya no puedes comprarle a él, porque ha subido el precio.

—¿Y si el precio, incluso el aumentado, es justo? —preguntó María. Estaba tan aliviada de haber podido ocultar su excursión secreta que no tenía inconveniente en hablar de mercaderes y mercaderías.

—Aun así, no debemos premiar este tipo de actitudes —respondió la madre.

—¿Qué hay de malo en ello? —insistió la niña—. ¿Qué hay de malo en subir el precio si el mercader ve que hay mucha gente interesada en sus mercancías? Cuando un vendedor no tiene clientes, baja los precios de sus productos. Tú has comprado artículos a precios más bajos. ¿Por qué una cosa es mala y la otra, no?

—No puedes entenderlo —dijo la madre.

Pero María sabía que lo entendía muy bien.

—Madre —dijo—, el maestro tejedor dará clases a principiantes dos veces por semana...

Fue un verano placentero, de largos días calurosos y noches refrescantes. El ardid de las clases de tejeduría dio buen resultado, y dos veces por semana María subía a la casa de Casia, yendo de las clases del tejedor directamente a las clases de lectura. Los padres de Casia estaban tan contentos de que su hija tuviera una compañera de aprendizaje, que en modo alguno quisieron cobrarle su parte. Y con cuánta avidez estudiaba María, con qué ansias deseaba aprender a leer para entrar en un mundo nuevo, que hasta entonces le era vedado.

Era la víspera de Rosh Hashaná, del año nuevo de tres mil setecientos sesenta y ocho. María yacía en la cama, emocionada, cuando oyó una voz tenue que llamaba: «¡María!»; como si alguien susurrara su nombre en el otro extremo de la alcoba.

Aunque era una voz dulce, la asustó. Se incorporó y escudriñó las sombras. ¿Había sido un sueño? Allí no había nadie.

Debió de ser un sueño. Supongo que me quedé dormida sin darme cuenta, pensó.

Ahora, sin embargo, estaba totalmente despierta. Despierta para saber que la voz sonaba de nuevo: «María.»

Contuvo el aliento. Nada más se oía en la habitación, ninguna respiración, ningún susurro de tela.

—María. —La voz ya parecía venir de un punto muy cercano.

—¿Sí? —preguntó con un hilo de voz.

Pero no hubo respuesta. Y no se atrevió a levantarse.

A la luz del día, recorrió la alcoba con la mirada, pero no pudo ver nada. ¿Había sido un sueño? No dejó de pensar en lo ocurrido toda la mañana y llegó a preguntarse si no sería lo mismo lo que le había sucedido al profeta Samuel cuando era niño. Cuando vivía con el sacerdote llamado Elí, él también había oído una voz que le llamaba en medio de la noche y pensó que era el sacerdote. Sin embargo, era Dios quien le llamaba y a Samuel le enseñaron a responder así: «Habla, tu siervo te escucha.»

Si vuelvo a oír la voz, responderé lo mismo, se prometió María. No podía evitar un sentimiento de alborozo ante la idea de que ella pudiera haber sido elegida para algún cometido.

No fue hasta la hora más oscura y silenciosa de la noche siguiente, cuando la niña dormía profundamente, agotada por el duermevela de la noche anterior, que un sonido llegó a sus oídos.

—María, María —decía. Era la voz sedosa de una mujer.

Luchando por emerger de las profundidades de su sueño, María dio la respuesta que había estado ensayando:

—Habla, tu sierva te escucha.

Hubo un silencio. Luego la voz dijo con voz suave:

—María, me has abandonado. No has cuidado de mí como me corresponde.

La niña se incorporó agitada. ¡El Señor... le hablaba el Señor! ¿Cómo responder? Aunque Él, que todo lo sabe, también debía de conocer sus faltas y debilidades.

—¿Cómo? —Se esforzó por encontrar las palabras adecuadas—. ¿Por qué te he abandonado? —Se acercaba el Día de la Expiación. ¿Iba Dios a acusarla de una gran omisión?

—Me has escondido y no me contemplas. No es así como se me debe tratar.

¿Qué quería decir? A Dios no se le esconde ni se le contempla.

—No comprendo —dijo.

—Claro que no, pues eres una niña tonta. Fuiste lo bastante inteligente para reconocer un objeto valioso, lo bastante lista para protegerlo pero, más allá, eres una ignorante.

La voz era ligera y juguetona al mismo tiempo. En absoluto se parecía a la voz de Dios, al menos no como decían que le habló a Moisés.

—Entonces, instrúyeme, Señor —respondió con humildad.

—Muy bien —dijo la voz—. Mañana has de contemplarme de nuevo, y te diré lo que debes hacer. Ahora duerme, tontita. —La voz la despidió, apagándose en la oscuridad.

¿Dormir? ¿Cómo podría dormir? María se hundió en la cama, sintiéndose desdichada. Dios la había reprendido. ¿Por qué razón? Debería sentirse honrada de que Dios le hablara, pero le dolía su desaprobación.

«Fuiste lo bastante inteligente para reconocer un objeto valioso, lo bastante lista para protegerlo... Mañana has de contemplarme de nuevo...»

Proteger... contemplar...

Antes de que la luz del día iluminara por completo la habitación, María se despertó con un sobresalto: era el ídolo de marfil lo que le había hablado.

Sí, había sido la figurita. Eso explicaba la voz femenina y la queja de estar escondida. Porque María realmente la había escondido en una caja, bajo una capa de invierno, y la caja estaba en el otro extremo de la alcoba, de donde provenía la voz. Y se había olvidado de ella.

La niña se levantó de la cama con cautela y metió la mano debajo de los pliegues de la capa de lana, buscando el bulto envuelto en telas. Sí, allí estaba. Lo asió y lo sacó a la luz grisácea del alba. Lo desenvolvió con cuidado y contempló el rostro sonriente de la enigmática diosa.

¿Cómo he podido olvidarme de ti? Fue su primer y espontáneo pensamiento.

—Por fin. —La voz parecía sonar dentro de su cabeza. El rostro exquisito se veía con más claridad a la luz creciente del día. Las líneas talladas en el marfil dibujaban el cabello que caía sobre los hombros, los ojos soñadores entrecerrados, los motivos de su vestido y las alhajas simbólicas; todo sugería un poder grande aunque afable, como una visión antigua, de los tiempos en que las diosas gobernaban la tierra y controlaban los vientos, las lluvias, las cosechas, los nacimientos y las muertes—. ¡Vuelvo a nacer a la luz del sol!

El bello rostro miraba a María.

—Ponme donde pueda sentir la luz. Llevo tanto tiempo encerrada en las tinieblas, bajo tierra. Envuelta en trapos y oculta al sol.

Obediente, María depositó la delgada efigie de marfil —muy delgada, tallada en un fragmento de colmillo— a los pies de la cama, donde un rayo de sol acariciaba la colcha.

—Ah... —La niña juraría que la efigie había emitido un prolongado suspiro de alivio. La examinó con atención, viendo cómo la luz del día revelaba la delicadeza de su talla.

Mientras crecía la luz, el ídolo parecía resplandecer, absorbiéndola. Justo en ese momento María oyó a su madre delante de la puerta. Se apresuró a esconder la efigie bajo la capa y empujó la caja al rincón de la alcoba.

—Perdóname —susurró.

—¡María! —dijo la madre desde la puerta—. ¿Ya estás levantada? ¡Es una buena manera de empezar el año!

Pronto anocheció de nuevo. Acostada en la cama, María contemplaba la luz temblorosa de la lámpara de aceite depositada en una hornacina. La llama vacilante proyectaba sombras movedizas sobre la pared encalada. Su luz había sido siempre un consuelo en la noche, pero ahora ya no le parecía tan reconfortante.

No me levantaré de la cama, se decía a sí misma. No iré allí. No es más que un trozo de marfil tallado por manos humanas. Carece de poder.

—Mi nombre es Asara, hija mía —dijo la voz dulce—. Asara —siguió murmurando. Y María supo que aquél era el nombre del ídolo y que así deseaba ser llamada.

Asara. Un nombre hermoso, tan hermoso como la propia efigie.

—Asara —repitió María con respeto.

Temblando de miedo, se prometió a sí misma en secreto (porque Asara no podría leer su pensamiento) que al día siguiente la sacaría de la casa y la tiraría al barranco. No, iría a los hornos del pueblo y la lanzaría a las llamas. No, no debo hacer eso, pensó, podría contaminar el pan. Iré a... Quedó dormida tratando de pensar en un fuego purificador y definitivo.

Pero el día siguiente resultó muy ajetreado, y no tuvo oportunidad de sacar la talla de su escondite y de la casa. Su mente estaba serena; no sintió la voz del ídolo hablándole y sus temores se apaciguaron.

El gran Día de la Expiación —un día de ayuno estipulado por Moisés— se acercaba rápidamente. En ese día, en Jerusalén, los sacerdotes harían las ofrendas de rigor y celebrarían los rituales necesarios para ganar el perdón por los pecados del pueblo de Israel, pecados conocidos y también desconocidos. Finalizados los ritos de expiación de la culpa colectiva, soltarían un chivo solitario al desierto, portador simbólico de los últimos residuos de pecado. Allí acabaría pereciendo, expiando las culpas de la nación.

Para las personas, el día era de ayuno y pesadumbre. Tras una ceremonia de alabanza a Dios celebrada al amanecer, los fieles quedaban confinados en sus casas, vestían sayales y se cubrían la cabeza de cenizas. Guardaban ayuno y rezaban el día entero, recordando sus pecados, confesándolos y confiando en la misericordia de Dios para su perdón.

Amaneció un día glorioso, que hizo la tarea de contrición muy difícil. Para atormentar a los fieles y cautivar sus pensamientos, el sol llamaba a salir de las casas, hablándoles de frutas maduras y festivales de recolección, de los hermosos regalos de la vida que distraen a las personas del examen profundo del lado más oscuro de sus almas.

La familia de Natán no atendió la llamada de la naturaleza; todos sus miembros permanecieron encerrados en casa, en sus habitaciones privadas, observando una vigilia silente y en ayunas.

La túnica obligatoria de tela áspera que María llevaba puesta —el tradicional sayal de arrepentimiento— picaba tanto que pensó que tenía pulgas. No alcanzaba a comprender cómo pudieron vivir en el desierto los hombres santos con ese atuendo. Tampoco comprendía cómo ni por qué esto les hacía santos y les acercaba a Dios.

Esforzándose por ser piadosa, recitó humildemente los diez mandamientos con la cabeza inclinada.

«No tendrás más dioses que yo. No adorarás a los ídolos. No te inclinarás ante ellos ni les rendirás culto.»

¡Asara! Aunque no la hice yo, pensó María, ni me inclino ante ella ni la adoro. Además, me desharé de ella. ¡Lo prometo!

«No pronunciarás en vano el nombre de Dios, tu Señor.»

No, no lo hago. No pronuncio el nombre de Yahvé, excepto en mis oraciones.

«Observa el día del Shabbat y respeta su santidad.»

Siempre lo hacemos. Siempre obedecemos las reglas.

Recordó, no obstante, que había aplaudido la decisión de José de violar una de esas reglas. ¿Soy culpable por ello?, se preguntó.

«Honra a tu padre y a tu madre.»

¡Las clases! ¡Las clases de lectura que mantenía en secreto! Se sintió abrumada de culpa. Al mismo tiempo, pensó que las clases en sí no eran malas, sólo el hecho de mentir para ocultarlas.

«No matarás.»

Emitió un suspiro de alivio.

«No cometerás adulterio.»

«No robarás.»

Otro suspiro de alivio.

«No levantarás falso testimonio contra tu vecino.»

Ella era una niña, y a las mujeres no se les permitía ser testigos en un juicio, de modo que la ley la protegía de ese pecado.

«No codiciarás el hogar de tu vecino.»

Codiciaba el hogar de Casia, aunque no por lo que había en él sino por el espíritu de las personas que lo habitaban.

«No codiciarás a la mujer de tu vecino, ni a su criado y doncella, ni a su buey y asno, ni a nada que le pertenezca.»

Desde luego, de eso sí era culpable. Codiciaba muchas cosas, cosas que desearía que fueran suyas. No podía evitarlo cuando las miraba y eran tan deseables...

¡Eso no es ninguna excusa! La voz severa de Yahvé pareció resonar en sus oídos.

Tiene que haber algo más, pensó la niña. Los diez mandamientos son tan... tremendos. ¿Qué hay de las cosas pequeñas, de las cosas cotidianas? El asesinato no es algo cotidiano.

Para mí, el verdadero pecado sería... decidir hacer algo que sabes que está mal, pensó. ¿Es malo aprender a leer y a escribir, aunque a mí me parezca bueno, sólo porque mis padres no desean que yo aprenda?

¿Y qué hay de los malos pensamientos?

Lo peor que yo he hecho es albergar malos pensamientos. Por cada acto malo, hay cien malos pensamientos.

Su estómago se quejó. Tenía mucha hambre. Y le dolía la cabeza. Es para recordar que dependemos de Dios para nuestro alimento, se dijo, y darnos cuenta de todas las ocasiones en que nos olvidamos de agradecérselo. El dolor de sus entrañas, sin embargo, no le dejaba concentrarse.

Se sentó obedientemente sobre el suelo duro de su habitación, mareada de hambre, tratando de descifrar los mandamientos de Dios y reflexionando en sus pecados infantiles.

El Día de la Expiación había sido interminable. Durante la cena tranquila que tomaron para poner fin al ayuno, Natán dijo con voz muy queda:

—Es la misericordia de Dios que nos permite vivir y arrepentirnos.

Pero ¿serían mejores dentro de un año?, se preguntó María. ¿O pasarían el año entero luchando por vencer las mismas tentaciones, sólo para seguir atormentados por ellas?

Quizá no nos esforzamos bastante, pensó. Voy a intentarlo con todas mis fuerzas. Lo repitió en voz muy baja, moviendo los labios: «Lo intentaré con todas mis fuerzas.» Era un juramento. Sabía que Dios escuchaba y le pediría cuentas. Debo deshacerme del ídolo. Debo deshacerme de todo lo que disgusta a Dios.

Estuvo más que feliz de ir a la cama, aunque apenas había salido de su pequeña habitación en todo el día. Yacer a oscuras era un modo de correr un velo ante un día también muy oscuro; ennegrecido por culpas desagradables y el cargo de conciencia.

Seré mejor persona, volvió a prometerse a sí misma y a Dios. Pensó en el chivo que estaba deambulando por los páramos del desierto, llevando a cuestas los pecados del pueblo. Pasarían días antes de que sucumbiera a la muerte, suponiendo que muriese. Podría encontrar agua y comida. El misterio consistía en que nadie lo sabría, jamás.

5

—El emperador romano ha muerto. —Natán entró apresurado en la casa y dejó su canasta en el suelo—. Por eso hay tanta conmoción.

Toda la noche habían oído sonidos distantes que provenían de las colinas, un gran alboroto y voces confusas que indicaban que algo malo había sucedido, en algún lugar. Tal vez fuera el bullicio de las tropas romanas que salían de sus campamentos a orillas del lago o bajaban del norte, reuniéndose para evitar disturbios.

—El rey Herodes Antipas ha ordenado luto público generalizado —prosiguió—. Oh, pero no tenemos que hacer sacrificios, no a los dioses romanos, sólo al nuestro, para rezar por el alma del emperador difunto. —Natán parecía aliviado. Tenía ya más de cuarenta años. Las largas jornadas y el trabajo duro del saladero hacían mella en él. Sus dos hijos, casados ya ambos, aliviaban mucho su carga pero aún le quedaba trabajo que hacer.

—No pasará mucho tiempo antes de que le declaren dios, como hicieron con el primero, Julio César —dijo la madre de María—. Me pregunto si esperarán un tiempo decoroso.

Natán resopló.

—¿Qué es un tiempo decoroso, Zebidá? —Se sentó y tomó una manzana de una cesta—. ¿Cuánto tiempo hace falta para convertirse en dios? —Mordió la fruta turgente con energía—. ¿Basta (¡puf!) un instante? ¿O es un proceso lento y prolongado, como el que hace crecer la masa del pan?

Ambos se echaron a reír sin poder controlarse. Se imaginaron al viejo emperador Augusto hinchándose majestuosamente, sus facciones inflamadas, hasta que su cuerpo se elevaba poco a poco de su lecho de muerte.

Cuando al fin pudo controlar la risa y recobrar el aliento, Zebidá dijo:

—Fue emperador desde que tengo memoria. ¿Cuántos años tiene... tenía?

Natán reflexionó.

—Más de setenta —dijo finalmente—. Es una vida larga para cualquiera, y sobre todo para alguien que vive en Roma. —Hizo una pausa—. Después de tantos años, tantas intrigas y tantos matrimonios, el pobre Augusto no tenía un hijo que le suceda. Ser dueño del mundo y el último de tu linaje... —Natán meneó la cabeza.

—¿Quién le sucederá? —preguntó Zebidá, seria ya.

—Su hijastro, Tiberio. La cuestión es que Tiberio nunca le cayó bien, aunque no le ha quedado otra opción al final. Todos los demás, viejos y jóvenes, que podrían haber sido mejores emperadores, ya están muertos. Su mejor amigo, Agripa, sus nietos, sus sobrinos... —Natán se encogió de hombros—. Es muy triste, de veras que sí.

—¿Cómo es este Tiberio?

Ambos se volvieron para mirar a María, de pie en el umbral de la puerta. ¿Cuánto rato llevaba allí?

—Dicen que es un hombre triste —respondió el padre—. Y que sospecha de todos como conspiradores. Ha tenido que esperar demasiado hasta que le llegara su turno de ser emperador.

—¿Qué edad tiene? —Con la adolescencia, María no había perdido ni un ápice de su curiosidad. Ni de su agilidad mental.

—Oh, más de cincuenta —dijo Natán—. Es ya un solterón amargado, si a un hombre se le puede llamar así.

Tan pronto pronunció las palabras, se arrepintió de haberlo hecho. María tenía ya edad para el matrimonio, pero sus relaciones con los posibles pretendientes eran sorprendentemente difíciles. No parecía desear casarse, y su familia no había recibido muchas proposiciones de matrimonio, hecho que resultaba bastante extraño de por sí. La muchacha era guapa e inteligente, y el enlace con su familia ofrecía buenas perspectivas para cualquier hombre joven.

María cerró la boca y fulminó a su padre con la mirada.

—¿Cómo, exactamente, puede ser un romano un solterón amargado? —le espetó al final.

—Tu padre sólo pretende decir que Tiberio es... quisquilloso, remilgado y quejica.

—¿Como yo? —inquirió la muchacha—. Se dice de él que asiste a reuniones obscenas, donde se divierte con sus amigos. ¿Cómo puede ser remilgado, si hace esas cosas?

—Pues, si alguien puede ser remilgado e indecente a la vez, Tiberio lo es —sentenció su padre—. Menudo reinado nos espera —profetizó—. Con suerte, estará demasiado atareado en Roma para ocuparse de nosotros.

—¿Dónde has oído hablar de sus tejemanejes? —preguntó la madre. ¿Y qué había oído, exactamente? Las habladurías que habían llegado a oídos de la propia Zebidá contaban situaciones anormales, repugnantes.

—En todas partes —replicó María con altivez. Ella y Casia habían hablado interminablemente de él, en especial de sus orgías. Le usaban como medida de la disolución, con la que medir a los hombres de Magdala. «Al menos, fulano no tiene papiros con dibujos obscenos, como Tiberio... Al menos, hace lo que hace en privado, a diferencia de Tiberio... Él no distribuye vales especiales para los que quieran asistir a sus orgías, como hace Tiberio...» María no pudo evitar una risita al recordar los detalles de aquellas conversaciones.

Su padre suspiró. El interés que su hija mostraba en asuntos como ése harían su matrimonio mucho más difícil. Los hombres la verían como un mal negocio, a pesar de su encanto y de ser bien parecida. Las prefieren dulces, aunque sean feúchas, pensó Natán. Observó a su hija con ojos de mercader que intenta evaluar las cualidades comerciales de un producto. El pelo, bonito. Las facciones, atractivas, especialmente la boca y la sonrisa. Un pelín demasiado alta, aunque esbelta. La voz, agradable. La muchacha hablaba griego, además de arameo, y tenía buen conocimiento de las escrituras.

Por fortuna, la mayoría de sus encantos eran obvios a primera vista, mientras que sus defectos no se apreciaban enseguida. ¿Qué defectos? Su mente inquieta e inquisidora. Su tendencia a ser desobediente. Su interés en asuntos prohibidos, como el tema de la lujuria de Tiberio. Sus ataques de melancolía, que no se preocupaba en ocultar. Cierto gusto por el lujo y los objetos preciosos. Un genio vivo y bastante obstinado. Y un carácter demasiado reservado.

—Supongo que no es asunto de risa —dijo María finalmente—. No, mientras el viejo Augusto está de cuerpo presente. Pero es triste pensar que ellos, me refiero a los romanos, creen de verdad que se convertirá en dios.

Su padre añadió la facilidad de cambiar de tema a la lista de los rasgos indeseables de María.

—Me pregunto si lo creen de veras —dijo Zebidá— o sólo lo proclaman por conveniencia política. En cierto modo, resulta más extraño que la fe en el poder de los ídolos, cuando la gente sabe de sobra que son simples trozos de piedra y de madera.

O de marfil, pensó María con un sobresalto. Hacía mucho que no recordaba su secreto infantil.

—Sí, los que adoran a los ídolos afirman que no es la piedra en sí lo que veneran, sino lo que ella representa, algún poder, una fuerza invisible —dijo Natán—. Pero pensar que un hombre mortal se pueda convertir en dios... —Meneó la cabeza, en un gesto de perplejidad.

—¡Y pensar que dejan el cuerpo de Augusto sin sepultura durante tantos días! —añadió María—. Para después incinerarlo. —Un estremecimiento recorrió su cuerpo—. Me parece una costumbre bárbara, aunque los romanos son precisamente esto: unos bárbaros.

—Paganos —puntualizó su padre—. No son bárbaros, son paganos. No es lo mismo.

—Podríamos decir que todos los bárbaros son paganos, aunque lo contrario no es necesariamente cierto —añadió Zebidá.

—Son dignos de lástima, todos ellos —afirmó Natán con total convicción—. Los paganos, los bárbaros y los gentiles, se llamen como se llamen.

El cuerpo de César Augusto, quien había fallecido lejos de Roma, fue transportado lentamente a la capital, viajando de noche y reposando de día. El viejo emperador tardó dos semanas en llegar a Roma, la ciudad donde había conspirado y sacrificado, y a la que se había entregado por completo durante medio siglo. Se le atribuía la frase: «Encontré una Roma de ladrillo y os la entrego de mármol.» Y, por cierto, su cortejo fúnebre recorrió las calles de una ciudad magnífica. No escatimaron ritos ni detalles para que su último viaje terrenal estuviera a la altura de los anteriores. Cuando al fin encendieron la pira funeraria, un ex pretor llamado Numerio Ático vio al espíritu de Augusto ascender al cielo; eso juró después ante el Senado.

El 17 de septiembre, casi un mes después de la muerte de Augusto, el Senado le declaró oficialmente dios. Le iban a dedicar templos, le asignarían un culto de sacerdotes y celebrarían festividades en su honor. Ya se podía jurar oficialmente «en nombre de Augusto».

El nuevo juramento fue aceptado de inmediato en todos los confines del Imperio, incluida la tierra de Israel, en centros administrativos como el de Cesarea. En las ciudades de Jerusalén y de Magdala, no obstante, el endiosamiento de Augusto coincidió con los días santos que daban entrada al nuevo año de tres mil setecientos setenta y cinco. Y aquellos que rezaban por el perdón de sus pecados y hacían examen de conciencia el Día de la Expiación pondrían la proclamación de la divinidad de un mortal en la cabeza misma de su lista de abominaciones, si tuvieran la debilidad de proferir el juramento recién instituido, aunque fúera por importantes razones comerciales.

El rito anual de la expiación había adquirido visos de tediosa rutina para María. Cada año echaba las cuentas de sus pecados y se arrepentía sinceramente de ellos, jurando a Dios que nunca más los cometería; el año siguiente, se encontraba encerrada en su habitación arrepintiéndose de los mismos pecados. A veces aparecían suavizados y no resultaban tan escandalosos, podía apreciar cierta mejoría en sus actitudes, aunque las faltas perduraban, a pesar de todo, obstinadas como las piedras que se desgastan al paso de los asnos, sin llegar a desaparecer nunca de los caminos.

Este año, además de los viejos pecados conocidos, María tenía que añadir unos cuantos nuevos a su lista. En el invierno pasado había salido de la niñez para entrar en ese estado discretamente caracterizado por sus «cosas de mujer». El paso conllevaba toda una serie de normas y requisitos nuevos, algunos de los cuales databan de los tiempos del propio Moisés y tenían que ver con la impureza ritual; y otros, más modernos, estipulaban normas de conducta. La transición significaba que ya tenía edad para casarse y, aunque su padre todavía no había insistido en la necesidad de buscar un marido, ella sabía que no pasaría mucho tiempo antes de que lo hiciera.

Tanto deseaba tener un esposo como no, y la contradicción le creaba confusión. No casarse era una deshonra y, por supuesto, no deseaba esa deshonra para sí. Quería lo mismo que quería todo el mundo: vivir una vida normal, ser bendecida con aquellas cosas que todos consideraban regalos de Dios. Salud, prosperidad, respetabilidad, una familia, un hogar. Pero, a la vez, deseaba ser más libre, no menos, y las responsabilidades de una familia significaban, en términos prácticos, que viviría una vida esclavizada. Estaría ocupada en todo momento cuidando de los que vivían bajo su techo. Veía lo duro que trabajaba su madre y lo duro que trabajaban sus cuñadas, aunque cada una a su manera particular y diferente a las demás. La única alternativa, sin embargo, era convertirse en una carga para su familia, imponerles la ignominia de la hija soltera. Las escrituras abundaban en admoniciones sobre los huérfanos y las viudas, hablaban de su desdicha y predicaban la necesidad de cuidar de ellos, y las hijas solteras compartían el mismo estatus, si no otro inferior. La única diferencia era que el padre o el hermano podían, por lo general, cuidar de la muchacha que no se había casado.

Pero la vida era demasiado dulce para vivirla esclavizada. María se había fijado en que las amas de casa de Magdala parecían mucho más viejas que las mujeres griegas que a veces visitaban el saladero con sus esposos. Había oído que las extranjeras tenían derecho a la propiedad e incluso podían viajar solas. Algunas administraban la economía familiar a la vez que un negocio propio. Se dirigían a los hombres de igual a igual, sin tener que bajar la mirada. María había sido testigo de ello y las había visto dirigirse así a los hombres de su propia familia. Hasta Eli parecía disfrutar de ese trato, como si le satisficiera de un modo prohibido. Lucían túnicas transparentes, llevaban el cabello descubierto y tenían nombres exóticos, como Fedra o Febe. Nombres parecidos a... Asara.

El nombre irrumpió en su pensamiento como un relámpago. Asara.

Asara, que permanecía oculta en el lugar donde la había escondido hacía tantos años. Asara, que había sobrevivido a la intención de María de sacarla de casa y destruirla. Asara, quien, de pronto, estaba intensamente presente.

En cuanto termine la jornada, se dijo María, haré lo que juré hacer tiempo atrás. Me desharé de ella. Dios me ordena que lo haga. Él prohíbe la posesión de ídolos.

Durante el resto del día, mientras el sol recorría el cielo y la luz iba menguando en la ventana de su habitación, orientada al este, María reflexionó obedientemente sobre sus faltas. Debería ser más sumisa y aceptar la sumisión con más alegría. No debería obstruir los esfuerzos de su padre por encontrarle un esposo. Debería dejar de soñar despierta y dedicarse a tareas más útiles. No debería ser tan vanidosa con su cabello ni desear aplicarle henna para darle un tinte rojizo. Debería dejar de leer poesía griega. Era poesía pagana e incendiaria. Retrataba un mundo que le estaba prohibido y despertaba en ella la codicia. La codicia era un pecado.

Nunca te casarás si no cambias estos hábitos nocivos, se dijo la muchacha. Y tienes la obligación de casarte, es tu deber ante tu padre. Dios desea que obedezcas. ¿Qué había proclamado Samuel en el nombre de Dios? «Es mejor obedecer que ofrecer sacrificios, es mejor escuchar a Dios que derramar la sangre de los corderos en su honor.»

Una idea se le ocurrió de repente. Dios había hablado a Abraham, a Moisés, a Samuel, a Gedeón, a Salomón, a Job, a los profetas... ¡Pero la única vez que habló a una mujer, fue para anunciarle que iba a tener un hijo!

De pronto se sintió angustiada, a la vez que trató de rebatir la lógica de su pensamiento. ¿Es realmente así? Bueno, también habló con Eva. ¿Y qué le dijo? «Agravaré los dolores de tus partos; con dolor traerás a tus hijos a este mundo.» Y con Agar. «Estás encinta y tendrás un hijo; le llamarás Ismael.» Ni siquiera habló directamente a Sara ni a Ana, aunque les dio los hijos deseados, destinados a cumplir una promesa o a servir a Dios. Hijos, por supuesto. Siempre hijos varones.

Tiene que haber hablado a alguna mujer, pensó María. A alguna mujer, alguna vez, le tiene que haber trasmitido un mensaje que nada tuviera que ver con la maternidad. Pero, aunque permaneció allí sentada hasta casi entrada la noche, no se le ocurría nadie.

Y entonces otra idea se abrió camino hasta su conciencia: Asara es una diosa. Una diosa que habla a las mujeres.

La vida de María ya era parecida a la de un ama de casa, en muchos aspectos. A la edad de trece años, los muchachos judíos habían completado sus estudios de la Ley sagrada —salvo que prosiguieran, con el fin de llegar a ser escribas y eruditos— y pasaban a ocupar un lugar propio en la congregación de varones que se reunían para la oración. También para entonces habían iniciado su formación en un oficio, el paterno u otro cualquiera. Las muchachas judías de trece años, en cambio, quedaban relegadas a la realización de las tareas domésticas, esperando que llegara su momento de contraer matrimonio. La vida cotidiana de María en nada se diferenciaba de la de su madre, en este aspecto. Consistía en una rutina ardua y aburrida, que no ofrecía más interés que el de terminar las duras faenas antes de la puesta del sol. María era muy eficiente y, casi todos los días, conseguía completar su trabajo pronto, para así disponer libremente del resto del día.

Le gustaba salir a caminar hacia el sur de la ciudad, dejando atrás el paseo empedrado que corría paralelo a la orilla del lago, más allá de los muros que se prolongaban dentro del agua, proclamando su función protectora de la urbe, y a lo largo de la orilla solitaria.

A menudo se sentaba en la misma roca, lisa y redondeada, junto al agua, para contemplar la luz evanescente. Al alba y al anochecer el lago parecía resplandecer con luz propia, como si el sol tuviera su morada secreta en las profundidades. Un silencio caía sobre el mundo, las brisas enmudecían, las hojas y las olas dejaban de murmurar, y el día mismo parecía suspirar como hiciera Dios el día de la Creación, susurrando: «Es hermoso, es muy hermoso.» Después llegaba apresurado el crepúsculo, como un telón que caía sobre la luz, mudándola del rosa al violeta.

Lejos del clamor y el ajetreo de la ciudad, María sacaba sus lecturas favoritas y devoraba poesía griega y las historias que narraban las gestas de los héroes antiguos, como Heracles. En Israel no existía la literatura popular, todos los textos se referían únicamente a la religión. Las historias y las canciones del pueblo pertenecían a la tradición oral, jamás eran escritas. Los que quisieran leer relatos de aventuras, tratados de filosofía y textos de historia tenían que recurrir al griego, el latín o el egipcio. En los mercados florecía el comercio de esos escritos, porque la gente los leía con avidez, dijeran lo que dijeran los sabios de Jerusalén. Delante de las puertas de la ciudad, bajo las mesas de lino y de pescado, se ponían a la venta y reventa manoseadas copias de la *Ilíada* y la *Odisea*, de obras de Safo y Cicerón, del poema épico de Gilgames, de piezas de Catulo y de Horacio.

Ahora María estudiaba al poeta Alceo, luchando tanto contra las dificultades del griego como contra las de la luz crepuscular. Su hermano Silvano había sido su cómplice y profesor secreto de la lengua griega. Llevaba días descifrando trabajosamente los versos, que trataban de un naufragio. Hoy, henchida de emoción triunfal, habría de completar la última frase. Su frágil decisión de abandonar la poesía griega se había disipado.

... y nuestro barco es engullido por las olas.

Terminó la lectura, enrolló la hoja de papiro y contempló el lago. Como todo poema que se precie, este que acababa de leer le hacía ver mares tormentosos en lugar de las aguas quietas y pacíficas que se extendían ante sus ojos. El recuerdo de tormentas pasadas en este lago, notorio por sus peligros, se alzó ante ella cual oleaje embravecido.

Se puso de pie. Pronto caería la noche y debería encontrarla dentro de los muros de la ciudad. Aunque quedaba una cosa por hacer, una vieja promesa por cumplir.

De una pequeña bolsa sacó un objeto envuelto en trapos. Llevaba así escondido mucho tiempo. Era el ídolo, la efigie de Asara. Lo tiraría al lago, al lecho profundo del agua, donde podría hechizar a los peces, las piedras y las algas.

Lo sostuvo en la mano, dubitativa. Jamás volveré a verlo, pensó. Hace tantos años que ni siquiera puedo recordar su aspecto.

No lo mires, se dijo con severidad. ¿Acaso no te habló una vez? ¿No fue ayer mismo cuando intentó irrumpir en tus pensamientos?

Extendió el brazo hacia atrás y afianzó los pies en el suelo para poder arrojarlo lo más lejos posible en el agua.

No soy tan débil, se desafió a sí misma. ¿Miedo de contemplar un ídolo pagano? Me avergüenzo de este miedo. La única manera de vencerlo es mirándolo a la cara. Si no lo hago ahora, le cederé poder sobre mí hasta el fin de mis días.

Con ademán lento bajó el brazo. Abrió la mano y contempló el bulto cubierto en su palma. Con la otra mano, empezó a desenvolver lentamente los trapos. A la luz violácea del crepúsculo, pudo ver de nuevo el rostro de marfil; sus labios parecían sonreírle.

Se inclinó para verlo mejor a la luz crepuscular. Era tan hermoso que le quitó el aliento. Más hermoso que las estatuas de mármol blanco de los cuerpos de atletas que había tenido ocasión de ver mientras las transportaban a la orilla opuesta del lago, a la ciudad pagana de Hipona; más bello que los sensuales retratos de plata grabados en las monedas de Tiro, que pasaban de mano en mano en los puestos extranjeros de los mercados.

Sería un error destruirlo, pensó. Podría venderlo al mercader griego que pasa por aquí regularmente, camino de Cesarea. Debe de valer mucho dinero. Por un instante, se le ocurrió que podría guardar ese dinero para salvarse de un matrimonio no deseado, pero enseguida se amparó en una idea más piadosa: donarlo a la empresa de su padre o dárselo a los pobres.

En cualquier caso, arrojarlo al mar sería un desperdicio.

Con un suspiro de alivio por haber podido vencer su premura, María volvió a esconder la efigie en la bolsa.

6

—Parece un joven muy meritorio —dijo Natán durante la cena, con un matiz de disculpa en la voz. Untó una rebanada de pan con pasta de higos y aguardó la respuesta.

—A mí también me lo parece —apostilló Zebidá.

—Si nuestra familia ha sobrevivido a la llegada de Dina, lo sobrevivirá todo —comentó Silvano, refiriéndose a la esposa de Eli. Dina, quien observaba la Ley con más fervor que el propio Eli, había sido fuente de gran regocijo para la familia, a la vez que de mucho dolor. Había declarado la celebración de la Pascua judía (así como todos los ágapes) pruebas de beatitud y de pureza ritual. En consecuencia, raras veces compartían la mesa con Eli y Dina.

Los tres dirigieron las miradas a María, cuya opinión importaba más que todas. A fin de cuentas, la muchacha tendría que vivir con él.

—Supongo... —Le costaba pronunciar las palabras. Sus pensamientos eran turbios, atormentados. ¿Qué opinión le merecía Joel, el joven que llevaba varios años trabajando en la empresa de Natán y que ahora deseaba formar parte de la familia? Era bastante bien parecido. Provenía de una familia respetable de la ciudad vecina de Naín, tenía veintidós años, no le faltaba atractivo y parecía llevarse bien con todos. María apenas había intercambiado veinte palabras con él. Si estaba interesado en ella, ¿por qué no había buscado la oportunidad de hablarle? No porque la muchacha no visitara el saladero a menudo.

Todas las miradas estaban puestas en ella.

—Supongo que... está bien.

¡En absoluto había querido decir eso! ¿Qué le estaba pasando?

Su mente divagaba, y pronunciaba palabras que no expresaban sus verdaderos sentimientos. Y no era la primera vez. Le sucedía desde hacía ya varios meses.

Sería —tenía que ser— por culpa del insomnio. El pasado invierno su don de dormir profundamente la había abandonado, siendo sustituido por pesadillas vívidas y espantosas o por la total incapacidad de conciliar el sueño. Y su habitación... era un lugar gélido, mientras que el resto de la casa seguía siendo cálido. Su padre había buscado en vano rendijas en las paredes que explicaran la presencia de corrientes; no pudo encontrar nada. Al final, la muchacha optó por cubrirse con una pila de mantas.

Es la falta de sueño que hace estragos, pensó María. No puedo pensar con claridad. Ni responder como debiera. ¡Se trata del matrimonio! Algo que deseo y rechazo a la vez; algo capaz de arruinar el resto de mi vida si me equivoco en la elección. He temido este día desde que era pequeña. Su llegada ha tardado demasiado para el resto de la familia... y no lo suficiente para mí, se dijo.

Natán se inclinó hacia delante.

—Una respuesta demasiado tibia a una pregunta sumamente importante —dijo—. «Supongo que está bien» puede servir para decidir si salir a dar un paseo o no, y no como respuesta a una proposición de matrimonio.

—¿Cuál fue, exactamente, su... proposición? —preguntó María. Quizá los detalles la ayudaran a decidir.

—Ser socio del negocio familiar y mudarse a Magdala. No tendrías que ir a vivir con su familia.

Eso estaba bien. María no deseaba convivir con una suegra ni tener que cuidar de personas que no conocía, aunque ésa era la práctica más habitual.

—Ofrecer una suma apropiada como *mohar*, tu regalo de bodas, y celebrar el matrimonio el año que viene. Tú tendrías diecisiete y él, veintitrés. Ambos tenéis edad suficiente. ¿Qué dicen los rabinos? Hasta los más liberales coinciden en que un hombre se debe casar antes de cumplir los veinticuatro.

—Quizá sólo desee hacer lo que se espera de él —sugirió María—. Quizá su padre le esté presionando.

Por fin, un comentario propio de ella. Sacudió la cabeza para aclararse las ideas.

—¿Qué importa eso? —interpuso la madre—. La cuestión es: es un buen hombre y de buena familia, y parecéis llevaros bien. Además, sus perspectivas son buenas.

—Ni siquiera sé si me gusta. No sé si le reconocería si le viera en el mercado.

Silvano alzó la vista con expresión de escriba que está ponderando un asunto.

—¡Me parece que nos lo pensamos mejor antes de comprar el burro! —dijo el hermano.

Su padre arrugó el ceño.

—No digas tonterías. Claro que hicimos más averiguaciones cuando compramos el burro. ¡El animal no puede hablar de sí mismo! Es distinto cuando se trata de un hombre.

—¿De veras? —preguntó María—. ¿Qué ha dicho este hombre de sí mismo? ¿O se trata de lo que no dice, o de lo que no dicen los demás de él?

—¡Habla tú misma con él, pues! —ordenó Natán—. ¡Sí, señora! ¡Baja al saladero y habla con él la próxima vez que venga! Entretanto, no obstante, ¿qué le digo?

—Dile... que quiero saber tanto de él como del burro.

—¡Desde luego, no pienso decir tal cosa! Debería ordenarte que obedezcas. Ya basta de tonterías. Has de decidirte hoy mismo. Olvídate de hablar con él. ¡Si lo haces, huirá espantado!

Ya está. Lo había dicho. Estaban desesperados por verla casada, pensó María, y la proposición del joven de Naín les había alborozado. Ella era una deshonra para su familia, una hija aún sin esposar a los dieciséis años. Ésta podría ser su última oportunidad.

—Necesito pensármelo. Al menos hasta mañana —dijo—. Dame, por favor, este margen de tiempo. Nos lo pensamos más antes de comprar el...

—¡No quiero oír hablar más del burro! —estalló Natán.

Por fin llegó el momento de retirarse cada uno a sus aposentos. María se acostó en su estrecha cama, en la habitación glacial, invadida por un helor extraño, puesto que todavía no estaban en invierno. Se cubrió con las mantas hasta la frente y cerró los ojos. Ansiaba escapar del mundo diurno.

Pero el sueño se le escabulló de nuevo, como en un juego perverso. Sintió con claridad la presencia de las sombras, oyó con nitidez los sonidos diminutos de la noche, tuvo conciencia aguda de la luna, que dibujaba un rectángulo de luz en la esquina de la habitación, como el ojo indagador de un dios incansable.

—¿Qué me está ocurriendo? —preguntó con un hilo de voz, azorada—. Ya no soy capaz de pensar, no soy yo misma.

Casi podía ver su propio aliento materializarse en la penumbra. Sopló suavemente. Sí, ahí estaba, una pequeña nube iluminada por el resplandor de la luna. No es posible. No hace tanto frío, el aire de la habitación no puede ser tan gélido.

Y esa sensación de opresión en la cabeza, como si algo pesara sobre ella, haciendo presión.

Ese hombre... Joel... Intenta pensar en Joel, se dijo. Desea casarse contigo, llevarte a su hogar. Piensa en su cara.

Trató de recordarle, de ver su rostro con la imaginación, pero sin resultado. Se había borrado de su memoria.

De repente, una voz sonó en el extremo opuesto de la alcoba. Incorporándose bruscamente, escudriñó las sombras para ver de qué se trataba. Estaba rodeada de tinieblas, que conformaban un marco impenetrable. Entonces, poco a poco, algo se abrió camino hacia el centro de la habitación: un pequeño cofre. Se movía de veras, con un sonido rasposo al avanzar sobre el suelo de piedra.

María, asustada, lo contempló adentrarse en el rectángulo de luz lunar. ¿O fue la luz la que se había desplazado hacia él?

Quiso rezar, pero de sus labios brotaron palabras sin sentido, palabras cuyo significado desconocía.

¿Qué había dentro de aquel cofre? Estaba demasiado espantada para salir de la cama e ir a averiguarlo. Se limitó a observarlo mientras descansaba en la mancha de luz.

Curiosamente, aunque su cuerpo se mantenía rígido por completo en la cama, acabó quedándose dormida. Tuvo sueños extraños y detallados sobre cuevas oscuras que se abrían en las profundidades de la colina en el extremo de la ciudad y cuyo final estaba fuera de su alcance. Estaban negras como la noche misma.

Cuando asomó el alba, y pudo oír el sonido de pasos madrugadores en el camino que pasaba junto a la casa y el ruido de los pescadores que remaban ya lago adentro, salió de la cueva onírica y regresó a su habitación. Al instante miró al suelo, buscando el cofre. También aquello, el cofre móvil, había sido un sueño.

Estaba... no exactamente en su lugar habitual, aunque tampoco en mitad del suelo. Quizá su madre lo hubiera trasladado sin que ella se diera cuenta, o sí se dio cuenta, de reojo, y luego soñó con él.

¿O acaso el cofre había vuelto a su sitio después de quedarse ella dormida?

Se levantó sin hacer ruido. En la alcoba seguía haciendo mucho frío. Alcanzó un chal con el que envolverse y se frotó los brazos para entrar en calor. Asombrada, descubrió que sus brazos estaban cubiertos de arañazos, arañazos inflamados que trazaban dibujos y le dolían cuando los tocaba.

Estuvo a punto de gritar pero consiguió ahogar el grito. Extendió los brazos y miró las marcas, incrédula. Parecían arañazos de espinos o de zarzas. Trató de recordar qué había hecho el día anterior. ¿Se había acercado a los cardos? ¿O se había convertido en sonámbula? Supo una vez de un niño que caminaba dormido; salía de su casa por la noche, sin recordar nada por la mañana. Sus padres tuvieron que atarlo a la cama para impedir que se fuera. Le resultaba terrible pensar que ella pudo hacer lo mismo, enfrentarse a los peligros de la noche sin siquiera darse cuenta.

Se agachó sobre el cofre y recorrió la tapa con la yema de los dedos; lo había hecho un carpintero de la ciudad y su superficie era pulida y estaba tachonada. Lo inclinó hacia atrás. No tenía ruedecillas en la base ni nada que facilitara su desplazamiento. Al contrario, los pequeños listones clavados en el fondo estaban diseñados para afianzarlo en el suelo e impedir que se moviera.

María contuvo el aliento. ¡Pero esos listones producirían un sonido rasposo si el cofre fuera arrastrado por el suelo! Y sí, unas pequeñas huellas lineales que partían de su emplazamiento original demostraban que el cofre se había movido realmente.

Cualquiera pudo moverlo, sin embargo, pensó la joven.

María abrió la tapa con cautela, como si esperara que del interior saltara una serpiente. Pero allí no había más que algunas túnicas de lino bien dobladas, unos echarpes de lana de abrigo y, debajo, algunos de los textos griegos que había escondido allí, como si fueran objetos peligrosos. Metió la mano y rebuscó en el fondo, envalentonada. Ni serpientes ni escorpiones ni nada que supusiera una amenaza. De pronto, sus dedos palparon un bulto; lo asió y lo sacó del cofre.

Era un objeto envuelto en trapos, una forma terriblemente familiar. La desenvolvió con ademanes lentos y aprensivos. Los trozos de tela cayeron al suelo, descubriendo el rostro sonriente de Asara.

El sobresalto del reconocimiento la sacudió como una descarga. La provocadora belleza del ídolo, que le había frenado la mano cuando quiso destruirlo, ahora parecía burlarse de ella.

«Te faltan agallas para luchar contra mí —le decía—. Vuestros profetas varones, los Jeremías y los Oseas de vuestra historia, habrían acabado conmigo sin dudarlo. Pero tú eres una mujer y me entiendes mejor. Entiendes que somos hermanas y que debemos apoyarnos una a la otra. Tú me ayudaste, en cierta ocasión, y ahora es mi turno de ayudarte a ti. Te daré todo lo que está en mi poder de dar.»

¿Qué puedes darme?, pensó María.

«¿Qué quiere toda mujer? Siempre es lo mismo. Quiere belleza, belleza que le dé poder sobre los hombres, y garantías de seguridad en la vida. Es así de sencillo.»

Pero yo quiero más, pensó María. Quiero reflejar la gloria de Dios en mi persona, ser lo que Él desee que yo sea.

«Atrapar a los hombres con la belleza es un deseo mucho más común, sin embargo. Es la propia tentación. Un deseo de menor importancia y, no obstante, mucho más preciado.»

—No puedes aumentar mi belleza, ni mermarla —dijo en voz alta—. Mi aspecto es lo que es, nada puede cambiarlo. —Rebáteme, argumenta en contra de esto, desafió en silencio.

«Puedo cambiar la manera en que te ven los demás —susurró Asara en su mente—. ¿Serás Magdalena, la bella y misteriosa, o sencillamente María, de la familia de saladeros de Magdala?»

Aunque yo quisiera otra cosa, mi condición ya está definida en esta vida, respondió María. La gente me ve como siempre me ha visto.

«Yo puedo hacer que todo cambie a partir de ahora —le prometió Asara—. Puedo hacerte hermosa como una diosa. Al menos, a ojos de los demás.»

Es decir, no está en tu poder cambiar mis facciones, la forma de mis ojos o de mi nariz, pensó María. Un hombre ya se fijó en mí y me eligió, debido a lo que vieron sus ojos. Es demasiado tarde.

Asara suspiró. «Nunca es demasiado tarde —murmuró—. Los mortales no lo pueden entender.»

Nunca es demasiado tarde para Dios. Yahvé dice que, a sus ojos, mil años son como un solo día. Pero no es así para mí, respondió María, en ese diálogo entre mentes.

«Eres una mujer —murmuró Asara—. Yo soy una diosa femenina y te he elegido. Satisfaré tu deseo, tu anhelo de ser deseable a ojos de tu esposo.»

¿Cómo sabía eso? ¿Cómo podía conocer esa ansia profunda y secreta?

Mujeres. Hombres. Matrimonio. Amor y deseo. Hijos. Toda mujer quiere ser Betsabé, anhela ser Raquel, desea ser la novia amada. Y yo también.

—¡Todos mis sueños... mis deseos de belleza... hazlos realidad! —María pronunció la orden con sarcasmo y aspereza.

Asió el ídolo con fuerza, como si pretendiera estrangularlo, para recordarle que de ella dependía su destrucción o pervivencia. Parecía tan frágil en sus manos.

—¡Haz que sea hermosa, haz que mi esposo me desee por encima de todas las cosas! —Repitió la orden. Luego metió la efigie en el fondo del cofre, cerró la tapa de un golpe y lo empujó de nuevo contra la pared.

No soy hermosa, pensó, enderezándose. Sé que no lo soy. Pero ¡cuánto me gustaría serlo, aunque sólo fuese por un día! ¡Cuánto me gustaría que alguien me viera así!

Cuando salió de su habitación, sus padres ya estaban a la mesa, tomando su desayuno habitual de pan y queso. Ambos la miraron con expectación; la estaban esperando con impaciencia.

Se sentó apresurada a la mesa baja y arrancó un trozo de pan para sí.

—¿Y bien? —preguntó su padre. María vio que su madre le dirigía una mirada de reproche, como si le censurara las prisas.

—Acepto ser la esposa de Joel —respondió la muchacha.

Le parecía la decisión correcta, y, además, se sentía agotada de tantas dudas y exámenes de conciencia. Tenía que casarse, y Joel era tan bueno como cualquier otro, quizá mejor que la mayoría. Dentro de un par de años le quedarían pocas opciones y tal vez se viera obligada a casarse con un viejo viudo. Además, su casa parecía embrujada por un espíritu malévolo que la había tomado con ella; estaría mejor en otra parte. Aquella cosa... lo que fuera, la estaba echando. Quizá nada tuviera que ver con el viejo ídolo de marfil oculto en el cofre, podría ser otro poder cualquiera. ¿Cómo estar segura?

María había visto a los poseídos —deberían llamarles «desposeídos», porque lo habían perdido todo en la vida— vagar por los mercados, mientras la gente se apartaba de ellos y les miraba con temor y desaprobación. Nadie podía explicar por qué un demonio elegía esta persona y no otra; algunas de las mejores familias tenían miembros afligidos por ese mal. Ahora parecía que el hogar de María había sido también invadido. Era su deber alejarse de allí, llevándose al espíritu consigo para proteger a su familia o escapando ella misma a su influencia.

—¡María, qué... qué maravilla! —exclamó su madre. Evidentemente, esperaba una larga polémica entre padre e hija sobre el tema. Cediendo con tanta facilidad, la muchacha les había hecho un regalo inesperado—. Me siento muy feliz por ti.

—Sí —añadió Natán—. Porque pensamos que Joel es un joven muy encomiable. Le acogeremos con alegría como hijo nuestro.

—María. —Su madre se puso de pie y la rodeó con los brazos—. ¡Qué gran... alegría!

Qué gran alivio, querrás decir, pensó la joven. Alivio de no tener que sufrir la deshonra de una hija soltera. De haber cumplido con vuestro deber.

—Sí, madre —respondió, apretándola contra sí en un verdadero abrazo.

Y ahora he de dejarles, pensó. No será hoy mismo, aunque sí será pronto. Y, de algún modo, la despedida ya ha comenzado.

Se sintió acongojada, como si la estuvieran repudiando.

«Y el hombre dejará a su padre y a su madre, y le será fiel a su esposa», decían las escrituras. De nuevo, sólo se ocupan del destino de los hombres, pensó María. Ni mención de la mujer a la que tienen que ser fieles, ni de sus sentimientos.

—¿Queréis que vaya a hablar con él hoy mismo? —preguntó—. ¿O preferís hacerlo vosotros antes?

—Será mejor que hables tú con él —dijo el padre—. Es bueno que habléis en privado. Somos gente moderna. —Sonreía encantado.

María se preparó para ir al saladero. Se vistió ceremoniosamente, eligiendo un vestido que le favorecía, blanco, con una cinta en el cuello.

Se cepilló el pelo y lo sujetó con horquillas.

Me imagino que una vez casada tendré que llevarlo trenzado y recogido, pensó. Y cubierto. Qué lástima. Pero la idea se desvaneció enseguida. Todo el mundo sabía que las mujeres casadas tenían que cubrirse el cabello. Formaba parte del precio que se tenía que pagar para ser una esposa respetable. Ningún hombre, salvo el esposo, tenía derecho a contemplarlo.

Desde luego, eso suponía que nadie en absoluto lo vería ya fuera de las paredes de la casa, ni los niños ni las amigas ni los hombres que habían superado la edad de la lujuria. El mundo se veía privado de una de sus bellezas.

Eligió suaves sandalias de piel de cordero y una capa de lana ligera. A fin de cuentas, se supone que éste es uno de los días más felices de mi vida, pensó. Debo llevar ropa especial, ropa que me lo recuerde cada vez que me la ponga, prendas que me hagan pensar: Ésta es la capa que llevé el día en que... Quizá se lo cuente algún día a mi hija y le enseñe las prendas.

Suspiró. Ya me siento vieja, se dijo, pensando en lo que explicaré a mi hija.

Salió a la calle y emprendió el camino del saladero. Sabía que el mediodía era un buen momento para visitarlo. Todos estarían allí y, aunque todas las miradas se fijarían en ella al entrar, el ruido y el clamor de la fábrica servirían de escudo eficaz para que nadie escuchara su conversación con Joel.

El negocio de la familia se encontraba cerca del muelle donde los pescadores de Magdala descargaban su captura, más allá del ancho paseo y de la lonja donde vendían y compraban pescado.

Había mucha pesca en el lago, que proporcionaba un buen alimento a los habitantes de las dieciséis ciudades y pueblos que bordeaban sus orillas. Pero el pescado es un alimento perecedero, que no puede ser transportado sin haber sido previamente tratado de algún modo; para que la captura de Galilea llegara más allá de sus costas, necesitaba ser procesada. La familia de María había montado un negocio especializado en los tres métodos conocidos de tratamiento: el secado, el ahumado y la salazón.

Estos métodos se aplicaban en especial a las sardinas, plato básico de todas las mesas de la región. Las sardinas eran pequeñas y fáciles de tratar; la pesca mayor, más difícil de conservar, tenía que consumirse enseguida. Las sardinas, sin embargo, se prestaban a tratamiento y, una vez recibido, llegaban tan lejos como a la propia ciudad de Roma, donde se decía que el pescado de Magdala era apreciado como un manjar exquisito. En cierta ocasión, Natán había recibido un pedido del palacio de Augusto y había conservado aquella carta como recuerdo destacado.

Unos quince obreros se dedicaban a la pesada tarea de mover los barriles, esparcir la sal y envasar el pescado. En los meses más calurosos, el olor dentro del saladero resultaba opresivo; había que tener buen estómago para trabajar allí. Pero hoy hacía fresco y el aire que entraba por las puertas abiertas arrastraba el hedor hacia el lago, donde pertenecía.

María recorrió las calles a paso lento, para retrasar al máximo el encuentro. Se cruzó con muchos conocidos y se entretuvo para hablar con todos, sin dejar de analizar su situación. Al menos no tendré que mudarme a otra ciudad y perder a esta gente que conozco de toda la vida, como les pasa a muchas mujeres. Sí, esto es de agradecer.

Y Joel no era pastor ni mercader ni contable de la casa real, ocupaciones que conllevarían cambios abruptos en la vida cotidiana de María. El pastoreo era duro y conllevaba malos olores, y significaba ir a vivir en el campo. Con todos los respetos para el rey David, no era un modo de vida atractivo. El comercio, por su parte, implicaba un esfuerzo continuo por obtener beneficios de unos bienes ya comprados, además de la necesidad de viajar mucho. En cuanto a los oficios relacionados con la casa real, el rey Herodes Antipas, aunque más humanitario que Herodes, su padre cruel y antojadizo, estaba demasiado comprometido con Roma para que un judío se sintiera a gusto a su servicio. Se decía de él que se comportaba como judío en un lugar y como pagano en otro, según las personas a las que deseaba complacer. Aun así, era el único que se interponía entre los galileos y el gobierno directo de Roma.

Ya no podía demorarse más. Había llegado al gran edificio de piedra que alojaba la empresa familiar. María irguió el talle. Obreros a los que conocía desde la niñez entraban y salían por la puerta principal, empujando barriles y carretas, aunque la muchacha no reparó en ellos. Tenía que entrar en el saladero; tenía que hablar con él.

Cruzó el umbral. El interior estaba en penumbra y tardó unos momentos en acostumbrarse. Podía distinguir unas sombras en movimiento que, poco a poco, adoptaron forma humana. Silvano estaba de pie junto a un montículo de sal pura, que había sido vertida en un cubo, al otro extremo de la nave. Sostenía una tablilla en la mano y parecía estar repasando cifras con otro hombre. Los demás trajinaban a su alrededor.

Entonces María vio a Joel, de pie junto a una hilera de ánforas de arcilla, esperando que las llenaran de adobo macerado, la salsa que constituía la famosa receta de su familia. Había dos variedades: una era para los paganos y la otra, estrictamente kosher. Muchos lugares producían adobo, aunque la especialidad de Magdala gozaba de una reputación excepcional y su éxito había dado renombre a la familia de María.

Allí está, pensó. Durante el resto de mi vida, le buscaré en el saladero, por la calle, en nuestra casa. Es... atractivo. Alto y bien proporcionado. Y parece...

Antes de que pudiera concluir su reflexión, Joel la vio. Su rostro se iluminó y se dio prisa en ir hacia ella.

—Gracias por venir —dijo al acercarse.

María se limitó a asentir con la cabeza porque, de pronto, se sentía incapaz de hablar. Le miraba sin poder siquiera formar un juicio de valor acerca de él, como solía hacer con las personas y las cosas. Él se detuvo ante la muchacha, incómodo también.

—Sé cuán difícil resulta esto —dijo—. Aunque ya nos hemos cruzado varias veces de pasada...

—No nos prestamos atención —concluyó ella.

—Yo, sí —repuso Joel.

—Oh.

—Salgamos afuera —propuso el joven. Abarcó con un gesto el ajetreo que reinaba en el saladero, así como las miradas soslayadas que les dirigían los que empezaban a sospechar algo. María vaciló por un instante, preferiría contar con la presencia protectora de los demás. Finalmente, le siguió afuera.

Salieron del edificio oscuro y, siguiendo la orilla del lago, se encaminaron hacia el norte, más allá del paseo y los amarraderos, lejos de las miradas indiscretas. El camino era ancho y muy trillado, ya que seguía el óvalo del lago sin alejarse del borde del agua.

—Tu familia no son pescadores ni gentes del lago —comentó María al fin, haciendo de su afirmación una pregunta.

—No —respondió él con la mirada fija al frente—. Mi familia vive en Galilea desde hace muchísimo tiempo; hay quien afirma que permanecimos en este país incluso durante las guerras. Los asirios alegan haber despoblado la tierra por completo. Pero, naturalmente, no fue así. De ser eso cierto, habría tantos israelitas en su país como asirios. ¡Creo que no les apetecía repetir la experiencia del faraón, dejándose invadir por gente como nosotros!

Su voz es agradable, pensó María, y sus palabras, meditadas. Su cara es atractiva y su expresión, afable. Quizá... Quién sabe, a lo mejor un día puedo llegar a quererle. Tal vez se parezca a mí.

—También mi familia tiene una leyenda similar —dijo—. Se dice que pertenecemos (mejor dicho, que pertenecíamos) a la tribu de Neftalí de esta región, que supuestamente ya no existe. Justo pasada esa curva están las ruinas de su antigua ciudad. En todo caso, es una bonita historia.

—Neftalí es un cabo suelto —interpuso Joel—. ¿No fue eso lo que dijo de él Jacob en su lecho de muerte?

María se rió.

—¡Sí, pero nadie entiende qué significa!

—Jacob dijo también que sus palabras son bondadosas. —Joel aminoró el paso—. Espero oír tus palabras, María. Espero que sean bondadosas para ambos. Dime qué piensas.

¡Era tan directo! ¿No podían caminar un poco más, conversar un poco más antes de hablar de matrimonio? Aunque sería una conversación forzada. Levantó las manos para arreglar el pañuelo que le cubría la cabeza, sacudido por el viento. Necesitaba ganar tiempo.

—Ya... dije a mi padre que... aceptaba tu oferta de formar parte de nuestra familia.

—No fue ésa, exactamente, mi oferta —repuso Joel—. ¿No puedes decir las palabras?

No, no podía. Se le atragantaban. De repente, las palabras «matrimonio», «esposa», «boda» le resultaban imposibles de pronunciar. Negó con la cabeza.

—Si no puedes hablar de ello, tampoco podrás llevarlo a cabo. —Su voz sonó decepcionada aunque resignada.

—Tampoco tú las has pronunciado. —De hecho, las había evitado tanto como ella.

Joel la miró sorprendido.

—Le dije a tu padre...

—A mí lo único que me has dicho es «espero tus palabras». Mis palabras ¿sobre qué?

El joven sonrió.

—Tienes razón. Pero no puedes ganar esta argumentación, porque no me da miedo decir: quiero que seas mi esposa. Desearía ser tu esposo y formar una familia contigo. Ya está.

Un grupo de chiquillos ruidosos apareció en la curva del camino, persiguiéndose y gritando.

—¿Por qué? —fue lo único que pudo decir María.

—Porque, desde que cumplí la mayoría de edad, he sabido que no quiero cultivar lino, como mi padre. Quiero tener un oficio propio, un hogar propio y una familia propia. Cuando te vi supe que eres la persona con la que me gustaría pasar el resto de mi vida.

—¿Y por qué? —Apenas habían hablado; ¿cómo podía saberlo?

—«Y Jacob amó a Raquel.» ¿Por qué? Casi no la conocía. No había hecho más que dar de beber a sus ovejas.

—Aquello fue hace mucho tiempo, y es sólo una historia. —El muchacho tendría que esforzarse más.

—«Y Jacob trabajó siete años para Raquel, que sólo le parecieron unos pocos días, porque la amaba.» Es una historia verídica, María. Ocurre con frecuencia. Y me ha sucedido a mí. —Calló avergonzado, tratando de recuperar su dignidad—. ¡Ya llevo casi tres años en el saladero, la mitad del tiempo de Jacob!

Ahora ella también se sentía profundamente avergonzada.

—Espero que no sea ésta la razón por la que buscaste un empleo allí.

—No, me atrajo el negocio. Me gusta la idea de trabajar en alimentación, de ofrecer un servicio tan necesario, pero también la oportunidad de viajar, de conocer clientes nuevos. El mundo es muy extenso, María. Demasiado, para que yo me contente quedándome en Galilea, por muy hermosa que sea.

Anhelaba conocer mundo, aventurarse más allá de los estrechos límites del negocio saladero. Ya se había ido de Naín, buscando un oficio distinto al de su padre. También ella sentía lo mismo, la misma atracción hacia los lugares lejanos. Eran parecidos: espíritus inquietos, que anhelaban la búsqueda.

—Ya entiendo. —Había llegado el momento de dar su respuesta—. Me honra la comparación con Raquel. Y, como ella, acepto la proposición de matrimonio. Aunque no confío en los criterios que guían tus decisiones.

—Ah, María. Espero, pues, que... algún día... los compartas, cuando llegues a comprenderlos. De momento, me conformo con tu respuesta afirmativa. Soy un hombre afortunado.

Ella no le consideraba afortunado sino mal encaminado. Si conociera una de las razones por las que estaba tan dispuesta a abandonar el hogar paterno, no se sentiría tan complacido. Pero era un alivio. Todo iría bien. Allí, a la luz clara del espacio abierto, los insomnios, la confusión y los dolores de cabeza parecían desvanecerse para siempre. Se libraría de ellos. Joel la sacaría de la casa donde la acechaban.

En lugar de relajarles, las palabras solemnes que habían pronunciado les hicieron sentirse aún más incómodos. Siguieron caminando, sin embargo, decididos a parecer despreocupados. Nubes pasajeras cubrían a ratos el sol, y las aguas del lago parecían un mosaico de colores. Una ligera brisa agitaba las cañas, que parecían penachos, y las ortigas que crecían a lo largo del camino.

—¡Una piedra de culto! —exclamó Joel de repente, señalando un objeto redondeado y negruzco, que yacía casi oculto entre los matorrales. Un orificio atravesaba la parte superior, dándole aspecto de ancla de piedra, aunque desmesuradamente grande—. ¡Mira! Nunca había visto una en su lugar original. —Se acercó a la piedra con cautela, como si esperara que se moviera.

—¿Qué quieres decir? ¿No es un ancla vieja?

María había visto otras como ésta, aunque no podía recordar dónde. No les había prestado especial atención.

—No. —Joel se agachó para apartar los hierbajos que crecían altos a su alrededor—. Se parece a un ancla pero fíjate en su tamaño. No, es una reliquia de los canaanitas. Uno de sus dioses o una ofrenda votiva a un dios. Posiblemente al dios del mar que, según ellos, moraba en las aguas del lago.

—El país está lleno de ídolos. —María oyó su propia voz—. Los encuentras bajo tierra, junto a los caminos...

—Es bueno que aún queden algunos —respondió Joel—. Aunque sólo sea para recordarnos que aguardan la oportunidad de retomar las riendas. No podemos bajar la vigilancia.

María sintió un escalofrío que no se manifestó externamente.

—No —accedió—. No podemos bajar la vigilancia.

Una ráfaga de viento azotó el camino, haciendo ondear la capa de María a sus espaldas. En un gesto instintivo, se cruzó de brazos y, al hacerlo, Joel vio los arañazos. María trató de ocultarlos, demasiado tarde.

—¿Qué es esto? —preguntó él, desconcertado.

—Nada... Fui a recoger leña junto a la playa y...

—¿Qué hiciste? ¿Pelear con los maderos? —Joel sonrió—. Nunca debes recoger leña con los brazos descubiertos. —Pareció satisfecho con la explicación y dejó correr el tema.

Parecía satisfecho en general y, mientras seguían paseando a lo largo de la orilla, los ánimos cambiaron y el recelo dio lugar a las bromas. Numerosas barcas de pesca regresaban al embarcadero construido cerca de las fuentes termales que había un poco más adelante, las Siete Fuentes, como solía llamarlas la gente. Era un lugar predilecto de los pescadores de Cafarnaún y Betsaida, porque las aguas cálidas atraían determinado tipo de pesca en invierno. En consecuencia, las instalaciones del pequeño puerto a menudo se veían desbordadas de barcas que competían por amarrar y clasificar su mercancía. En la orilla había gran bullicio y una atmósfera de alegría.

—Los pescadores son gente interesante —dijo Joel—. Y muy contradictoria: tienen reputación de ser piadosos, siendo su ocupación tan material. Trabajan toda la noche, descargan pescado, remiendan redes; exactamente lo contrario a las vidas de los escribas religiosos.

—Quizá por eso su religiosidad está en entredicho —dijo María—, al menos, a ojos de los que viven en Jerusalén. ¿Cómo puede un pescador mantener la pureza ritual? Se mancilla a diario, tocando el pescado impuro que queda atrapado en sus redes.

—Y, sin embargo, ¿a quién preferirías tener a tu lado en momentos de crisis? ¿A un pescador o a un escriba de Jerusalén? —Joel se rió—. Tomemos como ejemplo a Zebedeo. —Saludó con la mano a un hombre corpulento y de rostro enrojecido, que devolvió el saludo, a pesar de que, seguramente, no podía reconocer a Joel desde aquella distancia—. En ocasiones, cuando el tiempo es muy malo, él solo trae la captura a puerto. Es propietario de varias barcas, tiene un auténtico negocio. Sus hijos trabajan con él, además de emplear a varios obreros.

Se acercaron al amarradero, que bullía de gente.

—¡Cuidado! —Sonó una voz estentórea—. ¡No os acerquéis a la cesta!

Estaban dando un rodeo alrededor de una gran cesta; de las junturas escapaba agua enfangada y la canasta entera parecía bullir.

—Perdona, Simón. —Joel dio un paso atrás.

—Me ha costado tres horas clasificarlos —explicó Simón, un gigante de hombre, de pie junto a la cesta, con sus enormes brazos cruzados en el pecho. Tenía un aspecto fiero. Luego echó a reír.

—Lejos de mis intenciones, echar a perder tu trabajo —dijo Joel. Vaciló por un momento. María supo que estaba reflexionando—. Simón, ya conoces a los hijos de Natán, Eli y Samuel. Ésta es María, su hermana.

Simón la observó con atención. Sus ojos, excepcionalmente grandes, parecían traspasar su rostro.

—Sí, te conozco. Te he visto en el saladero. —Asintió de manera enfática.

—María ha aceptado ser mi esposa —añadió Joel. La miró con orgullo.

La expresión de Simón se iluminó y una sonrisa alegró sus facciones.

—¡Ah, benditos seáis! ¡Mis felicitaciones! —Guiñó un ojo conspirador—. ¿Significa esto que de hoy en adelante debo tratar contigo en el almacén?

Joel se sintió violento.

—No, por supuesto que no. Natán sigue dirigiéndolo todo. ¡No es ningún viejo!

—Lo mismo dice mi padre —repuso Simón—. Aunque Andrés y yo presentimos que está a punto de dejar el trabajo duro para nosotros. —Señaló a otro joven, que estaba solo en el muelle. Su cabello, rizado y de color oscuro, era el único rasgo que compartía con su exuberante hermano. Él era más delgado y menos alto—. Desde que me casé —prosiguió Simón— soy más respetable cada momento que pasa.

—¿Te has casado? —preguntó Joel—. No lo sabía. Te felicito a ti también, pues.

Simón esbozó una sonrisa pícara.

—Sí, me costó lo mío acostumbrarme. Ahora tengo una madre política, que nada tiene que ver con la madre real, permíteme que te lo diga. —Ladeó la cabeza—. Una vez me dijeron: «Si quieres saber cómo será tu novia dentro de veinte años, observa a la madre.» Bien, pues no es verdad. ¡Y si lo es, que Dios me ayude! —Se echó a reír.

El ruidoso Zebedeo se acercaba en su barca, seguido por otra, tripulada por dos hombres jóvenes. Uno tenía la cara ancha y el pelo castaño claro, el otro era menos corpulento y era rubio.

—¡Eh, tú! —gritó Zebedeo sin dirigirse a nadie en particular—. ¡Échanos un cabo! —Un muchacho azorado corrió a cumplir la orden. La segunda barca se acercaba al atracadero.

Antes de que desembarcaran y pudieran entablar conversación Joel observó el cielo.

—Ya ha pasado el mediodía —dijo—. Deberíamos volver. —Hizo un gesto de despedida y enfilaron el camino de vuelta a Magdala.

María ya deseaba regresar. Necesitaba estar sola para meditar sobre lo ocurrido. Había aceptado casarse con aquel hombre. Habían hablado y se habían puesto de acuerdo. Le resultaba todo tan extraño, casi irreal. Tenía que irse, para poder pensar.

Y, sin embargo, ya se le hacía cómodo caminar a su lado, escuchar su opinión de los pescadores y sus deseos de viajar y ayudar a la gente. Sus ideas le eran gratas, reconfortantes. Debe de ser lo correcto, pensó. Así tenía que ser. Con los años nos haremos el uno al otro, puesto que ya parecemos compartir muchos deseos.

7

María enfiló apresurada la calle que conducía a la casa de Casia, ardiendo en deseos de hablarle de Joel. Había conseguido mantener su amistad en secreto a lo largo de los años, aunque su hermano, Silvano, lo sabía y lo aprobaba. Las jóvenes, que hacía tiempo habían perdido el interés por las vajillas en miniatura, tenían la atención puesta en los ajuares de verdad, planificaban sus futuros hogares y especulaban acerca de sus maridos. Un juego inagotable mientras no hubiera un verdadero novio a la vista. Casia fantaseaba con un hombre de Jerusalén rico, que viviría en la parte alta de la ciudad y tendría muchos invitados extranjeros y que, a veces, viviría en otros países como representante comercial o diplomático. También tendrían una casa junto al mar.

María contribuía al juego con un soldado imaginario —de un poderosísimo ejército israelita— que también sería erudito. Un hombre valiente, poético e indulgente. Indulgente porque sus múltiples obligaciones militares le mantendrían lejos de casa y no podría controlar los asuntos domésticos de cerca. María no pensaba serle infiel, aunque sí comprar todo lo que quisiera sin tener que pedirle permiso.

A los dieciséis años Casia ya había recibido muchas propuestas de matrimonio, y todas habían sido rechazadas. Su padre apuntaba más alto de los pescadores y aprendices que se habían presentado hasta la fecha.

María llamó a la puerta y no tuvo que esperar mucho la respuesta; Casia la recibió con un grito de alegría. Éste era uno de sus encantos, siempre daba la impresión de haber pasado el día esperando ver a alguien y su llegada era lo mejor que podía sucederle.

—¿Qué ha pasado? —preguntó—. Tu cara está arrebolada.

—Ha sucedido. —María entró en la casa.

—¿Qué ha sucedido?

—Casia... Me he prometido.

El hermoso rostro de Casia delató su conmoción.

—¿Con quién?

—Se llama Joel —dijo María—. Trabaja para mi padre.

—¡Oh, no! —Casia se tapó la boca con la mano—. Siempre dijimos...

—Que no nos conformaríamos con esto —completó María—. Ya lo sé. Y nuestros novios imaginarios eran maravillosos. Tu rico diplomático de Jerusalén, mi soldado... —Su voz se apagó—. Pero siempre supimos que no eran de verdad. Que no podrían serlo.

—Sí, es cierto. —Casia asintió lentamente—. Ha sido siempre un juego. —Sonrió, rodeó a María con el brazo y la condujo al interior de la casa—. Ahora debes hablarme de este hombre real.

De pronto, María deseó no haber venido. Sus fantasías habrían perdurado un poco más. Pero qué importancia tenía un día más o menos. Si no hubiera venido hoy, lo habría hecho mañana. Un novio no se puede mantener en secreto con las amigas.

El vestíbulo de la casa de Casia le era tan familiar como el propio. Entraron en la entrañable habitación de siempre, ya decorada al gusto elegante de una mujer adulta. Casia se dejó caer en un banco, aunque no antes de señalar la jarra llena que esperaba en una bandeja adornada con incrustaciones.

—¿Te apetece zumo de tamarindo? —ofreció cortésmente. María negó con la cabeza.

Casia se inclinó hacia delante, los ojos brillantes.

—¡Dime ya!

—Joel es un joven de la ciudad de Naín...

Describió a Joel con los colores más vivos que pudo, dándose cuenta en todo momento de que su esbozo palidecía si se le comparaba con el soldado. Cuando terminó su relato, Casia dijo amablemente:

—Suena como una buena elección. Tenemos que olvidarnos del diplomático y el soldado. Viviremos con comerciantes de pescado y... Hace poco, mi padre recibió una propuesta de un hombre llamado Rubén ben-Asher, que diseña espadas. Oh, no son espadas ordinarias —se apresuró a añadir—. Sus hojas son exquisitamente elegantes, finas como un velo y afiladas como una cuchilla.

—¿Aún no te has decidido? —preguntó María.

—Es mi padre quien todavía no ha decidido —respondió Casia—. No he de conocer a Rubén hasta que mi padre diga sí o no.

En ese momento, María se sintió agradecida con su familia. A pesar de ser tan estrictos y tradicionales, no habían tomado la decisión por ella. Casia, en apariencia más libre, estaba en una posición más difícil que la suya.

—Si tu padre decide que sí, espero que el resultado te guste. —Fue lo único que pudo decir. La idea de conocer a un extraño sabiendo que deberás compartir la vida con él hasta que la muerte reclame a uno de los dos le resultaba sobrecogedora.

Casia se encogió de hombros, tratando de quitar hierro al asunto.

—Somos mujeres —dijo—. En última instancia, tenemos poca capacidad de elección.

Casia insistió en que María se quedara para anunciar el acontecimiento a sus padres. La muchacha accedió encantada; les tenía mucho afecto y sentía una extraña curiosidad por conocer su opinión.

Sara, la madre de Casia, recibió la noticia con gran regocijo.

—Haréis buena pareja —dijo—. Además, él se unirá a tu familia y no tendrás que ir a vivir con la suya. ¿Es de buen ver?

—Pues, sí... Eso creo —respondió María. Un paseo junto al lago parecía insuficiente para garantizar un buen futuro y, sin embargo, ella creía haber discernido cierta comunión de espíritu con él.

—¿Es... religioso? —preguntó Casia—. Sé lo importante que es eso para tu familia.

—En realidad, no lo sé. —Sólo ahora se daba cuenta de que nunca habían hablado de religión.

Cuando conoció a Casia y a sus padres supo que eran distintos a su propia familia, aunque no se percató enseguida de que pertenecían a diferentes tradiciones religiosas: la farisea y la saducea. Los fariseos se mostraban rigurosos en su interpretación de la Ley y recelaban de los términos medios; los saduceos consideraban que el conformismo en asuntos menores estaba en el orden del día, aunque mantenían las cosas sagradas al margen. Como resultado, los fariseos no se relacionaban con los romanos y los gentiles en general por temor a la contaminación, mientras que los saduceos creían útil conocer al enemigo de cerca. Ambos se acusaban mutuamente de traicionar y perjudicar los intereses del judaísmo.

—Es un tema importante —dijo Sara.

—No me dio la sensación de ser intolerante —respondió María. Ésta había sido su primera impresión.

—Podría ser de aquellos que rompen los pucheros si piensan que han tocado algo impuro —dijo Benjamín, el padre de Casia—. ¿Y si te obliga a llevar aquellas vestiduras tan austeras?

María hizo una mueca de disgusto.

—Él, sin embargo, no las lleva.

—¿Qué opina del Mesías? —preguntó Benjamín solemnemente.

—Pues... No surgió el tema del Mesías —contestó la muchacha finalmente.

—Ésta, al menos, es buena señal —dijo Benjamín—. Si fuera uno de esos que buscan al Mesías, no habría podido evitar el tema. Les resulta imposible no hablar de Él. Si te cruzas con ellos, trate de lo que trate la conversación, del tiempo o del emperador, al cabo de un instante se les muda el gesto y dicen: «Cuando llegue el Mesías...» ¡Mantente alejada de esa gente!

Es demasiado tarde, pensó María. ¿Cómo alejarme ahora? ¿Será Joel uno de esos que esperan al Mesías? Parece un hombre delicado. Sólo los arrebatados piensan en el Mesías.

—Me parece que María debe estar agradecida de que no le propusiera matrimonio uno de esos pescadores —dijo Casia—. Ya sabes, los que venden pescado al saladero. —Sacudió la cabeza, haciendo ondear su cabello reluciente, que llevaba descubierto en la intimidad del hogar—. Huelen mal. ¡Tú misma lo has dicho! —Señaló a María.

—Sí, les vimos mientras paseábamos por el camino —dijo ella—. Los hijos de Jonás, Simón y Andrés.

—Ah, él —interpuso Benjamín—. Conozco a Jonás. —Dirigió una mirada severa a su hija—. No serías tan altiva si supieras que Zebedeo me ha declarado su interés en ti.

—¿Quién es Zebedeo? —preguntó Casia alarmada.

—Un importante pescador de Cafarnaún. Tiene una casa en Jerusalén y contactos en el palacio real.

—¿Tiene muchos hijos? —inquirió Casia.

—Dos. Santiago, el mayor, es un joven extremadamente ambicioso. Al menos, eso afirma Zebedeo, que su hijo está impaciente por sustituirle en el negocio. El otro, Juan, es más joven. Y, como la mayoría de los segundogénitos, vive a la sombra del hermano mayor.

—¿Les has... dado esperanzas?

—Pues, no. Conocí a Santiago y le encontré autoritario. Juan parece demasiado soñador para mi gusto. Nunca se ganará bien la vida, aunque herede el negocio paterno. Es de carácter blando, la gente se aprovechará de él. No te preocupes, no formarás parte de la familia de Zebedeo.

—¡Somos negligentes! —dijo Sara y se puso de pie—. No hemos ofrecido nuestra bendición y mejores deseos a María. ¡Pronto será una mujer casada!

Todos se levantaron y Benjamín posó la mano en la cabeza de María.

—Querida amiga de mi hija, casi hija mía también, que las bendiciones del matrimonio hagan del tuyo un hogar feliz.

María nunca le había visto tan solemne. Casia le apretó la mano mientras pronunciaba las palabras, y se le puso la piel de gallina.

Después del Shabbat siguiente Casia llevó a María a conocer a los mercaderes que tenían sus tiendas cerca del taller de su padre. Cada vez que decía: «Ésta es mi amiga María, que pronto ha de casarse con Joel de Naín», la alegría en su voz era inconfundible. Ser esposa significaba resolver uno de los grandes misterios de la vida.

Aquél era un barrio refinado, donde sólo hacían negocios los ricos. Un simple collar podía costar el sueldo de toda una temporada de un pescador; un cuenco exquisito, la renta de una viuda. Lo frecuentaban las familias saduceas de la ciudad, a las cuales no les importaba codearse con los griegos y los romanos.

Mi familia jamás permitiría que hiciera mis compras aquí, pensó María. Pero sonrió cordialmente a los mercaderes, devolviéndoles el saludo con un asentimiento de la cabeza.

Ya la primera vez que visitó la casa de Casia, hacía tantos años, María se dio cuenta de que su propia familia debía de ser igual de rica pero ocultaba su riqueza. Ciertas cosas tenían valor, el resto sólo era vanidad. Se mostraban generosos y dejaban importantes contribuciones en la caja de caridad de la sinagoga para ayudar a los pobres, no obstante, nunca iban a comprar a las tiendas de la parte alta de la ciudad. ¿Un cuenco que valía el sueldo de una temporada? ¡Jamás!

Como resultado, aunque María se divertía admirando los objetos con Casia, una parte de ella censuraba la frivolidad. Se sentía dividida entre el sentido común, los principios de su familia y sus propios deseos. El cuenco era tan bello, tan fino y delicado que, al traspasarlo la luz, se podía ver la silueta de la mano del otro lado. Aquel objeto merecía honores. ¡Pero qué precio! María nunca podría permitírselo.

—¡Mira! —exclamó Casia mostrándole una copa—. ¿No te imaginas llenándola de vino, diciendo: «Es de nuestra mejor cosecha»? —La copa era de oro puro.

—No —respondió María—. Nunca podré tener una copa de oro. —La sostuvo en la mano, la observó atentamente, admiró la superficie pulida y, con cierto titubeo, la volvió a depositar en el mostrador. No hacía falta preguntar, sabía que Joel nunca compraría un objeto como ése. El mundo de las copas de oro estaba fuera de su alcance.

—Pues espero que te permitirá elegir algo hermoso, un digno recordatorio de tu día de boda —dijo Casia.

—Supongo que nunca olvidaré el día de mi boda, aunque no tenga regalos especiales que me lo recuerden —repuso María—. Creo que recordaré todo lo que toque ese día. La ocasión en sí lo hará memorable.

El día se iba acercando y los preparativos ocupaban cada vez más el tiempo de la familia de la novia. La madre de María, habitualmente tan diligente en todas las tareas que emprendía, ahora las descuidaba para ocuparse de los planes de boda de su única hija. Y hacía las faenas domésticas cantando, hecho sin precedentes, hasta donde María podía recordar.

Un día, al anochecer, anunció que la jornada siguiente estaría dedicada por completo a los preparativos de las mujeres de la familia.

—¡Tus primas, tus tías y la hermana de Joel! ¡Vendrán todas! —anunció la madre con orgullo—. ¡Sí, su hermana Débora vendrá de Naín!

María recordó que Joel hablaba con afecto de Débora, su hermana de catorce años, pero aún no había tenido ocasión de conocerla. Judit, la madre de Joel, había ido a Magdala poco después de celebrar ellos su compromiso, como también Ezequiel, su padre. María descubrió con sorpresa que su novio se parecía muy poco a ellos. Ambos eran regordetes y de baja estatura, mientras que Joel era alto y esbelto. Se preguntó qué aspecto tendría Débora.

Las mujeres empezaron a llegar a casa de Zebidá con el calor del mediodía, con las cabezas cubiertas para protegerse del polvo y del sol. Poco después, sentadas en corro, se refrescaban con tazones de yogur mentolado y murmuraban en torno a María. La muchacha se sentía como oveja en el mercado, profundamente consciente de la inspección a la que la estaban sometiendo.

Débora llegó más tarde con su madre y resultó guardar un gran parecido con Joel, hecho que María encontró extrañamente reconfortante.

Cuando terminaron de saludarse e intercambiar los últimos cotilleos, la madre de María levantó los brazos para pedir silencio. Con gesto exagerado, miró a su alrededor y preguntó:

—¿Seguro que no hay hombres por aquí?

—¿Has mirado en las habitaciones de atrás? —preguntó una de las primas de María—. ¡Suelen esconderse allí! —Con risitas mal disimuladas, corrieron para ver si había alguien y regresaron meneando las cabezas.

—¡Estamos solas!

—¡Bien! —afirmó la madre de María—. ¡Ya podemos hablar libremente!

Antes de que pudiera proseguir, sin embargo, alguien llamó a la puerta. Las mujeres quedaron petrificadas; después estallaron en risas.

—Ni que temiéramos la llegada de soldados romanos —dijo Ana, la tía de María.

Zebidá abrió la puerta y se encontró ante la silueta encorvada de la viuda Ester, que vivía en la casa de enfrente. Los penetrantes ojos negros de Ester recorrieron la escena.

—Disculpadme —dijo al fin—, sólo quería preguntar si tenéis un poco de harina de cebada pero...

—¡No, no, entra, por favor! —Zebidá casi tiró de ella para hacerla pasar—. Necesitamos de tu sabiduría.

—¿Mi sabiduría?

—De lo que significan los años para el hombre y para la mujer —explicó Zebidá—. Ya sabes que mi hija, María, pronto se casará. Todas las mujeres de la familia han venido para ayudarla, para contarle lo que nosotras sabemos. Pero falta la presencia de una mujer mayor. Mi madre y la madre de Natán murieron hace tiempo, también nuestras tías. ¡Te lo suplico, te necesitamos!

La vieja Ester miró a su alrededor con cautela.

—No sé de qué sabiduría me hablas. Sólo sé que he vivido una larga vida. He vivido más tiempo sola que casada; enviudé hace más de cuarenta años.

Las demás mujeres intentaron disimular la pena en sus miradas. Todas sabían lo que significa ser viuda, especialmente cuando no se tienen hijos.

—Ven, siéntate —insistió Zebidá.

Ester, sin embargo, no le hizo caso y se acercó a María.

—Te conozco desde que naciste —dijo—. Y te deseo mucha felicidad. —Le dio unas palmaditas en el brazo. María trató de reprimir una mueca de dolor. Las rasgaduras y arañazos le dolían mucho ese día, y rezaba por que no le pidieran que se probara el vestido de novia, para lo que tendría que mostrar sus brazos desnudos. Faltaba poco tiempo hasta que se fuera de esa casa embrujada, ese hogar habitado por una presencia maligna, por un espíritu que la atormentaba. Sólo un poquito más... Aunque Joel no fuera un novio deslumbrante, sería su salvación, la llevaría lejos del tormento que la asolaba dentro de las paredes de su propia casa.

—Gracias —dijo retirando el brazo.

—Debo advertirte, sin embargo, de que gran parte de tu felicidad depende de ti. Está en tu poder conseguirla. El hombre poco tiene que ver con eso.

La madre de Joel se indignó.

—¿Qué quieres decir? —exigió saber—. ¡Por supuesto que mi hijo tendrá que ver con eso!

—Así será, si tu hijo es un buen hombre —dijo Ester—. Pero, aunque a María la hubiera escogido un hombre menos bueno, ella sería capaz de labrar su propia felicidad. —Hizo una pausa—. Y si tuviera la mala suerte, Dios no lo quiera, de llegar a mi estado, entonces la única posibilidad de ser feliz estaría en sus manos.

—Me parece, anciana, que olvidas que ésta es una ocasión feliz —dijo Judit—. Si Zebidá no te conociera, sospecharía que vienes a echar el mal de ojo. ¡Y ahora, te lo ruego, retira lo que has dicho acerca de mi hijo!

—No tengo mala intención —insistió Ester empecinada—. Pero pretender que el mal no existe contribuye a aumentar su poder. Con todas mis fuerzas, deseo una vida larga y saludable a tu hijo y a su novia.

Zebidá puso una copa en la mano de Ester y la condujo lejos de las demás, a un rincón de la sala.

—¿Qué vestido llevarás? —preguntó Ana, tía de María por parte de su padre.

—Elegí un vestido rojo, porque el rojo es un color alegre —respondió María, temiendo que le pidieran que se lo probara.

—¿Y para la cabeza?

—Pues... Creo...

—¡Nosotras te hemos traído algo! —exclamaron Judit y Débora a la vez, sacando un fino echarpe de lana, tan delgado que la luz podía traspasarlo—. Queríamos que tuvieras algo de nuestra familia.

María la cogió y admiró el tejido exquisito, tan etéreo que parecía una nube, capturada y teñida.

—¡Y las monedas! ¿Qué hay de las monedas?

Zebidá resopló.

—Oh, tenemos algo mejor, mucho más apropiado que los collares y las cintas tintineantes que suelen llevar las mujeres, cubriéndose de monedas de oro. Ya sé que son sólo objetos ceremoniales, que ya no suponen un alarde de riqueza. Si quisiéramos alardear, María debería llevar una diadema nupcial de pescado salado. No, nosotros tenemos esto. —Con ademanes cuidadosos, ofreció a María una caja de madera de cedro. La joven la abrió y vio la granada de bronce colgada de una cadenita.

—¡La han llevado todas las novias de la familia de tu padre, desde... nadie sabe desde cuándo! —dijo la madre.

María la sostuvo en alto, dejando que la delicada granada, obra de su ancestro, Hurán, girara sobre su eje pendiente en el aire. Las mujeres se acercaron para ver, y María dejó que se la quitaran de la mano y se la pasaran una a la otra.

—Madre —dijo, abrazándola emocionada. No había esperado algo así, ni siquiera conocía esa vieja costumbre. Su madre nunca hablaba de su propio día de boda, salvo para presumir del precio que había tenido que pagar Natán por ella.

—Algún día, se la darás a tu propia hija —añadió Zebidá con la voz quebrada. Estaba a punto de llorar, cosa inusual en ella.

—Te lo prometo —dijo María. Se imaginó a sí misma con esa hija aún sin nacer, celebrando el mismo rito, rodeadas de las mujeres de la familia, mirándose a los ojos. ¡Que así sea! Rezó en silencio.

—¡Oh, qué serias nos hemos puesto! —irrumpió Ana—. Olvidáis que de la boda al parto hay un largo trecho, y que falta muchísimo más para el día de la boda de la hija. ¡De momento, debemos asegurarnos de que María esté preparada para hacer lo que debe, si quiere llegar a ser madre! —Sus ojos relampaguearon, como si recordara cosas prohibidas, a las que le encantaba hacer alusión.

—Ya sé de qué se trata —declaró María con resolución. ¿Y quién no? Las mujeres casadas hablaban en voz baja de esas cosas, las muchachas vírgenes especulaban acerca de los detalles, y en los campos siempre había rebaños de ovejas y de ganado que demostraban, a plena luz del día, cómo se concebían los lechales y los terneros. En cuanto a la noche, que las parejas humanas solían preferir, el Cantar de los Cantares elogiaba sus delicias con todo detalle.

—Tenemos el deber de iniciarte —insistió Ana, secundada por la sonora confirmación de su otra tía, Eva. Con una sonrisa tímida, Eva sacó un pequeño frasco de la manga y lo agitó provocadoramente—. ¡Para tu noche de bodas! —dijo, dándoselo a María.

La joven se vio obligada a extender la mano para tomarlo. La arcilla opaca no delataba su contenido.

—Si echas un par de gotas en tu vino, quedarás encinta la primera noche —dijo Eva.

—¡Qué vergüenza! ¿No has traído nada para el hombre? —preguntó Ana—. Te has olvidado de él. ¡Toma! —Agitó un botellín—. ¡Doy total garantía de este portento! ¡Por experiencia personal! —Se apretó contra María, ella, la hermana de su padre, que tan seria le había parecido siempre—. ¡Con una gota basta! ¡Le convertirá en un auténtico camello macho!

—¡Ana! —exclamó la madre de Joel.

—¿Acaso el profeta Jeremías no habló del camello macho en celo, que persiguió a la hembra salvaje? ¡Lo dicen las escrituras! —repuso Ana.

La noche de bodas. María se esforzaba por no imaginarla, porque sabía que las cosas nunca son como una se las imagina. Generaciones de mujeres, desde la mismísima Eva hasta su propia madre, habían conocido esta experiencia. La idea la consolaba y a veces pensaba: Ojalá no sea una decepción para mi esposo.

—Gracias —dijo con voz apagada y aceptó el botellín de Ana.

—¿Dónde está el pañuelo de la consumación? —preguntó la vieja Ester.

—Aquí. —Zebidá lo agitó para que todas lo vieran: un gran pañuelo rectangular de lino blanco. Colocado debajo del cuerpo de la novia la noche de bodas, se conservaría después, para probar la virginidad de la muchacha, en caso de que hubiera reclamaciones.

—¡Esto ya no se hace! —protestó una de las jóvenes primas de María—. Está pasado de moda. Nadie ya...

—Está en la Ley de Moisés —contestó Zebidá—. No el pañuelo, pero sí la importancia legal de la virginidad.

—¿Y si la novia no es virgen? —preguntó la prima, titubeando.

—Según la Ley, debe ser lapidada —dijo Zebidá y Ester asintió.

—Pero ¿cuándo se ha ejecutado esta ley? —intervino Noemí, la esposa de Silvano. Hasta el momento, había permanecido inusualmente callada—. A nadie ya se le ocurriría aplicarla.

—Depende del rigor con el que cada uno practica la religión —respondió Zebidá—. Para nosotros, sigue siendo importante.

El tema repugnaba a María. De nuevo se sentía como una oveja en el mercado. ¿Se suponía que debería subir a un taburete y declarar solemnemente: «Soy virgen»? ¿Por qué tenía que dar explicaciones a aquellas mujeres? ¿Y si no fuera virgen? No quería ni pensar en las consecuencias. Sería repudiada, rechazada por las mismas parientes que ahora la rodeaban con cariño, ofreciéndole regalos y deseándole felicidad.

—¡Toma! —Su madre le metió el pañuelo en la mano—. ¡Guárdalo hasta esa noche!

—¿Habéis elegido la fecha? —preguntó Ester—. No, claro; no podéis antes de saber cuándo termina su período de impureza. Debemos esperar.

—Unas pocas semanas más —dijo Zebidá— y lo sabremos. Después de la última quincena de impureza, planearemos la ceremonia.

¡Impureza! Qué palabra tan fea. María la odiaba aunque desde niña le habían explicado que el ciclo natural de la mujer la hace impura, al menos la mitad de los días. Mientras duraba el período de impureza, la mujer no podía tocar ciertas cosas, no podía yacer en un lecho y no podía acercarse a su esposo, por temor de contaminarle.

—Será una gran fiesta —dijo Zebidá—. ¡Debemos pensar en ella!

Pensaban asar un cabrito y servir el pescado más grande que se pudiera encontrar en las aguas del lago, sazonado con hierbas y decorado con flores y guirnaldas. Siendo mediados de verano, también tendrían higos, uvas y melones tempranos.

—¿También habrá flautas, timbales y cantores? —preguntó Débora.

—Oh, desde luego, los mejores de la ciudad —afirmó Zebidá.

—Ahora, sin embargo, debemos bailar aquí mismo una danza antigua, que sólo bailan las mujeres —dijo Ester acercándose a María. La sugerencia de un baile resultó asombrosa, viniendo de una anciana decrépita.

—Tocad las palmas —ordenó la vieja—. Tocad con fuerza y alzad la voz.

Tomó a María de la mano y, lentamente, la condujo a un movimiento circular. Después empezó a caminar más rápido, y el dobladillo de sus vestidos se levantó y voló hacia el exterior de la circunferencia.

—¡Mírame sólo a mí! —ordenó la anciana a María.

María miró a los ojos de la anciana, ocultos entre arrugas y pliegues profundos de la piel. Allí en el fondo, casi perdidas, había dos esferas negras y brillantes. Casi pudo imaginárselas en la juventud. Entonces, mientras seguían dando vueltas y más vueltas, emergió la mujer joven que se ocultaba en el cuerpo de la vieja. Retrocedieron en el tiempo y volvieron al pasado, a los tiempos de Betsabé, a los tiempos de Rut, y aún más atrás, a la época de Séfora y de Asenat, al período más antiguo de Lía, Rebeca y Sara, y siguieron dando vueltas hasta que fueron una sola mujer, ellas dos y sus antecesoras. De repente, Ester soltó la mano de María y la muchacha cayó hacia atrás, en los brazos de las mujeres que la rodeaban, las mujeres de esta vida, este tiempo, este año.

—¡Seguidme! —ordenó Ester, y las mujeres casadas formaron un círculo y empezaron a tocar palmas y a gritar con voces antiguas que no reconocían como propias, bendiciendo a María y dándole la bienvenida en sus filas.

8

A medida que se acercaba la fecha de la boda María se sentía más y más a gusto al lado de Joel. No sin recelo, le había confesado que sabía leer y la idea no pareció molestarle, aunque no llegó a decirle que también sabía griego. Incluso tuvo la impresión de que Joel estaba contento, que supo ver el lado bueno de su infracción: podrían leer y estudiar juntos, escribirse cuando estuvieran separados, hacerse ambos cargo de las facturas y los libros del negocio.

Pasaré el resto de mi vida —¡y ojalá que sea una vida larga y feliz!— con alguien que me gusta y en quien puedo confiar, se repetía muchas veces al día. Pero no pensaba en él con regocijo ni ansiaba el momento en que se encontraran solos en la cámara nupcial.

Al mismo tiempo deseaba que Joel la quisiera de esta manera, que sintiera pasión por ella. Le preocupaban las cosas extrañas que le habían sucedido, los ataques misteriosos que se multiplicaban y que la tenían como objetivo. La confusión, los insomnios y las dolorosas magulladuras y escoceduras que aparecían en las piernas y en los brazos y, últimamente, en los costados y el vientre. Nunca sería capaz de contárselo a Joel. Se sentiría repugnado y no querría seguir adelante con los planes de matrimonio. Para ella, él representaba su salvación de esa cosa que la atormentaba.

Por las noches yacía en su cama sintiendo una gran opresión en el aire de la habitación, una especie de pesadez que nada tenía que ver con el calor. Casi le parecía que le podría hablar y que, de hacerlo, la cosa aquella le respondería. Como le había respondido Asara poco tiempo atrás.

Asara. El ídolo de marfil. La efigie de rostro sonriente y voz seductora y musical. La talla le hacía pensar en todo lo que ella quisiera ser: hermosa, misteriosa; una novia. En todo aquello que le había prometido, la parte de sí que deseaba emerger, como emergen las serpientes al son de la flauta del encantador.

Suspiró. Sé muy bien que sólo es un adorno, una pequeña obra de arte, pensó. ¿Por qué no mostrársela a Joel? La idea surgió de repente. Deseaba hacerlo. La reacción de su prometido era muy importante para ella. Hoy mismo se la enseñaría.

Por la mañana los moratones y los arañazos parecían correazos. El día era melancólico y nublado, jirones de niebla colgaban como palios sobre el lago y la costa. Se puso enseguida una túnica de manga larga para ocultar las marcas vergonzosas. Anhelaba el día en que las heridas desaparecerían, tan rápida y misteriosamente como habían aparecido.

Sabía que Joel ya estaría trabajando, ocupándose de sus tareas en el saladero. Y allí estaba, inspeccionando un barril de salmuera, del que sólo emergían los lomos plateados del pescado. Estaba ceñudo pero su expresión cambió en cuanto la vio llegar.

—¿Cuál es el problema? —preguntó María. Sabía que algo iba mal.

—Creo que la sal se ha estropeado —respondió Joel—. Es aceitosa pero ha perdido fuerza. —Meneó la cabeza.

—¿Es de aquel proveedor de Jericó? —preguntó ella. Se trataba de un proveedor de quien sospechaban que compraba provisiones de los alrededores de Sodoma. Era bien sabido que la sal de aquella zona contenía muchas impurezas.

—El mismo —dijo Joel—. Haremos correr la voz. Es la segunda vez que pasa esto. Le acaba de costar su clientela en Magdala. —Hizo una pausa—. Pero no has venido para inspeccionar los toneles de salmuera. —Era una pregunta, aunque indirecta.

—No. He venido porque... —Porque quería hablarte del ídolo, pensó María—. Porque me dijeron que ha llegado un nuevo cargamento de alfombras árabes. Las exponen en el mercado. Pensé que podríamos comprar una.

Aún no tenían un tapiz para el suelo de su futura casa, y María prefería una verdadera alfombra a una estera de paja. Quizás en años venideros el paseo por el mercado sería aburrido para Joel, pero ahora no. Esperaba con impaciencia el día en que serían marido y mujer y se instalarían en la pequeña casa que él había mandado construir.

—¡Por supuesto! —dijo con evidente satisfacción.

Mientras recorrían las calles bulliciosas, a la sombra que la niebla proyectaba sobre el lago y los edificios, María trató de concentrarse en la tarea que tenían delante. Aunque últimamente le costaba mucho pensar; su mente divagaba como la niebla que se arremolinaba sobre el lago. «Quiero hablarle del ídolo», repetía para sí. «Realmente deseo hacerlo. Debo hacerlo.» Necesitaba airear el tema, librarse de él.

Sin embargo, no encontraba el momento oportuno. Joel iba saludando a las personas con las que se cruzaban, y le hacía preguntas acerca de la alfombra. ¿Qué color prefería? ¿De dónde venían las alfombras? ¿Qué precio le parecería justo?

—Joel, ¿qué piensas de los ídolos? —farfulló finalmente.

—¿Los ídolos? —Pareció desconcertado.

—Me refiero a las obras de arte que representan antiguos dioses.

—¿Estatuas y cosas por el estilo? No se nos permite tenerlas, aunque no representen a dioses. Cualquier imagen tallada nos está prohibida. Menos mal que los romanos no nos obligan a tenerlas, hasta el momento, al menos. El dios Augusto no nos contempla desde lo alto de cada esquina.

—No estoy hablando de política —dijo María con voz queda—. Me refiero a las personas que tienen uno. Que lo guardan como... recordatorio.

Ante su evidente turbación, trató de explicarse mejor. Tenía que hacerlo. Tenía que decirle: «Joel, cuando era niña encontré la efigie de una diosa en Samaria. La recogí y la llevé a casa, aunque mi familia no lo sabe. En varias ocasiones he intentado deshacerme de ella pero nunca he podido. La efigie me habla, he oído su voz muchas veces. No sé si es lícito llevarla a tu hogar. Me dijo que se llama Asara.»

Intentó hablar pero su garganta se negó a obedecerla. Sencillamente, era incapaz de formular las palabras. De sus labios sólo escapó un graznido que sonó a «Asara».

—¿Qué dices? —preguntó él.

—Asa... Asa...

—¿Te encuentras bien? —Joel parecía alarmado.

«Si pronuncias mi nombre, morirás», dijo una voz, con tanta claridad como si estuviera a su lado.

—Pues... Yo... —La mano que apretaba su garganta se relajó, y pudo recobrar el aliento—. Se me ha metido algo en la garganta. —Tosió y respiró profundamente.

Cuando logró recuperarse, Joel ya había perdido el hilo de la conversación y no se acordaba de la pregunta acerca de la gente que poseía un ídolo.

Fueron a la parada donde el mercader tenía expuesta su mercancía y eligieron una preciosa alfombra de pelo de cabra, decorada con llamativos dibujos en rojo y azul.

—De la tierra de la reina de Saba —les aseguró el vendedor—. ¡Lo mejor de lo mejor!

En esa tarde de verano, María y los invitados aguardaban a que el sol desapareciera tras el horizonte. Todo estaba listo para la boda. Ella esperaba que Joel viniera a buscarla en cuanto se hiciera de noche, para llevarla a su hogar, como esposa. Con ella estaban su madre, su padre, sus hermanos y sus cuñadas, y todos los familiares que habían venido a Magdala para la ocasión. También, desde hacía ya rato, los amigos más íntimos se habían abierto camino hasta la sala abarrotada donde se celebraría la ceremonia nupcial. Lucían sus mejores túnicas, las sandalias más elegantes y las joyas más brillantes que poseían, porque una boda era la ocasión más importante a la que la mayoría de ellos asistiría en su vida.

El vestido y la capa de María eran de color rojo, escogidas con esmero para que la novia destacara entre la multitud. Eran del lino más refinado que su familia podía permitirse y serían su atuendo de gala durante años. Entretejidas con el lino, unas finísimas hebras de color azul oscuro trazaban un dibujo casi imperceptible, que prestaba a la tela una riqueza que el rojo solo nunca podría brindar. María llevaba el cabello recogido y sujeto con horquillas, y de su cuello colgaba la granada de bronce que le había dado su madre.

Todo transcurría como tenía que ser. Ella estaba lista. Estaría lista mientras no pensara realmente en el asunto, mientras se quedara quieta y dejara que sucediera.

—Eres la novia más hermosa que se ha visto. —La voz de Silvano, cercana a su oído, interrumpió sus pensamientos. Se volvió; su hermano mayor estaba a su lado, le tomó la mano y se la apretó—. Mi querida hermanita, tienes las manos frías. ¿Estás asustada?

No, asustada, no, quiso decir. Sólo anonadada. En cambio, sonrió y se frotó la mano, comprobando su helor.

—No —fue lo único que dijo.

—¡Pues, deberías estarlo! —repuso Silvano—. Éste es el día más importante de tu vida, excepto el día de tu nacimiento y el de tu muerte.

Él mismo ya llevaba varios años casado con la dulce Noemí, que a María le había caído bien desde el principio.

—Si sigues hablando así, conseguirás asustarme de veras —dijo María—. Entonces saldré corriendo por la puerta de la cocina y desapareceré para siempre. Nunca más se sabrá de mí.

—¿Y qué harías todos esos años? Todo el mundo te estaría buscando. Sería muy aburrido pasar la vida escondiéndote.

—Podría unirme a los bandidos que viven en las cuevas, aquí cerca. No creo que sus vidas sean aburridas. —Sonrió y casi se le escapó la risa. Silvano la ayudaba a olvidarse del trance que la aguardaba, y consiguió relajarse.

—La vida en una cueva húmeda y mohosa, es aburrida por definición —repuso él.

—Yo... —No pudo continuar. De pronto, llegó desde fuera el sonido de cantos e instrumentos musicales. ¡Joel! Era Joel y sus acompañantes, que venían hacia la casa en una procesión callejera de músicos y portadores de lámparas. En ese momento las damas de honor, provistas de antorchas, salieron a la calle para recibirles.

La música y las voces se acercaban y, en la oscuridad de la noche ya cerrada, los invitados pudieron distinguir el resplandor amarillento de las lámparas que precedían al novio y sus padrinos de boda.

Los músicos llegaron hasta la puerta y allí se detuvieron; los porteadores de lámparas hicieron lo mismo, y todos ocuparon sus sitios en la entrada. Entonces Joel entró en la sala, ancho de hombros, sonriente y animoso. Llevaba una túnica exquisita, que María no había visto nunca, y en la cabeza una guirnalda de gloriosas hojas veraniegas, que le hacían parecer antiguo a la vez que noble.

El joven se detuvo y fijó la mirada en María, después se le acercó rápidamente y tomó sus manos entre las suyas.

—Bienvenido, Joel, hijo de Ezequiel —dijo Natán—. Desde hoy tú también serás hijo mío.

—Y mío —añadió Zebidá, cubriendo las manos del novio con las suyas.

—¿Estás listo para pronunciar las palabras? —preguntó Natán.

—¿Estás listo, hijo mío? —secundó Ezequiel.

—De todo corazón —respondió Joel efusivamente. Su voz sonó muy alta en los oídos de María. Pero, pensó, se dirige a todos los invitados, no sólo a mí y a mis padres.

—Adelante, pues.

Joel se volvió hacia María y su expresión se hizo solemne. Ahora sí que le hablaría a ella y sólo a ella.

—Que todos los presentes sean testigos de que en el día de hoy, yo, Joel bar-Ezequiel, consagro a María bat-Natán, como mi esposa. —Le tomó la mano—. De acuerdo con la Ley de Moisés y de Israel.

Colocaron una granada en el suelo, delante de él, y Joel la pisó con vehemencia, haciendo que las semillas saltaran hacia los pies, los tobillos y los elegantes dobladillos, un excelente augurio de fertilidad.

Con cierta vacilación, tendió las manos y tomó las de María, las manos frías de María. Las suyas eran cálidas y protectoras.

María deseaba poder responder pero no era la costumbre. Le miró directamente a los ojos para demostrarle que confiaba en él plenamente.

A su alrededor ambas familias, sonrientes, prorrumpieron en aplausos y ovaciones. De repente, el silencio solemne dio lugar a una ruidosa celebración; los amigos y vecinos se apretujaron en torno a la pareja para felicitarles y desearles lo mejor. Detrás de la felicidad desbordante, María detectó una sombra de tristeza en las miradas de su madre, su padre y sus hermanos. Una inefable sensación de pérdida teñía de gris los contornos de su alegría.

—Que el Dios de Israel, de Abraham, Isaac y Jacob, bendiga este matrimonio —dijo Natán, y su voz se impuso al ruido de la sala—. Que tú, hija mía, seas como Sara, Rebeca, Lía y Raquel, una verdadera hija de la Ley y una bendición para tu esposo. —Después, como avergonzado de su propia gravedad, levantó los brazos—. ¡Y ahora, hijo mío, condúcenos a tu casa y al festín! —Asintió con la cabeza hacia Joel.

El banquete de bodas les esperaba en la casa de Joel —ahora también casa de María— dispuesto y preparado para muchos invitados. El novio había de conducirles por las calles, precedido por los portadores de lámparas, las damas de honor y los músicos. Con un ademán, les indicó que se pusieran en marcha, formando una fila en la entrada. María ocupó su lugar al lado de Joel y juntos condujeron a la concurrencia fuera de la casa paterna de la novia y a lo largo de la calle secundaria hacia la arteria principal. Era una noche cálida; la gente se detenía en las calles y asomaba de las ventanas de sus casas para ver el cortejo entusiasta. Muchachas jóvenes se unían a la procesión, riéndose y saltando de alegría. El desfile de celebrantes recorrió las calles en fila alegre bajo el cielo de verano, iluminado por la luz dorada de las lámparas. Las vestimentas elegantes y lustrosas resplandecían en la noche.

Caminando junto a su marido, María tenía la sensación de formar parte de una hermosa pintura, se sentía rodeada de belleza y felicidad, casi tan visibles como el incienso, y creía que, a cada paso, nubes de dicha se esparcían en todas direcciones. Más que participante, era una observadora distante y apreciativa. Le gustaría que aquel paseo no terminara nunca; no quería llegar a su nuevo hogar. Pero la distancia era corta y pronto se encontró delante de la puerta, iluminada con antorchas brillantes en el exterior y con lámparas refulgentes en el interior.

En la sala mayor de la casa habían dispuesto una mesa larga, sobre la que había gran abundancia de alimentos: quesos sazonados con comino, canela y rábanos; olivas de Judea; bandejas de bronce colmadas de dátiles tiernos y secos, así como de higos; cuencos de arcilla llenos de almendras; bandejas con uvas dulces, pilas de granadas; cordero y cabrito asados, y tortas de miel al vino dulce. Otras bandejas contenían una selección de pescados exquisitos, acompañados de jarras enteras de la famosa salsa de la receta familiar. Y, por supuesto, amplias provisiones de vino tinto, el mejor que Joel podía permitirse.

El novio ocupó su lugar junto a la mesa para dar la bienvenida a la gente, según llegaba. Se sirvió la primera copa de vino, la apuró en un gesto simbólico e invitó a los presentes a sentarse a la mesa.

—¡Éste es mi día de boda, y sois todos bienvenidos! —anunció en voz alta, señalando los manjares y las jarras de vino.

Todos avanzaron hacia la mesa.

—Tú también debes beber un poco —dijo Joel a María con dulzura. Le sirvió una copa y se la tendió; sus manos se rozaron en un gesto que les pareció sagrado, más comprometido que la promesa que Joel había pronunciado ante todos aquellos testigos.

»Bebe —le dijo, y ella alzó la copa y cató el recio sabor del vino. Al probarlo, quedaba atada al hombre que se lo había ofrecido.

Sólo al bajar la copa se dio cuenta de que todos les estaban observando. Una gran ovación sonó cuando devolvió la copa a Joel. Ojalá miraran a otro lado. Aliviada, recordó que ya no le quedaba nada especial que hacer delante de los invitados.

A pesar de las ventanas abiertas, en la sala hacía mucho calor. Los convidados se reunieron en torno a la mesa para probar los ricos alimentos y catar el tinto oscuro, la alegre música de las flautas y las liras pronto quedó ahogada por el barullo de las conversaciones. Mirando a su alrededor, María vio a numerosas personas que le eran desconocidas. Como si estuviera leyéndole el pensamiento, Joel dijo:

—He invitado a algunas personas que conozco de mis viajes de negocios. —Señaló con un gesto de la cabeza a un grupo reunido junto al otro extremo de la mesa, probando el cabrito—. Son pescadores de Cafarnaún y sus familias —explicó—. Hacemos mucho negocio con ellos en la temporada de la sardina. Zebedeo y sus hijos. ¿Les recuerdas?

Les había conocido varios meses atrás mientras paseaba con Joel y les recordaba vagamente. También les había mencionado el padre de Casia. Sobre todo, recordaba a Zebedeo y su impaciencia. Esta noche parece algo más calmado, pensó. Entonces vio a alguien que le pareció conocer. Pero no; seguramente se equivocaba. Sin embargo, esa mujer tenía algo familiar.

—Esa mujer con la túnica azul y el cabello abundante... —susurró a Joel—. Debe de ser amiga tuya, porque no acabo de reconocerla.

—Ah, sí —respondió Joel—. Es la esposa de Avner, uno de los mejores pescadores jóvenes de Cafarnaún.

—¿Cómo se llama ella?

—No lo sé —admitió Joel—. ¡Ven, vamos a preguntarle!

Antes de que María pudiera retenerle, se acercó a la mujer y dijo:

—Me temo que no sé tu nombre, aunque conozco bien a tu marido.

—Me llamo Lía —respondió la mujer—. Soy de Nazaret.

Aún le parecía familiar. Nazaret. María raras veces había tenido la ocasión de conocer a gente de allí. Excepto una vez, hacía mucho tiempo...

No era fácil ver a la niña en la cara de esa mujer adulta, pero María lo intentó. Dondefuera que la hubiera conocido, no la había vuelto a ver desde entonces. Aunque esto no era extraño, puesto que María y su familia no iban nunca a Nazaret.

—¡En el viaje de vuelta de Jerusalén! —dijo Lía de repente—. ¡Sí, sí, ya recuerdo! Tú y tu amiga vinisteis a vernos y pasasteis la noche en nuestro campamento. Éramos muy pequeñas, sólo teníamos seis o siete años.

Ahora lo recordaba todo. El viaje de vuelta de la Fiesta de las Semanas. La aventura de alejarse de su familia y pasar un tiempo con esta otra. El episodio del Shabbat y el dolor de muela.

—¡Pues, claro, por supuesto! Dime: ¿Están también aquí tus padres, tus hermanos y hermanas? —María escudriñó a la gente apiñada, muchos de los cuales le eran desconocidos.

—No. Mi padre murió el año pasado. Mi madre vive todavía en Nazaret pero no suele viajar. Mi hermano mayor, Jesús, ha ocupado el lugar de padre en el taller de carpintería, y el segundo, Santiago, le hace de ayudante. Aunque poca ayuda le presta, pues parece que preferiría ser escriba; se pasa el día estudiando las escrituras y debatiendo temas sagrados en la sinagoga, especialmente los referidos al ritual y la pureza. Mi casa resulta ya un poco aburrida —concluyó Lía con una risa.

—¿Tus hermanos se han casado? —Hoy María no podía pensar en otra cosa.

—Jesús, no.

—¿No es...? —Iba a decir «demasiado mayor para ser soltero».

—Debería estar casado —dijo Lía con firmeza—. Pero el negocio le ocupa mucho tiempo. También cuida de mamá. Ya debería darse prisa. ¿Tienes hermanas en edad de matrimonio?

—No, por desgracia —respondió María y ambas rieron.

—Ah, si espera mucho más, no podrá hacerlo. Ya muestra indicios de ser un hombre difícil de soportar... por una mujer, quiero decir.

—¿De qué manera? —María sólo le recordaba como un muchacho extraño, que decía cosas raras de las lagartijas. ¿Será que ahora las domestica?

—Le gusta estar solo después del trabajo. Madre dice que busca demasiado la soledad.

—¿Demasiado? —inquirió María.

Los músicos formaron en fila a su alrededor, aporreando los timbales, soplando en las flautas y esforzándose por llamar la atención.

—Tanto, que la gente se da cuenta —explicó Lía—. Hay habladurías. Ya sabes cómo son las ciudades pequeñas, y Nazaret lo es.

De pronto, María sintió lástima de Jesús. Tenía que pasar el día trabajando en la carpintería de su padre para, después, enfrentarse a los cotilleos acerca de su conducta. ¿Acaso no tenía derecho a su intimidad y soledad? También ella la buscaba a menudo, aunque raras veces se podía conseguir bajo las miradas indiscretas en las ciudades pequeñas y en el seno de una familia. Sólo el desierto ofrecía intimidad. Quizá por eso los varones santos se retiraban allí.

—¿Y tú? —preguntó Lía—. ¿Vivirás aquí, en Magdala? Sé que Joel recorre los pueblos pescadores a orillas del lago para cerrar acuerdos, en ocasiones llega hasta Tolemaida. ¿Irás con él? ¡Eso sería estupendo! Siempre he querido conocer Tolemaida.

—Quizá pueda ir. —Le resultaba todo tan extraño; de hecho, no podía imaginar la vida que le esperaba.

—¡Adivinanzas! ¡Adivinanzas! —Ezequiel alzó los brazos para pedir atención. Se trataba de una antigua tradición en las bodas; el novio planteaba adivinanzas y ofrecía premios a los invitados que sabían resolverlas. La tradición nació en la boda de Sansón, quien puso a sus convidados la adivinanza del león y la miel, y se sintió desconsolado al descubrir que su novia había revelado la respuesta a sus familiares.

—Ah, sí. —Joel interrumpió su conversación con un invitado y se acercó despacio al centro de la sala—. Una adivinanza. —Trataba de parecer pensativo aunque María sabía que llevaba semanas componiéndola.

—Veamos: Soy de agua y langosta. Soy peligroso, porque puedo destruir, y sin embargo muchos se me acercan. Al que lo adivine, le regalaré una túnica nueva y miel para todo el año.

Todos se miraron perplejos. Hecho de agua y langosta. ¿Será una tarta? Se hacían tartas especiales con estos insectos disecados. Alguien propuso esta solución.

—Las tartas no son peligrosas, amigo mío —repuso Joel—. Lo lamento pero no has ganado.

—¿Es la sequía? —preguntó una mujer—. La sequía puede atraer la langosta e implica falta de agua. —Se sabía que las adivinanzas podían utilizar este tipo de subterfugios del lenguaje—. Y es peligrosa.

—Aunque nadie se le acerca. Es la sequía la que viene a nosotros —dijo Joel.

¿Y una plaga de langostas? Pueden rodear las extensiones de agua, de modo que el agua las conduce. Y nos acercamos a ella para intentar combatirla. Evacuamos lo que queda en su camino, quemamos una franja de sembrado para dejarlas sin alimento.

Joel pareció sorprendido, esta respuesta satisfacía la mayoría de los requisitos aunque no era lo que él había pensado.

—No —dijo finalmente—. La plaga no es de agua, la solución no es válida. Pero creo que te mereces un gran bote de miel como recompensa a tu imaginación.

Otros varios propusieron respuestas distintas hasta que, al final, se les agotaron las ideas. Entonces Joel dijo:

—Se trata de uno de esos varones santos, que se adentran en el desierto e invitan a la gente a purificarse con ablaciones rituales. Se dice que comen langostas y visten ropas ásperas. Y son peligrosos, porque llenan las cabezas de la gente con ideas revolucionarias. A veces, acaban con ellos los romanos; otras, perecen en el desierto. Tan pronto uno desaparece, sin embargo, otro viene a ocupar su lugar.

—Estos hombres no son de agua —protestó uno de los convidados—. Es una pista falsa.

—Supongo que sí —admitió Joel—. Aunque el agua es parte integrante de su mensaje. Suelen predicar junto a los arroyos y emplean el agua como símbolo de purificación.

—¿Quién es el último de estos profetas del desierto? —preguntó alguien—. Últimamente, las cosas parecen muy tranquilas.

—Es sólo cuestión de tiempo —contestó otro—. Salen como florecillas tras las lluvias de invierno. Todos prometen un mundo mejor, si fuéramos capaces de arrepentirnos.

—¡Y de librarnos de los romanos! —exclamó otro más—. Pero para eso hace falta más que un profeta acusador con su chusma de seguidores.

—Supongo que ya es hora de que aparezca otro Mesías —dijo un hombre que estaba recostado contra un cojín. Era corpulento y parecía hundirse en el entorno—. ¿O ya hemos desistido de esperarle? No deja de ser una esperanza infantil, ¿no es cierto? Un Salvador, un Mesías o como se le quiera llamar, que blandirá la espada y dará un escarmiento a los romanos. —Eructó tapándose la boca con la mano y sonrió, como si quisiera demostrar lo ridículo del asunto.

—Basta, amigos míos —dijo Joel, temeroso de que estallase la polémica del Salvador y la guerra de los fieles contra los romanos—. No queremos profetas en nuestra fiesta, salvo que formen parte de un acertijo.

Para gran alivio de María, los concurrentes dejaron el tema y volvieron a las bromas, los cantos y la diversión. Nadie quería prolongar una conversación controvertida. Su madre se le acercó y la abrazó, susurrándole:

—Avísanos cuando estés preparada.

Preparada. Lista para recibir felicitaciones, para bailar, para ser llevada a hombros de los invitados, preparada para que la acompañasen a la cámara nupcial, donde un dosel se había dispuesto por encima de la cama.

—Pronto ya; creo —respondió María. Sí, tenía que proceder, no podía evitarlo. Los buenos deseos para su nueva vida, las canciones ruidosas, el tradicional y clamoroso paseo de los novios a hombros, por la estancia y hasta la cámara nupcial... Eran cosas que tenían que ocurrir.

Al fin, ella y Joel se encontraron de pie junto a la cama, mientras los invitados les observaban desde la habitación contigua.

—Y ahora reclamo a la novia —dijo Joel sencillamente, mirándola primero a ella y luego a la concurrencia. Fue a cerrar la puerta que separaba las dos habitaciones, y el roce de la madera contra el suelo significó para María el fin de su vida anterior, con tanta nitidez como si alguien hubiese tocado palmas.

La puerta se cerró. Ya estaban solos o, mejor dicho, a salvo de las miradas ajenas.

Joel levantó la mano para tocarle el pelo, parcialmente recogido aunque siempre con el peinado de una doncella.

—Te honraré con mi vida —dijo.

María cerró los ojos, no sabía qué hacer ni qué decir. Le pareció natural responder:

—Y yo, con la mía.

Confiaba tanto en él, que no le resultó difícil tenderse bajo el dosel y convertirse en esposa. No usó las pociones que le habían dado las mujeres y, cuando quiso alcanzar la tela nupcial para extenderla sobre la cama, Joel se la quitó.

—Esto no nos hace falta —dijo—. Eres mía y yo soy tuyo, no hay nadie más, y no tenemos necesidad de demostrarlo a nadie.

La rodeó con sus brazos y la besó con tanta pasión que hasta la poesía del Cantar de los Cantares se borró de su mente.

—Eres tan hermosa —le susurró.

9

La luz otoñal bañaba la cocina en su cálida luz. El día llegaba a su fin y María estaba poniendo la mesa para la cena. Desde la mañana se había sentido cálida y dorada como la habitación.

Los dos años pasados desde que dejara la casa paterna para construir un hogar para Joel y para sí habían transcurrido deprisa, y ahora era la señora de una casa de la que podía sentirse orgullosa y de un modo de vida que se habían confeccionado a su medida, como si fuera un traje.

Miró por la ventana; aún era pronto para que Joel volviera a casa. Llevaba toda la tarde preparando un guiso de cordero con higos y ya había dispuesto los pequeños cuencos con los condimentos que habrían de acompañarlo. Había buen vino y pan recién hecho, casi como si fuera una cena de Shabbat.

Date prisa, Joel, pensó. La cena te espera. La velada te aguarda.

Todo estaba perfecto: la casa, limpia; el pan, recién sacado del horno; el ambiente, perfumado con juncos olorosos dispuestos en canastas. La casa entera contenía el aliento.

Pero cuando por fin llegó Joel, bien pasada la hora de la cena —que ya se había secado un poco— no estaba de humor. Entró en la cocina murmurando y meneando la cabeza, y apenas saludó a su esposa.

—Lo siento —dijo distraído—, pero tuvimos problemas con uno de los cargamentos. No recogieron el adobo destinado a exportación. A ver cómo se lo explico al mercader de Tiro, que esperaba recibirlo antes de verano. —Parecía agobiado—. Tuve que enviarle un mensaje urgente; creo que lo recibirá dentro de tres días.

Se hundió en la silla, siempre distraído. No parecía darse cuenta de que María aún no había dicho nada. Finalmente, dijo:

—Espero que no estés enfadada.

¿Enfadada? No, no estaba enfadada, sólo decepcionada. Su entusiasmo se había secado tanto como el guiso.

—No —le reconfortó mientras servía la cena. Él la devoró sin mirarla siquiera.

Podría ser cualquier cosa, pensó María. Podría haberle servido pescado rancio y pan de dos días.

De repente, todos aquellos preparativos —la mesa adornada, las lámparas encendidas y bien provistas de aceite, los juncos aromáticos— le parecieron una pérdida de tiempo.

—¿Qué ocurre, María? —preguntó Joel. La estaba observando y se fijó en sus ojos húmedos.

—Nada —respondió ella—. Nada.

—Estás enfadada porque he llegado tarde a la cena... —El tono de su voz no era comprensivo sino exasperado—. Ya te he dicho que no pude evitarlo. —Joel se puso de pie—. ¡Le estás dando demasiada importancia a este asunto! ¡Podrías pensar en cosas más serias que mi puntualidad para la cena! —Hizo una pausa y añadió—: Por supuesto, fuiste muy amable por preparar...

—¿En qué cosas serias? —le interrumpió María—. ¿Qué cosas pueden ser serias para mí, si no tenemos hijos?

—Los hijos son un regalo de Dios —repuso Joel con rapidez, con demasiada rapidez—. Sólo Él sabe cuándo enviarlos. Pero la vida también puede ser útil sin ellos.

—Quizás, entonces, debería vivir esta vida útil —dijo María—. Podría ayudarte a llevar los libros de la empresa, o encargarme de los cargamentos y las exportaciones, u ocuparme de la correspondencia.

Ninguna de estas actividades, sin embargo, le parecía más importante de las que ya llevaba a cabo. Sólo menos solitarias.

—Pues, sí, tal vez —respondió Joel—. Nuestra correspondencia es un desastre.

—O tal vez debería dedicarme al estudio de la Torá —dijo María bruscamente. Quizás entonces podría comprender qué esperaba Dios de ella, en esta vida sin hijos.

—¿Cómo? —se sorprendió Joel—. ¿Estudiar la Torá? Por desgracia, a las mujeres no se lo permiten, y es una lástima, porque se te daría muy bien. —Habían pasado muchas veladas de invierno leyendo a Isaías y a Jeremías, y sabía muy bien cuán ágil y ávida era la mente de María para el estudio.

—Podríamos encontrar la manera —se empecinó ella.

—Sólo si te disfrazaras —repuso él—. Y me temo que no resultaría fácil, porque eres demasiado femenina. —La rodeó con los brazos—. Ojalá pudiera hacer algo. —¡Si Dios quisiera concederles hijos!

—No puedes. —María sabía bien que no era su responsabilidad ni estaba en su poder regalarle una vida mejor.

Recordó sus sentimientos de la tarde, antes de la llegada de Joel, recordó su alegría. A pesar del bienestar material, a pesar del amor de su esposo, a pesar del lugar respetable que ocupaba en el pueblo, no tenía nada a lo que asirse. Una joven esposa estéril es la más desgraciada de las criaturas, vive al margen de la vida normal.

Por la noche, mientras Joel dormía a su lado agotado tras la dura jornada de trabajo, ella yacía mirando al techo. Mañana iré al mercado, compraré algo bueno para cenar, cocinaré y esperaré a que Joel vuelva a casa, pensó. Un interminable camino solitario se extendía ante sí.

Pasaron otros seis años, a veces lentos y a veces con rapidez, y nada cambió en la vida de María, con excepción de la creciente sensación de haberse convertido en objeto de lástima para todos, excepto para su vieja amiga Casia. Aunque Casia ya tenía tres hijos, y a María le resultaba cada vez más doloroso estar con ellos. Y con ella. Mientras desempeñaba sus actividades habituales, casi podía sentir las miradas interrogantes y las preguntas no verbalizadas de sus amigos y conocidos. Su propia familia era más directa: Silvano y Noemí habían sido los primeros en preguntar abiertamente y en ofrecer su apoyo y amor. En cuanto a Eli y Dina, su actitud era bien distinta. De su manera de mirarla y de cómo proferían tópicos piadosos, resultaba evidente que la consideraban culpable de algo, o que pensaban que Dios les estaba castigando a ambos por alguna falta. A menudo, Eli insinuaba que debería hacer examen de su conciencia y buscar pecados ocultos.

—«¿Quién es capaz de comprender sus propios errores? Líbrame de las faltas secretas» —entonaba Eli citándole los salmistas.

—«Tú has descubierto nuestras iniquidades, has arrojado la luz de Tu semblante sobre nuestros pecados secretos» —añadía Dina. Después abrazaba a sus tres hijos ñoños y aburridos (que respondían a los anticuados nombres de Yamlé, Idbás y Ebed) y, con la pequeña Ana en brazos, dirigía a María una mirada apenada, como si le dijera: «¿Ves de qué cosas te privas negándote a vivir una vida piadosa?»

Una tarde, víspera del Shabbat, mientras María preparaba la cena, se sintió inusualmente abatida. Tuvo la repentina sensación —casi una visión— de sí misma y de Joel viviendo en tiempos remotos, en una tienda, rodeados de una gran familia. También entonces ella era estéril, pero Joel había tomado más esposas, incluso algunas concubinas, y estaban todos sentados en el interior de la tienda para la cena del Shabbat, rodeados de una hueste de niños, cuyas edades oscilaban entre la infancia y la adolescencia. Joel, reclinado sobre unos almohadones, parecía satisfecho y ella, María, era objeto de las miradas burlonas y la condescendencia de las demás mujeres, incluso de la concubina de menor rango, la que debía realizar las tareas más humildes y cuidar de las cabras y los asnos.

Su largo estudio de las escrituras le permitió identificar la imagen como una visión de su antepasada. Se suponía que María y su familia descendían de la tribu de Neftalí, y Neftalí era hijo de Bilhá, la doncella de Raquel.

Un día Raquel se acercó a Jacob y le gritó, frustrada: «¡Dame hijos o me moriré!» Cuando Jacob protestó que es Dios quien decide a quién dar o negar los hijos, ella insistió en que Bilhá, su doncella fértil, la sustituyera para la procreación.

Yo nunca podría hacer algo así, pensó María. No lo soportaría si Joel...

Y, sin embargo, tu antepasada es Bilhá, no Raquel. Perteneces a la tribu de Neftalí, a quien Raquel nombró en honor de su lucha.

La antigua pena de aquellas personas, el marido, sus esposas rivales y las doncellas, estalló dentro de María y echó a llorar por ellos.

Aquello fue mucho peor de lo que a mí me toca soportar, pensó. Muchísimo peor.

Deseaba extender la mano y tocarles, decirles que miles de años después su lucha íntima había beneficiado a la nación, pero eran inalcanzables, estaban perdidos en la lejanía del pasado. Y ella estaba atrapada en la cocina, preparando la cena para dos personas que, en esos instantes, le parecían mucho menos reales.

Sus padres llegaron justo antes de la puesta del sol, y Joel ya se había tomado un baño y la ayudaba a disponer los objetos ceremoniales sobre la mesa: la lámpara del Shabbat, el pan especialmente preparado para la ocasión. Todo resplandecía, recién lavado y pulido. Recibirían el Shabbat como de costumbre. Generalmente, María disfrutaba de aquellos momentos iniciales, cuando todo estaba preparado y aguardaba el ocaso, la auténtica llegada del descanso sagrado; esta noche, sin embargo, se sentía perturbada por la inesperada visita de sus fantasmas y tuvo que sacudir la cabeza para quitarlos de su pensamiento.

—¡Ah! Hermoso, como siempre. —Su madre profirió un suspiro de felicidad—. María, sabes crear un orden de paz. En tu casa hallamos el auténtico espíritu del Shabbat.

María le agradeció el cumplido, pero no pudo evitar el deseo del desorden característico de los hogares llenos de niños.

Encendió las lámparas del Shabbat, diciendo la antigua oración:

—Bendito seas, oh Dios, nuestro Señor, Rey del Universo, Tú que nos santificaste con Tus mandamientos y nos ordenaste encender la lámpara del Shabbat. —Extendió las manos por encima de las lámparas, sintiendo su calor.

Cada uno ocupó su lugar en la mesa y se repartieron el chalá, el pan dorado del Shabbat. Siguieron los demás platos, que aún conservaban el calor del fuego: la sopa de hierbas, las remolachas agridulces servidas sobre un lecho de hojas, la cebada rustida y el exquisito barbo hervido.

—Fue el más grande de la pesca de ayer, y me lo quedé —admitió Joel—. Ni siquiera permití que nadie más lo viera.

—Pescado por Zebedeo, supongo —dijo Natán.

—Por supuesto, como siempre —respondió Joel—. Él conoce las mejores zonas de pesca, si bien guarda el secreto. Pero mientras comercie casi en exclusiva con nosotros...

—Creo que Jonás está reconsiderando su sociedad con él —siguió Natán—. Está harto de la actitud posesiva de Zebedeo frente a las zonas de pesca. A fin de cuentas, se supone que debe compartir esta información con sus socios.

—¿Cómo se llevan sus hijos? —preguntó Joel—. No me imagino a Simón retirándose discretamente; al menos, no a la larga.

—Hasta el momento, los hijos se llevan mejor que los padres —dijo Natán—. Simón tiene buen carácter a pesar de que es impulsivo, y los hijos de Zebedeo, Juan y Santiago, defienden sus derechos con agresividad, pero suelen ceder cuando Simón se les enfrenta. Es decir, siempre que Zebedeo no esté presente. Si lo está, luchan como mastines.

Zebidá removió la sopa de verduras en su plato, pensativa. Pequeños trozos de menta y perifollo flotaron hasta la superficie.

—Entonces, me parece que la sociedad está condenada, ya que Zebedeo siempre estará cerca. ¿Con quién comerciarás cuando ésta termine? Porque te obligarán a tomar partido por unos o por otros.

Joel hizo un gesto a Natán para que respondiera.

Natán esperó un momento antes de contestar.

—Con Zebedeo, me imagino. Es mejor no enfrentarse a él. Controla demasiado la situación. Y recibe importantes encargos de Jerusalén, suministra pescado a la casa de Caifás, el sumo sacerdote. No, mejor no enemistarse con él. —Meneó la cabeza mascando lentamente un trozo de chalá—. Aunque espero que no llegaremos a esto.

María intentaba prestar atención a la conversación; sabía que era un tema importante para su economía. Pero Raquel y Bilhá seguían irrumpiendo en su pensamiento.

—¿Cuáles serán los efectos de la nueva ciudad vecina? —preguntó, tanto para obtener una respuesta como para obligar a sus pensamientos a dirigirse al presente y al futuro.

—Es difícil preverlo —dijo Joel—. Cuando Antipas lo anunció, pensé que sería desastroso para nosotros. Otra ciudad, justo al sur de Magdala, haciéndonos sombra. Aunque quizá no sea así. Hasta podría resultar beneficioso. Los nuevos habitantes tendrán apetito, necesitarán alimentos.

—Ese hombre no tiene vergüenza ni sentido común —dijo Natán—. Ha elegido un lugar sacrílego donde construir: ¡un cementerio! Además, le da el nombre de Tiberíades.

—Tenía que hacerlo —interpuso Zebidá—. Intenta halagar al emperador. Haría cualquier cosa para complacerle.

—Entonces, debería tener cuidado con sus mujeres —apostilló Joel en tono ominoso.

—¿Por qué? —Natán se rió—. ¿Crees que a Tiberio le puede importar? ¿Cuántas veces se ha divorciado ya? Tal vez nadie pueda encomendarse al emperador romano si no está divorciado o metido en relaciones incestuosas de algún tipo. —Empezó a partir el filete de pescado que tenía en el plato, notando su aroma y la firmeza de la carne.

—Les importa a los súbditos de Antipas —dijo María—. He oído los comentarios acerca de su relación con la mujer de su hermano. Si se casa con ella, infringirá la ley judía.

—¿Y quién se atrevería a protestar? —preguntó Natán—. Todos temen a Antipas.

—Y no queremos atraer la atención de Roma —añadió Joel—. Ahora, no.

Hacía poco, Tiberio había expulsado a los judíos de Roma, por culpa de un supuesto escándalo religioso relacionado con una noble romana. Incluso había reclutado cuatro mil jóvenes judíos para servir en el ejército romano apostado en Cerdeña, a pesar de las leyes judías que prohibían combatir durante el Shabbat y probar alimentos impuros. Al resto les diseminaron por el imperio. Algunos habían emprendido el camino de regreso a Galilea, proclamando a gritos la injusticia sufrida. Antipas hizo oídos sordos.

—No —dijo Natán—. En estos momentos, el emperador no está bien dispuesto hacia los judíos. El propio Zebedeo me dijo que podrían buscar a otro procurador para Jerusalén. Tiberio piensa sustituir a Valerio Grato. Que Dios nos ampare, según a quién elija.

—He oído un rumor, que no puede ser cierto, de que el propio Tiberio piensa abandonar Roma —dijo Joel.

—No, el emperador no puede irse de Roma —convino Natán.

—Aunque ya es viejo —prosiguió Joel—. Tal vez desee retirarse.

—Sólo hay un retiro para los emperadores —sentenció Natán—. La muerte.

10

Tiberio no murió enseguida aunque, según rumores que llegaban hasta los oídos de la gente común de Galilea, se comportaba de un modo cada vez más irascible y errático. Lo mismo ocurría, más cerca de casa, con Herodes Antipas, que aún mantenía relaciones con la esposa de su hermano.

—¿Qué locura se apodera de esa gente? —se preguntaba María en voz alta ante Joel—. Está poniendo su trono en peligro.

—Dicen que el amor es una forma de locura —respondía su esposo.

Una locura que nunca he conocido, pensaba María. Me pregunto si me gustaría. Miraba su hogar confortable y no se podía imaginar arriesgándose a perderlo.

María cuidaba mucho de su hogar —tanto más cuanto invertía en su limpieza las energías frustradas de la maternidad— de modo que, cuando le tocó el turno de organizar la celebración de la Pascua judía para su familia, le costó menos que a otras mujeres transformarlo en una casa ceremonialmente pura. Desde luego tuvo que limpiarla más a fondo que de costumbre, fregando con diligencia cada centímetro de la superficie. Sacó la vajilla de Pascua y la lavó, encargó el cordero por adelantado —un cordero grande para los diecisiete comensales— y buscó los restos de pan hecho con levadura para destruirlos o venderlos a los gentiles. María, por lo general, prefería destruirlos; nunca quedaban muchos y, por alguna razón, el subterfugio de la venta legal no le resultaba satisfactorio.

Limpió con ahínco, como si una migaja de levadura pudiera esconderse en las rendijas del suelo, entre las fibras de la alfombra o detrás de cualquier jarrón. Fregando con afán, conseguía sentir que también purificaba su alma y su vida. Decidió abrir todas las cajas y baúles para purgar su contenido.

En una caja de madera encontró unos mantos de lana olvidados. Podría regalarlos a alguna familia necesitada.

Otra caja contenía objetos de la infancia: los cuadernos con sus lecciones, algunas flores —quebradizas y descoloridas— cultivadas en su primer y pequeño jardín, y su ropa de bebé. Mirándolos, se sintió descorazonada. Debería regalarlos también, es como si se burlaran de mí, pensó.

En el interior de una bolsa encontró otro objeto, envuelto en trapos. Lo sacó y desenrolló lentamente la tela, hasta que el rostro del ídolo de marfil le dirigió su antigua sonrisa.

Un escalofrío le recorrió el cuerpo.

Asara. Aquí estás de nuevo. Ese nombre, el nombre que con tanta facilidad volvió a su memoria, le trajo recuerdos de deseos juveniles de belleza y, a la vez, una descarga de temor. Pero aquello había ocurrido hacía mucho tiempo, antes de que se casara. Sus sueños de seducción irresistible no se habían materializado, aunque sí habían desaparecido sus inquietantes tormentos. Se lo debió de imaginar todo. Ya no tenía sueños deprimentes, ni se sentía confusa, ni reinaba el frío en su alcoba, ni amanecía cubierta de arañazos y laceraciones. Sus esperanzas de dejarlo todo atrás se habían cumplido, y ahora le parecía una extraña enfermedad de la adolescencia.

La bella Asara. María le habló con el pensamiento: Y pensar que hubo un tiempo en que te reverenciaba tanto que te creía capaz de hablarme... ¡Habla, Asara! Le ordenó. ¡Habla, si puedes!

La efigie permaneció callada, incluso en su pensamiento. Sencillamente yacía en su mano, mirándola.

La dejó en el suelo y prosiguió sus tareas de limpieza. No volvió a guardarla, para así mostrársela a Joel, como había sido su intención —ahora lo recordaba— antes de que se casaran. Bien, pensó, se la enseñaré esta misma noche. El sol se estaba poniendo y la luz declinaba. Había llegado el momento de terminar los trabajos. Fue a encender una lámpara y vio la talla en el suelo, esperando la llegada de Joel.

Entonces, sintiéndose extrañamente atraída por ella, la recogió y examinó con atención las perfectas facciones de marfil, los seductores ojos entornados, la curva de los labios, el cabello ondulado. Es la personificación de la feminidad, pensó María. Es todo lo que debería ser una mujer. Lo que quise ser como esposa, se dijo. Ahora tengo necesidades más importantes.

—¡Dame un hijo! —le ordenó—. ¡Dame un hijo, si de verdad tienes poderes!

Volvió a depositarla en el suelo con aire de satisfacción. Con esto ya desaparecerían los restos de su influencia. Ni siquiera sabía por qué había formulado el deseo, pero así pondría fin a la larga fascinación que sentía por el ídolo. Lo había retado con el único propósito de desacreditarlo.

Algunos días después —días de intensos preparativos en todos los hogares de Israel— el sol declinaba hacia el horizonte, hacia el crepúsculo que marcaría el inicio del período de ocho días de festividades dedicadas a la Pascua. La casa de María y Joel resplandecía. Habían juntado varias mesas para crear una larga, y todo estaba a punto. Los padres de María llegaron para la cena.

—Debemos esperar un poco a que lleguen los demás antes de buscar la levadura —dijo su padre—. ¡Que se den prisa!

Se trataba de un ritual que encantaba a los niños: buscar por toda la casa, por si a María se le hubiera escapado algún trocito de levadura. La sustancia prohibida sería descubierta y destruida, y ¡ay del hogar que no pudiera proporcionar la levadura «olvidada»! María había dejado trocitos a plena vista sobre la mesa de la cocina, además de esparcir otros por distintos lugares para aumentar la emoción.

—¡Queridísima, qué hermosa está tu casa esta noche! —Dina entró cargada con sus muy apreciados bizcochos de miel sin levadura. La seguían sus tres hijos varones, luciendo sus mejores túnicas de lino. Llevaba a la pequeña Ana en brazos, y también la niña lucía un lazo especial en su vestidito. Tras ellos entró Eli con un plato especial para la mesa: sus hierbas amargas.

Acto seguido, llegaron Silvano y Noemí con sus dos hijos y la pequeña, y con su propia contribución a la cena: el charoset, hecho de manzanas, nueces y vino, símbolo de la argamasa que tuvieron que utilizar los hijos de Israel para fabricar los ladrillos del faraón.

—Hijos míos —dijo Natán—, vuestra tía sin duda habrá olvidado algunos trozos de levadura por la casa. Dios jamás nos lo perdonaría. ¡Buscad con atención, aseguraos de que no queda rastro de levadura aquí dentro! Bendito seas, oh Dios, nuestro Señor, Rey del Universo, Tú que nos santificaste con Tus mandamientos y nos encomendaste la destrucción de la levadura. —Tocó palmas y los niños salieron corriendo. El pequeño Ibdás encontró enseguida los trozos dejados a plena vista, pero los demás se dispersaron por toda la casa, registrándola palmo a palmo con tanta diligencia como cualquier soldado romano en busca de un enemigo oculto.

Mientras estaban así ocupados, los adultos esperaban conversando. Pronto los niños reaparecieron en tropel, llevando en triunfo pequeños trozos de pan hecho con levadura.

—¡La hemos encontrado! ¡La hemos encontrado! —gritaban.

—Y también esto. —Yamlé tendió el ídolo de marfil a su padre.

El corazón de María casi dejó de latir. Había dejado el ídolo fuera de la caja, aunque para mostrárselo a Joel, no a toda la concurrencia.

Eli lo estudió con atención. María pudo distinguir la expresión de alarma en sus ojos, aunque él trató de disimularla.

—No puedo imaginar cómo ha llegado este objeto a esta casa —dijo finalmente—. Es un... Es un... —Las palabras «ídolo pagano» no le salían—. Una talla antigua de los pueblos que habitaban esta tierra en el pasado —dijo al final—. De los canaanitas, seguramente.

—Déjame ver. —Dina se lo arrancó de las manos. Lo observó con atención—. Sea lo que sea, cualquier representación de la figura humana nos está prohibida. Es un ídolo. Joel, encontrar algo así en tu casa, ¡y en plena Pascua! Es peor que la levadura.

Joel miraba la talla.

—Nunca la había visto.

—Es... algo que pensaba enseñarte —dijo María—. Lo encontré tirado. —No dijo cuántos años atrás—. Quería que lo vieras.

—¿Por qué? —preguntó Eli.

—Por si tiene algún valor. O... se me ocurrió que podría indicarnos quiénes vivían aquí antes que nosotros. —De pronto, sintió una gran necesidad de defender la efigie. Si era necesario destruirla, lo haría ella misma, y no porque un niño irrumpiera en su dormitorio y la encontrara por casualidad.

—No deben importarnos los que existían antes —resopló Eli—. Dios nos ordenó que los destruyéramos por completo, o se nos clavarían como espinas y acabarían destruyéndonos a nosotros.

—Aquello fue hace mucho tiempo —repuso Silvano—. Ahora compartimos esta tierra con otros pueblos y debemos vivir en paz con ellos.

Joel levantó las manos y recitó las palabras rituales:

—La levadura que quede en mi casa sin mi conocimiento, escuchad, es nula como el polvo en la tierra.

—¡Destruyamos la levadura y el ídolo pagano! —exclamó Yamlé—. ¡Echémoslos al fuego! —Y lanzó a las llamas la levadura que llevaba en las manos. El fuego ardió con voracidad.

—¡Y esto también! —Tiró la talla de marfil. La efigie resbaló a un lado del fuego, pero las llamaradas la ocultaron y nadie se dio cuenta.

—¡Comencemos la festividad! —Joel señaló las mesillas y los cojines en los que tenían que reclinarse, de acuerdo con la costumbre rabínica de la ceremonia inicial. Se envolvió en su capa de viaje y sostuvo el báculo, como ordenan las escrituras: «Así debes comer: con la capa ceñida en el cinturón, las sandalias puestas y el báculo en la mano. Come aprisa: es la Pascua del Señor.»

Natán, cabeza de toda la familia, pronunció la bendición sobre la primera copa de vino. Luego pasaron unos a otros una palangana con agua y una toalla. Según la tradición, debían realizar este ritual mientras estaban recostados.

Una vez finalizada la ceremonia inicial, se retiraron a las mesas ya servidas. Joel cogió el plato de hierbas amargas —berros, rábanos y perifollo— y lo hizo pasar, seguido por el charoset. Cuando todos se habían servido una porción, retiraron los platos y sirvieron la segunda copa de vino. Luego el hijo varón más joven, en este caso, Ebed, de cuatro años, hizo a su padre las cuatro preguntas de la Pascua.

—Padre, ¿por qué es esta noche distinta a todas las demás? Cualquier noche podemos comer pan con levadura o pan ácimo, pero esta noche sólo se nos permite comer pan ácimo.

Eli respondió con solemnidad, explicando que los israelitas tuvieron que abandonar Egipto tan de repente que no hubo tiempo para que creciera la masa de su pan.

—Padre, cualquier noche podemos cenar cualquier tipo de hierba. ¿Por qué esta noche sólo se nos permiten las hierbas amargas?

De nuevo, Eli explicó que el ritual simbolizaba la amargura de la esclavitud y del yugo impuesto por los faraones.

—Padre, cualquier noche podemos cenar carne rustida, guisada o hervida. ¿Por qué sólo se nos permite la carne rustida esta noche?

—Porque así se lo dijo el Señor a Moisés —respondió Eli.

—Padre, cualquier noche mojamos las hierbas sólo una vez. ¿Por qué debemos hacerlo dos veces esta noche?

Cuando hubo contestado todas las preguntas, Eli había impartido una breve lección de la historia del pueblo de Israel, su liberación de la esclavitud en Egipto y la recepción de la Ley en el monte Sinaí.

Trajeron nuevos platos a la mesa, bebieron la segunda copa de vino y se lavaron las manos de nuevo. Partieron dos bizcochos sin levadura y mojaron los trozos en el charoset.

Antes de mojar su trozo, Natán dijo en tono solemne:

—Éste es el pan de la aflicción que nuestros padres comieron en la tierra de Egipto.

A continuación, sirvieron el cordero, el plato central del ágape. La carne era jugosa y exquisita, y todos la elogiaron con exclamaciones de aprobación.

Sirvieron y bebieron la tercera y la cuarta copa de vino, siempre de acuerdo con el ritual. Entonaron los himnos tradicionales y las antiguas estrofas —«Cuando Israel salió de Egipto, la casa de Jacob de un pueblo de lengua extraña, Judea fue el santuario de Dios, Israel su dominio»— llenaron a los presentes de alegría y recuerdos. Luego sirvieron un poco de vino en una copa especialmente fina, para Elías.

María contempló la copa. Qué sorpresa para todos si Elías apareciera de repente, levantara la copa y bebiera el vino, pensó. Sin embargo, yo vi a Raquel y a Bilhá en esta misma cocina, se dijo. ¿Por qué no Elías?

—A Elías —dijo Natán de pronto, como si le hubiera adivinado el pensamiento—. ¡Ojalá viniera de nuevo!

—Me pregunto si le reconoceríamos —dijo Joel—. Supongo que tendrá otro aspecto y no vociferará contra Ajab y Jezabel.

—Oh, sí que le reconoceríamos —le aseguró Eli—. Le daríamos una alegre bienvenida.

—¿Cuánto tiempo lleva muerto? —preguntó Yamlé sin rodeos.

—Vivió hace más de ochocientos años —respondió Dina—. Pero no murió, no, ascendió al cielo en un carro de fuego.

Yamlé no pareció convencido.

—¿Alguien le vio hacerlo?

—Oh, sí —intervino Noemí—. Muchas personas. Por eso esperamos su regreso. Sólo hubo otro hombre que fue llevado a Dios sin morir, y ése fue Enoc.

—¿Por qué no esperamos nosotros su regreso también? —quiso saber Ibdás.

—No se sabe mucho de él —admitió Noemí—. Sabemos mucho más de Elías y, casi siempre, uno espera que regresen las personas que conoce, no las que son sólo nombres. Los amigos, por ejemplo. O el Mesías. No conocemos al Mesías pero sabemos de él, de modo que sabemos a quién esperar.

—Hummm. —Yamlé consideró la cuestión seriamente.

Mientras la atención de todos estaba puesta en Noemí, en el otro extremo de la mesa, Natán apuró la copa de vino y la dejó de nuevo sobre la mesa.

—¡Mirad! ¡Él vino mientras mirábamos al otro lado! —exclamó.

Yamlé se sintió confuso y frustrado. A sus ocho años, le costaba creerlo, pero tampoco podía estar seguro.

—El próximo año tendrás que vigilar mejor, Yamlé —le dijo su abuelo.

Cuando se fueron sus invitados, María y Joel se sentaron en medio del desorden de la sala, sintiendo la profunda satisfacción que sigue a una reunión exitosa.

—No hay nada más agradable que una casa después de una celebración —dijo Joel acercándose a María y estrechándola contra sí.

—No —admitió ella. Estaba orgullosa de la velada, le gustaba ser la anfitriona en la celebración de la Pascua.

—¿Te he dicho alguna vez que eres una esposa maravillosa? —preguntó Joel—. Y no lo digo sólo por la cena de Pascua.

—Sí. —A diferencia de muchos maridos, Joel siempre le mostraba lo mucho que la apreciaba.

¡Qué pena que tu esposa no sea completa!, se dijo María con crueldad. Malgastas tu afecto y tu devoción. Odiaba su esterilidad tanto por el dolor que le producía a ella como por Joel. Era una deshonra para él. Aunque jamás debería pronunciar estas palabras.

Un poco más tarde se fueron a acostar, abrazados.

11

La primavera en Galilea es la más gloriosa de todo Israel. Los desiertos del Néguev y de Judea florecen a su manera fugaz y parca, y tanto la costa como las llanuras lucen sus flores especiales, pero sólo en Galilea la primavera es realmente espectacular. Los campos, los jardines y los huertos se llenaban de color, rodeados del verde deslumbrante de la hierba nueva que brotaba en los prados y en las laderas. Después de la primera floración nívea de los almendros, las demás plantas entraban en la competición, floreciendo aprisa y en profusión: anémonas y amapolas rojas, jacintos y lirios púrpura, caléndulas y ranúnculos amarillos, azucenas blanquísimas en rincones ocultos. Vista desde Magdala, la orilla del lago parecía resplandecer como cargada de joyas, y, a la menor oportunidad, la gente se escabullía de sus tareas urbanas para vagar por los campos y las colinas.

María, entre ellos. Emprendía caminatas solitarias por las laderas florecidas y se sentaba a descansar en las hermosas pendientes. Contemplando la superficie azul del lago, le resultaba difícil remover su habitual desesperación por su situación. Puede que esté empezando a aceptarla, pensaba.

Los halcones volaban en lo alto y, un poco más lejos, los buitres negros planeaban sobre las cálidas corrientes de viento, girando lentamente en un gran círculo. De repente, María se sintió invadida de una extraña somnolencia, como si hubiese tomado una poción mágica. Sus ojos se cerraron, y el cielo, con sus buitres y halcones, desapareció.

Cuando despertó, débil y temblorosa, era casi de noche. Se incorporó sobre un codo trémulo. ¿Qué le había pasado? Se estaba levantando el viento y ya podía ver la primera estrella en el cielo sobre el lago.

Medio mareada, se puso de pie. Tenía que volver aprisa, antes de que oscureciera del todo y no pudiera distinguir el camino. Avanzó trastabillando y casi había llegado a su casa antes de que se aclarara su cabeza.

La extraña somnolencia la embargó en muchas más ocasiones —algunas no tan convenientes— a lo largo de las semanas siguientes. Pronto aparecieron otros síntomas extraños, desarreglos estomacales, debilidad en las piernas, hormigueo en los brazos. El médico a quien Joel solía consultar se sintió perplejo; sólo una vieja comadrona supo diagnosticar lo obvio.

—Estás esperando un hijo —dijo, divertida con la estupidez de los demás, que pasaban por alto la explicación más obvia—. No hace falta ser médico para verlo.

Aquellas palabras, tan largamente anheladas, a María le parecieron falsas. No podía ser. Ella era estéril. El hecho era incontrovertible.

—¿No estás contenta? —La vieja escrutó su cara.

—Claro que sí —respondió María de manera mecánica.

—Calculo que te quedaste embarazada cerca de Pascua —prosiguió la comadrona—. Esto significa que el niño nacerá en torno al Janucá. Más o menos. No es fácil preverlo con exactitud.

—La Pascua —repitió María estúpidamente.

—Sí, la Pascua. —La mujer la observó. ¿Era una idiota? —Podrías darle un nombre apropiado, algo que signifique «libertad» o «liberación». O, simplemente, Moisés.

—Sí. Gracias. —María se puso de pie, recogió su canasta y buscó algunas monedas con las que pagarle.

Salió tambaleante a la calle. Estaba embarazada. ¡Sus plegarias habían sido atendidas!

¡Dios Bendito, perdona mi falta de fe! ¡Perdona mi desesperación! ¡Perdona mis dudas!, gritaba en sus pensamientos. Echó a correr hacia casa, para darle la noticia a Joel.

—¡Oh, Joel! —Se lanzó en sus brazos—. ¡Nunca lo creerás! ¡Es imposible, es maravilloso, pero ha ocurrido!

Él se retiró y la miró desconcertado.

—¡Estoy embarazada! ¡Vamos a tener un hijo, por fin, después de tanto tiempo!

Una sonrisa dubitativa le iluminó el rostro, como si no se atreviera a creer en sus palabras.

—¿Es eso cierto? —preguntó él finalmente, con la voz dulce y suave que sólo empleaba en la oscuridad de la alcoba.

—Es cierto. La comadrona me lo ha confirmado. Oh, Joel... —Le abrazó y hundió la cara en su pecho para detener las lágrimas. Por fin tendrían un hijo—. Vendrá en invierno, con las primeras tempestades. Nuestro hijo...

Aquella noche yacieron abrazados en la cama, incapaces de dormir. ¡Un hijo! Concebido en Pascua y que habría de nacer en Januccá. ¿Qué mejor auspicio podrían esperar?

Al fin, a juzgar por su respiración, María supo que Joel se había quedado dormido. Ella seguía desvelada pero no le importaba. ¿Qué importancia tenía el sueño? Sus oraciones habían sido atendidas. Dios era bueno.

Los pensamientos danzaban en su mente como un lento remolino de hojas, y ella se recreaba siguiéndolos. Atravesaban los estratos de su conciencia y se aposentaban dulcemente en el fondo. La esterilidad... La soberanía de Dios... Todo aquello que fecunda las entrañas, me pertenece, dice el Señor... Y viste cómo Dios, tu Señor, te llevó, como un padre lleva a su hijo, hasta el final del camino.

Dios, me llevaste y yo no supe verlo. Perdóname, pensó María. Pero su corazón estaba tan henchido de felicidad que hasta el arrepentimiento le resultaba agradable.

«¡Necia incorregible! —Una voz áspera y maliciosa irrumpió en sus pensamientos, en un tono agudo, del todo distinto al que podría atribuírsele a Dios—. Dios, Yahvé, o como quieras llamarle nada tuvo que ver en el asunto. Él te lo había negado. Soy yo, Asara, la diosa poderosa, quien te escuchó y respondió a tu llamada. ¿Acaso no me suplicaste que te diera un hijo? Te concedí tu deseo. Ahora me perteneces.»

La voz desagradable la sorprendió tanto que casi se incorporó de un salto. Sonaba como si estuviera allí mismo, en la alcoba.

Pero permaneció inmóvil, rígida, tratando de formular una respuesta. El silencio de la noche era profundo. No se oían los grillos, ni el murmullo de las olas en la orilla, ni el crepitar del fuego. Era la hora más quieta del día.

Mientes, respondió María al final. Nada tuviste que ver con eso. Tú... ni siquiera existes.

Como respuesta, sonó una risa aguda.

«Pon las manos sobre tu vientre y repite que no existo. Me pediste un hijo y te lo he concedido. ¿Niegas mi intervención? Muy bien. Puedo quitártelo con la misma facilidad con que te lo di.»

María cubrió su vientre con un gesto protector. Aquello era una locura. La pequeña efigie nada tenía que ver con su embarazo. La voz sólo existía en su imaginación. Era una voz... diabólica. Sí, una manifestación del Maligno. La desafiaría, demostraría su impotencia y que no existía.

Las palabras que pensaba pronunciar, sin embargo, murieron en su garganta, en su mente. Era cierto que había pedido un hijo a Asara, aunque sólo fuera para ponerla a prueba. ¿Se atrevería ahora a pedir la anulación de su deseo? ¿Estaba dispuesta a arriesgarse tanto?

—No —le respondió su propia voz en un murmullo.

«Ya me parecía —dijo la otra voz con tono de suficiencia—. Muy inteligente de tu parte.»

Pero estás... estabas... María recordó que Yamlé había tirado el ídolo en el brasero.

La risa brusca y áspera sonó de nuevo.

«¿Crees de veras que algo así puede destruirme? Le guié la mano e hice que fallara. Y, aunque me hubiesen consumido las llamas, tú ya habías hecho un trato conmigo. Seguiría vigente, a pesar de todo.»

¿Qué le había ocurrido a la efigie? María pensó febrilmente. Joel había limpiado el brasero. ¿La había encontrado? ¿Qué había hecho con ella?

«¡Levántate! —ordenó la voz, y ella obedeció, sumisa—. Ve a la cocina, donde podemos conversar. Donde podrás responderme en voz alta.»

María buscó a tientas el camino a la cocina. La casa estaba oscura y fría, el fuego se había apagado. Quedó allí de pie, temblando, sintiéndose pequeña y muy asustada.

—Bien, pues. —La voz de Asara sonó al fin, rompiendo el silencio de la noche. ¿Hablaba de verdad o sólo la oía en su mente?—. Yo te di lo que deseabas, lo que Yahvé te estaba negando. ¿Por qué te lo negaba? Nadie lo sabe. ¡Extraño dios, el que castiga a los que le aman y le sirven! Es lógico que la gente haya buscado siempre otros dioses, más amables. —Ahora María oyó claramente la risa burlona de la diosa—. ¡Entonces, él se enfada y lo utiliza como pretexto para castigar! Un castigo exagerado; la destrucción y el exilio. Tu dios no es justo. Admítelo.

María, sin embargo, mantuvo la boca cerrada. No sabía cómo responder. Además, temía hacerlo, como si su respuesta pudiera hacer la voz más real, más poderosa.

—Piensa en todos los dioses que han adorado los israelitas: Baal, Astarté, Moloc, Dagon, Melcar... y yo. Si Yahvé se hubiese comportado como un verdadero dios, ¿por qué sentir la necesidad de recurrir a otros? La culpa es de él, no tuya.

María sabía que aquella era la voz de la blasfemia, de la tentación y, no obstante... ¿Podía un dios blasfemar contra otro dios? De pronto, se sintió fulminada por una culpa aún mayor. Acababa de admitir que Asara era una diosa.

—¿Estás dispuesta a obedecerme? ¿Estás dispuesta a someterte? —La voz era inclemente.

El niño. No podía renunciar a él. María asintió, afligida. No podía hablar. En la cocina reinaban las tinieblas; ¿podría Yahvé ver su pequeño gesto de asentimiento?

—Acepto tu devoción —dijo la voz—. De hecho, cuento con ella desde tu infancia, desde el día en que me encontraste y no pudiste deshacerte de mí. —De nuevo la risa áspera—. ¡Tuvo que ser un niño de ocho años quien tuviera el coraje de tirarme al fuego! Pero sólo porque a él no le hablé.

No, fue porque Yamlé no supo ver la belleza del ídolo, pensó María. Bendita inocencia, la de los ojos ciegos. Y, sin embargo, ser ciego a esta belleza implica ser ciego a toda belleza. Los diferentes tipos de hermosura no se pueden separar.

Debí obedecer a mi conciencia y tirarlo en el Templo, pensó María. Debí hacerlo entonces.

Pero... el niño. ¿Cómo deshacerme del pecado conservando, al mismo tiempo, sus efectos beneficiosos?

No puedo correr el riesgo, pensó. No soy capaz de hacerlo. Ya habrá tiempo para abjurar del ídolo de Asara, renunciar a ella, arrepentirme. Reprimió la idea enseguida para evitar la ira de la diosa.

—¡Habla claro! —le ordenó la voz—. Quiero oírte decirlo. ¡Quiero que tu dios te oiga decirlo!

—Te... doy las gracias —titubeó María.

—Las gracias, ¿por qué? ¡Dilo!

—Por... darme este niño. —Lo dijo en un susurro pero, aun así, las palabras quedaron suspendidas en el aire.

La envolvió el silencio. La voz obstinada callaba en su mente, Dios —¿la habría oído?— callaba también.

El pacto fue sellado y respetado. Asara no volvió a hablar, el verano transcurrió y María llegó a preguntarse si se lo había imaginado todo: la voz, las órdenes, la certeza de la implicación de Asara y de la traición a Dios. El niño crecía pacíficamente en su vientre, y ella hacía todo lo posible por asegurar su salud: reposaba durante las horas más calurosas del día, comía sólo sopas y cereales, y evitaba las grandes emociones. Trataba de albergar pensamientos buenos y alentadores, rechazando al instante cualquier insinuación del mal.

Joel debió de tirar las cenizas del ídolo, se decía para reconfortarse. Ha salido de nuestra casa y de nuestras vidas, se repetía con severidad. Así tenía que creerlo.

12

Los amigos y la familia de María estaban de acuerdo en una cosa: aquello resultaba desconcertante. La mayoría de las mujeres embarazadas del primer hijo —especialmente cuando se había hecho esperar tanto tiempo— se mostraban alegres y exuberantes. María, sin embargo, era tan tranquila y distante que su actitud resultaba extraña. Suponían que se debía al temor supersticioso de que algo saliera mal, temor comprensible aunque algo exagerado.

A lo largo de aquellos meses sólo perdió el control una vez. Una tarde de lluvia, una de las primeras lluvias del otoño, cuando escuchaban con Joel el monótono tamborileo de las gotas en el tejado, María preguntó de pronto:

—¿Recuerdas la última Pascua, aquellas cosas que encontró Yamlé? ¿La levadura y la efigie?

Joel apartó la vista de los documentos comerciales que estaba leyendo.

—Desde luego que sí. ¡Menuda cacería! Está claro que le diste algo con lo que apasionarse. ¡Un ídolo! Me pregunto qué se ingeniarán Silvano y Noemí para superarte el año que viene. Les toca a ellos organizar la cena. —Joel se rió.

—¿Qué pasó con la efigie? —preguntó María.

—La tiramos al fuego, ¿no te acuerdas? —Su esposa parecía ensimismada y abstraída últimamente. Joel suponía que se debía a su estado.

—¿Se quemó?

—Claro que se quemó. ¿Cómo no?

—¿Miraste entre las cenizas?

—Las tiré pero no, no busqué entre ellas.

—¿Dónde las tiraste?

—Al barranco, donde tiramos toda la basura. ¿A qué vienen tantas preguntas?

—Sólo quería asegurarme de que se destruyó.

—No me cabe duda. Si estuviera entre las cenizas la habría visto, ¿no te parece?

—¿La habrías visto?

—María, deja de preocuparte. Ya no existe, se quemó, sus cenizas no están en la casa. No queda nada de ella. Y, aunque existiera, sólo es una talla de marfil, salida de las manos de algún artesano que, enjugándose la frente entre tragos de cerveza, la esculpió hace años y la colocó en un estante de su tienda, entre toda una hilera de tallas parecidas. No es una talla mágica, ni siquiera maligna. —Calló por un momento—. ¿Por qué te preocupa tanto?

—Porque sabía que la posesión de esos objetos es pecado. Aún me siento culpable de ello. ¿Y si contaminó nuestra casa?

—Desde luego, se ha apoderado de tu imaginación —dijo Joel—. Deberíamos reírnos de estas cosas. ¿Recuerdas cómo se mofaba Isaías de los ídolos? Se reía de los hombres que talaban un árbol, utilizaban la mitad como leña y la otra mitad para hacer un dios.

—Lo recuerdo —dijo María.

—Pues, eso —apostilló Joel—. No pudo salvarse a sí misma cuando la tiramos al fuego.

Los meses otoñales transcurrieron despacio, oscuros, nubosos e inusitadamente lluviosos. Para la pesca significaban un compás de espera; había terminado la temporada estival y todavía no había empezado la intensa temporada invernal de la sardina. Varias tempestades se habían desatado ya sobre el lago, enviando olas gigantescas contra la costa occidental.

Tras prolongados escrutinios de las escrituras y de sus propios gustos, María y Joel acordaron finalmente el nombre. Habían jugado con el de Moisés durante tanto tiempo, que ahora ya les parecía la única elección válida si el hijo fuera varón. La decisión, sin embargo, les resultaba más complicada si el bebé fuera niña. Al final, optaron por el nombre de Eliseba, porque les agradaba su sonido melodioso tanto como su significado: «Dios su voto.»

Januccá, la conmemoración de la gran victoria de los combatientes judíos por la libertad hacía casi doscientos años, coincidía con los días más oscuros del año, y las lámparas menorá que se encendían cada tarde en los hogares bañaban las estancias en una agradable luz cálida, desde la lámpara única del primer día hasta la sucesión de ocho, el último. Era la festividad favorita de los niños. El Januccá era la fiesta de los milagros y de la victoria del judaísmo. Celebraba la derrota del líder griego Epífanes por los cinco hijos de Matatías Macabeo, y la reconsagración del Templo de Jerusalén, cuando el aceite suministrado por los macabeos, suficiente para una sola noche, alimentó las lámparas a lo largo de ocho.

El año que viene en estas mismas fechas, pensaba María, tendré un hijo a quien mostrar las lámparas y contar la historia.

La primera noche de Januccá se reunieron en el cálido hogar de Silvano y Noemí. Fuera caía una lluvia helada pero, en el interior de la casa, las lámparas encendidas dibujaban un círculo de luz y de alegría. Los hijos de Silvano, especialmente Barnabás, el mayor, esperaban alrededor de las lámparas ceremoniales, agitados de impaciencia.

—Bendito seas, oh Dios, nuestro Señor, Rey del Universo, Tú que... —Silvano empezó a recitar la bendición. Una fuerte y brusca llamada a la puerta le interrumpió. Se miraron. No esperaban a nadie.

—Humm. —Silvano se disculpó y se dirigió a la puerta, mientras los demás esperaban con impaciencia.

—¡Qué...! —Silvano exclamó y, de repente, un hombrecito extraño que goteaba lluvia irrumpió en la sala donde estaban reunidos.

—¡Ocultadme! ¡Escondedme! —gritó, aferrándose a la túnica de Silvano—. ¡Me están persiguiendo! —Contuvo el aliento y clavó la mirada en los ojos de Silvano.

Joel se levantó de un salto y le apartó de un tirón, liberando a su cuñado.

—¡Soy Simón! —dijo el hombre—. ¡Simón de Arbel! ¿No me recuerdas? ¿De cuando fuiste a Gergesa, al otro lado del lago? Preguntabas por los cerdos. Los cerdos de allá, criados por los paganos. ¡Los cerdos! ¿No te acuerdas?

Silvano parecía confuso.

—Me temo que no, amigo mío.

—No hay agentes romanos aquí, ¿verdad que no? —El hombre, atezado y patizambo, se adentró más en la sala sin que nadie le alentara y examinó a los presentes.

—No recuerdo haberte conocido y menos aún haberte invitado a una reunión de mi familia —dijo Silvano secamente, apartándose de él.

—¡Ah, pero debería ser más que una reunión de familia! —El hombre se comportaba como si tuviera un derecho indiscutible de estar allí, como si el anfitrión fuera grosero al no invitarle a quitarse la capa y lavarse los pies—. ¡Ésta es... la celebración de la libertad! ¡No es una fiesta de niños sino de hombres y mujeres dispuestos a dar su vida por la libertad!

—Te lo repito por tercera vez: No te conozco y eres un intruso en mi hogar. Vete o me veré obligado a echarte por la fuerza. —Era evidente que a Silvano le parecía un hombre peligroso—. Y demuéstrame que no vas armado.

El hombre giró con brusquedad, dejando que su capa se abriera y mostrando ostentosamente las manos.

—No llevo armas —dijo—. Nada que sirviera de excusa a los romanos para detenerme.

—Debes irte. —Silvano miró a Joel, indicándole que tal vez tuvieran que evacuar al extraño por la fuerza.

—¡Escondedme! —repitió el hombre. Sonaba más como una orden que como una petición—. Creo que los romanos me vienen siguiendo. Soy líder de un grupo de guerreros, nos reunimos en secreto en los campos de Gergesa, donde viven los poseídos, y nos oponemos de pleno a Roma. Entrenamos para el día...

—¡Ni una palabra más! —ordenó Silvano—. No quiero oír nada de eso. No quiero ser parte de ello. Ni pienso ofrecerte refugio. Si te persiguen, escóndete en las cuevas de las afueras, en los acantilados.

El hombre pareció ultrajado.

—Pero en Gergesa dijiste... ¡Nos diste la palabra en clave, «cerdos»!

—Viajo a Gergesa por mis negocios —respondió Silvano—. Nunca he ido a ese paraje de almas poseídas en las afueras, ¿por qué habría de hacerlo? Viven entre las rocas, algunos llevan grilletes, todos ellos son réprobos y muchos, peligrosos. Jamás me encontré contigo allí.

—¡Preguntaste por los cerdos! ¡Te oí! —El tono de su voz delataba que el extraño se sentía traicionado.

—Entonces fue en la propia Gergesa, no en aquel antro de demonios. Y, si no eres porquerizo, lo que yo dijera de los cerdos no es asunto tuyo.

—¿Yo, porquerizo? —Aquello fue a todas luces una gran ofensa—. No sólo no crío cerdos sino que ni siquiera accedo a tocarlos. ¡Son contaminantes! Cómo podría defender al verdadero Israel si llegara al extremo de...

—Ya basta. Sal de mi casa. No te conozco, no te he invitado y no deseo unirme a ninguna rebelión contra Roma. —Silvano señaló la puerta.

El hombre casi temblaba de ira. María temió que agrediera a Silvano o a Joel. Pero el extraño cerró los ojos y esperó que el temblor se apagara antes de proseguir:

—Que Dios os perdone —dijo al fin—. Cuando llegue la hora, cuando estalle la guerra, cuando el Mesías, el ungido, mire a su alrededor y cuente las filas de sus allegados... que Dios perdone a los ausentes.

—Contaré con Su misericordia —dijo Silvano y volvió a señalar la puerta.

El hombre dio media vuelta y se fue tan repentinamente como había venido.

Todos permanecieron callados, estupefactos.

—Silvano —dijo al fin Noemí en voz muy baja—: ¿Estás seguro de que nunca habías hablado con él?

—Segurísimo —respondió Silvano.

—¿Es cierto lo que dijo de los cerdos? —preguntó María—. ¿Querías saber de ellos?

—Pude hacer un par de preguntas, por amabilidad. En la meseta que domina el lago hay grandes piaras. Se oyen sus gruñidos y sus resoplidos y, desde la distancia, se les puede oler. Resulta difícil imaginar que una criatura tan repugnante pueda producir carne apetitosa —dijo Silvano—. Es evidente que se trata de una trampa. Debemos tener cuidado. Podrían estar vigilándonos. Debemos evitar cualquier comportamiento sospechoso a ojos de los romanos.

—¿Y qué pasará cuando llegue el Mesías? —preguntó Joel jocosamente—. Nos borrará de su libro de registros por haber rechazado a sus emisarios a cajas destempladas.

—¡Y esa historia del Mesías! —exclamó Silvano—. ¿No comprende la gente que los días de los valerosos combatientes por la libertad ya han pasado? Roma es mucho más poderosa que Epífanes; a los celotas y a los resistentes les manda a la cruz. Voy a decir algo muy poco patriótico, y que Dios me perdone: Si Matatías o Simón o Judas o cualquiera de aquellos gloriosos combatientes de Galilea estuviera vivo hoy, no duraría ni un mes contra Roma. —Hizo una pausa—. Esta noche celebramos su memoria. Pero sólo es eso, un recuerdo. No se puede poner en práctica.

—Pero el Mesías... —dijo Barnabás en tono quejumbroso—. Se supone que será distinto. Que luchará con la fuerza que le brinda Dios.

—Se supone que hará tantas cosas que la noche entera no bastaría para enumerarlas, y tampoco serviría de nada, porque algunas son del todo contradictorias. Él luchará, nos juzgará, destruirá a los demonios, desciende de la familia de David, de la tribu de Judá, tiene poderes sobrenaturales y, sin embargo, pertenece al linaje de David... y un largo etcétera.

—Me temo que es una creación de nuestro anhelo religioso —dijo Joel—. La sola idea de él resulta peligrosa, porque genera «combatientes por la libertad», como Simón. Esto hace que el Mesías nos cree muchos más problemas a nosotros, a su propia gente, que a los romanos.

—María —intervino Noemí tratando de recuperar el tono liviano anterior a la irrupción de Simón—, ¿habéis considerado la posibilidad de dar al niño un nombre macabeo, siendo esta época del año?

El octavo día de Januccá, momentos después de que se apagara la última lámpara, María sintió el dolor inconfundible de una contracción. La comadrona ya le había dicho que lo reconocería enseguida, y era cierto. No se parecía a ningún otro dolor.

Se volvió hacia Joel y le tomó la mano.

—Ha llegado el momento —dijo—. Por fin. —Tuvo que morderse el labio bajo la arremetida de una nueva contracción. El dolor no era tan fuerte, sin duda podría soportarlo. Aunque todos saben que los dolores del parto pueden ser terribles.

Joel la rodeó con el brazo.

—¿Llamo a la comadrona y a las mujeres de la familia? —preguntó.

María tuvo que sentarse en un taburete.

—No, todavía no. —Prefería estar a solas con Joel y esperar tranquilamente la llegada del gran dolor. Aquellos momentos les pertenecían, sólo a ellos dos, y al bebé.

Ya era de día cuando Joel mandó llamar a la comadrona, a la madre de María y a su propia madre. Cuando llegaron, la casa ya no era de Joel sino de las mujeres, del acontecimiento.

El parto de María resultó muy fácil, en especial tratándose del primer hijo. Antes del mediodía dio a luz a una niña en perfecto estado. Y, aunque se supone que deberían sentirse decepcionados porque el primogénito no era varón, estaban demasiado felices para pensar en ello. No se celebraría una elaborada ceremonia de circuncisión en el octavo día después del nacimiento sino un rito de bendición en el día decimocuarto, cuando se daría el nombre a la niña. La familia entera se reuniría para darle la bienvenida en su seno.

El hogar de María resplandeció de nuevo cuando lo abrió para el momento más dichoso de su vida, el bautizo de la hija tan largamente esperada. Su alegría, sin embargo, se veía en parte truncada por el hecho de que debía permanecer de pie en todo momento y no permitir que nadie la tocara, ya que la ley ritual proclamaba que, hasta el día sexagésimo sexto después del parto, cualquier cama o silla donde se sentara quedaría mancillada, así como cualquier persona que la tocara. Esto significaba que ni siquiera podía sostener a su propia hija durante la ceremonia.

—La maldición de Eva —había comentado Joel a la ligera. Para él, no era más que una costumbre divertida mientras que para María era un doloroso recordatorio de la condición femenina, tan inferior en todos los aspectos a la masculina. Naturalmente, en la intimidad de su hogar, pasaban por alto aquella ley; ¡cómo impedir que una madre abrace a su bebé durante sesenta y seis días! Pero, si manifestaban su rebelión en público, el rabino podría negarse a bendecir a la niña. De modo que ahora tenían que fingir.

La pequeña Eliseba yacía en una cesta de mimbre tejido apretadamente y forrado con suaves mantas de lana decoradas con lazos; llevaba un gorrito en la cabeza y estaba envuelta en un largo vestido de color azul. María no dejaba de inclinarse sobre ella para observarla.

Con los ojos bien abiertos, la pequeña miraba con alegría su entorno. ¿Qué podía ver? Nadie sabía a partir de qué edad los niños ya podían reconocer algo visto con anterioridad. Contemplando a su hija, sin embargo, María sentía que Eliseba la veía y que, de alguna manera, se sabía querida. La intensidad de ese amor le había sorprendido por completo; jamás había conocido nada parecido. No estaba preparada para el vendaval de emociones que la embargaban cada vez que miraba a su bebé. Era una parte de sí misma aunque... no del todo. Era mejor y más hermosa, y viviría para conquistar cosas mejores y más hermosas. Y a lo largo de su camino llevaría a María como compañera, durante el resto de su vida. Eran dos seres distintos y, no obstante, completamente unidos.

Nunca más estaré sola, pensó María, maravillada.

Oyó los sonidos que anunciaban la llegada del rabino. Había llegado el momento de salir para reunirse con la gente; de mala gana, se alejó de la cesta de Eliseba.

—¡Bienvenidos! ¡Bienvenidos! —decía Joel. Estaba tan emocionado que casi se le olvidó quitarle la capa al rabino y ofrecerle el acostumbrado lavado de pies.

María también dio la bienvenida al rabino, procurando no acercársele demasiado ni tocarle. No era ésa ocasión apropiada para desafiar las normas que dictaban el comportamiento de las mujeres después del parto.

Sí, Eliseba y yo somos una, aunque ella debería disfrutar de una condición mejor y no tener que sufrir lo malo que esta otra mitad, María, tiene que soportar... La maternidad es asombrosa. En realidad, lo cambia todo y da lugar a pensamientos novedosos y desconcertantes.

—Traed a la niña —dijo el rabino, y la madre de María cogió a Eliseba y se la llevó. Naturalmente, María no podía ni acercarse. Todos los demás formaron un círculo cerrado alrededor de buen grado.

El rabino acunó a la pequeña.

—Bendito sea Dios, nuestro Señor, Rey del Universo, por haber dado esta hija a María y a Joel —dijo—. Así la acogemos en el seno de la familia de Abraham.

Con ademanes suaves, levantó a la niña para que todos la pudieran ver. Ella también les miraba, con cierta preocupación. ¿Qué impresión le causaba todo aquello, el encontrarse en brazos de un extraño, la multitud de miradas puestas en ella?, se preguntó María.

—Dice el proverbio de Salomón: «Los hijos son un regalo de Dios.» Y, ciertamente, lo son. Todos los hijos, no sólo los varones. Aunque el libro de Sirac contiene algunas observaciones acerca de las niñas. «Una hija es un tesoro que quita el sueño al padre, y la preocupación por su suerte perturba a su reposo.» —Siguió hablando con voz jocosa de los problemas derivados de las hijas: El peligro de que sean seducidas siendo aún vírgenes, que sean estériles o infieles una vez casadas, que traigan la deshonra a su padre. Y concluyó—: No pierdas de vista a tu hija. Asegúrate de que no haya celosías en su habitación. Es preferible la rudeza del hombre a la permisividad de la mujer, y una hija temerosa es mejor que cualquier desgracia. —Todos se rieron obedientemente; la mayoría se sabía aquellas citas de memoria.

¡No tiene gracia! Los lazos solidarios recién inaugurados con la hija hicieron que María se indignara al escuchar aquellas palabras, palabras que conocía desde pequeña y que siempre había aceptado para sí. ¡Una hija es sólo un objeto a vigilar estrechamente, para que no le traiga deshonra al hombre! ¿Y qué decir de las situaciones que ha descrito tan a la ligera? Cada una de ellas resulta dolorosa para una muchacha, pero eso ¿a quién le importa?

—Dice el profeta Isaías: «El Señor me llamó antes de que naciera; desde mi nacimiento hace mención de mi nombre.» ¿Qué nombre habéis elegido para esta hija de Israel?

Fue Joel quien respondió:

—Eliseba.

—Un nombre de dios —asintió el rabino.

—Significa «Dios es su voto» —dijo María desde el fondo.

Por un instante, una expresión de enojo cruzó el rostro del rabino, pero la reprimió enseguida.

—Sí, hija. Conozco bien el significado del nombre. Te doy las gracias.

—Yo... —De repente, María sintió un dolor agudo en el pecho, que la dejó sin aliento. Las palabras murieron en su garganta y el rabino prosiguió.

Recitó plegarias y bendiciones antes de devolver la niña a Joel. Él la levantó en lo alto y dijo:

—¡Dichoso yo, de tener una hija bendita! ¡Celebremos! —Señaló la mesa, cubierta de comidas y bebidas, y todos se arremolinaron alrededor de ella. Los más devotos se acercaron primero al bebé, le tocaron la frente y le dieron sus propias bendiciones.

Joel buscó con la mirada a María, esperando que se reuniera con él. Pero el dolor seguía como un puñal en su pecho y no podía respirar. Se aferraba a una silla, asida al respaldo de madera con todas las fuerzas que le quedaban.

No alcanzaba a entender qué le ocurría.

Viendo la expresión de su cara, Joel devolvió el bebé al rabino y se le acercó aprisa.

—¿Qué te pasa? —preguntó.

María sólo pudo menear la cabeza, incapaz de responder. Aquel dolor era realmente extraño e inquietante. Pero pasaría. Tenía que pasar.

—¿Estás enferma? —susurró Joel. Hasta el momento, los invitados estaban distraídos mirando al bebé y probando las comidas. Nadie prestaba atención a la madre, aunque eso podía cambiar en cualquier momento.

—Es que... Yo... —Lentamente consiguió recobrar el aliento, como si algo se relajara en su interior—. Es sólo que... —Meneó la cabeza—. No sé qué ha sido. Estoy bien. —En el momento mismo de pronunciar las palabras, otro dolor le apuñaló el estómago. Pero, aferrada siempre al respaldo de la silla, María se limitó a sonreír.

—Ven, todo el mundo quiere felicitarnos —la instó Joel. Hizo el esfuerzo de caminar hasta la mesa, sintiendo siempre el puñal en las entrañas.

Entonces, por encima del alboroto feliz de los invitados, distinguió una voz muy cerca de su oído:

—Te dije que este bebé es mío. Te lo di como regalo personal. Y ahora tú te burlas y me desafías bautizándolo y declarando que pertenece a Yahvé. Has sido muy estúpida. Ahora pagarás el precio. Desde ahora serás doblemente mía, para compensarme por tu hija.

13

No tuvo que esperar mucho. El día siguiente, antes de que se hubiera concedido siquiera un momento para pensar en la sobrecogedora voz —y convencerse de que había sido producto de su emoción durante la ceremonia—, cosas extrañas empezaron a ocurrir. Estaba limpiando la casa, recogiendo el ánfora vacía de vino, fregando los platos, barriendo el suelo. Canturreaba al guardar las fuentes, pensando que los higos habían tenido mucho éxito mientras que el queso, no tanto. Pero, cuando terminó de colocarlas en su sitio, descubrió que seguían donde antes. Preguntándose cómo pudo pasarlas por alto, volvió a guardarlas con las demás. Poco después, las encontró de nuevo sobre la mesa.

Esta vez se asustó. Sé que las recogí, pensó. Estoy segura de haberlo hecho. Con ademanes rápidos las guardó por tercera vez, para perderlas de vista y dejar de preocuparse por ellas.

Debo de estar ansiosa, pensó. Se acercó a la cesta de Eliseba y se sorprendió de verla repleta de juguetes. La niña estaba casi enterrada debajo de ellos.

Ahora ya no tenía dudas. Yo no puse estos juguetes allí, se dijo. ¿De dónde han salido? Los invitados habían traído regalos, pero no los habían dejado dentro de la cuna. Y cuando María había ido a amamantar a la niña, a primera hora de la mañana, aquellos objetos no estaban allí.

Se dejó caer en el taburete y se cubrió la cara con las manos. ¿Cómo es posible?, se preguntó. Su corazón tamborileaba en su pecho y empezó a sudar. Presa del pánico, se levantó de un salto y empezó a sacar los juguetes de la cuna, tirándolos al suelo, tratando de negar lo ocurrido y pretender que nunca los había visto. Eliseba profirió unos gorgoritos. María la tomó en brazos.

—¿No querías todo eso en tu cuna, verdad? —preguntó, como si la niña pudiera contestarle. ¡Ojalá que sí! Entonces le contaría cómo llegaron hasta allí. Pero el bebé sólo podía yacer sobre el pecho de María. El calor de su cuerpo calmó los latidos desaforados de su corazón.

Durante el resto del día María sufrió dolores punzantes como los de la noche anterior. También, el tormento de no poder comprender la aparición de las fuentes y de los juguetes.

¿Acaso los puse allí yo misma y no soy capaz de recordarlo?

Ese pensamiento le resultaba casi más aterrador que la otra explicación posible: que alguna fuerza siniestra fuera la responsable de sus traslados. La locura era la peor desgracia que se podía imaginar.

Aquellas cosas siguieron sucediendo: los objetos que parecían moverse por voluntad propia, los descubrimientos aterradores que no dejaban de asustarla por mucho que se repitieran, la sensación de que algo la perseguía. Al fin se dio cuenta de que lo mismo le había sucedido hacía muchos años, cuando aún vivía en la casa de sus padres. Aquello era obra de Asara. Asara cumplía su promesa, su diabólica promesa. Y no había manera de detenerla. Ni siquiera la destrucción del ídolo había servido para nada. La situación empeoraba por la necesidad de ocultársela a Joel y de no descuidar de la pequeña Eliseba. Demasiado tarde, rezó a Dios: Ayúdame, Te lo suplico, a encontrar la manera de deshacerme de Asara antes de que crezca su poder sobre nosotros y ya no pueda hacer nada para combatirlo.

Joel era un hombre sensible, y ella sabía que sólo era cuestión de tiempo antes de que notara que algo iba mal. María tenía que fingir desde el momento en que su esposo entraba en casa hasta que se iba a dormir cada noche, y aquel esfuerzo le producía una enorme tensión.

Fingir... Pretender... Sinónimos solapados de «mentir», pensaba María. Me he convertido en una embustera, en una mentirosa vil, incapaz de decir la verdad. Y, sin embargo, la mentira era la única manera de seguir adelante.

En secreto, siempre que tenía la oportunidad, estudiaba las escrituras para ver si existía alguna fórmula que le permitiera combatir el poder de una divinidad ajena. No descubrió nada, sin embargo. Los textos sagrados daban por sentado que, una vez destruido el ídolo, su poder desaparecía. ¿Acaso Dios no ordenó a su pueblo que los hiciera añicos? Pero María ya sabía que aquello no era cierto. Y nada decían las escrituras de aquellos que se encontraban bajo el poder de los ídolos en contra de su voluntad. También se daba por sentado que el que sirviera a un dios ajeno lo hacía deliberadamente, y debía ser destruido junto con el ídolo al que adoraba.

Asara ya había conseguido arruinar la que debió haber sido la etapa más feliz de la vida de María, la del conocimiento de su hija, recién llegada al mundo. Tal como había proclamado la diosa, la niña le pertenecía tanto como si María se la hubiera ofrecido por su voluntad.

Algunos meses después, el caso de un hombre poseído causó sensación en Magdala. Había llegado en una barca, no se sabía de dónde. Subió trepando al ancho paseo que bordeaba el puerto y empezó a saltar y a brincar, haciendo gestos obscenos y gritando improperios. Pronto se vio rodeado de una multitud que acudió para verle... desde una distancia prudente.

María no quería ir a curiosear, pero algo la obligó a acercarse. Aquel hombre... Aquel hombre podría ser la imagen de sí misma dentro de unos meses o años. Necesitaba ver hasta qué extremos podía conducirla su conflicto. Ante sus amigos y vecinos, sin embargo, tenía que fingir que su interés no era más que simple curiosidad.

Se mantuvieron también a cierta distancia, como cualquier mujer decente. Le vieron caminar a cuatro patas, como las bestias, gruñendo como una alimaña. Su cabello, oscuro y espeso, rodeaba su cabeza como la melena de un león. ¿Acaso en su locura o posesión creía ser león? Caminaba como si lo fuera.

De pronto, se irguió y empezó a dar zarpazos al aire. Y con la misma prontitud se estiró, se enderezó como un hombre y empezó a hablar. Sus primeras palabras resultaron dolorosa y conmovedoramente comprensibles a María.

—¡Amigos! —gritó—. ¡Tened piedad de mí! ¿Dónde estoy? ¿Cómo he llegado hasta aquí? ¡El espíritu maligno me ha traído e ignoro la razón!

—¿Quién eres? —preguntó uno de los ancianos de la ciudad, que a menudo presidía los tribunales. A él, como autoridad civil, incumbía el mantenimiento del orden.

—Soy Benjamín de... —Pero su voz se perdió en un ahogo de sobra conocido por María, seguido por un torrente de palabras ininteligibles. Sus facciones se contrajeron y cayó al suelo, en una lucha fútil contra aquello que le poseía.

Dos hombres jóvenes corrieron hacia él y trataron de ayudarle a ponerse de pie pero, aunque eran fuertes y musculosos, él les rechazó como si fueran niños y les lanzó contra el parapeto del paseo, donde cayeron tendidos y aturdidos.

—¡Apartaos! —exclamó el anciano—. ¡Apartaos! ¡Es peligroso! —Llamó a otros hombres del grupo—: ¡Debemos atarle! Traed cuerdas.

Los hombres se fueron corriendo y el anciano trató de hablar con Benjamín.

—Cálmate, hijo mío. Tú no eres el demonio que llevas dentro. No permitas que prevalezca. La ayuda está en camino.

Benjamín se agazapó y gruñó. El poder malévolo que le poseía miraba a través de sus ojos.

De modo que éste es tu verdadero aspecto, pensó María. No te pareces en absoluto a la hermosa efigie de marfil, sólo te escondes tras ella para seducirme. Un rayo de terror frío la atravesó, apoderándose de ella con tanta fuerza como ya hiciera la propia Asara.

—¡Un hombre santo! —gritó el anciano—. ¡Necesitamos a un hombre santo! Sólo ellos son capaces de expulsar los demonios.

—Podría venir el viejo Zadoc —sugirió alguien.

—O su discípulo, Amós —aventuró otro—. O Gedeón.

—¡Que vengan los tres! —gritó una voz.

Encargaron a un muchacho que fuera a buscar al viejo rabino y a sus discípulos. Benjamín seguía retorciéndose en el pavimento, gritando sin cesar en aquella lengua extraña. De repente, su voz cambió, se tornó más áspera y más profunda, una voz enteramente distinta.

—¡Está hablando en acadio! —exclamó un mercader de entre la multitud—. ¡Sí, lo reconozco! ¡Lo he oído hablar en Babilonia!

—¡Satanás! Es Satanás quien habla a través de él, en otra lengua. Es Satanás quien se manifiesta así —dijo el anciano—. Esta aspereza, esta guturalidad... ¡Sí, es el Maligno en persona!

Fascinada y aterrorizada, María estaba clavada en su sitio. Oh, Dios, Rey del Universo, ¿es esto lo que me espera?, gritó para sus adentros. ¡Sálvame! ¡Libérame! ¡Rompe los lazos que me atan a Asara!

Los hombres regresaron con cuerdas y se acercaron a Benjamín con cautela. Le rodearon e intentaron distraerle para poder lanzar las cuerdas sobre él. Pero no era empresa fácil. Una y otra vez el hombre demostró ser astuto y estar alerta, y eludió la trampa. Al final, acercándosele abiertamente y acorralándole, consiguieron echar las cuerdas alrededor de sus hombros. Las apretaron y le inmovilizaron.

Enseguida se manifestó la ira del demonio. Benjamín se incorporó, arqueó la espalda, flexionó los brazos y rompió las cuerdas como si fueran cintas de papel. Y vociferó en perfecto arameo:

—¡No intentéis ejercer vuestro despreciable poder sobre mí! ¡No podéis ni tocarme!

Todos retrocedieron, asombrados. Sólo el anciano se mantuvo firme en su lugar.

—¡En nombre de Yahvé, Rey del Universo, te ordeno que salgas de este hombre y dejes de atormentarle! —dijo con voz temblorosa.

Por única respuesta, el demonio que se había apoderado del cuerpo de Benjamín se lanzó contra el anciano y le tiró al suelo. Mostró los colmillos, increíblemente parecidos a los de un lobo, y los clavó en el cuello del viejo. Algunos hombres cayeron sobre Benjamín y consiguieron rescatar al anciano, alejándole a rastras del peligro. Aquellos que observaban la escena desde las barcas levantaron de repente los remos, los hundieron en el agua y retrocedieron agua adentro.

Justo en ese momento llegó Zadoc con sus dos discípulos.

Benjamín se revolvió y les traspasó con la mirada.

—¡De modo que han venido los viejos imbéciles de la sinagoga! —se burló—. ¡Creen tener poder sobre Mí!

—¡Silencio, demonio! —repuso Zadoc con voz sorprendentemente sonora—. Tú no puedes dirigirnos la palabra. Somos nosotros quienes nos dirigiremos a TI. —Se envolvió los hombros con el chal litúrgico y señaló a sus jóvenes asistentes que hicieran lo mismo. Se sujetaron los tefilín —pequeños estuches que contienen textos sagrados— en la frente y los brazos, y juntaron las cabezas en oración. Después Zadoc, flanqueado por sus ayudantes, se volvió para enfrentar al demonio.

—Demonio Maligno, en nombre de Yahvé, te ordenamos que liberes a éste tu siervo Benjamín, hijo de Abraham y del pueblo de Israel, que quedó atrapado entre tus fauces. —Y se irguió cual pilar de la justicia frente al hombre encorvado.

Pero el demonio no hizo más que reír, mostrando los dientes.

—Te repito: Sal del cuerpo de este hombre, Satanás. En el nombre sagrado y santificado de Yahvé, debes liberarle. Te lo ordeno.

—¿Y quién eres tú? —resopló el demonio—. No reconozco tu autoridad. No te obedezco.

—Te hablo en nombre del Sagrado.

—Yo desafío al Sagrado. Siempre le he desafiado. No tienes otras armas contra mí.

—¡Sal de su cuerpo, demonio de Satanás! —gritó Zadoc— ¡Abandónalo y huye! —Daba ánimos ver al pobre anciano enfrentándose a aquel poder. Su voz había perdido parte de su fuerza, como si se le hubiese diluido pero, aun así, se mantenía firme contra el demonio.

Gedeón asió el brazo de Zadoc y también el de Amós. Juntos formaron un muro erguido.

—Somos siervos del Señor —gritó Gedeón—. ¡La unión de nuestras fuerzas se te opone, Maligno! ¡En nombre de Yahvé, te ordenamos que abandones este cuerpo!

La fuerza unida de los tres hombres santos parecía tener cierto efecto sobre el demonio que habitaba el cuerpo de Benjamín. El poseído se arrodilló encogiéndose, como para protegerse de un ataque.

Alentado, Gedeón habló de nuevo:

—¡Sí, libérale de tus garras!

—En nombre de Yahvé, sal de este cuerpo —añadió Zadoc.

—Las fuerzas de la oscuridad jamás podrán prevalecer sobre el Dios de la luz —dijo Amós con timidez.

Benjamín bufó, pero se encogió aún más.

—¡Fuera! ¡Fuera! ¡Te ordeno que salgas, espíritu maligno! —gritó Zadoc.

De repente, Benjamín se tiró al suelo, retorciéndose y chillando. Grandes convulsiones le recorrieron el cuerpo, profirió un aullido espantoso y se desplomó.

—¡Corred, corred! —gritó alguien de la multitud, provocando una estampida. Sólo quedaron Zadoc y sus discípulos, firmes y resueltos. María tiró de sus amigas para retroceder.

Zadoc, completamente exhausto tras el enfrentamiento, necesitó ayuda para acercarse a un banco donde sentarse. La gente le elogiaba, pero él rechazaba los elogios.

—Yo no he hecho nada —repetía—. Sólo hablaba en nombre de Yahvé.

—¡El demonio! —gritó alguien y todos se hicieron la misma pregunta que dominaba en el pensamiento de María. ¿Por qué se había apoderado de aquel hombre? ¿Qué había hecho?

Haciendo acopio de las fuerzas que le quedaban, Zadoc dijo:

—Quizá no hiciera nada a propósito sino impulsado por la ignorancia. El demonio buscaba una entrada, una oportunidad. De algún modo, Benjamín se la proporcionó. Los demonios saben poseer aprovechándose de cualquier actividad, al margen de la actitud de la víctima.

Era cierto. María lo sabía. Fue su actividad de antaño, cuando recogió la talla de marfil, la que le acarreó la desgracia, no su actitud.

Y sin embargo... Quizá no fuera un solo acto sino toda una serie. Recogió el ídolo; lo escondió; decidió deshacerse de él en repetidas ocasiones y siempre flaqueó a la hora de hacerlo... Pudo ser la acumulación de una serie de actos, no uno, único. ¿Significaba esto que algún día correría la suerte de Benjamín?

Mientras se debatía con esa idea, distinguió a Joel entre los hombres reunidos enfrente. También él había dejado el trabajo para presenciar el espectáculo. Tenía el rostro pálido y demudado. María corrió hacia él y le rodeó con los brazos.

—¡Ha sido espantoso! —dijo con voz trémula—. Espero no volver a ver algo así en mi vida.

Trajeron una camilla para llevarse el cuerpo inerte de Benjamín a una casa de la caridad, donde recibiría alimento y bendiciones.

14

Después del exorcismo del hombre poseído, María regresó a su hogar llena de aprensión. La casa le parecía territorio enemigo aunque, en honor a la verdad, tenía que admitir que no había lugar adonde huir de Asara. ¿Acaso no la había hallado en sitios distintos? ¿No la había encontrado en Samaria, encuentro que, sin duda, se había originado con anterioridad en otro lugar?

«La tierra y la bóveda celeste pertenecen al Señor», rezaba uno de los Salmos. Pero ahora la bóveda celeste no era más que un palio de protección de Asara. Las palabras de otro salmo —«¿Dónde esconderme de Tu espíritu? ¿Cómo huir de Tu presencia? Si asciendo al cielo, estás allí. Si bajo a Seol, allí Te encuentro»— parecían referirse a Asara más que a Yahvé. La Ley de Moisés establecía santuarios para aquellos a quienes se perseguía por crímenes no deliberados; altares de los que los perseguidos podían asirse y a los que aferrarse. Para ella no existía santuario alguno.

A lo largo de los días que transcurrían sin incidentes —y no eran muchos— María se acercaba a Dios de la única manera que conocía, con la oración y el estudio de las escrituras. Sentía que sólo podía acercársele cuando Asara la dejaba en paz, que Dios ni la oiría ni la miraría de otro modo.

En esos días buenos, María podía dedicar todo su amor y atención a la pequeña Eliseba, que ya aprendía a sentarse y esbozaba sonrisas deslumbrantes. Nunca, sin embargo, estaba segura de poder disfrutar de esos momentos, porque sabía que le podían ser arrebatados con mucha facilidad.

En la tarde de uno de los días buenos, Joel llegó a casa y anunció que él, junto con varios hombres del saladero, debían realizar un viaje a Tiberíades a fin de elegir nuevas ánforas para el transporte. ¿Le gustaría a María acompañarles con las demás esposas? El viaje duraba menos de un día y, si lo hicieran en grupo, podrían convertir la necesidad en placer.

—Además, sé que estás interesada en Tiberíades —añadió mascando pan. Como había tenido un día bueno, María había preparado una cena completa, así como pan con tomillo.

¡Tiberíades! Aunque no estaba muy lejos de Magdala, pocos habitantes de la ciudad la visitaban. Su reputación de lugar dedicado a actividades paganas mantenía alejados a los judíos practicantes. No se podía negar, sin embargo, que en los pocos años desde que Herodes Antipas la mandara construir, Tiberíades se había convertido en un importante centro comercial. Si uno buscaba un surtido completo de ánforas, Tiberíades era el lugar donde encontrarlo.

—Desde luego que sí —respondió. De hecho, le fascinaba tanto Tiberíades como la proximidad de Herodes Antipas, que disfrutaba de la vida en la ciudad, construida a su gusto, moderna y libre de ingerencias religiosas.

—Bien. Tu paciencia será por fin recompensada.

Planearon el viaje para el día después del Shabbat, el primer día de la semana. La jornada del Shabbat fue larga y atormentada, porque Asara decidió convertir en suplicio esa fecha en que no había actividades externas que pudieran distraer a su víctima. A lo largo de las horas que transcurrían con lentitud, María se castigaba con continuos reproches y acusaciones. Cada vez que intentaba rezar, un zumbido en la cabeza la distraía de su propósito. Los recuerdos se convirtieron en un campo sembrado de vergüenzas, obligándola a revivir cada estupidez o maldad cometidas a lo largo de su vida. Los planes para el futuro quedaban desbaratados por la convicción de que estaba destinada a fracasar, y merecidamente, puesto que era una inútil y, además, una gran pecadora, acreedora de castigo. En algunos momentos, le parecía que una segunda voz, muy diferente a la de Asara, le susurraba palabras viles y blasfemas, y describía actos violentos y perversos con gran detalle. Tenía que hacer acopio de fuerzas para no gritar, para no turbar a Joel, que leía plácidamente y miraba a Eliseba que gateaba cerca de sus pies. Él no debe darse cuenta, ¡no debe saberlo jamás!, se decía.

¿Se trataba de un nuevo demonio? María había oído hablar de personas afligidas por numerosos espíritus, de personalidades distintas, aunque no eran casos frecuentes. Al parecer, cuando uno lograba introducirse, llamaba a sus compañeros. Quizá fuera esto lo que le ocurría.

Concluida la festividad del Shabbat, el grupo partió a primera hora de la mañana siguiente, mientras el aire era fresco y vigorizante. El viaje a Tiberíades no era largo, tan sólo de unas tres millas romanas; en realidad, un paseo agradable. Eligieron el camino que bordeaba la orilla del lago, donde el agua lamía las rocas y las algas murmuraban una música lejana. Los delicados colores del alba se proyectaban sobre el lago, saturando el horizonte a oriente: el lavanda pálido se diluía en tonalidades rosáceas, ribeteadas de oro allá donde se anunciaba la salida del sol.

Joel y sus compañeros, Ezra y Jacob, estaban de muy buen humor. En las últimas semanas habían recibido tantos pedidos de la salsa especial para pescado que los escribas no daban abasto con la correspondencia. Uno de los encargos venía de la Galia, de los confines más lejanos del Imperio romano. Estaba claro que la buena reputación de la salsa acre se propagaba de un modo que ni el propio Natán —siempre orgulloso de su receta— había sabido prever. Otro pedido provenía, ni más ni menos, de la casa de Herodes Antipas. Él —o mejor dicho, su mayordomo, Chuza— había encargado una gran cantidad para la celebración de la próxima boda del soberano.

«Su Alteza requerirá once vasijas llenas de dicho condimento de las existencias de su súbdito Natán de Magdala, a ser entregadas diez días antes de la celebración de las nupcias de Su Alteza con Herodías. En nombre del poderosísimo y beneficente Herodes Antipas, *magister officiorum* Chuza», rezaba la carta de pedido.

Esto, evidentemente, obligaba a comprar contenedores especiales. Las ánforas habituales, sencillas y sin adornos, no servirían para la ocasión. Para satisfacer los pedidos del extranjero, necesitaban ánforas especiales, más resistentes, capaces de sobrevivir a los largos viajes por mar.

—Espero que las ganancias de nuestras ventas al extranjero contribuyan a compensar la... digamos... contribución que debemos hacer a Antipas —dijo Ezra. Porque, por supuesto, la salsa destinada a la boda de Herodes Antipas tenía que ser un «regalo» de la empresa al soberano.

—Antipas —dijo Miriam, la esposa de Ezra—, está acostumbrado a que todos satisfagan sus caprichos. ¿Y si le facturarais el valor de la salsa? A lo mejor, ni se daría cuenta.

—Sí, se daría cuenta —repuso Jacob—. Él se da cuenta de todo. ¡Debemos estar a buenas con él!

Estaban pasando por el lugar donde María solía buscar soledad para leer su poesía. Por primera vez, se fijó en una piedra votiva canaanita que había estado allí todos esos años. Pasó por delante con el cuerpo rígido. Era una piedra alta y oscura, que parecía reclamar posesión sobre ella.

¿Tú también?, pensó. Estaba rodeada por todas partes y nunca se había dado cuenta. ¿Tú también formas parte de la enfermedad que aflige mi mente?

Necesitaba mostrar algún tipo de rechazo, pero el grupo siguió avanzando sin dejar de hablar de Antipas.

Una de las esposas trató de incluirla en la conversación, pero María no podía prestarles toda su atención.

—No como aquel predicador —dijo alguien.

¿De qué estaban hablando?

—¿Qué predicador? —preguntó Joel oportunamente.

—Ese hombre que se autodenomina el Bautista —explicó Ezra—. El que se ha ganado tantos seguidores allí, junto al Jordán.

—¿Junto al río? —preguntó Miriam—. ¿Dónde, exactamente?

—En el vado donde cruza el camino de Amán a Jerusalén. Todos los viajeros pasan por allí, es la única ruta entre las dos ciudades.

—¿Qué hace allí? —insistió Miriam.

—Es uno de esos profetas al estilo antiguo, que predican el arrepentimiento y dicen que vendrá el fin del mundo y que pronto llegará el Mesías. —Ezra hizo una pausa—. Aunque a Antipas no le preocupan estas cosas. Lo que sí le preocupa es que ese hombre (le llaman Juan el Bautista porque sumerge a la gente en las aguas del Jordán) denunció su próximo matrimonio. Porque Herodías fue la esposa de su hermano. Va contra la ley judía y así lo declaró Juan. Sin rodeos. Me pregunto cuánto tiempo más le permitirán que siga predicando. —Ezra rió—. En cuanto a nosotros... Suministraremos la salsa encargada por Antipas sin hacer preguntas.

—¿Tan cobardes somos? —María oyó su propia voz.

Joel se detuvo sobre sus pasos y la miró, sorprendido.

—No hacemos más que suministrar salsa de pescado —dijo al fin—. No pidió nuestra opinión sobre su matrimonio.

—Sin embargo, le ayudamos a celebrarlo —insistió María.

—Lo celebraría de todos modos, aunque no le enviáramos la salsa —dijo Joel—. Además de buscar cualquier pretexto para castigarnos después. No tenemos alternativa.

Era evidente que Joel tenía razón. Ellos no podían influir en Antipas, como no fuera para volverle en contra del negocio familiar y destruirlo. Tenían en las manos su propio declive, pero no la posibilidad de impedir los actos inmorales cometidos por otros.

—Juan el Bautista —dijo María—. ¿Él no tiene miedo? ¿De dónde viene?

Abigail, la esposa de Jacob, se encogió de hombros.

—¿Qué más da? Está sentenciado.

Jacob reaccionó con brusquedad sorprendente.

—¡No hables así! Es un profeta, y Dios sabe que nos hace falta. Un verdadero profeta, no uno de esos que se limitan a decir lo que Antipas, y el resto de nosotros, queremos oír. Juan es de Jerusalén —se dirigió a María—, aunque no sé por qué se fue al desierto ni cómo recibió su cometido.

—¡Deberíamos ir a verle! —propuso la frívola Abigail—. ¡Organicemos una excursión!

Jacob pareció avergonzado.

—Está muy lejos —dijo finalmente—. Y los que acuden por razones equívocas podrían ser descubiertos. Señala a los que sólo van a curiosear y les llama «crías de serpiente». No creo que te guste ser objeto de tales atenciones, querida.

La mujer rió sin pensar.

—¡Pues no, prefiero ir al bazar de Tiberíades!

Jacob meneó la cabeza.

—No hay bazar en Tiberíades, es una ciudad al estilo griego.

—Oh, ¿con un ágora, entonces? —preguntó Abigail.

Tiberíades era una ciudad moderna, diseñada según planes modernos. Sus calles eran rectas y había, en efecto, un ágora en el centro de la urbe, así como un gran estadio en las afueras, y recias murallas la rodeaban por tres de sus lados, desembocando a las orillas del lago en el cuarto y adentrándose en el agua demasiado para que un jinete pudiera rodearlas sin peligro. Aún no estaban terminadas pero ya resultaban formidables. El grupo de Joel entró por la gran puerta septentrional, donde numerosos obreros preparaban la entrada para los batientes de la puerta monumental que pronto habría de instalarse allí. Era un lugar ajetreado y bullicioso.

—A ver, según me explicaron, el vendedor de ánforas que buscamos está más abajo, siguiendo la calle mayor; pasado el palacio, debemos girar a la izquierda en la fuente de Afrodita... —Joel estaba consultando un plano casero.

A su alrededor se afanaban los tratantes, los mercaderes, los funcionarios de palacio y los viajeros. La calle bullía con ellos. A María le causó impresión la limpieza que reinaba por doquier; la juventud de la ciudad era evidente. El olor característico de los bloques de piedra recién tallada, los pavimentos relucientes, el cielo abierto sobre la ciudad —aún libre de la sombra de balcones, bóvedas y arcadas— le prestaban un aspecto tan prístino que sugería una paz y un orden semejantes en todas sus relaciones humanas.

Abriéndose camino hacia el centro de la ciudad, pasaron por delante del altar de un dios extranjero, donde se erguía su estatua. Los demás no hicieron caso pero María se quedó mirando, porque un grupo de gente se había reunido en torno al altar y la fuente, entonando canciones y moviéndose en coro. Se inclinaban sobre la pequeña fuente que brotaba de los pies de la divinidad, y se lavaban la cara con el agua sagrada y llenaban sus manos para lavar también las caras de los que tenían cerca. Algunos gemían, otros miraban con ojos inexpresivos y otros más llevaban ligaduras. Esas pobres gentes no participaban en los cantos y los movimientos rituales, sino que otros les ayudaban, juntando las manos para sostenerles. Un lamento lastimero surgía cada tanto del grupo, y su angustia contrastaba con el clamor alegre de la ciudad.

Conozco a esta gente, pensó María. Mi lugar está entre ellos, no entre las personas que me acompañan. Yo también me siento miserable, tan afligida como ellos...

Se detuvo por un momento y tocó la manga de una mujer oculta bajo un velo, que se mantenía en el borde del grupo. No estaba claro si participaba o sólo se había acercado a curiosear.

—¿De quién es este altar? —preguntó María en voz baja.

La mujer se volvió. Era insólito que dos extraños hablaran por la calle, pero al final murmuró:

—¿No lo conoces? Es Esculapio.

Esculapio. Sí, María conocía el nombre aunque nunca había visto una representación suya. Fijó la mirada en la estatua de un hombre hermoso, parcialmente desnudo, expuesta a la vista de todos, como parte integrante de la vida cotidiana de la ciudad. Su cuerpo esbelto de proporciones perfectas, delgado y musculoso al mismo tiempo, hablaba del ideal grecorromano de salud y vigor. Tenía el gesto amable. Al contemplar su cara se sintió reconfortada, como si él conociera el secreto de la vida y éste consistiera tan sólo en el mantenimiento de la salud física. No había lugar para los espíritus malignos en aquel cuerpo tan prístino.

—¡Ven, María! —Joel la tomó del brazo y la apartó del grupo—. ¡No mires a ese hombre medio desnudo! —Trató de hacer ver que bromeaba.

—Es vergonzoso, tantos ídolos y estatuas desnudas por todas partes —dijo Miriam—. Es repugnante.

—Hummm... —Abigail entornó los ojos—. Los niños deben enterarse de las cosas desde pequeñitos. Y las esposas también.

Jacob meneó la cabeza.

—No son más que conocimientos falsos. Debajo de las túnicas, la mayoría de los hombres no tiene este aspecto en absoluto. ¡Muchas mujeres y muchos niños se sentirán decepcionados cuando lo descubran!

Joel se rió de corazón. Ya podía, puesto que él no era tan distinto a la estatua.

—Las mujeres se sentirán decepcionadas de sus maridos y los niños, de su propio cuerpo cuando sean mayores —insistió Jacob—. ¡Es otro ejemplo de por qué la vida pagana es tan... perjudicial!

Joel se rió de nuevo.

—Hablas como si se tratara de serpientes venenosas —dijo.

La calle estaba abarrotada de gente presurosa y, cuando Joel se detuvo para consultar el plano, su grupo formó una pequeña isla en medio de un torrente incesante. Mujeres cargadas con fardos chocaron contra María, hombres que conducían burros les insultaron por bloquear el paso y un grupito de jóvenes les empujó. No tenían dónde parar.

Apretados contra la pared más cercana, dos hombres tiraron de sus capuchas para ocultar los ojos y se pusieron en movimiento al acercarse el grupo de Joel. Uno de ellos hizo un ademán al otro y se despegaron del muro a la vez, lanzándose —no hay otra manera de describirlo— contra Joel. Uno de ellos le agarró de la manga y le susurró algo en el oído. Joel se echó atrás, sorprendido. Estaba a punto de apartar al hombre a empujones cuando se detuvo.

—Tú... ¡Eres el intruso! ¡Simón! ¡El Celota! ¡El que entró en la casa de Silvano! —exclamó—. Los cerdos...

—¡Chist! —El hombre le mandó callar con un ademán amenazante. María le vio meter la mano bajo la túnica, como si asiera un objeto oculto. Luego lo vio. Era una pequeña espada curvada, a la que llaman «sica». Era fácil llevarla escondida para sacarla como un rayo y matar con la velocidad de la serpiente que ataca.

—Quieta la mano, amigo —dijo Joel en voz baja. Extendió la mano y la posó sobre el arma, obligándola a bajar.

—¡Muerte a los colaboradores! —le desafió Simón—. ¡Los judíos que apoyan a los romanos son peores que los propios romanos!

—Yo no soy un colaborador —repuso Joel—. Soy un mercader en viaje de negocios.

Los demás se detuvieron bruscamente, quedándose inmóviles en el lugar. A su alrededor, la muchedumbre transitaba ajena al incidente. Aquélla era la ventaja de la sica y de los hombres que la esgrimían, los sicarios; podían golpear en público sin que nadie se percatara. Lanzaban la estocada, mataban, escondían el arma y se alejaban mezclándose entre el gentío.

—Los que no están de nuestra parte, están en nuestra contra —sentenció el hombre, sin despegarse del costado de Joel—. Cuando tu hermano me echó de su casa, declaró por todos vosotros.

—Declaró que no deseaba intrusos en su hogar —respondió Joel con firmeza. No parecía tenerle miedo a aquel hombre—. En eso, se comportó como cualquier cabeza de familia.

Simón el Celota relajó los dedos con los que aferraba el hombro de Joel, y María vio que su otra mano se apartaba de la daga.

—Llegará el momento en que tendréis que decidir de qué lado estáis —dijo Simón—. Y, ¡ay de vosotros si tomáis partido por los romanos! ¡Ay de todos vosotros!

Se apartó con brusquedad, como un perro que ha olfateado un peligro. Él y sus compañeros se precipitaron calle abajo, abriéndose camino a empujones. Enseguida se oyó un grito y hubo conmoción a poca distancia de ellos.

Joel trató de recobrar el aliento. No quería hablar del tema delante de los demás ni tener que darles explicaciones. Se limitó a decir:

—No conozco a ese hombre, aunque él parece pensar que sí.

Prosiguieron su camino, en la misma dirección que habían seguido Simón y su acompañante. Al acercarse a la esquina donde debían doblar, vieron que el gentío había formado un corrillo alrededor de algo... algo que estaba en el suelo. Acercándose más, distinguieron un bulto de ropas arrugadas y alguien que parecía oculto bajo los pliegues.

Una patrulla de soldados romanos apareció de repente y se abrió camino a codazos hasta el bulto; allí se agacharon para inspeccionarlo. Lo levantaron y le quitaron la capucha, que ahora colgaba lánguida.

Dijeron algo en latín que María no pudo entender, excepto el nombre «Antipas». Supuso que debía de tratarse de un miembro del personal de Herodes Antipas, ya que los judíos puristas despreciaban a empleados de la casa real por considerarlos lacayos de los romanos.

Uno de los soldados arrastró el cuerpo a un lado mientras el otro escudriñaba el gentío en busca del asesino. Al no poder ver a nadie sospechoso, ayudó a su camarada a apartar el cuerpo de la calle.

Joel había palidecido. María se le acercó.

—¿Han sido ellos? ¿Esos hombres? —¡Y pensar que uno de ellos había entrado en la casa de Silvano, buscando involucrar a su familia en sus asuntos!

Joel asintió.

—No me cabe duda —dijo al fin—. Ha sido su primer acto de terror. —Se estremeció e hizo ademán a los demás—. ¡Vamos, vamos! —Rápidamente, les condujo lejos de allí, hacia el centro de la ciudad.

Aunque no conocían el camino, al pasar por delante de la gran ágora, con sus filas de tiendas y puestos comerciales alineados bajo las arcadas, reconocieron el opulento edificio cercano, con sus extensos terrenos y jardines —en pleno corazón de la ciudad— como el palacio de Herodes Antipas. Recién construido de relumbrante piedra caliza, su tejado dorado refulgía bajo el sol.

Se detuvieron impresionados; por un momento, la brillante edificación les distrajo del asesinato que acababan de presenciar.

—¿Habéis visto el oro? —chilló Abigail—. ¡En el tejado, nada menos! Ya me habían dicho que el tejado era de oro pero...

—También podrían decir —interpuso Jacob— que está decorado con adornos animales. ¡Animales! ¡Imágenes talladas!

Ezra se encogió de hombros.

—No creo que haya ningún becerro de oro entre ellos. Probablemente sean pájaros o caballos.

—Me pregunto si la nueva esposa vendrá con su hija, Salomé —dijo Miriam—. Dicen que es muy hermosa.

—Me imagino que estará avergonzada de su madre —dijo Joel de pronto—. Muchas jóvenes lo están cuando las madres cometen actos inmorales.

—Aunque acaban imitándolas de mayores —repuso Abigail—. Si la madre es inmoral, ya puedes contar con que la hija hará lo mismo.

—Y es aquí donde ha de venir nuestra salsa para el pescado —dijo Ezra. Le interesaba más el contrato de venta que la moral de los contratantes—. Ese Chuza... ¿es de fiar?

—Según nuestras informaciones, lo es —respondió Joel—. Si ha hecho un pedido, es legítimo.

—Oí decir que su mujer está poseída —dijo Abigail de pronto—. Que oye voces y pierde el control de sus actos.

Jacob pareció indignado, aunque María no sabría decir si fue porque desconocía el hecho o porque dudaba de la información de Abigail.

—¡Tonterías! —repuso.

María echó una mirada a Abigail y se preguntó si el calificativo se dirigía a ella.

Dejaron atrás el ágora bulliciosa y se encaminaron al almacén de ánforas, o a donde ellos suponían que se encontraba. Aquí las calles eran más estrechas; si dos burros cargados se cruzaran, uno tendría que retroceder para dejar paso al otro. Esta parte de la ciudad parecía menos luminosa, más secreta. Algunos de los mercaderes extranjeros preferían tener sus puestos allí, como si los espacios abiertos y soleados del ágora les supusieran una amenaza, una incomodidad.

Del interior de uno de los puestos, una vidente llamaba suavemente a la gente que pasaba:

—¡Puedo deciros el futuro! ¡Conozco las estrellas, el porvenir! ¡No lo afrontéis a ciegas!

Otro puesto estaba protegido por una cortina y tenía un anexo, una larga construcción de madera, iluminada por la luz temblorosa de una lámpara.

—Mi amo puede exorcizar a los demonios —decía una niña en el puesto, señalando la casita de madera—. ¿Estáis sufriendo? ¡Basta un conjuro de mi amo, una dosis de su poción mágica, para que el tormento cese para siempre!

Jacob soltó un resoplido.

—Tan cerca del palacio. Muy conveniente para Chuza. Podría traer a su esposa.

María no pudo contenerse.

—Jacob —dijo—, no es un asunto de risa. Sin duda, la esposa de Chuza está sufriendo. Aunque no debería recurrir a un charlatán.

Jacob la miró sorprendido.

—¿Qué sabes tú de esas cosas? —preguntó, aunque en realidad sólo le molestaba que tomaran en serio su comentario ingenioso.

—¡Mirad! —Abigail señaló el siguiente puesto. Estaba decorado

con profusión, tenía pilares pintados de oro y azul, y una carta astro-
lógica pintada en la pared del fondo; columnas de humo se elevaban
de numerosos incensarios distribuidos por la tienda—. ¿Qué creéis...?
—Su voz se apagó al ocurrírsele que podría tratarse de una casa de
prostitución.

Un hombre apareció de pronto detrás del mostrador, como si se
hubiese materializado de la nada. Llevaba el característico y elaborado tocado picudo de los babilonios, y su túnica, cubierta de bordados
lujosos, era de seda teñida de color azul oscuro, un azul tan hermoso
que despertaba el anhelo, el color del cielo al anochecer, cuando apa-
recen las primeras estrellas, aunque más intenso y sugerente.

Señaló la bandeja de amuletos dispuesta delante de él. Eran de ta-
maños variados, hechos de bronce, plata u oro, y todos tenían una
anilla que permitía llevarlos colgados de una cadenita.

—Parto. Protección. —Su arameo era muy pobre. Era evidente
que se había aprendido de memoria algunas palabras útiles.

Ya que ninguna de las mujeres estaba embarazada, quisieron pasar de largo.

—Poder —dijo el hombre señalando otra bandeja—. Poder.

María aminoró el paso y miró la mercancía. En la bandeja, encima
de un suave paño negro, había varias estatuillas de un dios terrorífico.
Su rostro era espantoso, tenía hocico y boca de león que muestra los
dientes, y sus ojos sobresalían debajo de las cejas contraídas. Sus pies
no eran humanos sino que terminaban en tres talones, aunque se
mantenía en posición erecta y tenía costillas, hombros y brazos humanos. De su espalda nacían cuatro alas; tenía un brazo en alto y el
otro apoyado en el costado; las manos eran anchas y los dedos, gruesos y crispados.

—Lamasu —explicó el mercader—. Contra Lamasu.

—¡María! —exclamó Joel— ¡Aléjate de él! —La agarró del brazo
y tiró de ella.

María, sin embargo, tuvo tiempo de entrever detrás del comerciante una representación en arcilla del dios, a gran tamaño. Con la estatura, crecía su horror. La tenue luz de las lámparas encendidas alrededor de la base prestaba un brillo desagradable al rostro. Le pareció
que sus largos dientes afilados estaban a punto de gotear saliva.

Y los brazos... aquellos brazos. Ya los había visto otra vez, en algún lugar, reconocía su actitud. También la cara, sarcástica y malévo-
la. Sí. Aquel brazo pequeño que tuvo hace tiempo, el que saliera volando por los aires cuando el rabino destruyó los ídolos en Samaria...

Tenía esa misma palma, ese mismo codo flexionado. María se sintió acorralada, acosada por un enemigo.

¿Dónde estaba el brazo? No conseguía recordarlo. Asara había prevalecido siempre en sus pensamientos. ¿Tenía aún aquel brazo en alguna parte? ¿Dentro de su casa? ¿O se había perdido hacía tiempo entre las brumas de la niñez?

El mercader interpretó su mirada como interés.

—Pazuzu —dijo señalando el ídolo con respeto—. Pazuzu. —Se esforzó por recordar las palabras apropiadas y añadió—: Hijo de Hambi, rey... demonios del viento.

En ese preciso instante, mientras miraba aquellos ojos saltones, María tuvo la sensación de que algo se movía en su interior, cambiaba de lugar, dejaba un espacio libre. Sintió un trastorno y después... Pazuzu. Fue consciente del dios en su interior, moviéndose, acomodándose, modificando su espíritu para que aceptara su presencia. Era grande, necesitaba mucho espacio. María jadeó, se sintió ahogada, congestionada.

En un rincón profundo de su mente supo que Asara daba la bienvenida al camarada recién llegado, y que esta otra presencia, aún sin nombre, diseminaba impurezas y obscenidades. Ya llevaba a tres en su interior. Tres, retorciéndose y removiéndola para abrirse espacio.

—¡Vámonos, te digo! —Joel se impacientó y tiró de su brazo—. Nunca llegaremos si nos entretenemos en cada puesto.

María avanzó trastabillando, apenas capaz de dominar sus pasos. Perdió un poco el equilibrio y chocó con Abigail, que la miró con perplejidad. María se volvió para dirigir una última mirada a la estatua de Pazuzu.

—Pareces fascinada con este dios —dijo Miriam—. ¿Por qué? Es espantoso. Desde luego, yo preferiría a Esculapio, si tuviera que elegir un dios extranjero.

A su alrededor, las voces de los mercaderes llamaban, prometiendo objetos irresistibles. Había montones de especias desconocidas de colores intensos, alfombras colgadas de las paredes de oscuras trastiendas cavernosas, semillas y legumbres secas de Arabia, miel del norte de África, ollas de cobre pulido. Y, un poco más adelante, un nuevo puesto de amuletos, esta vez de una diosa rígida, vestida con una túnica que estaba cubierta de senos redondos. En el momento de pasar por delante, el tendero se asomó agitando la mano.

—¿Por qué detener en Pazuzu? Dios malo. Dios de viento... Trae vientos abrasados y enfermedades. Dispara flechas de afección. ¡Lejos de él! —Agitó en el aire una pequeña versión de su diosa—. ¡Artemisa! ¡Madre! ¡Hijos! ¡No enfermedad! ¡Mejor!

Joel perdió la paciencia.

—¡No adoramos otros dioses! —espetó.

—¿Por qué? —El hombre pareció desconcertado.

Al final, el estrecho callejón congestionado desembocó en una calle más ancha.

—Qué alivio —dijo Joel—. Si el vendedor de ánforas tuviera su tienda allí... —Meneó la cabeza.

María seguía sintiéndose invadida, henchida de presencias ajenas. A duras penas conseguía mantenerse erecta y caminar. Había sentido algo similar cuando estaba embarazada, aunque entonces la presencia era feliz y no tenía necesidad de ocultarla.

—¡Ah! —Joel se detuvo delante de una entrada espaciosa. Varias ánforas de arcilla flanqueaban la puerta, algunas tan grandes que le llegaban al pecho, otras, más pequeñas, no superaban la altura de sus rodillas, y también había algunas minúsculas. Su color también variaba, de castaño oscuro a casi rojo.

Un comerciante robusto, casi tan orondo como sus ánforas, esperaba para recibirles justo del otro lado del umbral. Se llamaba Rufo y tenía reputación de no faltarle nunca los clientes.

—Soy Joel, de la empresa de Natán de Magdala —se presentó Joel—. Éstos son mis socios, Jacob y Ezra. —Los dos hombres hicieron una reverencia—. Te envié un mensaje de encargo. Parece que Antipas necesitará una gran cantidad de nuestro adobo para su próxima fiesta de bodas.

Procurando no mostrarse impresionado, Rufo arqueó las cejas.

—Ah, sí. ¿Y de qué cantidad estamos hablando?

—Siete días de festejos... No sé cuántos invitados habrá aunque calculo que unos quinientos... Digamos... ¿doce vasijas? Añado una a lo especificado por Chuza.

Rufo se frotó la barbilla afeitada.

—¡Y no querréis que se agoten las existencias! ¿Preferís contenedores grandes o más pequeños?

—Supongo que los grandes serán más prácticos, dado que la salsa será consumida en un período de siete días.

—Aunque menos decorativos —repuso Rufo—. Se trata, a fin de cuentas, de una ocasión muy importante.

—Pero tenemos el problema de su transporte —dijo Joel—. Primero, tienes que enviarnos las ánforas a nosotros; después, debemos volver a transportarlas al palacio. ¿Cuál sería el tamaño más apropiado para ello?

—El grande —admitió Rufo—. Las vasijas grandes son más resistentes y necesitan menos embalaje. —Les invitó a entrar—. Venid, os mostraré nuestro surtido.

Le siguieron al interior fresco y ordenado de la tienda. María apenas podía distinguir las hileras interminables de ánforas de muestra, algunas dispuestas en anaqueles y otras alineadas en el suelo.

Rufo señaló un conjunto apartado en un rincón.

—Éstas son muy viejas —explicó—. Pero el diseño de las ánforas varía muy poco en el tiempo. Son de la isla de Sicilia y deben de tener unos cuatrocientos años. Dejando al margen el aspecto frágil de la arcilla, ¿quién lo diría? —Golpeó un ánfora con los nudillos y el recipiente emitió un sonido hueco—. Bien, pues. —Se volvió bruscamente hacia los modelos expuestos en los anaqueles—. Para la salsa, recomendaría éstas.

Eran vasijas de tamaño mediano y de forma intermedia entre la alargada conveniente para el vino y la redonda, apropiada para el aceite de oliva. Como el resto, estaban provistas de dos asas, así como de una púa en la base, que facilitaba su colocación para el transporte, las permitía girar alrededor de su eje y proporcionaba, al mismo tiempo, un asidero extra.

A María le parecieron demasiado sencillas, no aptas para la boda de un rey, aunque le costaba fijar la vista y no se fiaba de sus impresiones.

—Podemos proporcionar adornos de distintos estilos —decía Rufo— para hacerlas más apropiadas para la ocasión. —Al pronunciar la palabra «ocasión» los miró con detenimiento, como si quisiera adivinar cuáles eran sus simpatías y si sería prudente hablar delante de ellos—. Podemos, por ejemplo, etiquetar el contenido y escribir el nombre de vuestra empresa con letras rojas justo debajo del cuello del ánfora; también fabricamos tapones de diseños especiales.

—Me parece una buena idea —dijo Joel—. Si no se sabe de dónde han venido, enviando vasijas sin nombre, nadie sabrá a quién encargar más.

—Y vosotros deseáis que la casa real os encargue más. —¿Era una pregunta, una prueba o un desafío?

—Sí —respondió Joel—. Nos gustaría darnos a conocer mejor.

—Y la casa de Antipas tiene contactos en todo el mundo. —Rufo parecía constatar, sencillamente, un hecho.

—Como bien saben todos —dijo Joel.

—Entre los romanos y otros.

—Los romanos también comen —afirmó Joel con contundencia—. ¿Por qué no beneficiarse de ello la gente normal de Galilea?

—Desde luego. —Rufo asintió enérgicamente—. Desde luego. Y bien, si me lo permitís, anotaré vuestro pedido. Será un total de dieciocho ánforas. —Se dirigió a la mesa donde guardaba sus libros de cuentas y sacó una hoja de papiro. Se inclinó sobre él para escribir los preliminares y dijo—: Quizá pronto veáis satisfecho vuestro deseo. ¿Sabéis que el emperador romano ha retirado a Valerio Grato y le sustituye con un nuevo procurador, Poncio Pilatos? Llegará justo a tiempo para los festejos de la boda. Si vuestro condimento le gusta, quién sabe qué cantidades encargaría para su palacio. A los romanos les encantan las salsas.

—¿Un nuevo procurador? —Jacob parecía disgustado—. ¿Por qué?

—Grato ya lleva diez años aquí —dijo Rufo—. Quizá se haya cansado de intentar gobernarnos. A veces, somos... —No terminó la frase—. En fin, el tal Pilatos ya se encuentra en camino.

—¿Qué sabes de él? —preguntaron todos casi al unísono. En Tiberíades las noticias eran más frescas y detalladas que en cualquier otro lugar de Galilea.

—Proviene de una prominente familia romana y ya ha cumplido los treinta. Ocupó varios puestos diplomáticos inferiores antes de ser designado a éste. No es un puesto codiciado, supongo, por lo tanto, no es un diplomático de primer orden.

Sus oyentes suspiraron decepcionados aunque, ¿qué más podían esperar?

—Creo que su nombre proviene de la palabra latina *pilatus*, que significa «piquero», hombre armado con una jabalina. Me imagino que proviene de una familia de militares. Se casó con una de las nietas del emperador Augusto, una de sus nietas ilegítimas. No obstante, su nombramiento al puesto podría deberse a las influencias de su esposa en palacio. Vendrá con ella, hecho bastante insólito, ya que no suelen conceder el permiso pertinente y, por lo general, las mujeres no quieren venir.

—De modo que pronto le tendremos aquí —dijo Joel—, saboreando nuestra salsa.

—Te gustaría, ¿no es cierto? —preguntó Rufo.

María intentaba seguir la conversación sobre el nuevo procurador, pero las palabras bailaban en su cabeza. Un nuevo gobernador...

otro romano a cargo de Jerusalén... Que Dios permita que sea justo y misericordioso.

—Su nombre será famoso.

Todos se dieron la vuelta para mirarla.

—¿Qué has dicho? —preguntó Joel.

—Nada. Yo... No he dicho nada. —A María no le salía la voz.

—Sí que has dicho algo —dijo Rufo—. Pero ¿por qué?

—Y con voz muy rara —interpuso Abigail—. Como si imitaras a otra persona.

—Yo no... No sé. —Un escalofrío de miedo recorrió su cuerpo. ¿Por qué había hablado? ¿Había hablado? Nada sabía de ese Pilatos.

—¿Has oído hablar de él? —insistió Rufo.

—No. No hasta que pronunciaste su nombre —respondió María.

—Famoso... ¿de qué manera? —Rufo no se contentaba con facilidad.

—Mi esposa nada sabe de estos asuntos. —Joel la rodeó con el brazo—. No entiendo por qué ha hablado.

«Porque yo sé muchas cosas —dijo una voz en su cabeza—. Puedo revelarlas a través de tu boca.»

—¡No, por favor! —la exhortó María.

Joel creyó que rechazaba su abrazo y se apartó bruscamente, aunque siguió observándola con atención.

—Es un malentendido —aseguró a Rufo—. Nosotros nada sabemos de asuntos políticos.

Cuando acabaron de redactar el pedido y salieron del almacén de ánforas, todos estaban callados. Aunque quisieran atribuir su silencio a las inquietantes noticias acerca del nuevo procurador, María intuía que se debía a su extraño vaticinio y comportamiento. Caminaron otra vez por las calles admirando los edificios, pero no como antes. Algo cambió definitivamente cuando pronunció aquella frase. Sabían que no había sido ella.

15

Joel habló poco con María mientras la acompañaba a casa y, enseguida se dirigió al almacén para registrar la última transacción en los libros de la empresa. Se demoró allí largo tiempo. Haciendo acopio de ánimos para ocultar las fuerzas hostiles que luchaban en su interior, María saludó a su madre con el respeto habitual y le agradeció efusivamente que hubiera cuidado de Eliseba.

—¿Es Tiberíades tan perversa como dicen? —preguntó su madre con mordacidad.

—Hay altares a dioses extranjeros por doquier —dijo María—. Y muchos vendedores de artículos paganos. —Se estremeció al recordarlo. Luego profirió una risita que esperaba sonara despreocupada.

Zebidá le dio la niña.

—Ha sido buena mientras esperaba vuestro regreso. Ahora podrá dormir.

María la arrulló. La calidez de su cuerpecito le resultó reconfortante. Su hija no hacía preguntas, no la miraba tratando de saber qué le ocurría. Eliseba tendió su pequeña mano rechoncha y le tocó la cara. María la llevó a su cuna y la depositó con ternura en ella.

Su madre seguía esperándola donde la había dejado.

—Gracias, de nuevo —dijo María.

—¿Algo va mal? —preguntó la madre.

¡No! ¡No, después de esforzarme tanto por ocultarlo!, pensó María.

—No. ¿Por qué? —repuso con sequedad.

—No sé... Es el tono de tu voz. Y pareces preocupada. Una madre se da cuenta de estas cosas. Dentro de unos años sabrás a qué me refiero. —Asintió hacia la cama de Eliseba.

—Estoy perfectamente bien —dijo María—. Sólo un poco cansada. Ha sido un día largo. Tuvimos que partir antes del alba. —Mientras luchaba por pronunciar las palabras, deseaba que su madre se fuera enseguida. No sabía por cuánto tiempo podría seguir disimulando. Mejor dicho, por cuánto tiempo le permitirían todavía disimular.

—Está en tu mirada —dijo la madre, al tiempo que se acercaba a ella. La miró atentamente a los ojos y le acarició la cara, en un gesto de preocupación—. Está turbada.

—Te he dicho que sólo estoy cansada. —María se apartó de ella—. No voy a esperar a Joel. Creo que iré a acostarme ahora mismo. —¿Podría ser más clara la indirecta?

—Debería irme.

¡Gracias a Yahvé!, pensó María y se sintió agradecida de que Yahvé siguiera allí, presidiendo su vida de alguna manera, por remota que fuera.

Acompañó a su madre hasta la puerta y, una vez sola, se dejó caer en un taburete.

La mayor de las lámparas de aceite ardía luminosa en su hornacina en lo alto de la pared, junto con las demás lámparas menores distribuidas por las mesas y las hornacinas más bajas, llenando la estancia con su cálida luz.

Mi hogar, pensó María. Mi santuario. Que está al borde de la destrucción.

En el interior de su cabeza resonaban las voces de las presencias impuras. Parecían sostener una larga conversación entre sí, y estaban de acuerdo en una cosa: el vehículo que habitaban no valía nada. Podían destruirlo sólo para divertirse.

¿Por qué me habéis elegido?, se preguntó María. Pero no hubo respuesta y repitió la pregunta en voz alta:

—¿Por qué me habéis elegido? Soy sólo una persona normal y corriente. Vivo en una ciudad pequeña, lejos de los centros de poder. Estoy casada con un hombre corriente, que se dedica a un negocio común. Si desapareciéramos mañana, nadie se daría cuenta excepto los familiares y amigos. ¿María de Magdala? No tiene sentido destruir a una persona tan insignificante.

Antes de pronunciar la palabra «sentido», la cacofonía aumentó en su cabeza, aturdiéndola.

«No se trata de lo que eres sino de lo que podrías llegar a ser», murmuró la voz nueva, burlona y tenebrosa.

—Soy una mujer corriente —repitió María con voz suave. Parecían oírla mejor cuando hablaba en alto, aunque ella les oía demasiado bien en su pensamiento—. A las mujeres ni siquiera se nos permite ser testigos en un juicio. No podemos heredar propiedades. No soy una persona instruida, no estudié en la academia, como algunas muje-res paganas. No soy nadie.

«Nadie, nadie —se burló una voz queda. María la reconoció, era la voz de Asara—. Las mujeres tienen poder propio. No lo respaldan las leyes sino su influencia sobre los hombres. ¿Crees acaso que Herodías, la futura esposa de Antipas, no tiene poder? Lo tiene, a través de él. ¿Por qué dices que eres una mujer corriente? Sabes muy bien que eres distinta, que has tenido el deseo de servir a Dios desde que eras niña. Las mujeres corrientes no se instruyen en secreto, como hiciste tú.»

«La enfermedad es poder —dijo otra voz, cruel ésta. Debía de ser Pazuzu—. Cuando disparo mis flechas de enfermedad y destrucción, el mundo se espanta y me rinde honores.»

«¡Maldición a la humanidad entera! Que los órganos de gestación fracasen, que los granos se marchiten, que el hambre aplaste con sus pu-ños los tallos endebles de los cereales! —Ésa era la voz anónima, la más blasfema—. Yahvé amenazó destrucción con el tizón y el añublo. Yo voy más allá: destruiré todo aquello que recibe la bendición de Yahvé.»

María hundió la cabeza en las manos.

—¡Basta! —les suplicó—. Dejadme. No tengo nada que ver con el tizón y el añublo, ni con las enfermedades, ni con la destrucción. No soy más que esposa y madre. ¡Dejadme! No puedo seros útil.

Agachó la cabeza y rompió a llorar.

—María. —Joel cerró la puerta.

Levantó la cabeza bruscamente y le vio de pie ante ella.

—Joel —dijo. Su ánimo se levantó con sólo verle.

Él se le acercó, aunque dubitativo.

—¿Qué está pasando, María?

—Nada. —Tenía que ocultarlo. Era su carga, su lucha y sólo suya.

—Estás llorando. —Dejó su bolsa en el suelo y fue hacia ella—. ¿Eliseba...?

—Está durmiendo —le tranquilizó María. Tomó las manos de él entre las suyas. Eran tan fuertes, tan reconfortantes. Las presencias malignas se alejaron.

—Preguntaré otra vez: ¿Qué está pasando? —Joel puso las manos en sus mejillas—. Te conozco bien. Lo que pasó hoy... aquella voz ex-traña... Me preocupa.

Puedo decir que no pasa nada, pensó María. Que sólo sufrí un mareo. Que me sentí rara.

«¡Sí, dilo!», le ordenó Pazuzu. ¡Qué fácil le resultaba ya reconocer su voz!

Inmediatamente, desobedeció.

—Fue... Oh, Joel, me temo que... estoy embrujada. Poseída. Como aquel Benjamín que vimos en el muelle, poseído por el demonio.

Joel evidentemente esperaba otra explicación, del orden del «estoy cansada». Parpadeó sorprendido.

—Pero ¿cómo? —preguntó.

María tragó saliva y trató de ordenar sus pensamientos. De nada serviría hablar en confusión y dejar que las palabras salieran atropelladas y contradictorias.

—Pues... Yo... ¿Te acuerdas del ídolo de marfil? —empezó. Por un lado, quería contarlo todo de manera ordenada, por otro, ansiaba terminar su historia antes de que las voces enemigas la obligaran a callar.

—¿Qué? —Joel parecía confuso.

—Aquel ídolo que descubrió Yamlé. Lo había encontrado hacía años, cuando fui con mi familia a Jerusalén, atravesando el territorio de Samaria. Estaba enterrado en el suelo. Me lo quedé, aun sabiendo que no debía. Hoy no ha sido la primera vez en que ha ejercido su influencia. Empezó hace muchos años. Embrujó la casa de mis padres. Me daba órdenes. Me dejaba aquellas marcas en los brazos.

¿Cuánto más debía decir? ¿Debía revelar que se había casado con él para huir de todo aquello? Decidió que no.

—Estás bromeando —dijo Joel, con expresión aliviada a la vez que incrédula. Tendió una mano para acariciarla.

—Yamlé la tiró al fuego —prosiguió María, desgraciada—. Pero era demasiado tarde. Ya me había poseído.

—Pero ya no está. Fue destruida. Su influencia, de haberla tenido, desaparecerá también.

—Nos dio una hija. —María habló con valentía—. Jamás se irá. Estoy en deuda con ella hasta la eternidad.

Joel la miró como si acabara de golpearle.

—¿Qué... qué has dicho?

—He dicho que Asara, así se llama, nos dio a Eliseba. Y ahora reclama sus derechos sobre mí. —María cayó en los brazos de Joel y empezó a sollozar, reviviendo el terror. Ahora ya era más que real.

Muy lentamente, Joel la rodeó con sus brazos.

—Dios es más poderoso —dijo—. Dios no lo permitirá. Entreguémonos a Su misericordia.

—Esto no es todo —prosiguió María. ¿Por qué no confesarlo todo?—. Desde hace poco hay otra presencia, negra y desesperante. Y esta mañana, Pazuzu (¿recuerdas la gran estatua que vimos camino del almacén?) me poseyó también.

—¿Qué quiere decir... te poseyó?

—Pude sentir cómo se unía a los demás que habitan dentro de mí.

—Dentro de ti... ¿cómo?

¿Cómo explicárselo?

—Puedo sentir su presencia dentro de mi cabeza... de mi pensamiento. Me dirigen. Me atormentan. Me castigarán por hablarte de ellos. Pero Pazuzu... Puede que tenga un fragmento de una estatua suya. Durante aquel mismo viaje por Samaria descubrieron un montón de ídolos escondidos y los destruyeron. Un brazo saltó volando por los aires y yo lo recogí. Tenía una garra horrible, de animal feroz.

Hubo un largo silencio.

—Ay, María —fue lo único que dijo Joel—. Debemos encontrar el brazo con la garra y destruirlo. Y debemos buscar ayuda. —Calló por un momento y luego añadió—: Dios es más poderoso que ellos. Pero tenemos que suplicar que nos ayude.

La estrechó más en sus brazos. Si el amor, el conocimiento y la fuerza de voluntad tenían algún valor, conseguirían liberarla de su aflicción. Y Dios piadoso y todopoderoso la ayudaría. Había confesado; se lo había contado todo. Ahora Dios podría tocarla y decirle: «Hija mía, estás a salvo.» ¡Oh, cuánto anhelaba esa salvación!

Todo iría bien. Tenía que salir bien. Después de hablar con Dios, después de buscar la ayuda de su sabio siervo.

El primer impulso de Joel fue confesar el problema al viejo Zadoc. A María, sin embargo, la idea la inquietaba. Le asustaba recurrir a alguien que conocía su familia. ¿Y si se formara una mala opinión de todos ellos? ¿Y si se lo contara a otros?

No obstante, cuando Joel sugirió hablar con un rabino de la gran sinagoga de Cafarnaún, que no les conocía y tenía reputación de hombre santo y, sin duda, experiencia en expulsar demonios, María rechazó también esta posibilidad. Le horrorizaba la idea de ir a Cafarnaún, buscar al rabino, abordarle siendo un total desconocido y confiarle su problema. Le resultaba humillante.

Pero ¿qué podría ser más humillante que los tormentos a los que le sometían los demonios a diario? El hecho de que, de momento, sólo hubiese unos pocos testigos de sus estragos, no significaba que su presencia no pudiera manifestarse en público de forma inesperada, delatándola a los ojos de la ciudad. No sin vacilación, dio a Joel su permiso para que hablara con Zadoc, y él fue a buscarle tan pronto terminó su jornada de trabajo. Pronto volvió a casa.

—Zadoc viene a rezar con nosotros —anunció con alivio—. Sólo se ha entretenido para recoger su chal litúrgico, el tefilín y los textos sagrados; llegará enseguida.

—¿Qué... qué ha dicho? —preguntó María.

—No pareció escandalizarse demasiado —respondió Joel—. Aunque quizás ocultara sus sentimientos para no herir los nuestros.

Una cualidad muy útil para un rabino, pensó María. Pero, por mucho que se esforzara en evitarlo, se sentía espantada y avergonzada mientras esperaba su llegada. Joel se aseguró de que Eliseba estuviera durmiendo en la habitación más lejana y con la puerta cerrada, para que no pudiera oír sonidos inquietantes.

¡Quietos, quietos! María comandaba a los demonios aunque no tenía poder sobre ellos, y lo sabía. En el momento en que Joel se dirigió a la puerta para recibir a Zadoc, se sublevaron en su interior y se manifestaron.

—María —dijo Zadoc al entrar en la habitación, tendiéndole las manos. Su expresión no era de reproche ni de repulsión sino de honda preocupación.

Ella, sin embargo, no pudo responder; su boca quedó paralizada. Y, cuando intentó extender los brazos hacia Joel y Zadoc, no fue capaz de moverlos. Entonces un torrente de sílabas guturales e inhumanas emanó de sus labios. En los rostros de ambos hombres asomó una expresión de gran turbación.

Los extraños sonidos prosiguieron, y María, impotente, no podía más que oírlos salir de su boca, pronunciados por las presencias que la habitaban.

Zadoc empezó a rezar de inmediato, a recitar las palabras sagradas en voz alta para ahogar los demás sonidos, como había hecho en el muelle, y las pronunciaba con gran rapidez, para poder decir la máxima cantidad posible. Joel, indefenso, contemplaba la escena pálido y horrorizado.

—¡Reza conmigo! —le ordenó Zadoc de repente, agarrándole de la mano—. ¡Reza el Tefila! —Pero Joel sólo fue capaz de farfullar palabras incoherentes. María apenas podía oírle.

—Dios altísimo, Señor de los cielos y de la tierra, escudo nuestro y de nuestros padres...

María cayó de rodillas y agachó la cabeza, sometiéndose a las plegarias hebreas, aceptándolas, para que subyugaran las voces y las presencias. Obligó a sus labios a permanecer cerrados para contener el torrente de sonidos, luchando con los músculos que se torcían en contra de su voluntad. Entonces, de repente, sintió que los sonidos cesaban en su interior, como un pote de agua que deja de hervir. Por unos instantes, prosiguió la agitación y el burbujeo, pero pronto su ánimo se calmó. Su cuerpo cayó hacia delante y los hombres la retuvieron. Joel la llevó a una esterilla y la dejó reposar, trajo un paño húmedo y le refrescó el rostro con ternura.

—¿Se han... ido? —preguntó a Zadoc.

—No lo sé... —respondió el rabino—. Estas fuerzas son poderosas y engañosas; las llaman espíritus del aire. María —preguntó amablemente—, ¿estás bien?

—Sí —respondió ella, más para tranquilizarle que porque estuviera segura—. Me parece... que se han ido. ¡Oh, Rabino, ni siquiera sé qué decían!

—Tampoco nosotros —dijo el rabino—, y es mejor así.

Aquella noche María durmió profundamente, sintiéndose tan fláccida y vacía como un viejo odre desinflado. Tenía la sensación de que Joel no podía conciliar el sueño; que pasó la noche en vela, por si algo —una presencia cualquiera— se materializaba en las horas oscuras. Cuando María despertó el alba comenzaba a teñir el pequeño rectángulo de cielo que se veía a través de la ventana abierta al este. Oyó el suave golpeteo de las olas en la orilla próxima a la casa, y su sonido fue un murmullo consolador a sus oídos.

Cuando Joel abrió los ojos le dijo:

—Creo que... la intervención de Zadoc fue eficaz. Me siento... liberada. Me parece que ya no están. Ayúdame a buscar aquella garra de arcilla de... No quiero invocar su nombre. Ya sabes a quién me refiero.

Joel parecía agobiado, pero María le tomó la mano entre las suyas.

—¡Te lo ruego! ¡Ayúdame a buscar, ya irás más tarde al trabajo! No me atrevo a enfrentarme a solas a él. Lo encontraremos y lo destruiremos juntos.

Joel se vistió apresurado e iniciaron un registro sistemático de las viejas pertenencias que María había traído de la casa paterna. Tenían que esforzarse en imaginar qué pudo pasarle al objeto desde que ella lo escondiera cerca del ídolo de Asara.

—Guardé ambos en el fondo del baúl... Era muy pequeño, más pequeño que Asara... —¡Tan fácil de perder, tan difícil de encontrar!

Juntos sacaron la ropa, mantas y túnicas guardadas en el arcón, y las sacudieron con cuidado. Todas aquellas cosas, sin embargo, habían sido limpiadas y vueltas a guardar hacía poco, con hierbas aromáticas entre los pliegues. María intuía que la garra no podía encontrarse entre objetos perfumados, tenía que emitir un olor desagradable.

Sí, un olor extraño. ¿Dónde lo había percibido? Un efluvio acre, como de moho; cuando quiso inspeccionar, sin embargo, no había encontrado nada. Después se convirtió en un hedor de podredumbre, como el que emitiría el cadáver de un ratón muerto. Finalmente, la pestilencia se desvaneció. Pero provenía, parecía venir, de lo alto de la repisa que coronaba el umbral interior de la puerta. María buscó un taburete y se subió para inspeccionar el estante. Allí habían guardado pequeñas bolsas de cosas distintas, goma para rellenar los agujeros de la madera, tiras de cuero de longitudes varias, limaduras. Y allí, entre tacos de madera y potes de cola, había un fragmento de arcilla de color rojo oscuro. Parecía el asa rota de una vasija pero no lo era. Terminaba en una garra fea de dedos cuadrados. La garra de Pazuzu.

María no se preguntó cómo había llegado allí arriba. Le bastaba con haberla encontrado.

Bajó del taburete y contempló el objeto en su mano. Qué cosa tan pequeña e insignificante. Resultaba difícil creer que tuviera algún poder.

«¡Ídolos! ¡Abominación! ¡La abominación debe ser destruida!» La voz iracunda del rabino resonó en sus oídos como aquella vez en Samaria, acompañada del sonido de los palos y los bastones que hacían añicos los ídolos, y de la lluvia de fragmentos impuros que cayó a su alrededor.

Quizá fuera aquel rocío de polvo vil, tanto como los objetos que recogí, lo que me contaminó, pensó María. Tuvo la repentina sensación de que su vida entera se había contaminado desde aquel viaje. Y ahora tenía en las manos un remanente de aquella impureza.

—¡Joel! —gritó—. ¡Ven rápido! ¡Lo he encontrado!

Él corrió a su lado y se quedó mirando el objeto.

—De modo que éste es el enemigo. Destruyámoslo ahora mismo. Esta vez con plena conciencia de lo que hacemos. Que la intención sea clarísima.

—¿Crees que deberíamos llamar a Zadoc? —preguntó María. Le parecía más prudente contar con toda la ayuda posible contra los espíritus impuros, pero Joel negó con la cabeza.

—No, es más importante destruirlo de inmediato. Nuestras oraciones serán suficientes. Lo sacaremos de la casa, lo destruiremos donde se incineran las basuras del pueblo y lo tiraremos a las llamas, con los restos y los despojos.

—Quizá fuera mejor pulverizarlo y tirarlo al agua. —Moisés había triturado los carneros dorados, había disuelto el polvo en agua y se lo había dado de beber a los israelitas.

—No, no debemos contaminar el lago —dijo Joel—. Sería un acto de polución tirar esta inmundicia en sus aguas.

Salieron enseguida de la casa y enfilaron un camino costero que sabían que estaría desierto a esas horas. Mientras caminaban María pudo contemplar por primera vez en mucho tiempo la belleza del lago. Los colores parecían más brillantes, como si la luz fuera más intensa. Las pequeñas olas, millares de ellas, reflejaban la luz del sol y —también por vez primera en muchos años— podía oír el canto de los pájaros, que se llamaban en el despertar de este nuevo día. Era el sonido del frescor de un nuevo comienzo. La blancura de las aves acuáticas que nadaban junto a la orilla era de una pureza nunca vista. También ella hablaba de frescura inmaculada.

Pronto llegaron a un recodo del camino, desde donde pudieron ver y oler el humo del vertedero, opuesto a la belleza intachable del lago. Allí ardían juntas todas las inmundicias del pueblo.

Depositaron el brazo de arcilla sobre una gran piedra plana y les pareció que brillaba sobre el fondo negro del basalto. Tuvieron la sensación de que apretaba el puño. Joel invocó inmediatamente el nombre de Dios:

—Así habla el Señor, Rey de Israel: Yo soy el principio y el fin, no hay otro Dios más que yo. Él protegerá los pies de sus siervos y los malvados serán silenciados en las tinieblas. Los adversarios del Señor serán hechos añicos. Las efigies sólo son viento y confusión.

María repitió las palabras y añadió:

—Condeno desde el alma el día en que te toqué. Renuncio a tu existencia y repudio todo aquello que guarda relación contigo. —Asintió con la cabeza hacia Joel—: ¡Ahora! ¡Destrúyelo!

Joel cubrió la piedra con un trozo de tela y colocó la garra sobre ella. Levantó otra piedra y la bajó con fuerza, haciendo añicos la frágil arcilla, reduciéndola a polvo y lascas. Luego pulverizó los pequeños fragmentos restantes y envolvió el polvo en la tela, incluso la piedra que había usado para destruir el objeto y que ya estaba mancillada. Después se acercaron a paso rápido al hoyo donde humeaba la basura.

Algunas personas ya estaban allí, deshaciéndose de sus desperdicios, y el hedor a entrañas de pescado era inconfundible. Joel levantó la tela por encima de su cabeza y murmuró:

—Sus gusanos no morirán ni su fuego se extinguirá. Serán la abominación de la carne.

—Amén —dijo María. El atadillo cruzó el aire y cayó entre las llamas. Un ahogado ruido de succión, una pequeña llamarada, y desapareció.

María sintió en su interior un leve temblor, la sensación de que algo viscoso se movía, y nada más. Sólo alivio.

16

El viento frío del invierno soplaba desde las montañas del otro lado del lago y, aullando, azotaba Magdala; levantaba olas de la estatura de un hombre y barría con sus aguas el paseo y algunas calles interiores de la ciudad. Nadie podía recordar tormentas tan violentas, y la actividad pesquera resultaba muy peligrosa justo en la temporada tradicional de la sardina.

La casa de María y de Joel, construida tan cerca de la orilla, sufría las arremetidas del agua y de la humedad pero, en ausencia de las horribles presencias, la sensación permanente de opresión se había disipado y a María no le importaba demasiado la entrada de un poco de agua en la casa.

Durante las primeras semanas casi no se atrevía a respirar, como si cualquier acción, por insignificante que fuera, pudiera provocar su regreso. Poco a poco, sin embargo, empezó a relajarse. Segura de sí misma, se dedicaba por completo a Eliseba, y la niña la regalaba con la alegría de sus primeros pasos. Ya sabía algunas palabras y el sonido de su voz era para María el más maravilloso que jamás había salido de boca humana. La pequeña tenía ya un año.

Hacía un año desde que Simón el Celota irrumpiera en la casa de Silvano lanzando locas acusaciones y, aunque se habían producido algunas agresiones de insurrectos en este lapso de tiempo —como el asesinato del que fueron testigos en Tiberíades—, nadie se había rebelado abiertamente. Poncio Pilatos, el nuevo procurador de Roma, había llegado y hecho ya una visita oficial a Jerusalén, donde le recibieron con gesto ceñudo.

La desaprobación de la inminente boda de Herodes Antipas con su ex cuñada había sido sonora, pero el rey proseguía con los preparativos, a pesar de todo. Se decía que miles de personas iban a escuchar a Juan el Bautista al desierto, donde clamaba abiertamente contra aquel matrimonio y amenazaba a Antipas con la ira de Dios.

En un día especialmente oscuro y desapacible, María se encaminó al almacén, donde la abundante captura de sardinas del día anterior iniciaría el proceso de conversión en el famoso adobo de Natán, destinado a la mesa de Antipas y a las Galias. Era una operación frenética. En plena temporada sardinera, en el corazón del invierno, las capturas eran tan abundantes que los obreros tenían que trabajar día y noche. Aun así, muchos pescados se pudrían antes de ser sometidos al proceso de conservación.

Había poca gente por las calles y los escasos transeúntes escondían la cabeza bajo sus capuchas y corrían a buscar refugio. En el interior del almacén ardían antorchas y varios equipos de obreros vaciaban barriles de sal en las cubas, suministraban combustible a los humaderos bajo el nivel del suelo, seleccionaban el pescado y picaban hierbas. En el otro extremo del almacén habían alineado largas filas de cubas de arcilla, y María vio a Joel junto a una de ellas, dirigiendo las actividades de los obreros. Se le acercó.

—¿Así empieza la elaboración del adobo? —preguntó.

Joel se volvió hacia ella, contento de verla, como siempre que iba a visitarlo en el trabajo.

—Así empieza, efectivamente. Dentro de treinta días, llenaremos las bonitas ánforas que encargamos en Tiberíades y nuestra salsa cruzará los mares.

El fondo de la cuba estaba cubierto con una capa de hierbas —laurel, hojas de cilantro y salvia—, seguida por una capa de sardinas plateadas, cubiertas por otra capa de sal, gruesa como el dedo de un hombre hasta la primera articulación. Luego otra capa de hierbas, y así sucesivamente hasta el borde mismo del contenedor. En verano lo dejaban reposar siete días al sol, pero en invierno tenía que macerar durante catorce días; por eso ya se percibía el olor penetrante que emanaba de las cubas. Transcurridas dos semanas, los obreros se encargaban de remover la mezcla con un palo de madera durante veinte días más, hasta que el contenido se tornaba líquido. Este líquido llenaría las ánforas que habrían de transportarlo a su destino. Había dos tipos de adobo: el pagano, elaborado con pescado impuro, y el garum castimoniale propiamente judío, hecho sólo con los pescados permitidos por la Ley de Moisés y que, naturalmente, resultaba más caro.

En un rincón del almacén había cajones de pescado salado, comida habitual de la mayoría, y también los había de pescado ahumado, un manjar muy preciado.

María miró a su alrededor, maravillada de que un producto tan humilde, el pescado, pudiera constituir el fundamento de una industria que daba prosperidad no sólo a su propia familia sino a la ciudad entera de Magdala. Mi seguridad depende de esto, pensó. De pronto sintió un escalofrío. ¿Qué pasaría si la industria quebrara? Pocas veces se había entretenido a pensar cómo vivían —y sobrevivían— las personas pobres.

—¡María! —Natán se acercó apresurado. ¿Era su imaginación o se mostraba más solícito con ella? ¿Se habría enterado del problema?

—¿Puedo ayudaros? —preguntó ella—. He venido porque sé que estáis muy atareados.

—Pues, los libros... —admitió su padre.

—Déjame verlos. Sabes que se me dan bien los cálculos.

Sentada en un cuartito en una esquina del almacén, María pudo enderezar los cálculos rápidamente y anotar las operaciones en el registro. Tenía una mente ordenada y le gustaba organizar las cosas. También aprovechó la oportunidad para repasar las cuentas y ver de dónde eran sus clientes. Algunos lugares la sorprendieron, como Cartago, Córcega o Sinop, una localidad del lejano mar Negro. Se sentía muy orgullosa del negocio de su padre y orgullosa de que se le permitiera trabajar allí a veces. Si sus padres no hubiesen tenido hijos varones, ella podría estar a cargo de la empresa, aunque no guardaba rencor a Silvano ni a Eli por eso.

Fue después de terminar su tarea, cuando hizo el gesto de apoyar la cabeza en la mano, que volvió a invadirla la terrible sensación de una presencia ya familiar y nauseabunda. El zumbido en la cabeza, el abotagamiento, la espantosa impresión de ser invadida... Vio que su mano se movía, asía la pluma de caña y empezaba a escribir palabras obscenas y repelentes en los espacios vacíos de las páginas. ¡No! Luchó con su propia mano, llegó a golpearla para obligarla a detenerse, volvió a poner en limpio las anotaciones mancilladas y destruyó el original.

A pesar del temblor que recorría su cuerpo, se puso de pie y se apartó de los libros. No les daría la oportunidad de destruir nada más ni sufriría sus tormentos en silencio. Esta vez no ocultaría su aflicción a Joel.

¿Por qué ahora? ¿Por qué han vuelto?, se dijo. ¿Es por algo que hay en el almacén? Alguna hierba que proviene de un lugar maldito y que es sagrada para un dios malvado, o algún animal impuro... Examinó con atención el cuartito. Parecía bastante vacío. Sólo había en él una mesa y un cofre donde guardaban los libros de cuentas, las plumas y las tintas. Y un taburete para sentarse. Oyó un débil sonido sibilante y, buscando, encontró una rana diminuta que, escondida en un rincón, emitía pitidos agudos. Sin duda, se había aventurado hasta el cuartito y estaba espantada de encontrarse tan lejos del agua. El cuello del animal se hinchaba con cada grito lastimero.

Ranas... Una de las plagas de Egipto. Pero ¿pueden ser malignas? ¿Qué mal puede causar esta criatura? Es tan pequeña, está perdida e indefensa, pensó María. No puede ser.

Se agachó y la recogió en la palma de la mano, levantándola para poder verla bien. Tenía los ojos saltones y emitía pitidos continuos; de repente, saltó de su mano al suelo.

Entonces María tuvo la impresión de que los pitidos provenían de su propia cabeza y, aterrorizada, sintió el impulso de escapar.

Allí estaban todos, dando la bienvenida a la nueva y misteriosa presencia, fuera una rana o un ser diabólico que adoptaba su forma. Hablaban todos a la vez. Asara y Pazuzu se dirigían al recién llegado, a quien llamaban Hequet, diosa de Egipto.

«Hequet, preciada divinidad. Amiga de Osiris y regidora de los nacimientos de reyes y reinas...», decía la voz cavernosa de Pazuzu.

«Hermana mía —susurraba la voz dulce y sedosa de Asara—. Tú, que das vida a los cuerpos de los soberanos y a los que Nun modelara en su rueda de alfarero. Hermosa diosa de las aguas...»

Al sonido de aquellas palabras que recorrían su mente, María sintió el impulso de ir al agua y sumergirse, zambullirse bajo las olas. Como una noctámbula, se levantó y salió del almacén, caminando hacia el borde del muelle. Las olas, grises y opacas, arremetían contra el embarcadero de piedra, levantando montañas de espuma y empapándola, y cada ola le envolvía los pies en un gélido abrazo. Qué espantosa, qué glacial estaba el agua. Y ella tenía que tirarse al lago, entregarse al mar. Hequet la impulsaba a ello.

—¿Qué estás haciendo, María? —La mano fuerte de Joel la agarró del brazo.

Al volverse para mirarle, supo que él comprendía exactamente qué le sucedía. La oscuridad invadía sus ojos.

—Ya sabes... —musitó—. Son... ellos.

—¿Los mismos? —preguntó Joel, no se sabía si asustado o, simplemente, resignado.

—Y otra más, una nueva —respondió—. Ahora son cuatro. —La presencia de Joel, sin embargo, había frustrado el intento de Hequet de tirarla al lago.

—Sé lo que hay que hacer —dijo él—. No tengas miedo. Estaba preparado para esta eventualidad. Debes ir inmediatamente a Cafarnaún, a ver al rabino Anina ben-Yair. Es el hombre más santo de las cercanías, el más comprensivo y mejor preparado para combatir estas fuerzas. Debes hacer lo que él te diga. Yo iré contigo y te confiaré a sus cuidados.

María se sintió aliviada. Joel lo había previsto, se había preparado para esta horrible posibilidad. Y, sin duda, ese rabino sabía cosas que Zadoc desconocía. Zadoc no tenía formación en estos asuntos.

—Pero Eliseba...

—Lo mejor para ella será que vayas a Cafarnaún enseguida. Yo me ocupo de los preparativos. La niña estará bien.

Se alejaron juntos del almacén, indiferentes a las miradas de los trabajadores. Las calles seguían casi desiertas; el mal tiempo había confinado en sus casas a todos aquellos que no debían atender asuntos urgentes. Joel rodeaba a María con su brazo fuerte, disipando sus temores y desesperación.

Una vez en casa, María recogió rápidamente las cosas que podría necesitar. Alguna ropa. Sus objetos de escritura. Un poco de dinero. Fue a ver a Eliseba; la niña jugaba con unos bloques de arcilla y apenas la miró. María le acarició el cabello sedoso, pero no se despidió. No quería asustarla.

Pronto ella y Joel se encontraban en el camino de Cafarnaún, dejando atrás el almacén de la familia. Pasaron junto al foso de desechos humeantes donde con tantas esperanzas habían destruido el ídolo. Mucho antes de llegar a las Siete Fuentes sus capas estaban empapadas, pero ellos siguieron avanzando a paso rápido.

Al acercarse a la zona de pesca invernal, pensaron que era probable que se encontraran con pescadores conocidos, de modo que ya estaban preparados cuando Simón, el hijo de Jonás, les vio desde la barca.

—¡Joel! ¡María! —gritó, y les saludó con la mano. Su voz estentórea podía espantar a los peces, pero él parecía dispuesto a pasar allí el día entero.

—Hola, Simón —respondió Joel—. ¿Cómo va la pesca? —Se detuvo para charlar como si fuera un día cualquiera y no una carrera impulsada por los demonios.

—Bien. Muy bien. Aquí siempre hay bancos de peces en invierno. Casi puedes atraparlos con la mano. —Su hermano, Andrés, sentado a su lado en la barca, agitó la mano a modo de saludo.

María recordó que Simón y su familia eran de Cafarnaún. No pasaría mucho tiempo antes de que oyeran hablar de su vergonzosa historia. Pero ahora ya no le importaba. Únicamente deseaba que la sanasen. Estaba más allá de la vergüenza, más allá de cualquier cosa que no fuera su liberación.

—¡Hola, Joel! —llamó otra voz, ésta desde la orilla. María vio que Santiago y Juan, los hijos de Zebedeo, clasificaban una pila de pescado.

—¡La pesca es excelente en esta cala hoy! —gritaron—. Pronto recibirás un gran envío nuestro.

Joel asentía y respondía a todos, pero en ningún momento se detuvieron.

Dejaron atrás a los pescadores y apretaron el paso hacia Cafarnaún, caminando ya en silencio. Cafarnaún era la ciudad más grande de la punta del lago y disponía de un intrincado sistema de muelles y rompeolas. Construida justo en el límite entre las jurisdicciones de Herodes Antipas y de su hermanastro, Herodes Filipo, allí operaba una oficina de aduanas.

Pero, lo que era más importante para ellos, la ciudad tenía una gran sinagoga a orillas del lago, presidida por un rabino con gran autoridad.

El tiempo nuboso, combinado con las pocas horas de luz en esa época del año, hizo que María y Joel llegaran a la sinagoga en lo que parecía un crepúsculo precipitado.

El imponente edificio no estaba muy lejos de los muelles. Cuando llegaron las puertas ya estaban cerradas para la noche. Todos los servicios religiosos se celebraban a la luz del día y ahora ya estaba anocheciendo. De nada les sirvió llamar a las puertas pero, al preguntar, les indicaron el camino a la casa de Anina, el rabino. Estaba muy cerca de la sinagoga.

Cuando llamaron, María sintió una gran urgencia. ¿Y si el rabino no quería recibirles?

Los golpes a la puerta resonaron a hueco. La casa estaba a oscuras. ¿No había nadie?

«Está vacía, vacía, vacía. ¡No hay ayuda!», se mofaron las voces en su interior.

Silencio, les ordenó.

Finalmente, la puerta se entreabrió y una sirvienta les miró por la rendija.

—¿Es ésta la casa del rabino Anina ben-Yair? —preguntó Joel.

—Sí. —La puerta no se abrió más y la sirvienta no parecía dispuesta a mostrarse más hospitalaria.

—Soy Joel bar-Ezequiel, de Magdala. He oído hablar mucho de la piedad y la sabiduría del rabino Anina. Necesito verle por un asunto personal.

Pero la sirvienta seguía mirándolos sin intención de invitarlos a pasar.

—¡En nombre de Yahvé, necesitamos ver a tu amo! —dijo Joel al final.

Sólo entonces la muchacha abrió la puerta con vacilación.

El interior de la casa era acogedor. La primera estancia estaba iluminada con una luz cálida, y otra más parecía seguirla.

Pronto apareció el rabino Anina, arrastrando la túnica y aparentemente molesto por su intrusión. María estaba tan angustiada que poco le importaba lo que el rabino pudiera pensar o sentir mientras aceptase ayudarla. ¿Acaso no era ésta su misión? Ayudar a los afligidos de Israel.

—¿Qué deseáis? —El rabino les miraba con gesto ceñudo y no pronunció palabras de bienvenida.

—Siento llegar tan tarde y sin anunciarnos —dijo Joel—. Pero es un asunto de extrema urgencia. Venimos de Magdala, porque tu sabiduría, tu piedad y tu reputación son renombradas en Galilea.

El rabino no accedió a sonreír.

—¿Quiénes sois? —preguntó al fin.

—Yo soy Joel bar-Ezequiel y ésta es mi esposa, María. Pertenezco a la familia de Natán de Magdala, el propietario de una gran empresa saladera. Normalmente, hablamos con nuestro rabino, Zadoc, y sus asistentes, pero éste... es un asunto de extrema urgencia, como ya he dicho, y Zadoc no nos puede ayudar.

El rabino parecía perplejo.

—¿Cuál es la urgencia? —Escudriñó los rostros de Joel y María.

—¡He sido... estoy poseída! —dijo ella, ansiosa de saber enseguida si el rabino podía ayudarla—. Durante años luché con los espíritus impuros a solas pero, hace unos meses, me confesé a mi esposo y juntos pedimos la ayuda del rabino Zadoc. Para expulsarlos. Él lo intentó. Rezó y les ordenó que se fueran. Le obedecieron en ese momento. Pero ahora han vuelto. Por eso... acudimos a ti.

El rabino no pareció sorprendido ni alarmado.

—Podría resultar difícil —fue lo único que dijo—. Debo interrogarte para intentar comprender qué es exactamente lo que pasó. Pero no es imposible.

En su alivio por no verse rechazada, María no se dio cuenta de que el rabino había dicho «no es imposible», en lugar de «sé que puedo expulsarlos».

En su aposento privado, lleno de papiros y textos sagrados, María le contó todo a aquel rabino de rostro afilado, cabello negro y barba. Si su historia le repugnó o le escandalizó, no dio señales de ello. No dijo nada en relación a su «pecado» de recoger el ídolo y tomó muchísimas notas. María se sintió segura y reconfortada; aquél era un hombre sabio y erudito, sabría qué hacer. Él la liberaría.

Después de escuchar con atención, sin embargo, el rabino Anina dejó la pluma y meneó la cabeza:

—Es un caso muy difícil —dijo—. Muy difícil. —Calló por un momento—. No es imposible, pero... Yahvé y su poder prevalecen sobre cualquier fuerza de las tinieblas, los espíritus malignos no se le pueden resistir. Sin embargo...

—¡Haré cualquier cosa! —exclamó María—. ¡Dime qué debo hacer!

El rabino suspiró.

—Primero, hemos de eliminar todo rastro de pecado de tu vida —dijo—. Me doy cuenta de que los pecados están allí, aunque tú no tengas conciencia de ellos. Nadie puede obedecer la Ley sin fallar. Recuerda, cuando Job fue castigado, Bildad el Shuíta dijo: «¿Acaso Dios pervierte la justicia? ¿El Todopoderoso pervierte el bien? Cuando Sus hijos pecaron contra Él, les entregó al castigo del pecado.» Por eso, debes purificarte. Sólo entonces podremos proceder a enfrentarnos a esas presencias. El vehículo humano debe ser inmaculado. Te aconsejo que tomes un voto nazirita ahora mismo. Hay una pequeña estancia anexa a la sinagoga; puedes vivir allí hasta que expire el término del voto. Te recomiendo que sea por treinta días. Después, cuando estés totalmente purificada, intentaré expulsar a los demonios.

—De acuerdo —respondió María. Nunca había conocido a nadie que hubiese tomado un voto nazirita, aunque sabía que mucha gente aún lo hacía.

—Es un voto muy antiguo —dijo el rabino Anina—. Sus condiciones están recogidas en el Libro de los Números. —Cogió uno de los papiros (parecía saber exactamente lo que contenía cada uno sin necesidad de consultar las etiquetas), lo desenrolló y encontró el pasaje correspondiente sin vacilación—. Así dijo Dios a Moisés: «Habla con los israelitas y diles: Si cualquiera de vosotros, hombre o mujer, desea tomar un voto especial, un voto de separación al Señor como nazirita, deberá abstenerse del vino y demás bebidas fermentadas y no deberá probar el vinagre procedente del vino o de otras bebidas fermentadas. No beberá jugo de uvas ni comerá uvas ni pasas. Mientras sea un nazirita, no ingerirá ningún producto de la viña, ni siquiera la piel o las semillas de la uva.»

El rabino observó a María para ver cómo reaccionaba a esto. En realidad, ella se sintió decepcionada. No comer uvas pasas... ¿Qué tenían que ver con la posesión?

—«Durante el período entero de su voto de separación, no deberá utilizar cuchillas de afeitar. Deberá ser casto hasta que termine ese período de separación al Señor; deberá dejarse crecer el cabello. Durante el período entero de su voto de separación, no podrá acercarse a un cadáver. Aunque muera su padre, su madre, su hermano o su hermana, no deberá mancillarse ceremonialmente por ellos.»

Yo no utilizo cuchillas de afeitar, pensó María. Y mi cabello ya es largo. ¿De qué utilidad será todo esto? La desesperación creció en su interior. Una desesperación ciega, porque ¿a quién podría recurrir si el rabino Anina le fallaba?

Él siguió hablando de la purificación en caso de profanación por contacto involuntario con un cuerpo sin vida, de la ofrenda compensatoria de palomos y de la ofrenda de un carnero impoluto al final del período, etcétera, etcétera. María se incorporó con un sobresalto cuando el rabino leyó:

—En la entrada de la Tienda de Reunión, el nazirita deberá afeitarse el cabello ofrendado. Y depositará este cabello en el fuego que arde bajo la ofrenda sacrificial de la hermandad.

¡Afeitarse el cabello! ¡Quedarse calva! Sería una deshonra. Pero... si éste es el precio a pagar, que así sea, se dijo.

—¿Estás dispuesta a ello, hija mía? —preguntó el rabino—. Si lo estás, en cuanto las ofrendas estén hechas y aceptadas, procederé a la expulsión de los demonios.

Su cabello... Vivir treinta días en el cuartito anexo a la sinagoga...

—Sí, estoy dispuesta.

—Pasarás la noche aquí, en la alcoba de huéspedes, y a primera hora de la mañana te acompañaré al refugio de la sinagoga e iniciaremos los votos. Mientras estés allí deberás observar todos los aspectos de la Ley, sin olvidar ninguno. Durante estos treinta días deberás ser perfecta.

—Sí, rabino. Comprendo.

El rabino Anina asintió.

—Mandaré que preparen la habitación. Entretanto, puedes hablar en privado con tu esposo. —Salió de la estancia y les dejó solos.

Joel se volvió y, por primera vez desde que el rabino iniciara sus explicaciones, María le miró a los ojos. Lo que vio en ellos fue miedo.

—Oh, Joel, todo irá bien. Estoy segura. —Le parecía muy importante tranquilizarle, aunque ella misma no estuviera convencida—. Y no será por mucho tiempo; un mes no es tanto. Aunque os echaré de menos a ti y a Eliseba; ni siquiera me despedí de ella. Y... ¿qué dirás a la gente?

—La verdad —respondió él—. Les diré la verdad.

—¿Que he tomado un voto nazirita o que estoy poseída?

—Sólo hablaré del voto. No es una deshonra tomarlo, muchos lo hacen. Pero la posesión... no veo por qué habría que comunicársela.

—Me imagino que parecerá extraño que me haya ido a Cafarnaún para tomar un voto nazirita.

—Sí, pero podemos decir que está relacionado con la maternidad. Sería lógico pensar que deseas otro hijo y que estás dispuesta a tomar el voto para ello.

Todos conocían su esterilidad y el milagro del nacimiento de Eliseba. Sí, parecería lógico. Nadie haría preguntas. Era una razón más que importante.

—¡Reza por mí, Joel! —Le asió las manos—. ¡Reza por mi salvación!

Él la atrajo hacia sí y la abrazó con tanta fuerza que pudo percibir los latidos de su corazón.

—Lo haré con toda el alma —respondió. Le tomó la cara entre las manos y la miró a los ojos—. Les venceremos, María. No temas nada.

Se fue poco después, salió a la tormenta para emprender el camino de vuelta a casa. Desde ese momento, María estaba sola.

El rabino y su esposa se mostraron muy amables con ella. Era evidente que la mujer estaba acostumbrada a que la gente acudiera al rabino en momentos de crisis espiritual; hizo la cama y dispuso una jarra de agua para beber y lavarse, como ya hiciera en muchas otras ocasiones.

—Que duermas bien —fue lo único que dijo, pero su sonrisa era sincera.

María se tendió en la pequeña cama y se preguntó si sería capaz de conciliar el sueño. Ellos estaban allí, podía sentirlos, aunque inusitadamente callados, como anonadados por su pronta y decidida reacción para combatirles.

17

Poco antes del amanecer, bajo un cielo oscuro aunque ya no teñido de negro, María y el rabino salieron de la casa y se encaminaron juntos a la sinagoga. La niebla se arrastraba por las calles dibujando volutas arremolinadas y el templo, hecho de negro basalto, era poco menos que invisible. Casi habían llegado cuando María pudo distinguir los muros y el patio circundante.

—Aquí está el pequeño refugio donde se alojan los que toman los votos —dijo el rabino, y la condujo a una construcción anexa al edificio principal. No era más que una cabaña, sencilla y desnuda, carente de las tallas y adornos que decoraban las paredes de la sinagoga. Pero los que allí se refugiaban cumplían misiones importantes. En el interior de la cabaña sólo había una estera de caña, una mesilla, una lámpara de aceite y una jarra de agua.

—Te servirán comida tres veces al día —dijo el rabino Anina—. En régimen de ayuno; pan de cebada, agua, y una porción de queso con frutas secas los Shabbats. También te traerán los libros sagrados de Moisés para que los leas. ¿Sabes leer?

—Sí —respondió María, preguntándose si el rabino lo consideraría bueno o malo.

—Bien. —El sacerdote asintió—. Así podrás impregnarte de la Ley. Cada Shabbat serás bien recibida en el servicio religioso, aunque en modo alguno has de unirte a la congregación. No, deberás permanecer separada durante los treinta días. Si esto no diera resultado... tendrás que ir al desierto. Sola.

Eso, pues, le esperaba si el proceso fracasaba. Pero no fracasaría, no debía fracasar. Examinó la desnudez de la cabaña. Odiaba a los espíritus impuros que la habían conducido a esto. ¡Subsistir con el mínimo alimento necesario para seguir con vida, pasar los días tratando de cumplir hasta el artículo más ínfimo de la Ley de Moisés! Pero no tenía alternativa. Tenía que deshacerse de ellos.

El primer día en la cabaña fue el más largo de su vida. No tenía nada que hacer más que atormentarse con el recuerdo de sus pecados. Cuando cayó el crepúsculo, su estómago gorgoteaba pidiendo comida. La Ley de Moisés era un cúmulo de cosas que poco tenían que ver con ella. El Levítico enumeraba las acciones que se deben emprender en caso de encontrar moho en la casa. Explicaba el procedimiento a seguir para curar las enfermedades de la piel, estipulando que el sacerdote debe llevar a la persona afligida dos aves vivas y limpias, madera de cedro, hilaza de color escarlata e hisopo; empapar la hilaza, la madera y el hisopo en la sangre del ave... y un largo etcétera. María no veía ninguna relación con su caso, aunque por primera vez descubría que Dios se preocupa mucho por las minucias.

Al anochecer se acostó en el jergón con el único deseo de quedarse dormida y poner fin a ese día. «Y la noche y la mañana fueron el primer día.» Para agravar su tormento, las presencias y las voces callaban, haciéndole pensar que había sido un error llegar hasta allí.

El jergón era duro, hecho de cañas entretejidas apretadamente. La delgada manta que le habían traído no era suficiente para protegerla del frío. Yacía temblando, preguntándose cómo conseguiría conciliar el sueño. La cabeza le daba vueltas. Tenía tanta hambre que se sentía capaz de comer los tapices de la sinagoga.

Oh, Dios, Señor, Rey del Universo, rezó, soy Tu sierva. Deseo servirte. Ojalá hubiera emprendido hace tiempo el camino hacia Ti.

Su estómago se contrajo de hambre. Creyó que iba a vomitar aunque no tenía nada que echar. ¿Por qué era así el camino que conducía a Dios? ¿Para mostrarse humilde? ¿Para mostrarse dependiente? ¿Acaso Dios despreciaba las cosas terrenales, la comida, la bebida, el sueño? ¿O sólo esperaba que Sus siervos no estuviesen atados a ellas?

Se pasó los dedos por el cabello espeso. Tendría que afeitárselo, tendría que sacrificarlo.

Y había un pensamiento que no conseguía apartar: ¿Era realmente eso lo que deseaba Dios?

Los treinta días trascurrieron con la lentitud de una vieja tortuga que se dirige a su lugar de descanso. María leyó los cinco libros de Moisés, ayunó con pan y agua, y rezó durante horas interminables. A veces asistía a los servicios del Shabbat, cuando la sinagoga se llenaba con las gentes de Cafarnaún, así como con algunos romanos y gentiles, los llamados «temerosos de Dios». Aquellos extranjeros simpatizaban con el mensaje moral del judaísmo aunque no deseaban convertirse plenamente a él, puesto que requería la circuncisión y la observación de las leyes de alimentación. Estaban relegados a las naves laterales pero, aun así, asistían. Les interesaba la esencia del judaísmo, su filosofía, pero no sus pesadas regulaciones. ¿Hacían bien en aceptarles? Era difícil saberlo. ¿Podía refinarse el judaísmo, y desembarazarse así de las viejas leyes y rituales que prohibían, por ejemplo, el moho, con tal de llegar a más personas con su riqueza de enseñanzas morales?

Al fin llegó el día. Su purificación estaba completa, había cumplido a ultranza con el ritual. Le permitieron salir del refugio y la condujeron al interior de la sinagoga; era la primera vez que la veía por dentro. Allí había suntuosas tallas de madera —una de ellas representaba el Arca de la Alianza—, relucientes recipientes de cobre amarillo y un retablo de madera de sándalo ante las sagradas escrituras. Allí imperaba el orden y la tranquilidad, la Ley medida y sabia que Moisés recibió en el monte Sinaí.

Ante el santuario que contenía las escrituras la aguardaba el rabino Anina. Llevaba túnicas cubiertas de suntuosos bordados e iba envuelto en su chal litúrgico. María vio que llevaba el tefilín y un papiro en la mano.

Le acompañaba un hombre más joven, que sostenía una bandeja con diversos objetos. Se mantenía rígido al lado del rabino y no decía nada.

—Hija de Israel, has completado tu tiempo de consagración —dijo el rabino Anina—. Durante treinta días te has recluido, de acuerdo con la Ley de Moisés, y ahora estás preparada para recibir las bendiciones merecidas. —Hizo un gesto de asentimiento al hombre más joven, que dejó la bandeja y cogió una cuchilla de afeitar.

—Y ahora, en observancia de la Ley, sacrificarás tu cabello y lo ofrecerás a Dios.

María inclinó la cabeza y esperó.

El hombre separó un mechón de cabello y lo rasuró con la cuchilla. María lo vio caer al suelo, sano y brillante. Por primera vez en su vida, miraba su cabello como lo habían mirado los demás. Pronto formó un montoncito en torno a sus pies.

Entonces la cuchilla rozó la piel de su cráneo, y sintió la gelidez de la hoja y la extraña frialdad de la calvicie.

—Recógelo y ofrécelo —le indicó el rabino y María se agachó, recogió el cabello caído y se lo ofreció al rabino. Él se volvió y lo llevó a un lado del santuario, donde ardía un brasero. Pero no lo depositó en él.

—La intención es suficiente —dijo—. Concluiré la ceremonia cuando los demás se hayan ido, porque el hedor a cabello quemado es abominable. Ahora. —Se acercó a María—. ¿Estás lista?

—Con toda el alma —respondió ella.

El rabino hizo un ademán a su ayudante.

—El aceite —dijo.

El ayudante le dio un botellín de aceite y el rabino lo destapó.

—Es aceite consagrado, como el que usamos en el templo. Proviene de un huerto de olivos sagrados, que crece desde hace siglos en las afueras de Jerusalén. Dice la leyenda que el propio Salomón plantó ese huerto.

—El incienso. —El ayudante cogió un incensario de cerámica de la bandeja y lo depositó en el suelo junto al rabino.

—Olíbano, que también usamos en el templo y para otros ritos —explicó el sacerdote. Le acercó un palo encendido para prenderle fuego—. Sazonado con sal purificadora. —Añadió una pizca de sal—. Se nos prohíbe utilizar la misma fórmula que usamos para el incienso del templo, y tampoco podemos mezclar los mismos ingredientes que sirven para ungir a los sacerdotes. También este olíbano, no obstante, es sagrado.

Delgadas volutas de humo emanaban del incensario. A María, sometida a un régimen de hambre, le producían mareos.

Con ademanes solemnes, el rabino Anina le ungió la frente y la coronilla con aceite.

—Hija, ¿tienes un pañuelo? —preguntó en tono amable. No quería que su cabeza afeitada la avergonzara más tarde, cuando la viera el público.

María asintió. Entre las cosas que había reunido apresurada antes de irse de casa, había un pañuelo.

El rabino empezó a recitar largas oraciones en hebreo. Se mecía sobre los talones, adelante y atrás, y gotas de sudor le cubrieron la frente. Parecía estar luchando con las fuerzas del mal.

María, sin embargo, no sentía nada. No le parecía que aquellas oraciones afectaran a los espíritus. Quizá no entiendan el hebreo, pensó. ¡Aunque cómo es posible que un espíritu no entienda todas las lenguas! Ésta es una de las limitaciones humanas, no de las fuerzas inmateriales.

—Por favor —dijo al final—, ¿podría hablar en arameo, la lengua común?

El sacerdote la miró sorprendido.

—Es la lengua que emplean para hablar conmigo —explicó María. Tal vez la prefirieran.

—Muy bien. —El rabino se detuvo para pensar en la traducción de las palabras rituales—. Salid de esta hija de Israel, que tan cruelmente habéis torturado con vuestra presencia. Volved a los abismos de donde provenís y dejad en paz para siempre a la sierva María de Magdala. Yo os digo que vuestro poder es inútil contra la palabra de Dios, en cuyo nombre os ordeno que desaparezcáis para siempre.

Debería sentir algo, como aquella otra vez, por breve y débil que fuera. Algún alivio, alguna liberación. Pero no ocurría nada. Los espíritus habían permanecido callados mientras durara su período de reclusión, y así seguían. ¿Tenían un lugar donde esconderse, donde las plegarias y los rituales no les podían alcanzar? La idea la sobrecogió.

—¡Salid! —ordenó el rabino en voz alta y tono imperioso—. ¡Idos! —Y levantó ambos brazos, como si quisiera invocar el poder de Dios.

María inclinó la cabeza y aguardó una señal, alguna indicación de cambio, pero no hubo nada.

El rabino parecía contento. Había concluido el ritual sin encontrar oposición y lo consideraba un éxito. Con una sonrisa, tendió la mano para bendecirla.

—Eres libre, hija mía —dijo—. ¡Da gracias a Dios!

La tarde se acercaba a su fin. María se encontraba en el muelle principal de Cafarnaún, con su pequeña bolsa de pertenencias en una mano; la otra sujetaba el pañuelo que le cubría la cabeza. Una mujer rapada era un espectáculo tan repulsivo que la gente huiría de ella.

Una tormenta feroz azotaba el puerto. En todo ese mes invernal que María pasara en reclusión el tiempo no había mejorado. Las olas corrían veloces perseguidas por el viento y estallaban contra la costa occidental, donde se extendían las ciudades de Magdala y Tiberíades. Cafarnaún, construida en el extremo más septentrional del lago, sufría menos las violentas arremetidas pero, aun así, salir a navegar era peligroso. Numerosas barcas pesqueras se habían refugiado detrás del rompeolas y en el muelle se había reunido una multitud.

Esta tarde regreso a casa, pensaba María. Iré caminando. Con el poco dinero que llevaba compró media hogaza de pan y la devoró; después gastó un poco más en unos higos. ¡Qué buena es la comida fresca!

Había vivido apartada del mundo durante tanto tiempo —o eso le parecía— que caminaba por aquí y por allí como desorientada. Quiso acercarse a la muchedumbre reunida en el muelle, impulsada, entre otras razones, por la necesidad de volver a habituarse a la gente. Pronto se dio cuenta, sin embargo, de que aquélla no era una multitud ociosa sino intensamente preocupada por algo.

—¡No han vuelto! ¡No han vuelto! —gritaba una mujer y, dirigiéndose a una barca pesquera que acababa de regresar al puerto casi anegada, preguntaba a gritos—: ¿Habéis visto a José? ¿Habéis visto a mi hijo?

Abatidos y empapados, los pescadores la miraron.

—No —respondieron—. Cuando cruzamos el lago y pusimos rumbo a la zona pesquera de Gergesa, encontramos una gran marejada. Tuvimos suerte de salir con vida. La tormenta va en aumento.

—¡Gergesa! —se lamentó la mujer—. ¡Allí se dirigía! ¿Seguro que no le visteis? ¿No visteis otros barcos?

—Sólo el barco alquilado de Natán de Magdala —respondieron los pescadores—. Pero éste es más grande y puede capear mejor las tormentas.

—¡Mi hijo estaba allí! ¡Es allí adonde iba!

María escudriñó el horizonte en dirección a Gergesa. Se encontraba en la orilla oriental del lago, allí donde la costa se precipitaba al agua en altos acantilados. Cerca de los territorios gentiles donde se erguían las ciudades griegas. Donde criaban cerdos. El porquero y su signo... La impureza, la revolución...

De repente, la visión de la costa oriental desapareció y, en su lugar, apareció una barca pequeña, asolada por las olas camino a Gergesa. Como si estuviera volando por encima de la embarcación, tan cerca que podría tocarla si extendiera la mano, vio las caras de la tripulación, que tiraba de los remos aterrorizada. Y entonces, delante de sus ojos, la barca zozobró, los hombres cayeron al agua, trataron de mantenerse a flote dando manotazos y, finalmente, desaparecieron bajo las olas.

—Tu hijo está muerto. —Una voz cavernosa y gutural pronunció las palabras—. Tu hijo ha desaparecido.

María oyó la voz y se sorprendió. Todos se habían vuelto hacia ella. Todos la miraban estupefactos.

Entonces sintió que su boca se abría, sus labios se movían, su lengua se agitaba y se formaban palabras contra su voluntad.

—Tu hijo yace en el fondo del lago. Ya nunca volverá. Tampoco sus compañeros.

La madre chilló y el gentío se precipitó hacia María.

—La tormenta durará tres días —prosiguió la voz—. Arreciará tres días. Se perderán otras dos barcas. La barca de Josué, que todavía no ha zarpado, y la de Fineas, que saldrá en busca de la primera embarcación perdida.

La muchedumbre se abalanzó sobre ella, pisoteándola, y María se hizo un ovillo bajo sus golpes y alaridos.

—¡Una bruja! ¡Una bruja!

—¡Es ella quien levantó la tormenta! ¡Tiene el Mal Ojo!

—¡Matadla! ¡Matadla!

La tiraron al suelo, luchando por quién la golpeara primero.

Una mano vigorosa la levantó, y María se encontró frente a frente con alguien que le resultaba familiar.

—¡Yo conozco a esta mujer! ¡No es una bruja! —El hombretón se interpuso entre ella y los ciudadanos iracundos.

—¿Simón? —¿Era Simón, el pescador? ¿Al que habían visto cuando Joel y ella salieron precipitadamente hacia Cafarnaún? Recordó la tortura de tener que mantener una conversación de cortesía con él. Sí, él vivía en Cafarnaún.

—A la sinagoga —dijo Simón tirándola del brazo—. A la sinagoga.

Cuando llegaron al templo la acompañó al interior, manteniendo a la gente a raya con su estatura y autoridad. Ya dentro de la sinagoga, María se acurrucó atemorizada esperando al rabino. Se le había caído el pañuelo y Simón tenía los ojos fijos en su cabeza afeitada.

—Sí, he pasado un mes aquí, cumpliendo con un voto nazirita —farfulló ella. Algo que, a todas luces, había sido ineficaz. Fue Pazuzu quien pronunció las palabras que salieron de su boca. Pazuzu, el demonio del viento, que levantaba tormentas.

—Es que... —¿Cómo explicar la situación a Simón? No deseaba hacerlo. No tenía sentido. Aunque tal vez él pudiera llevar un mensaje a Joel—. Me han poseído espíritus malignos —dijo al fin, recuperando su propia voz—. Vine aquí con la esperanza de poder exorcizarlos. Pero siguen ahí. Fueron ellos los que hablaron del pescador, ellos los que se regodearon haciéndolo. El goce de la muerte y de la destrucción. Ahora debo irme lejos, donde no pueda causar mal a nadie. Te suplico que lleves un mensaje a mi esposo. Dile que el tratamiento ha fracasado y que ahora debo hacer algo más extremo. Esperaré las instrucciones del rabino.

—Esperaré contigo hasta que venga. —Mientras Simón decía esto, entró en la sinagoga su hermano, Andrés, que les había seguido por la calle.

—El gentío quiere sangre —dijo—. Creen que eres tú la responsable de la tormenta. Y les han aterrorizado las muertes y el vaticinio de nuevas vidas perdidas.

—Estoy dispuesta a morir para librarme de estas presencias malignas, que han hecho de mi vida un infierno —dijo María. Y hablaba en serio—. Pero no debo morir por algo que no he hecho. Nada tengo que ver con esas muertes. Los espíritus malignos son mis enemigos y desean mi propia muerte tanto como cualquier otra. Si no consigo liberarme de ellos, moriré de buen grado.

La muerte era el objetivo de los demonios, la pérdida de la vida humana, de cualquier vida, su destrucción. Querían acabar con la salud y la felicidad, matar, matar, matar. Los centenares de cuerpos muertos en la guerra, los ciudadanos caídos bajo el golpe inesperado de la sica, el odio entre hermanos, entre padres e hijos, la muerte cruel de animales indefensos, caballos, ovejas, lagartijas, pájaros, serpientes. Éste era su deseo, lo que les procuraba placer.

El rabino llegó corriendo y miró a su alrededor perplejo.

—¿Qué pasa?

Fue Simón quien respondió:

—Ha habido poco menos que una revuelta en los muelles. Esta mujer habló de una embarcación perdida y reveló cosas que sólo una fuerza del mal podría saber. Predijo, además, dos accidentes que están por ocurrir en los próximos días.

Una expresión de honda tristeza cruzó la cara del rabino. El fracaso de sus ministerios le dejó anonadado.

—Esta mujer habló con voz extraña —dijo Simón—. La voz de... un espíritu maligno.

El rabino se desmoronó, se cubrió la cara con las manos y se echó a llorar.

María deseaba poder reconfortarle, pedir perdón por haberle involucrado en algo mucho más complicado y peligroso de lo que habían pensado en un principio.

—Buen rabino, sabíamos desde el principio que nuestros esfuerzos podrían ser en vano —dijo—. Dios te bendiga por haberlo intentado. Pero me hablaste, señor, de otro lugar, de un lugar en el desierto.

El sacerdote alzó la vista y la miró, sorprendido de su resolución, de su fortaleza, a pesar del fracaso del exorcismo.

—Te pido que me perdones —dijo—. Hice todo lo que estaba en mi poder.

—No hay nada que perdonar —respondió María—. Luchamos contra fuerzas oscuras y sólo podemos hacer lo mejor que sabemos. Dios no espera más de nosotros.

Simón y Andrés presenciaban la escena con expresiones inescrutables; ella, no obstante, sabía que escuchaban atentamente todo lo dicho.

—Hay un lugar en el desierto... cerca de Betabara —dijo al fin el rabino Anina—. Allí van los hombres santos para purificar sus almas. Aunque el viaje hasta allí... ¿Podrás ir sola? La distancia es larga y una mujer que viaja sola...

—Yo iré con ella —dijo Simón de pronto—. Yo la acompañaré. Siento... No sé cómo explicarlo. Siento que estoy llamado a hacerlo.

—Serán al menos tres días de arduo camino desde aquí —dijo el rabino.

—No importa —repuso Simón—. Aunque primero debo ir a Magdala para informar a su familia de los hechos. Espérame aquí, en la sinagoga. No, mejor aún, en mi casa. No está lejos. Mi esposa y mi suegra te recibirán con gusto.

A María le partía el corazón no poder ir ella misma, no poder explicárselo todo a Joel, no poder abrazar a su marido y a Eliseba una vez más. Pero su aflicción... No confiaba en sí misma, no quería exponer a Eliseba al peligro. Tenía que ir al desierto, de inmediato y en compañía de unos hombres casi desconocidos.

El rabino agachó la cabeza, abrumado por su fracaso. Gozaba de la más alta estima en su comunidad y no alcanzaba a comprender la razón de su derrota ante aquellas fuerzas oscuras.

—Al menos, puedo mostrarte el camino al desierto —dijo a María—. Allí te enfrentarás a todo, a los espíritus y a los demonios. Allí tendrás que luchar con el mismísimo Dios, como hizo Jacob. Y ten cuidado, porque los malos espíritus también acechan en el desierto. Parece que frecuentan los lugares desolados los Demonios del Mediodía, las Langostas del Abismo, Azacel, Deber y Rabis, el Cechero de Semblante Espantoso. Aunque allí se encuentra también la purificación. Una purificación mejor de la que yo pude procurarte. —Parecía a punto de llorar otra vez, y María extendió la mano para tocarle. Entonces recordó que a las mujeres les estaba prohibido tocar a un rabino... o a cualquier otro hombre, según los practicantes más rigurosos.

—Me has dado mucho —dijo al final—, y te estoy agradecida por ello. Cuando esté lista para emprender el viaje al desierto, vendremos a verte y nos aconsejarás.

Simón y Andrés la llamaron con un ademán.

—Ven, vayamos a casa. No hay tiempo que perder.

Fuera el viento arrastraba ráfagas de agua. El cielo tenía un desapacible color gris, el de las cenizas de un fuego apagado con agua. La muchedumbre, vestida de colores igualmente tristes, pardos, negros y tintos, aún bullía en el borde del muelle mientras pequeñas embarcaciones pesqueras luchaban por alcanzar el puerto.

—Cúbrete más con el pañuelo —dijo Simón, y él y Andrés se colocaron a ambos lados de ella—. Mantén la vista baja y síguenos.

—Salieron aprisa del recinto de la sinagoga y enfilaron la calle que se abría justo delante del templo. Aquél era un barrio de casas prósperas. María vio que la mayoría eran lo suficientemente grandes para incluir un patio y varias habitaciones.

Los hombres que la precedían torcieron bruscamente, ella les siguió, traspasó un umbral que conducía a uno de aquellos patios y la puerta se cerró de un golpe sordo a sus espaldas. Simón y Andrés se encaminaron hacia una de las habitaciones abiertas al recinto y María les siguió de nuevo.

—Simón. ¡Estaba tan preocupada! —Una mujer joven se acercó corriendo y tomó las manos del hombre entre las suyas. Apenas miró a nadie más.

—Tenemos una huésped —la interrumpió él con firmeza, para advertirle de la presencia de una extraña—. María de Magdala, de la familia de nuestros clientes... Acaba de cumplir un voto nazirita —explicó Simón—. Está aquí porque... irá al desierto para cumplir otro voto y nosotros la acompañaremos. —Calló por un momento—. María, te presento a mi esposa, Mara. —María la saludó con un asentimiento de la cabeza—. No debiste preocuparte, amada —añadió el hombre—. Ni se nos ocurriría aventurarnos en el lago con este tiempo.

Con un gesto, Mara les invitó a acompañarla a otra estancia.

—Os lo ruego. Pronto nos sentaremos a comer.

—Debo ir a Magdala para hablar con la familia de María —dijo Simón—. Comeré antes, porque partiré de inmediato.

A María se le hizo interminable la espera del regreso de Simón, un hombre a quien apenas conocía y que iba a Magdala a hablar de ella con su esposo. Trataba de seguir las conversaciones anodinas de los demás, cualquier cosa era preferible a una nueva manifestación de los demonios. ¡Oh, Dios y Señor, mi escudo y protección, no les permitas hablar! Sintió que sus dedos se clavaban en el elegante cojín de cuero en el que estaba sentada. ¡No dejes que hablen!, pidió.

Andrés hablaba de la pesca y de algo más, no conseguía entenderle. La tarde transcurrió con esta turbación y pronto —afortunadamente muy pronto— la condujeron a la habitación de huéspedes, una pequeña alcoba con una mesa y una lámpara.

18

Despuntaba el alba. María vio la luz tenue que se filtró a través de la ventana de su ordenada alcoba. Estaba agarrotada y tenía frío. El viento no había dejado de ulular en toda la noche, entretejiéndose con sus sueños. Las presencias. Aún estaban dentro de María; tenía que emprender un viaje para deshacerse de ellas, y alguien la iba a ayudar. ¿Quién? Trató de recordar. Los pescadores, los pescadores de Cafarnaún. Eso es.

Apartó las mantas y se vistió apresurada. Al pasar la mano por su cabeza afeitada, se le encogió el alma. Se dirigió a la cocina, donde ya estaba reunida la familia. Simón también estaba allí, tomándose un caldo. Había regresado de Magdala a primera hora de la noche.

—Vi a Joel —dijo—. Se lo expliqué todo. Lo comprendió.

—¿Qué... qué dijo?

—Naturalmente, le entristeció mucho el fracaso del voto nazirita. Dijo, no obstante, que debes emprender este viaje. Dijo que nunca debes dudar de su amor y lealtad, y que te esperará con Eliseba. También te envía esto. —Simón empujó una bolsa hacia ella, como si el objeto le avergonzara.

María lo abrió y miró en su interior. Estaba lleno de monedas.

—Para el viaje —explicó Simón—. Necesitarás cobijo, comida y quién sabe qué más... Es del todo consciente de los peligros.

Sin embargo, estaba dispuesto a dejarla marchar. Su situación desesperada era evidente a ojos de todos.

—Gracias —pudo decir al fin.

—¿Estás preparada? —preguntó Simón—. Consultemos al rabino Anina y pongámonos en marcha.

—El viaje es largo y debéis estar preparados —dijo el rabino Anina. Superada la conmoción que le produjera el fracaso de su ritual de exorcismo, parecía dispuesto a buscar soluciones. Les iba a remitir a una autoridad superior; el asunto ya no estaba en sus manos. Bosquejó un mapa en un trozo de papiro.

—Seguiréis el curso del río Jordán hacia el sur. Al menos, en esta época del año el calor no será un problema. Después de cruzar el vado que comunica Jerusalén con Amán, buscaréis el arroyo de Querit, al este del Jordán. Allí hay muchas cuevas, donde los hombres santos buscan la soledad. —Calló por un momento—. Y allí, hija mía, habrás de confiarte a la bondad del Todopoderoso. Su poder es mayor en aquellas tierras y su presencia mucho más cercana que aquí, en la ciudad.

—¿Querit? —preguntó Simón—. ¿No es allí donde...?

—Sí, es allí donde Elías fue alimentado por el cuervo —explicó el rabino Anina.

—Pero, ahora, ¿no es allí donde predica aquel profeta...? ¿Cómo se llama? El que llama al arrepentimiento.

—Juan el Bautista —respondió Anina secamente—. Aunque no tenéis por qué verle. En realidad, no debéis hacerlo. Está siempre rodeado de multitudes, y es lo último que necesitáis. Nada de gente, sólo soledad. —Empujó hacia María una pequeña bolsa que contenía material de escritura—. Debes escribir todo lo que te ocurrirá allí; fortalecerá tu dedicación.

Salieron de Cafarnaún a media mañana y enfilaron el camino que rodeaba la orilla oriental del lago. María no se sentía capaz de pasar por Magdala, ver el almacén o —aún peor— su propia casa y luego atravesar Tiberíades, morada de dioses extranjeros. No, sería mejor seguir el camino del este, donde vivían los cerdos y los gentiles.

Pronto cruzaron el río Jordán en un punto donde fluía borboteando entre cañaverales.

—Las aguas del Jordán están frías aquí —dijo Andrés—. Bajan del norte. Se siente la nieve en ellas. —Calló por un momento—. Adelante —dijo a María—. Baja a la orilla y mete la mano en el agua.

Con cierta vacilación, se abrió camino hacia la orilla embarrada. El agua se precipitaba en remolinos de espuma parda. Asiéndose de una rama baja, María estiró el cuerpo y mojó la mano. El agua estaba helada.

Siguieron bordeando el lago y pasaron por las afueras de Betsaida, que parecía muy próspera y atractiva. María se preguntó si pasarían allí la noche pero, antes de que pudiera verbalizar su pregunta, Andrés dijo:

—Acamparemos un poco más abajo, junto al lago.

La perspectiva no le pareció muy halagüeña. Preferiría pasar la noche al abrigo de unas paredes, siendo el tiempo tan frío y lluvioso. Se dio cuenta de que nunca había dormido al aire libre en invierno.

—Quizá busquemos una posada cuando pasemos por Galilea —explicó Andrés—. Aunque deberíamos guardar nuestro dinero para los territorios infestados de bandidos, donde es peligroso dormir a la intemperie.

A la caída del sol llegaron al pueblo de Gergesa, un pueblo grande y afanoso, con muelles bulliciosos, un edificio enlosado donde recibir el pescado y una impresionante cisterna de agua dulce para guardar peces vivos. Aquélla era la mejor zona de pesca y despertó la curiosidad de María.

Aunque también era la zona donde se había perdido la barca durante la tormenta y, al acercarse a la luz crepuscular, vieron que había sucedido algo más. Oyeron gritos y lamentos, y supieron que otro barco había desaparecido.

María oyó los murmullos de la gente. Era el barco de Josué, tal como predijeron las presencias. Quizá también el de Fineas, que salió en busca de José. No podía soportar oír ni ver nada relacionado con aquellas pérdidas, con las que se sentía relacionada, aunque sólo como vidente. No puedo llevar esta carga, pensó.

Era casi de noche cuando dejaron atrás Gergesa y sus muelles. El viento les azotaba con tal fuerza y estruendo que no podían hablar. Las márgenes del lago resonaban con el estallido del oleaje. De repente, un grito penetrante se hizo oír por encima del viento y las olas. Un grito trémulo, agudo y lacerante.

Se detuvieron y miraron alrededor pero no pudieron ver nada. Estaban transitando por una zona sembrada de peñas, algunas más altas que un hombre. En la oscuridad creciente, sus formas se confundían con las sombras de los viajeros y la lluvia torrencial emborronaba la vista. Entonces la silueta oscura de un hombre se precipitó de detrás de una peña, gritando y blandiendo un garrote.

Se lanzó contra Simón y le agarró de los pies, y éste huyó con un grito de miedo, sin mirar atrás para ver dónde estaban sus compañeros. Andrés cayó sobre el atacante y lo inmovilizó en el suelo pedregoso, pero el hombre siguió dando golpes rítmicos con el garrote, como si quisiera convocar a los espíritus. De su boca salía una extraña retahíla de sonidos. Finalmente calló y el garrote cayó al suelo.

Andrés le soltó con cautela y, para su asombro, vieron que estaba totalmente desnudo. La lluvia le atizaba, su cabello estaba empapado y su barba chorreaba agua, pero él no parecía darse cuenta.

¡Un endemoniado! ¿Cómo pudieron olvidar que a los poseídos les desterraban a las afueras de Gergesa? ¿Cómo tomaron la decisión de pasar por allí después del anochecer?

María miró las muñecas del hombre, apresadas en argollas metálicas, de las que pendían cadenas rotas.

—Paz, amigo —dijo Simón jadeando, a la vez que hacía señal a los demás que avanzaran y se reunieran con él un poco más abajo, en la playa. En su voz latía el miedo—. Paz. Vete en paz.

El hombre volvió a incorporarse de un salto y gruñendo se lanzó contra María y Simón, que consiguieron zafarse y corrieron a toda la velocidad de la que eran capaces a lo largo de la costa pedregosa, siguiendo a Simón. El hombre se dejó caer con aire desesperado, como si renunciara a la esperanza de poder atraparles o conseguir que le escucharan. Agachó la cabeza bajo la lluvia y aulló como un perro.

—Esta zona... —dijo Andrés con voz temblorosa cuando se encontraron a una distancia prudente—. Me olvidé de que aquí se reúnen los afligidos y amenazan a los viajantes.

—Sí, normalmente, venimos hasta aquí en barca. Viajar por tierra es muy distinto. —Simón miró a su alrededor. Esperó hasta recobrar el aliento, tratando de recuperar la compostura y vencer el miedo—. Tenemos que dejar atrás esta zona antes de pensar en acampar para la noche.

—Estos... afligidos —empezó a decir María.

—Están todos poseídos por los demonios y no pueden vivir entre la gente normal. Son peligrosos. Sólo pueden vivir entre las rocas, a orillas del lago. —Simón seguía escudriñando la penumbra, respirando pesadamente.

Una obra de los demonios. De modo que éste era su objetivo: reducir a las personas a ese estado lamentable, dejarlas indefensas ante los elementos, forzarlas al destierro y el abandono.

—¿De qué se alimentan estas almas perdidas? —preguntó María.

—Sus parientes y la gente de la ciudad trae comida y la deja en un lugar seguro. Pero no se atreven a esperar. —Hizo una pausa y añadió—: De todas formas, algunos mueren de hambre.

Quizás éste sea mi destino, pensó María. Quizá dentro de un año me encuentre aquí con ellos, escondida entre las rocas, incapaz de hablar de manera coherente.

Acamparon bajo un pequeño sauce, lejos del área de los locos, a la luz de una única linterna. Algunas ramas de los arbustos que les rodeaban les permitieron encender un pequeño fuego y encontrar cierto consuelo al resplandor vacilante y humeante de sus llamas. Cenaron lo que habían traído de Cafarnaún y después trataron de dormir envueltos en sus mantos.

El suelo era duro e irregular, y María sentía cada piedra y relieve en los costados. Las olas chapoteaban con ruido en la orilla y la lluvia acrecentaba el estrépito. Pero no hubo más aullidos de locos, y el sauce, que habían cubierto con una manta para formar una especie de tienda, les ofrecía un refugio de aquel mundo aterrador y confuso.

Con las primeras luces de la mañana, el lago apareció calmo y apacible. La lluvia había cesado, el viento, amainado, y el sol luchaba por asomar entre las espesas capas de nubes.

Se pusieron en camino de inmediato. Al mediodía llegaron al punto donde el Jordán nace del lago e inicia su tortuoso recorrido a través de tierras salvajes, hasta desembocar en el mar Muerto. Aunque la franja de terreno que bordeaba el río era verde, el resto del paisaje tenía un desolado color arenoso. A partir de allí, se adentrarían en un territorio yermo, surcado por cañones y asolado por bandidos y bestias salvajes por la noche. Asieron con fuerza sus bastones —las únicas armas que llevaban— y se ajustaron las túnicas para ocultar el dinero, atentos a cualquier movimiento brusco en los alrededores. A lo lejos divisaron otros pocos viajeros desamparados pero, aparte de ellos, parecían estar completamente solos, con excepción de los cuervos, que les observaban con mirada impasible.

Caía la noche cuando distinguieron los contornos de un caravasar delante de ellos, y aceleraron el paso para llegar antes de que estuviera totalmente oscuro. Se encontraban cerca del punto donde las caravanas comerciales cruzaban el Jordán en su ruta de este a oeste. Los viajeros solían buscar cobijo en aquellos refugios, que no ofrecían mucho más que unas paredes que les protegieran de los bandidos y las bestias salvajes, un lugar donde descargar los animales y un rincón donde dormir. El recinto estaría abarrotado, y sólo les quedaba esperar que hubiera sitio para tres más.

El propietario se disponía a cerrar las puertas cuando se deslizaron en el recinto lleno de camellos, asnos y mulos. La gente estaba encendiendo fuegos para cocinar. Buscaron un lugar donde dormir en el interior del edificio desnudo o bajo los aleros. Allí se habían refugiado todo tipo de viajeros, desde comerciantes extranjeros que hablaban nabateo, etíope o griego hasta soldados romanos y unos jóvenes peligrosamente parecidos a sicarios. También había algunos que debían de ser peregrinos. Éstos viajaban en busca del lugar sagrado donde Elías ascendiera al cielo.

María sentía curiosidad por la gente que se disponía a dormir a su alrededor, pero estaba demasiado cansada para observarles. Cenó muy poco y se acostó, escuchando el aullido de los chacales y otras fieras del otro lado de los muros, y agradecida de estar fuera de su alcance.

Llegó una nueva madrugada, la tercera desde que emprendiera el camino del exilio. Podía oír los gruñidos y los resoplidos de los camellos que esperaban su comida en el patio exterior, así como la algarabía de la gente que se alistaba para salir. Sólo entonces cayó en la cuenta de que allí no había más mujeres. ¿Qué vida extraña le tocaba vivir? Encontrarse en lugares donde no había mujeres, correr el riesgo de la soledad, de ser abandonada en el desierto.

Abandonada por la religión, que no puede ayudarme... Abandonada a la débil esperanza de una vida normal... Y, pronto, abandonada por estos hombres, que me acompañan en un viaje que todos tememos será mi último...

Cerró los ojos y trató de mantenerse erguida, de impedir que la sacudieran los sollozos. ¡Mi esposo! ¡Mi hija!, se lamentó entre lágrimas. Tuve que dejarles... ¡para esto!

Un camello irritado giró de pronto y la atizó con la cola, como si quisiera avergonzarla aún más.

Y estos hombres... Simón y Andrés. ¿Qué sé de su vida? Recuerdo que Casia se reía de ellos, decía que olían mal. ¿Por qué hacen este viaje conmigo? Hablan muy poco.

Aunque yo hablo aún menos, pensó.

Ahora la llamaban con ademanes. Había llegado el momento de partir, de enfilar el camino que bordeaba las matas de espino que crecían junto a las márgenes sinuosas del río. La muchedumbre había aumentado y se dirigía al vado que les permitiría cruzar el río y emprender el camino del oeste, a Jerusalén, o del este, a Amán.

De nuevo oscurecía cuando, a última hora de la tarde, llegaron a su destino, un cañón árido estriado de barrancos, tachonado de cuevas y ribeteado de grietas en lo alto. De algunas de las aberturas de las paredes del cañón salían delgadas columnas de humo que se rizaban contra el fondo rojo de las rocas.

—Los hombres santos —dijo Simón—. Que se han retirado de la vida mundana.

—Te ayudaremos a encontrar un lugar adecuado —añadió Andrés.

—¿Estáis seguros... de que éste es el sitio del que habló el rabino? —preguntó María. Le parecía tan aciago y aislado. ¿De qué se alimentaría? Allí no había más que algunos matorrales secos y unos cuantos árboles marchitos y retorcidos.

—Sí, éste es el sitio exacto. Es aquí donde se escondió Elías y fue alimentado por los cuervos.

—¿Crees que los cuervos me alimentarán a mí también? —Qué necia había sido al emprender este viaje sin ningún preparativo. El dinero que le envió Joel de nada serviría allí. Ni los cuervos ni los buitres ni las lagartijas se lo aceptarían a cambio de comida. Le pareció evidente que los espíritus malignos la habían impulsado a salir desprotegida por demás. La mejor manera de atacarla.

—Te dejaremos nuestra comida y nuestra bebida —dijo Simón. Descolgó la bolsa del hombro y se la tendió—. ¡Andrés! —Ordenó a su hermano que hiciera lo mismo.

—Sois muy amables pero... ¿cómo sobreviviréis? —A María le pareció un gesto temerario, aunque estaba tan asustada que lo aceptaría de buen grado.

—Nos las arreglaremos. Conseguiremos comida un poco más abajo, en el vado. Allí cruza mucha gente, no será difícil. —Simón parecía convencido, pero ella ya sabía que eso no era garantía de nada.

—¡Mira, éste es un buen lugar! —Andrés señaló una pequeña cueva que estaba en lo alto del cañón, aunque era de fácil acceso; hasta ella conducía un sendero que trepaba por la pendiente empinada.

El interior estaba seco y parecía un sitio adecuado para vivir.

—Hemos sido afortunados al encontrarlo enseguida —dijo Simón.

No sólo es impulsivo, pensó María, también es optimista. No parece ver los inconvenientes.

—Ahora te ayudaremos a instalarte —dijo Andrés. Abrió su bolsa y sacó una manta, un odre, una bolsa de higos secos y de tortas de higos, y pescado salado. Le dio yesca y astillas para que pudiera encender un fuego. Hasta recogió dos cargas de leña para ella.

—Nos... sabe mal dejarte así —dijo Simón—. Pero sabemos que es necesario para que sanes. Mientras haya otras personas contigo, no podrás afrontar lo que tienes que afrontar. Estaremos, no obstante, junto al vado. Allí te esperaremos muchos días. Si nos necesitas, ven a buscarnos.

—Pero... ¡la pesca! —¿Cómo podían quedarse lejos de Cafarnaún por un período indefinido?

Andrés se encogió de hombros.

—Nuestro padre sabe arreglárselas. Puede contratar a otros que nos sustituyan.

¿Era eso cierto? ¿O sólo intentaban ser amables?

—Quédate aquí —la animó Andrés—. Reza. Haz lo que tienes que hacer. Cuando estés lista ven a buscarnos junto al vado y te acompañaremos de vuelta a Galilea.

Entonces tendrían que esperar... ¿cuánto tiempo?

—No sé cuánto tiempo estaré aquí —dijo María—. Por favor, pasados unos días debéis regresar junto a vuestro padre.

—No te preocupes por nosotros —la tranquilizó Andrés—. Nos interesa el vado y los peregrinos que lo frecuentan. Por muchos días que pasen, no será un problema para nosotros.

—Llevaos esto —María puso la pequeña bolsa con sus pertenencias en las manos de Simón—. No lo quiero. No lo necesito. —No importa lo que dijera el rabino, ella no pensaba escribir nada. Su batalla contra los demonios no le dejaría margen para ello. Tampoco necesitaría el dinero ni nada más que fuerza de voluntad.

19

Se hizo un humilde hogar en la cueva. Encendió un pequeño fuego para mantener alejados a los animales salvajes y se preparó un lecho con la manta, con una piedra como almohada. Pero estaba asustada: el fuego sólo servía para iluminar los agujeros dentados del techo de la cueva, donde podría esconderse cualquier bicho. La soledad y el frío de la noche la envolvían en un manto de desesperación. Estaba sola, atrapada con los espíritus. ¿Cómo pudo pensar el rabino que así encontraría la salvación?

Si Dios estaba allí, ella no podía sentir Su presencia. No podía sentir nada más que miedo y desolación. Había llegado al final de su vida. La niña pequeña que había recogido el ídolo cediendo a la curiosidad se había convertido en una mujer poseída por los demonios, exiliada de su propia casa, atormentada y conducida hasta ese lugar vacío de esperanzas.

Aquí moriré, pensaba, lejos de mi hogar, y mi hija ni siquiera me recordará cuando crezca. Sólo sabrá que su madre no fue capaz de cuidar de ella, y que luego murió. Joel se volverá a casar, su nueva esposa sabrá consolarle y será una madre para Eliseba, y se olvidarán de mí. Mi padre y mi madre llorarán mi muerte, pero tienen otros hijos y nietos, y me recordarán como se recuerda a los parientes perdidos. Al principio a menudo, y después cada vez menos.

¡Oh, desesperación! Tú también eres un demonio. Pero, si lo que pienso es la verdad, ¿puedo considerar que la desesperación es un pecado? Lo que es verdadero nunca puede ser pecado. Belcebú es el padre de la mentira, por lo tanto, si comprendo la desesperanza de mi situación y la siento en el corazón, no se trata de un pecado sino de la triste verdad. Belcebú me atormentaría con falsas esperanzas. El pecado, en este caso, es la esperanza, no la desesperación. Es la esperanza la que es falsa.

Pero he venido aquí para rezar, para purificarme, pensó. Me lo aconsejó alguien que es buen conocedor de mi aflicción. Voy a obedecer. Voy a seguir su consejo. Lo haré.

En ratos de vigilia angustiada, interrumpidos por sueños inquietos, María pasó la noche rezando. El fuego se había apagado hacía rato y sólo quedaban sus rescoldos humeantes. Tenía hambre y frío, y le costaba distinguir los sueños de la fatiga y el mareo producidos por el prolongado ayuno. No se atrevía a interpelar directamente a los espíritus sino que recitaba cuantos salmos podía recordar, arrepintiéndose de no conocerlos todos de memoria sino tan sólo versos sueltos e inconexos.

«Me acuesto para dormir; me vuelvo a despertar porque el Señor me ampara. No temeré a las decenas de miles que me acosan por todos los costados.»

Sí, probablemente era cierto, había huestes de demonios, ejércitos enteros de espíritus malignos acechándola por todas partes. La plegaria, sin embargo, los veía acorralándola desde fuera, no desde dentro.

«Él es mi protección y mi refugio. Él es mi Dios y en Él confiaré. Él me acogerá en la sombra de Sus hombros, en Sus alas confiaré. Su verdad será mi escudo; no temeré los terrores de la noche. No temeré la flecha que atraviesa el día, ni los factores que deambulan por la noche, ni la invasión, ni al Demonio del Mediodía.»

Estas palabras significaban que Dios vigila y nos protege a todas horas y de todos los peligros. Aunque, de nuevo, se trataba de peligros que acechan desde fuera. ¿Qué hay de los terrores que anidan dentro de nosotros?

La madrugada llegó y la encontró aterida, débil y entumecida. Tuvo que hacer acopio de todas sus fuerzas para arrastrarse de debajo de la manta y acercarse al odre para beber un poco de agua. ¿Se suponía que debía guardar ayuno? ¿Le estaba permitido beber? ¿O tenía que quedarse allí tirada, rezar y luchar con los demonios hasta morir?

Los hombres y las mujeres santos ayunan. Los profetas ayunan. La reina Ester ayunó antes de acercarse al rey, y Jonás dijo a los pecadores de Nínive que debían ayunar. Se supone que Dios contempla con benevolencia a los que ayunan. Aunque tiene que haber un modo apropiado de hacerlo. ¿Por qué no se lo había explicado el rabino? Pasar sin comer no es lo mismo que ayunar. Los mendigos pasan sin comer y no se consideran más santos por ello. Al contrario, ansían poner fin a su privación y el que les procura alimento realiza una buena acción.

Arrancó un trozo de pan seco y lo engulló con voracidad. Podía distinguir el sabor de cada cereal por separado, o eso le pareció. Se sentía avergonzada de tener tanta hambre, pero era incapaz de recordar cuándo había comido con normalidad por última vez. Estiró el brazo y contempló sin sorpresa su delgadez. Con la cabeza rapada y el cuerpo enjuto, nadie la reconocería como María, el orgullo de su esposo, una de las mujeres consideradas bellas en Magdala. No, esta criatura sufrida pertenecía más a los buitres y los escorpiones del desierto. Aunque ni siquiera un buitre le dirigiría una mirada de deseo.

Comió otro pedazo de pan y arrancó un trozo del pastel de higos. Era compacto y sabroso, y parecía enganchársele en la garganta. Bebió más agua para ayudarse a tragar.

Ahora que estoy algo repuesta, dijo a Dios, renunciaré voluntariamente a todo alimento hasta que me envíes una señal; hasta que me libres del mal y mis pecados sean expiados. Seré Tu sierva y no emprenderé acción alguna hasta que me tiendas la mano para rescatarme.

De pronto, sin embargo, resonaron en su mente las palabras de la Torá: «No pondrás a Dios, tu Señor, a prueba, como hiciste en Masá.»

No pretendo ponerte a prueba, pensó; única y humildemente te pido una señal.

Se quedó quieta, envuelta en su manto, buscando la paz interior. He llegado al último de los remedios, se dijo. Estoy aquí, abandonada y desposeída, suplicando ayuda. Si no la recibo, al menos sabré qué me espera. Y esta claridad le daba cierta sensación de paz.

Hacía mucho que la madrugada había cedido su lugar a la mañana; ahora el sol trepaba hacia el cenit y las sombras se hacían más oscuras en el interior de la cueva. María seguía sentada, tratando de permanecer inmóvil y con la mente despierta para el combate. Pero no estaba preparada en absoluto para el susurro quedo que le dijo:

—Sabes que todo esto no sirve de nada. Es inútil. Es una necedad correr tras el viento, como dicen las escrituras. Todo lo que haces es estúpido y está condenado al fracaso. No tiene ningún sentido.

La idea —porque le pareció una idea, y muy razonable, por cierto— traspasó los portales de su mente que estaban resguardados contra intrusos más obvios y desbocados.

—Este lugar es inútil —prosiguió el murmullo—. Es odioso. Todos te han abandonado, después de inducirte a un ejercicio que no cumple propósito alguno. Entretanto, tu hija te echa de menos y tu marido mira a otras mujeres, pensando que tú no eres una buena esposa. No queda bondad en los seres humanos. Cuando alguien te sugiere un curso de acción, lo hace sólo para satisfacer su propia vanidad. Abandona esta empresa. Nada te puede aportar.

María miró al sol. Parecía no haberse movido. Ese día resultaba interminable, duraba una eternidad, no tenía fin.

—Pero tú sí lo tienes —susurró la voz—. Estás aquí arriba, y el suelo rocoso allí abajo. Pon fin a esto. Y a la lucha y a la vida necia con la que tienes que lidiar. De todas formas, así terminará todo. En una muerte solitaria, sin respuestas, con dolor y esfuerzos malgastados.

Miró el fondo pedregoso del cañón, tachonado de árboles dispersos y retorcidos y de ásperas matas. Si se tiraba tomando impulso, su cuerpo dibujaría un amplio arco en su caída, no chocaría contra las rocas de la pendiente, ni se golpearía contra los riscos ni rebotaría, sería una caída limpia, el cuello roto y el aleteo de los buitres.

El sol había alcanzado su cenit, eliminando las sombras. No había sombras. Era mediodía. El Demonio del Mediodía... ¿De eso se trataba? «No temerás al Demonio del Mediodía», rezaban las Escrituras. Aquella sensación de desesperación total, de derrota definitiva, de saber que cualquier esfuerzo era más que inútil, que ni siquiera existía... ¿podía ser obra del Demonio del Mediodía? Era tan distinto a los demás, tan sutil y poco definido. No parecía una presencia extraña sino una parte integral de su propia mente.

El Demonio del Mediodía: golpeaba en el mismísimo corazón de la vida y la acción, drenaba sus energías, la inducía a poner fin a su vida. La sugerencia de tirarse por el precipicio sonaba totalmente razonable.

Ahora ya casi podía verlo, podía vislumbrar el demonio de las horas de mayor actividad: era un gusano que se introducía en el corazón de todo esfuerzo, un chancro que carcomía la existencia desde dentro, que consumía el espíritu vital en su mismísima fuente.

El Demonio del Mediodía se había instalado en ella. Ahora era la cautiva de cinco demonios, todos diferentes, todos únicos en los tormentos que le infligían. Su llegada al desierto sólo había servido para atraer a nuevos espíritus.

Demonio, te doy un nombre, pensó. Eres Desesperación. Porque eres el espíritu mismo de la desesperanza y te has apoderado de mi alma.

El sol siguió ahora su curso —con lentitud extrema, casi retenido por ese demonio— a través del cielo, declinando hacia el oeste, conduciendo el día hacia su fin.

En la creciente penumbra, el cañón y los barrancos de allí abajo se tiñeron de violeta y después de púrpura, y María tuvo la sensación de que estaban plagados de espíritus.

Sé que tengo la capacidad de ver los espíritus, pensó. ¿Acaso no vi el fantasma de Bilhá en mi propia casa, en mi propio pensamiento? Pero los espíritus tenebrosos, los que moran en Seol, las sombras que nada conocen y son sólo sombras... ¿serán un eco de las penumbras del fondo del valle?

Estaba muy hambrienta. Ni sus votos ni sus oraciones conseguían aplacar su apetito.

—Hice una promesa —dijo en voz alta—. Prometí y mantendré mi promesa.

Cayó la noche. María decidió irse a dormir, dormir para olvidar el hambre y el miedo. Entró despacio en la cueva, extendió la manta y se acostó. Estaba oscuro, una oscuridad cerrada que no parecía tener fin. No obstante, pensó que era justo que se encontrara envuelta en aquella oscuridad. Su vida en Magdala, la luz del sol, su matrimonio, las celebraciones de Pascua, todo parecía un sueño. Su destino eran las tinieblas, éste era su sino: desolada, la cabeza afeitada, hambrienta, acostada bajo una manta fría en el interior de una cueva perdida en el desierto, rodeada de presencias invisibles y de amenazas sin nombre.

¿Habría murciélagos en la cueva? Podía oír el susurro de sus alas. El susurro de unas alas. ¿Estaba dormida? ¿O estaba despierta?

A la mañana siguiente, al abrir los ojos, vio una gran ave de carroña posada en el borde de la cornisa quebrada que conducía a la entrada de la cueva. Tenía el pico curvo y la cabeza calva y arrugada, y plumas que relucían y centelleaban con malévolas iridiscencias, aunque no había sol. Las plumas parecían latir y expandirse ante sus propios ojos.

María se incorporó sobre un codo y entrecerró los ojos para ver mejor. El ave ladeó la cabeza y le devolvió la mirada.

Tenía una sed terrible. Intentó ponerse de pie pero se mareó y tuvo que gatear a cuatro patas hasta el odre de agua, para tomar un largo sorbo. El ave no se inmutó ni pareció sentirse amenazada por los movimientos de María. Siguió mirándola fijamente.

Ella se secó los labios agrietados con el reverso de la mano. Los ojos del ave estaban clavados en ella y, por primera vez, pensó en la fuerza que debía de tener aquel animal. Sus ojos relampaguearon y el ave flexionó las garras, que eran feas, enormes y torcidas. Se encrespó y ahuecó las plumas, que parecían casi luminosas.

Abrió el pico y emitió un sonido extraño, no tanto un graznido como un grito de deseo. Sonó tan obsceno de boca de aquella criatura que María retrocedió. El ave dio dos saltitos hacia ella, haciéndole sentir el peso que ponía en cada pierna.

Cogió una piedra para tirársela. El ave observaba su lecho y ahuecaba las plumas de nuevo, como si se dispusiera a avanzar. No debía acercársele más; no, no se lo permitiría. Era evidente que era demasiado grande para ella, tenía casi el tamaño de un cordero, aunque pareciera imposible. Pero su sombra definía las proporciones de su cuerpo, y eran enormes.

Le tiró la piedra, y ésta golpeó al ave y rebotó lejos. Apenas le desordenó unas plumas. Ahora la criatura estaba enfadada; volvió la cabeza salvaje y el pico feroz hacia ella y avanzó a saltos, extendiendo sus terribles alas. María no tenía armas. Cogió una rama nudosa de la pila que Andrés recogiera para ella y la blandió como si fuera un palo.

Con un graznido espeluznante, el ave se lanzó volando contra ella, las garras prestas. María se tiró al suelo para esquivarle pero la puntería de la bestia era infalible. Le golpeó con fuerza en las garras con el palo improvisado, pero apenas la desvió de su trayectoria. El ave le clavó las garras en el hombro y arremetió repetidas veces con el pico, tratando de desgarrar su piel. Podía percibir el hedor nauseabundo de la carroña que había pasado por su boca y que ahora emanaba de ella como de una tumba abierta. Era la fetidez de carne de cabra descompuesta, la pestilencia de ratas muertas y podridas, el tufo de restos animales crudos mezclados con vísceras de pescado de los vertederos de los hombres. La propia ave parecía hecha de carnes putrefactas porque, cuando María la agarró del cuello, su mano se hundió en una masa viscosa. Bajo las plumas sólo había corrupción y descomposición.

Aquella ave no era real. Ninguna criatura viviente está hecha de carnes muertas.

María cayó en la cuenta mientras luchaba por mantener el pico lejos de sus ojos, donde aquélla trataba de hundirlo y picotear. Le apretó el cuello, que no era más que tendones babosos, y sus dedos lo atravesaron y se juntaron.

Los otros no eran tangibles como éste, gritó para sus adentros. Eran espíritus, venían y susurraban y se arremolinaban a mi alrededor como el humo, pero no...

El hedor pútrido del ave la envolvía; estaba mareada y sentía náuseas. Notó que sus dedos se deslizaban del cuello viscoso y que sus pies pateaban el duro bajo vientre del animal, hundiéndose en él, porque no era más que una masa de putrefacción gelatinosa. Allí quedaban atrapados y no podía sacarlos. El ave iba a absorberla en su cuerpo.

—Soy la corrupción y la muerte —decía el pico—. Soy Rabisu, el Cechero de Semblante Espantoso.

La forma de Rabisu... Nadie sabía exactamente qué aspecto tenía ni cuál era su labor. ¿No lo había mencionado el rabino? ¿No le había prevenido contra él?

El pico bajó como un cuchillo y pareció hundirse en su pecho. María vio su espantosa lisura, la barba que relucía como intestino derramado, la cabeza calva que arremetía hacia abajo.

El dolor fue lacerante, el pico, afilado como una lanza. El ojo funesto y destelleante giraba y la miraba impávido, como si quisiera traspasarla con la mirada. No parecía tener pupila, era todo negro, negro, negro.

Entonces... cuando el pico se metió en su cuerpo, deslizándose como un buzo en el agua, el dolor cesó y María ya no oyó nada más, y perdió el conocimiento encima de la manta.

Mediodía. Los rayos del sol caían verticales cuando volvió a abrir los ojos. Al principio no sabía dónde estaba ni qué le había ocurrido, pero enseguida vino el recuerdo. Contuvo el aliento, sorprendida de que su pecho no estuviera partido en dos. Vacilante, levantó la mano y se palpó, esperando encontrar una herida enorme. Pero no había nada. Ni siquiera un rastro de agresión.

¡El buitre! Rápidamente miró si había huellas de sus patas y desde luego vio muchas, tanto sobre la repisa de roca como en el interior de la cueva, y seguían una fatal secuencia de pasos hacia donde yacía ella. Huellas anchas y grandes, todas terminadas en una triple y poderosa garra.

Tragó saliva para respirar mejor y sosegar su corazón desbocado. El ave... un nuevo demonio. ¿Dónde estaba? ¿Adónde había ido?

Tan pronto formuló en su mente la pregunta, supo la respuesta. Estaba con los demás. ¿Acaso no le había visto entrar en su cuerpo?

—Claro que sí. —La voz, temblorosa como salida de una boca deshecha y descompuesta, sonó por vez primera en su interior—: Aquí estoy. Vine porque me invitaron los otros, me dijeron que eres cómoda de habitar. Nos gusta tener compañía y solemos llamar a los amigos cuando encontramos un anfitrión apropiado.

—¿Quién eres? —pudo preguntarle. Ya no tenía miedo. Estaba más allá del miedo. ¿Qué importaba si le dirigía la palabra?

—Ya me llamaste por mi nombre —respondió el demonio—. Lo pronunciaste correctamente en tu pensamiento. ¿No te acuerdas? Inténtalo.

El único nombre que había pronunciado era... el Cechero.

—Sí, eso es. Aunque también usaste mi nombre propio —le recordó la voz con severidad—. Los nombres son muy importantes. Confieren poder. Los nombres nos diferencian. Di mi nombre verdadero. Vamos, vamos. De sobra lo conoces.

—Rabisu —susurró María.

—Sí —murmuró la voz aterciopelada, como el arrullo de un amante y, al oírla, le pareció percibir el hedor de la podredumbre, como si aquella fuera la voz de la putrefacción.

—Tú llevaste a Caín a la destrucción —dijo.

—¡Sí! ¡Me conoces de la Torá! —respondió la voz—. Muy bien. Sabes que soy antiguo, sabes qué he hecho y conoces las maldiciones que traje a la humanidad. Soy venerable y honrado entre los demonios.

María oyó el eco del engreimiento en sus afirmaciones.

—La Torá habla poco de ti —dijo—. Apenas te menciona. Sólo dice: «Entonces el Señor dijo a Caín: ¿Por qué estás tan triste y enfadado? Si haces el bien, serás aceptado. Si no, el pecado es un demonio que acecha a tu puerta. Ansiará poseerte, y tú serás su siervo.»

—Y lo hice —repuso la voz—. Le poseí, y él mató a su hermano, y ya sabes cuántas desgracias le acarreó su acto.

—¿Estás aquí para matarme a mí también? —La proximidad del fin le resultaba consoladora. Había agotado sus recursos, había llegado al final de toda esperanza. Su última ilusión, la de ayunar y purificarse en el desierto, sólo le había acarreado más demonios. Ella era demasiado débil para luchar y vencerlos, y su interior era ya más de los demonios que de ella misma y, tal como dijera Rabisu, ellos se comunicaban e invitaban. No. Sólo había una vía de escape de todo eso.

Supongo que Simón y Andrés me encontrarán y se lo contarán a Joel y... por fin terminarán esta tortura y este asedio.

—Tal vez —murmuró Rabisu—. La muerte es lo que se nos da mejor y a todos nos gusta matar.

—¡Hacedlo, entonces! —le desafió María. Estaba preparada. Pero nada sucedió.

Esperó acuclillada, apoyada en la roca. Había tantas presencias en su interior que se sentía como una carcasa podrida, cubierta de gusanos, como si María de Magdala no fuera más que un receptáculo que contenía a Asara, a la voz blasfema, a Pazuzu, a Hequet, al Demonio del Mediodía y a Rabisu. Todos ellos bullían en su interior. La henchían cual fetos alojados en su vientre aunque, a diferencia de los niños, ellos estaban en todas partes, invadían cada porción de su ser.

¿Conversaban unos con otros? ¿Se peleaban? ¿Discutían acerca de ella? No tenía la menor idea de sus actividades. Sólo le hablaban para atormentarla y ella no podía oír las conversaciones que mantenían entre sí.

Estoy tan destruida como un manto apolillado, que cae en pedazos cuando uno intenta levantarlo, pensó. Únicamente soy un contenedor de mal. Por eso debo morir en el desierto, lejos de aquellos a los que podría perjudicar. Con razón me envió aquí el rabino.

Con el paso de las horas las presencias se turnaban en manifestarse, susurrando su nombre, recordándole su existencia. María ya reconocía la voz particular de cada uno y no necesitaba pedirles que se identificaran.

—Ya no necesitas perder el tiempo conmigo, Rabisu —le susurró—. Yo no soy nada. He dejado de existir. Es inútil acechar delante de mi puerta. No tengo puerta. La única puerta que me queda es el umbral de la muerte, y lo traspasaré para no volver más.

El sol trazó su arco en el cielo y las sombras se mudaron en el paisaje, mientras María permanecía inmóvil como una estatua.

Llegó otra vez la noche. La hora de dormir o, mejor dicho, de acostarse. Las horas se confundían. María intentó rezar, pero las palabras no acudían a su mente y se sentía demasiado débil. Casi desmayada sobre el jergón, cerró los ojos.

Justo antes del alba, cuando la noche se transforma en madrugada, las estrellas seguían brillando en el firmamento y la luna menguante se deslizaba por el cielo, proyectando sombras tenues sobre las rocas. María lo veía desde donde yacía, débil y decaída. Entonces percibió un pequeño movimiento en el borde de la repisa, una especie de revoloteo titilante. Mil cuerpos diminutos trepaban por el borde de la arista.

Se incorporó apoyándose en un codo. Sintió que su brazo temblaba, tan débil que apenas sostenía su peso. Se arrastró hacia la repisa para ver mejor. La luz de la luna se reflejaba en el pequeño ejército que invadía la roca.

Langostas. Sus armaduras relucientes y duras, las pequeñas antenas que oscilaban en su cabeza, las anchas mandíbulas... No era la primera vez que veía langostas, ya las conocía. ¡Pero éstas! Sus ojos eran enormes y reflejaban la luz de la luna en centenares de prismas diminutos, sus patas traseras parecían gigantescas. Eran capaces de dar saltos formidables, y una de ellas hizo precisamente esto, aterrizando en el interior de la cueva. Otras la imitaron. Pero el ejército principal seguía rebosando el borde de la arista, avanzando cada vez más.

Langostas. Allí no podía haber langostas. No tenían de qué alimentarse. Estaban en el desierto. Cuando, no obstante, oyó los chasquidos y chirridos de sus caparazones al marchar, se dio cuenta de que, como todas las criaturas que se le habían acercado en el desierto, no eran reales. Sólo otra manifestación de lo demoniaco.

Intentó retroceder pero no le quedaban fuerzas. Además, ¿adónde podría ir? La seguirían hasta el fondo de la cueva. Mejor quedarse donde estaba y enfrentarse a ellas. No había escapatoria.

Tampoco le importaba ya. ¿Sería obra del Demonio del Mediodía, que le enseñó que todo era en vano? ¿O simplemente ya no podía huir, no tenía adónde huir? Había llegado al final de sí misma, al último refugio. Y tal refugio no existía. Sólo aquella roca, iluminada apenas por la luna, y el enemigo que avanzaba hacia ella.

El ejército de langostas rutilantes pululaba sobre la roca; María extendió la mano y tocó una de ellas: era dura y fría. Se apartó todo lo que pudo y se preparó. Sí, ahora alcanzaban el dobladillo de su vestido y empezaban a trepar por sus rodillas. Con sus mandíbulas veloces mordían y devoraban su túnica. Engulleron la manta. Dejaron su cuerpo desnudo y ya no tenía manta ni ninguna otra prenda con la que cubrirse. Hacía mucho frío y los cuerpos helados de las langostas en nada contribuían para mitigarlo. María temblaba sacudida por escalofríos y gritaba.

Sin embargo, ya veía que no todos aquellos insectos parecían langostas. Algunos tenían rostros y cabello humanos, y dientes de león. Hasta tenían petos. ¡Y el sonido de sus alas! Sus alas tronaban como carruajes en plena carrera. Y sus colas terminaban en aguijones de escorpión, prestos a golpear.

Entonces, en el borde de la arista apareció una figura. Tenía aspecto de langosta y la estatura de un hombre. Como algunas de las langostas pequeñas, tenía un rostro humano y llevaba peto. Y la cola curvada terminaba en un aguijón grande como una espada.

Las langostas detuvieron su avance cuando apareció, como si esperaran instrucciones. Y se las dio con voz tronante.

—¡Yo soy Abadón, vuestro rey! ¡Os ordeno que destruyáis a esta mujer!

Las langostas invadieron el cuerpo de María. La cubrieron como una manta de peso asombroso y tacto metálico. ¡No iba a permitir esta invasión! Se arrastró hasta Abadón y le agarró del aguijón. Tiró de él y lo apuntó contra su propio pecho.

—Destrúyeme tú —susurró—. No tus secuaces.

Sintió que la cola se estremecía y el aguijón se disponía a atacar.

—¿Cómo te atreves a interpelarme? —exigió saber Abadón.

—Me atrevo porque voy a luchar hasta que me quede sin fuerza —respondió María.

—¿Fuerza? Tú no tienes fuerza. Te ha abandonado. Entrégate a mi ejército.

—No, eso nunca. —Su resignación inicial había desaparecido ante la ofensiva de Abadón. Un último retazo de resistencia apareció de más allá de sí misma.

—Tendrás que hacerlo. No hay lugar donde buscar refugio.

—Sí que lo hay. Tendré una muerte decente, que no me infligirás ni tú ni tus legiones.

Soltó la cola de Abadón y se arrastró hasta el borde de la cornisa.

Allí abajo estaban las rocas. La recibirían bien, y aún sería una victoria sobre las fuerzas que trataban de conquistarla.

—Yo soy el señor de los Abismos —dijo Abadón—. No puedes escaparte de mi poder.

—Éste no es el Abismo místico sino un precipicio ordinario —repuso María—. Y tú no eres su amo.

Se agachó sobre el filo, contemplando la larga caída. Sería definitiva. No deseaba morir pero sí matar el mal que la habitaba.

Haciendo acopio de fuerzas, se puso de pie. Aunque se sentía tan débil que apenas podía mantenerse erguida, musitó una plegaria entrecortada balanceándose sobre el precipicio,

Dios, ten piedad de mi alma y recuerda que elegí morir antes que albergar estos espíritus impuros por más tiempo.

Y entonces, con la última gota de valor que le quedaba, se arrojó al vacío.

20

Cayó. Sintió el roce del aire al precipitarse. El fondo estaba tan lejos que tuvo tiempo de ver las rocas del acantilado pasar velozmente y le pareció estar volando.

Y entonces el suelo ocupó su horizonte. No importaba; era el fin. De repente, se golpeó contra un gran árbol que salía de la pendiente vertical, después contra una piedra y, finalmente, contra el fondo del cañón. Allí yació inmóvil.

Volvió a abrir los ojos colmada de esperanza. Esperaba ver algo desconocido, saber que estaba muerta y que todo había terminado. Esperaba ver Seol, un lugar poblado de sombras tenebrosas y de los espíritus deambulantes de los muertos. Hades, un lugar de llamas y más tinieblas. Pero no. Ante sus ojos aparecieron las piedras quebradizas del desierto y unas plantas enclenques. Una lagartija curiosa la miraba ladeando la cabeza hacia uno y otro lado.

Aún estoy aquí, pensó. Y en ese momento conoció la verdadera desesperación. Ya no le quedaban fuerzas para volver a subir y tirarse otra vez al vacío.

Se incorporó sintiéndose miserable, palpó los brazos y las piernas y tocó su cabeza. Estaba rasurada y dolorida pero no sangraba. Aunque cubierta de magulladuras, no parecía tener nada roto.

¿Un milagro? No podía ser. ¿Por qué querría Dios conservar aquel cuerpo infestado de demonios? Su salvación era obra de los propios demonios. Resultado de su desafío a Abadón, de su reto a competir con ella. ¿O acaso Dios había decidido que la quería viva?

Estaba desnuda. No tenía nada con que cubrirse, las Langostas del Abismo se habían ocupado de ello. Pero tenía que abandonar aquel lugar. Iría donde Simón y Andrés. Tenía que contarles lo que había sucedido. Y allí podría, por fin, acabar con su vida. Si aquel hombre santo, el Bautista, predicaba en el río, conseguiría dominar a los espíritus el tiempo suficiente para que ella hiciera lo que tenía que hacer.

Con manos temblorosas, se agarró de una roca y se incorporó. Seguiría el sol para llegar a aquel sitio del que le habían hablado.

Escogió uno de los caminos que atravesaban el fondo del cañón, pero cada peñasco que se le interponía parecía una frontera lejana y ella apenas conseguía avanzar palmo a palmo.

Cuando el sol se puso, se detuvo. Se acurrucó junto a una roca buscando calor y, puesto que la piedra reflejaba parte del calor débil de su propio cuerpo, logró sobrevivir hasta la mañana. En la hora más oscura, oyó el sonido rasposo de los pies de un animal cerca de ella. Sabía que estaba totalmente indefensa ante cualquier ataque, pero el sonido se alejó; se había librado.

A la mañana siguiente volvió a arrastrarse de roca en roca, a veces gateando sobre el suelo áspero y otras apoyándose en las peñas para poder mantenerse erguida sin perder el equilibrio. El sol caía a plomo, cubriendo de ampollas su cuerpo desnudo y magullado.

Después de un tiempo confuso e indefinido, llegó a un arroyo y supo que debía de encontrarse cerca del lugar del que le habían hablado Simón y Andrés. Cayó de bruces y bebió. El agua, cálida en su recorrido del desierto, fue como un caldo vivificante. Bebió con avidez, después metió las manos en la corriente y se lavó los brazos mugrientos.

Esperando recobrar algo de fuerzas, se preguntó en qué dirección debía seguir el arroyo. Le pareció más prometedor dirigirse a los acantilados distantes. Echó a andar y trastabillando, siguió el curso del pequeño arroyo que fluía hacia el Jordán, que ya se veía brillar en la distancia.

Al doblar un recodo, vio de repente el lugar: allí donde el arroyo se ensanchaba y se vertía en el río Jordán, se encontraba reunida una gran multitud. Algunos estaban sentados en las piedras, otros se mantenían de pie a cierta distancia, pero la mayoría de ellos se agolpaba en las márgenes del río.

De pie dentro de la corriente, un hombre gritaba con voz enronquecida:

—¡Soy la voz de quien clama en el desierto, seguid el recto camino de Dios!

Se había adentrado en el río hasta donde el agua le lamía las rodillas, y estaba rodeado de concurrentes, también metidos hasta las rodillas en el río.

—¡Buscad el bautismo del arrepentimiento! —gritó, no sólo a sus oyentes más cercanos sino a todos—. ¡El arrepentimiento! ¡Esta palabra significa un cambio de hábitos, un rumbo de vida exactamente opuesto al actual! —De pronto se dio la vuelta para fijar la mirada en un grupo de recién llegados—: ¡Vosotros! ¡Soldados! —Señaló a los romanos de uniforme que aguardaban rígidos sobre una roca—. Oíd lo que os digo: ¡No más falsas acusaciones contra la gente! ¡No más dinero obtenido con extorsiones! ¡Yo os digo que debéis contentaros con vuestro sueldo!

Un grupo de hombres empezó a avanzar dentro del agua en dirección al hombre que vociferaba. Iban todos bien vestidos, en contraste con la burda túnica de pieles animales que llevaba el predicador.

—Maestro —gritaron—; ¿qué hemos de hacer nosotros?

—¡Recaudadores! —exclamó el hombre—. Vosotros no debéis recaudar más de lo que dice la ley.

—¡Sí, sí! —respondieron abriéndose camino hasta él. Se arrodillaron dentro de la corriente e inclinaron las cabezas. Él les rodeó con los brazos y, uno tras otro, los sumergió en el agua.

—Yo te bautizo en el agua del arrepentimiento —dijo cada vez que realizó el rito, bautizándolos de uno en uno. Y a cada uno le susurró una admonición particular.

Luego otro hombre avanzó dentro del agua. María vio que era robusto y de facciones agradables, aunque esto no explicaba la reacción del Bautista, que pareció reconocerle con asombro. Intercambiaron miradas por largo rato y pronunciaron palabras que ella no pudo oír; después el hombre fue bautizado y salió del río. Tanto él como el Bautista se detuvieron por un instante, después el hombre alcanzó la orilla y desapareció.

De repente, María tuvo dolorosa conciencia de su desnudez. La gente la miraba fijamente y se sintió avergonzada por completo, aunque se creía ya más allá de toda vergüenza. Con gran temor, se acercó a una mujer que esperaba sobre las rocas y le preguntó si por piedad tendría una capa con la que cubrirse. La mujer se la dio de buen grado, y María se envolvió en ella.

Aquel sitio debía de ser —tenía que ser— el lugar de Juan el Bautista. María miró a su alrededor para ver si estaban Simón y Andrés, pero no vio caras conocidas. Había una gran multitud; ya le habían dicho que el Bautista atraía a muchedumbres que venían de lejos. ¿Qué le podría ofrecer a ella? ¿El arrepentimiento? Hacía tiempo que había pasado por ello. El simple arrepentimiento no le había servido de nada. El Bautista era para la gente que vivía vidas normales, no para ella. Un recaudador de impuestos fraudulento... sí, el Bautista podía ayudarle. Un soldado que abusaba de su autoridad... sí, el Bautista se ocupaba de eso. Pero ella estaba mucho más allá.

—¡Vosotros, crías de víboras! —gritaba el predicador a un grupo de fariseos reunidos del otro lado del río—. ¿Pensáis que podréis escapar del fuego que sobrevendrá? Yo os digo que el hacha ya aguarda junto a la raíz del árbol, y que los árboles que no producen buenos frutos serán talados y echados a las llamas!

María observó a la multitud. Simón y Andrés no estaban allí.

Se sentó en una piedra y se cubrió la cabeza con la capa. Debía seguir buscándoles, tenía que darles el mensaje para Joel antes de adentrarse de nuevo sola en el desierto, donde todo terminaría... porque así tenía que ser.

Les vio inesperadamente a última hora de la tarde. Estaban con aquel hombre que había sido bautizado por la mañana y que había hablado largo rato con Juan, rodeados por un grupo de gente que se apiñaba a su alrededor. Lo último que quería era acercárseles delante de terceros, pero no tenía alternativa. Con lentitud y con dolor trastabilló hasta ellos y tiró de la túnica de Simón. Él se dio la vuelta rápidamente y quedó asombrado.

—¡Oh! ¡Por el santo nombre de Dios! ¡María!

Ella supo que le bastó verla para comprender que había fracasado. Que todos los remedios habían fracasado. Y que ya no quedaban soluciones que probar.

—Tuve que huir, no dejaban de atacarme. —Tendió débilmente la mano en busca de la suya—. Simón, ya sé lo que debo hacer. Pero quería verte antes, para que cuentes lo ocurrido a Joel, para que sepa la verdad para siempre.

Ya está. Lo había dicho. Ahora podía marchar y poner fin a todo. Simón ya nada podía hacer por ella.

Él la miró con honda conmiseración. Le habló lentamente:

—María, hemos conocido a alguien que... querrá escuchar tu historia.

¡No! No. No le quedaban fuerzas para volver a contarla y tampoco tenía sentido. Se echó atrás, con un deseo de escapar tan intenso que le producía náuseas.

Simón, sin embargo, la retuvo del hombro y la obligó a entrar en el círculo que rodeaba al hombre que había visto aquella mañana.

—Maestro —dijo Simón—. ¿Puedes ayudar a esta mujer?

Lo único que vio María fue un par de sandalias que calzaban dos pies fuertes y bien formados. No se atrevía a alzar la vista. No quería mirar a nadie ni que nadie la mirara a ella.

—¿Qué te atormenta? —preguntó el hombre.

Pero no se sentía capaz de explicárselo. Era demasiado difícil, demasiado complicado, ya lo había contado demasiadas veces y ahora sabía que no podía esperar ayuda de nadie.

—¿No puedes hablar? —La voz no era desconsiderada sino práctica.

—Estoy muy cansada —respondió. Aún no podía mirarle.

—Ya veo que estás agotada —dijo el hombre—. Por eso sólo te haré una pregunta: ¿Deseas ser sanada? —La voz ahora sonaba vacilante, como si formulara la pregunta de mala gana y sin estar seguro de querer oír la respuesta.

—Sí —susurró ella—. Sí. —¡Ojalá se desvanecieran todos aquellos años y pudiera evitar recoger el ídolo de Asara!

El hombre se le acercó y retiró la capa que le cubría la cabeza. María sintió la conmoción de los espectadores ante su cráneo rapado aunque no percibió sorpresa alguna en el hombre, ni siquiera un indicio de que se diera cuenta. Él posó las manos sobre su cabeza. Sintió que sus dedos aferraban su cráneo, rodeándolo desde la coronilla hasta las orejas.

Esperaba que iniciara un largo rosario de oraciones, que invocara la ayuda y la misericordia de Dios, que recitara las escrituras. Pero él gritó de pronto con voz lacerante:

—¡Sal de esta mujer, espíritu maligno!

María sintió un desgarro en su interior.

—¿Cuál es tu nombre? —preguntó él en tono imperioso.

—Asara —respondió una voz sorprendentemente dócil.

—¡Sal, abandónala y no vuelvas jamás!

María pudo sentir la salida del espíritu, su huida.

—¡Pazuzu! —llamó el hombre—. ¡Sal de esta mujer!

¿Cómo sabía su nombre? Anonadada, María levantó la vista para mirarle. Sólo vio una mandíbula recia. No podía verle la cara.

Pazuzu huyó. Sintió que se alejaba su fea presencia.

—¡Y tú... blasfemo corrupto! ¡Abandona a esta hija de Israel que estás atormentando! ¡Y no vuelvas jamás!

El espíritu salió de su cuerpo con un torrente revuelto de maldiciones.

—¡Hequet! —El nombre resonó como si pasara lista; este hombre los conocía a todos—. ¡Vete!

Y otra vez María sintió la partida de la presencia, casi distinguió una delgada sombra verde que desaparecía en una grieta de las rocas.

—El demonio que embruja el mediodía —llamó el hombre—. ¡Sal de esta mujer!

Éste era el más difícil hasta el momento. Parecía estar incrustado en su cerebro, infiltrando sus pensamientos. Cuando se elevó, tuvo la impresión de estar flotando.

—Hay... había... siete —dijo María.

—Lo sé —respondió él—. ¡Rabisu! —Su voz retumbó como un bastón que golpea el suelo.

María oyó el espíritu que respondía con su propia boca:

—¿Sí?

—¡Sal de ella!

María esperaba que el feroz Rabisu opondría algún argumento, pero el espíritu huyó de su cuerpo.

—Ahora sólo queda Abadón —dijo el hombre—. En cierto modo, es el más peligroso de todos, porque es un ángel, un emisario de Satanás. Su nombre significa «destructor». Él encabezará las fuerzas en la gran batalla final. —Calló e irguió el cuerpo—: ¡Abadón! ¡Apolión! ¡Yo te ordeno que salgas de esta mujer!

La figura odiosa del hombre-langosta apareció por un instante donde todos podían verle y luego desapareció.

Las manos del hombre estaban todavía sobre la cabeza de María y ella sentía el contacto de sus dedos. Los espíritus se habían escurrido entre ellos. Se habían ido. Ido de verdad. Se sintió como no se había sentido en años, desde la infancia, antes de la llegada de los malignos.

Asió las manos del hombre, siempre posadas en su cabeza, y las cubrió con las suyas.

—Hacía tantos años... —empezó a decir pero rompió en sollozos.

El hombre se inclinó, retiró las manos de su cabeza y, sosteniéndola por los codos, la ayudó a ponerse de pie.

—Dios puede restaurar los años perdidos —dijo—. ¿No dijo el profeta Joel: «Yo te restauraré los años consumidos por las langostas.»?

María rió, aunque con incertidumbre:

—No me gusta oír la palabra «langostas».

—No debes oírla. Las Langostas del Abismo... son peores que las terrenales. ¿Cómo te llamas?

—María —respondió ella—. De Magdala.

Quería hacerle preguntas, conocer su nombre, saber por qué podía dominar a los espíritus con tanta facilidad, pero no se atrevía a preguntar. Y quizá no había sido tan fácil, puesto que el hombre parecía agotado.

—No estaba preparado para esto —dijo él a Simón—. No tan pronto. Pero no soy yo quien elige el momento.

Tenía una voz imposible de olvidar, y María pensó que ya la había oído tiempo atrás.

¿De qué estaba hablando? ¿Era un hombre santo que acababa de tomar los votos?

—María —dijo Simón, y su voz temblaba de emoción—, éste es Jesús. Le conocimos aquí cuando vinimos a escuchar a Juan y parece... nos parece... que él tiene... que él es... —Simón, generalmente tan hablador, no encontraba las palabras adecuadas— alguien a quien seguir.

¿Seguir? ¿Qué quería decir con eso? ¿Escuchar sus sermones? ¿Intentar seguir sus enseñanzas? ¿Acaso Simón había oído hablar de él anteriormente?

—Quiero decir... que tal vez abandonemos la pesca para ser sus discípulos, sus seguidores. Si él nos lo permite.

¿Abandonar la pesca? ¿Dejar su negocio? ¿Qué dirían sus familias? ¿Y qué quería decir «si él lo permite»? ¿No son los discípulos los que eligen su maestro?

—Sí, queremos aprender de él —añadió Andrés—. Ha venido más gente de Galilea, estaremos todos juntos y...

—¿De nuestro lado?

—De Galilea —dijo Simón—. Felipe está aquí; él viene de Betsaida. También quería escuchar a Juan el Bautista pero encontró a este hombre aquí. Y su amigo, Natanael de Caná. ¡Ya somos cuatro!

—¿Todos de Galilea? —preguntó María.

—Sí, y Jesús es de Nazaret.

—¿Puede algo bueno salir de Nazaret? —Sonó una voz débil y quebradiza. María vio que pertenecía a un joven menudo—. Es lo que dije. Dije: «Estudiad las Escrituras y veréis que ningún profeta viene de Nazaret.» Aunque no hay duda de que este hombre es un verdadero profeta. Sabía quién era yo y qué hacía antes de conocerme. Sabía de tus demonios.

—Natanael tenía dudas hasta que conoció a Jesús —dijo Felipe—. Yo le llevé hasta él y se lo presenté.

—No estaba preparado para empezar —dijo Jesús—. Pero Dios me ha dado estos seguidores. No me habéis elegido sino que yo os elegí a vosotros. María, te invito a que te unas a nuestro grupo. Sin duda, fue Dios el que te envió a este lugar. Un regalo de Dios. Desearía que vinieras con nosotros.

Ir con ellos... ¿adónde? ¿Para hacer qué? Se sentía mareada del hambre, de todos los acontecimientos, del espacio repentino que la partida de los espíritus había dejado libre en su interior.

—María, yo te invito a unirte a nosotros. —Por primera vez, miró al hombre a la cara. Él sostuvo su mirada. Allí había una vida nueva y su vida anterior pareció misteriosamente inexistente, como un sueño que se había desvanecido.

—¿Yo, una mujer? —fue lo único que pudo preguntar, a modo de débil resistencia a la invitación.

—Una mujer. Un hombre. Dios creó a ambos. Y desea que ambos estén en Su Reino. —Jesús la miró de nuevo. No estaba suplicando y tampoco le daba una orden, simplemente la invitaba a mirarle y tomar una decisión—. Ya es hora de que la gente se dé cuenta de que no hay diferencia entre ambos a los ojos de Dios.

Quería ir con ellos. Anhelaba seguirles. Era una locura. Pero... ¿acaso no la habían declarado ya loca, no la habían dado por muerta?

—Sí —dijo—. Sí, iré con vosotros. —Por poco tiempo, pensó. Sólo por poco tiempo. Es lo único que puedo permitirme.

—Entonces te doy las gracias —respondió él—. Gracias por haber permitido que otros sean testigos de la lucha entre el bien y el mal que se libró en tu interior. Ojalá que todos los reunidos en este lugar —abrió los brazos— hubieran visto lo sucedido. Aunque tendrán ocasión. Habrá muchos otros, porque el dominio de Satanás es grande y nuestra lucha contra él, constante.

—Ven —dijo a María—. Ven conmigo. —Con una mirada impidió que los demás formaran un cerco a su alrededor. Echaron atrás como si les empujaran manos invisibles—. Traedle algo que comer —les dijo—. Los demonios no le permitían comer y está famélica.

Simón le ofreció una cesta maltrecha llena de pan, dátiles secos y nueces. Jesús tomó la cesta y se volvió hacia las rocas del otro lado del Jordán, guiando a María lejos del ruido de Juan el Bautista y sus seguidores. En su gran debilitamiento, ella no podía caminar deprisa y se sentía como una vieja que avanzaba a trompicones, apoyándose en Jesús para no caerse.

—Aquí estamos —dijo él al acercarse a una roca empinada que proyectaba una sombra oscura en la base.

Se sentaron en la arena fresca y Jesús le dio la cesta. María la miró, incapaz de reaccionar. Se sentía débil, agotada, incluso peor que cuando se arrastraba por el desierto en busca de Simón y Andrés. Había un hueco en su interior, algo vacío que antes había estado lleno y que le producía aturdimiento.

Jesús arrancó un trozo de pan y se lo puso en la mano. Con ademanes lentos, ella lo llevó a la boca y empezó a masticar. Estaba seco y sabía a cuero.

—Toma. —Jesús le tendió un odre de vino—. Bebe.

Agradecida, María se llevó la boquilla a los labios y tomó largos sorbos del líquido avinagrado. La bebida invadió su cuerpo como una descarga. Un chorro se escurrió de las comisuras de sus labios y cayó, manchando la capa de la desconocida.

Atragantada, se secó la boca con la mano y se quedó mirando las manchas en la tela. Por primera vez, desde que era niña, manchaba algo por descuido.

—Los demonios me despojaron hasta de mis modales —dijo. Se le escapó un tímido intento de risa que terminó en una sonrisa. Con manos temblorosas, tomó un dátil de la cesta y lo mordió.

—Los demonios se han ido —repuso Jesús con firmeza—. Es el hambre que ahora te despoja de tus modales, y esto no es ninguna vergüenza.

Esperó en silencio mientras ella comía, aunque lo hacía muy despacio.

Tenía que emplear todas sus fuerzas en masticar y tragar cada bocado y no podía estar pendiente del hombre que se sentaba a su lado, ni mirarle, ni pensar siquiera en él. Sólo cuando hubo terminado, cuando su estómago encogido ya no podía aceptar más alimento, se recostó en la roca empinada y le miró.

Jesús. Dijeron que se llamaba Jesús. Era un nombre común, una de las muchas versiones populares de Josué. ¿De dónde era? Alguien mencionó Nazaret, aunque ella apenas prestó atención. Nazaret. Jesús. La actitud de su cuerpo al sentarse y las rocas que les servían de fondo tenían algo de familiar.

—Me has pedido que me una a vosotros —dijo María finalmente, rompiendo el silencio—. No... no lo entiendo. Soy una mujer casada, madre de una niña. Mi esposo me espera en nuestra casa de Magdala. ¿Cómo puedo seguiros? ¿Y qué esperas de mí? —Calló por un momento—. Te lo debo todo. Me has devuelto a la vida, a la vida normal. Y ahora me pides que la abandone.

—No —respondió él—. Yo he venido para que tú, y todos, tengáis una vida más fértil.

—¿Es ésta tu misión? —preguntó María—. Me pareció que Juan te reconoció cuando te acercaste a él. ¿Eres un hombre santo?

Jesús estalló en risa. Echó la cabeza atrás y la capucha se cayó, dejando al descubierto su cabello oscuro y espeso.

—No —dijo al final—. No soy un hombre santo. No creo que a Dios se le encuentre retirándose del mundo ni estudiando las Escrituras sílaba por sílaba, tratando de exprimir su sentido. Cuando Dios habla, su mensaje es claro. —Se volvió y la miró a los ojos, algo que ningún hombre excepto su marido podía hacer—. Pero a la gente no le gustan estas indicaciones tan claras, por eso busca significados enrevesados, distintos a los que pueda seguir con facilidad.

Si no era un hombre santo, ¿quién era? ¿Un profeta? Pero se había sometido, había permitido que otro profeta le bautizara. Quizá sólo fuera un mago dotado de poderes especiales.

—¿Quién... quién eres? —preguntó al fin.

—Tú misma tendrás que encontrar la respuesta —contestó Jesús—. Y no la encontrarás si no te unes a nosotros o, como mínimo, me sigas por un tiempo. —Volvió a mirarla—. Ahora debes decirme quién eres tú.

¿Quién era ella? Nadie se lo había preguntado nunca con tanta audacia. Era hija de Natán, descendiente de Hurán de la tribu de Neftalí, escultor de las obras de bronce del antiguo Templo, esposa de Joel de Naín, madre de Eliseba. Quiso decir todo esto, pero las palabras se disolvieron en el aire.

—María de Magdala —ordenó Jesús—, ¿quién eres tú? Deja a un lado a tu padre, a tu ancestro, a tu esposo y a tu hija. Háblame de lo que queda.

¿Qué quedaba? Sus lecturas, sus idiomas, su amiga Casia, sus ensoñaciones secretas. La sensación, por débil e imprecisa que fuera, de haber sido llamada o elegida por Dios hacía mucho tiempo. Con voz trémula, trató de explicarlo a la primera persona que nunca quiso indagar en ello.

—A mí... no se me permitía aprender a leer, pero encontré la forma de tomar clases. Más tarde mi hermano me enseñó el griego y, sin permiso, empecé a estudiar las Escrituras. Tuve una amiga... una amiga que no estaba condicionada por las normas del grupo llamado fariseo, al que pertenece mi familia. Esa amiga... me abrió su casa y me dio la bienvenida en su vida.

—Un verdadero acto de amor y caridad —dijo Jesús—. Por encima de los cánones y obligaciones de los fariseos.

—Y siempre he sentido que Dios me llama o que, al menos, me hizo una señal. Esta impresión se desvaneció mientras luchaba con los demonios. ¡Y los demonios vinieron por culpa de mi desobediencia! —En este punto, sus palabras se tornaron confesión—. Mi padre me previno de que podríamos encontrar ídolos al atravesar Samaria. Me advirtió que ni siquiera los mirara. Pero cuando encontré un ídolo enterrado... ¡lo recogí!

Jesús se rió como si quitara importancia a aquel gesto.

—¡Me lo quedé! ¡Lo guardé! A lo largo de los años muchas veces prometí destruirlo pero nunca lo hice. Le tocó a mi sobrino hacerlo, y ya era demasiado tarde.

—¿Y fue así como te poseyeron? —Jesús parecía muy interesado, aunque en absoluto recriminador.

—Eso creo. Lo tuve en casa durante mucho tiempo. Sus ataques empezaron cuando todavía era niña, a pesar de que no me daba cuenta ni tenía el valor de destruirlo. —Decidió ser valiente y contar toda la verdad. Este hombre la había salvado. ¿Por qué ocultarle nada?—. Llegué a casarme con un hombre inocente para escapar de todo aquello. —Contuvo el aliento y prosiguió—: Creía que la casa de mi padre estaba contaminada y que debía huir de allí. No supe ver que llevaba la contaminación dentro de mí.

—No la llevabas dentro, aunque sí te seguía como las moscas a un cubo de leche fresca —dijo Jesús—. Nunca debes pensar que estás contaminada. ¡Nunca!

—¿Cómo podía evitarlo? Los demonios me mancillaban. Y todas esas normas acerca de la pureza y la impureza, que consideran a la mujer dos veces más impura que al hombre por naturaleza, también me indicaban que estaba contaminada. —¿Qué estaba diciendo? Estaba hablando de cosas repugnantes a un extraño, a un hombre desconocido. Alargó la mano y le tocó la manga. También este gesto estaba prohibido, al menos entre los religiosos más estrictos. Pero ya podía cometer actos prohibidos, aquí y ahora. Tocarle no le parecía perverso sino normal y natural.

—Estas normas sólo pueden causar tristeza y resentimiento —dijo él finalmente.

—¡Son las normas de Moisés! —Ahora venía la parte más difícil. ¿Cómo pasar por alto la Ley?

—Él no esperaba que fueran interpretadas con mentalidad tan estrecha —repuso Jesús—. De eso estoy seguro. Sí que llevamos dentro la propensión humana a la mentira, la envidia y la violencia, y éstas sí que nos contaminan, pero no las cosas que ha dispuesto la naturaleza.

¿Cómo podía estar tan seguro?

—Acabas de decir que no eres un hombre santo, quiero decir... no has pasado la vida estudiando estos asuntos. ¿Cómo puedes saberlo?

—Mi Padre Celestial me lo ha revelado —respondió Jesús con voz firme.

Entonces, es uno de aquellos extraños hombres errantes, pensó María. Los que creen haber tenido una revelación. Resulta que no tiene facultad para pronunciarse en asuntos religiosos. Por muy reconfortantes que sean sus palabras, no están respaldadas por ninguna autoridad. Aunque los demonios... Él los expulsó, cuando todos los demás habían fracasado. Le obedecieron, a pesar de no hacer caso al hombre santo.

—Estás confusa —dijo Jesús—. Tranquilízate. Un día lo entenderás. Por ahora, sólo te pido que me sigas.

—Pero ya te he explicado...

—Quizá puedas seguirme sin abandonar tu hogar —dijo él.

¿Cómo sería posible? Quería preguntar, pero la sugerencia le gustó tanto, que no quiso cuestionarla más.

Las sombras se alargaban cuando se levantaron para regresar al Jordán. Jesús le había hecho muchas preguntas; sólo cuando se dispusieron a partir María se dio cuenta de que había hablado poco de sí mismo. Lo único que sabía de él es que venía de Nazaret. También sabía que todavía no quería devolverle a los demás.

Nadie le había hablado así nunca, nadie se había interesado en saber qué pensaba, cómo se sentía ni cómo había llegado a ser como era. A Jesús no le interesaban Natán, su negocio, la situación familiar, Joel ni su hija; de hecho, le había prohibido que hablara de ellos. Sólo deseaba conocer a María, la mujer de veintisiete años que venía de Magdala. ¿Qué había hecho con sus veintisiete años? ¿Qué pensaba hacer con los que Dios aún tendría a bien concederle? Cada vez que mencionaba su «deber», él le sellaba los labios con un dedo. Un gesto prohibido más, pero que dotaba sus palabras de gran fuerza.

—¿Y qué harás tú? —insistía él en preguntar.

Después de los demonios, desaparecidos los demonios... mi vida me pertenece, pensó María. Es un milagro.

A pesar de haber comido, seguía sintiéndose mareada aunque ya podía reconocer la sensación como efecto de su libertad, de su liberación. ¡Los demonios se habían ido!

Regresaron a orillas del Jordán. La muchedumbre ya se había dispersado y el Bautista no predicaba más. María se preguntó adónde habría ido. ¿Tenía una cueva en la que retirarse al final de cada jornada?

—Juan no está aquí —dijo a Jesús.

—Se ha retirado a su refugio, con sus discípulos —explicó él—. Predicará sus enseñanzas toda la tarde, hasta bien entrada la noche, hasta que todos estén dormidos. —Pasaban por delante de un grupo de tiendas, donde la gente reunida empezaba a encender hogueras.

—Su fama ha llegado hasta Magdala —dijo María.

—¿Qué dicen de él? —preguntó Jesús.

—Algunos creen que es el Mesías, otros, que es otro profeta loco. Sé que muchos piensan en el Mesías. ¿Podría ser Juan el que esperan?

—No —dijo Jesús—. ¿No le oíste decir con claridad que no es el Mesías?

—No estaba allí —explicó María. Juan no lo había mencionado en el rato que ella le escuchó—. Sólo le oí decir que debemos arrepentirnos y abandonar las viejas costumbres. —Hizo una pausa—. Por eso supe que él no me podía ayudar. Yo ya me había arrepentido y lo había abandonado todo.

Jesús se detuvo.

—Juan inicia a la gente, pero hay mucho más. El espíritu de la verdad te lo descubrirá. —El crepúsculo avanzaba con rapidez.

¿Cómo se llega a conocer el espíritu de la verdad? ¿No es muy fácil ser engañado? Echaron a andar de nuevo. María recobraba algo de fuerza y podía moverse con más rapidez.

¿Cómo confiar en este Jesús? La única prueba que tenía de sus conocimientos, de su veracidad, era su poder sobre los demonios, y no era poco. Quería preguntarle cómo hablaba con su padre celestial —suponía que se refería a Dios— y cómo discernía las respuestas. No preguntó, sin embargo, porque no quiso mostrarse desagradecida. Los demonios se habían ido. María aún se regocijaba, se admiraba y maravillaba de ello, y su desaparición era más importante que los medios empleados para expulsarlos.

Casi era noche cerrada cuando llegaron al Jordán y vadearon la parte poco profunda. Simón y los demás les estaban esperando. María no podía distinguir sus caras en la oscuridad ni podía adivinar su ánimo.

—Preparémonos para la noche. —Jesús les señaló que dejaran la margen del río y le siguieran en la creciente penumbra.

Al abrigo de las peñas, había levantado una tienda improvisada. La cara vertical de la roca hacía las veces de pared, mientras que unas mantas formaban las tres paredes restantes. Con un ademán, les invitó a entrar; los cuatro hombres y María apartaron la manta que servía de puerta y entraron en lo que Jesús llamaba su hogar.

Era un espacio estrecho y oscuro. Jesús les siguió y colocó una lámpara encendida sobre un saliente de la roca; la luz tenue reveló un lugar tan rudo como la cueva de donde había huido María. El suelo era de tierra apisonada y superficie irregular, y en el interior no había sino algunas mantas o alfombras plegadas y apolilladas.

—Bienvenidos —dijo Jesús al tiempo que se sentaba y les invitaba a que hicieran lo mismo—. Felipe, cuando quisiste saber de mí te dije que vinieras a ver por ti mismo. Y te traje aquí. ¿Qué viste?

Felipe, un hombre menudo cuyo rasgo más destacado era su espeso cabello, trató de esbozar una respuesta:

—Pues... yo... encontré una respuesta a todas mis preguntas —dijo—. Y, tratándose de mí, eso no es poco. Puedo afirmar, sin exagerar, que fue la primera vez en mi vida.

—Y eso ¿por qué? —preguntó Jesús.

—Porque hago demasiadas preguntas —dijo Felipe con una risa nerviosa—. Y la gente se cansa de responder.

—¿Puedes repetir tus preguntas para que las oigan los demás?

—Por supuesto. Te pregunté de dónde venías y por qué estás aquí, y te interrogué acerca de Moisés y la Ley.

—¿Y las respuestas? —dijo Jesús—. Perdóname pero no tengo ganas de repetirlas. Además, lo importante es lo que los demás oyen, no lo que yo digo.

—No puedo repetir tus palabras exactas —repuso Felipe—. Pero dijiste cosas que me hicieron sentir que tú... Que tenías... —Meneó la cabeza—. Quizá fueron mis propios sentimientos, mi íntimo deseo de que una persona como tú viniera a Israel ahora, cuando más la necesitamos.

—¿Una persona como yo? —repitió Jesús—. ¿Qué quieres decir con eso? —Era persistente en su seguimiento de Felipe.

—Quiero decir que... se ha hablado mucho del fin de los tiempos, del Mesías.

—Ah. El Mesías. —Jesús les miró a todos, uno tras otro—. ¿Es lo que buscáis vosotros, al Mesías?

Simón fue el primero en contestar.

—A decir verdad, yo ni pensaba en él —admitió.

Jesús sonrió ante la respuesta. María incluso tuvo la impresión de que se reprimió la risa.

Andrés se aclaró la garganta.

—No es que nunca pensáramos en él —puntualizó—. A todos se nos educó en la creencia de que alguien vendría a salvarnos. Nuestro padre nos la inculcó al tiempo que nos enseñaba cómo tirar las redes.

—¿Salvaros? —interpuso Jesús—. ¿Salvaros de qué?

Andrés bajó la mirada, como si estuviera avergonzado.

—De los romanos, supongo —dijo al final.

Jesús miró a los otros tres, que todavía no habían hablado.

Natanael, moreno y nervioso, se puso de pie.

—Es más que eso —dijo—. Queremos un salvador de la nación, alguien que no sólo sea para el presente sino también para el futuro. El Mesías inaugurará una edad de oro, una edad en que... ¿cómo se suele decir?... «Dios enjugará todas nuestras lágrimas.» Queremos que ponga fin a todo, al mal, al pecado, al dolor. Esto ocurrirá cuando llegue el Mesías. —Pareció que para él era inmenso el esfuerzo de pronunciar tantas palabras juntas, de engarzarlas como en un collar y, cuando terminó, ya estaba tartamudeando. Volvió a sentarse.

Jesús habló con dulzura:

—Henos aquí a un verdadero israelita, de nobles intenciones.

¿Qué quería decir con esto? Natanael le miró perplejo.

Finalmente, Simón se aclaró la garganta y habló:

—Todo va mal. El pueblo elegido de Dios vive aplastado por el yugo romano. No tiene sentido. Cuando fuimos cautivos de Babilonia, los profetas Isaías y Jeremías lo predijeron e interpretaron el significado de aquella ocupación. Pero lo que sucede actualmente no tiene sentido, salvo que aceptemos que no somos los elegidos de Dios, que somos sólo un pueblo más, un pueblo pequeño en el vasto mundo, y eso es lo que les pasa a los pueblos pequeños en este vasto mundo.

—¿Es eso lo que piensas, realmente? —preguntó Jesús.

—¿Qué otra cosa puedo pensar? —exclamó Simón—. ¡Todo lo que me rodea lo demuestra! —Meneó la cabeza—. Oh, ya sé que los soñadores y los alocados no están de acuerdo, pero cualquier hombre sensato puede ver cómo están las cosas. Estamos acabados, como país y como potencia de cualquier orden. Sólo nos queda esperar que los invasores recorran el país sin destruirlo.

—¿María?

Era la primera vez que alguien pedía su opinión delante de un grupo de hombres. Como no esperaba la pregunta, ni siquiera había pensado en una respuesta.

—No... no lo sé —murmuró al final.

—Creo que sí lo sabes —insistió Jesús—. Te ruego que nos digas lo que piensas. ¿Qué te parece la idea del Mesías, tú también le estás esperando?

—Creo que... ya le he encontrado —respondió ella atropelladamente.

Jesús pareció asombrado, espantado incluso.

—¿Por qué? —preguntó con voz queda.

Con una fuerza que no era consciente de tener, María se puso de pie. Sus piernas aún temblaban, pero les ordenó que se mantuvieran firmes y le obedecieron. Irguió la cabeza, la cabeza rapada. Su humilde pañuelo se había perdido durante la batalla contra las langostas, pero ya no le importaba.

No, era más que eso: estaba orgullosa de su cabeza rasurada, símbolo de su lucha contra los demonios.

—Para mí, el Mesías es aquel que derrota a las fuerzas de la oscuridad —dijo—. Y, si alguien conoce esas fuerzas, ese alguien soy yo. Luché contra ellas durante muchos años, fui su amante durante muchos años... ¡Sí, amé a mis demonios hasta que se volvieron contra mí! Y demostraron ser más poderosos que cualquier fuerza que quisiera oponerles. Hasta ahora. ¿No está dotado el Mesías de poder para derrotarlos? ¿Qué otra cosa puedo saber?

—Ah, María —dijo Jesús, con un tono de tristeza en la voz—. Eres como las personas que siguen a alguien sólo porque puede ofrecerles pan, agua o dinero. Rezaré para que encuentres otras razones por las que seguirme.

¿Qué otra razón podría haber?, pensó María mientras volvía a ocupar su lugar en el suelo. Este hombre tenía poder sobre los demonios. ¿No era suficiente con eso?

Simón se puso de pie. Su cuerpo, robusto y musculoso, pareció llenar la habitación.

—Yo no... no sé nada del Mesías. ¿No es asunto de los escribas y de aquellos hombrecitos encorvados de Jerusalén? ¿Los que se pasan la vida discutiendo sobre el tiempo gramatical de algún pasaje de las Escrituras? Mira, yo apenas sé leer y lo que leo son los informes y registros de pescado. Pero no soy estúpido. Los escribas y los eruditos sí lo son. No me merecen ningún respeto. No dicen nada que una persona normal pueda entender y además... ¡no se oponen a los romanos!

—¿Cómo crees que deberían oponerse a los romanos, Simón? —preguntó Jesús.

—¡Deberían condenarles! —declaró Simón—. ¡Como hace el Bautista! Pero ellos se limitan a esconder la cara en los textos antiguos y a farfullar sentencias sobre el Mesías. —Tosió—. Es por eso, porque el Mesías es cosa de ellos, que no me interesa. ¡Si viniera, le daría la espalda!

Jesús estalló en carcajadas.

—¡Conque eso harías! ¿Y cómo le reconocerías, si le vieras?

—Aparecerá entre las nubes —respondió Simón—. Lo dice el libro de Daniel.

—De modo que nunca pensarías que alguien es el Mesías si no aparece entre las nubes —dijo Jesús.

—No —afirmó Simón—. Es mejor creer las Escrituras.

—Ah, Simón. Tú no cedes nunca —dijo Jesús con afecto—. ¿Eres realmente tan inamovible? Te dieron el nombre equivocado. Simón significa «escucha», pero creo que te deberían llamar Pedro, porque eres una piedra.

—¡Pedro! Pues, sí, es verdad, porque también tiene la cabeza muy dura —dijo Andrés, su hermano.

Jesús parecía turbado con las respuestas que le habían dado acerca del Mesías. Aunque él las había pedido. Los hombres no han hecho más que responder con sinceridad, pensó María. Y ¿por qué la había reprendido en relación a su propia razón por seguirle? ¿Qué otra razón, más poderosa, podría tener? Sólo él había conseguido expulsar a los demonios, liberándola de su tiranía. Por supuesto, deseaba seguirle por si los espíritus regresaban, pero después...

La mayoría le seguiría por el bien que es capaz de hacer. ¿Es eso tan terrible? Se puso a la defensiva. Lo cierto es que la gente espera algo del Mesías, no cuenta con darle algo a él, pensó. ¿Por qué un Mesías necesitaría que nosotros le ayudáramos a él?

Cuando llegó el momento de dormir, María se acostó en el suelo apisonado del refugio. No tenía un jergón pero tampoco le importaba. Durmió por primera vez desde la huida de los demonios y fue un sueño diferente, el sueño que anhelaba desde hacía muchísimos años.

SEGUNDA PARTE

LA DISCÍPULA

21

Al día siguiente vino aún más gente para escuchar a Juan. Jesús y el grupo escuchaban también, y María le vio asentir con la cabeza, especialmente cuando Juan mencionó el Reino que estaba por llegar. Cuando habló, sin embargo, del bieldo que separaría la paja, que habría de arder en el fuego eterno, del cataclismo feroz y del juicio de la humanidad, Jesús pareció ponerse incómodo.

—¡Yo os digo que él vendrá en ira y con la espada desenvainada! Es mucho más poderoso que yo. ¡Yo os bautizo con agua, él os bautizará con fuego! ¡Con la llama del Espíritu Santo! —gritó Juan—. ¡No penséis que podéis escaparos del fuego que se avecina! ¡Arrepentíos!

Se había adentrado en la rápida corriente del Jordán y allí erguía la estatura, desafiante, girando la cabeza para ver a todos los que estaban reunidos en las márgenes del río. Nadie se escapaba a su escrutinio.

—¡Allanad el camino para el Señor! —clamó.

Justo en ese momento, un contingente de soldados judíos apareció en la orilla.

—¿Eres Juan, el que llaman el Bautista? —gritó el comandante.

Por un instante, Juan se quedó mirándoles. Estaba acostumbrado a ser el único que gritaba. Después respondió:

—¡Ése soy yo! Y os digo que también vosotros debéis arrepentiros y...

—¡No eres tú quien ha de decirnos nada sino nosotros a ti, viejo estúpido! —repuso el comandante—. Y esto es lo que te decimos: Si no dejas de atacar a Herodes Antipas, serás arrestado.

Juan ladeó la cabeza. Su cabello estaba enmarañado y revuelto, y su barba parecía tan acartonada como las pieles que cubrían su cuerpo.

—¿Él os envía?

—Nos envía el rey para prevenirte.

—Pues, parece que ha habido una inversión de papeles: soy yo quien ha de advertir a Antipas, no al revés. Como profeta, traigo mensajes de Dios, mensajes que he de entregar, quiera él escucharlos o no. —Juan les clavaba la mirada.

—Ya los ha oído, más de una vez. Cállate ya. El rey no está sordo.

—Parece que sí, porque tira adelante con ese matrimonio incestuoso.

—¡Silencio! El sordo eres tú. Ésta es la última advertencia. —Los soldados le miraban fijamente desde su posición ventajosa.

—¡Venid a ser bautizados! —llamó Juan—. ¡Aún hay tiempo para arrepentirse!

Con un resoplido de aversión, el comandante se dio la vuelta y sus hombres parecieron esfumarse entre los matojos de la orilla.

—Es un hombre valiente —dijo Jesús a Simón, a quien ahora ya llamaban Pedro.

Simón Pedro asintió.

—Más valiente que yo.

—Por ahora, quizá. La valentía no es inmutable. No es un atributo fijo, como la estatura de un hombre o el color de su cabello.

—¡Yo os digo! —gritaba Juan—. ¡Debéis producir frutos acordes con el arrepentimiento! ¡Porque los árboles que no producen frutos buenos, serán talados y arderán en la hoguera!

—¿Qué debemos hacer? —gritaba el gentío—. ¡Dinos! ¡Dinos!

Juan abrió los brazos.

—El que posee dos camisas, debe compartirlas con el que no tiene ninguna, y el que tiene alimento, debe hacer lo mismo.

La concurrencia tomó sus palabras al pie de la letra y todos empezaron a mirar a su alrededor; pronto una mujer desconocida casi obligó a María a aceptar su túnica y capa de repuesto. Su amabilidad le trajo lágrimas a los ojos.

Miró a Jesús, preguntándose qué le parecía la orden de Juan, y se sorprendió de ver una extraña expresión de preocupación en su rostro. Miraba en dirección a Juan aunque no parecía verle.

—Amigos míos —dijo Jesús con voz queda—. Ahora debo irme al desierto. Solo.

Su recién formado grupo de seguidores sufrió una conmoción.

—Pero... ¿cuándo volverás? —Felipe, antes tan dichoso y seguro de sí mismo, estaba desconcertado.

—No lo sé. Dentro de unos días o, tal vez, más tiempo. —Les reunió a su alrededor—. Podéis aguardarme aquí. Si realmente no podéis esperar, volved a vuestros hogares. Os encontraré después.

—¿Cómo? —quiso saber Simón Pedro—. ¿Cómo nos encontrarás?

—Lo haré —le tranquilizó Jesús—. ¿Acaso no os encontré ya, para empezar?

—Sí, pero...

—A aquellos de vosotros que puedan esperar, os ruego que me esperéis. Quedaos aquí, rezad, escuchad a Juan, conoceos unos a otros. La bebida y el alimento que hay en la tienda son vuestros. Si salgo victorioso, volveré por vosotros.

El sol ya había recorrido la mitad de su camino hacia el horizonte occidental. Las sombras se alargaban bajo las piedras, se levantó un viento frío que erizó la superficie del agua e hizo que los conversos temblaran estremecidos cuando Juan los sumergía en el río.

—¿Victorioso? —Andrés pronunció la palabra como si fuera la primera vez que la oía.

—Victorioso —repitió Jesús—. Es algo que debo arreglar desde el principio.

Más sorprendente que sus palabras fue el hecho de ajustarse la capa en torno a los hombros, colocarse bien las sandalias, revisar su bastón y disponerse a partir.

—¿Ahora? ¿En este mismo instante? —Natanael se mostró estupefacto—. Espera hasta la mañana.

Jesús negó con la cabeza.

—Debo irme ahora —respondió con firmeza.

Y, para su asombro, cruzó el vado, enfiló el camino oriental que conducía al paraje más yermo del desierto y echó a andar con decisión, sin echar ni una mirada atrás.

A la puesta del sol, el gentío que se había congregado para escuchar a Juan empezó a dispersarse. Los que tenían refugios se retiraron allí, y pronto las pequeñas hogueras encendidas para cocinar tachonaron el paisaje de puntos candentes. Los demás ya se habían ido, para dirigirse a las aldeas más cercanas o a sus propios hogares, donde fuese que estuvieran. Parecía que Juan tenía un nutrido grupo de discípulos permanentes, que le seguían a todas partes, así como cierto número de personas que acudían para escucharle una única vez.

El nuevo grupo de seguidores de Jesús se reunió en torno a la hoguera para compartir la cena. Como María había venido con las manos vacías, nada tenía que aportar y dependía por completo de los demás. No había mucho que comer: algunos pescados salados, unos trozos de pan seco y unos cuantos paquetes de dátiles.

—¿Qué vamos a hacer? —preguntó Simón Pedro finalmente—. ¿Esperaremos aquí, como dijo Jesús?

Sus ojos brillaban con asombro en la penumbra. Todo había sucedido muy rápido, y ahora Jesús había desaparecido.

—Nosotros vinimos para escuchar a Juan —explicó Andrés a Felipe y a Natanael—. Vinimos de Galilea con María, que estaba... que buscaba la soledad en el desierto, y pensamos que asistiríamos a los sermones del Bautista antes de volver a casa. Nunca se nos ocurrió... No habíamos pensado en esto.

—Nosotros tampoco —dijo Felipe—. Nos sentíamos inquietos y quisimos venir a ver al Bautista. La vida en casa resultaba aburrida; yo estaba harto de la pesca... y de mi esposa también; al menos eso me parecía.

Al ver que nadie le rebatía ni se oponía a sus palabras, siguió:

—Como os diría cualquiera que esté casado, el matrimonio puede resultar un engorro. ¿Estáis casados?

—Yo, sí —respondió Simón Pedro—. Y sé a qué te refieres aunque, naturalmente, mi esposa es muy buena...

—¡Naturalmente! ¡Por supuesto! —Felipe soltó una risa fuerte.

—Pues sí que lo es —confirmó Andrés.

—Yo también estoy casada —dijo María con calma—. Y no vine aquí para huir de mi esposo ni de mi hija. Ahora que estoy curada, anhelo volver a su lado.

—A eso me refería —interpuso Andrés—. No vinimos para huir del pasado sino para ver a Juan. Jamás se nos ocurrió convertirnos en discípulos del Bautista ni de nadie más. Nuestra vida está en Cafarnaún.

—Y de repente... se supone que debemos ir detrás de... ese... hombre. Ese hombre de... Nazaret, ¿no es cierto? ¿Acaso hemos de acompañarle hasta allí?

—¿Puede algo bueno salir de Nazaret? —dijo Natanael de pronto—. Ya conocéis el viejo dicho.

Desde luego, a él le gusta mucho, pensó María, porque no deja de repetirlo como si fuera un pregón.

—Claro que lo conocemos. Ningún profeta dijo nunca que alguien importante vendría de ese lugar —respondió Pedro—. Pero este hombre... Cuesta creer que realmente viene de Nazaret. Parece como si viniera de otra parte.

Nazaret... ¿Cómo era aquella familia que María había conocido tanto tiempo atrás? ¿Y no había vuelto a encontrarse con uno de sus miembros más recientemente, la noche de su boda? ¿No había... no había un muchacho llamado Jesús en aquel campamento, en el viaje de vuelta de Jerusalén? Rebuscó en su memoria. Había un grupo de niños y Jesús era el mayor. Le habló de lagartijas. Sí, lagartijas, y de la providencia de Dios. Incluso entonces, tenía un aura especial. ¿Era posible que se tratara de la misma persona?

—Estoy de acuerdo, parece venir de otra parte —decía Felipe—. Pero no hemos contestado la pregunta: ¿Le esperaremos? Y, si lo hacemos, ¿qué pasará cuando vuelva?

—A mí... me gustaría esperar, al menos por un tiempo —dijo Pedro—. Quisiera volver a verle. Ejerce una especie de extraño poder, algo que no puedo explicar. Cuando estaba en su presencia no quería alejarme. Supongo que podemos quedarnos un día más.

—Padre se pondrá furioso —dijo Andrés—. No tuvimos el valor de decirle que nos íbamos, sencillamente lo hicimos. Dejamos que Mara y su madre le comunicaran la noticia.

—No había tiempo que perder —repuso Pedro—. Teníamos que irnos al instante. Si no... —Calló por deferencia a María.

—Si no, me habrían lapidado —concluyó ella—. Fue por la bondad de Andrés y Simón, Pedro, que encontré un lugar donde esconderme hasta poder escapar.

—¿Cómo caíste presa de los demonios? —preguntó Felipe con gran curiosidad.

—Me llevé un viejo ídolo a casa —explicó María—. Así empezó todo.

—La Ley dice: «No llevarás la abominación a tu hogar; si lo haces, serás tan condenado como ella.» ¿Es eso lo que te pasó? —preguntó Natanael.

—¿Cómo es que conoces este versículo? —A María le asombró su conocimiento de aquel pasaje críptico.

—Me gustaría abandonar la pesca y dedicarme por completo al estudio de las Escrituras.

—Ya veo que tú no estás casado —dijo Pedro—. A tu esposa no le haría ninguna gracia oír eso.

—Quiero quedarme para volver a ver a Jesús, para comprenderle mejor, para agradecerle lo que hizo por mí. Para intentar compensarle de algún modo, ayudándole. Nos pidió que le siguiéramos... —María meneó la cabeza—. Pero también anhelo volver a casa.

—De todas formas, tú no puedes seguirle —interpuso Natanael—. Eres una mujer. No puedes ser su discípula. No existe nada semejante a una mujer discípula. ¿Has visto a alguna con Juan? Y, aunque las hubiera, estás casada. No puedes abandonar a tu familia. Entonces te lapidarían sin duda, por prostituta. Jesús no estaba hablando en serio cuando te invitó. A buen seguro, sus palabras tenían algún sentido simbólico.

—A mí me pareció que hablaba literalmente —dijo Pedro.

—No puede ser —Felipe estaba de acuerdo con Natanael.

—¿Cómo podré saberlo, si no le espero? —Eso era lo más importante que jamás había tenido que aclarar. Ese hombre la había invitado a ser su discípula, ella, una mujer, a quien le estaba prohibido estudiar la Torá. Se sentía muy honrada, aunque su invitación sólo tuviera un sentido simbólico. Los demás ni siquiera le concedían los símbolos.

—Sólo tenemos que esperar un día por vez —dijo Pedro—. Cada alba decidiremos lo que haremos. Quizá por eso se fue, para darnos esta experiencia.

Más tarde salieron de la tienda y se mezclaron con la gente acampada en los alrededores. Algunos venían del lejano norte, donde el río Jordán fluía entre las laderas del monte Hermón, y otros, del lejano sur, del desierto que lindaba con Bersabee. Hablando con ellos descubrieron su absoluta adhesión a Juan y su convencimiento de que él era el Mesías.

—Hemos estudiado las Escrituras, y todas las señales apuntan a él —dijo una mujer robusta mientras removía su cazuela con energía. María vio fibras de carne aflorar a la superficie del guiso.

—¿Por ejemplo? —preguntó Natanael para poner a prueba sus conocimientos. La mujer dejó de remover la comida.

—Pues está muy claro —respondió—. No hay duda de que es un elegido de Dios, como lo ha de ser el Mesías. Lucha por la redención de nuestro pueblo, como Isaías nos dijo que haría. Y juzga a sus enemigos, por el poder de Dios, es evidente.

—Exactamente como dijo el profeta Isaías. —Su marido, un hombre de vientre prominente, se acercó contoneándose como un pato para participar en la conversación—. Dicen los versículos: «Vendrá como una marea contenida, impulsada por el aliento de Dios. El Redentor vendrá a Sión, a los hijos de Jacob que se arrepientan de sus pecados.» —Calló y tomó profundo aliento, porque lo había agotado hablando.

—Pero ¿qué hay de su lugar de nacimiento? —Simón Pedro parecía perplejo—. ¿No hay profecías que hablen de ello? —No fue capaz de citar ninguna.

—Oh, hay muchas. —Otro hombre surgió de la penumbra para

unirse a ellos, envuelto en su capa y mirándoles desde debajo de su capucha—. Para que alguien las cumpla todas ellas, tendría que nacer de distintas madres y en diversos lugares al mismo tiempo.

—¡Calla la boca! —Se le enfrentó el hombre obeso—. Nadie ha pedido tu opinión. Nadie te ha dirigido la palabra.

El recién llegado se encogió de hombros.

—Yo sólo quiero que la gente use la cabeza. Que no se limite a citar versículos de manera mecánica. Un cuervo amaestrado podría hacer lo mismo, sin entender más que vosotros, me atrevería a decir.

—Vete —insistió la mujer que removía el guiso—. No sé por qué has venido, si no es para soltar tu veneno.

El intruso se limitó a responder:

—Ya veo que los penitentes son amables y bien dispuestos. Qué bien os habéis arrodillado ante Juan, prometiendo cambiar vuestros hábitos. Promesa muy eficaz, por lo visto. ¡Que su mesianismo viva para siempre! —Se volvió hacia Simón Pedro y los demás, como si formara parte de su compañía—. Yo creía que el signo del Mesías sería su gran poder divino. Juan carece de él.

—Vete, Judas. —La mujer le dio la espalda y se alejó intencionadamente, dejando al hombre con María y su grupo.

—Por supuesto, éste es sólo uno de los signos del Mesías. ¿Sabéis —preguntó animado— que las Escrituras contienen más de cuatrocientos «signos» del Mesías? Cuatrocientos cincuenta y seis, para ser exactos. Ay, Señor, ¿qué pasaría si alguien mostrara sólo cuatrocientos cincuenta y cinco? ¿O nos veríamos obligados a aceptar a cualquiera que cumpliera una cuota mínima?

—¿Cómo sabes que hay cuatrocientos cincuenta y seis? —quiso saber Andrés—. ¿Los has...?

—¡No, claro que no los he contado! Eso lo dejo a los escribas. Ellos se pasan la vida analizando asuntos como éste. Yo sólo lo aprendí de ellos, y ya está.

Su voz era suave y profunda. No parecía ser galileo, su acento era de otra región.

—¿De dónde eres... Judas? —preguntó Simón Pedro.

—De Emaús, en las inmediaciones de Jerusalén —respondió el hombre.

—¡Lo sabía! ¡Lo sabía! —Andrés parecía satisfecho de sí mismo—. ¡Sabía que tu acento es de Judea!

—Y yo sabía que el vuestro, no —repuso Judas—. Debéis de ser de Galilea.

Todos asintieron.

—Soy Simón, hijo de Jonás de Betsaida —se presentó Simón Pedro—. Éste es mi hermano, Andrés, y éstos son Felipe, Natanael y María, todos de pueblos costeros cercanos al mío.

—También mi padre se llama Simón —dijo Judas—. Simón Iscariote. Es uno de los escribas que os decía. Me entero de muchas cosas a través de él. De hecho, él me envió aquí para espiar, en cierto modo. Tiene curiosidad de saber de Juan, pero no quiere venir en persona. No sé si no le apetece el viaje o, simplemente, prefiere que no le vean aquí.

—O teme convertirse y unirse a las filas de los demás —sugirió Felipe.

—Eso no es muy probable —respondió Judas—. Juan no es para todos.

—Hemos conocido a alguien que... podría serlo. —Simón Pedro habló con cautela—. Es decir, aún no estamos seguros pero...

—¿Quién es? —preguntó Judas con brusquedad. Podría ser un auténtico espía, en misión de recoger nombres de sospechosos para las autoridades de Jerusalén.

—Se llama Jesús —dijo Andrés—. Es de Nazaret.

Judas le miró sin inmutarse.

—Nunca he oído hablar de él.

—Vino para escuchar a Juan, aunque no es como él. En absoluto. —Ante el silencio de los demás, Andrés tuvo que reconocer—: Bueno, un poquito, quizá. Creo que es una especie de profeta.

—Y... ¿qué dice él?

—No podemos parafrasearle —se interpuso Felipe.

—Pero supongo que puedes resumir su mensaje. —Judas parecía molesto, como si tratara con gente rústica y obtusa.

—No, no puedo —se obstinó Felipe—. Tendrás que oírle por ti mismo.

—Muy bien, pues. Mañana. ¿Dónde predica?

—No predica. Se ha ido al desierto, solo.

—¿Por cuánto tiempo?

—Ni idea —dijo Simón Pedro—. Cuando vuelva, sin embargo...

—No puedo quedarme aquí para siempre —le interrumpió Judas—. Y tampoco aguantaré los sermones de Juan por mucho tiempo. Ya tengo toda la información que padre me pidió. No, he de volver a casa. —Se rió—. ¡Otro profeta perdido! Qué lástima. —Bostezó—. Me voy a dormir.

—Ven a la tienda con nosotros —le invitó Andrés—. Hay espacio. Quizá Jesús vuelva mañana, antes de tu partida.

—La tienda no es nuestra —le recordó María—, es de Jesús.

—¿No crees que daría la bienvenida a este... buscador? —preguntó Felipe.

El grupo se acomodó en el interior de la tienda de Jesús. Poco a poco, María empezaba a fijarse en las cosas. Se dio cuenta de que la tienda carecía de objetos personales, de cualquier cosa que la relacionara con Jesús. Allí no había posesiones que hablaran del carácter de su dueño. Las mantas eran del tipo más común y del color más frecuente, lo mismo ocurría con las lámparas. No obstante, había todo lo necesario para los huéspedes. Si deseaban acostarse y dormir, había lo preciso para ello. Si necesitaban cubrirse, tenían mantas al alcance de la mano. También, luz suficiente para ver.

Esta noche, en ausencia de Jesús, se sentían apocados, distintos, personas más corrientes, y la sensación iba en aumento. Se sentaron en las mantas dobladas que hacían las veces de esterillas y trataron de iniciar una conversación, pero el sueño les acosaba a todos.

Judas también se sentó y miró a su alrededor, deseoso de entablar conversación. Parecía ser el único con reservas de energía y ansioso por emplearlas de algún modo.

—Ya veo —dijo— que habéis encontrado vuestro ídolo.

—Estás equivocado —le previno Pedro—. Ninguno de nosotros busca un ídolo.

—Oh, pues, un Mesías —rectificó Judas. Sentado con las piernas cruzadas sobre una manta, recorría los rostros de los demás con ojos inquietos. Levantó su estilizada y elegante mano para apartar un mechón de pelo de la frente.

—Eso tampoco —intervino Andrés. También él era moreno y de cabello abundante, aunque más robusto que Judas—. Simplemente... encontramos a este hombre que... nos sorprendió. Es lo único que puedo decirte.

—¿Os sorprendió? —Judas arqueó las cejas—. ¿De veras? ¿De qué manera? Veamos. Nadie puede sorprenderte de muchas formas. O resulta ser menos de lo que esperabas, o más, o tan extraño que supera toda expectativa. En este caso, será alguien inestimable o una nulidad. —Hizo una pausa—: ¿Cuál es el caso? ¿Es Jesús inestimable o una nulidad?

—¿A ti qué más te da? —le espetó Felipe—. Obviamente, has venido para descalificarle. Tu objetivo era descalificar a Juan y, si llega-

ras a conocer a Jesús, harías lo mismo con él. Las personas como tú...
lo afean todo y se divierten haciéndolo.

—Ni siquiera me conoces —protestó Judas en tono ofendido—.
¿Cómo puedes rechazarme así? Yo quiero escuchar a este Jesús que
tanto os ha impresionado.

—Poco importa lo que nosotros pensamos de él —dijo Natanael—. Lo importante es lo que él piensa de nosotros.

—Oh, vamos, en última instancia, sólo vale lo que piensa cada
uno de nosotros —protestó Judas—. Nunca podemos conocer la opinión de los demás. —De pronto, miró a María—. ¡Y tú, una mujer!
Es, desde luego, irregular que una mujer sola esté aquí. ¿Este Jesús
reúne mujeres a su alrededor?

María se sintió señalada y avergonzada, como si aún la poseyeran
los demonios. Avergonzada, sin embargo, de Jesús, como si fuera culpable de una transgresión. ¿Este Jesús reúne mujeres a su alrededor?

—Yo soy la primera —explicó—. No sé si habrá otras que tengan
la oportunidad de conocerle. —Calló por un instante y luego preguntó, de pronto—: ¿Tú qué haces, Judas? Has hablado de tu padre, que
es escriba. Está claro que tú no lo eres. No debes de trabajar para un
amo ocupado o no tendrías tiempo para venir aquí a hacer los recados
de tu padre. —¿Por qué respondían todos a las preguntas de Judas y
no le hacían ninguna?

—Sirvo a diversos amos en distintos momentos. Soy contable.
Llevo los libros de cuentas y los registros de las empresas. Es un trabajo temporal, como muchos otros. —Parecía enaltecido, satisfecho
de haber rechazado su ofensiva. Después, sus facciones se suaviza-
ron—. Y, cuando no estoy ocupado sirviendo a estos amos, me gusta
practicar el arte de los mosaicos.

¡Mosaicos! ¡Representaciones de seres vivos! María casi oyó las
exclamaciones internas de asombro de sus compañeros.

—No creo que esto deshonre a Dios —prosiguió Judas con voz
queda—. Creo que todas sus creaciones son gloriosas, y su reproduc-
ción las celebra y las honra. —Hizo una pausa—. Además, los romanos me pagan bien. Yo decoro sus casas y ellos me permiten alabar a
Dios a mi manera, con las obras de mis propias manos. La Ley, su
cumplimiento, poco tiene que ver con la personalidad de cada uno,
¿no os parece?

—No se trata de eso —repuso Pedro secamente.

—Oh, yo creo que sí —dijo Judas—. Creo que Dios desea que seamos un reflejo personal de Él. ¿Por qué, si no, instiló en nosotros el

deseo de pintar o hacer mosaicos? Dios no crea deseos si no espera que sean cumplidos, de un modo u otro.

Todos rieron, incómodos.

—Debemos preguntar a Jesús cuando vuelva —propuso Natanael. Todos compartían la sensación, general aunque no verbalizada, de que Jesús era el único capaz de responder a Judas. Esperaban que seguiría allí cuando Jesús volviera para hacer frente a sus desafíos.

La camaradería fue menguando como el fuego delante de la tienda. Uno tras otro, admitieron que estaban agotados y necesitaban dormir.

La intensa emoción de la noche anterior se había disipado.

María dejó caer la cabeza en la capa doblada que le serviría de almohada. El humo de los rescoldos se filtró en la tienda, como si también buscara un lugar donde dormir. Lo inspiró. Siempre le había gustado el olor de la madera quemada, quizá porque le resultaba tan familiar debido al negocio de su padre, donde hileras de pescados se secaban suspendidos sobre las llamas.

Su padre... Eli... Silvano... y Joel. Su madre, sus primas y la vieja Ester, su vecina. Todos estaban en Magdala, esperando noticias de su suerte. Ojalá pudiera hablar con ellos ahora mismo, contarles su extraordinaria historia. La idea de su incertidumbre, de su preocupación, le produjo una punzada de dolor físico en el pecho. No quería ser la causa de más desdichas para ellos. ¡Ni para Eliseba! La niña era demasiado pequeña para echarla de menos, y eso era lo peor de todo.

Debo volver a verles, pensó. No sé qué hacer. Si Jesús estuviera aquí, podríamos partir todos juntos, en grupo. Pero ahora... no podemos esperar por tiempo indefinido.

¿Dónde estará ahora? Allí fuera, en el desierto, enfrentándose quizás a los mismos demonios que me poseyeron a mí. Ellos le buscarán. Están muy enfadados por haber sido expulsados.

Sintió el frío del desierto que penetraba en la tienda. El frío sería mucho más intenso en pleno yermo. Era muy difícil sobrevivir allí. Ella había tenido una cueva donde buscar refugio.

Junto con el frío, entraba en la tienda una delgada línea de luz azulada. La luna estaba casi llena. María se levantó y se acercó a la abertura de la entrada para mirar fuera. El paisaje estaba bañado en una cruel luz transparente, que resaltaba las estrías de la arena y las rendijas de las rocas.

Jesús estaba allí fuera, en algún páramo aterido y solitario del desierto, iluminado por la luz de la luna, lo mismo que las rocas diseminadas a su alrededor. La luna, aunque hermosa, lo pintaba todo con el color de la desolación. Y Jesús se estaba enfrentando a la desolación.

22

A mi queridísima amiga, Casia bat-Benjamín, esposa de Rubén de Magdala.

De su amiga María, también de Magdala, amiga deshonesta y ahora honesta.

¡Escribo mis reflexiones para ti, en lugar de hacerlo para Dios! El rabino me entregó estos objetos de escritura para escribir a Dios y sobre Dios, pero no pude hacerlo. Falté a Dios pero también te falté a ti. Y ahora deseo pedir tu perdón, aunque ya te oigo decir: «¡Pero, si no hay nada que perdonar!» Estás equivocada. ¡Hay demasiado!

¿No son los amigos espíritus afines? Los verdaderos amigos lo son por esta razón. Otras personas están en nuestra vida por lazos de sangre o por conveniencia, pero la elección de un amigo es algo que sólo hacemos por placer. No obstante, yo tuve un secreto que jamás te revelé en todos estos años, cosa que significa que he sido una amiga desleal.

Ya sabes que tiendo a guardar secretos; piensa sólo en las clases de lectura que oculté a mi familia y en cómo trasgredía las normas rituales en cuanto salía de casa. Tú conocías aquellos secretos y por eso creías conocerme a mí. Hubo, sin embargo, un secreto muy grande que ni siquiera tú conocías y que es la causa de que me fuera de Magdala y terminara en este lugar, el desierto, junto con un grupo de hombres, esperando que otro hombre vuelva a nosotros.

Ahora puedo decírtelo: Tuve un ídolo prohibido, lo guardé y... ¿lo adoré? Ahora que veo las cosas con más claridad, he de decir que sí. Cada vez que miraba su sonrisa de marfil, una oleada de cálida excitación recorría mi cuerpo. ¿Era sólo porque se trataba de un objeto prohibido o era el estremecimiento de la adoración?

Aquello condujo a mi posterior posesión. Sí, me poseyeron los demonios. Tú no llegaste a verme en ese tiempo. No nos veíamos a menudo cuando me convertí en una loca, una demente que luchaba con sus demonios en privado. Por tanto, nunca lo supiste. Intenté mantenerlo en secreto pero, al final, Joel lo descubrió y entonces... Te lo contaré todo cuando nos volvamos a ver. Quizá te entregue este fajo de papeles para que los leas de principio a fin, porque no veo ningún medio de hacerlos llegar a tus manos antes.

¡El tormento de los demonios! La desesperación fue tan grande, Casia, que quise morir. Busqué la muerte. La negrura de mis pensamientos, las profundas tinieblas que me envolvían, eran Satanás en persona. ¿Por qué le llaman «príncipe de este mundo»? No es de este mundo sino de un foso, de un abismo.

Y entonces alguien me sanó. Alguien más fuerte que los demonios, más fuerte que el propio Satanás, logró expulsarlos de mi cuerpo. Y llegó la luz, tan deslumbrante como oscuras fueron las tinieblas. El mundo está inundado de luz, de color, del sonido de la belleza. Por eso pienso que este hombre, mi redentor, es el verdadero príncipe de este mundo, porque me ha devuelto a él, y ahora es más hermoso que nunca. Y vuelvo a sentirme como una niña, pura y lozana y nueva, aunque más sabia... ¡Oh, mucho más sabia que cualquier niño! Soy la María de siempre, la que creías conocer. Soy una María nueva, que ni yo conozco todavía.

Casia, voy a seguir a este hombre. ¡Soy su discípula! Una discípula... ¿te lo imaginas? Desde luego, volveré a casa, iré enseguida, tan pronto regrese ese hombre, pero después seré su discípula, de alguna manera. Él dijo que podría seguirle sin abandonar mi hogar. ¿Tú lo entiendes? ¡Todo esto resulta incomprensible!

Se llama Jesús y es de Nazaret. Ya sé, la gente ya murmura «¿Puede algo bueno...?» Conoces el dicho. Me parece que es el muchacho que conocimos hace tantísimo tiempo, en el viaje de vuelta de Jerusalén. ¿Te acuerdas? Pasamos la noche con su familia. Él debía de tener unos trece años entonces. Ahora tendrá más de treinta. Ya entonces me pareció una persona singular, claro que aquello no fue nada, comparado con ahora. Pero, si quisiera hablarte de él, te parecería todo muy raro. ¡Tienes que conocerle! Resulta imposible describirle pero, si le conoces, lo entenderás. Creo que empezará a predicar en Galilea; entonces podrás ir a escucharle.

Y los hombres, sus otros discípulos... No te lo creerás pero dos de ellos son Simón y Andrés bar-Jonás. Ya sabes, los pescadores, los que vendían su captura a mi padre. Solíamos reírnos de la posibilidad de tener que casarnos con uno de ellos, decíamos que olían mal, que apestaban a pescado. Pues Simón se ha casado, pero Andrés todavía no. Y, en realidad, no huelen; ahora pienso que Andrés sería un buen marido.

Hay dos más: Felipe, un pescador de Betsaida y Natanael, antiguo pescador.

Felipe rebosa de energía y no para de hablar; se niega a decir de nada que es malo, molesto o imposible. ¿Sabes qué, Casia? ¡Las personas alegres pueden resultar deprimentes! A veces, cuando le oigo silbar, me pongo de mal humor.

Natanael es apuesto, a su manera mohína, pero tan sarcástico como Felipe es jovial. Según parece, era pescador pero se rebeló contra aquello y anunció a su familia que se dedicaría enteramente al estudio, el estudio de las escrituras. Aunque no al modo de los escribas. Tiene una auténtica sed de conocimiento y quiere saber todo lo que hay que saber en el mundo. Suerte para él que no está casado. Seguro que su mujer se sentiría estafada si, habiendo aceptado casarse con un pescador, terminara al lado de un erudito pobre cuando sería ya demasiado tarde para cambiar de opinión.

Hace unos días apareció un hombre raro; dijo que venía a espiar a Juan el Bautista por cuenta de su padre. Creo que mentía. Creo que vino para verle por sí mismo. ¡Este hombre, que se llama Judas no-sé-qué, hace mosaicos! ¡Sí! ¿Te imaginas a un hombre judío haciendo mosaicos? Ya te he dicho que es raro. Aunque no más que una mujer judía que oculta ídolos.

Y Juan el Bautista. También él está aquí. De hecho, es la razón por la que tanta gente se ha congregado en este lugar. Asusta estar cerca de un auténtico profeta. Pero, Casia, él no tiene miedo de nada. Sería maravilloso ser como él. Un día vinieron los soldados y le amenazaron, pero no les hizo caso. No, lo digo mal. Hizo más que eso, les amenazó con la ira de Dios.

Está realmente demacrado, su pelo está revuelto y lleno de espinas, y lleva pieles sin curtir en lugar de ropa. No sé si es verdad que come sólo miel y algarrobas, pero basta mirarle para ver que no come mucho.

De mi descripción de las personas que he conocido aquí se desprende que son muy distintas a las gentes de Magdala. Incluso los que conocía en Magdala, como Simón y Andrés, son diferentes aquí. Ah, Jesús dio a Simón un nombre nuevo, le llamó Pedro, porque dice que es como una piedra. Seguramente lo dijo en broma, porque Simón es muy impulsivo y cambiadizo. Nunca sé cuándo Jesús habla en serio y cuándo no. Claro que todavía no le conozco bien. Cuando vuelva...

Seguirán más noticias de tu María. ¿Te das cuenta? Sin ti, no habría escrito ni una de todas estas palabras.

Dios es bondadoso y por primera vez puedo sentir su presencia.

23

—No puedo esperar más —dijo Judas dando vueltas al trozo de carne sujeto en el extremo de una ramita que sostenía sobre el fuego. Se estaba haciendo el almuerzo. Evidentemente, planeaba comer solo y partir con la primera luz. Cuando los demás salieron de la tienda, no obstante, les ofreció comida, aunque con cierta vacilación—. Ni siquiera sabéis cuándo volverá ese rabino o lo que sea. En todo caso, yo vine a ver a Juan el Bautista. Ya le he visto, no me queda más por descubrir. Sus sermones son todos iguales. No tiene sentido seguir aquí. —Retiró la carne del fuego y la examinó con atención, luego la quitó del palo humeante y se la comió.

—Es cierto, no sabemos cuándo volverá —admitió Pedro—. También nosotros debemos decidir qué hacer. No podemos esperar indefinidamente. —Pedro meneó su gran cabeza y los rizos se agitaron—. Aunque lamento que no llegues a conocerle, Judas Iscariote. Lo lamento de veras.

Judas se encogió de hombros.

—En otra ocasión, quizá.

—Dudo que vaya alguna vez a Jerusalén —dijo Andrés, sumándose a la conversación—. Y tú eres de allí.

—Sí, por lo que oigo, es un personaje local, de la región de Galilea. No suelo ir allí. Mi labor de contable requiere mi presencia en las inmediaciones de Jerusalén, y mis mosaicos me llevan a las áreas romanas, como Cesarea. Aun así, nunca se sabe. —Cargó el fardo a hombros y se dispuso a partir—. Os deseo lo mejor, a vosotros y a vuestro rabino —dijo con sinceridad—. Tened cuidado. Éstos son tiempos peligrosos para todos. No creo que veamos ni escuchemos a Juan por mucho tiempo más.

—¿Lo dices por Herodes Antipas? —preguntó Pedro.

—Obviamente. Antipas le cerrará la boca. Sus días de predicador están contados. Escuchadle con atención esta mañana, o por la tarde o cuando queráis ir en su busca. No porque vaya a decir algo distinto de lo que ya he oído. —Les saludó—. Me alegro de haberos conocido.

Judas había sacado a colación un asunto preocupante. No podían sino reconocer que Jesús les había elegido para después desaparecer, sin prometerles cuándo volvería. Aquella tarde Pedro planteó el dilema.

—No quiero apresurarme, pero no tenemos la menor idea de cuándo volverá Jesús. Mi hermano y yo vinimos por otro asunto, que ya está resuelto. Tenemos que regresar. Jesús dijo que nos encontraría... —Su voz se apagó—. He de aceptar su palabra. Debo tener esperanza y fe en que volverá y nos encontrará. Entretanto, sin embargo, puesto que no tenemos instrucciones acerca de qué hacer, me temo que Andrés y yo debemos regresar a casa y a nuestro trabajo. María, ¿vienes con nosotros? ¿O prefieres que llevemos un mensaje de tu parte?

Oh, ¿no podían esperar un día más? Anhelaba ver a Joel, a Eliseba y a su familia, pero no quería irse sin ver a Jesús. De otro modo, acabaría pensando que nada de eso había ocurrido. Ahora que se había recuperado, necesitaba ver a ese hombre, verle en circunstancias normales y no bajo la presión dolorosa de una necesidad extrema.

—No —respondió—. Es mejor que se lo diga yo misma, que vean el milagro con sus propios ojos. —Se volvió hacia Felipe y Natanael—. Natanael, tú eres de Caná. Tú, Felipe, de Betsaida. No está lejos de Magdala. Si esperáis, volveré con vosotros.

La expresión de Natanael reflejó sus dudas.

—Yo pienso quedarme, aunque no sé por cuánto tiempo. Pero sí, cuando vuelva, puedes venir conmigo.

Juan seguía predicando, el vado del Jordán seguía inundado de penitentes y los días se hacían interminables. María iba cada día a escucharle pero —¡maldita sea!— Judas tenía razón, Juan no decía nada nuevo. Usaba las mismas palabras una y otra vez, las mismas exhortaciones. Sólo cambiaba su auditorio y, para ellos, el mensaje era siempre novedoso.

Con el paso de los días, María se dio cuenta de que debía irse. Ya le parecía que Jesús no volvería nunca. Algo le había pasado. Aunque esperaran toda la vida, jamás volverían a verle.

Muy apenada por esta idea, se acercó a Felipe para preguntarle si pensaba quedarse mucho tiempo más y, para su alivio, él pensaba lo mismo que ella. Tenían que partir pronto.

Entraron en la tienda y recorrieron con mirada triste aquel lugar que había sido su hogar durante tantos días. Aunque, sin duda, Jesús no esperaba que se quedaran por más tiempo. Empezaron a recoger sus magras pertenencias. María dispuso el material de escritura, que le había devuelto Pedro, a punto para el viaje.

Su última noche fue melancólica. María, Felipe y Natanael se sentaron junto al fuego sin apenas hablar. El propio fuego parecía ahogado; las llamas languidecían y la leña crepitaba y silbaba, como en protesta.

Volvería a casa y, con la ayuda de Dios, jamás olvidaría todo aquello. Era la cosa más extraordinaria que le había sucedido en la vida. Dios estaba allí, en esa misma tienda, y la había tocado.

—Vuelta a pescar —dijo Felipe con tristeza—. No es mala vida. —El tono de su voz contradecía sus palabras—. O tal vez abandone la pesca y me dedique a estudiar. Como Natanael.

—¿De qué vivirás? —farfulló María. Pero, al ver la expresión agobiada de Felipe, se apresuró a añadir—: Quiero decir que los eruditos necesitan de alguien que les mantenga y si tu esposa no ve con buenos ojos...

—No lo sé —admitió él—. Pero me temo que después de esto no puedo volver a la pesca. Debo vivir con lo que amo y confiar en que, de alguna manera, lograré sobrevivir.

—Amo a mi familia tanto como a mí misma —dijo María— y, sin embargo, sé que no lo entenderán. Tengo miedo de olvidarme de todo esto, de que llegue a parecerme un sueño.

—Las familias nunca entienden.

La voz venía de las sombras que bordeaban el círculo de luz proyectado por la hoguera. Era una voz familiar aunque cansada.

Se levantaron todos de un salto y miraron en dirección a la voz. Pero allí sólo había penumbra y el crepitar del fuego.

—¿Quién anda ahí? —llamó María. Su propia voz sonó extraña.

—Soy yo. —Una silueta apareció en el límite mismo de la luz—. Soy yo.

Avanzó con lentitud, con movimientos exhaustos. Sólo cuando se acercó tambaleándose a la hoguera le reconocieron.

—¡Maestro! —Felipe saltó a su lado, rodeándole con los brazos para sostenerle.

Jesús. Era Jesús.

—¡Oh, maestro! —María se adelantó también, deseosa de limpiarle la cara o de reconfortarle. Estaba delgado y exhausto: su piel estaba arrugada y quemada por el sol, y su espalda, encorvada. Los ojos, hundidos en las cuencas, destacaban en el rostro demacrado y parecían asustados de lo que habían visto.

Natanael trajo una manta y le cubrió los hombros. Su tensión y su expresión distante les confundía y no sabían qué hacer para ayudarle. ¿Estaba herido? ¿Sólo debilitado por su peregrinación, el frío de las noches y el calor de los días? ¿O había algo más?

Jesús se dejó caer junto al fuego moribundo.

—Aún estáis aquí —fue lo único que dijo.

—Sí, aún estamos aquí —le tranquilizaron.

—Han pasado muchos días —pronunció estas palabras tras un rato que se hizo muy largo—. No sé cuántos. Pero seguís aquí. —Les miró, uno tras otro—. Felipe. Natanael. María.

—Sí, maestro —dijo Felipe ahora—. Ahora debes descansar. —Intentó conducir a Jesús al interior de la tienda.

Él, sin embargo, no se levantó. No parecía tener fuerza suficiente para ello.

—Un momento. Dadme un momento.

—Sí. Lo que tú quieras —respondió Natanael.

—¿Sabéis cuánto tiempo ha pasado? —preguntó Jesús al final.

—No —contestó Felipe—. No lo sabemos.

—Cuarenta días y cuarenta noches —dijo Jesús—. Demasiado tiempo para estar en el desierto. Pero me enfrenté al Maligno y luchamos. Se acabó.

¿Quién ganó?, se preguntó María. Jesús parecía derrotado.

—Le vencí —dijo él. Su voz era apenas un susurro—. Satanás se retiró.

¿Y te dejó en este estado?, pensó María. Entonces es muy poderoso.

—Sí, Satanás es poderoso —dijo Jesús, como si leyera sus pensamientos—. Aunque no todopoderoso. Recordad esto, guardadlo en el corazón. El poder de Satanás es limitado.

María observó el rostro destruido de Jesús. Recordando cuán fácil le había resultado expulsar sus demonios, no se podía imaginar qué poder sería capaz de operar este cambio en él. Sus demonios, por fuertes que fueran, no eran nada comparados con el Maligno en persona.

—¡Oh, maestro! —Henchida de amor y de gratitud, cayó a sus pies. No llevaba sandalias, estaba descalzo.

—Era necesario. —Se inclinó y la tomó de las manos, apartándola de sus pies—. No podía hacer nada sin terminar antes con esto. —Hizo una pausa—. Ahora puedo empezar de verdad.

Le llevaron al interior de la tienda. Él cayó sobre una manta. Quedó dormido al instante, con los pies recogidos y la cabeza apoyada en otra manta, que servía de almohada.

A la mañana siguiente Jesús fue el primero en despertarse. Le encontraron en la puerta de la tienda, sentado delante del fuego, que había vuelto a encender. Lo miraba tan fijamente que habrían dado cualquier cosa por no molestarle, aunque resultaba imposible salir de la tienda sin que él les viera.

Sin embargo, él parecía dispuesto a ser molestado, hasta contento de verles.

—Saludos, amigos míos —dijo—. ¿Qué hay para comer?

Claro. Tenía que estar famélico. Empezaron a rebuscar frenéticamente entre las existencias, como si aquélla fuera una emergencia de primer orden, hasta que Jesús se echó a reír.

—No os preocupéis tanto. No puedo comer mucho después de tanto tiempo sin probar la comida. Algunos dátiles y un poco de pescado seco será más que suficiente.

Felipe le dio una bolsa de dátiles y él la abrió con ademanes lentos, en absoluto como un hombre famélico.

—Hummm... —Sostuvo un dátil en lo alto y lo observó con detenimiento. Después se lo comió.

—¿Dónde están los demás? —preguntó al fin.

—Pedro y Andrés tuvieron que volver a casa —dijo Natanael—. Confían en que podrás encontrarles, tal como dijiste.

—Hummm... —En apariencia, la atención de Jesús se centraba por completo en el dátil que estaba comiendo—. Vosotros, sin embargo, os quedasteis para esperarme —dijo al final. Esbozó una pequeña sonrisa, como si añadiera: Me alegro de ello.

—También estuvo aquí otro hombre, que quería conocerte, pero tuvo que marchar —dijo Felipe. Felipe tiene un talante abierto y cordial, que debe de atraer a la gente que busca respuestas, pensó María. Es un guardián de las puertas—. Se llama Judas —concluyó Felipe.

Jesús asintió.

—Un nombre bastante común. ¿Cómo podría reconocerle?

—Es hijo de Simón Iscariote. Vive cerca de Jerusalén. ¡Hace mosaicos!

Jesús arqueó levemente las cejas.

—¿Mosaicos?

—También es contable. Es un hombre moreno, delgado, bastante elegante. Un tipo interesante.

—Pero tuvo que marchar. —Era sólo una afirmación—. Y nosotros, también —añadió Jesús.

¿Qué ha pasado en el desierto? Todos querían preguntar, pero nadie deseaba ser indiscreto. Finalmente, Felipe se atrevió a hacerlo:

—Señor... si puedo preguntar —dijo—, ¿adónde fuiste, con qué te enfrentaste en el desierto? —Su voz, habitualmente vibrante, sonó apagada.

Jesús le miró a los ojos, como si quisiera evaluar hasta qué punto era capaz de comprenderle.

—Fue necesario ir al desierto, convertirme en blanco de Satanás. Me puse en sus manos. Si no era capaz de superar las pruebas a las que él me sometiera, ningún sentido tendría iniciar mi ministerio. Es mejor sufrir el descrédito al principio que tropezar a medio camino. Os contaré una historia. ¿Qué príncipe iniciaría la construcción de una torre sin antes calcular los costes de la empresa? Sería una desgracia no poder terminarla, la gente se reiría de él. ¿Qué rey emprende una batalla sin antes acotar sus tropas con las del enemigo? Si el enemigo es demasiado poderoso, es mejor no ir a la guerra sino buscar un compromiso de paz. También en este caso, si he de combatir a Satanás, debo estar seguro de mi victoria.

—Pero... ¿cómo te sometiste a las pruebas? —preguntó Natanael con la mirada fija en Jesús. Su rostro estilizado y sensible parecía temblar.

—Satanás siempre te encuentra —respondió Jesús—. Sólo tienes que esperarle. —Hizo una pausa—. Me adentré en el desierto y esperé. Y él vino, atacando mis puntos más débiles. Ésta es siempre su estrategia. Así os atacará también a vosotros.

—Satanás conoce bien vuestros miedos y debilidades. Tened cuidado. —Jesús les miró a todos—. Y lo que es más importante: aunque se retire del campo de batalla, Satanás vuelve siempre. Volverá a desafiarme a mí, como lo hará con vosotros. Debemos ser capaces de reconocerle. Es el acusador, el que nos pone a prueba. Nos enfrenta a pecados pasados y perdonados. No es Dios quien nos atormenta con el recuerdo de los pecados, sino Satanás.

—¿Por qué? —preguntó Natanael.

—Si Satanás no consigue arrastrarte a nuevos pecados, intentará aniquilarte con los viejos. Es el eterno adversario de Dios y, si luchas en el ejército del Señor, él te combatirá con todos sus medios.

Jesús se puso de pie y, por primera vez, María percibió la majestuosidad de su presencia. No era más alto que Felipe o Natanael, pero parecía serlo. La capa, que colgaba de su cuerpo angostado, le vestía como a un príncipe.

—Tenemos la misión de enfrentarnos a Satanás. Cada uno de vosotros deberá adentrarse en su propio desierto para pasar la prueba. María, tú ya has luchado con tus demonios y saliste vencedora.

—No —repuso ella—. ¡Yo no! Me habían derrotado. Me disponía a morir para librarme de ellos. Intenté matarme. ¡Ellos ganaron!

—No ganaron —dijo Jesús—. Tú misma lo has dicho: estabas dispuesta a morir antes que claudicar. Fuiste sometida a la prueba suprema y permaneciste fiel a Dios.

No le había parecido una prueba suprema sino una tortura. María se preguntó con qué autoridad se pronunciaba Jesús con tanta contundencia, pero no se atrevió a contradecirle.

—¿Qué esperas de nosotros? —Felipe hizo la pregunta que estaba en la mente de todos—. ¿Qué hemos de hacer?

María esperaba que Jesús diera una respuesta vaga. Por el contrario, él dijo:

—Volveremos a Galilea. Iniciaré mi ministerio. Os quedaréis conmigo, y yo convocaré a otros más. Mi llamada será un desafío para Satanás. Por eso debemos empezar la lucha como veteranos templados en el combate.

—¿Y cuál, si puedo preguntar, maestro, será el mensaje de tu ministerio? —Natanael parecía muy turbado.

—Que el Reino de Dios ha llegado y que éste es el tiempo ansiado por los profetas.

—¿Ha llegado? —Felipe arrugó el entrecejo—. Perdona, pero ¿cómo puedes decir eso? Yo no lo veo en ninguna parte. ¿No se supone que llegará con tambores celestiales y que será inconfundible?

—Estas predicciones son equivocadas —repuso Jesús secamente—. Los profetas y los escribas no entendieron bien. La verdad es que el Reino es algo misterioso, que crece casi imperceptible. Ya está aquí. De algún modo, me toca a mí inaugurarlo. Porque lo veo, lo comprendo y soy su representante.

María meneó la cabeza.

—¿Estás diciendo que eres el Mesías? ¿No son éstos sus atributos?

—Yo no digo eso. Estoy preparado para que lo digan los demás, pero yo no lo afirmo.

—Entonces, señor —Felipe parecía confuso—, ¿qué dices tú?

—Seguidme. Esto es lo que os digo. —Jesús le sonrió—. Todo se aclarará sobre la marcha. Sólo caminando podemos entender el camino. Dios dice: Deseo obediencia, no sacrificio. La obediencia consiste en seguir los pasos que Él nos indica, uno tras otro. Sólo así veremos adónde nos dirigimos. —Abrió los brazos—. ¿Vamos a caminar juntos? —La invitación a atravesar el gran portal fue así de sencilla. Habría sido muy fácil declinarla.

Eso pensó María más tarde. Aquel viaje tan trascendental, qué insignificante pareció al principio. Sólo unos cuantos pasos. Un simple «seguidme». La ilusión de poder abandonar en cualquier momento. Y, sin embargo, para los que fueron llamados, el abandono resultó imposible.

24

El viaje de vuelta a Galilea en nada se pareció al viaje de ida. María recordaba la terrible huida, el azote del temporal y de los demonios que llevaba dentro, cómo avanzaba tambaleándose con Pedro —entonces Simón— y Andrés, dependiente por demás de su ayuda, despojada de todo.

Incluso de mi pelo, pensó. Levantó la mano para tocar su cabeza. El cabello ya volvía a crecer, aunque pasaría mucho tiempo antes de que permitiera que otros lo vieran.

Jesús abría el camino con gesto de preocupación. Respondía a sus preguntas y, en ocasiones, hacía algún comentario acerca del paisaje pero, por lo demás, permanecía callado. En una de las veces que se detuvieron para acampar, María le preguntó si de verdad había sido él a quien conociera en el viaje a través de Samaria, si era su familia con quienes pasó aquella noche.

Esperaba una respuesta incierta, pero él trató de recordar de inmediato. Concedía gran importancia a cosas que los demás considerarían insignificantes.

—Sí —respondió al final—. Lo recuerdo. Viniste con una amiga y unas primas tuyas. Fue en el viaje de vuelta de Jerusalén.

—A tu hermana Rut le dolía una muela —dijo María—. Era Shabbat...

—Sí —repitió Jesús—. Exactamente. Qué bueno que lo recuerdes.

—Tu familia —inquirió María—, ¿están todos bien?

—Mi padre, José, murió hace varios años. Pero mi madre está bien, como también mis hermanos y hermanas. Fue difícil dejar la carpintería a Santiago, mi hermano menor, aunque había esperado ese momento durante largos años. Él no está contento, porque desearía dedicarse por completo a los estudios y contaba conmigo, como primogénito, para ocupar el lugar de nuestro padre y darle la libertad de hacer lo que él quisiera. Como he dicho, sin embargo, cuando Dios te llama no puedes hacer oídos sordos. Y, cuando Él llama, por lo general pone una carga, no sólo sobre tus hombros sino también sobre otras personas. —Hizo una pausa—. Por eso resulta tan doloroso.

—Cuéntanos más cosas de tu familia —dijo María—. Las primeras palabras que pronunciaste a tu vuelta fueron: «Las familias nunca entienden.» ¿Qué quisiste decir con eso?

—Sé que mi familia no estará conforme con el camino que he emprendido —respondió Jesús.

Había entendido la verdadera naturaleza de su pregunta: ¿Cómo puedo ser una discípula y, al mismo tiempo, seguir con mi vida de siempre?

—Toda mi vida me he sentido llamado a hacer... algo —prosiguió Jesús, eligiendo con cuidado sus palabras—. Desde que era niño pensaba en Dios, en lo que Él esperaba de mí y en cómo podría acercarme a Él para descubrirlo. Por supuesto, tenemos la Ley, los Mandamientos...

—Pero tu padre, José... ¡desobedeció las normas del Shabbat! —le interrumpió María—. Desató el hatillo para buscar la medicina, aunque está prohibido atar y desatar nudos ese día. La propia medicina está prohibida. —María nunca había olvidado aquel acto escandaloso.

Jesús sonrió y meneó la cabeza, como si acabara de recuperar un recuerdo precioso.

—Sí que lo hizo. Se mostró valiente. Y con razón. Dios nunca quiso que el Shabbat fuera como una argolla de hierro alrededor de nuestros tobillos, como pretenden los vigilantes rígidos de la Ley. —Calló por un momento—. Es un error negarse a ayudar a alguien sólo porque es Shabbat. Es un error indiscutible.

—Hablando de tu llamada... —Natanael trató de volver la conversación al tema que a todos les preocupaba.

—Fue creciendo lentamente —respondió Jesús—. Por eso estoy tan seguro de ella. Las decisiones no se toman de una vez sino en momentos sucesivos. No quise marcharme durante los largos años de mi crecimiento, ni cuando murió mi padre y mi madre enviudó, para proporcionar los medios de vida a mi familia. Aunque la llamada puede hacerse sentir de repente —añadió, como si quisiera prevenirles—. Es distinto para cada persona. Dios nos busca de maneras diferentes. Pero, tratándose de algo tan duro, es mejor estar seguros. En el corazón.

María observó que hablaba en el plural, como si Felipe, Natanael y ella fueran sus compañeros de viaje, aunque algo retrasados, porque partieron más tarde que él. Ella también había sentido la llamada desde la infancia, aunque fuera una llamada confusa y no verbalizada. Después, el ídolo usurpó su legítimo lugar.

—¿Piensas volver a casa? —preguntó.

—Sí, volveré —dijo Jesús—. Aunque no como ellos esperan.

—También nosotros debemos volver —dijeron los demás al unísono.

—Por supuesto —admitió Jesús—. Aunque sería mejor para vosotros no hacerlo.

—¿Y eso por qué? —preguntó Felipe—. No querrás que seamos tan crueles que abandonemos a nuestras familias.

Jesús pareció dolido.

—No, crueles, jamás. Pero es muy fácil desviarse del camino cuando apenas acabas de emprenderlo. Tus seres queridos pueden ser tu perdición. Por eso dije que las familias no entienden nunca. Salvo que se unan a nuestra familia.

—Es poco probable —reconoció Felipe—. ¡Pero mi esposa! ¿Qué voy a decirle?

—Lo ves por ti mismo —respondió Jesús—. Resulta muy duro. No podemos fingir que no lo es. A veces, es más difícil satisfacer a los humanos que a Dios. Dios lo comprende todo. Los seres humanos, no. —Tiró unas piedrecitas al fuego, aparentemente muy atento a ver dónde iban a caer.

—Dentro de cuatro días estaremos en Galilea. Primero pasaremos por Betsaida y allí, Felipe, nos dejarás para ir a tu casa. Después pasaremos por Magdala y allí nos dejarás tú, María, para volver a tu hogar. Luego será el turno de Caná y de ti, Natanael, que regresarás a tu casa. Yo me retiraré a las colinas para rezar. El cuarto día volveré a Nazaret, donde está mi hogar. El Shabbat leeré la lección en la sinagoga. Y entonces empezará todo. Después iré a Cafarnaún. Si todavía queréis seguirme, os buscaré en la sinagoga de Cafarnaún el Shabbat siguiente. —Les miró a uno tras otro, demorando la mirada en cada rostro—. Si no os veo allí, lo comprenderé. No iré a buscaros pero, si os encuentro, me sentiré feliz.

María se dio cuenta de que le resultaba doloroso saber que no iría a buscarles. ¿Cómo podía aceptarles sin reservas para después renunciar a ellos con tanta facilidad?

Una vez más Jesús le leyó el pensamiento.

—Dios nos ama a todos con fervor, pero nos deja decidir cuán cerca queremos estar de Él —dijo—. No podemos ser menos. Debemos ser perfectos, como nuestro padre celestial.

—Pero somos humanos, nunca podremos ser perfectos —protestó Felipe.

—Quizá Dios entienda la perfección de otra manera. Quizá ya seas perfecto o llegues a serlo en el futuro —explicó Jesús—. A los ojos de Dios, la perfección consiste en la obediencia a Su voluntad.

Sería reconfortante creerlo así, pensó María.

—Aquí debemos separarnos —dijo Jesús a Felipe con firmeza cuando se acercaron a Betsaida. No le dejaba alternativa—. Que Dios te ayude en lo que te espera.

Era obvio que a Felipe le apenaba mucho tener que dejarles, pero sacó el pecho y, tras una trémula despedida, enfiló el camino que conducía a la ciudad.

Los demás siguieron bordeando la orilla septentrional del lago y llegaron a Cafarnaún en el apogeo de la actividad del mercado de pesca, cuando un gran gentío de pescadores y clientes bullía en el muelle. ¿Miró Jesús, aunque sólo fuera un instante, en busca de Pedro y Andrés? María le observaba con atención. ¿No sería humano buscarles? Sin duda recorrería los muelles con la mirada, con el pretexto de inspeccionar la zona. Mientras le observaba, sin embargo, él se dio la vuelta inesperadamente y la miró. Se sintió pillada in fraganti. Aunque, ¿qué crimen estaba cometiendo? El de someter a Jesús a la prueba de ser un hombre normal.

Ni a Pedro ni a Andrés se les veía por ninguna parte. El grupo siguió su camino a lo largo de los muelles bulliciosos, entre los gritos de los vendedores, los mercaderes que competían por atraer la atención y los compradores que regateaban los precios, protestando a voz en cuello. El olor a pescado impregnaba el aire, y las criaturas que se agitaban en las tinas parecían abanicarlo para propagar sus efluvios.

—¡Señor! —Un vendedor agresivo se acercó a Jesús. Agitó una brazada de finos pañuelos delante de sus ojos—. ¡De lo mejorcito! ¡Es seda de Chipre!

Jesús intentó apartarle pero el mercader se resistía a ser disuadido.

—¡Señor! ¡Será la compra de vuestra vida! ¡Los han traído cruzando Arabia! En un barco especial, que no volverá a hacer el viaje. Son más baratos que los que traen las caravanas a través del desierto. ¡A mitad de precio! Fijaos en su delicado color. ¡Amarillo, el color del alba! Rosa, el color del cielo que cubre nuestro lago después de la puesta del sol. Ya conocéis este color, señor. Es único de estas tierras.

¿Cómo pudieron captarlo en la lejana Arabia? Pero ¡mirad, aquí está! —Extendió el pañuelo de seda sobre su brazo.

Jesús lo examinó con atención. Frotó la tela entre los dedos, evaluándola.

—Es realmente precioso —admitió—. Aunque no puedo comprarlo hoy.

El mercader pareció desolado.

—¡Mañana, señor, quizá ya no me queden!

Pasaron por delante del edificio de aduanas, una construcción voluminosa que albergaba las sedes de todos los recaudadores de impuestos. Cafarnaún se encontraba justo en la frontera entre los territorios de Herodes Antipas y los de su hermanastro, Herodes Filipo. Este último, con su nombre griego y sus tierras paganas, parecía distinto por completo al gobernador local. Donde hubiera una línea divisoria, sin embargo, allí establecían sus oficinas auténticos enjambres de recaudadores, más fastidiosos que una plaga de moscas o de mosquitos. Los romanos estaban allí para supervisar los impuestos sobre bienes y las capitaciones, y sus representantes locales, los publicanos, sentados en pequeños taburetes dentro de sus cabinas, cobraban los impuestos de importación y exportación.

—Si hubiese comprado ese velo de Arabia —dijo Jesús—, ahora debería ponerme en la cola para pagar el correspondiente impuesto de importación. —Señaló una larga hilera que aguardaba delante de una de las cabinas—. Así un objeto material, por hermoso que sea, nos roba el tiempo, un precioso regalo de Dios. ¿Es un intercambio justo? No, claro que no.

A juzgar por la expresión de la gente que hacía cola, ellos no estaban de acuerdo. Aferraban las mercancías compradas y echaban miraditas al interior de los paquetes como si no pudieran esperar para ver de nuevo el contenido. Un hombre bajito caminaba arriba y abajo explicándoles cómo rellenar los formularios.

—Alfeo —dijo Natanael con un mohín de disgusto—. Un hombre desagradable. Tuve tratos con él en cierta ocasión. Es codicioso, rapaz y calculador. Metió a sus dos hijos, Leví y Santiago, en el negocio. De tal palo, tal astilla, supongo. Uno de ellos ya posee una gran mansión.

—Algunas personas disfrutan de estas cosas —respondió Jesús—. No son capaces de ver más allá. Yo creo que Dios quiere darles algo mucho más importante. Deberían conocerlo, oír hablar de ello.

—¿Eres tú la persona que lo anunciará? —preguntó Natanael.

—Sí —afirmó Jesús—. Tú lo has dicho.

Natanael parecía sorprendido.

—¿Tratarás con los recaudadores?

—En el Reino de los Cielos muchas cosas son posibles, ya lo veréis —se rió Jesús—. Hasta un recaudador de impuestos podría entrar antes que los justos.

—¿Como Alfeo y sus hijos? —Natanael se encogió de hombros—. Será insólito el día en que eso ocurra.

Cafarnaún quedó atrás. Poco a poco, se alejaron de la zona de los muelles y se adentraron en el territorio abierto que les separaba de la siguiente ciudad, Siete Fuentes. Y después... Magdala.

María se sentía cada vez más inquieta. Tendría que separarse de Jesús y Natanael y volver sola a su ciudad. Allí la esperaban Joel, su preciosa Eliseba, sus padres, sus hermanos, sus primas. No tenían noticias suyas desde que se fue al desierto, salvo que Pedro y Andrés hubieran ido a avisarles. ¡Cómo se alegrarían de su recuperación! No obstante, la invadía un miedo inexplicable. Porque la María que se había ido no era la misma que volvía a ellos.

Bordearon la orilla superior del lago y pronto —¡demasiado pronto!— llegaron a Siete Fuentes, donde las aguas calientes brotaban de la tierra y se precipitaban en el lago. Allí tenían que separarse; Jesús y Natanael se dirigirían al oeste, María enfilaría el camino de Magdala.

Jesús parecía darse cuenta de su conflicto.

—María, tu hogar te llama ahora. Ve y cuéntales el milagro que Dios hizo por ti. Después, si todavía lo deseas, ven a Cafarnaún a buscarnos a todos.

Lo hacía parecer muy sencillo. Pero no lo era. ¿O, tal vez, sí? O era muy sencillo o tan difícil y complicado que resultaría imposible.

Se encontraban en el camino que bordeaba el lago, el mismo que María había recorrido con Joel hacía muchos años, cuando aún consideraba la posibilidad de casarse con él. El viento azotaba el agua y levantaba pequeñas olas danzarinas. El lago resplandecía. Su vieja vida la llamaba. Estoy bien, les diría, lanzándose a sus brazos. He vuelto a lo que tuve que abandonar hace tanto tiempo. Os amo a todos. Sois mi vida.

Pero ahora conocía a Jesús, él la había liberado, la había invitado a presenciar los acontecimientos que se producirían en la medida en que él iba descubriendo su misión. Era la cosa más apasionante que podría pasarle; no quería darle la espalda.

—No... puedo hacerlo —oyó su propia voz—. No puedo volver en este momento. No tengo fuerzas para ello.

Jesús la miró sorprendido y esta reacción le produjo sorpresa también a ella.

—Quiero decir que tengo fuerzas para volver, pero no las tendría para irme de nuevo, aunque fuera por poco tiempo, aunque fuera para ayudarte en tu misión. ¡Tengo miedo de que, una vez allí, me olvidaré de ti! Me olvidaré de lo que me pasó en el desierto, contigo.

Esperaba que Jesús la exhortaría a marchar con gesto ceñudo. Él, sin embargo, dijo quedamente:

—Eres sabia, si sabes todo esto. Te fue revelado por mi Padre, que está en el cielo. —Hizo una pausa—. Muy bien. Te quedarás con nosotros y volverás a casa después de terminar nuestras visitas. Yo te ayudaré y te apoyaré en lo que decidas hacer.

Una oleada de alivio la invadió. ¡No tenía que afrontar la prueba sola!

—Sí, maestro —accedió—. Te doy las gracias.

Aún tenían que pasar por Magdala, recorrer el camino que atravesaba la ciudad antes de dirigirse a las ciudades del oeste, Caná y Nazaret. María se ocultó la cara bajo la capa al pasar por las calles que tan bien conocía, por la propia esquina de su casa. Su corazón estaba desgarrado, porque sabía que detrás de aquellas paredes había personas que sufrían por ella, que anhelaban saber dónde estaba y rezaban por su salvación aunque, con toda probabilidad —tenía que ser honesta consigo misma— ya la daban por perdida.

Han podido vivir sin mí, pensó. Tuvieron que hacerlo. Estaba tan enferma, tan desesperada. Después de tanto tiempo sin noticias... Sí, habrán aceptado la vida sin mí.

Meneó la cabeza y se ciñó aún más la capa. Le parecía extraño y deshonesto pasar de largo de su propia casa como si nada tuviera que ver con ella. Los postigos estaban cerrados. ¿Por qué? ¿Estaban de luto por ella?

De pronto, una figura salió de la casa a la calle. ¡Su madre! Llevaba a Eliseba en brazos y caminaba apresurada hacia ellos.

María sintió que su corazón dejaba de latir. Quería llamar pero no podía abrir la boca; al mismo tiempo, una vergüenza incomprensible la paralizaba, como si cometiera un crimen observándolas en secreto.

Su madre estaba preocupada y jugueteaba con una de sus mangas; ni siquiera se fijó en las tres personas que pasaban del otro lado de la calle. Cuán familiar le resultaba la expresión en el rostro de su madre. María echó una mirada furtiva a Eliseba. Había crecido mucho, parecía más una niña que un bebé. Claro que ya había cumplido los dos años.

Con una punzada de dolor, María agachó la cabeza y se apresuró a torcer por la esquina. No se sentía capaz de mirarlas más. Allí topó con Jesús, que se había detenido para esperarla. Vio el dolor y la comprensión en sus ojos. No hizo falta que dijera nada.

Reanudaron la marcha y pronto se encontraron fuera de la ciudad, en el camino del oeste. Un anillo de colinas escarpadas rodeaba el lago, tras el cual se erguían más colinas. Tan pronto se alejaron de la franja que bordeaba el lago, el paisaje cambió. Las colinas se volvieron pedregosas y escalonadas.

En una ladera resguardada, bajo las ramas de un olivar, encendieron la hoguera y prepararon su descanso nocturno.

—Mañana iremos a casa —dijo Jesús—. Tú, a la tuya, Natanael, y yo, a la mía.

María contempló a Jesús. ¿Era guapo? Sabía que los demás le harían esta pregunta: ¿Quién es este hombre a quien sigues? Y la otra pregunta, no verbalizada: ¿Estás enamorada de él, por eso quieres sentarte a sus pies y aceptarle como tu maestro?

Le observó con atención. Era atractivo, en el sentido corriente de la palabra. Sus facciones eran regulares. La frente, amplia; el cabello, espeso y sano; la nariz, recta; los labios, carnosos y bien delineados. ¿Se le podía considerar hermoso? No. Bien al contrario, resultaba banal, corriente. El tipo de hombre que no te llama la atención si te cruzas con él en el mercado. Aunque su porte sí era llamativo: se mantenía erguido, caminaba recto. Recto. Una palabra peculiar, particular, que en los textos antiguos denotaba rectitud moral. «¿Quién morará en Tu tabernáculo, Señor? ¿Quién habitará Tu colina sagrada? El que camina recto.» También: «Fijaos en el hombre perfecto, contemplad al recto. Porque el fin de ese hombre es la paz.» No eran sólo sus hombros, era la actitud de su cuerpo entero, característica y reconocible al instante.

No, no estoy enamorada de él, no en el sentido corriente de la expresión, pensó María. Sólo deseo estar en su presencia.

—Debemos dormir —dijo Jesús al final—. Lo que nos espera, requiere gran tesón. Y mucha oración.

Tendieron las mantas sobre el suelo duro. María percibía el aroma del olivar todo alrededor. La brisa ligera agitaba y estremecía las hojas plateadas de los olivos, y enviaba hasta ella oleadas de un perfume seco y fresco.

Jesús se cubrió con la capa y les dio la espalda, volviéndose hacia las colinas, tras las cuales esperaba Nazaret.

Las estrellas, blancas y brillantes, formaban una bóveda luminosa en lo alto.

25

El alba llegó temprano. Las estrellas palidecieron y se desvanecieron cuando el sol asomó sobre las colinas del otro lado del lago. María vio cómo la luz rojiza del sol naciente teñía los surcos de los campos labrados, que llegaban hasta el mismo muro que rodeaba el olivar.

Sus dos compañeros ya estaban despiertos y desperezándose, impacientes por iniciar lo que les quedaba de viaje.

El camino ascendía sin cesar. La tierra de Nazaret era accidentada, situada cerca de la cumbre de un acantilado, con Caná en las laderas. Al acercarse, empezaron a distinguir los viñedos que cubrían las pendientes empinadas; los labriegos se afanaban en podar las leñosas ramas desnudas.

De pronto, tras sobrepasar un recodo del camino, se encontraron en Caná. Allí se detuvieron para reposar. Finalmente, Jesús dijo:

—Natanael, ya estás de vuelta.

—Sí, debo ir a casa. ¿Quieres...?

—No, tenemos que seguir nuestro viaje —le interrumpió Jesús—, si queremos llegar a Nazaret antes de que anochezca.

Caminaron con él calle abajo, sin embargo, hasta que Natanael tomó un callejón que salía a la derecha y se alejó solo. Jesús le abrazó y María le apretó el brazo. Necesitaba su apoyo. Natanael retornaba a su vida anterior, y lo que antes le era tan conocido como la palma de su mano, ahora, de repente, le parecía ajeno.

No fue fácil dar la vuelta y dejarle allí. Jesús habló poco mientras reemprendían el camino de Nazaret. ¿Se estaba preguntando si Natanael se reuniría alguna vez con ellos? ¿O se estaba preparando para lo que le esperaba en su propia casa?

El camino se tornó más empinado y María tuvo que esforzarse para seguir al lado de Jesús, porque no deseaba quedarse ni un paso atrás.

Ya se acercaban a un lugar donde la gente empezaba a reconocerle. El viñatero se enderezó entre sus viñas:

—¡Jesús! ¿Dónde has estado? Necesito estacas nuevas, ahora mismo.

Los labriegos que bajaban la pendiente cargando a hombros cubos de agua le saludaban con la cabeza al pasar. Tras el próximo recodo de la calle, en lo alto de la colina, estaba su hogar. Nazaret: su madre, sus hermanos y hermanas, los vecinos y la carpintería... el taller donde ya no quería trabajar. Pero los habitantes de Nazaret no lo sabían.

Nazaret era un pueblo muy pequeño, probablemente más pequeño que Caná. No tendría más de cincuenta casas, más o menos dispuestas a lo largo de la calle principal o, mejor dicho, del camino que atravesaba el centro de la población. No se encontraba sobre el risco superior de la montaña sino justo debajo de él. No era un pueblo feo ni escuálido —no se merecía el dicho: «¿Puede algo bueno salir de Nazaret?»—, aunque tampoco resultaba digno de especial atención. Debía de haber dos mil aldeas como ésta en el territorio de Israel.

Cuando alcanzaron el terreno llano y la vieron extenderse delante de ellos —el pequeño pozo junto a la entrada, el rudo camino que constituía la calle principal— María se dio cuenta por primera vez de lo rica y sofisticada que era la ciudad de Magdala. Casas humildes de planta única bordeaban la calle; algunas, de tamaño mayor, se erguían con discreción en calles secundarias. Debían de ser las residencias de la gente rica... como ellos. Cualquier persona auténticamente próspera o mundana no podría vivir en Nazaret sino que se trasladaría a cualquier localidad más cosmopolita.

—¡Jesús! ¡Ve directo a casa! ¡Ya te han esperado demasiado! —Un hombre agitó el dedo índice al verles.

¿Era su imaginación o Jesús sacaba el pecho como si se preparara para un enfrentamiento? No podía ser. Él no necesitaba hacer acopio de fuerzas, no con su clara visión de la misión que le había sido encomendada.

De repente, torció por una calleja lateral, un camino aún más estrecho. Después, con actitud resuelta, se dirigió a la casa que se erguía en el otro extremo.

Era una construcción cuadrada, encalada y uniforme. María observó la barandilla que hacía del terrado un lugar seguro donde dormir o tender la ropa, las pequeñas ventanas que apenas permitían la entrada de aire o de luz. De modo que éste es el hogar de Jesús, pensó María: una casa corriente, más pequeña que las casas de su familia en Magdala. Un hogar respetable, no obstante. Resultaba evidente que la familia de Jesús no era ni demasiado pobre ni de mala reputación.

Jesús franqueó la entrada e hizo ademán a María para que le siguiera. Entraron en una habitación tan oscura que sus ojos tardaron algunos momentos en adaptarse a la penumbra. Acorde con el aspecto exterior de la casa, el interior era sencillo y no lucía adornos refinados, sólo el mobiliario esencial: esteras, mesillas y taburetes.

La habitación estaba vacía. Jesús pasó a otra y después al patio interior, de donde llegaba el sonido de voces. Y, enseguida, de chillidos.

Asomó la cabeza por la puerta y vio a Jesús abrazado por muchos brazos a la vez.

—Jesús...

—Cuánto tiempo...

—No pude terminar todos los encargos...

—¿Cómo ha ido? ¿Cómo es él? —preguntó una voz masculina imperiosa.

Jesús se libró del abrazo multitudinario, riéndose.

—¡De uno en uno! ¡Por piedad! —Entonces vio a María—. Traigo una invitada.

Cinco pares de ojos se fijaron en ella.

—Ella es María de Magdala —explicó Jesús—. Madre, quizá recuerdes haberla conocido hace muchos años, cuando hicimos la peregrinación a Jerusalén.

Una mujer mayor, de rostro familiar, asintió. Sus facciones eran armoniosas y su mirada, bondadosa.

—Bienvenida —dijo. María reconoció la voz; conservaba la antigua dulzura. Jamás había oído otra voz con esa cualidad. Si la mujer se preguntaba dónde y cómo Jesús había vuelto a encontrar a María, no verbalizó su pregunta. Nadie más parecía prestar demasiada atención a la invitada; estaban todos pendientes del retorno de Jesús.

—¡Háblanos de Juan! —La misma voz masculina habló con urgencia, impacientada con los preliminares.

María miró al hombre. Su actitud era tan recia que, aunque hermoso en sus facciones, no resultaba agradable de contemplar.

—Dijiste que te ibas por eso. Para ver a Juan. Y me dejaste a cargo del taller. ¡Mucho tiempo! —El hombre estaba a todas luces irritado.

—Y seguirás a cargo de él, Santiago —respondió Jesús con firmeza.

La expresión de Santiago delató su sorpresa, una sorpresa enfurecida y desagradable.

—¿Qué dices? —gritó.

—Digo que, de ahora en adelante, la carpintería es tuya. Yo no volveré a trabajar aquí.

—¿Cómo? —repitió Santiago en tono combativo—. No puedes simplemente...

—Ya no soy carpintero —interpuso Jesús—. Trabajé diez años como carpintero pero ahora me dedicaré a otros menesteres.

—¿Qué otros menesteres? —Santiago se levantó de un salto—. ¿A qué te dedicarás? Yo no doy abasto... Hay demasiados encargos... Esperaba que volvieras...

—Contrata a un ayudante.

—¿Crees que es tan fácil? ¡Pues, no lo es! Tendría que ser alguien con tu talento y tu responsabilidad. La gente no aceptará menos. Yo no puedo... —Una nota de desesperación resonó en su voz.

—Búscale —dijo Jesús—. Está en algún lugar, esperando que le contrates.

—Muy gracioso. Ah, muy gracioso. ¿Y cómo se supone que voy a encontrarle? ¡Quizá Dios le pase el recado!

La madre de Jesús fue la única que preguntó:

—¿Qué piensas hacer, hijo? —Ninguno de los tres hermanos presentes parecía interesado en esto. Lo único que les preocupaba era el trastorno de su propia situación. Si Jesús pensaba marcharse, ¿cómo les afectaría su partida? Para peor, con toda probabilidad.

Jesús sonrió a su madre. Era evidente que ellos se entendían.

—Lo anunciaré en la sinagoga el próximo Shabbat. Será mejor que no hable de ello antes. Aunque puedo decirte esto: Tendré que dejar atrás mi vida de siempre.

—¿También a nosotros? —preguntó la madre. Su rostro se ensombreció.

—Sólo mi forma de vida, no a la gente —explicó Jesús—. La gente no es inamovible, como las montañas y los torrentes. Pueden desplazarse a voluntad. Podéis acompañarme adonde vaya. Me gustaría mucho.

—¡Pues, yo no puedo irme! —vociferó Santiago—. ¡Tú mismo lo has dispuesto así! ¡Me has encadenado a la carpintería!

—Me consta que preferirías verme encadenado a mí —respondió Jesús—. Aunque tampoco tú lo estás.

—No puedo irme —repitió su hermano—. Tengo que mantener a la familia.

—Dios mantiene a la familia.

—¿Te has vuelto loco? —le espetó Santiago—. Dios proveerá, desde luego, si quieres vivir como los animales. ¡Sinceramente, creo que madre y el resto de la familia merecen una vida mejor que la que Dios puede proporcionarles!

—Así es —intervino otro hermano, uno de los más jóvenes—. ¿Qué suelen decir? «Dios satisface tus necesidades, no tus deseos.» Si quieres una bestia de carga, Dios no te proporcionará un asno sino una espalda fuerte.

Todos rieron, incluso el propio Jesús. Al final dijo:

—Bien, Joses, tu espalda parece bastante recta.

Joses. El tocayo de José. Un hombre rechoncho, con aspecto de comer bien. María supuso que debía de tener unos veinticinco años.

—Todavía no nos has dicho cómo es Juan —dijo un joven delgado.

Jesús le miró con afecto. ¿Cuál de sus hermanos debía de ser éste? Quizás el bebé que llevaban en brazos en aquel viaje lejano.

—Ah, Simón, tú sabes plantear las preguntas importantes. Si quieres conocer a un profeta de la talla de Elías, ve a ver a Juan. Viéndole, contemplarás a los antiguos.

—¿Qué quieres decir? ¿Es Elías redivivo? —preguntó Santiago.

Una mujer que hasta entonces había permanecido callada y casi oculta en un rincón se acercó y le tocó el brazo:

—Sabes que es una superstición.

Debe de ser la esposa de Santiago. Sólo su esposa se atrevería a corregirle en público.

—Miriam tiene razón —dijo Jesús—. Nadie se encarna más de una vez en la vida. Juan tiene el poder de Elías cuando habla. Está claro que le ilumina el espíritu de Dios.

—Herodes Antipas va tras él —dijo Joses—. Dicen que tiene los días contados.

—Estaba allí cuando sus soldados le advirtieron —contó Jesús.

—¿Dónde has estado todo este tiempo? —exigió saber Santiago—. ¡No habrás pasado cincuenta días escuchando sus sermones!

—Así que sabes que son cincuenta días.

—¡Por supuesto que lo sé! ¿Acaso no he llevado la carpintería cada uno de ellos? —Era evidente que Santiago se sentía traicionado. Ni siquiera preguntó por qué Jesús tuvo que ir al desierto o por qué quiso bautizarse. Sólo pensaba en la carpintería, como si no existiera otra cosa en el mundo.

—El mensaje de Juan —dijo Simón—, ¿qué dice, que resulta tan irresistible?

Jesús pensó un momento antes de responder.

—Él cree que los días que muchos esperan ya están aquí. Que el tiempo, como nosotros lo entendemos, ha llegado a su fin.

—Y el Mesías... ¿es él quien inaugurará la nueva era? —preguntó su madre.

—Juan no habla del Mesías. Intenta reformar las vidas de los individuos, prepararles para el juicio y el fuego que se avecinan —contestó Jesús.

—Pero ¡tiene que haberle mencionado, al menos! —insistió Joses.

—Poco dijo de él, excepto que todos le estamos esperando. Y que será un hombre temible, que bautizará con el fuego. Desde luego, nunca ha alegado ser él el Mesías —dijo Jesús.

—Algunos de sus discípulos lo creen así —interpuso Santiago—. Es una de las razones por las que Antipas quiere deshacerse de él.

—Juan está preparado —respondió Jesús—. No tiene intención de retractarse ni de dejar de predicar.

—Hijo, todo esto nos resulta muy turbador —dijo su madre al final—. Tu retorno, tu debilitamiento tras el viaje, tu evidente agotamiento. Nos anuncias que abandonas el oficio de tu padre, el oficio que empezaste a aprender en la infancia, el trabajo que supone nuestro sustento. Por supuesto, tus hermanos pueden ayudar, aunque ellos no conocen los clientes ni el negocio tan bien como tú. No puedo interponerme en tu camino, si esto es lo que deseas de verdad, pero la situación me asusta. —Inspiró profundamente—. Todo este tiempo pensaba que volverías renovado, dispuesto a retomar las riendas, y ahora tú las dejas a un lado. No obstante, vayas donde vayas, necesitarás esto. Piensa en nosotros cuando lo lleves. —Entró en la habitación contigua y volvió con una capa confeccionada sin costuras, tan perfecta en su hechura que María y Jesús se quedaron mirándola estupefactos. Era de lana fina de color crema, tejida de manera tan delicada que en ella no se podía detectar una sola imperfección, ni siquiera examinándola minuciosamente, dejando que la luz la iluminara desde todos los ángulos.

—Madre —dijo Jesús levantándose para tomar la capa. La sostuvo y la examinó, dándole vueltas y más vueltas—. Es magnífica.

—¡No me digas que no la aceptas! ¡No me digas que pretendes vestir pieles, como Juan el Bautista! He trabajado demasiado tiempo para hacerla, y di cada puntada con amor.

—La llevaré con orgullo. Justo porque fue hecha con tu amor.

Jesús se la pasó por la cabeza y dejó que sus pliegues livianos le envolvieran el cuerpo. Era exactamente su medida. Y así lo dijo, riéndose.

—¿Acaso no te conozco centímetro a centímetro, hijo mío? —dijo María la mayor. Sonreía complacida con el éxito de su obra.

Después hablaron de otros temas que podían interesar a Jesús, le dieron noticias de Pilatos y de sus obras, que habían ofendido a los judíos de Jerusalén. Él, sin embargo, no parecía interesado. Por el contrario, insistió en saber de la vida cotidiana de su familia mientras estaba ausente. ¿Cómo había ido la siembra de primavera? ¿Quién hacía la peregrinación a Jerusalén aquel año? ¿Había muchos encargos para el taller? Los yugos para bueyes constituían el trabajo principal en esa época de arado.

Fue durante la cena cuando el interés de la familia se centró en María, aunque ella hubiese preferido que no. Desearía pasar inadvertida, limitarse a escuchar lo que ellos decían pero, de pronto, se mostraron curiosos de su historia.

¿Vives en Magdala? ¿Eres hija de Natán? ¿No estás casada? ¿Dónde está tu marido? ¿Sabe que estás aquí? ¿Piensas volver mañana?

María trató de responder a las preguntas, pero descubrió que no podía hacerlo con honestidad. No quería contar la historia de los demonios, ni cómo se vio obligada a huir al desierto, ni hablar de Joel y Eliseba. No le parecía correcto hablar de ellos ahora, cuando el propio Joel no sabía qué suerte había corrido su esposa. Aunque tampoco deseaba mentir, al menos, no delante de Jesús.

—María hizo una peregrinación a un lugar sagrado porque había alguien enfermo en su familia —interpuso Jesús—. Sus oraciones fueron atendidas, y volverá con su familia después del próximo Shabbat. Necesita descansar y recuperarse antes, para que la cura sea completa cuando llegue a Magdala.

Es una descripción ajustada, admitió María para sí, y que no revela los incómodos detalles.

—Es estupendo que tus plegarias fueran atendidas —dijo la madre de Jesús—. Debes de sentir un gran alivio.

Mayor de lo que puedas imaginarte, pensó María.

—Todos rezamos por cosas tan profundas y dolorosas que la satisfacción de nuestro deseo parece un milagro —prosiguió la madre de Jesús. Tomó las manos de María y las sostuvo entre las suyas. María vio que la edad no había empañado las facciones atractivas de aquella mujer, aunque algunas arrugas rodearan ahora sus ojos.

Sólo fue capaz de asentir en silencio. Esa mujer parecía comprenderla muy bien, y tener sus propios secretos en la vida. ¿Cómo, si no, se había dado cuenta?

La cena frugal terminó pronto y recogieron la mesa con rapidez, mientras ya caía el crepúsculo. Subieron la escalera de madera que conducía al terrado, donde había bancos y esteras, y allí se sentaron para contemplar el cielo, que se iba oscureciendo, y la aparición de las primeras estrellas.

—Demos gracias a Dios por este día —dijo Santiago de pronto—. Que Él nos ayude a pasar la noche. —Inclinó la cabeza y pareció perderse en íntima contemplación; lo mismo hizo su esposa.

Santiago representa, en la familia de Jesús, el equivalente de Eli, pensó María. Cada familia debe de tener uno. Me pregunto quién corresponde a Silvano. Miró furtivamente a la gente reunida a su alrededor, pero no pudo discernir candidatos al carácter mundano.

El recuerdo de Eli y de Silvano le produjo una dolorosa punzada de añoranza. ¿Cómo podría abandonarles, dejar a su familia, aunque sólo fuera por un tiempo, para seguir a Jesús? Quizá... Tal vez...

Miró a Jesús de soslayo. En el desierto, el impulso de seguirle había sido muy fuerte. Sin embargo, aquí y ahora, sentados en el terrado de la casa de su familia, no resultaba tan fascinante ni tan imponente. Acaso se había precipitado.

Cuando fue noche cerrada, la madre de Jesús la condujo al dormitorio que compartieran Lía y Rut antes de abandonar el hogar paterno para casarse. Allí había una cama donde el colchón descansaba sobre tiras de esparto, y todo estaba sereno y en orden. La habitación le trasmitió una sensación de paz, como si en aquel hogar —y aquel mundo— hubiera imperado siempre el orden.

26

La sinagoga estaba abarrotada. Se acercaba la Pascua judía y la devoción religiosa estaba exacerbada, especialmente entre aquellos que ansiaban hacer la peregrinación a Jerusalén pero no podían aquel año. Para compensar, rezarían más que de costumbre y asistirían a los servicios religiosos con una dosis extra de fe. Los miembros de la familia de Jesús habían salido juntos de casa, pero ahora María y la madre de Jesús se habían separado del resto para sentarse con las demás mujeres de Nazaret en los bancos laterales, mientras los hombres ocupaban los asientos de delante.

Se siguió el orden habitual de oración y lecturas. La primera parte de la ceremonia incluía la lectura de un pasaje determinado de la Torá, leído primero en hebreo y traducido después al arameo, seguida de oraciones y súplicas estacionales. A continuación, se leía uno de los libros de los profetas, «la última lección». Cualquiera de los hombres podía llevar a cabo esta lectura y también presentar los versos —un máximo de tres— que él había elegido y sobre los que había meditado, para después comentarlos. Cuando llegaron a esta parte del servicio religioso, Jesús se levantó y se dirigió al atril.

Avanzó con lentitud y determinación; no se daba prisa en ocupar su lugar aunque tampoco se entretenía. Buscó los versos en el papiro ya desenrollado y colocado en el atril. Estaba prohibido recitar de memoria pero, aunque Jesús daba la impresión de leer el texto, era evidente que tenía los versos grabados en la mente.

—«Y dijo el profeta Isaías... —empezó. Alzó la vista para observar a los fieles reunidos en el templo, que le miraban con expresiones felices y expectantes—: El espíritu del Señor está en mí, porque el Señor me ha ungido: me envía para dar la buena nueva a los mansos; me envía para remendar los corazones rotos, para proclamar la liberación de los cautivos y la abertura de las cárceles a los que están presos.»

La concurrencia escuchaba sentada cómodamente. Aquél era el verso favorito de muchos.

—«Para proclamar el año grato del Señor y el día de la venganza de nuestro Dios: para consolar a los afligidos.» —Con gestos cuidadosos, enrolló el papiro. Había llegado el momento de la breve homilía. Todos la esperaban.

—Hoy estos versos se han cumplido delante de vosotros. —Jesús recorrió la nave con la mirada mientras hacía esta afirmación.

Se produjo un profundo silencio de asombro. Por un largo momento, no hubo respuesta. Aquellos versos hablaban del Mesías, del día de la salvación.

—¿Cómo se han cumplido? —preguntó alguien al fin—. No veo que suceda nada de lo escrito. —La voz, que provenía del fondo oscuro del templo, era mordaz.

—Hoy empieza a suceder. —Jesús asió con fuerza el canto del atril y le devolvió la dura mirada—. Ésta es la primera hora.

Entonces un enjambre de voces llenó la nave.

—¿No eres tú el hijo de José? ¿No estás a cargo de la carpintería? ¿Cómo puedes saber estas cosas?

Jesús les miró a todos.

—Porque soy yo quien las cumplirá.

El silencio que ahora se produjo estaba cargado de hostilidad.

Finalmente, un anciano se puso de pie y dijo con voz temblorosa:

—¿Qué quieres decir, hijo, cuando afirmas que cumplirás la profecía? —Sonó profundamente apenado, como si acabara de presenciar un sacrilegio deleznable y gratuito aunque perdonable, si el arrepentimiento fuera inmediato.

—Día a día, siguiendo los consejos y la voluntad de mi Padre, su Reino me será revelado y entonces yo os lo revelaré a vosotros. Lo que he dicho se cumplirá. Y los privilegiados que entrarán en el Reino...

—¡Tu padre era José! —gritó alguien—. ¿Acaso te guiará desde la tumba? ¡Eso son tonterías!

—Hablo de la voluntad de mi Padre celestial. De Dios. —Jesús parecía drenado de todo color, como si aquellas palabras requiriesen su máximo esfuerzo. Persistió, sin embargo—. Está en todos nosotros convertirnos en hijos de Dios —concluyó.

Una cacofonía de voces ensordecedoras ahogó sus palabras.

Las dos Marías se encogieron en los asientos. La madre de Jesús tomó a María de la mano y la arrastró a la puerta, dejando atrás las filas de bancos y las expresiones sombrías de la concurrencia, aunque no antes de oír:

—¡Blasfemia! ¡Blasfemia! —Los gritos resonaron en la nave. Estalló un auténtico pandemonio. Mientras las dos mujeres miraban desde la distancia, grupos de hombres iracundos y gesticulantes abandonaban el templo en masa.

Ambas estaban anonadadas, enmudecidas de asombro. Un nuevo grupo irrumpió afuera, compacto como un nudo y con Jesús en el centro, expulsándolo como en la cresta de una ola. Trataba de hablar pero los gritos de la gente ahogaban su voz. El gentío le llevaba en volandas, como la inundación arrastra las ramas.

—¡Escuchad! ¡Escuchad! —decía... pero en vano.

—¡Tú has crecido aquí! ¿Cómo te atreves a hacer alegaciones tan indignantes? —vociferó alguien.

—¡Te conocemos demasiado bien!

De pronto, pareció que Jesús se detenía, obligándoles a detenerse también.

—¡Es verdad que se honra a los profetas en todas partes menos en su tierra, entre su gente y en su hogar! —exclamó.

Eso pareció atrapar la atención de todos. Dejaron de avanzar e, inmóviles, le rodearon por todas partes.

—¿Recordáis la historia de Elías y la viuda de Sidón? Había muchas viudas necesitadas en Israel durante aquella sequía espantosa, pero ¿dónde fue enviado Elías? A una mujer que vivía en otras tierras, en tierras paganas.

Un silencio hostil y taciturno creció a su alrededor, y le envolvió como el gentío.

—¿Y qué pasó con Naamán el Sirio? Había muchos leprosos en Israel en aquel tiempo, pero ¿a quién curó Eliseo? A un forastero, al servidor de uno de los enemigos de Israel. ¿Qué os dice esto?

Como respuesta, recibió un gruñido general.

—¡Nos dice que también tú debes favorecer a los forasteros y a los enemigos antes que a tu propio pueblo! —gritó una voz—. ¡Y que te pones a la altura de los más grandes profetas! ¡Tú! ¡Que nunca has hecho nada más que trabajar en una carpintería! ¿Cómo te atreves?

—El profeta Amós cultivaba sicomoros —repuso Jesús—. Y el rey David pastoreaba ovejas.

—¡Ya basta! ¿Osas decir que eres como David?

—¡Matadle!

—¡Lapidémosle!

No le dieron oportunidad de responder y defenderse. La muchedumbre se abalanzó sobre él y, acorralándole, le llevó hacia el abrupto acantilado.

—¡Le tiraremos! —coreaban.

—¡Le golpearemos y le lapidaremos! ¡Es un blasfemo, un traidor!

Nazaret se encontraba a tal altitud que la caída de uno de los acantilados significaba muerte segura. Las dos Marías veían que el gentío avanzaba como un oleaje en dirección al precipicio, pero no podían llegar hasta Jesús.

—¡Oh, Dios altísimo! —El rostro de la madre de Jesús estaba ceniciento. Era evidente que nada había sospechado de lo sucedido; había sido tan repentino como si su hijo hubiese caído alcanzado por un rayo.

María, sin embargo, no estaba tan sorprendida. Quizá conociera a Jesús, a este nuevo Jesús, mejor que su propia familia.

Pero ¿ahora iba a morir? Sin pensar, María se separó de la madre de Jesús con un escueto:

—Vuelve a casa, yo iré más tarde. Todo saldrá bien.

La abrazó y la volvió con delicadeza en dirección a su hogar. Después fue corriendo tras el gentío.

Sólo podía ver sus espaldas, que se interponían como un muro entre ella y Jesús. Ahí delante, en la cresta de la ola, era empujado, zarandeado y atropellado. Ya ni podía oírle, sólo los gritos y las maldiciones de la gente. Palabras espantosas que resonaban en sus oídos con venganza, como si Jesús les hubiera causado males directos.

Sintió que el terreno ascendía suavemente antes de nivelarse de nuevo. A lo lejos, vio las colinas y el resplandor apagado de una extensión de agua. Debía de ser el lago, que centelleaba en la distancia. Justo debajo de ellos, sin embargo, sólo había rocas y los barrancos escarpados de la montaña.

—¡Matadle! ¡Matadle! —gritaban todos. Se oyó un grito desgarrador y después... silencio. La muchedumbre permaneció apiñada por lo que pareció una eternidad; luego empezó a dispersarse poco a poco.

María se apartó y observó a los hombres vestidos de negro que pasaban junto a la peña que la ocultaba. ¿Qué había en esos rostros? Ella esperaba ver sed de sangre... una sed satisfecha. En cambio, sólo vio reserva y desconcierto.

Abandonando la protección de la peña, empezó a abrirse camino a través de la multitud para llegar al borde del acantilado. No quería mirar al fondo pero, sea como fuere, tenía que ayudar, si podía. Con el corazón tan desbocado que le producía mareo, se acercó lentamente al saliente. Y se obligó a mirar abajo.

No vio nada. Allí no había nada. Quizás hubiera caído fuera de la vista, detrás de alguno de los peñascos, oculto en las sombras. ¿Dónde estaba el sendero? No podía ver ninguno.

Quiso encontrar un modo de bajar la empinada pendiente rodeando los peñascos pero, sin un camino que seguir, le resultó imposible. Debería volver con sandalias más resistentes y con cuerdas, tal vez, que la ayudaran a bajar. Si se dieran prisa, sin embargo, si la familia viniera enseguida...

Sólo entonces se dio cuenta de que nadie de la familia de Jesús estaba allí. ¿Dónde estaba Santiago? ¿Dónde Joses? ¿Y Simón? ¿Habían huido todos? ¿Acaso era ella la única que permanecía allí?

Se detuvo, estupefacta. El gran bastión, la familia, había fallado. No habían corrido a ayudar a su hermano, ni siquiera lo habían intentado. El mismo hermano de quien esperaban que dedicara el resto de su vida a la carpintería y fuese el sustento de todos ellos, al margen de lo que él considerara su misión en la vida. De modo que éstos eran sus verdaderos sentimientos. ¿Y si Jesús les hubiera dedicado su vida para descubrir la amarga verdad al final? O tal vez ya la conociera.

Se volvió para buscar la casa, encontrar a la madre de Jesús. La cabeza le daba vueltas. Jesús había sido víctima de un ataque y... y... No podía decir la palabra, ni siquiera con el pensamiento. «Asesinado.» No, tenía que estar allí, entre las rocas. Le encontraría y le ayudaría.

De repente, se dio cuenta de que no deseaba volver a la casa. Sería perder el tiempo, cuando Jesús yacía herido y en necesidad de ayuda inmediata. Cualquiera podría proporcionarle una cuerda y unas sandalias, mucho más rápido y sin perder el tiempo en explicaciones.

Casi se abalanzó sobre un joven que pasó delante de ella. Llevaba zapatos gruesos. Era lo único que importaba.

—¡Tus zapatos! ¿Me los prestas? —gritó agarrándole del brazo.

—¿Qué? —La miró primero a ella y después a sus zapatos.

—¡Por favor! ¡Hay un hombre herido! ¡En el fondo del precipicio! Necesito zapatos resistentes para bajar y ayudarle. ¡Préstamelos, por favor!

—¿Qué hombre? —El muchacho parecía desconcertado. ¿Sería el único habitante de Nazaret que no sabía lo que pasó en la sinagoga y del tumulto posterior? Claro. Era joven, probablemente evitaba los servicios religiosos siempre que podía.

—Jesús. El hijo de María. —Oh, ¿qué importan las explicaciones?—. ¡Tus zapatos, te lo suplico!

—¿Por qué querrían hacer daño a Jesús? —El joven meneó la cabeza—. Creía que todos le querían.

—Le querían antes de que fuera a escuchar a Juan el Bautista y... oh, ya te lo contaré más tarde. ¡Ahora necesita mi ayuda!

El joven se agachó y empezó a desatarse los zapatos.

—Claro, por supuesto, pero, si voy descalzo, no puedo ayudar. Y me gustaría ayudar a Jesús. Él siempre me ayudaba a mí. —Tendió los gruesos zapatos a María.

En cualquier otro momento le habría preguntado cómo le ayudó Jesús, para saber más de su vida antes de conocerle; pero ahora lo único que importaba era encontrarle.

—¡Gracias, gracias! —dijo, y se ató deprisa los zapatos para correr de vuelta al precipicio.

Ahora podía descender. Se abrió camino con cuidado por la empinada pendiente del barranco donde habían tirado a Jesús. El sol se encontraba en el cenit y las rocas irradiaban calor. Esto agravaría la agonía de las heridas. En lo alto volaban en círculo las aves de carroña, como hacían siempre, en espera de encontrar algo que comer. El hecho de que siguieran allí arriba era una buena señal.

El olor de la piedra abrasada y del tomillo silvestre que crecía en las rendijas era excesivo. ¿Dónde estaba Jesús? María contuvo el aliento y aguzó el oído para percibir cualquier susurro de respiración o movimiento. No se oía nada, sin embargo; sólo el silencio.

En pleno mediodía no había sombras, no había nada que ver menos las piedras bañadas de sol, la tierra resbaladiza y alguna que otra planta silvestre que florecía dichosa en las oquedades de los peñascos. Ni rastro de Jesús.

Había caído donde no podía alcanzarle. María se apoyó en una roca grande y echó a llorar.

Era el fin. Todo había terminado antes de empezar siquiera. Jesús la había sanado pero no le habían permitido hacer nada más, ni tan sólo iniciar su ministerio. Nadie conocía su mensaje, excepto la pequeña congregación de la sinagoga de la aldea. Ya nunca se conocería su verdadera naturaleza.

—María.

La voz sonó en lo alto, muy por encima de ella. Se volvió para ver quién la llamaba, pero sólo pudo distinguir la silueta a contraluz de alguien asomado al borde del precipicio.

—María —la voz repitió su nombre—. ¿Por qué lloras?

¿Quién se lo estaba preguntando? ¿Quién la conocía en ese lugar? ¿Uno de los hermanos de Jesús? No, ellos sabrían por qué lloraba. Además, ¿por qué no lloraban ellos también? Ella sólo había conocido a Jesús por poco tiempo, su familia le conocía de toda la vida.

—Lloro porque busco a Jesús, le atacaron y le tiraron allí abajo, pero no puedo encontrarle. —Gritó las palabras como si lanzara un desafío: ¡Ayúdame a encontrarle!

—María.

La voz le era familiar. Se hizo visera con la mano y examinó la figura del hombre, pero sólo pudo distinguir la silueta a contraluz. Se desplazó un poco a la derecha y, de pronto, le vio la cara.

—¡Jesús!

Jesús, de pie en el risco, la miraba desde arriba.

—Me has estado buscando, entonces —dijo él. Señaló las rocas desiertas—. Tú sola.

María empezó a trepar hacia él. ¿Cómo se había escapado? ¿Cómo podía estar allí, tranquilo e indemne?

—Los demás huyeron... —murmuró—. Corrían peligro... —Podía ser cierto, aunque no era la razón de su huida.

Jesús le tendió la mano y la ayudó a subir el último trecho. María le miró con atención. Parecía estar intacto, completamente ileso de las agresiones. Su capa nueva ni siquiera estaba manchada.

—Cómo pudiste... Vi que te traían aquí...

—No había llegado mi hora —respondió él en un intento de explicar—. Me escabullí por entre el gentío y les dejé allí.

¿Cómo? Era imposible. Ella había estado allí, lo había visto todo. Jesús no había salido de entre la multitud.

—¿Qué... qué vas a hacer ahora? —preguntó.

—Es evidente que debo irme de Nazaret —contestó él—. Aunque siempre lo he sabido. ¿No teníamos que ir a Magdala? —Su mirada era bondadosa y su voz, liviana.

—Tu madre —dijo María—. Prometí que volvería para contarle...

—Lo sabrá —repuso Jesús—. No debes regresar. Hemos terminado aquí.

¿No estaba triste? Parecía tan conforme con todo...

—No quiero apenarles —añadió, en respuesta a sus pensamientos—. Pero tampoco quiero apenar a mi Padre celestial con mi demora. Mis lealtades están divididas, y debo dar prioridad a una de ellas.

—¿Cómo puedes estar tan seguro del orden de tus prioridades? —inquirió María. ¿Cómo se saben estas cosas?

—La lealtad a Dios está siempre en primer lugar. Y Dios no desea causarnos dolor.

—¡Pero elegir a Dios es siempre doloroso! —María ya lo veía.

—Pues Él nos curará este dolor —respondió Jesús. Alzó la mirada al cielo—. ¿Qué tal si nos ponemos en marcha? Podremos llegar al anochecer.

María le observó. Al menos, iría con ella a Magdala. ¿Podría su presencia allí aumentar su confusión? Él traía un mensaje de su Padre celestial; ella, sólo la llamada a ayudarle en su ministerio. La diferencia entre ambas cosas era enorme.

El sol, que con tanta fiereza había ardido sobre los peñascos al mediodía, se suavizó y adquirió la tonalidad del ámbar, bañándoles en su luz bienhechora. Desde el lugar donde se encontraban, a los pies de la montaña, podían divisar toda la fértil llanura de Galilea y, más allá, el lago, que centelleaba cual espejo de bronce en la distancia. Si se daban prisa, llegarían a Magdala aunque no antes del anochecer. Y ese día ya le había exigido más de lo que María era capaz de dar.

El ancho campo y la suave llanura parecían una alfombra extendida para darles la bienvenida en esa hora de necesidad.

—Propongo que nos detengamos y pasemos la noche por aquí —dijo Jesús—. Por la mañana podrás volver a tu casa y dejar que tu familia te vea descansada, no agotada, como lo estás ahora.

Se encontraban de nuevo entre los olivares y los campos ordenados, un lugar perfecto para reposar. Jesús eligió un huerto de olivos a la derecha del camino e hizo señas a María para que le siguiera. Estaban rodeados de viejos árboles de troncos nudosos. Jesús se sentó en la base de uno de ellos.

María asintió. Sí, sería lo mejor. Quería que su familia conociera los milagros que Jesús hizo por ella, quería que la vieran con su mejor aspecto.

—Cuando vuelva a casa... —empezó a decir con cierta vacilación—. Mi familia tiene medios. Te recompensarán por lo que has hecho.

Enseguida se arrepintió de sus palabras. Jesús la miró, no con ira sino con tristeza.

—Te ruego que ni siquiera hables de eso —dijo. Hizo una pausa tan larga que ella creyó que no tenía nada más que decir—. Me decepciona que se te haya ocurrido.

—Lo siento... Sólo pensé...

—Claro que lo pensaste —la interrumpió Jesús—. Pero tú y los demás que fueron llamados debéis comprender una cosa: desde ahora yo seré pobre y aquellos que me sigan serán pobres también. —Tomó aliento—: Tan pobres como los indigentes que se reúnen alrededor de las sinagogas para pedir limosna. Es un asunto que requiere consideración. Por eso les mandé a todos de vuelta a sus hogares. Si no desean seguir adelante... tienen que ser sinceros consigo mismos.

—¿Por qué debemos ser pobres? —preguntó María—. ¡Moisés no lo era, David no lo era y, desde luego, Salomón tampoco! ¿Por qué hemos de aceptar esta condición de pobreza?

Jesús no respondió enseguida.

—Dejemos a Salomón al margen de esto —dijo al final—. Sus riquezas fueron la causa de que se alejara de Dios. En cuanto a David... —Parecía estar pensando en voz alta—. David estuvo más cerca de Dios en su juventud que en la madurez. Y Moisés... dejó su palacio de Egipto y se adentró en el desierto. Es cierto que más tarde fue un rico ganadero. Pero también lo abandonó todo cuando Dios le ordenó que regresara a Egipto para enfrentarse al faraón.

—Pero no abandonó a su familia ni sus bienes para siempre —objetó María—. Más tarde su cuñado se reunió con él, cerca del monte Sinaí.

Jesús sonrió.

—¡Veo que conoces bien las escrituras! —Parecía complacido—. Aunque es lógico pensar que Moisés no se llevó sus riquezas al desierto. Y envió a Jetro, su suegro, de vuelta a Midiana.

—¿Es que tenemos que despojarnos de todo? —preguntó María—. ¿Es realmente eso lo que Dios espera de nosotros?

—Tenemos que estar dispuestos a despojarnos de todo —respondió Jesús—. Tú lo ves como un engorro. A veces, sin embargo, el mayor engorro es seguir una vida mundana y servir a tantos amos. —Se rió—. Y Satanás está allí, entre todas esas cosas, para hacerte compañía. Si nos despojamos de ellas, le quedan menos sitios donde esconderse.

Satanás... Pero la idea de la pobreza la turbaba. No quería ser pobre. ¿Era realmente necesario?

27

María despertó con la primera luz tamizada del amanecer. Jesús seguía apoyado en el tronco del olivo, los ojos cerrados. Se incorporó sobre un codo y le observó con atención.

La capa que le envolvía, hecha con tanta delicadeza de la más fina lana blanca, se le había deslizado de la cabeza, dejando al descubierto su cabello oscuro y espeso. Lo llevaba bien cortado, no enmarañado y desgreñado como Juan el Bautista. Aunque había pasado un tiempo en el desierto, no tenía aspecto de santurrón temeroso de las ciudades y sus gentes. Vestía con sencillez, como los hombres corrientes, parecía ser un hombre corriente y se relacionaba con hombres corrientes. Así conseguía que la gente bajara la guardia y se acercara para escucharle. Él deseaba trasmitirles un mensaje.

Jesús despertó y se volvió para mirarla.

—¡Ah! —dijo—. Qué bueno, verte aquí. —Se puso de pie y se estiró para desperezarse. El sol, ya alto, le iluminó la cara. Tenía los ojos animados y la mirada alerta—. Nos vamos a Magdala. Venga. —Ante ellos se expandía la llanura verde con sus campos, y el lago ya centelleaba a lo lejos.

Ha llegado la primavera; la época de la siembra y el regocijo, pensó María. Y los pescadores... habrán salido en sus barcas, sin tener que preocuparse por el frío y las tormentas. ¡Qué familiar me resulta todo eso! Qué maravilla, poder verlo de nuevo.

Llegaron a Magdala pasado el mediodía. Por el camino, se habían detenido para comprar higos de un vendedor ambulante. Sentados junto al sendero que bordeaba el lago, compartieron su magro botín. Tras un breve descanso, reemprendieron el camino que María conocía tan bien. El trayecto pasaba por Siete Fuentes, donde las barcas pesqueras se mecían atareadas en el agua. Aunque Jesús no les hizo caso.

Y luego, de repente, estaban allí. En Magdala.

María sintió que la mano de Jesús la sostenía del codo, para darle fuerzas. Enfilaron las calles de la ciudad, pasando por el almacén que era el centro de la vida de su familia, donde Joel y su padre prácticamente vivían, pasando ante los viejos edificios entrañables y las callejas laterales. La presencia de Jesús hacía que todo pareciera distinto. Torcieron en la esquina de su calle. Su corazón latía desbocado. Su casa estaba a escasa distancia.

Y enseguida la tuvieron delante, cuadrada e imperturbable, familiar y extraña al mismo tiempo. María se quedó sin aliento de la emoción. Había vuelto, liberada de los demonios, una persona nueva.

Se detuvo delante de la puerta de madera. La empujó. Ojalá estén en casa, rezó. ¡Ojalá todos estén aquí! Antes de que pudiera empujar más fuerte, la puerta se entreabrió con un crujido y un par de ojos suspicaces les contemplaron desde el resquicio.

—¿Sí?

—Soy María, la esposa de Joel.

Los ojos se entrecerraron.

—¿La que se fue hace muchas semanas?

La puerta no se abrió ni un ápice más.

—Sí. Estaba enferma. Sé que ha pasado mucho tiempo...

—Sí. Mucho tiempo. —La voz sonó tensa.

—¿Quién eres tú? —preguntó María.

Hubo una pausa.

—Me contrataron para cuidar de Eliseba.

La puerta seguía sin moverse.

—A la que abandonaste —prosiguió la voz—. Por culpa de tu enfermedad.

—Ahora estoy curada —dijo María en voz alta. ¡Que la oyera la ciudad entera!—. Y ahora déjame pasar.

La puerta se abrió en silencio. María y Jesús franquearon el umbral y se encontraron frente a una mujer joven que les miraba airadamente. Era muy agraciada y les sopesaba con la mirada. Sus ojos apenas se detuvieron en María y se fijaron en Jesús.

—¿Dónde está Joel? —preguntó María.

La mujer se encogió de hombros.

—¿No te acuerdas? —Era evidente que esta joven la creía demente—. Está trabajando. ¿Dónde pensabas que podría estar?

María no le hizo caso. Echó una mirada de anhelo a su hogar.

Aquí estaba el vestíbulo de entrada; allí, el espacio de reuniones... y el hogar. Mi querido hogar. El lugar al que pertenezco.

—¿Dónde está Eliseba? —preguntó de nuevo.

—Está durmiendo —respondió la mujer—. ¿También te has olvidado de esto? Sólo tiene dos años. Suele dormir por la tarde.

Impacientada, María la hizo a un lado y se dirigió a la habitación de Eliseba. Cada hueco y cada sombra le eran familiares, como partes de su propio cuerpo.

La penumbra de la habitación la obligó a detenerse por un momento. Enseguida se dirigió a la cama. La niña dormía profundamente. Su cara había cambiado desde que María se fuera. Se inclinó sobre la cama y rodeó a la pequeña con los brazos. Oh, Eliseba, pensó. ¡Corazón! Una profunda sensación de alivio y de bienestar la invadió. Apretó a su hija contra sí, sintiendo el calor de su espalda, los brazos, la cabeza cubierta de rizos que se apoyaba pesadamente en su hombro.

Al acariciar el cuello de Eliseba, palpó un cordón que lo rodeaba. Lo retiró con una mano, deslizándolo por la cabeza de la niña, y contempló el amuleto que colgaba de él. Era un amuleto muy corriente, de los que se usaban para evitar el mal de ojo, aunque a María le pareció más precioso que el oro. Había rodeado el cuello de su hija durante el largo tiempo que ella estuvo ausente. El amuleto la había protegido, cuando la madre no podía hacerlo.

Volvió a depositar a la niña en la cama, reacia a soltarla.

—Sí. Déjala dormir. —La voz severa. Esa mujer—. No la molestes más.

—¿Cómo te llamas? —exigió saber María.

—Sara. —La mujer le sostuvo la mirada. Obviamente, no iba a darle más información.

—Debo encontrar a Joel —dijo María a Jesús, apartando la vista de la mujer. Necesitaba verle, necesitaba hacerle este precioso regalo, el de su recuperación. Después ambos volverían corriendo al lado de Eliseba. Y despedirían a Sara. Y Jesús se quedaría a pasar la noche con ellos y contaría sus planes a Joel. Su hogar sería el hogar de Jesús. Después, pasado un tiempo, ella iría a ayudarle por un breve período.

Recorrieron apresurados las calles abarrotadas; María apartaba a la gente a empujones en su afán por llegar pronto adonde se encontraba Joel, hasta que Jesús la avergonzó pidiendo perdón a los transeúntes zarandeados. Tenía que encontrar al hombre que la amaba y que había hecho ya por ella más sacrificios de los que serían capaces la mayoría de los hombres. Inspiró profundamente y trató de calmarse.

Descubrió que todavía apretaba en la mano el collar de Eliseba. No importa, ya se lo devolvería cuando regresaran a casa.

Llegaron al almacén y abrieron la puerta de un empujón. Enseguida les golpeó una oleada de aire húmedo, cargado del tan conocido olor a adobo macerado. En el interior, bajo el techo alto y las bóvedas de piedra, reinaba la penumbra. Por un momento, María no vio nada. Luego, poco a poco, empezó a distinguir siluetas. Hombres que hacían rodar barriles. Otros hombres que gritaban órdenes. Hileras de anaqueles de madera secándose. Cubas llenas de salmuera.

Toda actividad se detuvo en el momento en que puso el pie dentro del almacén, como si una fuerza invisible se hubiera apoderado de los obreros. Joel no estaba en ninguna parte.

—¡María! —exclamó un obrero que cargaba cestas—. ¡María!

—Sí, Timeo —confirmó ella—. Soy yo.

En lugar de sonreír y saludarle, el hombre se alejó corriendo. María y Jesús intercambiaron miradas.

—Ayúdame —dijo ella simplemente.

—Estoy aquí, a tu lado —respondió él.

En ese momento otro obrero, que llevaba un sucio delantal, se les acercó vacilante.

—Voy a buscar a Joel y le diré que estás aquí —se ofreció.

Esperaron en la penumbra artificial que les envolvía. De pronto, Joel surgió de las tinieblas y corrió hacia ella.

—María. —La estrechó en sus brazos. Jesús dio un paso atrás.

Su abrazo era cálido y sincero.

—Oh, María, has vuelto —dijo con alegría—. Cuando te dejé en Cafarnaún no sabía... ¡Oh, amada, te has salvado! —Apoyó la cabeza en el hombro de su esposa y se echó a llorar.

Pasó largo rato antes de que la soltara y retrocediera un paso.

—¿Es verdad? ¿Se han ido? —Escudriñó su rostro como si buscara indicios imperceptibles de una presencia oculta—. ¿Se han ido?

—Sí —le aseguró ella—. Se fueron al instante y sin dejar rastro, y yo estoy libre. —Cogió sus manos y las apretó—. ¡Oh, Joel, no puedes imaginarte qué significa para mí ser libre, liberada de su presencia, volver a ser la que fui! —Se volvió hacia Jesús—. ¡Éste es el hombre que me salvó!

Sólo entonces Joel miró a Jesús, desconcertado.

—¿Fuiste tú? ¿Cómo lo hiciste, amigo mío? Estábamos desesperados... Parecían tan poderosos...

Jesús no respondió de inmediato; dejó pasar un momento, como si quisiera sopesar sus palabras.

—Les ordené que se fueran y ellos obedecieron —dijo al final.

—También otros se lo habían ordenado —repuso Joel—. Un hombre muy santo se enfrentó a ellos, las propias Escrituras sagradas se enfrentaron a ellos pero sin resultado. ¿Qué hiciste, cuál es tu secreto?

María retomó la mano de Joel entre las suyas. ¡Qué bien la hacía sentir aquel contacto!

—Amadísimo, él es más poderoso que los espíritus malignos. Tuvieron que obedecerle.

Sintió que la mano de Joel se contraía.

—María, ¿sabes lo que significa esto? —Irguió el cuerpo, y María se dio cuenta de que daba un paso atrás, ponía distancia entre sí y Jesús, aunque apenas se moviera de sitio—. Podría estar confabulado con ellos —susurró al oído de María.

—¿Qué dices? —Reaccionó ella, escandalizada. Jesús se limitó a menear la cabeza con pesar. La acusación de Joel había llegado a sus oídos.

—No es cierto. —Fue lo único que dijo Jesús en su defensa.

—¿No? —Joel obligó a María a mirarle—. ¡Piensa en ello! Ninguno de nuestros hombres santos pudo con los espíritus. Ni siquiera las palabras de la Torá surtieron efecto. Y, de repente, aparece un desconocido y los domina. ¿Quién tiene poder sobre los demonios menores? Satanás en persona, y cualquiera que se asocie con él.

—Satanás no expulsa a sus propios demonios —dijo Jesús—. No declara la guerra contra sí mismo. —Su voz seguía tranquila y razonada—. Un reino que se vuelve contra sí mismo no puede perdurar. —Hizo una pausa—. Si Satanás lucha contra sí, cumple con la tarea de Dios, y esto no puede ser.

Joel le miraba fijamente, meneando la cabeza como si quisiera despejarla.

—Tus palabras, palabras inteligentes, me producen confusión. Debería darte las gracias y una recompensa por haber ayudado a mi esposa. ¡Pero no puedo premiar a nadie asociado con los demonios! —Su expresión reflejaba su temor. Levantó las manos como para silenciar a Jesús, para adelantarse a su respuesta—: ¡Y no amenaces con hacerles volver! ¡Ni siquiera Satanás es capaz de ello!

¡Esto no estaba sucediendo! María no podía creer que Joel se pusiera en contra de Jesús y le acusara de ser cómplice de Satanás. Era un mal sueño, una pesadilla. Aunque todo lo relacionado con los espíritus malignos era una pesadilla y lo había sido desde el principio. Ahora no hacía más que proseguir. Y el mal se había ganado una nueva víctima.

—¡Es él! —dijo María—. Es Satanás que dirige tus pensamientos, Joel. Si ya no puede poseerme a mí, tomará control de ti. Te volverá en mi contra y en contra de Jesús. Hará que lo blanco sea negro y lo negro, blanco; que el hombre bondadoso que me libró del mal parezca el maligno en persona. ¡Basta! ¡No permitas que te haga esto!

—Satanás es el padre del engaño, María. ¿No lo sabes? —dijo Joel—. ¡Es a ti a quien ha engañado!

—¿Engañada, yo? Me he librado de los demonios, Joel. ¡Estoy libre! ¡Nadie sabe lo que esto significa, más que yo! ¡Ni tú, ni mi familia, ni nadie! Y el hombre que los expulsó está aquí, de pie delante de ti. Ninguna recompensa sería suficiente, aunque le ofrecieras el almacén, la empresa y todo nuestro oro. Y, en lugar de eso, le ofendes y le acusas de lo peor que nadie puede acusar a un hombre santo. ¡De haberse confabulado con el maligno!

—¿Cómo has dicho que se llama? —Preguntó Joel de pronto, desoyendo su súplica—. ¿Jesús? Es un nombre bastante corriente. Jesús de quién, de dónde.

—Soy de Nazaret.

Joel clavó en él la mirada. Luego se echó a reír, una risa ronca y nerviosa que no era la suya.

—¡De Nazaret! ¡De Nazaret! Oh, María, qué tonta eres. Este hombre es peligroso, él mismo puede estar poseído. Ayer hizo alegaciones de poderes estrafalarios en la sinagoga de aquel pueblo, y fue expulsado. ¿Qué dices a esto? —Joel había soltado la mano de su esposa y se había cruzado de brazos; ahora adoptaba una postura autoritaria.

María le miró estupefacta. ¿Eran aquéllas realmente las palabras de su Joel bondadoso y razonable?

—¿Qué digo a eso? ¿O qué dice Jesús? ¿A quién de los dos preguntas?

Joel pareció sorprenderse pero dijo al instante:

—A ti, por descontado.

—Muy bien —respondió ella. Se daba cuenta de que su contestación aumentaría la confusión de Joel—. Yo estaba allí. Lo vi todo con mis propios ojos.

Ahora Joel parecía realmente escandalizado.

—¿Estabas allí? ¿Fuiste allí con... este hombre, en lugar de venir a tu casa?

—Sí, es lo que hice. Tenía que... estar más tiempo con él antes de...

—¡María! —Joel la miró como si ella acabara de golpearle.

—Preguntas quién es y qué es, y lanzas terribles acusaciones contra él. —Las palabras salieron atropelladas de su boca, y ella temblaba de emoción—. Ya sé que es de Nazaret. Conozco a su familia. Les conozco desde hace muchos años. No puedo responder a tus preguntas como lo haría un rabino o un sacerdote. Lo único que puedo hacer es estar aquí, ante ti, para que me mires y veas que estoy curada. Me preguntas qué pasó. Sólo sé que estaba poseída y atormentada por los demonios, y que ya se han ido, porque este hombre los expulsó. Porque se preocupó lo suficiente para devolverme al mundo glorioso de la bondad y de Dios. ¡Si esto es malo, que todos seamos malos! —Hizo una pausa para recobrar el aliento—. Vi lo que pasó en Nazaret. Vi que la gente se volvía contra él, como tú mismo acabas de hacer. ¡Quisieron matarle! ¡Sí, darle muerte! Y esto es el mal en acción, tratando de detenerle, de eliminarle.

—¡María, aléjate de todo esto! Deja atrás ese mundo horripilante de demonios, exorcistas y maldiciones. —Joel le suplicaba; su rostro había palidecido—. ¡Deja que se marche! —ordenó a Jesús—. ¡No la impliques en tus peligros!

—Joel —exclamó ella—, me fui de aquí para no hacerte daño, para hacer todo lo posible por recobrar la salud. Pero debo la vida a Jesús. Sin él, no nos quedaría nada. Permíteme que se lo pague, que le ayude como él me ayudó a mí...

—¡María! —Joel retrocedió como si hubiera recibido un golpe físico—. ¡María! ¡Esta locura es peor que los demonios!

Entonces Jesús habló, por fin.

—No digas eso, amigo mío. Es una blasfemia contra el Espíritu Santo. —Tendió la mano, pero Joel la apartó de un golpe.

—¡Apártate de mí! —chilló. Los obreros interrumpieron sus faenas y miraron qué pasaba. Al instante apareció Natán, que se les acercó corriendo, abriéndose camino a empujones entre los obreros.

—¡Hija mía! —exclamó. Joel le franqueó el paso.

—¡No te acerques a ellos! —le previno—. Este hombre extraño... la ha sometido con un hechizo.

Natán entrecerró los ojos. Después se tambaleó y empezó a rasgar sus vestimentas, un gesto ceremonial de luto.

—Jonás me habló de él. También embaucó a sus hijos, Simón y Andrés. En el desierto. Y las historias que le contaron... —Las lágrimas le ahogaban—. María, mi hija y tu esposa, sola con todos esos hombres durante un mes. Esperando a que volviera este hombre. Es una ver-güenza, una deshonra, no podemos aceptarla en la familia. —Tiró de nuevo de su túnica y arrancó una tira—. Ella ha muerto para nosotros.

—Pero... —intentó decir Joel con expresión rígida—. Pero yo...

—¡Está muerta para nosotros! —chilló Natán, agarrándose del hombro de Joel—. ¡Deshonrada! ¡Deshonrada! ¡Vivir en el desierto con hombres es una ignominia, un pecado! No puedes aceptarla de vuelta. No puedes o te expulsaré de la familia, te despediré legalmen-te del negocio y te quitaré a Eliseba. ¡Te arruinaré, como ella está arruinada!

—¡Padre! —Eli se abrió camino hasta ellos—. ¿María? ¿Qué está pasando? Por fin, has vuelto al hogar. —Por un instante, parecía estar contento.

—¡Ella no tiene hogar! —gritó Natán—. ¡Yo no tengo hija y tú no tienes hermana!

—Y yo no tengo esposa —farfulló Joel.

A María le asombró tanto su sumisión que no pudo encontrar más palabras que su nombre, que repetía incesantemente:

—¡Joel! ¡Joel! ¡Joel!

Pero él se apartó en lugar de mirarla.

—¡Es una prostituta! —dijo Natán—. La gente se lo echará en ca-ra. A la madre de tu hija la llamarán ramera, y Eliseba tendrá que su-frirlo si no la repudias. ¡Ahora mismo!

Joel estalló en llanto.

—¡Oh, Dios, piensa en ello! —le instó Natán—. ¡Piensa en Elise-ba! Oh, Dios... —Se dobló en dos, sollozando—. ¡No! ¡No!

—No tiene por qué ser así, Joel —exclamó María—. ¡No hagas caso a mi padre! Le ciega el odio. Pero tú... tú puedes entenderlo. Mí-rale, mira a Jesús. Estás a tiempo de retirar tus palabras maliciosas y apresuradas. Estás a tiempo de decir: «Querido amigo, debes de ser un hombre santo. Fuiste capaz de derrotar las fuerzas de la oscuridad, que ni siquiera los varones más santos de nuestra comunidad pudie-ron vencer. Te honro por ello y deseo conocerte mejor.» Dilo, Joel. Tu vida entera, y la mía, cambiarán si lo haces. No dejes escapar la opor-tunidad.

Pero no fue Joel quien le respondió.

—¡Vete! —ordenó Natán—. ¿Por qué has venido? ¡Ya te había-mos dado por muerta!

—Y lo estaba —repuso María—. No se podía esperar mi vuelta a la vida. Y, de haber vuelto, nunca sería la misma. Y no lo soy. Vuestros peores temores se han hecho realidad.

—¡Este Jesús! —exclamó Joel—. ¿Por qué todo esto, sólo por su causa? —Su voz llegó a sonar como un aullido de angustia—. ¿Por qué? ¿Por qué? ¡No puedo soportar lo que has llegado a ser!

—¿Cómo sabes qué he llegado a ser? —preguntó María—. ¿Porque padre prefiere imaginar cosas que nunca han pasado, cosas que supo de terceras personas? ¿Me abandonas por eso?

—Eres tú quien me abandonó a mí —gritó Joel—. Nunca fuiste una verdadera esposa para mí. Siempre tenías secretos... Primero, los demonios, después, tu aventura en el desierto con este... loco y sus seguidores. —Rompió a llorar otra vez.

Curiosamente, María sintió que era ella quien debía mostrarse fuerte. Ya no puedo vivir como antes, pensó. Qué tonta fui al pensar que la expulsión de los demonios sería la solución a todos los problemas. He iniciado un camino que me aleja de todo lo que conocía hasta ahora.

—De modo que me repudias —dijo despacio, haciendo una simple constatación. Hizo un enorme esfuerzo por no llorar, por no aferrarse a Joel. La apartaría, huiría del contacto y esto era más de lo que sería capaz de soportar en esos momentos—. Iremos a Cafarnaún —añadió, tratando de no venirse abajo, de no hacer nada que pudiera enfadar más a Joel o desatar la furia de todos—. Si deseas buscarme, me encontrarás allí. Otros seguidores se reunirán con nosotros. —Cuando Joel emitió una especie de respuesta ahogada, prosiguió—: Consérvame un lugar en tu corazón. Yo no te dejo. Tú también puedes sumarte a nosotros.

—¡Jamás! —La idea parecía repugnante—. Sólo me queda rezar para que recobres el sentido común, ores, te purifiques y purgues tu pecado. —Se volvía hacia Jesús—. En cuanto a ti, ¡sal de aquí, desaparece, vete al infierno!

María y Jesús salieron tambaleándose del almacén a la luz cegadora del sol. Por un momento, permanecieron inmóviles, parpadeando. María casi esperaba que Joel y los demás saldrían a perseguirles, para asegurarse de que abandonaban la ciudad. La puerta, sin embargo, seguía obstinadamente cerrada.

—No me esperaba esto —dijo ella al final. Apenas podía hablar—. Esperaba... un reencuentro más dulce.

Jesús asintió.

—También yo, en Nazaret. —Juntos compartieron una risa amarga; una extraña camaradería había crecido entre ambos.

—Al menos, tu familia te dio la bienvenida —dijo María.

—Sí, pero los aldeanos quisieron matarme.

Esta vez se rieron de corazón.

La puerta se abrió de golpe y Natán, Eli y Joel aparecieron en el umbral, mirándoles con expresión de repugnancia y dolor.

—¿Quién puede reírse así, sino los amantes y los conspiradores? ¡Vosotros sois ambas cosas! —chilló Natán.

—No somos ni la una ni la otra —respondió Jesús—. Pero comprendo que sólo puedas pensar en estos términos.

—¡Lo comprendes! ¡Lo comprendes! —se burló Joel—. ¡Qué noble de tu parte! Ahora comprende esto: estoy en mi derecho de ordenar tu muerte. Has deshonrado a mi mujer y a mi hogar. Sólo mi amor por ella lo impide. ¡Pero idos! ¡Marchad! —Clavó la mirada en María—. ¡Y no vuelvas nunca más! ¡No podría soportarlo!

Entró en el almacén y cerró la puerta tras de sí de un portazo.

María se daba cuenta de que Joel había hecho gran acopio de fuerzas para decir lo que había dicho y después retirarse.

—Jesús —dijo—, Joel es un buen hombre. Lo es, de veras.

—Sí, lo sé. Es más difícil para la gente como él. Rezaré por él. No queremos perderle.

¿Perdido? ¿Cómo? ¿A los demonios? ¿Al mundo? ¿A ellos?

—Parece que nos hemos quedado sin familia —dijo María suspirando lentamente.

—No debería ser así —respondió Jesús—. Aunque tal vez cambien de parecer. No será mañana ni pasado pero... con el tiempo.

Se encontraban de pie cerca del muelle bullicioso. Para entonces, los pescadores ya habían sorteado y entregado la captura, y los vendedores se habían ido a casa. Los obreros fregaban el pavimento, dejándolo listo para la mañana siguiente.

—Has sido valiente —dijo Jesús.

—No quiero nada de esto —contestó María con voz queda—. No quiero perder a mi hija ni ser repudiada por mi esposo. Si en el fondo no pensara que, como tú has dicho, cambiarán con el tiempo, no lo podría soportar. —Su voz se apagó—: ¿Por qué tiene que ser así?

—No lo sé —respondió él despacio—. Forma parte del pesar de vivir en este mundo, donde Satanás sigue libre para afligirnos a diario.

—Jesús —interpuso María de pronto—. Tengo otro hermano. Él no es como Eli ni como mi padre... —Aunque, claro, Joel tampoco lo era o, al menos, eso creía ella—. ¡Vayamos a buscarle antes de que los demás le cuenten sus mentiras!

Jesús no pareció convencido de que fuera una buena idea, pero dijo:

—Muy bien. Estate preparada, sin embargo, para oír palabras odiosas también de su boca. Recuerda que ni siquiera mi madre quiso seguirnos.

—Ella no sabía qué había pasado —objetó María. Alguien debió de contárselo. De repente, se sintió muy culpable de no haber vuelto a casa de Jesús para explicar lo sucedido.

Yo también soy madre, pensó. ¿Cómo pude hacer eso a otra madre? ¿Dejarla con una duda tan cruel e inconfesable?

De su muñeca colgaba todavía el collar de Eliseba.

—¡Tengo que ver a mi hija! ¡Tengo que llevarme a mi hija! —Jadeó sin aliento—. Volvamos a mi casa para llevárnosla. Soy su madre. ¿Con quién, si no, debería estar? Después iremos a ver a mi hermano Silvano, él nos dará provisiones, quizá nos esconda... —Se volvió y se alejó corriendo calle abajo, y Jesús no tuvo más remedio que seguirla.

Pronto llegó a su casa. Esta vez no llamó respetuosamente a la puerta sino que la abrió de un empujón y corrió a la habitación de Eliseba. Cuando la niñera intentó franquearle el paso, la golpeó y la derribó al suelo con la fuerza de un hombre. Cogió a Eliseba en brazos, arrancándola de su cama, y huyó en dirección a la casa de Silvano. La niña chillaba de miedo.

—¡Silvano! ¡Noemí! —gritó María aporreando la puerta. ¡Tenían que estar en casa, alguien tenía que estar allí!

Noemí abrió con expresión perpleja y se quedó mirando, sorprendida.

—¡María! —exclamó y esbozó una sonrisa de auténtica bienvenida—. ¡Oh, qué alegría que hayas vuelto! Pero... —Su mirada se posó en la niña que berreaba en los brazos de María y luego en el hombre desconocido que aguardaba detrás de ella— ¿Qué pasa?

—¿Está Silvano en casa? ¿Está mi hermano aquí? —gritó María, histérica—. ¡Tengo que verle!

—Ha salido, pero volverá en cualquier momento —respondió Noemí—. Pasad, por favor...

Antes de que María y Jesús pudieran entrar en la casa, Natán, Eli y un grupo de obreros aparecieron en la esquina de la calle y se abalanzaron hacia ellos como una ola.

—¡La ha robado! —gritaba Eli—. ¡Detenla!

—¡No tiene vergüenza, no tiene vergüenza! —La voz temblorosa del padre de María resonaba cual trompeta de alarma.

Noemí se apartó, asustada, cuando el grupo se interpuso entre ella y María, separándolas.

—¡Entréganos a la niña! —exigió Natán, avanzando hacia María. Ella se aferró con más fuerza a Eliseba. La niña chillaba y forcejeaba.

—No. No. Soy su madre. Si me repudiáis, tiene que venir conmigo. No pienso volver a separarme de ella.

—¡No eres digna de ser su madre! —Eli dio un paso adelante y trató de arrancar a la niña de los brazos de María. Ella se resistió hasta que pareció que la pequeña iba a partirse en dos.

—¡Basta ya! —Se interpuso Jesús—. ¡Dejad a la niña con su madre! —Intentó colocarse entre Eli y María, apartar las manos de aquél de la niña aterrorizada.

—¿Quién eres tú? —chilló Eli, empujándole a un lado—. ¡No tienes derecho a estar aquí!

Jesús se adelantó de nuevo, y esta vez Eli y Natán se le opusieron y le empujaron juntos. Jesús cayó, pero se puso enseguida de pie de un brinco. Sus movimientos ágiles les hicieron retroceder. Este hombre, obviamente, era rápido y fuerte, y podía ofrecer lucha.

—Os digo que dejéis a la niña con su madre —repitió Jesús, aunque no hizo ademán de atacar a ninguno de sus dos adversarios.

Natán volvió a empujarle, haciéndole perder pie. Eli le golpeó y Jesús cayó sobre una rodilla. A una señal, los demás hombres del grupo se le echaron encima, y le propinaron golpes y patadas de manera indiscriminada. Jesús no les agredió.

—¡De modo que éste es el hombre a quien sigues! —le espetó Eli—. ¿Qué clase de hombre es que no quiere defenderse sino que se deja golpear, como una mujercita?

—Los que practican la violencia morirán de ella —dijo Jesús con voz desmayada.

—¡Bonita excusa para tu cobardía!

Eli y Natán agarraron a María a la vez, uno de ellos la obligó a abrir los brazos y el otro le arrancó a Eliseba. Noemí empezó a gritar.

—Cállate, mujer —ordenó Eli.

Los hombres se retiraron con su trofeo, dejando a María, Jesús y Noemí solos.

—Ven —dijo Jesús finalmente a María—. Vamos. Iremos a Cafarnaún. —Y tomó aliento con un sonido ronco.

28

María había recorrido muchas veces el camino de Cafarnaún, pero ahora se le hacía un trayecto de pesadilla, impregnado de un dolor infinito; el dolor que dejaba atrás, el dolor que encontraría delante y —lo más horrible de todo— el dolor que la rodeaba por todas partes. Caminaba trastabillando y cayéndose contra Jesús, casi cegada por las lágrimas y la conmoción. Cuando llegaron a las afueras de Magdala, temblaba tan descontroladamente que no pudo seguir. Sus rodillas flaquearon, y Jesús la ayudó a salir del camino y a apoyarse contra el tronco de un árbol, en un punto donde podrían pasar desapercibidos de los demás viajeros.

Cuando se vio a salvo de miradas ajenas, María se dobló hasta el suelo y estalló en llanto. Creía que ya nunca dejaría de llorar, que nunca agotaría su dolor. Ni las lágrimas ni los sollozos desgarradores conseguían aliviarla, aunque parecían tener vida propia, servir a su propia causa.

Jesús se dejó caer a su lado. A través de la cortina de sus lágrimas, María veía los tallos de matas que crecían verdes de la tierra áspera, y las puntadas decorativas de la capa de Jesús. La capa que su madre hiciera para él, la que le había regalado antes de... A sus ojos, la propia capa y cada una de sus diminutas puntadas representaban los lazos familiares rotos por su expulsión. El esmero con que se había tejido la capa, el gozo de regalársela al hijo predilecto, la bienvenida a los recién llegados... todo terminado, todo vuelto del revés. Como Adán y Eva, los habían expulsado del Jardín, y sus familias parecían menos afligidas que Dios en su momento. La familia, vedada ya para ellos, adquiría connotaciones paradisíacas.

—Mi hija —sollozaba. Apretaba en la mano el amuleto, que curiosamente no le habían arrebatado. Ella había tratado de volver a colgárselo del cuello—. ¡Es lo único que me queda de ella! —Abrió el puño y mostró a Jesús la placa de cerámica redonda, prendida del hilo.

—María, sigues siendo su madre —dijo él—. No todo está perdido.

Los sollozos angustiados fueron calmándose, y ella intentó recobrar el aliento.

Jesús tomó el collar de su mano sudada y lo deslizó por su cabeza.

—Ahora debes llevarlo tú —dijo.

Dejó descansar las manos en las rodillas, y María las contempló con afecto agradecido. No eran grandes, aunque sí fuertes y bien formadas. Tenían callos, por culpa —suponía ella— del trabajo en la carpintería y de su peripecia en el desierto.

—María —insistió él con voz arrulladora—, no te aflijas.

—¿Cómo puedo evitarlo? —preguntó ella. Esperaba una respuesta, una explicación convincente. Si alguien tenía la respuesta, ese alguien era él.

—La aflicción es para las cosas definitivas —dijo él—. Esto no es definitivo.

No es definitivo. No es definitivo. ¿Era eso cierto?

—¿Cómo... lo sabes? —consiguió pronunciar las palabras. ¡Ojalá fuera la verdad! Ojalá lo supiera y pudiera prometérselo.

—Porque sigue habiendo amor, y el lazo más antiguo del mundo: el de una madre con su hijo.

—¡Pero el amor es unilateral! Eliseba es demasiado pequeña para entenderlo. Otras personas me sustituirán... y ella olvidará.

—El amor no perece —insistió Jesús.

Le miró a la cara, vio la expresión de sus ojos. Estaba convencido de lo que decía. Estaba preocupado por ella, comprendía su confusión y sus lágrimas. Su voz era fuerte y reconfortante, como sus manos. Bajó la mirada.

¡No puede ser! La cautela innata en ella susurraba en su pensamiento. Corres serio peligro de enamorarte de este hombre. Sólo porque es amable y te reconforta, cuando tu marido te ha repudiado. Pero esto no basta. Eres débil y no puedes controlar tus sentimientos.

—Tenemos que seguir —farfulló, tratando de ponerse de pie.

—A su debido tiempo —respondió Jesús, al tiempo que apoyaba una mano en su brazo para indicarle que debería esperar un poco más. No intentó seguir con la conversación. Permanecieron sentados en silencio, cada uno sumido en sus propios pensamientos.

Fue a media tarde cuando se levantaron para reemprender el camino. El lago aún estaba cuajado de barcas pesqueras y las orillas repletas de comerciantes. La crueldad de presenciar la vida normal de otras personas cuando la suya acababa de ser destruida trajo nuevas lágrimas a los ojos de María.

Siguió caminando, sin embargo, pensando por primera vez que, algún día, la aflicción visitaría a cada uno de los ocupantes de aquellas barcas; que, algún día, el sol que se reflejaba en el agua les resultaría insoportable a todos ellos.

Al doblar el recodo que daba entrada a Siete Fuentes, vieron numerosas barcas meciéndose en el agua y oyeron el barullo habitual de voces que clamaban por nada. En su estado actual, a María le parecía que las redes, la captura y las zonas pesqueras no eran nada, le resultaban tan insignificantes como la pelusa que el viento arrancaba de los cardos a orillas del lago.

Un hombre ruidoso bramaba órdenes a una de las barcas adentradas en el agua. María hizo una mueca; no quería oírle, su voz le resultaba tan desagradable como los chillidos de los niños consentidos en un día de fiesta. Aunque más fuerte.

—¡Estúpido! —gritaba—. ¡Cuántas veces he de decirte que recojas las redes para que no se enganchen en la quilla! ¿Cuántos años tienes? ¿Treinta? ¿Cómo puede ser tan idiota alguien que ya ha vivido treinta años?

—Sí, padre —respondió una voz familiar. María miró al hombre de la barca. Era Pedro.

Jesús le vio al mismo tiempo, aunque no delató su reconocimiento. Detuvo la marcha y se quedó observando la escena.

—¡Mira estas redes! —decía el hombre de la orilla—. Están medio vacías.

—Hoy han salido muchos pescadores —dijo Pedro—. La zona estaba abarrotada.

—¿Por qué has permitido que te echaran, pues? Deberías haberles echado tú. ¡Ven aquí, contemos esta lamentable captura antes de que llegue la noche!

Pedro —y Andrés, según acababa de ver María— empezaron a remar hacia la orilla. Pronto se acercaron a tierra y lanzaron el cabo a su padre, que lo amarró a una piedra perforada. Los hombres saltaron de la barca al agua, que les llegaba hasta el pecho, y condujeron la embarcación a la playa. Después, empezaron a recoger las redes.

—Esto es vergonzoso —dijo con enojo el padre mientras inspeccionaba la red—. ¡Sois los peores pescadores del lago!

Pedro se enfadó.

—¡Sabemos lo que hacemos! —Señaló la red, que se agitaba y combaba con el movimiento de los peces—. Si no estás de acuerdo, compárala con la captura de las demás barcas.

—No puedo. Aún no han vuelto.

—Sí, y también nos lo reprocharías si siguiéramos allí fuera. —Al fin hablaba Andrés—. Dirías que somos irresponsables por demorar tanto el regreso.

—¡No discutas conmigo! —le espetó el hombre, enfadado—. ¡Estoy harto de vosotros! Primero desaparecéis una eternidad para acompañar a una loca al desierto y escuchar al predicador demente; después os quedáis allí esperando y esperando. Cualquier cosa antes que trabajar.

—No nos quedamos allí para evitar el trabajo —repuso Pedro.

—¿Por qué, entonces? No me lo habéis explicado.

María quedó asombrada. Pedro no había hablado de Jesús, ni a su padre ni a nadie más.

—Pues... Yo... —Pedro se encogió de hombros.

Jesús se movió a su lado. Vio la capa blanca con el rabillo del ojo, vio cómo se alejaba, se adentraba en el camino y se plantaba delante mismo de Pedro, Andrés y el padre de ambos.

Jesús bajó la capucha.

—¡Pedro! —dijo con voz alta, más alta que la del padre, más profunda, cargada de autoridad.

Pedro le reconoció con un sobresalto. A su cara asomó el horror de saber que Jesús lo había oído todo.

—¡Oh! —balbuceó—. Oh. ¡Oh! —Estaba clavado en su sitio.

—¿Quién es éste? —exigió saber el padre.

Jesús no le hizo caso.

—Simón, el llamado Pedro. ¡Mi piedra! —llamó a Pedro—. Abandona todo esto. Ven conmigo y te convertiré en pescador de hombres. —Señaló la red, que seguía agitándose—. De hombres. Sígueme. Nos esperan otras capturas, más importantes.

—¡Sí! —Pedro dejó caer la red y se lanzó adelante, el rostro radiante de alegría.

—Tú también —dijo Jesús, señalando a Andrés.

—¡Maestro! —exclamó Andrés; apartó la red de una patada y se fue hacia Jesús.

—¿Qué significa esto? —exigió saber el padre—. ¿Qué pasa con las barcas? ¿Qué pasa con el pescado?

—Tú te ocuparás —repuso Pedro—. Ya que tanto sabes del asunto. —Rodeó a su padre y abrazó a Jesús.

—¿Os tomaréis el día libre? —insistió el padre—. No podemos permitírnoslo, ahora no, a principios de la mejor temporada...

—Nos tomaremos libre el día de mañana, y el otro, y el de más allá —dijo Pedro—. Ahora tengo un nuevo maestro.

María miraba estupefacta la actitud resuelta de Pedro, tan repentinamente resuelta. Tal vez estuviera esperando la llegada de Jesús para que éste le rescatara.

—Ven. —Jesús se dio la vuelta y echó a andar, y ellos le siguieron. El padre empezó a vociferar a sus espaldas.

—Quédate en paz, Jonás —dijo Jesús.

—¿Cómo sabes mi nombre? —chilló él.

—Lo oí muchas veces de labios de tus hijos —respondió Jesús.

Tan pronto estuvieron fuera del alcance del oído de Jonás, empezaron a hablar de manera animada. A Pedro se le escapó una exclamación de reconocimiento cuando vio a María, pero reprimió enseguida su saludo al fijarse en su rostro demudado y surcado de lágrimas.

—¿Tan malo ha sido? —dijo meneando la cabeza.

—Más de lo que puedas imaginar —respondió Jesús—. Su familia la ha repudiado.

—¿Joel? —La voz de Pedro delató su incredulidad.

—Sí —prosiguió Jesús—. Creen que está embrujada o bien que yo estoy poseído.

—¡Eso es absurdo! —exclamó Andrés—. ¿No tienen ojos en la cara? ¿No se enteran de nada?

—Piensan que se ha deshonrado porque estuvo a solas con vosotros en el desierto —explicó Jesús.

Pedro profirió una risa áspera.

—Ojalá supieran...

—Quizá juzguen por lo que ellos hubieran hecho en circunstancias parecidas —dijo María. Sí. Quizás el tan beato Eli se habría aprovechado de una mujer vulnerable, su propio padre, también; tal vez hasta Joel... ¡Oh, éstas son acusaciones viles y odiosas! Pero ¿por qué otra razón no se les ocurrió más posibilidad que aquélla?

—La boca expresa el sentir del corazón —dijo Jesús. Evidentemente, pensaba en lo mismo—. Venid —añadió, instándoles a seguir el camino de Cafarnaún.

Aún no habían dejado atrás la zona pesquera cuando vieron más barcas apretándose dentro de un área congestionada, hasta tal punto que los pescadores casi chocaban unos contra otros.

—Siempre hay lucha por estas corrientes cálidas —comentó Pedro a Jesús. Al fin y al cabo, Jesús ni era pescador ni estaba familiarizado con los pormenores de aquellas zonas. Pedro estaba excitado, arrebatado con su osada rebelión contra su padre. No se alejaba del lado de Jesús y no dejaba de hablar. María poco podía oír lo que decía ni estaba interesada en ello. Ya tenía bastante con mantenerse en pie y contener el llanto. No dejaba de tocar el collar que llevaba al cuello.

De pronto oyó una voz muy familiar un poco más adelante en el camino. Era aquel pescador desagradable, Zebedeo, aquel hombre de cara enrojecida que se comportaba como si fuera propietario del lago. Su primer roce con sus bramidos, durante aquel primer paseo con Joel, la había impresionado tanto que nunca pudo olvidarlo. Al parecer, tenía ciertos contactos importantes en Jerusalén, en la residencia del sumo sacerdote, y eso explicaba su comportamiento altivo, aunque no lo justificaba.

¡Ahora no! ¡No con él! Fue lo primero que pensó. Y enseguida: Jesús sabrá tratar con él.

Zebedeo estaba regañando a sus hijos, que todavía estaban lago adentro. Al parecer, no habían pescado nada.

Pedro se volvió a los demás con un mohín, como si quisiera decir: ¡Nosotros sí que supimos qué hacer!

Los dos hombres de la barca no se parecían en absoluto. Uno era corpulento, de espalda ancha y cara redonda; el otro, tan esbelto y delicado que se le podría confundir con una muchacha.

—Padre, hemos hecho lo mejor que pudimos —dijo éste en tono de súplica.

—¡Lo mejor que pudisteis! ¡Lo mejor que pudisteis! ¡Vuestro mejor esfuerzo es mi peor resultado! ¡Somos dueños de todo esto —señaló con un amplio gesto las aguas del lago— y vosotros fracasáis!

Él no es dueño del lago, nadie lo es, pero así lo cree, en su engreimiento, pensó María.

—¡Mi nombre se conoce más allá de las aguas! —insistió el hombre—. Desde Betsaida hasta Susita. Desde Tiberíades a Gergesa. ¡La fama de Zebedeo de Betsaida llega hasta Jerusalén!

—¡Sí, y a mí también me conocen! —gritó el hijo musculoso—. ¡El nombre de Santiago ya es famoso!

—¡Ni lo es ni llegará a serlo! —repuso su padre.

Jesús se apartó del grupo y de nuevo se abrió camino hasta el agua, sorteando con cuidado las piedras de la orilla.

—Amigos —llamó a los hombres de la barca—, adentraos en el lago y tirad vuestras redes.

—Estuvimos pescando la noche entera y no cogimos nada —respondió el hijo fornido—. Ahora ya ha pasado la hora de pescar.

—Adentraos en el lago y tirad las redes —repitió Jesús.

Zebedeo le miró estupefacto.

—No le hagáis caso —gritó al fin a sus hijos—. Tenéis razón, la hora de pescar ya ha pasado por hoy.

De pronto, el grandullón soltó un resoplido y, con una mirada de desaire a su padre, se dio la vuelta y empezó a remar lago adentro.

Jesús y sus acompañantes esperaron; observaron cómo la barca llegaba al centro del lago, se detenía y los hombres echaban las redes. Zebedeo se acercó a Jesús para increparle pero, cuando éste no respondió a sus preguntas, se alejó de nuevo y volvió a su puesto en la orilla.

Un grito llegó del lago.

—¡Las redes! ¡Se están rompiendo! ¡Socorro! ¡Auxilio! —Los hombres luchaban por recoger las redes, que estaban tan cargadas que iban a reventar.

—¡Corre! —Zebedeo ordenó que otra de sus barcas saliera al rescate. Pronto ambas embarcaciones emprendieron la vuelta a la orilla. Avanzaban muy despacio por culpa del peso de la captura. Al acercarse, empezaron a zozobrar con tanta carga. Zebedeo saltó al agua hasta las barcas para guiarlas a la orilla pedregosa. Seguían hundiéndose. Las redes que llevaban estaban tan llenas que parecían gigantescos odres de vino.

Zebedeo casi daba saltos de júbilo. Ya estaba calculando los beneficios de tan extraordinaria captura.

—¡Oh, qué estupendo! ¡Oh, es excelente!

Jesús contemplaba sereno el regocijo del padre y sus hijos ante aquel golpe de buena suerte.

—Directitos a la mesa de Caifás —decía Zebedeo asintiendo—. ¡Sí, estos pescados agraciarán la mesa del mismísimo sumo sacerdote! ¡Y mi nombre sonará en los salones más importantes de Jerusalén!

—Son nuestros nombres los que debes poner en el envío —dijo el hijo apuesto—. Los pescadores somos nosotros.

—No, todo está a mi nombre, el nombre de la compañía —repuso Zebedeo—. Así ha sido siempre. Una buena captura no os da derecho a reclamarlo.

—El nombre de él debería compartir el prestigio. Él nos dijo dónde ir —dijo el hijo corpulento, fijándose de nuevo en Jesús—. ¿Cómo te llamas, amigo?

—Jesús. De Nazaret. ¿Y tú?

—Yo me llamo Santiago —dijo el grandullón.

—Y yo, Juan —dijo su hermano.

—Sois los Hijos del Trueno —dijo Jesús—. Seguidme, Hijos del Trueno, y yo haré que vuestros nombres se conozcan mucho más allá de estas orillas. Los que me sigan serán conocidos más allá de este tiempo y de estos años.

—¿Y Caifás? ¿Le conoces? ¿Nos conocerá a nosotros si dejamos el establecimiento de padre para unirnos al tuyo? —preguntó Juan.

Jesús rió.

—Caifás. Cuando todos hayan olvidado a Caifás, a vosotros os recordarán. En realidad, a Caifás sólo le recordarán gracias a nosotros.

—Está loco —dijo Zebedeo—. Hijos, puede que me haya mostrado demasiado duro. Os daré un porcentaje mayor de la pesca a partir de este momento. En cuanto a él...

—Seguidme —dijo Jesús— y os convertiré en pescadores de hombres. Ya no saldréis a faenar en el lago sino en los pueblos. Y, en lugar de dar muerte a vuestra captura, le daréis la vida.

—No le hagáis caso —ordenó Zebedeo.

Santiago y Juan se demoraron un largo momento junto a las redes y la embarcación. Luego Santiago afianzó la red en la barca y se acercó caminando por el agua hasta la orilla.

—Yo iré contigo —dijo.

—Yo también —afirmó Juan y siguió a su hermano.

—¡Deteneos! —gritó Zebedeo.

Sólo cuando Jesús les condujo lejos del agua, con Zebedeo chillando siempre a sus espaldas, los dos hermanos vieron a los demás.

—¡Simón! —exclamó Santiago—. ¿También tú estás con él?

—Sí —respondió él—. Aunque ahora tengo otro nombre. Él me llama Pedro, como a vosotros os ha llamado Hijos del Trueno.

—¿Acaso cambia siempre los nombres? —preguntó Santiago.

—No —dijo Pedro—. Andrés, aquí, y María siguen esperando que les rebautice.

Santiago y Juan la miraron sorprendidos.

—¿Una mujer? —murmuraron.

—Sí —dijo Jesús—. Y habrá otras más. Ella es la primera.

—Pero es una mujer casada. ¿Dónde está su marido? ¿Cómo pudo dejarla libre? —preguntó Juan.

—En el nuevo Reino todos serán libres —respondió Jesús—. Nadie será dueño de nadie. Cada persona pertenecerá sólo a Dios. Y éste es el comienzo del nuevo Reino.

De nuevo en la casa de Pedro. Qué distinta parece de la primera vez, pensó María. ¿O no lo es? Los demonios se fueron, pero yo sigo marginada, y ahora otros han venido a unírseme en el exilio.

Mara, la esposa de Pedro, y su madre les acogieron con calidez y les invitaron a sentirse como en casa.

—Amadísima esposa —dijo Pedro, y la abrazó con ternura mientras los demás ocupaban sus lugares—, las cosas serán diferentes a partir de ahora.

La mujer se apartó, recelosa.

—¿En qué sentido?

—He abandonado el negocio de la pesca. Y mi hermano, Andrés, también. —Se separó de su mujer y rodeó con el brazo los hombros de Andrés—. No fue una decisión precipitada.

—¿Cómo? —La voz de Mara sonó muy queda—. Acabábais de llegar a un acuerdo con Zebedeo para la temporada y tu padre...

—Padre está enfadado —admitió Pedro. Después sonrió—. ¡Y Zebedeo, también! —Señaló a Santiago y a Juan con una floritura de la mano—. Sus hijos se unieron a nosotros.

—Se unieron... ¿en qué?

—En seguir a este hombre, Jesús de Nazaret —respondió Pedro. Su voz, sin embargo, se había tornado más suave y menos convencida.

—¿Para hacer qué? —Mara se volvió ceñuda para mirar a Jesús—. No lo entiendo.

Pedro le dirigió una mirada de súplica.

—Maestro, debes decírselo.

En lugar de responder, Jesús dijo:

—Te doy las gracias por aceptarme bajo tu techo y brindarme tu hospitalidad.

—No sé si quiero dártela hasta que me expliques de qué va todo esto. Nuestra familia necesita comer; somos una familia de pescadores. Si mi esposo abandona este oficio, no conoce otros.

—Yo llamé a tu esposo, y a estas otras personas, para que me sigan en mi misión.

—Sí, de acuerdo, pero ¿en qué consiste esta misión? —Mara le dirigió una mirada penetrante.

—En anunciar el Reino y, de algún modo misterioso que ni yo mismo entiendo todavía, en inaugurarlo.

Mara emitió un resoplido. Miró a su marido.

—Esto es ridículo. Hay cincuenta como él por todo el país. Todos claman por reformas, un nuevo reino, una rebelión contra Roma, el fin de la era... ¿Cómo has podido meterte en esto? Si le sigues, estaremos arruinados. ¡Arruinados! Sin dinero, a merced de las autoridades... ¡No! —Se dio la vuelta bruscamente para enfrentarse a Jesús—. ¡Déjale en paz! ¡Te ordeno que le dejes en paz!

Pedro se le acercó y, con delicadeza, la apartó de Jesús.

—Los días de obediencia a ti y a mi padre han pasado.

A María la asombró su coraje. Era Jesús quien, de algún modo, se lo había dado. Y eso era un milagro de por sí.

—¿Y qué será de nosotros? —exigió saber la mujer—. ¡Supongo que tu nuevo amo habrá pensado en esto!

—Si buscas el Reino de Dios, todo te será dado —dijo Jesús—. Es una promesa.

—¡De veras! ¿Me lo prometes tú? —La mujer casi le escupió.

—No. Te lo promete Dios.

—Me imagino que hablas por Él. ¿Cómo puedes hacer promesas en Su nombre?

—Porque conozco Su talante —repuso Jesús—. Lo conozco muy bien.

—¡Oh, conque conoces Su talante! —Mara se volvió hacia su marido—. ¿Y es éste el hombre a quien quieres seguir? ¡Supongo que ha vivido con Dios, por eso sabe cómo piensa! Ni siquiera los escribas más sabios lo saben ni pretenden saberlo. Pretensión. Éste es el talante de este hombre.

—¡Lo veremos, mujer! —dijo Pedro con voz sonora—. Y ahora descansaremos aquí, en nuestra casa, y espero que te comportes con decencia y buenos modales. Si no, nos refugiaremos en el campo. —La miró enfadado—. No nos asusta el escándalo aunque a ti quizá sí.

La mujer contuvo el aliento. Se retiró de la estancia y arrastró a su madre con ella. María comprendía sus sentimientos. Todo era tan repentino, tan inesperado, no encontraban explicación. Sólo habían visto a Jesús como a un huésped en su sala. Y ahora este hombre iba a dar un vuelco a sus vidas.

Yo creía que si las mujeres me hubieran visto en Magdala jamás me habrían castigado ni repudiado, reflexionó María. Tal vez me equivocara. Tal vez se volvieran contra mí, exactamente como lo hicieron los hombres.

Jesús contempló a sus seguidores, que habían quedado a solas con él en la estancia.

—Queridos amigos —dijo—, doy las gracias a Dios por teneros conmigo. Ya debíais saber, sin embargo, que los peores enemigos de un hombre se encuentran en su propia casa. Me temo que en los tiempos venideros habrá división entre el padre y el hijo, entre la hija y la suegra, entre el marido y la mujer. Me temo que mi llegada no ha traído la paz sino la división.

Sí, así es. Mi esposo, Joel; la esposa de Pedro, Mara; Zebedeo y Jonás; y la propia familia de Jesús, María, su querida madre, su hermano Santiago y los demás... Los pensamientos de María de pesadumbre. ¿Por qué tenía que ser así? ¡Jesús, explícanos por qué tiene que ser así!

Y la pregunta se le escapó en voz alta.

—Porque, en este mundo, Satanás enceguece y divide a la gente. Y el dolor no es sólo de aquellos que están ciegos y no pueden entender, sino también de los que ven pero no pueden compartir su visión con los demás. —Hizo una pausa y añadió—: La mayoría de la gente halla consuelo en los caminos trillados. Ahora, vosotros estáis abriendo un camino nuevo.

29

El Shabbat siguiente la sinagoga del rabino Anina estaba llena. María y Mara se encontraban entre las mujeres que se hacinaban en la parte de atrás, obligadas a permanecer de pie, mientras los hombres se sentaban cómodamente en los bancos. María no se sentía a gusto con Mara. Como discípula de Jesús, no sólo recibía el trato destinado a una presencia subversiva sino que Mara a buen seguro recordaba a la miserable mujer poseída que había buscado refugio en su casa. Parecía que Jesús y los demonios eran una y la misma cosa a sus ojos.

El rabino Anina oficiaba la ceremonia predicando. María se preguntó si debía buscarle al final del servicio religioso para contarle lo que le había sucedido, aunque tenía la impresión de que no querría saber nada de Jesús. Las instrucciones que le había dado el sacerdote, en el sentido de rezar y enfrentarse a los demonios, sólo la habían conducido a la derrota, la desesperación y el intento de suicidio. Sin duda, no eran éstas las noticias que le gustaría oír.

Cuando llegó el momento de la invitación a leer y comentar un pasaje de los profetas, Jesús se levantó y leyó de nuevo el mismo pasaje de Isaías que leyera en Nazaret. Y su tranquilo comentario final, «Hoy estos versos se han cumplido delante de vosotros», de nuevo causó conmoción.

Sin embargo, antes de que la congregación pudiera hacer algo más que murmurar, un hombre salió tambaleándose de entre sus filas.

—¿Qué quieres de nosotros, Jesús de Nazaret? —gritó con voz ronca y gutural—. ¿Has venido para destruirnos? —Se aferró los brazos y cayó como un saco.

Mara agarró la manga de María.

—¡Este hombre... está poseído! —Se volvió para mirarla—. Está mucho peor que tú cuando te conocí.

Cómo puede nadie estar peor que yo, pensó María. La pobre mujer no sabe de qué habla, no alcanza a comprender.

—¡Silencio! —ordenó Jesús, de pie delante del hombre caído—. ¡Salid de él!

El hombre echó a temblar y a chillar, profirió un terrible grito desgarrado y quedó inerte en el suelo.

Los murmullos se intensificaron entre la congregación. María pudo distinguir preguntas como «¿Qué significa esto?» o «¿Los espíritus malignos obedecen sus órdenes?» o «¿Tiene autoridad sobre ellos?».

Jesús se había inclinado sobre el hombre caído y le hablaba suavemente cuando el rabino Anina se le acercó y dijo:

—Esto no está permitido en el día del Shabbat.

Jesús le miró y preguntó:

—¿Qué no está permitido?

—Las sanaciones. Los exorcismos. Se consideran trabajo, y no se nos permite trabajar en Shabbat. Sin duda, ya lo sabes.

—Rabino —repuso Jesús—, imaginemos que tu buey o tu asno cayera en un pozo en Shabbat. ¿Esperarías al día siguiente para sacarlo?

—No, claro que no; la Ley permite el rescate de animales.

—¿No son las personas más importantes que los animales?

—Señor —dijo el rabino Anina sin alterarse—, sal de mi sinagoga. No eres bienvenido aquí.

—¿Tu sinagoga? ¿No es éste un lugar de reunión de los hijos de Israel? Si actúo dentro de los márgenes de la Ley, ¿por qué se me prohíbe volver?

—Efectuar curaciones en Shabbat no está dentro de la Ley, amigo, y tú lo sabes. El asno que cae en un pozo representa una emergencia. Este hombre y su condición, no. Está poseído desde hace mucho tiempo; un día más no significaría nada para él.

—No pensarías lo mismo si hubieras estado poseído alguna vez —contestó Jesús.

—¡Sí! —intervino María. Sin ser del todo consciente de lo que hacía, corrió hacia ellos—. Rabino Anina. Me recuerdas. Soy María de Magdala. —Se quitó el pañuelo, descubriendo su cabello corto—. Tú mismo afeitaste mi cabeza. Conoces mi estado de entonces... Estaba poseída, como este hombre. Me enviaste al desierto, con la esperanza de que allí pudiera recuperarme. Este hombre expulsó mis demonios... sí, cuando todo lo demás había fracasado. Y puedo decir que un día dura una eternidad cuando te atormentan los demonios. Los poseídos no pueden esperar un día.

—¡Silencio! —ordenó el sacerdote con los brazos en alto. Su rostro había palidecido ante la inesperada reaparición de María—. A las mujeres no se les permite hablar en la congregación. —Y añadió con voz queda—: Aunque estoy agradecido de tu curación. Esto es lo que importa.

—Bien pudo producirse un Shabbat —dijo María en voz alta, para que los demás la pudieran oír—. Si es así, Dios la bendijo.

—Mujer —preguntó el rabino Anina—, ¿dónde está tu esposo? ¿Por qué te permite hablar así en público?

No pudo haber encontrado mejor medio de silenciarla. Anonadada, María dio la vuelta, se alejó tambaleándose por el pasillo y salió a la calle. ¿Dónde está tu esposo?

—¡También tú debes irte! —dijo el rabino a Jesús—. ¡Has cometido sacrilegio contra el Shabbat!

—Mientras sea de día —contestó Jesús—, debo hacer el trabajo de quien me envió. Ya vendrá la noche, cuando nadie puede trabajar.

—¿A quién te refieres? —preguntó el sacerdote.

—Mi Padre nunca ha abandonado Su trabajo hasta el día de hoy, y yo también estoy trabajando.

—¿Qué dices? ¿Qué padre? ¿Quién es tu padre? ¿También él infringe las leyes del Shabbat?

—Este hombre es de Nazaret —dijo alguien—. Y su padre está muerto.

—Hablo de mi Padre celestial —respondió Jesús—, que también es tu Padre.

—¿Estás diciendo que Dios trabaja el Shabbat? ¡Blasfemia! Las Escrituras dicen que el séptimo día descansó.

—De su labor de Creación —explicó Jesús—, no de hacer el bien.

El rabino se tapó los oídos con las manos.

—¡Basta! ¿Cómo te atreves a hablar así? No puedes pronunciarte sobre lo que Dios hace o deja de hacer. Sobre todo, cuando lo usas como pretexto para justificar tus propios actos. Vete u ordenaré que te detengan.

—No tienes autoridad para ordenar mi detención —dijo Jesús—. No he infringido ninguna ley.

Se volvió y siguió los pasos de María hasta la calle, llevando al hombre liberado consigo.

—Vamos —dijo—. Este hombre necesita ayuda. —Sonrió a Mara, que en ese momento salía de la sinagoga—. ¿Nos das permiso para llevarle a tu casa?

A la caída de la noche, una gran muchedumbre que había oído a Jesús en la sinagoga se reunió delante de la casa de Pedro. Todos parecían sufrir alguna dolencia física; entre ellos había paralíticos tendidos en esteras, personas ciegas y otras que parecían poseídas. A la luz del crepúsculo, María y los que se encontraban en el interior de la casa vieron un mar de rostros que murmuraban y llamaban a Jesús, suplicándole que saliera.

—¡Ayúdanos! —clamaban—. ¡Dices que puedes devolver la vista a los ciegos, liberar a los cautivos! Aquí estamos. ¡Sálvanos! ¡Sálvanos!

María observaba a Jesús, que escuchó atentamente y luego se inclinó para rezar. Irguiendo el talle, salió de la casa. María y Pedro le siguieron.

Enseguida se produjo un gran alboroto, pero Jesús les advirtió que se quedaran donde estaban. Sólo así podría transitar entre ellos. Sorprendentemente, le obedecieron.

María vio cómo se acercaba al primer grupo, hablándoles y posando las manos sobre ellos. Después Jesús se alejó más y se perdió entre las sombras del anochecer.

Hubo gritos y agitación. De pronto, parecía que el gentío se multiplicaba, como si más gente acudiera de todas direcciones, saliendo incluso de las aguas del lago. La multitud engulló a Jesús. En estas condiciones, no podía hablar con la gente ni trabajar entre ella. Se abrió camino con esfuerzo de entre el gentío, se dirigió de vuelta a la casa de Pedro, entró apresurado y cerró la puerta de un golpe.

—Son demasiados —dijo—. Demasiados. No puedo ayudarles a todos.

Contempló los rostros estremecidos de sus seguidores.

—Por eso os necesito —dijo al final—. No puedo hacerlo todo yo solo.

—¡Nosotros no podemos curar! —objetó Pedro enseguida—. ¡No tenemos este poder!

—Lo tendréis —contestó Jesús—. Lo tendréis.

En ese momento les llamaron la atención unos golpes y crujidos que provenían del tejado. Trozos de yeso cayeron sobre ellos.

—¿Qué es esto? —exclamó la suegra de Pedro—. ¿Qué está pasando? —Salió corriendo de la casa para inspeccionar y empezó a gritar, agitando los brazos—: ¡Fuera de ahí! ¡Fuera de mi tejado!

Antes de que pudiera volver, un gran agujero se abrió en el techo y cuatro rostros ansiosos les miraron desde arriba con expresión de pedir disculpas.

Por un momento Jesús pareció asustado. Luego levantó los brazos para sujetar una camilla que bajaba del techo. Un hombre tan débil que apenas conseguía levantar la cabeza de la almohada le devolvió la mirada.

—La fe de tus amigos te ha curado —dijo Jesús al final—. Hijo, tus pecados están perdonados.

Una voz sonó en la ventana:

—¿Quién eres tú para perdonar los pecados? —Un hombre les miraba desde fuera—. ¡Cierra la boca! ¡Blasfemia!

Jesús miró al hombre en la ventana.

—Responderé a tu pregunta —dijo—. Dime: ¿qué es más fácil, perdonar pecados o devolver la vida a unos miembros inertes?

El hombre arrugó el entrecejo.

—Ninguna de las dos cosas es fácil —respondió al final—. Y ambas son prerrogativas de Dios.

—¡Mira! —dijo Jesús, y era una orden, no una sugerencia—. ¡Mira esto! ¡Amigo, levántate y vuelve a tu casa caminando! —Fijó la mirada en el hombre que yacía en la camilla. Lentamente, con ademanes torpes y gran indecisión, el hombre consiguió incorporarse sobre los codos.

—¡Puedes hacer más que esto! —dijo Jesús—. Puedes ponerte de pie. ¡Incluso puedes levantar tu jergón y la camilla!

Todos los ojos estaban clavados en él. Con movimientos penosos, el hombre siguió incorporándose hasta que, al final, bajó las piernas enclenques de la camilla. Temblando, se aferró a los palos y se puso de pie. Con gran cautela, adelantó primero una pierna y después, la otra. Parecía tan asombrado que María temió que se desmayara.

—Recoge el jergón —dijo Jesús—. Recógelo y llévalo contigo. —El hombre así lo hizo, con brazos temblorosos.

Un silencio profundo cayó sobre la multitud cuando el hombre apareció en la puerta, hasta que alguien gritó:

—¡Alabado sea Dios, que ha mostrado Su poder a los hombres!

Todos siguieron allí, rodeando la casa, clamando por Jesús.

—No salgas afuera —dijo Pedro. Estaba tan conmocionado como los demás y tuvo que apoyarse en una mesa para sostenerse de pie. Los gritos y los lamentos se intensificaban en el exterior, cobrando un tono de exigencia. En la oscuridad de la noche, destacaban las antorchas encendidas que muchas personas sostenían por encima de las cabezas y que teñían sus caras de rojo. Había muchísima gente, que se agolpaba y se empujaba.

Jesús parecía indeciso. De pronto, antes de que nadie pudiera impedírselo, abrió la puerta y salió afuera. María oyó un griterío ensordecedor, un rugido ávido y espeluznante, como si el gentío fuera un león dispuesto a devorarle, y sus necesidades eran ciertamente tan voraces que casi daba lo mismo enfrentarse a ellos que a un león.

Antes de que la puerta se cerrara, también ella salió corriendo. Se pegó al marco de la puerta e intentó vislumbrar la situación de Jesús. La muchedumbre parecía extenderse hasta las márgenes mismas del lago.

Ahora, sin embargo, que él había salido y le tenían delante, los gritos se apagaron. Jesús les contempló un buen rato y luego dijo:

—Es tarde ya, amigos. La noche es para el reposo. Dios trabajó durante el día, ¿no es cierto? Después hasta Él descansó. Sigamos Su ejemplo. Él ordenó el reposo para devolvernos las fuerzas y Él mismo lo observó. Vendrá la mañana y entonces trabajaremos juntos.

La promesa de otro día calmó al gentío, que empezó a dispersarse entre murmullos. Entonces una mujer desgreñada se abrió camino a empujones y cayó a los pies de Jesús.

—¡Ayúdame! ¡Ayúdame! —gritó, al tiempo que se aferraba a sus sandalias.

Un amigo se acercó apresurado y puso la mano en el hombro de la mujer.

—Oh, maestro —dijo—, ella no puede esperar hasta mañana.

Jesús se inclinó y trató de ver la cara de la mujer, que estaba escondida tras largas greñas de cabello enmarañado.

—Hija —dijo al final—, debes alzar los ojos.

El hombre que la acompañaba meneó la cabeza.

—No la dejan hablar —dijo.

—¿Quiénes? —preguntó Jesús.

Con gran agilidad, la mujer postrada se levantó de un salto y de su boca salieron palabras graves y guturales:

—¿Has venido para destruirnos, Jesús de Nazaret? Ya sé quién eres. ¡El Santo y Único de Dios!

¿Yo también tenía este aspecto?, se preguntó María. Ver a otra persona en ese estado le producía escalofríos. Y sin embargo... era importante que la viera. Sería la única manera de comprender.

—¡Silencio! —ordenó Jesús con voz sonora—. ¡Salid de ella!

La mujer se desmoronó como un montón de trapos, convulsionándose en el suelo. Al poco, un grito lacerante e inhumano salió de su garganta. Antes de desaparecer, los observadores pudieron percibir el rastro del espíritu, como una súbita caricia gélida.

Un silencio absoluto imperó entre el gentío. Luego, de pronto, María oyó la voz de un hombre:

—¡Tenemos que contárselo a todos! ¡A todos! —La muchedumbre se dispersó en todas direcciones, como una nube barrida por el viento.

Jesús ya no les veía. Se había inclinado sobre la mujer temblorosa para ayudarla a ponerse de pie. María, que sabía muy bien cómo se sentía, se le acercó y la rodeó con los brazos.

—Se han ido —dijo Jesús con voz queda—. Se han ido.

—Pero... también en otras ocasiones sentí que se iban. Siempre volvían. —La voz de la mujer apenas resultaba audible.

—Esta vez no volverán. —Las palabras de Jesús eran decididas y concluyentes—. ¿Cuál es tu nombre? ¿De dónde vienes? —Hizo un gesto a María para que abriera la puerta y condujera a la mujer al interior de la casa de Pedro. Apoyándose en ambos, la mujer franqueó el umbral. Una vez dentro, se dejó caer en un banco.

Pedro y Andrés se acercaron para verla; lo mismo hizo Mara.

—Eres bienvenida a nuestra casa —le dijeron—. Esté donde esté tu hogar, ahora éste también lo es. —Mara le ofreció un tazón de vino y Pedro, una bandeja de higos. La mujer los apartó. Apenas era capaz de hablar. María recordaba la sensación. Se arrodilló delante de ella.

—También yo fui poseída por los demonios —dijo—. Jesús los expulsó. Y, como ha dicho, nunca volvieron. Estás a salvo.

—Por fin —murmuró ella—. No sabes...

—Lo sé —respondió María—. Lo sé.

La mujer levantó la cabeza.

—Soy Juana —dijo—. La mujer de Chuza.

¡La esposa del mayordomo de Herodes Antipas, la mujer poseída de la que hablaron en Tiberíades! Pedro y Andrés intercambiaron miradas. ¡Un miembro de la casa real escondido en la suya!

—¿Tu esposo...? —María no quería formular la pregunta directamente. No obstante, tenían que saberlo.

—Desesperó de mí —respondió Juana—. Resultaba... incompatible con sus deberes reales. Herodes Antipas empezó a mirarle con descrédito por mi culpa. Mi esposo perdió la confianza que el rey depositaba en él; casi fui causa de que perdiera el puesto. Yo no quería eso. Tenía que irme, pero no sabía adónde. Estuve deambulando, yendo de la casa de un amigo a otra, pero ya no me quedan muchos amigos. ¡Los demonios les ahuyentan! —Con una risita, se apartó el cabello de la cara y María pudo ver su rostro—. Me lo han quitado todo, me han despojado de todo lo que tenía.

—¿Tienes hijos? —preguntó María.

—Sí. Un hijo adulto y una hija cuyas perspectivas de matrimonio se fueron a pique por mi culpa. Quizás ahora que me he ido... —Profirió un suspiro de angustia desgarrada—. Es uno de los tantos sacrificios que hacen las madres sin dudarlo. Si mi ausencia la puede ayudar, se la ofrezco de corazón.

Lo hace parecer tan sencillo. Aunque, claro, ella ha vivido muchos años con su hija. ¡Yo no!, pensó María.

—Todo lo que ofreces a Dios te será devuelto multiplicado por cien... No, por mil —dijo Jesús mirando a María, como si quisiera ofrecerle garantías con respecto a Eliseba.

Aunque esto no era posible. Algunas de las cosas ofrecidas desaparecen para siempre, como las ofrendas que arden en el altar. Dios no las devuelve.

María miró a Jesús. Él sabía de esas cosas. Sabía cosas que no debía saber, que no había manera razonable de haber aprendido.

—¿Llegaré a conocerte alguna vez? —preguntó María a Jesús, tocando su manga cuando salieron de la sala para subir al tejado.

—No tengo nada que ocultar —aseguró él—. Todos pueden conocerme.

—Ven, necesitas dormir. —María se hizo cargo de Juana. Juntas subieron los escalones que conducían al tejado, donde descansarían. Evitando el agujero abierto en el techo, se hicieron dos pequeñas camas en el otro extremo de la terraza.

Tendida de espaldas y con la mirada perdida entre las innumerables estrellas, María sintió la presencia de Dios, aunque Él no le hablara. Y, durante unos breves instantes, le pareció que su cuerpo se elevaba para ir a Su encuentro.

Queridísimo hermano Samuel, también llamado Silvano, también llamado lo que te plazca...

Oh, dulce Silvano, ¿te ha contado Noemí lo que pasó cuando volví a Magdala y quise buscarte? Delante de sus ojos, me quitaron a Eliseba. Mi propio padre —¡tu padre!— me llamó réproba y me repudió, y Eli se puso de su lado, y juntos se enfrentaron a Joel y amenazaron con privarle de todos sus bienes si no se unía a ellos.

Yo regresé con la esperanza de reencontrar mi hogar y a mi familia, pensando que me recibirían con los brazos abiertos y que darían gracias a Dios por mi liberación de aquella cruel opresión. En cambio, ellos se enfrentaron al hombre que expulsó de mí los demonios y me acusaron de haber hecho cosas vergonzosas con los demás hombres que le siguen. He sido tan casta como la Artemisa de tus libros griegos, tan fiel como Penélope a su Ulises y, sin embargo, éste es el trato que recibí. ¡Me echaron, Silvano, y me quitaron a mi hija! Tú eras mi única esperanza, pero no estabas cuando corrí a buscarte, y ya nadie podía ayudarme.

¡Ayúdame ahora! Te ruego que leas mis cartas, te ruego que encuentres la manera de entregar a Eliseba las pequeñas cartas que escribiré para ella. No, no se las des, ellos se las quitarán. Léeselas en privado. Sin duda ella puede ir a tu casa para jugar con tus hijos sin despertar sospechas. Mi corazón llora cada día que paso lejos de ella y, a veces, mis brazos me duelen de verdad del deseo de abrazarla.

Ahora, como sé que mi suerte te preocupa aunque el resto de la familia me haya repudiado, te contaré dónde estoy y lo que ha pasado. El hombre que me liberó de los demonios, Jesús, está en Cafarnaún predicando, enseñando y curando. Quizá ya hayas oído hablar de él. Sus obras de caridad le han dado mucha fama, y viene gente de todas partes para buscar su ayuda. Ya no le permiten entrar en la sinagoga, por culpa de las discusiones con las autoridades y las disputas sobre la interpretación de la Ley, por eso predica en los campos. Grandes multitudes vienen a escucharle. ¡Ven tú también, Silvano! Ven a escucharle y a verme. Soy una de sus ayudantes. Cada día gente nueva se une a nosotros, pero cuatro de sus primeros seguidores eran pescadores, tú les conoces, solían vender pescado al almacén. Son los hijos de Jonás y Zebedeo.

Tengo mucho que hacer, mucho más de lo que nadie me había pedido nunca. Estoy ocupada a todas horas y, cuando llega la noche, caigo rendida de cansancio, aunque duermo profundamente, con la satisfacción de haber hecho el bien y de haber ayudado a los demás... personas que están tan desesperadas como lo estuve yo.

¿Quién es Jesús? Nadie lo sabe. Ni siquiera yo. Sé de dónde viene, conocí a su madre, a sus hermanos y hermanas pero, aun así, no sé realmente de dónde viene. Es un gran misterio; no obstante, estar con él no resulta misterioso en absoluto.

Estamos todos apasionados con esta nueva vida, tan diferente a cualquier cosa que pudiésemos esperar. Con fuerzas siempre renovadas, salimos cada día al encuentro de lo que nos aguarda. Jamás había sospechado que es posible vivir así.

Nunca, sin embargo, encontraré el sosiego hasta que vuelva a reunirme con Eliseba y Joel comprenda mi situación. Jesús dice que esto podría ocurrir con el tiempo. Confío en que tenga razón.

¡Oh, ven a escucharle con tus propios oídos! ¡Ven a verme!

Tu hermana que te quiere, María.

A mi amada hija, Eliseba, de su madre que la adora.

Tu tío Silvano te leerá esta carta, ya que tú todavía no sabes leer. Algún día aprenderás, sin embargo, como yo también aprendí, y algún día no muy lejano volveremos a vernos. Sé que estarás tan decidida como yo a aprender a leer y a saber qué dicen los libros, y que no harás caso a nadie que te diga que las niñas pequeñas no deben leer.

Pienso en ti todos los días. No; pienso en ti muchas, muchísimas veces cada día. ¿Y qué pienso? Recuerdo tu risa, cómo te gustaba ver la sombra de mis manos dibujar animalitos en la pared. Una vez hice un conejo de orejas largas. En realidad, eran mis dedos aunque parecían orejas de conejo. Tú levantabas las manos y hacías otras cosas, y yo nunca podía adivinar qué eran. ¿Todavía te gusta jugar a eso?

Recuerdo las palabras divertidas que inventabas. Llamabas a las moscas «moas» y a los zapatos, «zatos». Pronto te olvidarás de esto y empezarás a usar las palabras correctas, pero yo lo recordaré siempre y te lo contaré. A veces, cuando queramos mantener un secreto, usaremos aquellas palabras y nadie más nos entenderá. Así les engañaremos y tendremos nuestros secretos.

Recuerdo cuánto te gustaban las tortas de higos tiernos, recién recogidos del árbol, aunque te ponían la cara perdida. Ya casi es la temporada. ¿Estás comiéndolos ahora mismo?

Te quiero, cariño, y pronto volveré a tu lado. Muy pronto. Muchos besos y un abrazo enorme de tu madre.

32

La noticia de Jesús y su don de poder curar corrió más rápido que la pólvora. Pronto grandes muchedumbres se reunían en Cafarnaún, paralizando la vida normal de la ciudad. Pedro y su familia repararon el agujero en el techo y taparon las ventanas con tablas de madera para lograr tener cierta intimidad, aunque todo en vano. Estaban tan asediados en su propia casa, el cuartel general del ministerio de Jesús, que a duras penas conseguían alimentos para comer.

María pasó los primeros días en la casa, al lado de Juana, cuidándola y escuchando su historia. Era bueno tener a otra mujer como ella entre los seguidores; ahora ya no se sentía tan sola.

Jesús salía de casa antes del alba, con la esperanza de arrastrar consigo a las multitudes. Una mañana, después de la partida de Jesús, Pedro y Andrés, María y Juana salieron también a las calles abarrotadas de Cafarnaún. Caminaron a lo largo del paseo preguntando por el profeta, por el maestro, por el sanador, y cada persona a la que interrogaban señalaba en dirección distinta. Frustradas, recorrieron casi toda la ciudad, hasta llegar a la línea de demarcación que separaba los territorios de los hermanos Herodes. Allí estaba la odiada casa de aduanas.

Juana se rió.

—¡No les encontraremos allí!

En ese mismo instante María les vio, justo en la esquina del edificio de aduanas.

—¡Mira! —Señaló con la mano—. ¡Sí que están allí! —Aunque ¿por qué? Juntas corrieron hacia el edificio, a tiempo para ver la espalda de Pedro desaparecer del otro lado del pórtico. Aquélla era la entrada a la oficina de recaudación de impuestos, donde los hijos despreciables de Alfeo robaban a sus compatriotas por medios técnicamente legales. Legales según las costumbres romanas, claro está. En una hilera de mesas los asistentes respondían a preguntas y calculaban las sumas debidas, mientras sus amos, apoltronados en sillones cubiertos de pieles, aguardaban en el interior para cosechar los beneficios. Algo ocurría, sin embargo, en esos momentos, y un gentío se había congregado para mirar a los recaudadores. Pedro y Andrés se encontraban junto al umbral de la entrada.

—¡Pedro! —María le tiró de la manga y Pedro se dio la vuelta, sorprendido. Pero, en lugar de saludarla, le hizo seña de que guardara silencio.

Dentro del edificio Jesús estaba hablando con el hombre sentado en el sillón opulento y, a juzgar por la expresión de sus caras, la discusión estaba acalorada. El hombre gesticulaba y señalaba los libros. María observó que, a pesar de sus gestos floridos, su rostro era impávido e inexpresivo.

Entonces oyó la voz de Jesús:

—No quieres realmente a este amo. Te hablo del dinero. —Jesús se inclinó para recoger una moneda de plata de la pila amontonada junto a los libros—. Es tan... nimio. —Alzó la moneda y la contempló como si despidiera mal olor.

—Su poder no es proporcional a su tamaño —repuso el hombre. Hasta su voz sonaba seca, como si saliera de un tronco hueco. Recuperó la moneda de la mano de Jesús.

—Levi, éste no es trabajo para un levita —dijo Jesús, inclinándose hacia delante para hablar más de cerca al recaudador—. Es cierto que Dios prometió proveer a todos los levitas a expensas de sus compatriotas, pero no creo que tuviera esto en mente cuando lo dijo. Quería decir que vuestra tribu sería libre para dedicarse a Él, sin tener que preocuparse de su sustento material.

Levi profirió una risa que sonó como un eco abatido.

—Pues yo no pienso servir en el templo de Jerusalén.

—¿Prefieres servir a Mamón?

Una risa más sonora brotó de la boca de Levi.

—Qué elección tan pintoresca de palabras. ¡Mamón! —Volvió a reírse.

—¿Quizá prefieras la expresión «ganancias ilícitas»?

—Otra frase pintoresca. ¿De dónde demonios has salido, amigo?

—De Nazaret. —La voz familiar sonó justo al lado de María y, al volverse, vio una silueta alta y elegante que pasaba junto a ella y entraba en la oficina de recaudación—. Aunque le gustan más los lugares extraños, como Betabara y... Cafarnaún. Dime, Levi, ¿qué has hecho para llamar su atención?

El hombre impávido sonrió.

—¡Judas! ¿Qué te trae por aquí?

—Oh, lo de siempre. —Judas se encogió de hombros—. Ha llegado la temporada de... ¿cómo las ha llamado?... ganancias ilícitas.

—Salud, Judas —dijo Jesús.

Levi miró a ambos.

—¿Os conocéis?

—Pues he oído hablar de él —respondió Judas. Hizo un gesto de asentimiento hacia Jesús—. Me alegro de conocerte, por fin. Estoy impaciente por oír tus discursos.

Levi meneó la cabeza.

—Siempre consigues sorprenderme, Judas. Cuántas cosas sabes.

Judas hizo un gesto de modestia.

—Oh, sin duda, mis conocimientos nada tienen de extraordinario si se comparan con Jesús. —Señaló la pila de monedas—. Bien, si piensas abandonar, te ruego me las dejes a mí.

—Abandona, Levi, y sígueme —dijo Jesús, haciendo caso omiso de Judas.

Levi le devolvió la mirada y después miró a Judas, que se encontraba de pie junto a la mesa de recaudación. Volvió a mirar a Jesús.

—¿Qué has dicho?

—Deja todo esto. —Jesús le miró directamente a los ojos—. Ven conmigo.

Alguien de la multitud emitió un bufido de sorna, pero Levi no pareció oírlo. Se puso de pie.

—De acuerdo —dijo.

Fue el turno de Judas de quedarse petrificado. Antes de que pudiera decir nada, Jesús se dirigió al hombre sentado en la otra silla, un hombre menos corpulento y con largo cabello rizado—. ¡También tú, Santiago!

Santiago pareció asustado. ¿Cómo conocía su nombre?

—¿Acaso llamaría a un hermano sin el otro? —dijo Jesús—. Os necesito a ambos.

—¿Para... hacer qué? —preguntó Santiago con un hilo de voz.

—Para abandonar la vida pecaminosa —respondió Jesús—. Ya sabéis cuáles son vuestros pecados.

—Yo... tengo muchos amigos pecadores —dijo Levi—. Les invitaré a todos a mi casa esta noche. Santiago y yo anunciaremos nuestra... dimisión, y tú podrás dirigirte a más... pecadores.

¿Le está poniendo a prueba?, se preguntó María.

—Bien —dijo Jesús—. Me gustan los pecadores.

—¿Puedo ir también? —preguntó Judas—. A mí también me gustan mucho.

Había caído la noche, y las lámparas estaban encendidas en el gran patio de la mansión de Levi, atrayendo nubes de polillas de alas blancas, que revoloteaban en el aire liviano de la noche. Los árboles ornamentales susurraban a cada soplo suave de la brisa. Bajo sus ramas, una larga procesión de gente, algunos tocados con largos pañuelos blancos que ondeaban como las alas de las polillas, se dirigía a la casa. Los banquetes de Levi eran siempre espectaculares. Por lo general, los invitados eran gente rica que condescendía en aceptar la invitación. En esta ocasión, sin embargo, veían desconcertados muchas caras desconocidas camino de la residencia; entre ellos, algunos romanos. Supusieron que Levi tenía que tratar con ellos por imperativos de su trabajo.

Habían recibido la invitación aquella misma tarde y de un modo peculiar por demás. «¡Amigos! ¡Amigos! —había gritado Levi a la gente que paseaba por los muelles—. ¡Estáis todos invitados a mi casa esta noche! Sí, ya sé que es repentino pero... ¡es igual! ¡Venid de todos modos! ¡Venid pronto!» Después había desaparecido en una bocacalle para extender su invitación a más gente. Una gran multitud llegaba ahora, impulsada por la curiosidad. Era bien sabido que Levi agasajaba con ampulosidad, que servía manjares importados a todos los comensales. Habitualmente, los invitados se sentían justificados de atiborrarse a sus expensas, ya que «a sus expensas» significaba en realidad «a expensas de ellos mismos», puesto que el recaudador de impuestos obtenía su dinero abusando de los bolsillos de los contribuyentes.

En la entrada, una fila de criados se arrodillaba para lavar los pies de los concurrentes con agua perfumada y secarlos con toallas de lino. En el interior de la mansión habían retirado las mamparas de madera tallada para que entrara el aire de la noche, y los sirvientes circulaban con jarras de vino, de Pramnia, por supuesto, que era el mejor. Había bandejas de dátiles de Jericó y de los mejores higos de Siria, cuencos con pistachos y almendras, y el aire estaba impregnado del aroma a cabrito asado. Pronto lo llevarían al comedor servido en una gran bandeja, cortado ya en trozos apilados y decorado con pequeñas rodajas de manzana.

Levi estaba en el centro de la sala, dando la bienvenida a sus invitados; lo flanqueaban su hermano, Santiago, y Jesús. Presentaba a Jesús a cada uno de los asistentes, a la vez que anunciaba:

—He dimitido de mi puesto. Me voy con él.

—¡Claro! ¡Y yo me lo creo! —Solía ser la primera respuesta, seguida de risas.

—Hablo en serio —insistía Levi, y entonces la gente empezaba a discutir y a hacer preguntas. Algunos seguían riendo y se alejaban rumbo a la comida.

María y Juana habían llegado con Pedro y Andrés, y María descubrió que no sólo Judas estaba presente sino que también Felipe había logrado llegar hasta allí. Se alegró de verle de nuevo. Su pequeña banda original volvía a reunirse.

Levi había contratado músicos, pero pronto la música se vio ahogada por el barullo de las voces. ¿De qué hablaban Levi y Jesús? Mantenían una conversación animada. Sólo cuando se entretuvo en observar los demás rincones de la sala, María se fijó en un grupito de hombres en trajes muy formales, que contemplaban el entorno meciéndose sobre sus talones y tomando pequeños sorbos de vino.

Se acercaron todos juntos a Levi, justo a tiempo para oír decir a Jesús:

—Creo que te hace falta un nombre nuevo para tu nueva vida. De ahora en adelante te llamaré Mateo. Significa «regalo de Dios».

El recién bautizado Mateo no parecía sentirse a gusto con esa elección.

—Me parece que no corresponde —dijo incómodo—. Ya sabes lo que significa ser recaudador de impuestos. No podemos actuar como testigos legales ni como jueces. Ni siquiera podemos asistir a los servicios religiosos comunes. ¡Menudo regalo de Dios!

—Estás hablando del pasado, Mateo —dijo Jesús—. No podías hacer estas cosas. No, cuando eras recaudador de impuestos.

Mateo recorrió la sala con la mirada, observando a sus invitados que reían de manera ruidosa.

—Para ellos seré siempre un recaudador —contestó—. Nada podrá cambiarlo.

Jesús sonrió.

—Creo que descubrirás que estás equivocado. —Señaló a Simón—. Éste es Pedro, mi roca. Ya ves, me gusta dar nombres nuevos a la gente. También Simón dice que poco se siente como una roca. Le contesto que llegará a serlo.

—Un gran peñasco —dijo Pedro dando golpecitos a su barriga. Se rió—. ¡Creo que ya estoy en camino!

Se les acercaron numerosos agentes de aduanas, compañeros de trabajo de Mateo, ansiosos por saber qué había pasado.

—¿Y bien? —preguntó uno de ellos—. ¿Es cierto que abandonas tu puesto?

—Es cierto —le aseguró Levi, repentinamente convertido en Mateo.

—¿Así, sin más?

Jesús posó la mano en el hombro de Mateo, intuyendo que necesitaba su apoyo.

—Sí —le respondió—. Aunque se venía augurando desde hace tiempo.

Entonces a María se le ocurrió que Mateo ya debía de haber oído a Jesús con anterioridad. O quizá conociera a alguien a quien Jesús hubiera sanado. La discusión sobre la moneda no podía ser el primer intercambio entre Jesús y él.

—¿Puedes permitírtelo? —La pregunta del otro agente fue mordaz—. ¿Qué opina tu esposa? —Recorrió con la vista la sala lujosa, arqueando las cejas.

—Opina que es un alivio que ya no nos discriminen por culpa de mi profesión —repuso Mateo con sequedad—. Resulta difícil disfrutar de tus riquezas cuando los demás consideran que tus manos contaminan hasta la última moneda que tocan. A veces, se niegan a aceptarlas. Entonces es como si fueras pobre, peor, incluso.

—No hay nada peor que ser pobre.

—¡Ah! ¡Judas! Díselo tú. —El otro recaudador señaló a Mateo con un gesto de la cabeza.

Judas saludó a todos.

—¡Así que éste es tu banquete de despedida, Levi! ¿O debería llamarte Mateo? Un adiós espléndido, debo reconocerlo. Si tu dinero está mancillado, más vale que lo gastes todo ya. Deshazte de él. —Se inclinó hacia delante en tono conspiratorio—. ¿Es verdad que tu mujer opina así?

Antes de que Mateo pudiera responder, su hermano Santiago le hizo seña para que mirara al otro extremo de la sala, donde un grupo de comerciantes notoriamente deshonestos —a los que siempre multaban por emplear pesas fraudulentas— comían y bebían juntos.

—¡Es una afrenta! —dijo Santiago—. ¿Cómo se atreven a venir aquí?

El otro recaudador de impuestos dijo en ese momento:

—No son los únicos. ¡Mirad! ¡Allí!

Tres de los borrachines más famosos de Cafarnaún se habían hecho con una jarra de vino y bebían directamente de ella. Les hacían compañía varias prostitutas, inconfundibles en su atuendo de trabajo: pañuelos de colores llamativos, brazos desnudos, caras pintadas y cuellos repletos de joyas. Sus amigos, un grupo de rateros, participaban de la diversión.

Los ancianos religiosos se fijaron en ellos al mismo tiempo, y se dirigieron directamente hacia Mateo y Jesús. Se acercaron indignados, las túnicas susurrando a cada paso, las miradas puestas en Jesús.

—De modo que éste es el hombre que afirma ser un profeta y un maestro —dijeron a Mateo, como si Jesús fuera incapaz de hablar.

—Lo es —respondió Mateo—. Si escucharan sus enseñanzas...

—Hemos oído hablar de sus enseñanzas. Por eso estamos aquí, para investigar el asunto. Dinos: ¿Por qué has invitado a esos pecadores a tu fiesta? ¿Te has vuelto loco? —Tuvieron la delicadeza de no decir lo que era obvio. Los recaudadores de impuestos eran pecadores de otra categoría; olían mejor.

—Yo les invité —interpuso Jesús—. Les pedí que vinieran todos. —Miró a Mateo—. Tú invitaste a tus amigos y yo, a los míos.

Le miraron estupefactos.

—¿Por qué? Dinos, maestro: ¿Por qué buscas la compañía de esa basura? Bien sabes que la impureza contamina todo lo que toca. Es el principio que subyace a nuestros ritos de comida y limpieza. Sin duda, sabes que esto será un descrédito para tu... ministerio, sea éste lo que fuere.

—Les invité porque he venido para llamar a los pecadores, no a los justos. Es el enfermo quien necesita al médico, no el hombre sano.

Le miraron disgustados.

—Eres tú quien necesita un médico —repuso uno de ellos—. ¡Un docto en la Torá! ¡En la Ley!

Se les acercó un romano, un centurión que tenía tratos con Mateo y le consideraba un amigo. Los líderes religiosos se retiraron casi recogiéndose las faldas, dirigiendo miradas funestas a Mateo y a Jesús e irritados por tener que desistir de sus recriminaciones.

—¿Cómo tirar adelante en aduanas sin ti... y sin ti? —preguntó el romano a Mateo, a la vez que señalaba a Santiago.

—Habrá muchos dispuestos a ocupar nuestro lugar —respondió Mateo. El puesto de recaudador solía adjudicarse por subasta pública.

—Nadie tan bueno como tú —le aseguró el romano.

—Se lo dices a todos, Claudio —repuso Mateo, aunque sin sarcasmo—. Bien, te echaré de menos; en especial, tus halagos.

—Te llevas a un hombre inteligente —dijo Claudio a Jesús—. Trabaja duro, tiene una memoria formidable, es un genio para los detalles... Oye, ¿para qué le has reclutado, exactamente? No entiendo en qué consiste tu... eh... organización.

—No tengo ninguna organización —dijo Jesús.

—Bueno, entonces Levi te ayudará a montar una. Está hecho justo para ello. —Se volvió hacia Mateo—. Tus perspectivas eran limitadas en aduanas, éste es el problema. Ahora puedes lanzarte. Buscar algo en que hincar el diente.

—¿Sabes?, resulta muy irónico —dijo Mateo a Jesús—. A mí no se me permitía entrar en la sinagoga pero a Claudio, sí.

—«Es el principio que subyace a nuestros ritos de comida y limpieza» —dijo Jesús, repitiendo la frase de los ancianos—. Aunque nuestros líderes religiosos lo entendieron al revés. Un pagano, un hombre que está al margen de nuestras leyes, con todos los respetos, Claudio, no puede ser juzgado según la Ley y le permiten acceso a nuestros servicios religiosos; mientras que se lo niegan a un hijo de Israel, si estas mismas leyes le tachan de pecador. De hecho, es el pecador el que más necesita acercarse a lo sagrado. ¡Están tan equivocados!

—Con todos los respetos —respondió Claudio—, no creo que tengas la autoridad necesaria para pronunciarte de este modo. Ya sabes que los escribas y los estudiosos forman una sociedad cerrada y no aceptan a los intrusos. —Se rió—. Supongo que esto nos convierte en una especie de hermanos. Los dos somos intrusos.

La gente les acosaba por todos los lados. La avalancha apartó a María y a Juana a un lado, y ya no oyeron el resto de la conversación.

—Debes de haber asistido a muchos eventos de este tipo —dijo María a Juana. Era bien conocido que Herodes Antipas tenía que entretener a invitados a todas horas—. ¿Estuviste...? ¿Viste la boda? —Antipas había celebrado su matrimonio con Herodías, a pesar de las advertencias del Bautista.

—No —respondió Juana—. Es decir... estaba allí, pero no pude verlo.

María entendió exactamente qué quería decir. Los demonios no la dejaban ver.

—Quizá sea mejor, en este caso —dijo.

Distraída, se preguntó si Antipas y su novia habían probado la salsa de su familia y si les había gustado. ¿Pararon mientes en el sello especial del ánfora?

Todo eso solía tener una importancia vital para mí, pensó. Y ahora... Ahora lo único que queda de mi vieja vida es el recuerdo constante de mi hija. ¡Oh, Eliseba! El solo nombre la hería como un cuchillo y en esos momentos habría dado casi cualquier cosa con tal de poder abrazar a su hija.

Estaba tan inmersa en sus pensamientos en medio de la sala brillante y atestada, que el rápido movimiento que se produjo a su izquierda no la sacó de sus cavilaciones. De repente, se oyeron fuertes gritos y María vio a tres hombres encapuchados que se abalanzaron haciendo fintas para evitar a Claudio y conseguir acercarse a Mateo, luego atacaron al romano que se interponía y le tiraron al suelo, golpeando con la celeridad de un león que salta después de horas de acecho en las sombras. Con un revuelo de su capa, Claudio cayó pesadamente de espaldas y los agresores se abalanzaron sobre él, dagas en mano. Una... dos... tres hojas curvas y relucientes rasgaron el aire. Sicarios.

Ahora todos gritaban y chillaban, unos metiéndose en la pelea y otros huyendo. María vio un revoltijo de piernas y de brazos, y oyó un feo sonido ahogado cada vez que los cuchillos golpeaban. Claudio consiguió ponerse de pie cuando su entrenamiento de soldado prevaleció a la sorpresa. Ahora los adversarios lucharían en condiciones de igualdad, midiendo sus fuerzas.

—¡Muerte! ¡Muerte! —gritaba uno de los atacantes—. ¡Matadle ya!

Mientras Claudio se incorporaba, uno de los agresores le agarró por la espalda como un jinete se agarra a un caballo desbocado. Otro se lanzó hacia delante para acuchillarle en el pecho, pero Claudio le desarmó dando una patada a la mano que llevaba la daga. Luego se dio la vuelta y se deshizo del agresor colgado de su espalda, con tanta fuerza que el hombre se dio con la cabeza contra la pared y cayó sin sentido. Su cuerpo quedó inerme y su mano se relajó, soltando el cuchillo. Claudio le pisó la muñeca y rompió todos los huesos de su mano. María oyó cómo se partían y crujían, como ramitas secas.

El último de los agresores se abalanzó sobre Claudio por detrás, rodeándole el cuello con el antebrazo y tratando de acuchillarle en la espalda. Pero su mano se enredó en la capa del romano. Su capucha cayó hacia atrás dejando su cara al descubierto, una cara delgada que recordaba a un hurón y que a María le resultó familiar.

¡El hombre que había forzado su entrada en la casa de Silvano! El hombre que había asesinado a alguien en Tiberíades. Simón. Así se llamaba, Simón.

—¡Simón! —María oyó su propia voz que gritaba—. ¡Simón! ¡Detente!

Al hombre le sorprendió tanto oír llamar su nombre que dudó por un momento. A Claudio no le hizo falta más. Se liberó del brazo de Simón que le apretaba el cuello, rompiéndolo al mismo tiempo. También ahora se oyó el sonido desagradable, aunque más amortiguado que el de la mano del otro agresor. Simón profirió un grito de dolor y protesta, como si le hubieran atacado injustamente, y se desmoronó en el suelo.

María se acercó corriendo y se quedó mirándolo. Sí, era el mismo hombre.

—¡Tú tienes la culpa! —le espetó Simón, con los ojos desorbitados del dolor que le causaba el brazo roto. Seguía aferrando la daga curva con obstinación—. ¡Tu grito ha provocado esto!

—¿Ha provocado el qué? —gritó también María—. Nunca conseguirías escapar. Si hubieras matado a este romano, te habrían crucificado. ¿Para qué?

—Si no lo entiendes, estás con el enemigo. —Simón entornó los ojos—. Aunque ya lo estabas. Ahora me acuerdo. Recuerdo que me pidieron que saliera de aquella casa y que tú no hiciste más que mirar, sonriendo y asintiendo. ¡Eres una colaboradora! —Incluso presa del dolor, hizo acopio de indignación y escupió a María.

Claudio meneaba la cabeza y se frotaba los antebrazos, incrédulo ante su inesperada salvación.

—Será crucificado de todos modos —dijo—. Da lo mismo intentar asesinar que conseguirlo. En lo que se refiere al criminal, por supuesto, no a la víctima. —Miró a los asaltantes—. Los tres seréis crucificados.

Para entonces, los demás soldados romanos habían rodeado a los agresores y les habían apresado. Levantaron al hombre inconsciente y le sostuvieron de pie. A Simón le ataron, y parecían disfrutar con su dolor cuando le obligaron a poner el brazo roto en la espalda. Al tercer hombre, a quien Claudio había desarmado de una patada, le apresaron y le inmovilizaron.

—Lleváoslos —ordenó Claudio a los soldados.

—¡Simón! —Era Jesús quien hablaba. No había dicho ni una palabra mientras duró el altercado pero ahora habló bien alto.

El asesino con cara de hurón volvió la cabeza para ver quién le llamaba.

—¡Simón! —repitió Jesús.

Claudio, aunque perplejo, hizo seña a los soldados para que se detuvieran.

—¿Qué quieres? —gruñó Simón—. ¡Acabemos con esto de una vez! ¡Déjame morir por mi pueblo! ¡No quiero tus sermones, ni la justicia de Roma, ni la piedad de este gobierno cobarde y colaborador! ¡No quiero nada de todo eso!

—¡Simón!

Algo en la voz de Jesús obligó a Simón a callarse. Cerró la boca y esperó.

—Simón. Ven conmigo.

—¿Qué dices? —irrumpió Mateo y palideció.

—¡No! —dijo Claudio—. Ha agredido a un representante de Roma, y esto es traición. Debe morir.

—Los traidores mueren a todas horas —repuso Jesús—. ¿Qué has preguntado, María? ¿Para qué? ¿Para qué serviría su muerte? Es una pregunta muy profunda. Simón, ¿no te gustaría hacer algo para la llegada del Reino? ¿No es esto por lo que luchabas?

—No sé nada de reinos —contestó Simón. En su rostro aparecían las huellas de la conmoción sufrida por el brazo roto.

—Yo creo que sí —insistió Jesús—. ¿Te gustaría venir con nosotros y saber más?

Simón se limitó a mirarle enfurecido.

—No tiene que ver con cuchillos ni con asesinatos —prosiguió Jesús—. Es mejor que lo entiendas desde el principio. Aunque me parece que ya has tenido bastante de estas cosas.

—Este hombre está arrestado —interpuso Claudio—. Se lo van a llevar.

—¡Sí! ¡Sí! ¡Iré contigo! —dijo Simón de repente. Sus ojos brillaban; cualquier vía de escape era bienvenida.

—No puedes llevártelo —insistió Claudio—. No bajo tu autoridad... sea la que sea.

—¿Y si garantizara su buen comportamiento? —preguntó Jesús.

—No puedes, legalmente no. Tiene antecedentes de violencia. Esta vez hemos tenido suerte y le hemos apresado.

—Si causa más problemas, podéis castigarme en su lugar.

—No me tienta la idea. Tú no nos has creado problemas y tu castigo no nos serviría de nada.

—Simón, ¿juras abandonar para siempre la violencia? —preguntó Jesús.

Simón vaciló y al final asintió. Pero no miró a Jesús a los ojos.

—Puedes empezar entregándonos este cuchillo que escondes —dijo Claudio.

Simón lo dejó caer al suelo.

—¿Y tú, Disma? —Jesús se dirigía al tercer hombre, al que Claudio había dado la patada y que observaba la escena en silencio.

Se sorprendió tanto de oír su nombre que no pudo hacer más que seguir mirando.

—¿Y tú, Disma? —repitió Jesús—. ¿Vendrás conmigo?

—¡No! —Disma parecía asustado—. ¡No, tú estás loco!

Los romanos se lo llevaron sin más, antes de que cambiara de opinión.

El hombre con la mano rota empezó a recobrar el conocimiento. También le resultaba extrañamente familiar a María. Quizá fuera el segundo sicario de Tiberíades. Abrió los ojos y se encontró preso.

—¿Y tú? —preguntó Jesús.

—¿Qué? ¿Quién eres tú? —El hombre miró a Simón, ahora prisionero, y al romano, que no sólo estaba vivo sino que emitía órdenes. Gimió y volvió a cerrar los ojos.

—Me llamo Jesús. Te invito a unirte a mí y a mi misión.

El prisionero negó con la cabeza.

—La única misión que conozco es la lucha contra Roma y sus amigos —dijo—. Gracias, pero no.

—Simón ha aceptado.

El hombre pareció indignado. Luego se encogió de hombros.

—La gente está llena de sorpresas.

—Sorpréndete a ti mismo y ven con nosotros.

El hombre reflexionó por un momento y contestó:

—No.

—Lleváoslo también —ordenó Claudio.

Ya sólo quedaba Simón, que miró a su alrededor con incredulidad.

—Debería ir con ellos —dijo al final.

Jesús negó con la cabeza.

—Ya has tomado una decisión. —Miró a Claudio—. Te garantizo que nada tienes que temer de él.

Claudio les estaba mirando a ambos.

—Yo también lo juro —dijo Mateo—. Seré garante de su comportamiento.

Simón se volvió hacia él.

—Es a ti, traidor de tu propio pueblo, a quien quería matar. El romano se interpuso en mi camino. Odio a los colaboradores más que a los propios romanos.

—Lo sé —respondió Mateo—. Hace tiempo que esperaba ver tu cuchillo. Pero ya no soy recaudador de impuestos.

—¿Ah, no? Es igual, estoy de acuerdo con el profeta Jeremías. ¿Puede un leopardo cambiar las manchas de su piel? Nunca. —Simón le miró con altivez.

—Isaías, sin embargo, dice que el leopardo dormirá junto a la cabra, y las Escrituras no mienten. ¿Cómo podemos explicarlo? Algo tendrá que cambiar para que eso ocurra —dijo Jesús—. Por lo tanto, es muy posible.

—¿Que los que luchan contra la ocupación duerman junto a los romanos? —preguntó Simón—. Eso es aún más difícil.

—¿Le dejarás en libertad? —preguntó Jesús a Claudio.

—No puedo —respondió él, obstinado.

—Yo garantizo tu seguridad —insistió Jesús.

Claudio abrió la boca para discutir, pero no salieron palabras.

—De acuerdo. Aunque estás ofreciendo tu vida por la suya. —Miró a Simón con severidad—. ¿Eres capaz de entender esto? Cualquier mala acción tuya significará la muerte de este hombre.

Simón apartó la vista, como si ni siquiera soportara mirar a un romano.

—Sí —murmuró al final—. Sí, lo sé.

—Soltadle. —Claudio dio la orden con cierta vacilación—. No hagas que me arrepienta de esto —advirtió a Jesús—. O moriréis todos.

33

Mi queridísima Casia:

Te escribí páginas enteras de noticias mías cuando aún creía que nos veríamos pronto y que mis cartas lo explicarían todo. Pero no tuve la oportunidad de entregártelas y ahora he de pasar un tiempo lejos de Magdala. Ojalá pudieras venir a verme... de algún modo. Entonces te daría la explicación que escribí para ti y sabrías todo lo ocurrido. No puedo repetirla aquí, no quiero volver a contarla, resulta demasiado doloroso. Si nos viéramos, podría hablar de ello, me sería más fácil hacerlo cara a cara. Sólo te digo que estuve enferma y tuve que irme de Magdala por un tiempo, y que ahora me encuentro en la zona de Cafarnaún, donde espero que puedas reunirte conmigo. Rezo por ello.

¿Has oído hablar de este hombre, Jesús de Nazaret? Es un profeta. Nunca antes había conocido a un profeta, pero sé que él lo es. Ha creado una familia que es mi nueva familia. Está compuesta por personas que él ha ayudado o a las que ha llamado a acompañarle en su misión. Te lo contaba todo en mis cartas anteriores que, por supuesto, aún no has podido leer.

Esta vida nada tiene que ver con la que soñaba cuando jugábamos a imaginar nuestro futuro. En realidad, no sabía que existía este tipo de vida. Las únicas vidas religiosas que conocía eran las de los profetas apasionados, como Juan el Bautista, en permanente peligro político, o de la gente que se retira al desierto para alejarse de la corrupción de la vida cotidiana, o de los escribas, que dedican su tiempo al estudio de las Escrituras. No sabía que existían otros modelos de vida santa. Este hombre, Jesús, sin embargo... Él no recita textos sino que los interpreta; no se aparta de la gente normal sino que la busca; y no resulta peligroso relacionarse con él, porque no supone amenaza alguna para ningún poderoso. Oh, Casia, dentro de tres días predicará en los campos al norte de Cafarnaún. Por favor, ven a escucharle y a verme, abracémonos una vez más. Cuánto noto tu falta, queridísima amiga. ¡Qué ganas tengo de verte!

Tu compañera, María.

34

Los halcones volaban alto en el deslumbrante cielo estival, trazando círculos y buscando presas en el suelo. Normalmente, encontraban lo que buscaban entre los cultivos de lino o a campo abierto, donde el viento agitaba la hierba amarillenta. Esta mañana, sin embargo, estaban acobardados, porque los campos estaban inundados de gente. La multitud convergía de todas direcciones y se apiñaba en los prados contiguos a la margen del agua. Las víctimas potenciales de los halcones habían huido para no ser pisoteadas por los seres humanos.

María y Juana esperaban juntas, meneando la cabeza. Había corrido la voz de que Jesús predicaría allí ese día —ella misma había avisado a Silvano y a Casia—, pero la cantidad de gente superaba todas las previsiones.

—¿Quién iba a decir que vendrían tantos? —preguntó María—. ¿De dónde crees que vienen?

—De lugares lejanos —respondió Juana—. Junto al lago no vive tanta gente que produzca tal aglomeración.

—Si nuestro movimiento tuviera tantos seguidores, sería fácil expulsar a los romanos —dijo Simón, que estaba a su lado.

—Olvídate de eso —repuso María con severidad. Ella y Juana habían asumido la labor de ayudar a Simón, de hacerle sentir a gusto en la comunidad. Pero era un hombre difícil, y era claro que sólo se había unido a Jesús para salvar el pellejo.

Simón echó una mirada a Jesús, que estaba hablando con Pedro y con Santiago el Grande. María y los demás le habían asignado este apodo, ya que el otro Santiago, el hermano de Mateo, era pequeño. Les parecía más cortés llamar al corpulento «Grande» que al menudo «Pequeño».

Simón meneó la cabeza.

—Fue una tontería ofrecerse como garante de mi comportamiento. Cuando este brazo esté curado —dijo, al tiempo que levantaba el brazo vendado— volveré a golpear.

—Entonces, Simón, el tonto eres tú —respondió María. En el fondo, sabía que, aunque el sicario no lo admitiría ni para sí mismo, el atrevimiento de Jesús le había desarmado.

Simón se encogió de hombros.

—Tal vez —dijo—. Es posible. Pero este país necesita que lo liberen.

—Tú mismo lo has dicho —interpuso Juana—. Si tuvieras tantos seguidores, quizá lo consiguieras. —Señaló al gentío con un amplio ademán de la mano—. Pero no los tienes. Y ya has demostrado que no quieres morir.

—¿Me estás llamando cobarde?

—No, Simón —aseguró María, apresurada. ¡Que no se le ocurra demostrar lo contrario!—. Sabemos muy bien que no te uniste a Jesús y a nosotros por deseo propio. Tenemos la esperanza, sin embargo, de que con el tiempo veas que hiciste lo correcto. —Simón la estaba fulminando con la mirada—. Simón, te conozco desde hace más tiempo que cualquiera de los que estamos aquí. Conozco tu valentía y tu dedicación. Pero creo que les darás mejor servicio si escuchas lo que dice Jesús. También él desea nuestra liberación.

Simón soltó un gruñido.

—De un tipo equivocado. —Hizo una mueca de dolor cuando intentó cruzarse de brazos.

—Bien, queda por ver quién convertirá a quién —dijo Juana con una gran sonrisa.

María se fijó en el aspecto robusto de Juana, en lo sana y capaz que se le veía. ¡Demos gracias a Dios por haberla salvado de los demonios! Rodeó con el brazo el talle de Juana. Quizá mis verdaderas hermanas sean las que estuvieron esclavizadas por los demonios y luego fueron liberadas, pensó.

—Jesús va a empezar a hablar —dijo Juana, y los tres se alejaron de la orilla y se unieron a los demás discípulos, al lado del maestro.

Será un día caluroso, pensó María fijándose en el aire, que ya era sofocante.

Los congregados formaban un mar extenso, casi tan vasto como el lago a sus espaldas. A muchos se les veía sanos aunque obviamente necesitados de oír palabras dirigidas a sus pecados más secretos, ocultos y vergonzosos. Otros parecían pertenecer a la estricta secta de los fariseos, como la propia familia de María. Otros más caminaban cojeando con la ayuda de muletas o avanzaban a pasitos lentos y vacilantes. Allí había campesinos de una pobreza evidente: sus cuerpos enjutos, las descoloridas túnicas de confección casera y las sandalias desgastadas delataban su condición. También había leprosos grotescamente doblados en dos, no se sabía si por la enfermedad o por la desesperación. Otros yacían en literas, sus cuerpos enclenques y maltrechos, un grito de auxilio.

—Deja que tu sombra caiga sobre mi padre, y será curado —llamó un joven señalando a un bulto que yacía inmóvil en una litera.

—¡Habéis venido porque estáis hambrientos, porque necesitáis el alimento de la palabra de Dios! —gritó Jesús—. ¡Y Dios tiene palabras para vosotros, palabras que Él desea que oigáis!

De manera asombrosa el barullo de la muchedumbre se apagó y la voz de Jesús llegó a todos.

—¡Amigos míos, tengo tanto que deciros! —prosiguió—. Lo más importante es saber que tenéis un valor inestimable para el Padre celestial. Él es vuestro Padre y así desea que Le consideréis. Desea que corráis a Su presencia como el niño corre a su padre, gritando: ¡Abu! ¡Papá! ¡No hacen falta ceremonias, sólo una alegre carrera hacia sus brazos!

La multitud se agitó; murmuraban y meneaban las cabezas.

—No se precisan ceremonias para acercarse a Dios, vuestro Padre, vuestro abu —prosiguió Jesús—. La limpieza ritual, las ofrendas... no son suficientes. Lo único que Dios desea es vuestro corazón.

—¡Blasfemia! —Sonó una única voz áspera.

—¿Blasfemia? ¡No! —contestó Jesús—. ¿No dijo el profeta Oseas «Quiero piedad, no sacrificios»? Dejad que os hable del Reino de los Cielos. Se está acercando y, no obstante, ya está aquí, entre vosotros, en este mismo instante. ¡Podéis entrar en él hoy mismo, en esta hora! Es imposible describirlo con palabras, tenéis que sentirlo en el corazón.

—¿Cómo? ¿Cómo? —gritó un hombre de mediana edad y estatura pequeña, posicionado muy cerca de la primera fila.

—Hay dos maneras —respondió Jesús—. La primera es muy sencilla. Al final de esta era, un final que se acerca y que llegará antes de lo esperado, la gente será dividida. Uno de los grupos ascenderá al cielo para estar con el Padre celestial, y Él explicará el porqué. Dirá: «Tuve sed y me disteis de beber, tuve hambre y me disteis de comer, estaba desnudo y me vestisteis, estaba encarcelado y vinisteis a verme.» Cuando ellos protesten que nunca habían visto a Dios hambriento, ni sediento, ni encarcelado, Él dirá: «Cada vez que ayudabais a un necesitado, me ayudabais a mí.»

—¿Y qué hay de la observación de la Ley? ¿Qué hay de la pureza? —exclamó una mujer.

Jesús reflexionó por un momento.

—Hija, la observación de la Ley es meritoria y esto nadie te lo puede quitar. Pero hace falta más. ¿Has ayudado a tus hermanos y tus hermanas? —Señaló a la muchedumbre.

¿De dónde sacar el tiempo para ayudar cuando hace falta tanto para los rituales?, pensó María. ¿Y a qué mujer se le permite ayudar directamente a un desconocido? Le pareció que Jesús no era justo con aquella mujer.

—¿Y la segunda? ¿Cuál es la segunda manera de entrar en el Reino? —gritó alguien.

—Consiste en comprender su significado, su gran misterio, y en vivir la vida de acuerdo con él —respondió Jesús.

—¿Cómo? —Un hombre ampuloso y vestido con lujo le lanzó la pregunta.

—Ah, amigo mío —dijo Jesús—, tú sabes saborear y valorar las cosas buenas de la vida. —Se acercó al hombre y tocó la túnica que llevaba—. Eres un hombre de buen gusto.

El hombre apartó la túnica de un tirón, temeroso de que le ordenara que la diera a los pobres, que ya se apretujaban en las primeras filas.

Jesús rió y soltó la tela. La confusión del desconocido parecía divertirle.

—¡El Reino de los Cielos es mucho más valioso que esta tela, aunque venga de Arabia, aunque esté hecha de la lana más exquisita! El Reino de los Cielos es como una perla. Una perla que vale hasta la última de tus monedas. ¡Cámbialo todo por ella!

Luego se dio la vuelta para enfrentarse a otro grupo.

—¡Sí, es una perla! Una perla de valor extraordinario. Cuando uno la consigue, la debe guardar como un tesoro. Os voy a decir una cosa: No todos pueden comprenderla. No todos pueden apreciarla. Por eso, cuando tengáis esta perla, no la ofrezcáis a los que no son capaces de honrarla. Son como cerdos. ¿Ofreceríais los sacramentos a un cerdo? Tampoco le deis vuestra perla. La pisotearía y la hundiría en el lodo. ¿Sabéis algo más? Después, el cerdo intentaría embestiros. Os odiaría por el ofrecimiento y desearía cubriros de barro y destruiros.

¿Fue ésta la causa del odio con que me trataron en Magdala?, se preguntó María. Quizá fuera la perla la enemiga, no yo. Quizás ellos distinguieran su brillo en nosotros, mientras que yo no podía verlo.

—¡La mejor noticia que tengo para vosotros en este día es que el

Reino de los Cielos ya ha llegado, se encuentra en vuestro interior, en vuestro propio ser! No hace falta esperar más tiempo. ¡Está aquí, y vosotros formáis parte de él! —La voz de Jesús cobró fuerza.

—Pero ¿cómo? —preguntó una mujer joven—. ¿Cómo es eso posible?

¡Era Casia! El corazón de María dejó de latir. Casia había venido, había recibido la carta que le había enviado con un mensajero bien dispuesto aunque demasiado inexperto. O, tal vez, nunca recibiera la carta y viniera por decisión propia. María se mordió el reverso de la mano. Esperaría hasta que Jesús hubiera respondido a la pregunta y después correría a reunirse con su amiga.

—Porque tuvisteis oídos para oír y un corazón inquieto —dijo Jesús—. Te voy a decir una cosa: Nadie viene a escucharme si no se siente atraído hacia Dios. Si estás aquí, formas parte del Reino.

María vio que Casia arrugaba el entrecejo. Demasiado bien conocía aquel gesto.

—¡Casia! —Corrió hacia ella—. ¡Casia! —Abrazó a la joven que, perpleja, intentó apartarla, primero con vacilación y luego con enfado.

—¿Cómo te atreves? —dijo Casia, apartándola de un empujón.

—¡Casia! ¡Casia! ¡Soy yo, María!

Casia dejó de forcejear y la miró incrédula.

—¿María?

—¿Recibiste mi carta? ¿Por eso has venido?

—Pues... Yo... —Casia contuvo el aliento—. Sí. La recibí. Pero, María... —Dio un paso atrás y prosiguió—: No te he reconocido.

María se quitó el pañuelo y dejó al descubierto su cabeza rapada. Casia quedó boquiabierta.

—Sí, he perdido mi mayor encanto —dijo María—. Tuve que sacrificarlo. Pero... ¡Oh, amiga mía, estás aquí! —Le tomó las manos en las suyas—. Busquemos un lugar tranquilo.

Las multitudes se agolpaban a su alrededor, pero María se dirigió a la playa de guijarros, donde hacía más fresco y se podía encontrar refugio a la sombra de algunos árboles. Algunas barcas se mecían en las aguas cercanas, ancladas de manera que sus ocupantes pudieran oír a Jesús, pero, aparte de ellos, se encontraban a solas.

—Aquí, ten —María sacó las cartas voluminosas que guardaba en el cinto para dárselas a Casia en caso de que viniera—. Aquí está toda mi historia.

—¿Debo leerla ahora? —preguntó Casia.

—Sí —respondió María—. Si no, las leerás cuando vuelvas a casa, y tendrás mil preguntas que hacerme, y yo no estaré allí para contestarlas.

—De acuerdo. —Echó una rápida mirada a su amiga, cogió las cartas y fue a sentarse en una roca para leerlas. Cuando volvió, no sonreía. Se sentó al lado de María y juntas se apoyaron en una peña, codo con codo.

—No sé qué decir —admitió Casia.

—Yo no sabía cómo decírtelo —respondió María.

—¿Te han repudiado por completo? ¿Joel te rechazó?

—No sólo Joel sino también mi padre y mi madre —dijo María.

—¿No se alegraron de tu sanación? ¡Oh, María, qué aflicción tan terrible has tenido que soportar tú sola!

—Mi curación no les interesó —dijo María. Al pronunciar las palabras, supo que representaban una condena inapelable—. Sólo les importaba mi reputación. No, tampoco mi reputación, sino la suya. La mía no era más que un reflejo de la suya.

—¡Pero esto es terrible!

—Es la verdad. —María hizo una pausa antes de añadir—: La verdad es que yo no les importo. ¡No, ni siquiera a Joel le importo! Les preocupa más su posición, su prestigio en Magdala. —Sus propias palabras la golpearon como martillos.

—¿Y qué hay de Eliseba?

María suspiró.

—Intenté secuestrarla.

—¡No es posible!

—Lo hice. Quise llevarla lejos de ellos, de todos ellos, tenerla conmigo. Pero ellos son más fuertes y me la quitaron. —Asió la manga de Casia—. ¿La cuidarás por mí?

—María —dijo Casia con dulzura—, tu familia no me conoce. No hay manera de que pueda cuidar de ella ni ayudar en sus cuidados.

María hizo un esfuerzo por no llorar.

—Claro, tienes razón.

—¿Y Joel? —preguntó Casia—. ¿Va a... divorciarse de ti?

María nunca se había permitido considerar siquiera esa posibilidad.

—No... no dijo nada de eso cuando le vi.

—Los demás influirán en él, tratarán de convencerle —dijo Casia.

—Pero... ¿qué puedo hacer? Si vuelvo...

Casia miró en dirección a Jesús, que seguía hablando, haciendo amplios ademanes con los brazos para dar énfasis a sus palabras.

—Parece que tienes trabajo que hacer aquí.

—Sí —admitió María—. A ti... ¿qué te parece? ¿Puedes entender por qué atrae tanto a la gente?

—¿Quieres saber si puedo entender por qué te atrajo a ti? Sí, lo entiendo. Aunque a mí no me conmueve. No voy a seguir a tu Jesús. Debo volver a mi hogar.

Tú no le necesitas, pensó María con tristeza. Nadie se acerca a Jesús si no está desesperado. Quizá sean más dignos de lástima los que no están desesperados, reflexionó.

—Gracias por haber venido —dijo—. Para mí significa mucho más de lo que puedo expresar. —Abrazó a su vieja amiga con tristeza.

Era necesario que supiera que no podría volver nunca, pensó. Esperó hasta que Casia se hubiera ido antes de taparse los ojos con las manos y echar a llorar. No puedo volver. Este camino está cerrado para mí.

Se sentó a solas un largo rato, tratando de contener las lágrimas. Finalmente, cuando sus ojos se drenaron, se levantó y se encaminó hacia Jesús. Él es lo único que me queda, pensó.

Mientras se le acercaba, un grupo de personas horriblemente desfiguradas —siete hombres y tres mujeres, aunque no resultaba fácil distinguir a los unos de las otras— se abrió camino hacia él. Eran leprosos. Su piel escamada caía en pezados y sus pies parecían muñones torcidos.

—¡Ayúdanos! —gritaron—. ¡Ayúdanos si conoces el Reino de los Cielos!

Jesús les miró y les hizo una pregunta inesperada.

—¿Realmente deseáis sanar?

Qué extraño. ¿Quién no desearía sanar, de encontrarse en esas condiciones?

Los leprosos asintieron y volvieron a gritar:

—¡Jesús, maestro, ten piedad de nosotros!

—Id a presentaros ante el sacerdote y ofreced el sacrificio que estipuló Moisés —dijo Jesús. La Ley establecía un ritual para la purificación de los leprosos.

Parecieron decepcionados, aunque se levantaron e hicieron una reverencia respetuosa. Nada ocurrió en ese instante pero, al incorporarse, a María le pareció que erguían el tallo más que antes. Se dieron la vuelta y, con movimientos penosos, echaron a andar hacia Cafarnaún, oscilando con las olas de calor.

Jesús casi había terminado de hablar cuando un ciego se adelantó trastabillando y gritó:

—¡Ayúdame! —Se agarró de la túnica de Jesús.

Él interrumpió su discurso y puso las manos en las mejillas del hombre. Le miró larga y profundamente antes de preguntar:

—¿Qué quieres que haga por ti?

—¡Quiero ver! —exclamó el ciego.

Jesús rezó y luego le rozó con suavidad los párpados.

—Por tu fe has recuperado la vista —dijo.

El hombre se quedó parpadeando, frotándose los ojos entornados.

—¿Puedes ver? —preguntó Jesús—. ¿Qué es lo que ves?

—Veo... siluetas. Colores que se mueven. Y... —Tendió la mano y tocó el rostro de Jesús—. Una cara. Tu cara. —El hombre se le acercó, y sus ojos nublados miraron a los ojos limpios de Jesús—. Veo tu cara. —Cayó de rodillas y asió la mano de Jesús—. Gracias —musitó.

—¿Habéis visto estas curaciones? —preguntó Jesús a la gente—. Son sólo una señal, la señal de que el Reino de los Cielos se aproxima, de que ya está aquí, como os dije. Como prometió Isaías, los ciegos verán, los prisioneros serán liberados y los afligidos, consolados. Yo no soy más que un instrumento... el instrumento de Dios que proclama la llegada del Reino.

El día se acercaba a su fin. Pronto se apagarían los últimos cálidos rayos del sol.

—Id en paz, amigos míos —dijo Jesús—. Volved a vuestros hogares y hablad a los demás de las obras de Dios.

—Nunca se irán —dijo Juana a María en voz baja.

Sorprendentemente, sin embargo, la multitud se fue. La inmensa congregación empezó a dispersarse poco a poco siguiendo los caminos que bordeaban el lago. Cuando cayó el crepúsculo, Jesús y sus discípulos ya estaban solos.

El fuego crepitaba y chisporroteaba, llenando el aire nocturno de pequeñas estrellas fugaces. Estaban todos sentados alrededor de la hoguera, agotados a causa de los acontecimientos del día, aunque había sido Jesús quien hiciera el trabajo. De una manera misteriosa, tenían la sensación de haber participado también ellos.

—Haréis cosas como éstas y otras, aún más importantes —les dijo Jesús—. Hay mucho que hacer y yo no puedo hacerlo solo. Necesito vuestra ayuda.

—Nosotros... no sabemos —respondió Felipe meneando la cabeza.

—¿Crees que podríamos aprender? —preguntó Pedro—. ¿Puedes enseñarnos tus secretos?

Jesús sonrió.

—El secreto está al alcance de todos, aunque pocos desean utilizarlo: es la obediencia a Dios. Si haces lo que Él espera de ti, se te otorgarán grandes poderes.

El fuego siseó como serpiente; Simón miró a sus espaldas, temiendo que hubiera una allí detrás.

—Yo sólo sé respetar los Mandamientos —dijo Felipe.

—Es un comienzo —respondió Jesús—. Es un fundamento. La mayoría quiere recibir las instrucciones especiales de entrada, pero lo cierto es que son las últimas. Dios da primero las tareas fáciles. El que es fiel en las cosas pequeñas, recibirá cosas grandes.

—Maestro, no quiero ser irrespetuoso... ni preocuparme por cosas como ésta, pero... ¿de qué viviremos? —preguntó Mateo—. Perdóname, soy un hombre práctico, mi trabajo son el dinero y las cifras, son lo único que conozco y... tenemos que comer. ¿Acaso vamos a mendigar? —Alzó las manos—. No me importaría, no es mi orgullo lo que me preocupa, aunque todos mis colegas de aduanas me vieran pedir, pero... nos ocuparía todo el tiempo. Quiero decir que la mendicidad es un trabajo a jornada completa. Y, sin duda, nos tienes otros trabajos reservados. —Se aclaró la garganta—. Al menos, eso deduzco de tus palabras.

—Estoy agradecido de tener a un hombre de negocios conmigo —dijo Jesús tocándole en el brazo—. Tienes toda la razón, hay asuntos urgentes a los que debemos prestar atención. Cuando dije que no hay que preocuparse tenía bien presente que, por supuesto, todos tenemos que comer.

—Yo tengo dinero —dijo Juana de repente—. Tengo mucho dinero. —Se agachó y desató la bolsa que llevaba atada a la cintura—. Ten. Lo ofrezco gustosa para el sustento de todos nosotros, para poder comprar comida y así estar libres para atender los asuntos importantes.

Jesús tendió la mano, cogió la bolsa, la abrió y miró en el interior.

—Eres muy generosa —dijo—. Esto nos deja las manos libres para llevar a cabo la tarea que nos encomienda Dios.

—Cuando mi esposo me dejó en libertad... —Su voz se quebró—. No, voy a ser sincera, cuando mi esposo me repudió porque le causaba problemas, quiso tranquilizar su propia conciencia y me dio este dinero. Por supuesto, él pensaba que me lo robarían enseguida, siendo, como era, incapaz de cuidar de mí misma pero, aun así, el gesto le apaciguaba. Aun poseída por los demonios, no era estúpida. Sabía muy bien cómo proteger el dinero. Y ahora es vuestro. —Parecía aliviada de deshacerse de él y contenta de poder hacer algo por Jesús.

—Gracias, Juana —dijo él.

María observó los rostros reunidos alrededor del fuego. Ahora todos eran una familia; no tenían a nadie más en quien confiar.

—¿Vendrán otros con nosotros? —preguntó a Jesús.

—Tal vez —respondió él—. Depende de quién se sienta atraído hacia Dios. Si Él desea el acercamiento de otros... debemos darles la bienvenida. Hombres o mujeres.

—Maestro —dijo María, incapaz de contenerse—, los hombres abandonan a menudo sus hogares. Pero las mujeres... Esto es distinto. Exige de ellas un sacrificio antinatural.

—Quizás el precio a pagar sea demasiado caro para ti —dijo Jesús—. Pero me di cuenta de que eres diferente y que te necesito para mi misión. Si fueras hombre, te habría llamado sin dudarlo por un momento. ¿Me equivoqué en tratarte del mismo modo?

—¡No! —se apresuró en responder ella—. No te equivocaste.

—Ojalá supiera adónde nos conduce Dios —dijo Andrés mirando a sus compañeros.

Jesús no respondió enseguida. Al final dijo:

—Ni siquiera Abraham lo sabía. Cuando Dios le ordenó que abandonara Ur, no le reveló nada más. Aunque si Abraham no se hubiese ido de Ur, el resto nunca habría sucedido. ¿Por qué revelarlo, pues?

—¿Porque si Abraham lo supiera todo le sería más fácil tomar una decisión? —aventuró el pequeño Santiago, el hermano de Mateo.

—¿Porque, inspirado por las promesas, soportaría mejor los sacrificios? —sugirió Pedro.

—La segunda respuesta es mejor —dijo Jesús—. Es verdad que, a veces, Dios nos hace promesas que nos ayudan a pasar los tiempos difíciles. Pero parece que no revela Su voluntad a los curiosos, sólo a aquellos que ya sabe que obedecerán. Y a los que obedecen no es necesario revelarles nada.

—¡Qué noción tan severa! —exclamó Pedro—. ¿Quién puede soportarla? ¿O comprenderla?

—Creo que Dios espera de nosotros que la soportemos sin comprenderla —dijo Jesús—. Os puedo prometer una cosa: este viaje es una gran aventura. La vida con Dios nunca es aburrida.

Y tú, tampoco, pensó María. ¿Adónde nos conduces tú?, le interrogó en silencio.

35

Un nuevo día abrasador, y el gentío empezó a reunirse ya antes del alba. María les oyó cuando aún no se había despertado por completo, irrumpieron en su sueño, y menos mal. Soñaba que Joel la echaba a empujones y que la pequeña Eliseba corría tras ella con los brazos extendidos. Despertó llorando.

Casia... Casia estuvo aquí, pensó. Pero, en la medida en que se despejaba, empezó a recordar que Casia no podía ayudarla, que tampoco había comprendido el mensaje de Jesús. Silvano no había aparecido, a pesar de la carta. Quizá no la había recibido. O... ¿estaba de acuerdo con el resto de la familia? Debieron de contarle lo que sucedió durante su breve visita a Magdala, pintándolo con colores lúgubres.

Los murmullos del gentío la despejaron y se dio prisa en prepararse para la jornada. Cada día... cada día me enfrento a lo desconocido. ¿Cuánto tiempo seguirá Jesús predicando aquí, en los campos?

La multitud crecía, aunque ahora las primeras filas estaban llenas de fariseos. Iban vestidos meticulosamente con sus taleds y sus chales litúrgicos, adornados con los larguísimos flecos rituales que caracterizaban su tradición y, en aquel atuendo, parecían extraños y fuera de espacio en el campo caluroso. En cuanto Jesús abandonó su lugar privado de oración para dirigirse a ellos, empezaron a lanzarle preguntas.

—¡Pronúnciate sobre esto, maestro! —Uno de los fariseos apartó a los demás a empujones y se plantó delante de Jesús—. Estamos bajo el yugo de Roma. ¿Es legítimo pagar impuestos, sabiendo que utilizan nuestro propio dinero para oprimirnos?

Aquélla era una pregunta candente en todo el país. Los celotas afirmaban que no, postura que les convertía en traidores a ojos de Roma. Los conciliadores decían que sí, quedando como cobardes ante sus compatriotas. Cualquiera de las dos respuestas significaría el descrédito de Jesús ante muchos e iría en detrimento de su ministerio.

—¡Como si hubiera argumentos a favor de la alianza! —susurró Simón a María y a Juana—. ¿Qué otra respuesta podría dar?

—Dadme una moneda —dijo Jesús.

Un hombre diligente sacó un denario romano. Jesús lo cogió y lo examinó.

—¿Qué efigie figura en la moneda? —preguntó, devolviéndola al fariseo.

El hombre la consideraba representación de un ídolo. Miró el perfil grabado en la moneda de plata.

—La de Tiberio César —respondió al final.

—Entonces, dad a César lo que es de César y a Dios, lo que es de Dios —dijo Jesús.

Al lado de María, Simón meneó la cabeza.

—¡Pagar impuestos a César! —murmuró—. ¿Cómo puede decir esto?

—Estas leyes ya están caducas —prosiguió Jesús—. No tendrán sentido en el Reino de los Cielos. Es un error darles más importancia de la que se merecen.

—¡Nuestra Ley es eterna! —exclamó otro fariseo—. Es parte de nuestra alianza con Dios.

Justo en ese momento, un joven se acercó a Jesús corriendo, con las ropas ondeando a sus espaldas.

—¡Alabado sea Dios! ¡Alabado sea Dios! —gritó. Dio un salto e hizo una voltereta en el aire, aterrizando con agilidad y abriendo los brazos como en saludo artístico. Luego cayó a los pies de Jesús—. ¡Gracias! ¡Gracias! Cuando nos enviaste al sacerdote no sabía... No comprendí... —Su acento delataba su origen samaritano, un temible hereje samaritano.

Jesús le tomó de la mano y le hizo ponerse de pie. Le observó con atención.

—Este hombre acudió a mí con un grupo de leprosos. ¡Pero eran diez! ¿Dónde están los nueve restantes? ¿El único que ha vuelto para cantar alabanzas a Dios es un extraño, un samaritano? —Tocó la cabeza del hombre—. Ve en paz. Tu fe te ha curado.

El hombre hizo una reverencia y se alejó, abriéndose camino entre la multitud.

—¡Un samaritano! —dijo alguien—. ¡Has tocado a un leproso que, además, es samaritano!

—A esto me refería cuando hablé de la interpretación errónea de la Ley —contestó Jesús—. A veces, un extranjero, un pagano, puede estar más en paz con Dios que alguien que calcula la menta y el tomillo para pagar el diezmo... y sacrifica diez hojas de cada cien. Dios dijo al profeta Samuel: «El Señor no ve las cosas como el hombre. El hombre mira el aspecto exterior, mientras que el Señor mira el corazón.»

—Sólo podemos ver el aspecto exterior —objetó uno de los religiosos, un hombre fornido, de baja estatura, que también era apuesto—. Es nuestro único criterio. No tenemos la mente de Dios. ¿Estás diciendo que deberíamos pretender que sí? Esto no complacería al Señor.

Con este aspecto, debe de saber de primera mano lo que significa ser juzgado por las apariencias, aunque por lo general debe de actuar a su favor, pensó María.

Jesús reflexionó por un momento.

—Has hablado bien. Dios no quiere que pretendamos saber lo que sólo está reservado para Él. Pero sí desea misericordia, y a ella deberíamos apuntar cada vez que surge un problema.

Era pasado el mediodía y los congregados deberían estar pensando en volver a casa para comer, pero nadie se movía. Seguían de pie a la luz del sol y no dejaban de hacer preguntas, sin darle tregua.

De pronto, María distinguió un rostro familiar entre la gente, una mujer hermosa de cabello rojizo, acompañada de un hombre que también le pareció haber visto con anterioridad. ¡Santiago! ¡El hermano adusto de Jesús! ¿Qué estaba haciendo allí? Y detrás de ellos... Sí, allí estaba María, la madre de Jesús, su cara, un espejo de preocupación. Hicieron señas a unos hombres musculosos apostados a cada lado de ellos, y los hombres se abrieron camino a través de la multitud para acercarse a Jesús, seguidos por su madre y los demás.

Los hombres propinaron empujones por doquier para llegar hasta donde se encontraba Jesús y, de inmediato, intentaron apresarle, pero él les esquivó.

—Madre —dijo, haciéndoles caso omiso y dirigiéndose sólo a ella—. Madre. —Parecía conmocionado y muy apenado.

—Hijo mío, tú te has... Tú... —La mujer rompió a llorar—. ¡Te has vuelto loco! Tu comportamiento en Nazaret y las cosas que dices aquí... Confía en nosotros, te lo ruego; deja que te llevemos de vuelta a casa, donde podrás descansar y reponerte.

Santiago se acercó ceñudo.

—¿Es para esto para lo que abandonaste la carpintería? ¿Para esta herejía? ¿Cómo te atreves a pedirme que ocupe tu lugar por... esto? —Intentó agarrar a Jesús del hombro.

Entonces María reconoció a la otra mujer. Era Lía, la hermana de Jesús. Claro, por supuesto. Estaba casada y vivía en Cafarnaún.

—¡Jesús, Jesús! —imploró Lía—. ¡Deja todo esto, te lo suplico! ¡Se dicen tantas cosas de ti, y ahora las hemos visto con nuestros propios ojos! ¡Estás realmente desorientado! ¿Qué te ha pasado? ¡Vuelve a Nazaret, ven a descansar, a reencontrarte contigo mismo! —El pañuelo que le cubría la cabeza cayó hacia atrás, descubriendo su hermoso y exuberante cabello.

Jesús retrocedió.

—No —dijo. Su expresión era tan triste que María pensó que se echaría a llorar. Pero él consiguió sobreponerse a su emoción.

—¡Somos tu madre, tu hermana y tu hermano! —exclamó Lía—. Piénsalo bien. ¡Tu madre, tu hermana y tu hermano! —Se acercó más, hasta encontrarse al alcance de la mano de Jesús, pero no hizo ademán de tocarle. Los hombres fornidos aguardaban una señal para intervenir.

Jesús dio un paso atrás. En lugar de hablar a su familia, dirigió la mirada a María, Pedro, Simón y los demás elegidos como discípulos. El profundo afecto reflejado en su rostro correspondería, por derecho, a su familia. Jesús alzó la voz y se dirigió a todos los presentes:

—¿Mi madre, mi hermana y mi hermano? ¿Quiénes son mi madre, mi hermana y mi hermano? —Miró a María, su madre, a Lía y a Santiago—. Mi madre, mi hermana y mi hermano son aquellos que escuchan la palabra de Dios y la obedecen.

—Nosotros la escuchamos —respondió Santiago con firmeza—. ¡Escuchamos la palabra de Dios!

—Pero pensáis que estoy loco —repuso Jesús—. Son dos cosas irreconciliables.

—¡Jesús, Jesús! —Su madre se echó a llorar, gritando con angustia—: ¡Hijo mío, hijo mío!

—¡No, madre, él no es tu hijo! —Santiago la rodeó con los brazos como si quisiera protegerla—. Él no es tu hijo. ¡Y tampoco es mi hermano! —La obligó a dar la vuelta y casi la llevó a rastras a través del gentío, alejándola de Jesús que, inmóvil, contemplaba su partida.

Después sólo hubo silencio y las miradas perplejas de la gente. ¿Qué acababa de hacer este Jesús? Rechazaba la lealtad a la familia, el mismísimo cimiento de la tradición judía. No tenía sentido. ¿Qué es un hombre sin su familia? A la gente se la identifica por su familia. «De la casa y el linaje de David.» «Un benjamino.» La familia lo era todo. Y Jesús repudiaba su importancia diciendo... ¿Qué había dicho? ¿Que un hombre puede crear su propia familia, elegir a sus parientes más cercanos?

La multitud empezó a dispersarse, tan escandalizada como la familia de Jesús. Sólo quedaron unos pocos y, entre ellos, María distinguió a Judas. Estaba allí solo, vestido con elegancia, observando atentamente los acontecimientos.

—¡Ven, Judas! —le llamó Jesús—. ¡Ven con nosotros! ¡Sé mi hermano!

Judas retrocedió, espantado de verse escogido a voces. ¿Y por qué? Él no había dicho nada, se limitaba a mirar.

—¡Judas! ¡Ven! Nos marchamos de aquí. Ven con nosotros —insistió Jesús.

Judas se dio la vuelta y se alejó aprisa, para desaparecer entre la retaguardia de la muchedumbre.

—Vayamos a la otra orilla del lago —dijo Jesús a sus seguidores—. Necesitamos un lugar tranquilo donde descansar.

No tardaron mucho en encontrar barcas que les llevaran. Se adentraron en el agua. María sintió un gran alivio. Miró las colinas donde se había reunido la gente. ¡Cuánta gente! Cuanto más se adentraban en el lago, más segura se sentía. Todas esas personas... ¿Cómo podría Jesús responder a todas sus preguntas? La había curado cuando estaba casi solo y no tenía a otros que atender, pero ahora... ¿Cómo podría hacer para tantos lo que había hecho por ella?

Mientras la orilla quedaba atrás en la distancia, María oía las llamadas de los que seguían en la ladera.

Desembarcaron en la orilla oriental del lago, en el territorio de Herodes Filipo, el hermano de Antipas. Sacaron las barcas a la playa y Jesús se adelantó solo, abriéndose camino entre las peñas. El terreno era árido en esta parte; las rocas y la tierra doradas no invitaban a quedarse. Pero, al menos, allí podían encontrar intimidad.

Jesús les hizo señas a todos.

—¡Venid! —Les guió a lo largo de la playa accidentada. Pronto se pondría el sol. Aquella mañana lo habían visto salir. El tiempo intermedio parecía interminable, como si Jesús hubiera estirado las horas.

María observó a Jesús sortear las peñas, proyectando su propia sombra delgada entre las sombras abultadas de las rocas. Caminaba con la cabeza gacha; estaba a todas luces afligido por lo ocurrido con su familia. De repente, sonó un grito que les heló la sangre. ¿De dónde había venido? No lo sabían.

Jesús se detuvo y miró a su alrededor.

Un hombre desnudo emergió de entre los peñascos y se le acercó. Estaba tan mugriento que parecía más un mono que un ser humano, y blandía una piedra afilada en cada mano. Delante de sus ojos, con una de ellas se rajó el pecho. Una línea diagonal surcó la piel acartonada, goteando sangre oscura. Llevaba esposas en las muñecas y en los tobillos, de las que ya sólo colgaban un par de eslabones de la cadena de hierro.

Se encontraban en el mismo lugar espantoso donde María, Pedro y Andrés habían sido agredidos en el pasado. Ese hombre era mucho más fuerte de lo que pudiera sugerir su estatura.

—¡Corre! —dijo Pedro a Jesús, agarrándole de la mano.

Jesús, sin embargo, no se movió. Pedro intentó llevarle a rastras.

—¡Maestro! ¡Este hombre es peligroso! —Jesús seguía sin moverse y Pedro retrocedió, tratando de protegerse.

El poseído bufó y empezó a girar en círculo alrededor de Jesús, caminando a cuatro patas, como una bestia. Mostró los dientes y gruñó.

Otro hombre apareció, también poseído aunque en grado menor.

—¡No dejes que se te acerque! —advirtió a Jesús—. ¡Ha roto sus cadenas y nadie puede con él! ¡Matará a cualquiera que encuentre en su camino!

El hombre de las cadenas rotas siguió caminando en círculo alrededor de ellos. María asió la mano de Juana. Pobre hombre, pensó.

El hombre-bestia estaba ya muy cerca de Jesús. Avanzaba encorvado, doblado en dos, farfullando palabras incoherentes. Su espalda estaba tan llena de costras y arañazos que parecía un trozo de cuero mal curtido, y su cabello colgaba en greñas roñosas.

Sin esperar que aquél pronunciara palabra, Jesús dijo:

—¡Sal de este hombre, espíritu maligno!

Como respuesta, el hombre se abalanzó contra Jesús gritando:

—¿Qué quieres de mí, Jesús? ¡Jura por Dios que no me torturarás! —La voz era un alarido.

Jesús no se movió ni cedió terreno. El hombre peligroso estaba agazapado justo delante de sus pies.

—¿Cuál es tu nombre? —preguntó con voz gélida.

El hombre levantó la cabeza y mostró los dientes.

—Mi nombre es Legión —respondió—. Pues somos muchos.

—¡Salid de este hombre! —Ordenó Jesús a la legión de demonios.

El hombre sacudió la cabeza.

—¡No nos eches de aquí! —dijo la voz, que no era la suya—. ¡No nos eches de aquí!

—Volved a vuestro amo, id al infierno —dijo Jesús.

—¡No! ¡No! —Chillidos espeluznantes hendieron el aire.

—¡Dejadle! —Jesús repitió la orden en voz alta.

—¡Envíanos a los cerdos! —suplicaron las voces lastimeras.

Sólo entonces se fijó María en la gran piara de cerdos que pastaba en la ladera de la colina, cerca de la pendiente abrupta que rodeaba el lago.

—Muy bien —dijo Jesús al final—. Os doy permiso.

El cuerpo del hombre se quebró en espasmos violentos y cayó al suelo de bruces, retorciéndose. Unos sonidos espantosos y plañideros brotaron de su boca desencajada y después quedó inerte, como si estuviera muerto.

Al mismo tiempo, un gran ruido retumbó en las colinas cercanas. Los cerdos parecían agitarse de repente, como si algo los hubiera espantado o como si perdieran el suelo bajo los pies. Empezaron a revolverse y a correr como locos, resoplando y profiriendo gritos estridentes. La tierra tembló cuando se precipitaron todos juntos colina abajo. María sintió que la ahogaba aquel desconocido hedor a cerdo, cálido y mustio, que impregnó el aire. Y sus ojos... pudo distinguir sus ojos diminutos, de un color rojo encendido donde les daba el sol poniente, y la saliva que chorreaba de sus hocicos temblorosos. Cruzaron la playa como un trueno y se tiraron al agua, golpeando la superficie y chapoteando hasta ahogarse.

Entonces el resto de la piara se precipitó por el borde del risco, una cascada de puercos que caían uno tras otro y se estrellaban contra el suelo con un sonido estremecedor. Los primeros golpearon las rocas y sus cuerpos reventaron; los siguientes cayeron sobre los cadáveres apilados con un desagradable chasquido. Había centenares de ellos y formaron una pila que llegaba a la altura de los hombros de un hombre. El aire se llenó de chillidos de terror.

María vio a Simón, que presenciaba la escena con la boca abierta.

—Aquí tienes tu contraseña —dijo—. Cerdos. ¿No te resulta simbólica?

Él se limitó a asentir anonadado.

—Sólo era un santo y seña —dijo—. Elegido al azar. No pretendía...

Perlas a los cerdos, pensó María. No darás tus perlas a los cerdos... ¿Es mi familia de Magdala como estos puercos, obtusa, sin remedio? Se volvieron contra mí como esta piara de cerdos.

Los animales seguían estrellándose contra el suelo, reventando con gritos de terror. El hombre yacía a los pies de Jesús como si estuviera muerto.

El sol ya había desaparecido tras las colinas cuando el último cerdo se tiró al vacío. Toda una inmensa piara había perecido. Allí estaban, desparramados por la playa o meciéndose en las aguas del lago.

María y Juana enjugaban la frente del hombre con paños húmedos en un intento de reanimarle cuando, finalmente, abrió los ojos. Sus miembros estaban paralizados. Ellas se dieron cuenta y apoyaron su cabeza en el regazo.

—Démosle algo de comer —dijeron— y ropa para vestirse. Tiene que haber algo, una capa, una túnica. —Ah, cuán familiar resultaba todo esto. María recordó la amable mujer que le había dado su capa—. Cualquier cosa.

Pedro ofreció una capa y Felipe llevaba una túnica de repuesto. Simón se quitó sus propias sandalias. Andrés ofreció unos higos y pan ácimo.

El hombre se incorporó despacio. Estaba aturdido y no podía recordar nada. También esto les resultaba familiar a María y a Juana.

—¿Quiénes sois? —preguntó moviendo la cabeza desfallecido.

—Éste es Jesús —respondió María—, un hombre santo que tiene el poder de expulsar a los demonios. Hizo lo mismo por mí. Y por ella. —Señaló a Juana.

—Dios te ha sanado —dijo Jesús. No parecía preocuparle la pila de cerdos muertos.

El hombre no dejaba de mirar a su alrededor.

—¡Me has salvado! —dijo al final.

—Dios te ha salvado —insistió Jesús.

—Nadie fue capaz de esto —dijo el hombre—. Llevaba muchos años afligido y había recurrido a todos los hombres santos pero en vano. —Observó su cuerpo, maravillado—. He vivido tanto tiempo como una bestia. ¡Ropa! ¡Es un milagro! —Acarició la túnica y la capa. De repente, agarró el brazo de Jesús—. ¡Déjame ir contigo! ¡Deja que me quede contigo! ¡Quiero estar con ellos, tus seguidores!

—No —respondió Jesús suavemente.

María se escandalizó. ¿No aceptaba siempre a los que salvaba?

—Pero... yo pertenezco a vosotros. ¡Lo sé! ¡No quiero dejaros! Hasta ahora he...

—No —repitió Jesús.

—¡No puedes hacerme esto! ¡Debo estar contigo! ¡No tengo a nadie más! —El hombre rompió a llorar—. ¡No me salves sólo para abandonarme!

—¿No tienes familia? —preguntó Jesús con amabilidad.

—La tenía —respondió el hombre—. Pero ahora ya no... Hace tanto tiempo... Y he cambiado mucho. Nunca podrá ser como antes.

Jesús le miró y María supo que se sentía dividido. La angustia del hombre era evidente, pero él sabía qué era mejor para cada uno.

—Es cierto. No podrá ser como antes. Pero eres un testigo vivo de la gracia de Dios. Tienes una misión y es una misión difícil: debes regresar a tu hogar y decir a todos lo que Dios hizo por ti, la gran misericordia que te mostró.

—¡Pero no quiero ir a casa! ¡Allí no me querían antes y tampoco me querrán ahora!

—Por eso he dicho que es una misión difícil —respondió Jesús—. Volver a los que te desprecian, sólo para testificar la obra de Dios... Es bien cierto que te reservaba una tarea difícil. Es Dios, sin embargo, quien te la encomienda, no yo.

En ese momento, los porqueros llegaron corriendo por el camino de la pendiente y se quedaron sin aliento mirando los animales muertos. Rompieron en lamentos. Detrás de ellos venían los habitantes del pueblo, arrancados de sus casas por el ruido y la conmoción. Miraron el montón de cerdos muertos, los cadáveres que flotaban en el lago y al pequeño grupo que rodeaba a Jesús.

—¿Qué está pasando aquí? —exigió saber uno de ellos. Miró a Jesús y después al hombre poseído, reconociéndolo—. ¿Qué ha pasado aquí? —Sería difícil adivinar qué le asustaba más, los animales muertos o el enfermo recuperado.

—Este hombre se ha salvado de los demonios —dijo Jesús. Puso las manos en los hombros del afligido y le dio la vuelta hacia los espectadores.

—¡Josué! —exclamó el otro—. ¿Eres realmente tú?

—Sí, soy yo —afirmó el poseído—. El mismo Josué que conoces de toda la vida.

En lugar de alegrarse, sin embargo, el otro hombre retrocedió.

—¡No es posible! ¡Está loco desde hace años! ¡Hasta rompió sus cadenas!

Los demás del grupo señalaron a los cerdos.

—¿Qué significa esto? ¿Quién es el responsable?

—Los demonios se metieron en los cerdos —dijo Pedro— cuando fueron expulsados de este hombre.

—¿Quién pagará por ellos? —preguntó alguien—. ¡Esto supone unas pérdidas inmensas! ¡De centenares de dracmas! —Se volvió hacia Jesús—. ¿Pagarás tú por ellos? Di, ¿pagarás?

Jesús pareció sorprendido.

—Ha sido el precio de la salvación de vuestro hermano —dijo señalando a Josué.

—Él no es mi hermano —repuso el hombre—. ¿Quién pagará por los cerdos? ¿Quién? ¿Quién?

Josué lanzó una última mirada de súplica a Jesús, pero él meneó la cabeza.

—No —dijo—. Debes quedarte aquí.

—¡Vete de aquí! —gritó uno de los hombres a Jesús—. ¡Fuera! ¡Fuera! ¡No vuelvas nunca a estas costas!

Recogieron piedras para tirarlas a Jesús y sus seguidores. Ellos se apresuraron en volver a las barcas, aunque ya casi no había luz.

Las barcas se mecían suavemente mientras remaban de vuelta a la orilla opuesta. María se aferraba a la borda, sobrecogida por el descubrimiento de que Jesús habría podido enviarla a casa, como acababa de hacer con Josué. No tenía por qué elegirla. Y todo ese tiempo ella pensaba que sí, que todas las personas a las que curaba eran bienvenidas a seguirle y estar con él.

En sus oídos resonaban las palabras que él dijera en Betabara y a las que no había prestado entonces especial atención: «No me elejiste tú sino yo a ti.»

¿Por qué a mí, sí y a Josué, no? Tenía ganas de defenderle, insistir en que le aceptaran. Jesús, sin embargo, había sido terminante. Quizá Josué tuviera que hacer algo en Gergesa antes de quedar definitivamente en libertad, algo que sólo él y Jesús sabían.

Ya era tarde cuando regresaron a la seguridad del lugar donde habían acampado la noche anterior. Otra noche a campo abierto. María empezaba a acostumbrarse a ello. Ya no le parecía tan extraño vivir a la intemperie, dormir bajo las estrellas. El hábito de vivir en una casa iba quedando en el recuerdo.

—Los zorros tienen madrigueras y las aves del cielo construyen nidos, pero el Hijo del Hombre no tiene dónde apoyar la cabeza —dijo Jesús mientras se preparaban para acostarse.

—Maestro —dijo Pedro—, en verano no hay problema, pero ¿qué haremos cuando sea invierno?

Jesús siguió extendiendo su capa sobre el suelo.

—Ya veremos cuando llegue el momento.

La idea de dormir al aire libre bajo las lluvias torrenciales le resultó tan angustiosa que María hizo una mueca. Casi pudo sentir el frío contacto de las gotas de agua, la mordedura del viento en la cara.

—Amigos míos, lo que haremos... —Jesús se interrumpió de repente. Volvió para mirar hacia donde sonara un ruido.

Un par de linternas oscilaban en la oscuridad, como si estuvieran meciéndose en el aire. María vio las manos que se cerraban en torno a las asas y, en la penumbra, distinguió el rostro de Judas y, por encima de la otra linterna, el del apuesto hombre religioso.

—Ah. Mi Padre ha llamado a otros dos. —Jesús se puso de pie—. Bienvenidos.

Judas se adelantó nervioso.

—No sé muy bien qué hago aquí —dijo.

—Dios lo sabe —respondió Jesús—. Confía en Él.

Judas rió.

—Nunca antes me había hablado. No sé por qué lo haría ahora.

—Tampoco había hablado a Moisés pero, cuando lo hizo, Moisés reconoció Su voz.

—Yo no soy Moisés.

—Dios ya lo sabe. —Jesús dirigió su atención al otro hombre.

—Tus respuestas me parecieron... satisfactorias —dijo él—. Razonadas. Convincentes. —Hizo una pausa y al final añadió—: Impresionantes.

Jesús rió.

—Me siento halagado. ¿Quién eres?

—Me llamo Tomás —dijo el hombre—. Queremos unirnos a vosotros.

—No sabéis lo que esto significa —repuso Jesús.

—Tampoco lo sabían ellos —dijo Judas, mirando a los reunidos a su alrededor—. Me parece que son personas normales que decidieron apostar por la fe.

—La fe —repitió Jesús—. Sí, esto es lo más importante. ¿Tú tienes fe?

—Pues... ¡Sí, sí que tengo! —Judas se puso nervioso y a la defensiva—. Hace tiempo que busco a alguien cuya integridad sea intachable. Me decía a mí mismo: Cuando encuentre a ese hombre honesto, a ese alguien que me inspire confianza...

—Dios te dirá sin rodeos que el hombre honesto no existe —interpuso Jesús—. Como dice el Salmista: «Ningún hombre hace el bien, ni siquiera uno.» Todos somos pecadores a los ojos de Dios.

—No, yo no quería decir eso... Sólo busco lo que es bueno dentro de lo razonable. ¡Escucha, soy un hombre realista! ¡No busco la perfección!

—¿Te conformarías con menos en ti? —preguntó Jesús.

—¡Eres un duro maestro! ¿Ser comprensivo con los demás y exigir la perfección de uno mismo? Lo intentaré aunque...

Para sorpresa de María, Jesús dijo:

—«Lo intentaré.» ¡Odio esta expresión! Es mejor decir: «Lo haré.» —Miró a Judas airadamente—. ¿Si tu hijo se estuviera ahogando, dirías «intentaré salvarlo»? ¡Claro que no! Es lo mismo con el Reino. No necesitamos corazones débiles. Vete a otra parte con tu «lo intentaré».

—Bien, pues. Lo haré.

—Eso está mejor. —Jesús se volvió hacia Tomás y le indicó que se sentara con el grupo. Después hizo un gesto de asentimiento hacia Judas y dijo—: Siéntate. Únete a nosotros. —Miró a su alrededor y añadió—: Sois los que he elegido para abrirles mi corazón. Pero hay muchos más que desean seguirnos desde cierta distancia. Así será. Vendrán a escucharnos y, haciéndolo, se acercarán a nosotros.

—¿Adónde vamos? —preguntó Pedro.

—Creo que ha llegado el momento de abandonar este lugar y seguir adelante. Iremos a las otras ciudades de Galilea, Coracín y Betsaida. Ésta es mi misión.

Judas se inclinó hacia delante.

—Es un honor que me hayas elegido y me hayas permitido entrar en vuestro círculo. Debes saber, sin embargo, lo que ocurre en el mundo. Las cosas están empeorando... en el reino de los hombres —añadió apresurado—. Pilatos acaba de atacar a un grupo de peregrinos galileos que iban a Jerusalén en paz. Se encontraban en el Templo cuando ordenó a sus soldados que les pasaran por el cuchillo. Desconozco la razón.

Se produjo un grave silencio.

—Debemos rezar por ellos —dijo Jesús—. ¡Nuestros pobres compatriotas!

—Algunos eran de Tiberíades; otros, de Cafarnaún, y otros más, de Magdala —dijo Judas—. Me lo explicó mi padre.

¡De Magdala! ¿Quiénes? ¿Alguien conocido? María se estremeció ante la idea. ¡Ojalá que no fuera así!

—Con Pilatos, servimos a un amo cruel —dijo Felipe.

—Todo amo humano es cruel, de una manera u otra —repuso Jesús—. Esto es lo que pretendo cambiar.

En ese momento, otro hombre se les acercó en la oscuridad. Pedro se levantó de un salto para ver quién era.

—¡Pedro! —dijo una voz—. ¿Me reconoces?

Pedro abrió la puerta un poco más.

—Pues... —Vaciló, rebuscando un nombre en la memoria.

—¡Natanael! —dijo el desconocido—. ¡Estuvimos juntos en Betabara! ¡Juan el Bautista! ¿Te acuerdas? —El hombre entró en la tienda; era moreno y delgado, y estaba nervioso.

Jesús se levantó para saludarle y le apretó las manos. Le besó en ambas mejillas.

—Ha pasado ya algún tiempo desde que nos dejaste.

—Pero he vuelto —dijo Natanael—. Es una larga historia.

¡Natanael! Después de escrutar su alma a fondo, había decidido regresar. María estaba contenta.

—¡Ahora estás aquí! —dijo Jesús—. Creo que todas nuestras historias son largas. Ya nos las contaremos alrededor del fuego en las noches venideras. Doy gracias a Dios por tu llegada —añadió—. Había desistido ya de buscarte.

—Bienvenido seas. Soy Tomás. Vine hace apenas unos minutos, pero ya no soy el último. —Tomás saludó a Natanael con un asentimiento de la cabeza.

Tomás: uno de los religiosos. Un interrogador riguroso, un escéptico. Hasta el momento, era el único reclutado de entre las filas de los ortodoxos. Era bueno haberse ganado a uno de los religiosos estrictos. Observando a Tomás, María se preguntó si también era sensato. ¿Y si se arrepentía y les denunciaba a sus colegas?

¿Puede el leopardo cambiar el color de sus manchas?

Su recelo repentino la hizo avergonzarse de haberse atrevido a mirar en el alma de otra persona.

36

A la mañana siguiente partieron, enfilando los caminos polvorientos que conformaban las carreteras de la región.

—¿Llegaremos a Dan? —preguntó Pedro en voz alta, para que todos pudieran oírle.

—¿Te gustaría? —preguntó Jesús.

—¡Sí! ¡Sí! ¡Siempre me ha encantado la expresión «Desde Dan hasta Bersabee», que significa todo el glorioso reino de Israel! —respondió Pedro—. ¡Desde el norte hasta el sur, de un largo tirón!

Jesús rió.

—De acuerdo, Pedro, iremos a Dan. Si no enseguida, algún día, desde luego.

También a María le había encantado siempre la expresión «Desde Dan hasta Bersabee». Le sugería imágenes del reino de Salomón, casi podía ver los carros conducidos por galantes aurigas, imaginar los poderosos ejércitos que marchaban por el país, vislumbrar las caravanas de camellos que llegaban del norte y del este, deseosas de depositar sus mercancías a los pies de Salomón. Y las flotas de barcos atracados en los puertos, cargados de monos, perfumes, joyas preciosas y marfil. Aquéllos eran los tiempos del poderío de Israel, cuando el país era la envidia de las demás naciones y no la patria mermada de la actualidad, esclava de un poder político más grande, el poder de Roma.

En la medida en que ascendían siguiendo los caminos de las colinas, abarcaban una visión cada vez más amplia del mar de Galilea, que se extendía allí abajo. Cuando llegaron a un lugar umbrío donde comer y descansar, casi podían ver la lejana orilla meridional del lago.

Sacaron los alimentos para compartirlos: vino, pan y algo de queso. El vino, de mala calidad para empezar, había empeorado por culpa del calor y de las continuas sacudidas dentro de los odres. El queso se estaba secando y el pan no tenía sabor. Una comida de pobres.

Nuestra comida de ahora en adelante, pensó María. Esto es nuevo para todos nosotros. Santiago y Juan, sin duda, disponían del mejor vino de la casa de su padre siempre que lo quisieran. Judas... parece provenir de una familia acomodada, eso indica su educación. Juana está acostumbrada a las comidas de palacio. Pedro y Andrés, ciudadanos respetables de Cafarnaún, nunca han sufrido carencias. Y Jesús, el propio Jesús, vivía cómodamente en Nazaret.

Mordió un trozo de queso, y el sabor le trajo el recuerdo de los quesos que tenían en casa. El queso de cabra, el queso ahumado de oveja y el requesón blanco que comían con cebolla y perejil, untado en gruesas rebanadas de pan. Cuando lo tenía, no se daba cuenta de su valor. Pero ya no lo tenía. El recuerdo de aquellos quesos se convertiría en recordatorio doloroso de su pasado, su imagen danzaría ante sus ojos como una tentación, le aparecería en sueños despertando su apetito.

Allá a lo lejos veía Magdala o lo que ella creía que era Magdala. Distinguía el espeso bosquecillo que marcaba su límite septentrional. Llevaba el día entero preocupada por la gente de Magdala que Judas dijo habían perecido por orden de Pilatos. ¿Quiénes eran? ¿Por qué les había agredido Pilatos?

No podía ser Joel. Joel no iría a Jerusalén. Jamás haría un viaje de peregrinación. El Joel que ella conocía no se sentía inclinado hacia este tipo de gestos. Y su familia, Silvano, Eli y Natán...

Sí, ellos podrían haber ido. Hacía muchos años que Eli no iba a Jerusalén y, sin duda, desearía regresar. ¡Ojalá que no fueran ellos los agredidos por los soldados de Pilatos!

—¡Pareces preocupada! —Judas la estaba observando.

—No, no pasa nada.

—Intuyo que sí. Cuéntamelo. —Su mirada reflejaba un hondo interés.

Finalmente, María confesó:

—Estoy preocupada por mi familia en Magdala. Espero que no estuvieran entre los galileos atacados por Pilatos.

Judas asintió. Se acercó y se sentó a su lado; le tendió la mano como si quisiera tocarle el brazo, aunque se mostró indeciso.

—No tenemos que avergonzarnos de preocuparnos por nuestros seres queridos, aunque ellos nos hayan repudiado.

¿Éste era Judas? Esta actitud no era propia de él.

—No, ya sé que no —dijo ella tras una pausa.

Inclinó la cabeza en la sombra y rezó una breve oración callada por la seguridad de Eli y de Natán. Sintió que Dios le respondía y la reconfortaba.

Siguieron su camino ascendente hacia la altiplanicie pedregosa que se extendía sobre el lago. Pasaron junto a olivares aferrados a las empinadas pendientes y a algunas higueras retorcidas que elevaban sus hojas anchas como palmas abiertas al sol, pero el verdor de Galilea y de su valle ya había quedado atrás.

—Acamparemos aquí —anunció Jesús al anochecer, en las inmediaciones de una aldea pequeña, cerca de un pozo. Abajo y a lo lejos, el lago había vuelto a cambiar de color, tiñéndose ahora de rojo.

Por primera vez no había multitudes clamando la atención de Jesús, ni hileras de inválidos tendidos en camillas aguardando su llegada, ni maestros de la Ley deseosos de hacerle preguntas.

—Eres todo nuestro —dijo Felipe—. Creo que es la primera vez desde... desde que estábamos en el desierto con Juan el Bautista.

Al oír estas palabras, una idea, un pensamiento, una visión inquietante irrumpió en la mente de María. Tenía que ver con Juan.

No habían tenido noticias suyas en los últimos tiempos. Lo último que sabían de él es que se había ido a Samaria para predicar y bautizar, fuera del alcance de Herodes Antipas.

A pesar de su aspecto salvaje y su discurso incendiario, Juan no era tan escandalosamente poco ortodoxo como Jesús, pensó María. Su mensaje de arrepentimiento era del tipo tradicional: Haced buenas obras, sed buenos. No pedía que la gente renegara de sus familias ni de sus modos habituales de vida. Mientras que Jesús...

Ella y Juana se hicieron jergones de la broza que crecía junto al camino y los cubrieron con sus mantos. María pensaba que le resultaría difícil conciliar el sueño, pero no fue así. El agotamiento de los días pasados y el esfuerzo de subir la pendiente la habían extenuado.

Se despertó en la hora más oscura de la noche. Se despertó de golpe y por completo. Se incorporó sobre los codos y miró a las siluetas de las personas que dormían junto al fuego o, mejor dicho, lo que quedaba de él. Su corazón latía desbocado. Otra silueta aparecía delante de sus ojos: la de Juan el Bautista. Gritaba y gesticulaba, pero ella no podía oírle. Unos soldados le asaltaban y le apresaban, llevándoselo a rastras. Le vio perderse en la distancia, dando manotazos a sus captores, retorciéndose y pataleando.

Por un instante, la visión desapareció. Luego otra imagen ocupó su lugar: Juan el Bautista encarcelado en una oscura celda de piedra, encadenado a la pared. Estaba doblado en dos, como si hubiera recibido una paliza o le faltara el alimento, los brazos enclenques alrededor de las rodillas, sin señales de vitalidad ni resistencia. Su cabello colgaba lacio y grasiento, y parecía que le habían arrancado mechones enteros, dejando clapas de piel al descubierto.

Juan levantó la cabeza y la vio. Sí, la miraba directamente a los ojos.

—¡Díselo a Jesús! —murmuró—. ¡Díselo a Jesús! —Tendió una mano suplicante.

—¿Decirle qué? —preguntó ella en voz alta—. Yo no sé nada.

—Puedes verme —respondió Juan—. Aquí, en la cárcel. Díselo. Lo hizo Herodes Antipas. El mal es suyo. Él me hará callar.

¿Dónde estás?, quiso preguntar María. Antes de formular del todo la pregunta, Juan y la celda parecieron derrumbarse y encogerse, y pudo ver dónde estaba la prisión: en una gran fortaleza que coronaba una colina, en lo alto de un risco que dominaba el desierto, alzándose sobre las yermas laderas de arena y piedras. No reconocía el lugar. No había señales que lo identificaran. Excepto... Ordenó que la imagen se ampliara. Había agua en la distancia, la orilla de un lago. Pero no era el lago de Galilea. Era una extensión larga y estrecha de agua, rodeada del desierto, sin árboles ni plantas en las márgenes, ni casas en los alrededores.

Aunque nunca lo había visto, María pensó que era el mar Muerto, el mar de Sal, al extremo meridional del país.

Después volvió a ver a Juan en su celda. Él pareció verla al mismo tiempo. Se levantó tambaleándose y la miró fijamente.

Y enseguida desapareció. Sólo quedaron las siluetas dormidas junto a los rescoldos, y un profundo silencio, interrumpido apenas por el sonido pausado de sus respiraciones.

«Díselo a Jesús.» ¿Decirle qué? Seguramente se trataba de un sueño, por muy urgente y realista que pareciera.

Pero las imágenes, las visiones... las tuve otra vez en el pasado, cuando vi a mi ancestra Bilhá en mi propia cocina.

No, aquello sólo había sido un truco de su imaginación. No la había visto de verdad, sólo con los ojos de su mente. Había pensado en ella y luego dibujó su imagen, como los niños pintan una nube o un árbol. Eso le dijo la voz de la sensatez.

O acaso... ¿Habrán vuelto los demonios? ¿Habrán invadido mi mente de nuevo? Se sintió presa del terror. ¡No, no!

Esto, sin embargo, es del todo distinto. Es una especie de mensaje, no algo que ha venido a torturarme.

¿Cuándo debo decírselo a Jesús?, preguntó a la figura de Juan el Bautista. Pero él no reapareció para responder.

Seguramente, puedo esperar hasta la mañana, pensó. Juan no había pedido nada. No esperaba que Jesús hiciera nada, sólo que lo supiera. Obedecería a su deseo.

Mucho antes del alba, María oyó a alguien que se levantaba. Debió de quedarse otra vez dormida, a pesar de todo. La noche había pasado como el agua serena de un arroyo. Juana dormía profundamente a su lado.

María se levantó. Qué bueno estar sola unos minutos. A lo lejos, el lago aparecía como la imagen violácea de un fantasma borroso.

Aquí estoy, rezó. Dios, por favor, escúchame. Han pasado tantas cosas desde que este hombre, Jesús, expulsara mis demonios. Le sigo porque creo que obra en Tu nombre. Si me equivoco... te ruego que me lo digas y que me des el valor de abandonarle. Me siento atraída por él, como si todo ocurriera en un sueño. Pero me he sentido atraída por tantas cosas en mi vida (por los demonios, por el amor a mi hogar y a mi familia, por el deseo de estar bien, por el anhelo de ser amada, por el sincero deseo de ser Tu hija y poder servirte) que podría estar equivocada. ¡Ayúdame en mi confusión! Cerró los ojos con fuerza, como si el gesto pudiera ayudarle a aclarar su visión interior.

Permaneció inmóvil y sintió que se retiraba a un pequeño hueco reservado sólo para ella, que Dios lo había creado para ella desde el principio de los tiempos.

Nada allí dentro la prevenía contra Jesús, no sonó ningún tipo de alarma. La sensación era de serenidad, dulzura y acogimiento, de estar rodeada de atenciones y de ternura. El dolor de la pérdida de Joel y Eliseba se alivió; no fue olvidado ni negado, aunque se hizo aceptable y llevadero.

«Como la madre de Moisés tuvo que abandonarle, y Ana tuvo que desprenderse de Samuel, y la propia madre de Jesús tuvo que renunciar a él, hay veces en que una madre debe ofrecer a su hijo a los cuidados de Dios», le aseguró una voz.

Pero no es Eliseba a quien ofrezco, protestó. Eliseba es sólo una niña. Me ofrezco yo, la madre. Nada dicen las escrituras de esto.

«Es cierto. Es algo novedoso. El profeta Jeremías dijo que cada uno es dueño de sus pecados, que no han de recaer sobre sus hijos. Jamás, sin embargo, se atrevió a decir que una madre debe buscar su propio camino, al margen de los deseos de su familia.»

Esta última voz parecía ser la de Jesús, que irrumpía en su soledad. Ahondaba en lo que ya dijera una vez, sobre haber venido para traer la enemistad; en esta ocasión, entre una madre y su hija.

—¿Lo entenderá alguna vez? —susurró María a la presencia invisible—. ¿Podrá entenderlo y perdonarlo? —Sería insoportable saber que no, que había perdido a su hija para siempre.

—Si le es dado entender —respondió la voz—. Está en manos de Dios. Y es un Dios de la misericordia.

Esta voz era real. María miró a su alrededor para ver de dónde había venido. Jesús estaba cerca. Se había levantado pronto y se había alejado del grupo dormido; a la luz creciente, le vio cerca de una de las grandes rocas. Sin embargo, parecía inmerso en sus propios pensamientos y oraciones. No podía ser su voz la que había oído.

Meneó la cabeza y decidió regresar al mundo que la rodeaba, un mundo de luz creciente, piedras y susurrantes hojas de olivo. Tenía algo que decir a Jesús, algo urgente. ¿Cómo pudo retrasarse?

Se le acercó con pasos lentos. Jesús estaba sentado sin moverse y con los ojos cerrados. Tenía las manos entrelazadas en el regazo.

—Jesús. —Tendió la mano y le tocó suavemente en el hombro. Él abrió los ojos enseguida, como si la hubiera estado esperando—. Tengo un mensaje para ti. Me llegó por la noche, en un sueño... o una visión.

—¿Tiene que ver con Juan? —preguntó Jesús.

—Sí. —¿Cómo lo sabía?— Vi cómo se lo llevaban los soldados a la fuerza, luego le vi encadenado en una celda. ¡Fue horrible! Estaba muy delgado y parecía enfermo. Me dijo: «Díselo a Jesús.»

Jesús inclinó la cabeza.

—Juan —fue lo único que dijo, una palabra cargada de tristeza, vencida bajo el peso de la congoja.

—Estaba en una fortaleza, cerca del mar Muerto —prosiguió María—. En lo alto de un monte.

Jesús la miró.

—¿Cómo sabes que era el mar Muerto?

—Lo vi. No desde el principio sino cuando pedí que la visión me mostrara lo que había cerca del monte. Me mostró un largo y estrecho cuerpo de agua en medio del desierto. Nada crecía en los alrededores ni parecía haber vida de ningún tipo. Por eso supe que era el mar Muerto.

Jesús cerró los ojos por un momento.

—¿En qué lado estaba la fortaleza?

Fue María quien tuvo que cerrar los ojos ahora, tratando de recomponer la visión.

—Creo que en el lado este. A juzgar por la trayectoria del sol, diría que estaba en el lado este.

—Machaerus —dijo Jesús—. Una de las fortalezas de Herodes Antipas. —Se puso de pie—. ¿Lo viste todo?

—Sí. Juan me pidió que te lo dijera.

Jesús sonrió.

—De modo que tus visiones han sobrevivido. Eran parte de ti, no sólo de la maldición de los demonios.

Todas las visiones son una maldición, pensó María.

—¡Ojalá hubieran desaparecido con ellos! —contestó.

—Quizá fuera esta parte de ti la que los demonios deseaban destruir o pervertir —sugirió Jesús—. Los espíritus malignos no atacan a la gente si no la perciben como una amenaza.

María casi se echó a reír. ¿Qué amenaza podía suponer ella a cualquier cosa o persona? Sólo era una mujer corriente tratando de vivir una vida corriente.

—Prefiero ser una persona normal —insistió—. No quiero tener visiones.

—Dios lo quiso de otra manera —dijo Jesús—. ¿Quiénes somos nosotros para discutir Sus decisiones?

María le agarró del brazo.

—Pero...

—María, sé feliz con la vida que Dios dispuso para ti —la interrumpió él.

Esta respuesta la decepcionó, aunque ahora debía olvidarse de sus propias preocupaciones.

—¡Juan! ¿Qué intenta decirnos? —preguntó.

—Que Herodes Antipas le encarceló para silenciarle. Su verdadero mensaje, sin embargo, se dirige a mí, para prevenirme y llamarme a la acción. En este momento se inaugura realmente mi ministerio. Juan no puede hablar y debo hacerlo yo. No tengo elección.

Cuando se reunieron con el resto del grupo, que ya se estaba despertando, Jesús anunció:

—He recibido tristes noticias de Juan el Bautista. Está encarcelado en el fortín de Machaerus. Herodes Antipas le hizo arrestar.

Pedro se incorporó aturdido y se frotó los ojos.

—¿Cómo lo sabes? ¿Ha venido algún mensajero?

—¿Alguien vino por la noche y no le oímos? —Tomás parecía indignado. Se levantó de un salto, apartando la manta de un manotazo.

—Fue una visión —explicó Jesús—. Le fue concedida a María durante la noche. —Hizo un gesto de asentimiento hacia ella—. Creo que María tiene el don de la profecía. Debemos confiar en ello.

—¿Qué viste? ¡Cuéntanoslo! —La apremió Natanael.

—No podemos ayudar a Juan más que rezando por él —dijo Jesús cuando ella terminó su relato—. Nadie puede expugnar aquel presidio, y nosotros menos que nadie. Nuestras armas no son las espadas.

Todos inclinaron las cabezas y rezaron fervientemente para que Dios protegiera a Juan, incluso en aquella odiosa prisión.

—Dios dijo a Moisés: «¿Acaso es corto el brazo del Señor?» —recitó Jesús—. No, no lo es. No hay mazmorra que Él no alcance. Debemos tener fe.

Cuando estuvieron preparados, reemprendieron el camino de ascenso.

Por fin la pendiente se allanó y se encontraron en lo alto de la planicie pedregosa y azotada por los vientos que dominaba las tierras bajas a ambos lados. Lejos al norte, en el valle que se extendía allí abajo, vieron los terrenos pantanosos que rodeaban el lago Huleh, el primero que formaba el río Jordán en su curso hacia el mar de Galilea. Era un lago pequeño y cenagoso, aunque rico en peces y fauna salvaje.

La tierra que les rodeaba estaba sembrada de peñas, excepto en aquellos lugares en que los hombres, con arduo esfuerzo, habían apartado las rocas, apilándolas en un lado de los campos. Era un terreno difícil y exigente, muy distinto del suelo verde y acogedor de Galilea. Unos cuantos enebros encorvados se erguían cual centinelas en los campos, sus ramas retorcidas y dobladas por la fuerza de los vientos y el rigor de los inviernos.

María sintió alivio cuando, a última hora de la tarde, llegaron a una pequeña aldea. Sin embargo, al adentrarse en las inmediaciones, llegaron a sus oídos lamentos y gimoteos. Un amplio grupo de personas acampadas cerca de allí lloraba ruidosamente. Los hombres, sentados en el suelo, se cubrían la cabeza de polvo y otros deambulaban como posesos, rasgándose las vestiduras. Las mujeres lloraban y cantaban endechas. Cuando estuvieron cerca, tres hombres se levantaron para impedirles el paso.

—¡Id a otro lado! —les ordenaron—. ¡No os acerquéis! ¡Dejadnos en paz! —Un hombre alto blandió su báculo y les amenazó con él.

Jesús se le acercó y asió el báculo, obligándole a bajarlo.

—¿Quiénes sois? —preguntó en tono amable—. ¿A quién lloráis?

—¿Quién eres tú? —repuso el hombre. Su cara estaba embadurnada de polvo fúnebre.

—Soy Jesús de Nazaret —respondió.

La actitud del hombre cambió de inmediato.

—¿Jesús? ¿De Nazaret, dices?

—Recientemente, de Cafarnaún —explicó Jesús—. Pero soy originario de Nazaret.

—Juan el Bautista nos habló de ti —dijo el hombre—. Nos dijo que había bautizado a un hombre, que luego se fue y se convirtió en rival. ¡Te atreviste a quedarte con algunos de los discípulos de Juan! ¿Por qué lo hiciste? —exigió saber, enfadado—. ¿Por qué abandonaste a Juan?

—Dios tenía otros designios para mí. Pero respeto a Juan, como profeta verdadero y hombre de Dios. Sí, algunos de sus seguidores vinieron conmigo —señaló a Pedro, Andrés, Natanael, Felipe y María— pero porque así lo decidieron ellos mismos. Mis enseñanzas no rivalizan con las de Juan.

—Juan el Bautista ha sido encarcelado, ¿no es cierto? —preguntó María, acercándose al hombre de luto. Tenía que saber si era cierto su sueño, su visión.

—Sí —respondió el hombre—. Nos aconsejó que buscáramos refugio aquí, en las colinas septentrionales de Galilea. Sabía que pronto le arrestarían.

—Y está en Machaerus, ¿verdad? Aquella fortaleza en la orilla oriental del mar Muerto —insistió María.

—Sí.

—¿Por eso estáis de luto?

—Sí. Está condenado. Su misión ha terminado —respondió el hombre—. Pero nosotros, sus discípulos, le seremos siempre fieles. No pueden matarnos a todos. —Sus ojos brillaban con pasión.

—Uníos a nosotros —dijo Jesús—. También honramos a Juan.

El hombre arrugó el entrecejo.

—No. No seguiremos a nadie que no sea Juan. Si tus enseñanzas fueran las mismas, no le habrías abandonado.

—Cierto —respondió Jesús—. Juan anunciaba el advenimiento del Reino de Dios. Yo anuncio que ya está aquí.

El hombre se rió, pero su risa fue forzada.

—Oh, sí. Ya está aquí. ¡Por eso Antipas tiene el poder de encarcelar a Juan!

—Antipas no tiene más poder del que el Cielo le otorga. Y este poder ya está mermando. Las señales de la llegada del Reino están por todas partes, están en las sanaciones que he podido hacer...

—Las sanaciones están muy bien, pero no significan la llegada del Reino de los Cielos —contestó el hombre, empecinado.

—Me parece que Juan no pensaría igual —dijo Jesús.

—¡Qué pena que no podamos preguntarle! —le espetó el hombre. Se dio la vuelta y entró en su tienda, donde se dejó caer en cuclillas y cerró los ojos.

Jesús condujo a sus seguidores a un lugar del otro lado de la aldea.

—Pasaremos aquí la noche —les dijo.

María fue a buscarle tan pronto terminaron de montar el campamento improvisado. Andrés y Felipe habían ido al pueblo para comprar provisiones y habían vuelto con lentejas, carne de cordero seca y algunos puerros tiernos. De esto harían un guiso para la cena.

—De modo que era cierto —dijo María a Jesús—. Mi sueño. Sobre Juan en la cárcel.

—Sí —afirmó él—. Ya te lo había dicho.

—Ojalá que no lo fuera.

—Me aflige que sea cierto, pero deberías estar agradecida de que tus visiones, libres ya de Satanás, te permitan oír la voz de Dios. Él te dirá cosas que desea que se sepan, a través de ti.

—¡Odio las visiones! ¡Pide a Dios que me las quite!

—Dios decidió que tú no seas una mujer corriente, María de Magdala. —Jesús sonrió—. Confía en Su sabiduría soberana. No te ha otorgado este don para tu propio bien sino para que puedas ayudar a los demás. ¡Acéptalo con gratitud!

Después de la cena, Jesús dirigió las oraciones y luego les pidió que meditaran en silencio. Permanecieron sentados, con los ojos cerrados, sintiendo el final del día en las llamadas de los pájaros, mientras caía el crepúsculo y se levantaba el viento.

—Amigos —dijo Jesús al cabo—, había pensado que podíamos retirarnos para descansar aquí, en las tierras del norte, antes de iniciar nuestra verdadera misión. Pero, ahora que Juan está en la cárcel, veo que debemos regresar. La voz del desafío, la voz del profeta, no debe callar ni por un instante. Le han silenciado, por eso yo debo alzar mi voz. Mañana emprenderemos el camino de vuelta. Regresaremos al territorio de Herodes Antipas. No debemos tener miedo.

Quedaron en silencio, las cabezas inclinadas.

—Es en el mundo de los hombres donde debemos actuar —dijo Jesús de repente—. Las alturas sirven para refrescarse, para la exaltación, no como hogar permanente.

Acostada al lado de María, Juana le susurró por la noche:

—No quiero volver allí. Quiero dejarlo todo atrás, vivir en otra parte.

Sí, cualquier cosa relacionada con Herodes Antipas debía de resultarle muy dolorosa.

—Ojalá pudiéramos ir a un lugar desconocido y volver a empezar sin el peso del recuerdo —dijo María—. Realmente, volver a empezar.

Tan pronto pronunciara las palabras, se dio cuenta de que Jesús la censuraría por ellas. Diría que, cuando te ha tocado el Reino de los Cielos, las cosas del pasado ya no ejercen influencia sobre ti.

37

Esta noche dormiré bien, pensó María. Estoy tan cansada. La noche se cerró, la hoguera se apagó y les envolvió la quietud de las alturas.

No le resultó difícil conciliar el primer sueño. Se dejó llevar, arrullada por el silencio y la fatiga del cuerpo. En medio de la noche, sin embargo, tuvo unos sueños muy reales, tan vívidos que despertó y se incorporó de golpe. Eran peores que el sueño sobre Juan el Bautista, mucho peores.

Soñó que Joel estaba tendido en una cama, su cuerpo, quebrado. Un vendaje empapado en sangre le cubría el pecho y él gesticulaba débilmente a alguien —o algo— que se encontraba en el otro extremo de la habitación. Parecía tener el brazo vendado, y su mano salía de los paños cual garra de criatura marina.

—Ayúdame —susurraba—. No puedo soportarlo.

Alguien se inclinaba sobre él, enjugándole la frente y cuidándole. María imploró que la visión se ampliara para que pudiera ver más.

La persona inclinada sobre Joel era Eli. A su lado, la madre y el padre de Joel aguardaban abrazados. Su propia madre, Zebidá, estaba cerca, con la pequeña Eliseba en brazos.

Joel yacía en su lecho de muerte. Joel, tan joven y tan fuerte. ¿Qué le había sucedido?

María se incorporó y el sueño se desvaneció, la visión se apagó. Su corazón latía desbocado. Jadeó y se apretó el cuello. Todos dormían a su alrededor. El cielo de la noche estaba despejado, y las estrellas brillaban claras y lejanas.

¿Había sido un sueño o una visión? Si era una visión, necesitaba saber más.

Por unos largos momentos, no pasó nada. Después las imágenes reaparecieron. Joel en el Templo, en la entrada a los recintos interiores. Joel, acompañado de un grupo de galileos, se acerca al punto elevado desde donde se puede divisar el gigantesco altar de piedra salpicado de la sangre de los animales votivos. De repente, un contingente de soldados romanos enviados por Pilatos se lanza sobre ellos, gritando y disparando flechas. Se produce una gran confusión. Nadie sabe adónde ir. La gente corre, se agacha para esquivar las flechas, cae al suelo. Hay alaridos, los gritos de los hombres de Pilatos, sangre. La gente retrocede. Los muertos y los heridos caen al suelo detrás de ellos. La gran masa de personas congregadas en el recinto huye hacia las puertas ceremoniales de bronce, y los soldados de Pilatos empiezan a golpear a cualquiera que encuentran a su alcance. Una porra desciende sobre la cabeza de Joel, después le golpea en el estómago y, finalmente, en las piernas, rompiéndolas casi. Joel se encoge y cae.

Otra visión sucedió a la primera: muertos, heridos y moribundos amontonados en una pila espantosa de carnes movedizas y sangrantes en el patio del Templo. Los soldados vuelven con literas y les sacan a rastras del recinto, a fin de poder cerrar las puertas exteriores del Templo para la noche. Los heridos y los moribundos yacen en el pavimento de la calle, justo delante de esas puertas. Serán problema de alguien, aunque no de Pilatos.

Joel consigue volver a casa, transportado por sus compañeros galileos. Tardan muchos días en llegar. Y ahora yace en una alcoba oscura, al borde de la muerte.

¡Joel! No, no puede ser. Nunca antes había ido a Jerusalén. Dios no sería tan cruel para asestarle este golpe cuando decide ir al Templo, cumplir por primera vez con la obligación de visitarlo.

María volvió a incorporarse, jadeando. Su visión, sin embargo, había sido muy clara. Parecía verdadera. Tenía que volver de inmediato. ¡Y Jesús! Jesús debía ir con ella, curar a Joel. Jesús podía salvarle.

Nada es imposible si a Jesús le está permitido atenderlo, se repitió muchas veces en un esfuerzo por sosegarse.

La noche se hizo eterna. El cielo oscuro y las estrellas le parecían desagradables, porque no anunciaban el alba. Cuando por fin amaneció el día, se levantó de un salto del jergón improvisado.

Cuando, a la luz incierta del amanecer, vio a Jesús caminando a lo largo del borde del precipicio, no pudo contenerse más. Corrió hacia él y le asió el brazo.

—¡Jesús! —exclamó—. He tenido otra visión. Una visión terrible. Los galileos que Pilatos atacó dentro del propio recinto del Templo, lo que Judas nos contó... ¡Mi esposo se encontraba entre ellos! Yace en su lecho de muerte, por culpa de las heridas que recibió en el ataque. ¡Debemos ir juntos a Magdala, debes salvarle!

Para su asombro, Jesús meneó la cabeza.

—¿Yo debo salvarle? Puedes ir a verle, puedes rezar por él. Dios te escuchará.

—Dios, sí —respondió ella—. Pero Joel, no. ¿No fuiste tú quien dijo «Nadie es profeta en su tierra y entre sus gentes»? Joel jamás me hará caso ni creerá en mis plegarias.

—Tampoco tiene fe en mi mensaje —objetó Jesús—. En Nazaret aprendí que, cuando no se tiene fe, no tengo poder de curación.

—¡No tuvo oportunidad de creer! —dijo María—. Es cierto que se volvió contra ti cuando fuimos a Magdala, pero no había oído tus palabras ni había visto tus obras con sus propios ojos. ¡Oh, debes ayudarle!

—Iremos juntos —decidió Jesús—. Pero no esperes demasiado, te lo suplico. Si él no consiente...

—¡Joel no puede morir! —gritó María—. ¡Sería injusto, sería una muerte injusta por demás!

—También es injusto que muera Juan el Bautista —contestó Jesús—. Y, sin embargo, morirá.

—¡Pero Juan es un hombre santo! Dedicó su vida a Dios y es Su profeta. Siempre ha sabido que la muerte le seguía de cerca. Joel es un hombre corriente, no es un practicante devoto pero es un buen hombre.

—Iré —repitió Jesús—. Haré lo que pueda. Pero depende de Joel aceptar la voluntad de Dios.

Jesús y María partieron de inmediato, después de que él dijera a los demás que esperaran unos días antes de dirigirse a la ciudad de Betsaida.

Hablaron poco en el camino, aunque María anhelaba contarle su vida con Joel, lo que su esposo había significado para ella, cómo la había amado —y ella a él— y cómo seguía creyendo que su separación sólo era temporal y, por lo tanto, llevadera. Sin duda, Joel llegaría a entender el bien que le había hecho Jesús, permitiría que él y sus discípulos formaran parte de su propia vida y la dejaría reunirse con Eliseba.

Sin embargo, mientras caminaban en melancólico silencio, bajo el sol abrasador, una terrible sensación de pérdida se apoderó de ella. Empezó a temblar de miedo. En ese mismo momento, Joel yacía herido de muerte y rodeado de toda la familia menos su esposa. ¿Piensa siquiera en mí?, se preguntó María. ¿O he muerto para él?

¡Haz que Joel siga con vida cuando lleguemos! ¡Haz que incluso esté un poco mejor!, rezó.

Las calles tan familiares de Magdala, el camino que bordeaba el lago y la plaza del mercado al aire libre, lugares que María conocía de toda la vida, se expandían de nuevo ante sus ojos. Las casas le resultaban tan familiares y reconfortantes que ellas solas parecían capaces de ahuyentar todos los males. Pero no había tiempo para pensar; torcieron por una esquina y llegaron a su propia casa. En cuanto vieron a la multitud reunida delante de la puerta, María supo que su visión había sido verdadera. Cuando empezaron a abrirse camino hacia la entrada, la gente la reconoció de pronto y contuvo el aliento, como si hubiese estado muerta y se levantara de la tumba. No le impidieron el paso, aun así, y ella y Jesús se deslizaron por la puerta y entraron en la casa.

Todo estaba tal como lo había visto en sueños: oscuro, cerrado y tan mal ventilado que hasta el mínimo olor se magnificaba. Un coro de familiares esperaba en la sala mayor, algunos ya de luto. Apenas levantaron la vista cuando María y Jesús cruzaron la sala y entraron en la alcoba.

El olor a enfermo era tan intenso que María sintió que se ahogaba. Tal como había soñado, junto a la cama estaba su madre con la pequeña Eliseba en brazos; la niña lloriqueaba y miraba apesadumbrada a la persona que yacía en el lecho.

María no podía mirar, todavía no. Se precipitó hacia su madre y abrazó a la mujer y a la niña con tanta fuerza que le dolieron los brazos.

—¡Madre! ¡Madre! —susurró.

—¿María? —La madre se apartó y la miró con incredulidad—. Oh, María, ¿eres tú, realmente? —Sus ojos se llenaron de lágrimas—. Has vuelto, hija mía, justo a tiempo. —No había visto a Jesús; pensaba que María había venido sola.

Eliseba contempló con desconcierto a aquella extraña vagamente familiar y luego esbozó una tímida sonrisa. Sus ojos negros parecían enormes y sopesaban con cautela lo que veían.

—Eliseba... —La niña tendió sus brazos rollizos y la abrazó, y el corazón de María se desbocó alborozado.

—Madre... me contaron el accidente de Joel... —No era necesario explicar quién se lo había contado ni cómo—. ¡Y veo que es verdad! —Reunió el coraje suficiente para mirar hacia la cama.

Joel yacía de espaldas, los brazos en cabestrillo cruzados sobre el vientre vendado, las piernas heridas apoyadas en una manta doblada. Estaba tan sumido en el dolor y la debilidad que no abrió los ojos; ni siquiera parecía oír lo que sucedía a su alrededor.

María se arrodilló a su lado. Allí estaba Joel, su amado perfil conocido tenía el aspecto de siempre. Las ojeras negras bajo los ojos, sin embargo, las mejillas hundidas y los labios agrietados y exangües componían la imagen de una muerte inminente. Cada vez que Joel respiraba, pequeñas burbujas encarnadas aparecían entre los labios demacrados. María le tocó la frente. Esperaba encontrarla caliente, ardiente de fiebre. Con gran conmoción, la notó fría. Estaba tan cerca de la muerte que su helor ya se estaba apoderando de él.

—Joel —susurró mientras le acariciaba la frente y las mejillas, que también estaban frías—. Soy yo, María, tu esposa. —Tomó las manos de Joel entre las suyas y las frotó.

Él no se movió ni dio señal de sentir nada.

—¡Joel —siguió llamándole—, Joel, abre los ojos! ¡Joel, abre los ojos!

Sólo entonces la reconoció Eli, que estaba en un rincón de la habitación. Sacudió la cabeza con un sobresalto.

—¡Tú! —gritó—. ¡Tú! ¿Cómo te atreves a venir aquí? —Se acercó con agilidad, la agarró del brazo y la apartó de la cama de un tirón—. ¡No le toques! ¿Cómo te atreves a tocarle?

—¡Soy su mujer! —respondió. Se quitó el pañuelo de la cabeza para que todos pudieran verla. Sí, que la vieran todos, incluso con el cabello cortado. A pesar de todo lo ocurrido, seguía siendo la esposa de Joel y tenía más derecho de estar allí que cualquiera de los demás presentes.

—¡Ya no! —dijo Eli—. Él se estaba divorciando. —Bajó la voz para que los demás no pudieran oírle.

Ella liberó su brazo de la mano férrea de Eli.

—¡No tenía causa para ello! —repuso en voz alta.

—Tenía causa suficiente —dijo Eli—. Eres una vergüenza y un escándalo, has enlodado el buen nombre de la familia.

—¿Por qué? —le desafió María. Todos estaban escuchando—. ¿Porque estuve enferma? ¿O porque sané? ¡Ninguna de las dos cosas es pecado!

—La Ley estipula claramente que un hombre puede divorciarse de su mujer si la halla «indecente». ¿Qué palabra podría describirte mejor?

—La enfermedad no es indecente, ni la búsqueda de una cura —contestó ella—. Siempre has sido un hombre cruel, has utilizado la Ley como pantalla, para esconderte tras ella y justificar tu crueldad. Di la verdad ahora: ¿Joel llegó a realizar el ritual prescrito para el divorcio?

—No —admitió Eli traspasándola con la mirada—. Pero había anunciado que lo haría a su regreso de Jerusalén.

María ya se había vuelto hacia Joel y se había inclinado sobre él.

—Joel, amadísimo esposo, abre los ojos, por favor. Es necesario que abras los ojos. No está todo perdido. Te podemos ayudar. Ha venido alguien... He traído a alguien que puede ayudarte. —Mientras hablaba, no dejó de masajearle las sienes.

Joel consiguió entreabrir un ojo, el que estaba menos hinchado. No podía volver la cabeza para mirarla aunque parecía reconocer su voz.

—Ayuda —dijo—. Ayuda. —Y extendió uno de los brazos, tal como lo hiciera en el sueño de María.

—Estoy aquí —le reconfortó ella—. Estoy a tu lado. Haz un esfuerzo. Intenta abrir ambos ojos. Háblame. Joel, podemos ayudarte.

El herido abrió lentamente el otro ojo, aunque apenas pudo separar los párpados. Entreabrió los labios y susurró:

—¿María?

Ella le asió las manos.

—¡Sí! ¡Sí! ¡Estoy aquí! —Se agachó y le dio un beso en la mejilla—. Todo irá bien ahora. Todo irá bien.

Joel dio un largo y profundo suspiro.

—Ahora, aquí —repitió—. Ahora, aquí.

A María le pareció que le apretaba un poco la mano, pero el gesto era tan débil que no estaba segura. La familia se congregaba a su alrededor, empujando para acercarse a la cama. Sintió que no podía respirar. Y, si ella no podía, Joel aún menos.

—Por favor —dijo—. Apartaos. Estáis demasiado cerca. —Se agachó para susurrar en el oído de su esposo—: Joel. Hay alguien aquí que puede ayudarte. Ya le habías visto antes. Sabes que me curó. Es un hombre especial, un enviado de Dios. Ha ayudado a personas en condiciones mucho peores que la tuya. Lo he visto con mis propios ojos. Leprosos, cuya piel macilenta ha recobrado el color saludable. Hombres con las piernas paralizadas, que ahora pueden caminar, saltar y correr. Lo que a ti te pasa no es grave, en comparación. ¡Por favor, permítele que te ayude! —Se puso de pie y tendió una mano hacia Jesús—. Ven. Aquí está Joel. Él te necesita.

Jesús, en quien nadie había reparado mientras permanecía sin llamar la atención en la sombra, dio un paso adelante. Ocupó su lugar junto a la cama de Joel y contempló su cuerpo tendido, que respiraba trabajosamente.

Nada se adivinaba en la expresión de Jesús. ¿Le parecía posible salvar a Joel? ¿Lo creía una empresa desesperada? Estaba tan concentrado en el rostro de Joel, que las demás personas reunidas en la alcoba no existían para él.

—¡Joel! —dijo—. ¿Puedes oírme?

Hubo un largo momento durante el cual Joel no respondió.

¡Dios mío!, pensó María. ¡Se nos va, le estamos perdiendo! ¡Hemos llegado demasiado tarde, a pesar de nuestros esfuerzos!

Pero Joel, al fin, profirió una respuesta parecida a un graznido:

—Sí —dijo—. Sí.

Entonces Jesús le tomó ambas manos. Sosteniéndolas, cerró los ojos y empezó a rezar. Al cabo dijo:

—Joel, las heridas de tu cuerpo se pueden curar, aunque sólo si confías en mí plenamente, si crees que puedo pedir a Dios este favor y que Él me lo concederá. Y que nada es imposible para Dios.

Joel yació en silencio. Al cabo de un largo rato dijo:

—Nada es imposible... para Dios, esto lo sé. —Hablar requería un gran esfuerzo, y tuvo que esperar un poco antes de poder continuar. Después susurró—: Pero... no puedo confiar en ti. —Tosió y expectoró sangre—. Ya te... he visto. Liberaste a mi mujer, sólo para convertirla en tu esclava. Para tenerla contigo. —Jadeó y su voz se suavizó—: Quizá... seas capaz de hacer milagros, pero sólo porque Satanás te lo permite. Eres... su agente. —Las palabras salían muy débiles.

María contuvo el aliento.

—No, Joel. ¡Estás equivocado! Él es enemigo de Satanás. ¡No ayudes al Maligno! ¡Es él quien te dicta estas palabras al oído!

Inesperadamente, Joel hizo un gran esfuerzo y consiguió levantar la cabeza de la almohada. Abrió más los ojos y, aunque miró a María con la ternura que ella recordaba, la mirada que dedicó a Jesús era hostil.

Jesús se le acercó más e intentó tomar sus manos de nuevo.

—¡Ten fe en Dios! —le suplicó—. ¡Reza con toda tu alma!

Joel, sin embargo, retiró las manos y meneó la cabeza débilmente.

—¡No me toques! —carraspeó al final—. ¡Hombre maligno!

María se dejó caer llorando y apoyó la cabeza en su pecho.

—¡No, Joel! ¡No! ¡Él es tu única esperanza! —Le enjugó la cara con ternura—. ¡Joel, no me dejes! ¡No abandones a Eliseba! ¡Permite que Jesús te ayude!

Él volvió a negar lentamente con la cabeza, apoyándola de nuevo en la almohada.

—No. ¡Y pensar... que sólo has venido a mi lecho de muerte... como un buitre! ¡No te llevarás nada, nada en absoluto! ¡Ésta es la verdadera razón... de tu visita!

—¡Olvídate de mí! —suplicó ella—. No me des nada. Estás en tu derecho. Pero ¡por favor, por favor, deja que Jesús interceda por ti!

—¡No! —gritó Joel con tanta fuerza que todos se estremecieron. ¿De dónde salía esa voz? Después cayó sobre la almohada con un sonido sordo.

—¡Reza por él de todas formas! —ordenó María a Jesús—. ¡Cúrale, a pesar de todo! Ya tendrá tiempo de arrepentirse. ¡Ya verá que estaba equivocado! Pero el tiempo... es un lujo que sólo los vivos se pueden permitir. ¡Dale tiempo!

Jesús rezaba con los ojos cerrados y las manos entrelazadas. Parecía ajeno a las demás presencias en la habitación.

—Es demasiado tarde —dijo con gran congoja—. Demasiado tarde. Sin fe... no se puede hacer nada.

Mientras hablaba, María vio que Joel había cerrado los ojos y que su pecho no se movía. Un suspiro apagado y entrecortado escapó de su garganta, y después, silencio.

Estaba muerto. Joel estaba muerto. María cayó de rodillas al suelo junto a la cama y lloró con la cabeza apoyada en el brazo de su esposo.

Los demás reunidos en la habitación irrumpieron en lamentos, pero ella no les oyó. Sólo sentía la ausencia de Joel, sólo escuchaba el silencio en sus labios.

Joel murió al anochecer, y esto significaba que no habría funeral ni entierro hasta que el sol saliera a la mañana siguiente. Las mujeres debían preparar el cuerpo para el sepelio. María también, aunque no se creía capaz de soportarlo.

—Jesús —dijo, apoyándose en él—, ¿por qué no has podido salvarle?

Jesús parecía estar más apenado que cualquiera de los presentes.

—Porque no me lo permitió —respondió. Volvió el rostro y lloró por un momento. Al cabo, dijo a María—: Haz lo que debes hacer. Ve con las mujeres, prepara a tu esposo. Yo te esperaré.

Acongojados, Ezequiel, el padre de Joel, y Natán, el padre de María, levantaron el cuerpo del difunto de la cama y lo llevaron a otra habitación, donde lo prepararían para el sepelio. Las mujeres les ayudaron a tenderlo sobre una losa de alabastro. Cuando los hombres se hubieron retirado, Judit, la madre de Joel, desnudó el cuerpo con gestos reverentes y se dispuso a lavarlo. Junto al cuerpo estaba Débora, la hermana de Joel, y alrededor de ambas, las cuñadas de María, Noemí y Dina, y algunas primas que María reconocía vagamente pero en las que no podía parar mientes ahora. Hizo una mueca de dolor cuando vio las heridas de Joel. Hematomas negros y azulados cubrían sus costillas, y tenía los brazos rotos en varios puntos.

¡Joel! El apuesto y agraciado Joel había sido golpeado y asesinado. Había muerto como los animales ofrecidos en sacrificio sobre el gran altar, como los carneros y los toros. ¡Aunque no por manos de un sacerdote sino de Pilatos, un representante de Roma!

Las mujeres vertieron agua de jarras de cerámica sobre el cuerpo y le limpiaron la sangre vieja de sus heridas. Resultaba tan extraño ver el agua caer sobre él y, sin embargo, no producir ningún movimiento de respuesta. María tendió una mano temblorosa y le cerró los ojos con un gesto dulce; también le alisó el pelo. Le acarició una mejilla. El tacto de la piel ya no era el de una persona viva sino más frío y duro, y el color la había abandonado, dejando el rostro pálido. Entonaron salmos regados con lágrimas mientras le frotaban el cuerpo con aceite de áloe y mirra, y entre todas le abrazaron y le levantaron para poder envolverle con el sudario, la mortaja de lino blanco que habría de cubrirle. Le ataron las piernas y los brazos, y le cubrieron la cara con un lienzo especial antes de fijar los extremos del sudario por encima de su cabeza. Después le trasladaron a la litera que habría de llevarle a la tumba a la mañana siguiente, y lavaron y secaron la losa de alabastro donde había yacido el cuerpo exánime.

Las mujeres invitaron a María a seguirlas a la habitación especial que les habían preparado para pasar la noche, puesto que ahora estaban ceremonialmente impuras por haber tocado el cuerpo de un muerto. Las siguió decaída, caminando a su lado en silencio. Regresaron a la planta principal de la casa de María —¿realmente era mi casa?, se preguntaba. Ya no me lo parece— de donde ya habían retirado las sábanas del lecho mortuorio, habían abierto las ventanas para dejar entrar aire fresco y habían barrido el suelo. María se dejó caer en un taburete. En la estancia esperaban más mujeres, familiares que no habían participado en los preparativos fúnebres. María las observó abatida. ¿Quiénes eran?

Hablaban en susurros reunidas en círculo, como si Joel estuviera aún allí y no quisieran molestarle. Se abrazaban dándose consuelo mutuo, pero ninguna de ellas abrazó a María. Durante los primeros minutos, su indiferencia no le importó; no deseaba que nadie la tocara ni tenía ganas de hablar con nadie. Estaba demasiado afligida.

Después, poco a poco, empezó a discernir sus susurros:

—Ella está aquí, ha venido, abandonó a aquel loco con quien estaba...

—No, no, le trajo consigo, ¿no le has visto? Tuvo la desfachatez de acercarse y tocar las manos de Joel.

—Algunos no saben lo que es tener vergüenza.

—¿Quién? ¿Este hombre o María?

Yo soy la viuda, pensó ella. Mi esposo acaba de morir. Éstas son las mujeres de mi familia. Y, sin embargo, nadie reconoce mi presencia.

Allí estaba Eva, su tía, la mujer que, el día de su compromiso con Joel, le había guiñado un ojo y le había dado la poción mágica que la convertiría en buena esposa. Y su otra tía, Ana, que le regaló la poción que convertiría a Joel en un «camello macho». Y las primas, que tanto se reían y chillaban aquel día de compromiso. Y Zebidá, su propia madre, y sus cuñadas...

María se levantó. Le temblaban los pies pero necesitaba mirarlas a la cara.

—¿No hay palabras de consuelo para mí? —exclamó.

Las mujeres interrumpieron sus conversaciones al unísono y se quedaron mirándola.

—¿Consuelo? ¿Para ti? —preguntó finalmente Débora, la hermana de Joel. Era ya una mujer crecida, aquella muchacha que tanto se parecía a Joel y tan unida estaba a él.

—Para mí, sí —contestó María—. He perdido a mi esposo.

Zebidá se le acercó y le tomó la mano.

—Sí, es una tragedia.

—¿Nadie me hablará de su viaje a Jerusalén? ¿De cómo llegó a formar parte de esa peregrinación? —gritó María—. ¡Nunca antes lo había hecho!

Judit, la madre de Joel, meneó la cabeza.

—Nos dijo que iban varias familias y que se sentía llamado a acompañarlas.

¿Joel? ¿Joel se sintió llamado?

—Había cambiado de opinión sobre muchas cosas —dijo Judit en tono insinuante.

—También mi esposo hizo esa peregrinación —dijo otra mujer que a María le resultaba desconocida—. No había indicios de peligro. Pero... algo inquietó a Pilatos, quizá le informaran de una rebelión (hay infinidad y la mayoría estalla en Galilea) y cuando vio a tantos peregrinos... Debieron de hacer algo que le alarmó. Después del ataque, los demás encontraron a Joel y le trajeron de vuelta a casa, pero el viaje es largo. Las sacudidas de los burros le provocaban grandes dolores. Cuando llegaron a Magdala, ya estaba delirando y ardía de fiebre. Vimos que las heridas eran graves y estaban infectadas. El viaje fue demasiado largo.

—Gracias —dijo María—. Gracias por contármelo. —¡Pobre Joel! Qué terribles debieron de ser aquellas largas jornadas de viaje de Jerusalén a Magdala.

—¿Y tú? —preguntó una de las primas—. ¿Por qué nos dejaste?

Nos dejaste... Nos dejaste... Hablan como si estuviera muerta, pensó María.

—Yo...

—María estuvo poseída. —Fue la voz de su propia madre que sonó bien alta y rotunda—. Sí. Se apoderaron de ella los demonios y tuvo que buscar un tratamiento. Por desgracia, el hombre que la trató es malo y la mancilló. Joel se dio cuenta y la repudió como esposa. Por eso —añadió, enfrentándose directamente a María—, en realidad, no eres su viuda.

—Soy su esposa, ahora y siempre —repuso ella—. Y no os dejé, nunca os he dejado.

—Si no te arrepientes y te purificas, ya no eres mi hija —anunció su madre. Jamás había visto esa expresión en el rostro de Zebidá, esa mirada de condena irremisible.

—¡Madre, no he hecho nada malo! —protestó tendiéndole los brazos. Su madre dio un paso atrás—. ¡Madre!

La mujer se retiró en las sombras.

—Dices que eres la viuda —dijo Débora—. ¡Pero no fuiste una esposa para mi hermano!

Débora había sido siempre su amiga, decía que quería asemejársele, que la admiraba. A María le pareció que la acababan de golpear.

—Yo... Siempre... —quiso defenderse pero tuvo que callar, confusa.

—Oh, volverás para vivir en la casa de Joel y contar su dinero —espetó Débora—. Pero has de saber una cosa: hasta que pasen siete años, nadie confiará en ti. Deberás vivir discretamente y de acuerdo con nuestras indicaciones. A tu hija la criará Dina, que ya se la ha llevado a su casa.

¿Dina se había llevado a Eliseba? María profirió un grito de dolor.

—Debiste pensar en ello antes... antes de empezar todo esto —dijo su madre—. Dina sabía que le tocaba esta tarea, por eso no participó en los preparativos fúnebres de Joel, por eso ni siquiera tocó el cuerpo. Tenía que permanecer ritualmente limpia. Y también Eliseba. Sí, ella se llevará a la niña y cuidará de ella.

—Pero queremos que te quedes —interpuso rápidamente Judit, la madre de Joel—. Queremos que vuelvas a la vida normal. Siete años... no es mucho tiempo. Pasarán pronto.

—Claro que, como viuda, te atendrás a ciertas restricciones. —Fue su madre quien habló de nuevo—. Las viudas no disfrutan de las libertades de una esposa.

—Y tus años de prueba... Tendrás que renunciar a muchas cosas —añadió Débora con una sonrisa justiciera—. Después, cuando hayas demostrado...

—¿Nadie vendrá a abrazarme como a mujer que sufre? —María observó el mar de rostros duros que la miraban.

Noemí, la esposa de Silvano, se separó de sus filas y fue a abrazarla. Le susurró en el oído:

—No desesperes. No desesperes. Yo y tu querido hermano nunca te abandonaremos ni te daremos la espalda. Te ayudaremos a soportar estos siete años.

Aquel círculo de mujeres, tan apretado, tan semejante a una hermandad, parecía una red malvada a punto de atraparla y aniquilarla.

—¡Debo volver al lado de Joel! —dijo María de repente—. ¡Debo estar con él! —Se levantó y salió de la estancia apresurada, huyendo.

¡Hasta el muerto es más amable conmigo!, pensó al entrar en la habitación con pasos aturdidos. Varias lámparas ardían a cada lado del féretro, dejando el resto de la estancia a oscuras. Y hacía frío; allí no había necesidad de calor. Ocupó su lugar en un taburete al lado del féretro y mantuvo su propia vigilia solitaria, mirando la silueta envuelta en el sudario blanco, que yacía tan inmóvil en la litera. Estaba tan sobrecogida y anonadada que ni siquiera podía pensar en nada en concreto. Se olvidó de las mujeres. No podía hacer más que mirar, llorar y volver a mirar. Las mujeres y sus palabras se disolvieron en la nada.

—Oh, Joel —era lo único que podía decir—. Oh, Joel.

Apenas se dio cuenta de que Jesús venía a sentarse a su lado. Él no dijo nada, cerró los ojos y rezó en silencio. María sintió que él la comprendía más que todas las mujeres juntas, que sentía más que ellas y que quizá, sólo quizá, pudiera transmitirle algo de su comprensión de la muerte y el dolor. Joel era lo único que importaba.

Quería decir algo digno de la tragedia vivida, pero lo único que le salió fue:

—¡No quiero dejarle!

—El dolor de la separación es muy grande —dijo Jesús—. Es el dolor más profundo que existe. Nada de lo que yo u otros pudiéramos decir paliaría este dolor.

—Yo le dejé y ahora... ahora nunca volveré a verle. Y murió enojado conmigo. Ya nada puede cambiarlo.

Jesús tomó la mano de María, rodeándola con las suyas.

—Estaba enojado porque no entendía. Esto no cambia el amor que sentía por ti.

—Me han rechazado —murmuró ella finalmente—. Las mujeres... ¡son más crueles que los hombres!

Mientras hablaban en voz baja, las lámparas que rodeaban el féretro de Joel titilaban, proyectando sombras movedizas sobre el sudario blanco. Qué extraño resultaba hablar de cosas tan profundamente íntimas delante de él.

Miró el cuerpo inerte y amortajado. Joel la había enviado a Jesús. Ahora le daba la oportunidad de empezar de nuevo, de volver a elegir, esta vez por decisión propia. Podía reunirse con la familia, someterse a las restricciones, aceptar el castigo de haberse apartado de ese modo que ellos consideraban condenable.

Le dolía la pérdida de Joel y la idea de perder para siempre a su familia, pero la de abandonar a Jesús era aún peor.

—Porque entonces estaré realmente perdida —murmuró en voz tan baja que Jesús no pudo oírla. Sí, éste era el dilema: la convicción de que necesitaba a Jesús más que cualquier otra cosa en la vida.

El cortejo fúnebre se estaba formando delante de la casa. El cuerpo de Joel yacía en la litera, sostenida por su padre, Ezequiel, que lloraba, y por Natán, Jacob y Ezra, que habían venido del almacén. Respetaban todos los indicios rituales. Llevaban rasgaduras ceremoniales en las vestimentas y las caras embadurnadas de tierra. Las lágrimas surcaban los rostros de los hombres mientras hacían aquellos gestos rituales.

Detrás del féretro se congregaba la gente de la ciudad, los músicos que tocarían las flautas fúnebres y las mujeres que entonarían los antiquísimos cánticos de lamentación. También había plañideras profesionales, contratadas por algún familiar, que acompañarían el cortejo hasta la tumba profiriendo estridentes alaridos.

Las mujeres abrirían la procesión, y Judit, Zebidá, Débora, Noemí y las primas ocupaban ya sus puestos en la comitiva. Formaban filas cuando María intentó ocupar su lugar en la cabeza.

No podía ver a Eliseba. A pesar del cuerpo inmóvil de Joel tendido en la litera, ella trataba con frenesí de ver a su hija. Debería estar aquí, en mis brazos, pensaba. Debo llevarla conmigo, al frente del cortejo fúnebre de su padre.

Un poco más atrás, distinguió a Dina con una niña encapuchada en los brazos. Abandonó su puesto y fue en su busca.

—¡Eliseba! —dijo retirándole la capucha. Los ojos negros de su hija le devolvieron la mirada, pero la niña no sonrió ni dio señales de haberla reconocido.

—¡Tú! —Dina le golpeó la mano—. ¿Cómo te atreves a tocarla y a mancillarla ceremonialmente? —Miró a su propia mano—. ¡Ahora yo también me he mancillado!

—Ser mancillada por la muerte de su padre es un honor —contestó María—. Y lamentaría no haberlo sido cuando fuera mayor.

Eliseba tendió los brazos indecisa. María abrió los suyos e intentó abrazarla. Por un instante, sintió el calor de su cuerpo, la cercanía de su hija.

—¡Ayuda! —gritó Dina—. ¡Intenta llevársela!

Al instante, la rodeó un amplio grupo de hombres y mujeres, gentes de Magdala que formaban la retaguardia del cortejo.

—¡Déjala! ¡Deja a la niña!

Uno agarró el brazo de María y lo torció. Otro cogió a Eliseba.

—¡Deteneos! —Jesús se acercó e intentó recuperar a la pequeña—. Dejad que su madre la abrace.

Uno de los hombres —no tan acongojado que no pudiera atacar— golpeó a Jesús en la cara y le arrancó a Eliseba de los brazos.

—¡Esta mujer no tiene ningún derecho! —declaró. Marchó en triunfo hacia Dina y puso a la niña, que había empezado a llorar, en sus brazos.

—¡Eliseba! —gritó María.

Una de las mujeres que estaba junto a Dina le dio un empujón.

—¡Ocupa tu lugar en la procesión! —ordenó.

El cortejo estaba completo, y una larga cola de ciudadanos echó a andar serpenteando tras los enlutados oficiales. El sol brillaba y el lago centelleaba. Las plañideras ulularían y se lamentarían, las flautas tocarían y Joel sería llevado a la tumba, abierta en la colina cercana de Magdala.

—Nunca elegimos el lugar de nuestras tumbas —dijo María a Jesús con voz quebrada—. Pensábamos que nos quedaban muchos años.

Miró la larga procesión. No tenía lugar en ella; lo había perdido cuando se fue al desierto.

—Que los muertos entierren a los muertos —dijo Jesús, señalando el cortejo fúnebre entero.

Y, en verdad, parecían muertos. Curiosamente, nunca lo había pensado en estos términos, pero era cierto.

—Ven, vámonos de aquí —dijo Jesús—. Ni nos quieren ni nos necesitan. Dejemos a los muertos con los muertos.

María sintió que debería protestar, pero lo único que deseaba era irse de allí. Aquél ya no era su hogar.

—¡Mi hija está con los muertos! —dijo.

—Crecerá entre ellos, pero Dios le brindará la oportunidad de escuchar otras voces —respondió Jesús—. Y, si las acepta, ella también podrá vivir una vida distinta.

—¡Quiero hacerle escuchar esta otra voz! Quiero que oiga mi voz —protestó María.

Jesús la condujo lejos de la ciudad, hacia la orilla del lago. Las barcas se mecían en el agua, los pescadores recogían las redes y la vida seguía su curso de siempre. El sonido de las tareas cotidianas ahogaba los lamentos y plañidos que resonaban a poca distancia detrás de ellos.

—Tu voz aún no es clara —dijo Jesús—. Tienes mucho que aprender y mucho que vivir antes de que puedas hablar con la voz que desea Dios, la voz a la que Eliseba prestaría atención.

Encontraré la manera de hablarle, pensó María. No la abandonaré. ¡Ella oirá mi voz, incluso ahora, incluso antes de que adquiera la sabiduría que Dios desea! Las madres no necesitan ser sabias, sólo necesitan dar el amor de madre.

38

Llegaron a la casa de Pedro, aunque Pedro no se encontraba allí. María estaba demasiado exhausta para hacer el camino hasta Betsaida, que se hallaba a unas ocho millas romanas de distancia. La desolación que la invadía era diferente a la que le causaran los demonios, distinta a la primera vez que tuvo que huir de Magdala. La nueva situación la sobrepasaba, no podía comprenderla. Jamás la aceptaría, jamás. De momento, sin embargo, estaba demasiado acongojada para luchar contra ella.

Mara se mostró amable aunque recelosa. Jesús y María eran las personas que habían embelesado a su marido con una promesa de vida extraña y desconocida, que le habían impulsado a abandonarla. Simón —Mara no aceptaba llamarle Pedro— se había ido y ni siquiera sabía dónde estaba.

En esos momentos, María no podía preocuparse por lo que pensarían Mara y su madre. Se dejó caer, agradecida, en el jergón que le ofrecieron y trató de borrar todo recuerdo de aquel día, todo sentimiento. Apuró la jarra de vino aguado que dejaron junto a su cama, con la esperanza de que la hundiría en un sueño profundo.

Pero no fue así. Joel se le apareció en sueños, acusándola, meneando la cabeza y diciéndole cosas terribles. Eliseba trataba de llegar hasta ella pero se lo impedía una barrera de mármol, como la que divide a los judíos de los gentiles impuros en el Templo de Jerusalén.

El horror no la abandonó ni a la luz clara de la mañana. Joel estaba muerto. Eliseba se había ido. No había sido un sueño, una pesadilla que se desvanece al final de la noche. Mara les sirvió comida y María intentó comer; sabía que su organismo la necesitaba pero no le encontraba gusto. Mara quiso saber de Simón, preguntó acerca de la misión de Jesús, pero María apenas era capaz de oír su voz.

«Tu esposo no ha desaparecido, ha sido llamado a cumplir con otros deberes.» ¿Habían sido éstas realmente las palabras de Jesús? ¿Era eso lo que trataba de decirle? Y a ella, ¿qué le importaba?

Hubo un ruido en la puerta y Mara se disculpó. Sólo entonces María miró a Jesús, tratando de llamar su atención con la mirada. Antes de que él pudiera responder, un desconocido alto entró en la estancia. Llevaba la cabeza cubierta y una especie de velo ocultaba la parte inferior de su rostro. Debía de ser un nabateo, un mercader del desierto.

—¿Señor? ¿Quién es usted y qué desea? —preguntó Mara.

El desconocido se descubrió la cabeza y María, conmocionada, vio que era su hermano, Silvano.

—Tenía que verte —dijo él simplemente—. Pude averiguar dónde se aloja Jesús en Cafarnaún. Esperaba que os detendríais aquí de vuelta a... adonde sea que vayáis. —Incrédula, María se levantó y se le acercó para abrazarle.

—¡Oh, Silvano! —fue lo único que pudo decir, estrechándole con fuerza—. Has venido. ¡Por fin, puedo verte! —Le soltó y dio un paso atrás—. Desde que fuera a Magdala por primera vez... y después, en el funeral... ¿Recibiste mi carta?

—Sí —respondió él—. La recibí.

—Entonces sabes. Entiendes.

—Sé. Pero no entiendo.

—No he tenido oportunidad de explicarme —dijo María—. Cuando me hayas oído... Cuando hayas hablado con Jesús... —Le señaló, y los hombres se saludaron con un asentimiento de la cabeza.

—No me interesa su mensaje —contestó Silvano con sequedad—. Hace mucho decidí no hacer caso a los que se autoproclaman mensajeros, ahora o en el pasado. Pero estoy muy preocupado por ti. —La volvió a abrazar—. Eres mi hermana y te quiero. Has sufrido tanto... ¿Cómo puedo ayudarte?

No deseaba escuchar a Jesús. Que así sea. ¿Qué había dicho Jesús? Depende de quién es llamado a servir a Dios... No obstante, Silvano se mostraba comprensivo y esto era lo importante.

—Dina se llevó a Eliseba —respondió María—. ¡Dina! Esto es obra de padre, y de Eli y... quizá también de las mujeres de la familia. Pero necesito saber que está bien, que cuidará de ella alguien que la quiere y que me quiere también a mí. Te lo pedía en mi carta. ¡Acepta ser mi intermediario! ¡Sin ti, estoy perdida! ¡Y pierdo a Eliseba!

—Pues... —Silvano parecía atormentado—. Haré lo que pueda. Debes entender, sin embargo, que quizá no sea suficiente.

María preguntó a Mara si ella y su hermano podían hablar en privado. Cuando ella asintió, salieron al pequeño patio y se sentaron a la sombra del árbol que crecía en el centro.

Hablaron animadamente y en voz baja de todo lo que había ocurrido desde la última vez que se habían visto. Silvano le habló de la ira y la amargura de Joel, de la actitud condenatoria de Eli y de la consternación de sus padres.

—Nos llegaba información acerca de este hombre, Jesús. Su fama va en aumento. Oímos hablar de sus actividades en Cafarnaún, hasta que las multitudes crecieron tanto que tuvo que marcharse de allí. ¡Y de los cerdos de Gergesa! ¡Ah, aquello estuvo en boca de todo el mundo!

—Silvano, no podrás creerlo. ¿Te acuerdas de aquel celota que irrumpió en tu casa y usó la palabra «cerdo» como contraseña? También se ha unido a Jesús.

—¡No! —Silvano se echó a reír—. Como aquel notorio recaudador de impuestos. Oímos hablar de él y del ataque contra un soldado romano en su casa. ¿Cómo pueden estar juntos?

—No lo sé —admitió María—, pero ambos parecen haber cambiado.

—Jesús ha atraído la atención de personas mucho más importantes —dijo Silvano—. Se dice que Herodes Antipas está muy interesado en él. —Hizo una pausa—. Hermana mía, parece que te has embarcado en una gran aventura. Jesús ya está en boca de todos. —Sonaba curioso, aunque sin envidia—. Eliseba no puede vivir esta vida errante —prosiguió—. Es demasiado joven. Lo sabes muy bien. —La observó como si quisiera asegurarse de que no había perdido del todo el juicio.

—Sí —reconoció María—, lo sé muy bien.

—Te la habrían quitado de todas maneras —añadió Silvano—. Habían redactado un documento legal en el que se estipulaba que la niña no estaría segura bajo tus cuidados hasta que no pasaran siete años y tú recobrases la salud. Convencieron a las autoridades y lo firmaron, haciéndolo vinculante. Ni siquiera te habrían permitido verla, salvo en presencia de Eli.

—Pero pasados los siete años...

—Estas preguntas pueden recibir respuestas distintas. Mira lo que te he traído: ellos querían también desheredarte. Trataron de aprovechar la debilidad de Joel para convencerle de que legara sus bienes a Eli. Joel se negó y murió sin dejar tal documento. He hablado con Ezequiel, su padre, y estamos de acuerdo: el dinero y la parte del negocio que eran de Joel ahora te pertenecen a ti. Ezequiel conoce los sentimientos de Joel y sabe que sus últimas y amargas palabras no los reflejan. Cuando te vio en la casa, cuando vio que estabas curada y seguías fiel a Joel, se sintió conmovido. Quiere cuidar de ti. Si lo deseas, puedo vender tu parte y darte el dinero. Haré lo que tú me digas. Los bienes de Joel te pertenecen por derecho. —Le tendió una caja que contenía documentos legales y una bolsa llena de monedas de oro.

María se quedó boquiabierta al verla.

—Sabemos que esto es lo que Joel quería, puesto que se negó a firmar documentos en sentido contrario.

—Gracias, Silvano. Gracias por seguir siendo mi hermano.

—Siempre seré tu hermano —respondió él.

Querido Silvano.

—Recuerda que siempre pienso en ti —dijo María— y que rezo porque tú y Noemí estéis bien y transmitáis mi amor a Eliseba. Sabéis que la llevo en el corazón. Decídselo.

—Cuando Eli no esté escuchando —puntualizó Silvano.

Antes de marcharse, Silvano se detuvo para hablar brevemente con Jesús. María vio que le examinaba con atención mientras intercambiaban saludos en apariencia amistosos e informales. Sus ojos escudriñaban el rostro de Jesús, tratando de averiguar por qué la gente abandonaba sus barcas, sus redes y sus familias para estar con él; cuál era su famoso poder.

María acompañó a su hermano a la calle y allí se despidió de él.

—¿Qué tiene este hombre? —preguntó Silvano.

—¿No lo sientes? —preguntó María—. Tiene un gran poder.

—No —admitió él—. Es bastante bien parecido, pero eso no explica la enorme atracción que ejerce en la gente. —Silvano la abrazó y la estrechó contra sí. El contacto con su cuerpo fuerte, la familiar presencia, le trajo mil recuerdos. Apretó los párpados para contener las lágrimas pero no pudo.

—Querida hermana —dijo él—, te dejo a los cuidados de Jesús. Aunque siempre estaré preocupado por ti, porque no puedes estar segura en la compañía de un hombre al que Herodes Antipas vigila.

—Protege a Eliseba por mí —dijo María y le soltó.

—Lo prometo —afirmó Silvano, despidiéndose—. Te lo prometo.

A primera hora de la mañana siguiente, aunque apenas habían descansado, María y Jesús partieron de Cafarnaún. El frescor del nuevo día, que prometía un cielo despejado y dulces brisas, parecía burlarse de ellos. Joel no vería ese día ni disfrutaría de las brisas. El horror de la tumba, su oscuridad y quietud, se acrecentaba comparado con lo que sucedía en el mundo. ¿Cómo era posible que Joel yaciera allí... Joel, que había estado tan vivo como ella? Si él estaba en la tumba entonces también ella... No, no se puede concebir la muerte propia, la indiferencia, la ceguera...

—Jesús —dijo de pronto—, ¿has jugado alguna vez a los funerales?

Él aminoró el paso y la miró.

—¿Disculpa?

—Cuando era niña... una vez jugamos a los funerales.

—¿Cómo se juega a eso? —preguntó Jesús meneando la cabeza. Después se rió y añadió—: ¿Y por qué?

—Había muerto alguien en el pueblo —explicó María—. No le conocíamos bien pero vimos pasar el cortejo fúnebre y las plañideras, y oímos las lamentaciones. Recuerdo el cuerpo tendido en el féretro, en su traje funerario, cubierto de flores, como si fuera una estatua. Supongo que nosotras, las niñas, buscábamos un juego nuevo, de modo que aquella misma tarde caí enferma y «morí». Mis amigas me envolvieron en una capa y me hicieron tender en una camilla improvisada, una manta atada a dos palos. Así me llevaron a un punto del jardín. Y entonces vino la parte que daba miedo. Me cubrieron con un montón de mantas, fue como estar enterrada. Desde arriba me llegaban las voces de mis amigas que recitaban versos y se despedían de mí. Decían que me echarían mucho de menos, y yo sentía un suave golpe cada vez que tiraban flores sobre el montón de mantas.

Jesús se había detenido y la escuchaba, observando su rostro con atención.

—¿Qué pasó después? —preguntó.

—Después hubo silencio. Un gran silencio. Sentí en el suelo la vibración de sus pasos que se alejaban. Me había quedado sola. Sola en aquel lugar oscuro y caliente. Intenté levantarme, el juego había terminado. Pero no pude, me resultaba imposible moverme. Las mantas pesaban demasiado. Quise gritar pero apenas podía respirar y las mantas ahogaban mi voz. De repente, me sentí muerta, verdaderamente muerta, y fue insoportable. —Calló y tragó aire—. Desde entonces, la muerte me produce terror.

Jesús le tomó ambas manos en las suyas e hizo que le mirase:

—María —dijo al final—, la muerte no es así.

Parecía estar muy seguro. Pero ¿cómo lo sabe?, pensó María. ¿Cómo puede nadie saberlo? Joel ahora sí, aunque él no puede contarlo.

—¿Cómo es, entonces? —preguntó con un hilo de voz.

—No es el fin —dijo él—. No te quedas en el lugar oscuro y caliente. El espíritu no puede quedarse allí. Dios lo quiere a Su lado. —Después, como si hubiese hablado demasiado, preguntó—: ¿Cómo lograste escapar?

—Mis amigas volvieron a por mí. No llegaron lejos antes de darse cuenta de que no las seguía. Quitaron las mantas y... me resucitaron. —Rió—. Sí, jugamos a eso.

—Llorarás por Joel muchos días —dijo Jesús, intuyendo la pregunta implícita en su historia—. Es mejor que te lo permitas. Pensarás en tumbas, espíritus y culpas, pero al final lo superarás, saldrás del luto como saliste de debajo de las mantas. —La miró a los ojos y añadió—: Te lo prometo.

La tarde tocaba a su fin cuando llegaron a Betsaida, después de cruzar de nuevo la frontera entre el territorio de Herodes Antipas y el de Filipo, su hermano. Tras las murallas de la ciudad se expandían los muelles de los pescadores y el paseo, aunque éstos no daban directamente al lago sino a una laguna. La ciudad estaba tranquila y resplandecía a la luz cálida de los últimos rayos del sol.

—Creo que deberíamos ir hacia el mercado —dijo Jesús—. Aunque esté vacío a estas horas, sigue siendo el punto de reunión más lógico. Por allí pasaría cualquiera que quisiéramos ver.

Las calles estaban llenas de transeúntes de aspecto próspero; unos cerraban sus tiendas, otros llevaban agua y comida para la cena y otros más conducían sus animales de carga a los establos. Magdala también era una ciudad próspera aunque de un ambiente distinto, más comercial y bullicioso.

Mientras recorrían las calles estrechas, Jesús y María observaron que muchos de los edificios lucían fachadas limpias de piedra caliza nueva y, al otro extremo de una calle, descubrieron un palacio en construcción.

—Parece que quieren convertir Betsaida en una Atenas en miniatura —dijo María.

Jesús asintió.

—Tal vez, un día podamos visitar la auténtica Atenas y comparar —dijo, y ambos se echaron a reír ante esa idea tan improbable.

Finalmente, llegaron a la plaza del mercado, cruzándose con los últimos comerciantes que conducían sus asnos de vuelta a casa, cargados de cestas repletas de mercancías sobrantes. La propia plaza ofrecía el aspecto de un lugar recientemente abandonado. El suelo estaba sembrado de los desperdicios de los puestos desmantelados: frutas reventadas, judías y puerros pisoteados, plumas de paloma. Unos cuantos obreros desempleados y aburridos pasaban el rato apoyados en los dinteles, echando miradas desdeñosas a todo aquel que pasara por delante. Se fijaron en Jesús y María cuando cruzaron la plaza, aunque pronto perdieron todo interés en ellos.

Será una larga espera, pensó María.

—Nos encontrarán —le aseguró Jesús—. O nosotros les encontraremos a ellos.

Los obreros ociosos se marcharon finalmente —era obvio que ya nadie les iba a contratar a esas horas— y quedó sólo un alma solitaria en el otro extremo de la plaza, atareada en barrer los montones de basura. Silbaba mientras arremetía con su escoba contra las pilas de desechos infestados de moscas, y no parecía molestarle que los insectos le envolvieran como un enjambre a cada acometida. Siguió barriendo los contornos de la plaza, infatigable. Era casi de noche cuando llegó al lugar donde esperaban María y Jesús, y ellos retrocedieron ante aquella escoba que levantaba nubes de moscas.

—¡Oh, perdonadme! —gritó el barrendero.

Espantó las moscas que zumbaban alrededor de su cabeza, formando un halo reverberante.

—¿Cómo te llamas? —preguntó Jesús.

—Puedes llamarme Belcebú —respondió el hombre.

En lugar de reír, Jesús contestó:

—Jamás llamaría así a nadie que no fuera el auténtico portador de este nombre.

—Quería decir... que soy el Señor de las Moscas —explicó el hombre, un muchacho, en realidad, señalando la nube que le envolvía—. Al menos, en estos momentos.

—Si fueras el Señor de las Moscas, podrías dominarlas —dijo Jesús—. ¿Obedecen a tus órdenes?

El muchacho se rió.

—¿A ti qué te parece?

—Que no, y deberías estar agradecido —respondió Jesús—. Ahora dime cuál es tu verdadero nombre.

—Tadeo —contestó el chico. Dejó descansar su escoba, desconcertado por el interés que ese extraño mostraba por él.

—¿Eres griego? —preguntó María.

—No —dijo él—, aunque mis padres quisieran serlo.

Fue el turno de María de reírse.

—Un mal común. —Recordó a Silvano.

—Bien —interpuso Jesús—. Porque, si no fueras hijo de Abraham, no podría invitarte a que te unas a nosotros. —En lugar de a Tadeo, se volvió hacia María para explicar—: Todos pueden escucharme, pero yo busco a los hijos de Israel.

—¿Qué? ¿Unirme a vosotros? ¿Qué quieres decir? —Tadeo parecía alarmado. Esto es lo que pasa cuando te dejas llevar y estableces conversación con extraños. Asió el palo de la escoba y dio unos pasos atrás.

En lugar de responder a sus preguntas, Jesús le interrogó a su vez:

—¿En qué trabajas? Cuando no barres el mercado, quiero decir.

—Vendo tiestos y jarrones pintados y, cuando hay clientela, frescos copiados. A veces —añadió en tono de desafío—, copio estatuillas de Diana, Venus y Hércules para mis clientes.

—De modo que tus padres no son los únicos que aprecian las cosas de Grecia.

—No —contestó el muchacho—, a mí también me gustan mucho.

—No me sorprende —dijo Jesús—. Has crecido rodeado de ellas. Tendrías que ser ciego para no apreciar su belleza. —Hizo una pausa—. Si quisieras seguirme, te daría otros ojos, con los que descubrir la belleza de otras cosas.

—¿Como qué? —preguntó el chico y asió con más fuerza el palo de su escoba.

—Como esos obreros desempleados que esperaron aquí hasta la puesta del sol.

—¿Qué? ¿Esos gandules? No hacen más que remolonear por el mercado, molestando a la gente —contestó.

—A la gente, sí, pero a Dios, no —repuso Jesús—. Él les mira con otros ojos. —Jesús se apartó del lado de María y se acercó a Tadeo—. Déjame hablarte del Reino del Señor. Él es como el hombre rico que contrata a unos obreros a primera hora de la mañana, como es la costumbre. Con el paso de las horas, sin embargo, se da cuenta de que necesita más trabajadores y vuelve a la plaza de la villa para contratarlos. A media tarde descubre que no bastan para hacer el trabajo y va de nuevo a la plaza para buscar a más. Finalmente, muy avanzada ya la jornada, más o menos a la hora en que nuestros amigos de antes abandonaron sus puestos, desengañados, vuelve a por más. A la caída de la noche, paga a todos el mismo jornal. Los que fueron contratados primero se quejan, pero el hombre rico contesta: «¿Acaso no os pago lo que habíamos acordado? Si quiero ser generoso con mi dinero y pagar con exceso a los demás, no es asunto vuestro.» Lo mismo ocurre en el Reino del Señor. Dios es generoso, y nos dará recompensas inesperadas, y elegirá a gente inesperada. Como a esos hombres que molestan.

—Esto no tiene sentido —dijo Tadeo.

—Ven conmigo y verás que sí lo tiene.

De repente, la expresión de Tadeo cambió. Le había reconocido.

—Ya sé quién eres. Aquel hombre de Nazaret. Aquel nazareno famoso que dice cosas tan raras. Que hace curaciones y exorcismos. ¡Sí! ¡No lo niegues! —Señaló a Jesús con el dedo—. Desapareciste cuando los cerdos cayeron por el precipicio. ¿Dónde has estado? ¿Qué has estado haciendo?

—He estado reclutando obreros para recolectar la cosecha del Reino del Señor —dijo Jesús—. Pronto empezará su entrenamiento y, después, su misión. ¿No vendrás con nosotros?

—Pues... me lo pensaré —dijo Tadeo y retrocedió—. Mis padres... ¿qué van a decir?

—Pregúntales —propuso Jesús.

—Dirían que es demasiado peligroso —afirmó Tadeo—. Mi tocayo, un profeta local que vivió hace unos cuarenta años, alegaba ser capaz de dividir las aguas del río Jordán y guiar a sus seguidores a través de ellas, como Josué. Su cabeza acabó clavada en una estaca, en Jerusalén. Sus discípulos fueron asesinados. El recuerdo de aquello es demasiado reciente. Y luego está Juan el Bautista.

—Está en la cárcel —dijo María. Y yo le vi en su celda, pensó.

—Está muerto —la corrigió Tadeo.

Jesús pareció retroceder, como si le hubieran asestado un golpe.

—¿Muerto? —preguntó.

—Decapitado —anunció Tadeo en tono solemne.

—¿Cuándo? —inquirió Jesús. Su voz sonó muy queda.

—Sentémonos aquí —dijo Tadeo—. No me gusta hablar de esto en voz alta. —Señaló a uno de los bancos improvisados que había dejado atrás alguno de los mercaderes. Los tres se sentaron y Tadeo se volvió hacia Jesús. Su rostro era joven y simpático, y su cabello, tan rubio que se parecía a aquellos extranjeros que venían de los lejanos países del norte—. Ocurrió hace dos días.

El mismo día en que murió Joel, pensó María. Por eso no nos enteramos. Y tampoco me habría importado.

—¿Herodes Antipas ordenó su ejecución? —preguntó Jesús con tristeza—. Su final era seguro, desde el día en que le arrestaron.

—Antipas parecía tenerle miedo —dijo Tadeo—. Si fuera por él, lo encerraría en la cárcel por el resto de su vida. Pero ordenó su muerte para complacer a su nueva hijastra, Salomé. Ella bailó ante él en el banquete en honor a su cumpleaños, después de que el rey le prometiera lo que ella quisiera, «incluso la mitad de mi reino», le dijo. Y ella pidió la cabeza de Juan en una bandeja.

María miró el rostro agitado de Tadeo y la expresión horrorizada de Jesús.

—¿En una bandeja? —preguntó Jesús.

—Una bandeja grande, de plata —puntualizó Tadeo.

María creyó que vomitaría al imaginarse la cabeza cortada de Juan presentada de aquella manera. ¿Estarían los ojos acusadores e iracundos cerrados o les mirarían desde la bandeja?

—Para complacer a una bailarina —murmuró Jesús—. Tanta maldad... —Parecía que aquello le sobrepasaba.

—Por eso no son tiempos para seguir a un profeta —dijo Tadeo—. Con perdón. Sé que también van detrás de ti. Oí decir que Antipas te está buscando. Y los celotas también. Están convencidos de que eres la persona indicada para ser su líder. Quieren proclamarte rey.

—Rey —repitió Jesús—. Rey ¿de qué?

—Pues... Rey de... de la tierra de Israel, me imagino. Ya encontrarán el título apropiado. Hijo Guerrero de David, Hijo del Hombre, Hijo de la Estrella, Mesías, yo qué sé. Supongo que el título es lo de menos.

Jesús se puso de pie.

—Quédate con María un poco —dijo—. Necesito... Perdonadme, he de estar solo un rato. —Dio la vuelta a la esquina y desapareció de su vista.

Tadeo y María se miraron, turbados.

—Estoy segura de que no tardará mucho —dijo ella—. La terrible noticia le ha conmocionado.

—Siento haber sido yo quien se la comunicara —dijo Tadeo—. ¿Quién eres tú? ¿Por qué estáis aquí?

—Algunos de los miembros de nuestro grupo se reunirán aquí con nosotros. Nos separamos cuando... Por razones personales —resumió María. En esos momentos, no se sentía capaz de hablar de Joel—. Acordamos reencontrarnos aquí, en Betsaida. Uno de ellos, Felipe, es de aquí.

Tadeo parecía confuso, aunque no hizo más preguntas.

María agradeció el silencio. Tenía el corazón apesadumbrado y le resultaba muy difícil mantener una conversación. El solo hecho de sentarse o caminar requería todas sus fuerzas. Llevaba en el alma un dolor que a veces se hacía sentir como un peso y otras, como un gran vacío. Incluso escuchar a Jesús requería un gran esfuerzo, y sus palabras de consuelo no podían penetrar hasta la herida tan profunda que la afligía.

Jesús reapareció después de un largo rato. Se le veía tan conmocionado y afligido que María deseó poder consolarle. Su propia pérdida, sin embargo, le pesaba demasiado.

Ya era casi noche cerrada, y Tadeo se levantó para irse a casa. Justo en el momento en que cargaba la escoba al hombro, entraron en la plaza Juan y los demás discípulos, buscándoles. Apenas podían verles en la creciente oscuridad, aunque Juan reconoció a Jesús.

—¡Maestro! —gritó—. ¡Maestro! —Corrió hacia él y los demás le siguieron. Su cara pálida estaba colorada y se había caído la capucha que cubría los rizos de su cabello. Llegó junto a Jesús y le asió las manos—. ¡Alguien realiza exorcismos alegando ser tú, justo en las afueras de la ciudad! ¡Qué descaro! ¡Le obligamos a parar, ya que no le conocemos! —Se irguió orgulloso—. ¡Deberías ver su cara!

—Y tú deberías ver la tuya —dijo Jesús—. No resulta muy vistosa.

—Juan no está acostumbrado a oír esto —dijo su hermano, que acababa de llegar—. Demasiadas veces le han dicho que es guapo, desde que nació. —Rió como si la idea le complaciera—. ¡Aquel hombre, sin embargo, merecía ser detenido, maestro! —Santiago el Mayor afirmó enfáticamente con la cabeza.

—No lo entendéis —dijo Jesús—. El que no está contra nosotros, está con nosotros. Debisteis dejarle en paz.

—Pero... —Santiago el Mayor se mostró desafiante—. Esto sólo... Nosotros sólo...

—Santiago, ¿no vas a preguntar por el esposo de María? —Jesús le miró con tristeza.

—Pues, claro, por supuesto, iba a hacerlo... —Era evidente que o bien se había olvidado o bien daba por sentado que Jesús había curado a Joel.

—Murió —dijo Jesús.

Un silencio de asombro se hizo entre los discípulos. Jesús había ido a Magdala y sin embargo...

Judas fue el primero en hablar.

—María, lo lamento, de veras. Te doy mis condolencias. —Dio un paso adelante para acercarse a ella.

Los demás la rodearon también y tendieron los brazos para abrazarla, como si con ello pudieran paliar su dolor.

María se cubrió más con la capa. Todas aquellas palabras de simpatía eran como la espuma del mar, flotaban en la superficie, pero no podían hacer más que adornar los abismos de dolor que se abrían por debajo.

Se levantó el viento, recordándoles que había llegado la noche y no tenían adónde ir.

—¿Dónde dormiremos esta noche? —La pregunta la hizo el práctico Andrés.

—No me atrevo a pedir de mi esposa que dé cobijo a sus... rivales. Me temo que así os considera a todos —dijo Felipe.

—Podéis venir a mi casa —se ofreció Tadeo, que todavía no se había ido.

—¿Quién es éste? —preguntó Simón con recelo.

—Un amigo —respondió Jesús—. Alguien que conocimos mientras os esperábamos.

—¿Va a unirse a nosotros? —quiso saber Simón.

—No —dijo Jesús—. Se lo propuse pero se negó. Aunque es muy amable de tu parte, Tadeo. Y aceptamos tu invitación.

La casa de los padres de Tadeo se encontraba en la parte alta de la ciudad. Desde allí podían divisar el palacio a medio terminar de Herodes Filipo. Tadeo señaló la construcción y dijo que al monarca le gustaba tanto Betsaida que erigía allí una residencia donde vivir con todo tipo de lujos.

—Se rumorea que piensa cambiar el nombre de la ciudad y llamarla Livia-Julia, en honor a la esposa del difunto emperador —dijo Simón, a quien le encantaban los chismorreos.

—¿Aún vive ella? —preguntó Juan sorprendido—. Hace tanto tiempo que murió el viejo emperador.

—Oh, sí que vive —respondió Simón, alborozado de alegría de poder hablar de política de nuevo—. Es la figura de poder tras el emperador Tiberio, su hijo. Disfruta siéndolo, según dicen. Mandó asesinar a tanta gente para hacerle emperador, que a la fuerza disfruta con los resultados. Sería una lástima, si no.

—¿Qué edad tiene? —preguntó Pedro—. Será ya una momia.

—Tiene setenta años —dijo Simón, que manejaba esos datos al dedillo—. Hay nuevas luchas políticas en Roma —prosiguió—. Sejano convenció a Tiberio...

—Ya basta, Simón —interpuso Jesús de pronto—. Hay asuntos más importantes. Antipas mandó ejecutar a Juan el Bautista.

—¿Qué? —exclamó Simón—. ¿Cuándo?

—En la celebración de su cumpleaños —dijo Tadeo—. Hubo un banquete y... —Volvió a contar la triste historia, mientras los demás escuchaban en silencio.

Al final, Natanael dijo:

—Recemos por él. —Con voz hondamente afligida, dejó de lado a los culpables, Antipas, Herodías y su hija, Salomé, y pensó sólo en Juan y su martirio.

—Padre, escucha nuestras plegarias —dijo Felipe—. Acoge a Juan en Tu seno y bríndale Tu protección.

—Eres el Dios de la justicia —dijo Santiago el Mayor—. ¡No permitas que este mal quede sin castigo! Venga a tu siervo, Juan.

—Protege su alma y consuélanos —dijo Judas.

—Ahora estamos solos —dijo Jesús—. Debemos continuar la labor de Juan.

Todos miraron a su alrededor, incómodos. Llevar adelante la labor de Juan significaba convertirse en un blanco político.

—¿Sería... prudente? —preguntó Mateo; su habitual entereza parecía quebrada—. ¿No sería más productivo trabajar sin llamar la atención, estudiar, enseñar y...?

—¿Escondernos? ¿Es ésta la palabra que buscas? —le interrumpió Judas—. Hay muchos argumentos a favor. Personas muy notables tuvieron que esconderse, Elías, David y Moisés. No tendríamos por qué avergonzarnos.

Entonces habló Tomás, un experto en la Torá.

—¡Me sorprendes, Judas! ¿Por qué ocultas tu cobardía tras las escrituras? Los tres personajes que has nombrado estuvieron dispuestos a salir cuando Dios se lo pidió.

Judas se enojó.

—No soy un cobarde y reitero lo dicho. Los tres se escondieron de tiranos como Antipas, que querían destruirles. El faraón quería matar a Moisés, Saúl quería la muerte de David, y Ajab y Jezabel deseaban matar a Elías, todos por razones injustificadas. Tenían la obligación de huir para protegerse.

—Dios no quiere que nos escondamos ahora —dijo Jesús secamente—. Desea que continuemos con nuestro ministerio y a plena luz del día. No queda mucho tiempo, y es necesario que la gente nos oiga. Entonces... —Hizo una pausa para ordenar sus ideas y prosiguió—: Todo ha sucedido mucho antes de lo que esperaba. Creía que dispondríamos de más tiempo... —Suspiró—. Pero no. Que así sea. Quiero que salgáis a cumplir vuestra misión, de dos en dos, en el campo, en las ciudades y en los pueblos.

Pedro le miró estremecido.

—Y ¿hacer qué?

—Predicar la llegada del Reino del Señor, curar a los enfermos y expulsar los demonios.

—¿Cómo? —La voz de Pedro, generalmente estentórea, sonó muy insegura.

—Yo os daré el poder.

—¿Así de fácil?

—Con el apoyo de la oración —dijo Jesús—. Ésta es la parte importante.

—¿Cómo sabremos que lo tenemos?

—Debéis tener fe —dijo Jesús—. Y ser valientes y hacer promesas en público, cuando todos os miran.

—¿Y si... fracasamos?

—Debéis creer que no fracasaréis —respondió Jesús.

—Pero... pero...

—No quiero que los hermanos vayan juntos —prosiguió Jesús, pensando con celeridad—. Las parejas serán diferentes. Simón, quiero que vayas con Santiago el Menor.

¡El Celota con el recaudador de impuestos! María se sintió escandalizada.

—Pedro, tú irás con Natanael.

El hombre impulsivo con el contemplativo. ¿Cómo podrían trabajar juntos?

—Judas, irás con Santiago el Mayor.

El refinado con el carente de imaginación... Una compañía irritante para ambos.

—Mateo, tú trabajarás con Tomás.

Es la primera pareja que tiene sentido, pensó María. Ambos son hombres prácticos. ¡Aunque no! El ortodoxo Tomás se sentirá ofendido por la compañía del recaudador, que es impuro.

—Juana, irás con Felipe.

María y Juana se miraron. Las llamaba a ellas como llamaba a los hombres. No iban a quedarse atrás para cuidar del campamento.

—Y tú, María, trabajarás con Juan.

Juan. El guapo y veleidoso Juan. ¿Soy yo su opuesto, fea y rígida?

Oh, nunca vemos nuestros propios rasgos. Sean los que sean, Jesús cree que los míos contrastan con los de Juan.»

—No habrá jefes —prosiguió Jesús—. Os otorgo a todos la misma autoridad.

María se sintió desfallecer. Apenas era capaz de mantenerse de pie y hablar, tanto le pesaba el alma, pero, aunque se sintiera libre y fuerte, no podría seguir adelante con aquello. ¿Cómo salir a hablar con la gente en su situación actual, cómo cumplir con una misión tan difícil?

—No, maestro —dijo al final—. Yo no puedo... No tengo conocimientos suficientes... Soy una mujer... No tengo nada que dar a nadie, ningún saber...

—Es cierto —dijo Jesús—. No tienes conocimientos ni sabiduría.

¡Gracias a Dios! Se da cuenta de su error, pensó María. Se sintió embriagada de alivio.

—Por eso debes confiar en Dios —continuó Jesús—. Y recuerda que Él te otorgó el don de la visión espiritual. Eres una profeta. Quizá la única en el grupo.

—Pero es una mujer —protestó Pedro atropelladamente.

Jesús le miró con severidad.

—¿Acaso las profetas Huldah y Noadiah de los tiempos antiguos no fueron también mujeres?

Pedro abrió la boca para decir algo pero se lo pensó mejor.

—Veamos —prosiguió Jesús eligiendo con cuidado sus palabras—: Vuestras instrucciones son muy sencillas. No llevaréis nada con vosotros, ni dinero, ni pan, ni mudas de ropa. Cuando lleguéis a una aldea, podéis alojaros en casa de quien desee acogeros. En el momento de entrar en una casa, debéis decir primero: «Que haya paz en este hogar.» Si allí hay un hombre de paz, vuestro deseo le acompañará; si no, podéis retirarlo.

Jesús miró a su alrededor, dándoles la oportunidad de hacer preguntas. No hubo preguntas, sin embargo; sólo miradas asustadas.

—Curad a los enfermos de cada ciudad y decidles: «El Reino del Señor está cerca.» Si no os dan la bienvenida, salid a las calles y decid: «Nos limpiaremos hasta el polvo de las calles que se adhiere en nuestros zapatos en testimonio contra vosotros. Tened la certeza de esto: el Reino del Señor está cerca.» Yo os digo que, cuando llegue, será un día más soportable para Sodoma que para esta ciudad.

—Pero, maestro... ¿qué hacemos cuando llegue a un pueblo? ¿Cómo nos presentamos y por dónde empezamos? —preguntó Felipe.

—Curaréis a los enfermos posando la mano sobre ellos y rezando. Expulsaréis a los demonios ordenándoles que se vayan. Predicaréis del Reino de los Cielos lo que ya sabéis de él por experiencia propia. —Meneó la cabeza, como si les encontrara demasiado lentos en comprender—. El que os presta oído, me escucha a mí. El que os rechaza, me rechaza a mí. Y el que me rechaza a mí, rechaza a Quien me envió. —Hizo una pausa—. Os mando como corderos entre los lobos. Sed listos como las serpientes e inofensivos como las palomas. Nos queda poco tiempo, mucho menos de lo que creía. Por eso debemos hablar y trabajar ahora. La cosecha ha madurado y debéis recogerla. Llega la noche, cuando no se puede trabajar. Tenemos que hacerlo mientras aún haya luz.

Hubo un silencio prolongado y muy profundo. Al final, Natanael dijo:

—Señor... ¿cuándo empezamos?

—Mañana —respondió Jesús.

39

Las deterioradas puertas de madera del pueblo de Coracín, construido en las laderas de una colina, estaban cerradas a cal y canto cuando María y Juan llegaron con el calor del mediodía. Sus túnicas polvorientas y las capuchas que intentaban protegerles de la ferocidad del sol les prestaban cierto aspecto de mercaderes nómadas. Mejor dicho, de mercaderes a quienes les habían robado las mercancías, puesto que no llevaban más que un par de calabazas huecas con las que sacar el agua de los pozos. Avanzaban lentamente, con la fatiga característica de los viajeros que llevan mucho tiempo en los caminos.

Antes de iniciar el viaje, cuando los discípulos salían de la casa que les había acogido en Betsaida, Tadeo había asido a Jesús de la manga y le había dicho:

—¡He cambiado de opinión! ¿Puedo ir con vosotros?

Jesús recorrió la estancia con la vista, abarcando el estante donde se alineaban las jarras y las estatuillas pintadas.

—¿Seguro que estás preparado para abandonar todo esto? —preguntó.

—¡Sí, oh, sí! —Tadeo cruzó la habitación y agarró una estatuilla de cabello largo y ondulante, que recordaba la figura de Afrodita. La levantó como si tuviera la intención de hacerla añicos contra el suelo, pero Jesús le detuvo.

—Si esto pertenece a tus padres, deberían ser ellos quienes lo destruyan. No podemos agradecer su hospitalidad dañando su hogar. Ven. Te he reservado a Andrés como compañero en tu misión.

Sólo entonces María reparó en que Andrés no tenía compañero; iba a formar un trío con Mateo y Tomás. Jesús debía de saber que Tadeo cambiaría de opinión e iría con ellos.

Cuando los discípulos se separaron en el camino de salida de Betsaida, María y Juan optaron por dirigirse a Coracín.

Pedro anunció que se iría hacia el norte, a Dan.

—Siempre he querido conocerla, y Jesús tenía intención de llevarnos allí antes de que nos viéramos obligados a volver atrás —explicó.

—Pedro, no seas demasiado ambicioso —dijo Jesús—. Dan está muy lejos de aquí.

—¡Tanto mejor! —repuso Pedro.

Los demás siguieron diversas direcciones: más hacia el oeste, a Genezaret, al otro lado del lago, a Gergesa, o hacia los pueblos septentrionales alineados a orillas del Jordán.

En las afueras de la ciudad, Jesús les reunió en la sombra de un gran roble. Unos al lado de otros, formaron un amplio círculo, un grupo fuerte. En el centro, Jesús cerró los ojos y rezó.

—Padre, sé que me oyes. Sé que elegiste a estas personas y me las ofreciste. Revístelas con Tu poder, para que otros puedan verte en ellos y sean llevados hacia Ti. Abre los ojos de aquellos que verán a estas personas y a sus obras, las obras que Tú les asignarás.

Uno tras otro, les tocó en el hombro.

—Recibid este poder. Sabed que lo tenéis.

Cuando le llegó el turno a María y Jesús posó ambas manos en sus hombros y dijo esas palabras, ella cerró los ojos e intentó sentir el poder especial que le era transmitido. Pero no sintió nada.

—Nos encontraremos en las márgenes del río Jordán dentro de cuarenta días —dijo Jesús—. En el punto más cercano a Betsaida. Marchad ahora.

María eligió la ciudad de Coracín porque oía hablar de ella desde que era niña aunque nunca la había visitado. También porque, como ciudad bulliciosa de las colinas de Galilea, no era un pueblo de pescadores. En esos momentos, con los recuerdos tan recientes de su última visita a Magdala, cualquier cosa relacionada con la pesca habría de resultarle demasiado doloroso. Mejor hablar con campesinos, tejedores, comerciantes y albañiles, pensaba. Cualquier cosa menos pescadores.

Cuando Juan y ella echaron a andar hacia el oeste, hacia Coracín, por el camino polvoriento que ascendía alejándose del lago, María sintió que su vieja vida quedaba enterrada junto a Joel y que empezaba otra, nueva. Jesús debió darle un nuevo nombre, como hiciera con los demás.

Ahora que ella y Juan entraban en la ciudad de Coracín, construida en lo alto de las colinas que dominaban el lago, se preguntó si había hecho una buena elección. La urbe parecía desierta y hostil. El basalto negro de origen volcánico con el que estaban construidas las casas le confería un aspecto intimidante. Todas las casas alineadas a ambos lados de las calles eran del mismo color oscuro, aunque muchas lucían tallas geométricas decorativas sobre los dinteles, que las hacían parecer más agradables. El interior de aquellas casas debería ser tremendamente caluroso, puesto que su color absorbía los rayos del sol en lugar de reflejarlos. Las ventanas eran pequeñas y no dejaban paso a las brisas que, por fortuna, jugueteaban en las laderas de las colinas.

Se dirigieron al centro mismo de la pequeña ciudad, donde esperaban encontrar un pozo. No se vieron decepcionados. Dieron con un pozo grande y pudieron sacar agua de la profundidad, un agua fresca, deliciosa y casi mágicamente vigorizante. A María le resultó reparadora por demás. La seguían oprimiendo la tristeza y la congoja, que la envolvían como el aire ardoroso del mediodía galileo.

—Oh, María —dijo Juan cuando se sentaron, apoyándose en la pared del pozo para descansar—. ¿Por dónde empezaremos? —Se sentía perdido.

—¿Qué haría Jesús en estas circunstancias? —se preguntó ella, enjugándose el sudor que chorreaba de su frente—. Debemos hacer lo mismo.

—Él siempre esperaba el Shabbat, iba a la sinagoga, predicaba y luego le echaban —respondió Juan con una sonrisa maliciosa—. Después se le acercaban otros, gentes desesperadas, a quienes no les importaba la opinión de las autoridades.

—Supongo que podemos intentarlo —dijo María—. ¿Quieres que me levante yo para leer y hablar? —La idea de una mujer en aquella situación le resultaba divertida.

—La congregación entera caería desmayada —dijo Juan—. Ven, busquemos la sinagoga. Podemos empezar por allí.

Se levantaron cansinamente y recorrieron las calles de la ciudad. María tuvo que reconocer que era un lugar agradable. El material homogéneo empleado en todas las construcciones, la similitud de las casas, prestaba a la urbe un aspecto más planificado del que en realidad le correspondía.

—¡Oh! —exclamó Juan cuando se acercaron a un edificio precioso al que conducía una alta escalinata. Bajo un porche imponente, destacaban los dinteles tallados con imágenes del Arca y los motivos de viñas entrelazas sobre el portal de la entrada—. Es impresionante. —Se detuvieron para admirarlo.

—Ésta debe de ser la sinagoga —dijo María.

Juan contempló el edificio, admirado.

—Es realmente hermosa —dijo.

María le dirigió una mirada severa. Siempre le había considerado una persona superficial, un hombre rico y bien parecido que vivía una vida regalada. Ahora descubría en él una faceta distinta, un lado contemplativo que antes quedaba eclipsado por las exigencias de su vida de pescador y por la posición social de su familia.

—Sí, lo es —respondió suavemente—. Podríamos empezar aquí. Pero ¿qué día es hoy? ¿Cuánto falta hasta el Shabbat? —Habían perdido la noción del tiempo.

—No lo sé —admitió Juan—. Pero no pueden faltar más de dos o tres días. El último Shabbat fue antes de nuestro encuentro en Betsaida.

Con qué velocidad pasaban los días. ¿Cuánto hacía que Joel había muerto? Éste debía de ser el segundo Shabbat desde su muerte. ¿O era el tercero? Hasta el momento, María no había sido capaz de pensar en servicios religiosos y menos aún de plantearse asistir a uno. Asió el amuleto del collar de Eliseba, que seguía colgado de su cuello. El tacto de la piedra le resultó reconfortante.

—Disponemos de dos o tres días, pues, para conocer a la gente y saber algo de Coracín —dijo.

Pero Coracín no estaba ansioso por conocerles a ellos. Sus puertas parecían resueltas a seguir cerradas y, mientras recorrían una y otra vez las calles, se distraían observando los distintos tipos de puertas a ambos lados. Algunas estaban pintadas de un color azul intenso, otras lucían el color natural de la madera. Contra el fondo negruzco de las paredes, componían un mosaico agradable.

Los dos tenían hambre. Habían seguido las instrucciones de Jesús y no llevaban nada consigo; ahora pagaban las consecuencias. María había dejado la caja con el dinero y los documentos al cuidado de la familia de Tadeo, y no habían hecho trampas comprando comida por el camino. Hasta el momento, ninguna alma piadosa había querido ofrecerles nada, y estaban famélicos. Sólo habían comido lo que se llevaron de la casa de Tadeo.

—¿Cómo nos van a invitar y agasajar si todas las puertas están cerradas? —dijo Juan—. No sé cómo sobreviviremos.

Jesús les había ordenado que lo hicieran así, pensó María. Él sabía de qué hablaba.

—No podemos llamar a una puerta y pedir que nos den de comer —insistió Juan.

—No —admitió María—, no podemos. Jesús no dijo que tuviéramos que mendigar.

Remitió el calor del mediodía, y la gente empezó a abrir sus puertas y a aventurarse a la calle. Una mujer menuda salió de su casa en el momento en que María y Juan pasaban por delante.

—¿Sois viajeros? —preguntó con voz tan tenue que apenas podían oírla.

—Sí —respondió María—, venimos de la región del lago. Nunca antes habíamos estado aquí.

—Ah. —La mujer se les acercó—. ¿Por qué habéis venido?

—Venimos porque nos lo ordenaron... —quiso explicar Juan.

—Venimos porque queremos conocer a los habitantes de Coracín —intervino María al instante.

—¿Por qué? —La anciana parecía recelosa.

—Tenemos noticias importantes para los que viven aquí —dijo María.

—¿Qué noticias? —preguntó la vieja—. Aquí sólo llegan malas noticias. Han ejecutado a Juan el Bautista, y ello nos ha sumido en la desesperación. Nosotros creíamos que él era el Mesías. Teníamos la esperanza de que nos conduciría... —Su voz se apagó—. Sólo fue un sueño. Él fracasó.

—Sí, Juan ha muerto —dijo María—. Pero el Reino de Dios está vivo. —La sorprendieron la fuerza de su voz y su propia convicción.

La mujer, curiosa, les invitó a su casa. El interior era oscuro y, tal como adivinara María, muy caluroso. Pero deseaba saber más. De hecho, descubrió que la anciana había oído hablar de Jesús —«ese tipo que causó tanto alboroto en Cafarnaún»— aunque sin saber nada concreto de él. María y Juan intentaron explicarle su relación con él, haciendo esfuerzos continuos por reprimir los ruidos de sus estómagos y despejar sus cabezas mareadas. Al cabo de un rato que les pareció interminable, la mujer les sirvió un poco de comida: higos secos, pan duro y un vino de sabor desagradable. Intentaron no engullirlo todo de golpe. María deseó tener algunas monedas para compensar su amabilidad. ¿Por qué Jesús les prohibía llevar dinero?

—Gracias —dijeron antes de empezar a comer, y nunca había tenido esta palabra tanto sentido.

La mujer les contó que vivía sola desde la muerte de su esposo hacía ya diez años, que no tenía hijos y dependía de la ayuda de sus primos para vivir.

—Es poca ayuda y la ofrecen a regañadientes —concluyó—. Ojalá Dios hubiese tenido a bien darme hijos... —Hizo una pausa—. Pero Él sabe lo que hace. Y tengo comida todos los días.

Su fe y gratitud incondicionales llegó al corazón de María.

—Yo también soy viuda —dijo—. Mi marido murió de las heridas que recibió durante el ataque a los peregrinos de Galilea en el Templo de Jerusalén. —No dijo que tenía una hija ni que estaba separada del resto de la familia—. Él es mi hermano —añadió señalando a Juan.

He mentido, pensó. Pero esta mujer no podrá comprender a Jesús, ni cómo hombres y mujeres somos hermanos para él.

Al final, la viuda les ofreció un lugar donde descansar y dormir. También puso fin a su confusión con respecto al día de la semana.

—El Shabbat es pasado mañana —les informó.

La hermosa sinagoga estaba llena. Era claro que todos se sentían orgullosos de su templo y no querían faltar a los servicios religiosos. El interior era digno del exterior: la Torá se guardaba en una hornacina coronada de un arco de talla preciosa, y los bancos y asientos eran de madera de sicomoro, cara, resistente a la carcoma y muy decorativa.

Las lecturas de la Torá seguían el orden del año litúrgico, pero los devotos eran libres de elegir el fragmento de los textos proféticos que deseaban leer en la segunda parte del servicio religioso.

—¿Elegiremos las mismas lecturas que Jesús? —preguntó María inclinándose hacia Juan—. No se me ocurren otras mejores.

Cuando llegó el momento, Juan abandonó su asiento y leyó el mismo pasaje de Isaías que había escogido Jesús. Después proclamó:

—Nuestro maestro, Jesús de Nazaret, leyó esta escritura y dijo: «Hoy este texto se cumple en vuestra presencia.» Nosotros, sus fieles seguidores, deseamos presentaros este milagro.

Se produjo el habitual silencio de estupefacción, los murmullos de siempre. La misma conmoción y gritos de «¡blasfemia!». El rabino, sin embargo, se mostró amable con ellos.

—Hijo mío —dijo—. Me temo que estás equivocado, que te han

engañado. Tu maestro no puede ser el salvador prometido. No aparece ninguna de las señales indicadas. Él no proviene del lugar apropiado. Pero si deseas ahondar en tu discurso... —Señaló con gesto elegante el porche de la sinagoga y añadió—: Estoy seguro de que habrá quien quiera hacerte preguntas.

Les permitieron salir pacíficamente de la sinagoga. Ya que no alegaban ser ellos mismos quienes cumplían la profecía, no fueron expulsados por hordas vociferantes de fieles iracundos y, una vez fuera del templo, las preguntas les fueron planteadas con amabilidad.

—Vuestro maestro, ¿quién dice ser? Hemos oído hablar de él... ¿No fue él quien hizo despeñar a los cerdos de Gergesa? ¿Cómo cree cumplir este pasaje de Isaías? ¿Dónde está ahora? ¿Qué opinión tenía de Juan el Bautista? —querían saber.

Pero Jesús no les había ordenado que contestaran preguntas. Quería que hicieran lo que él habría hecho, no que contaran su historia.

De repente, María sintió el impulso de gritar:

—¡Traedme a alguien que sufre, preso del pecado! Dios curará sus aflicciones. Él libera a los prisioneros a través de Jesús, tal como anuncian las escrituras. Y Jesús nos transmitió su poder a nosotros, sus discípulos.

¿Realmente se había atrevido a decir esto? ¿Creía de veras en sus palabras? No sabía qué sería capaz de hacer, pero sólo una curación causaría impresión a la gente. Hablar de Jesús y su misión no era suficiente.

Pasó un largo rato sin que nadie se moviera entre la multitud. Después se adelantó una mujer inválida, que caminaba de costado, como los cangrejos. Tenía la espalda doblada de tal modo que sólo conseguía moverse tomando impulso con los brazos y avanzando a trompicones y en diagonal hacia la dirección que deseaba seguir.

Se arrodilló ante María y Juan.

—Cumplí noventa años en Pascua —dijo— y estoy enferma desde que nombraron a Tiberio emperador. —Para ahorrarles el cálculo del tiempo, añadió—: Hace casi quince años, cuando tenía setenta y cinco.

—¿Por qué acudes a nosotros? —preguntó Juan. Parecía asustado, como si deseara que la mujer dijera algo que la descalificara.

—No tengo a nadie más a quien dirigirme. —Alzó el rostro ajado y miró a Juan y a María con desafío—. ¡Si Dios en verdad os ha otorgado poderes, ahora es el momento de demostrarlo!

María vio que Juan torcía el gesto.

—Muy bien —dijo él. Empezó a rezar en silencio. Después tendió las manos y las posó en la cabeza de la anciana. Apretó el cráneo con sus dedos y rezó con fervor. Luego la soltó bruscamente.

—¡En el nombre de Jesús de Nazaret, puedes enderezarte!

La mujer cayó al suelo e intentó levantarse. Con movimientos angustiados, apoyó las manos delante del cuerpo y se puso de pie. Su espalda seguía encorvada.

El gentío empezó a murmurar con impaciencia. Un par de asistentes se mofaron.

Esto no sirve, pensó María. Será el descrédito de Jesús. Cerró los ojos y le llamó desesperada: Dinos qué debemos hacer. ¡En lugar de ayudarte, te perjudicamos!

Sin esperar conscientemente una respuesta, María dio un paso adelante y tomó a la inválida de la mano. Poco a poco y con gran cuidado, la ayudó a estirar el cuerpo.

—Jesús de Nazaret te ha curado —le dijo. No tenía la menor idea de cómo había ocurrido. Pero había ocurrido.

La mujer recorrió los costados y la espalda con las manos y se mantuvo erguida. Estaba sorprendida, anonadada.

—¡Alabado sea Dios y Jesús, Su profeta! —exclamó María. De nuevo tendió la mano a la anciana y dijo—: ¡Tus pecados han sido perdonados!

Entonces se produjo un murmullo ruidoso. María miró a los congregados. La multitud crecía a medida que más gente salía del templo y ocupaba la plataforma.

—No soy yo quien perdona los pecados —dijo—. No tengo poder para ello. Pero, al liberar a esta mujer de su aflicción, Dios ha proclamado con toda claridad que sus pecados han sido perdonados.

Entonces, como ocurriera antes con Jesús, la gente se agolpó en torno a Juan y, sobre todo, a María. Querían ser curados. No importaban los mensajes ni las profecías. Mostraban cierta curiosidad por la persona de Jesús, pero lo que ansiaban era la curación de sus enfermedades, los milagros físicos.

—¡Ayudadme! ¡Ayudadme! —Los gritos generaron una cacofonía estridente y malsonante. Un joven pálido de ojos lagrimosos agarró la túnica de Juan y tiró de ella. Alguien tiró de la capa de María que, al caer, dejó al descubierto su cabeza.

—¡Tiene el pelo de las rameras! —dijo alguién. El cabello rapado significaba una deshonra pública, habitualmente infligida por faltas notorias—. ¡Mirad!

—¡Oooh —reaccionó la multitud a coro—, será una hechicera y por eso curó a la inválida!

—¡Moisés dijo que se ha de dar muerte a las brujas! —Las voces se elevaron. La muchedumbre que rodeaba a Juan y María se tornaba peligrosa. Estaban indefensos ante cualquier ataque. Jesús ni siquiera les había permitido llevar un bastón, aunque ésta no sería un arma eficaz contra tantos agresores.

A María la asombró la rápida sucesión de los acontecimientos; de la amenaza inicial del gentío al coraje que hizo falta para intentar poner en práctica las instrucciones de Jesús, y del inmediato cumplimiento de su deseo al repentino descubrimiento de su condición.

¡Dios mío!, rezó sin palabras. Ayúdame. No sé qué hacer.

La muchedumbre tumultuosa se cerraba a su alrededor. Sentía su presión, como si fuera el cuerpo de una gigantesca serpiente que se enroscaba alrededor de ellos.

—¡No soy una ramera! —gritó con fuerza para que todos pudieran oírla—. Me cortaron el cabello cuando tomé el voto nazirita. ¡Dejadme que os hable de aquello!

El atrevimiento de una mujer a predicar era tan escandaloso como la curación de la inválida. La gente retrocedió un poco. María sintió que la serpiente relajaba su abrazo. Respiró profundamente.

—¡Fui poseída por los demonios! —anunció sin pudor—. Fue una tortura para mí y un suplicio para el resto de mi familia. Probé todas las curas conocidas, incluido el juramento nazirita. Pero sólo una cosa demostró ser más poderosa que los demonios: Jesús de Nazaret, un gran profeta que sigue los pasos de Juan el Bautista, les ordenó que salieran de mi cuerpo, y ellos le obedecieron. Le sigo desde entonces, y he visto milagros mucho más impresionantes que aquél. Mi cabello volverá a crecer pero, mientras aún sea corto, será testimonio de lo que fracasó: las viejas costumbres, las viejas curas. ¡Recordadlo! ¡No perdáis el tiempo con los hábitos del pasado, las terapias del pasado! El profeta Isaías dijo también: «No recordéis los acontecimientos del pasado, no consideréis las cosas de antaño. ¡Mirad, yo hago algo nuevo!» ¡Someteos a las cosas nuevas, a los signos de la llegada del Reino del Señor! —Su voz subió de tono mientras hablaba, hasta llegar a resonar entre la gente, y su propio cuerpo hormigueaba con el poder que le habían concedido aquellas palabras.

—¿Dónde está ese Jesús? —preguntó alguien al final.

—Está predicando y realizando curaciones en las inmediaciones de Betsaida. Nos envió aquí para realizar su obra.

Calló para recobrar el aliento. Acababa de predicar en público, de dar testimonio abiertamente, algo de lo que jamás se habría creído capaz. Hizo un gesto de asentimiento hacia Juan. Que hablase él. Lo necesitaba.

—Permitid que os hablemos del mensaje de Jesús —dijo él.

—¡Demuéstranos que no eres una bruja! —Sonó una voz. María vio que era la voz de un hombre bajo y moreno, vestido en ropajes de color pardo.

—¿Cómo demostrarlo? —preguntó. Le decepcionaba que no dieran a Juan la oportunidad de hablar.

—¡Expulsa los demonios de alguien! —La retó el hombre—. Demuéstranos que estás sanada y que no llevas espíritus en tu interior.

—De acuerdo. —María habló con serenidad aunque se sentía al borde del desmayo. Se le pedía demasiado. Le asustaba enfrentarse a los demonios. ¿Y si se volvían contra ella y la poseían de nuevo? ¿Y si lo intentaba y fracasaba delante de toda esa gente?

Alguien empujó a una joven delante de ella. Cayó como un bulto a los pies de María, envuelta en su capa, una figura apenas humana. Sólo el leve temblor de la tela delataba la presencia de un ser vivo debajo.

María se inclinó e intentó verle la cara. El áspero tejido del color de la herrumbre cubría la forma ovalada de la cabeza de la mujer. María tiró muy despacio de la tela.

¡No puedo hacerlo!, pensó. Traeré la deshonra a mí misma y a Jesús, y me expondré a un nuevo ataque de los demonios.

Al retirar la capa con dedos temblorosos, la mujer se levantó de un salto y reveló su cara, distorsionada por la ira y el dolor.

—¡Déjame en paz! —ordenó. Con un gesto ágil, agarró con fuerza maliciosa la mano de María. Un dolor agudo le atravesó la muñeca y el brazo.

—¡No! —contestó María—. No te dejaré. No, antes de que te hayas recuperado. Estaré contigo el tiempo que haga falta. —¿De dónde habían salido esas palabras? ¿Cómo fue capaz de pronunciarlas? Las preguntas surgieron de algún rincón de su mente. Con la mano que le quedaba libre, María tocó la coronilla de la mujer—. ¡En el nombre de Jesús de Nazaret, a quien obedecen los mismísimos demonios, os ordeno que salgáis! —clamó con voz vibrante.

Como ocurría en todos los casos, el demonio tiró a la mujer al suelo. Ella soltó la mano de María y empezó a dar zarpazos contra sí misma, tratando de desgarrarse las ropas. De su boca emanaron palabras soeces pronunciadas por una voz que no era la suya, y la mujer pareció ahogarse, a la vez que se desgarraba por dentro.

María se agachó, la cogió por un brazo e indicó a Juan que tomara el otro.

—¡Levántate! —dijo, y entre los dos la pusieron de pie, obligándola a mantenerse erecta, mientras ella se retorcía agónica—. ¡Salid! —ordenó María a los demonios.

La mujer luchaba y se convulsionaba, tirando para escapar de ellos.

—¡Salid! —María seguía ordenando a los demonios. Podía sentir su presencia, su cercanía opresora, dispuesta a atacarla y aniquilarla. Hizo acopio de fuerzas.

Entonces uno de los demonios habló con voz clara y fría:

—A Jesús le conozco y le respeto. Dime: ¿Por qué habría de obedecerte a ti?

—Soy seguidora de Jesús y él me ordenó que te destruyera.

—Ah, sí, ya te reconozco. Hemos sido íntimos. Muy íntimos. —El demonio se rió.

A pesar del miedo y de los recuerdos espeluznantes que la voz despertaba en ella, María reiteró su orden de que abandonaran el cuerpo de su víctima.

Dominando su propia voz para que no delatara su miedo, María gritó:

—¡Salid de esta mujer! Jesús os ordena que huyáis.

—¿Para entrar en ti? —La astuta voz gutural brotó de la garganta de la mujer.

El demonio percibía su miedo, María lo sabía.

—¡Para volver con vuestro amo, por orden del mío!

El demonio alojado en el cuerpo de la mujer se resistía, fintaba y arremetía con tanta fuerza que Juan y María temieron que les arrancaría los brazos. La muchedumbre había crecido a su alrededor. Sólo el demonio hablaba con voz sarcástica y quejumbrosa, y María contestaba a esa voz.

—¡Huid para siempre! —gritaba—. ¡Huid para siempre y volved al infierno!

Entonces la pugna cesó de repente y la mujer se desmoronó. Sacudida por convulsiones reiteradas, parecía hundirse cada vez más. María creyó ver la sombra de unas siluetas que se alejaban, aunque no estaba segura. De pronto, allí sólo estaban ella, Juan y la mujer colgada de sus manos.

María se echó a llorar, ya que la víctima exhausta no podía hacerlo. Las lágrimas emanaban de sus mismísimas entrañas; eran lágrimas que no podía contener.

—Entonces... no estás poseída —dijo al final el mismo hombre que la había desafiado con voz azorada—. Jamás había visto igual demostración del poderío de Dios.

María se volvió hacia él con los ojos rebosantes de lágrimas.

—No debiste burlarte de Dios, aunque Él se ha mostrado magnánimo y de tu burla hizo un bien. —Rodeó a la mujer con el brazo—. ¿Cómo te llamas? —preguntó.

—Susana —respondió la mujer, con voz tan queda que apenas se la podía oír.

—Un lirio —dijo María—. Susana significa «lirio de los valles». Satanás ya no empañará tus colores. —Hizo una pausa—. Debes de tener familia aquí.

—¡Es mi esposa! —respondió el retador.

—¿Nos permites que nos la llevemos a casa esta noche? —preguntó María—. Yo he vivido la misma experiencia y sé cómo he de tratarla.

El hombre parecía decepcionado y aliviado al mismo tiempo.

—De acuerdo —accedió al final.

Con el apoyo de Juan, María ayudó a Susana a bajar la escalinata de la sinagoga y ambos la condujeron a la casa de la viuda, la casa que se atrevían a considerar propia. Susana estaba tan débil que tenían la sensación de arrastrar un odre vacío. Seguía a sus salvadores en completo silencio.

La viuda no estaba allí cuando llegaron. Si hubiera ido a la sinagoga, habría visto lo ocurrido. María esperaba que lo comprendiera y que no fuera una más de los escépticos. Se sentía un poco culpable de utilizar su casa y sus bienes en nombre de Jesús pero... ¿acaso él no les había pedido que obraran así?

Susana se acostó en un jergón en la casa oscura y fresca. Los postigos estaban cerrados para dejar fuera el calor de la tarde y también estaba cerrada la puerta, como a su llegada. Enjugaron la frente de Susana pero no se atrevieron a desvelarla. María sabía que se encontraba extenuada.

Mientras la observaban, intercambiaron sus impresiones. Sentados en el suelo, la tierra dura y fría refrescó sus pies y piernas.

—Estaba asustado —admitió Juan—. En el fondo, deseaba que no se nos presentara la oportunidad de actuar.

—Yo también tenía miedo —dijo ella—. Y me pregunto si me habría atrevido a ir a la sinagoga si hubiera sabido que tendría que superar dos pruebas, no una.

—No sé de dónde sacaste el coraje de hablar así de tu misión.

—Yo tampoco —reconoció María—. Las palabras simplemente salían. Sentía que Jesús sabía lo que hacíamos y nos impulsaba a seguir adelante. Aun así... —Meneó la cabeza—. Pronunciar realmente esas palabras delante de tanta gente...

—Me pregunto cuántos las oyeron —dijo Juan—. Creo que lo único que les importaba, lo único que deseaban ver, era lo que sucedería cuando tocáramos a esas personas.

—Tienen que haberlas oído —dijo María.

—No estoy tan seguro.

Susana profirió un grito y se agitó; corrieron al instante a su lado.

—Socorro —farfulló la mujer—. Ayudadme, están aquí... —Se volvió del otro lado.

—Tardará un poco en reponerse —reflexionó María—. Cuando Jesús me tocó, mi liberación fue inmediata. Pero yo no soy Jesús.

—Tuviste el poder de hacerlo. —La voz de Juan estaba llena de admiración.

—Jesús lo quiso así —respondió ella al final. En realidad, se sentía perpleja. Sólo sabía que Jesús le había ordenado que actuara de ese modo, ella lo hizo y se habían producido milagros y curaciones. No acertaba a explicarlo.

En ese momento la viuda entró por la puerta, con movimientos tan lentos que se hacían eternos. Se acercó arrastrando los pies y se quedó mirando a sus tres huéspedes.

—De modo que ésta es la razón de vuestra llegada —dijo al final—. Queréis causar sensación, crearnos problemas. He de pediros que os marchéis. —Viendo la debilidad de Susana, añadió—: Podéis quedaros hasta mañana, pero tenéis que marchar antes del alba.

—¿Por qué? —preguntó Juan. María le echó una rápida mirada. Nada ganarían protestando. La viuda no tenía por qué hospedarles y era la única que se había mostrado hospitalaria en la ciudad. Si quería cambiar de opinión, estaba en su derecho.

—Hoy es Shabbat —puntualizó la anciana—. ¡Habéis realizado una curación en Shabbat!

Prefiere fijarse en el día de la semana que en lo ocurrido, pensó

María. Una inválida había conseguido incorporarse y los demonios habían sido expulsados, aunque en un día equivocado. Esta actitud la enfadó, si bien trató de no demostrarlo.

Juan, en cambio, contestó bruscamente:

—Eso es una estupidez. ¡Qué idea tan estúpida!

La viuda de rostro agrio y diminutos ojos negros retrocedió como si la hubiera golpeado.

—¿Cómo te atreves a hablarme así? Marchad ahora mismo. ¡Ya!

María se puso de pie y se inclinó sobre ella.

—Por favor —dijo—. Permite que esta convaleciente descanse aquí esta noche. A nosotros nos puedes castigar pero apiádate de ella. —Viendo la dura expresión de la viuda, añadió—: Por el amor de Dios, ten piedad.

La viuda resopló y dio un paso atrás.

—Podéis comer la poca comida que tengo, beber mi agua y dormir aquí mismo; pero idos antes de la mañana. —Les dio la espalda, entró en otra habitación y cerró la puerta tras de sí.

—Teme por su reputación. —Susana habló por primera vez con voz apenas audible—. Debe tener cuidado con todo lo que dice y hace. Es muy generosa abriéndonos su casa, a vosotros y a mí. —María y Juan se inclinaron sobre ella para poder oírla—. No sé quiénes sois pero os estoy agradecida.

Mientras pasaban las horas en la casa de la viuda, cuidaron de Susana y le hablaron de sus vidas y del maestro a quien seguían.

—No sé si tengo el derecho de invitar a nadie a seguirnos. Sólo Jesús puede hacerlo. Pero, si puedes, ven con nosotros para conocerle. Es a él a quien tienes que agradecer tu sanación —dijo María.

—Iré si mi esposo me lo permite —respondió Susana.

María tenía la impresión de que él era bastante mayor que Susana, un hombre autoritario y exigente. Ella debió de casarse con él cuando era muy joven.

—¿Te apetece comer algo? —preguntó. Unas uvas jugosas, llenas de dulce néctar, serían lo más apropiado, pero la viuda no tenía uvas y ellos no tenían dinero para comprarlas. Además, era Shabbat, el día en que nada se vende ni se compra. Examinó el contenido de la bandeja—. ¿Un pastel de higos secos?

Susana negó con la cabeza.

—¿Un poco de pan?

Aunque duro y seco como el pastel de higos, era lo único que había. Cortaron algunos pedacitos y se los ofrecieron a Susana; después le tendieron una copa de vino aguado que, para entonces, se había convertido en agua agria de color rosado.

Susana se dejó caer en el jergón.

—Me siento tan ligera ahora que se han ido... Me parece que puedo flotar. —Y con estas palabras se quedó dormida.

Aquella noche, mientras yacían en la misma habitación, oyeron voces en la calle, voces de gente que exigía hablar con ellos. La viuda, sin embargo, permanecía en su alcoba con la puerta cerrada y no respondía a las peticiones del gentío. Susana durmió profundamente, Juan dejó al final de dar vueltas en el jergón y María descubrió que ella también se sentía ligera como el aire. Se había disipado la opresión agobiante que la atenazaba y la abrumaba desde la muerte de Joel. Cuando expulsó los demonios y realizó la curación de la mujer inválida, se libró también de sus propias sombras. Se sentía exaltada, Dios la había sostenido en la palma de Su mano y había soplado en ella Su aliento. Le oyó murmurar su nombre: «María —decía—. María.»

Antes de que despuntara el alba María despertó, si es que realmente había dormido. Se había acostado pero el recuerdo de volar, de ser izada hacia el cielo por la mano de Dios y de girar en el aire, no era un sueño.

Durante la noche había contemplado el deslumbrante lado celestial de las nubes tal como se ofrecía a la vista de los seres espirituales, y había vislumbrado los rostros resplandecientes de... ¿Qué eran? ¿Personas? ¿Ángeles? Le pareció reconocer a algunos, aunque sus facciones estaban transformadas por la luz brillante que emanaban. Jesús estaba allí, por supuesto, pero también dos siluetas que se parecían a Pedro y a Santiago el Mayor, y un hombre vestido con el uniforme oficial de Roma, y la madre de Jesús y su hermano Santiago que, extrañamente, parecían tener la misma edad, y su compañero de misión, Juan, aunque como un hombre ya mayor. También había huestes de personas que lucían trajes extraños: un hombre de ojos rasgados y negros y de barba tan larga que caía como una cascada llevaba una especie de túnica negra con cuello blanco; y una mujer vestida en metal. Todo estaba bañado en una luz ultramundana, más dorada que el oro puro, y en el fondo resplandecía un mar de zafiros.

En lugar de despertar de un sueño, tenía la impresión de volver a la habitación, maravillada con lo que había visto, deleitada con la sensación de encontrarse al amparo de las cálidas alas de Dios. Las alas de Dios velaban sobre sus faltas y debilidades, la protegían, la amaban, a pesar de todo.

Cuando se levantaron para disponerse a marchar, fueron los movimientos físicos los que le parecieron un sueño. La auténtica realidad era lo que había visto mientras en apariencia dormía. Aquella visión fugaz de la gloria de Dios ensombrecía la habitación y todo lo que había en ella.

La puerta de la alcoba de la viuda permanecía obstinadamente cerrada, pero María y Juan le escribieron una nota de agradecimiento. Susana les dijo:

—¡Tengo que ir con vosotros! ¡Tengo que conocer a Jesús!

—Pero tu marido... —quiso objetar Juan.

—¡Le dejamos también una nota! Tenéis con qué escribirla. La dejaremos aquí y la viuda se la entregará.

—¿Tienes fuerzas suficientes? —preguntó María con amabilidad—. Nuestro camino no es fácil. Y pasarán muchos días antes de que nos reunamos con Jesús.

—¡Tengo fuerzas suficientes para buscar a Jesús, pero no para enfrentarme a mi marido ni a la gente de la ciudad!

Siente lo mismo que sentí yo, pensó María.

—Te ayudaremos —le prometió.

Salieron de Coracín, que apenas empezaba a desperezarse con la primera luz de la mañana. Una brisa refrescante soplaba por las calles, susurrando entre las casas y jugando sobre las colinas antes de precipitarse hacia el lago.

En las afueras, Juan se volvió y empezó a sacudir sus sandalias ceremoniosamente.

—Limpio el polvo de mis zapatos...

—¡Juan! —exclamó María.

—¡Nos han rechazado! ¡Han rechazado el mensaje! —Levantó el pie derecho bien alto y lo agitó de un lado a otro ominosamente. Partículas de polvo se esparcieron por el aire.

María le agarró del brazo.

—No nos han rechazado. Muchos quisieron escuchar. Susana fue curada. Si no prestaron más atención, es porque no supimos trasmitir el mensaje. No supimos explicarlo.

—No tuvimos oportunidad —repuso Juan; su hermoso rostro estaba empañado de ira.

—Quizá no lo intentamos con todas nuestras fuerzas —dijo María—. No creo que Jesús quiera que condenemos a los que no escuchan.

—No estoy de acuerdo. —Juan siguió sacudiendo su zapato, aunque con menos vigor.

Susana, que permanecía en silencio a su lado, preguntó:

—¿Cómo se explica que no os pongáis de acuerdo sobre las palabras y los deseos de Jesús?

Juan bajó el pie al suelo con expresión perpleja, apocada.

—Excelente pregunta —dijo al final—. No sé responderla. Supongo que le escuchamos con oídos distintos.

—¿No habla con claridad? —preguntó Susana.

—Habla con claridad a cada uno de nosotros —explicó María—, aunque parece que oímos cosas distintas.

—Oh. —Susana quedó decepcionada—. Debe de ser muy difícil seguirle, ¿no es así?

40

Queridísimo hermano, Silvano:

Cuánto anhelo hablar contigo. El breve tiempo que pasaste en Cafarnaún, valioso como fue, debió ser un principio y no un fin. Te doy las gracias por tus palabras, te doy las gracias por haber venido, te lo agradezco de todo corazón.

Te escribo esto sentada en la entrada de una cueva. Sí, una cueva en lo alto de las colinas. Cuando bajemos a la llanura, buscaré a alguien que te lleve la carta.

Después de dejarte, recibimos la terrible noticia de la muerte de Juan el Bautista. Jesús cree que tiene la obligación de continuar su misión y nos envió a trabajar como ayudantes suyos. Nos envió de dos en dos, y yo estoy con Juan, el hijo de Zebedeo. Nos dijo: «Os envío como corderos entre los lobos. Sed listos como las serpientes e inofensivos como las palomas.» ¿Y sabes qué más? No debemos llevar nada con nosotros. Oh, es tan duro mendigar, aceptar la caridad de los demás. (No te preocupes, no me deshice de los dineros que me trajiste, están guardados, en espera de encontrarles un buen uso.)

Ahora somos tres, otra mujer se nos unió en Coracín. Ha estado poseída, como yo. Y, como yo, está casada. Como yo, dejó a su marido para conocer a Jesús. No sabemos cómo reaccionará el esposo pero, probablemente, hará lo mismo que Joel. Le cuesta creer que está curada de verdad y por eso necesita alejarse de todo por un tiempo. Tal vez —aunque sería un milagro—, tal vez su marido lo entienda.

El eremita que vive en la cueva dio a Juan material para escribir, y él también lo está haciendo. No es en absoluto como yo creía. Tiene un temperamento variable, como ya sabes, pero también un lado soñador. Nos dijo que le solía gustar cuando hacía mal tiempo y no podían salir a pescar, porque así podía quedarse en casa a soñar. Se divertía inventando historias. Las escribía para no olvidarlas. Le he dicho que debería escribir todo lo que ha ocurrido desde que conocimos a Jesús. Dice que tal vez lo haga algún día, porque hasta ahora Jesús no nos deja tiempo para eso. Me temo que, cuando dispongamos al fin de tiempo, se nos habrán olvidado muchas cosas.

Me he salido del tema. ¡Como ves, me pasa lo mismo que cuando hablamos!

Coracín fue nuestro primer destino. Desde entonces, hemos estado por toda Galilea: en las colinas, donde el aire está fresco y enrarecido, y en la llanura, por donde pasa la vía principal. Hemos hablado de nuestra misión con todos los que quisieron escucharnos. Querido Silvano, he de serte sincera: la mayoría, como tú, no nos hizo mucho caso.

No somos rebeldes. Subiendo un camino empinado, encontramos a un eremita feroz, uno de esos ascetas religiosos que viven retirados del mundo. Se enfureció como un oso que hiberna al ser molestado en su guarida. Pero, de todas las personas que hemos conocido, es el que más se interesó por el mensaje de Jesús cuando le dijimos quiénes éramos y por qué invadíamos su colina. Nos invitó al momento a su cueva, donde yo no tenía ganas de entrar. Después de mi experiencia en el desierto, esperaba no volver a estar en una cueva en mi vida.

A diferencia de la que yo conocí, esta cueva está mal ventilada y huele a humedad. En el interior ardía una vela derretida de sebo rancio, y los alimentos podridos que vi sobre una piedra plana explican por qué está tan esquelético. No obstante, tiene pilas de papiros y gran cantidad de papel. Es el papel lo que uso para escribirte, un regalo muy amable de su parte.

Nos empezó a interrogar acerca de Jesús de inmediato, tratando de averiguar si cumplía todas las predicciones referidas al Mesías. Te alegrará saber que no. (Mejor dicho, es Eli quien se alegraría. Creo que a ti te da igual que lo sea o no.)

Lo primero que quiso saber es si Jesús alega ser el Mesías. Cuando le respondimos que no, al menos en nuestra presencia, asintió con la cabeza. Después preguntó si desciende de la línea de David. Le dijimos que no lo sabemos. Entonces dijo que, de ser así, seguramente Jesús nos lo habría dicho. (Preguntaré a su madre, si la vuelvo a ver alguna vez. Jesús no me respondería, se limitaría a sonreír.)

«¿Está ungido?», preguntó también el eremita con el brillo de la pequeña lámpara reflejado en los ojos.

«No veo cómo podría estarlo —respondió Juan—. Sólo lo está el sumo sacerdote de Jerusalén.»

«Si fuera el Mesías, vendría... Veamos... —apartó ansioso uno de los papiros y desenrolló otro—, ... según el profeta Micah, vendría de Belén. ¿Jesús es de Belén?» Nos miraba fijamente, y yo no estaba segura de si quería que contestáramos que sí o que no.

«Que yo sepa, no —respondí—. Su familia es de Nazaret.»

«Oh. —Pareció decepcionado. Señaló otro papiro—. Zacarías dice algo de entrar en Jerusalén a lomos de un asno. —Hizo una pausa—. De hecho, hay varias profecías referidas al Mesías y la ciudad de Jerusalén. —Escrutó el papiro de Zacarías—. Aquí dice que en Jerusalén ocurrirán muchas cosas. "Vertiré sobre la casa de David y los habitantes de Jerusalén un espíritu de gracia y súplica. Me contemplarán como a aquel a quien laceraron, y llorarán como quien llora a un hijo único, y se lamentarán como quien se lamenta por la muerte de su primogénito. Aquel día habrá grandes llantos en Jerusalén." Y luego dice: "Aquel día se abrirá una fuente en la casa de David y entre los habitantes de Jerusalén, cuyas aguas lavarán sus pecados e iniquidades." En fin, no sé si esto os dice algo acerca de vuestro Jesús, puesto que él no está en Jerusalén.» Y volvió a enrollar el papiro con mucho ruido.

«Aunque —añadió de repente—, el libro de Daniel nos dice que alguien que se llama hijo del hombre reinará y nos juzgará. Creo que las palabras exactas son: "Hubo antes que yo un hijo del hombre, que vino con las nubes del cielo. Se acercó al Antiguo de los Tiempos y fue llevado a su presencia. Le otorgaron autoridad, gloria y poder soberano, y todos los hombres, pueblos y naciones de todas las lenguas le adoraron. Sus dominios son dominios eternos que jamás perecerán, y su reino nunca será destruido."»

Cuando vio que meneábamos la cabeza, lo intentó por otro camino:

«Isaías habla de un siervo que sufre, que será golpeado y maltratado para salvarnos», sugirió.

«Jesús es fuerte y sano», repuso Juan.

«Pues, entonces... —El eremita se encogió de hombros—. No parece cumplir ninguna de las profecías —Hizo una pausa—. Había oído hablar de sus buenas obras en Galilea. Las profecías no mencionan Galilea, naturalmente, excepto... A ver... ¡Sí! Dice

Isaías... —Consultó el papiro—. Dice que "en el futuro honrará la Galilea de los gentiles, por los caminos del mar y a lo largo del río Jordán... La gente que camina en las tinieblas verá una luz deslumbrante." Pero esto es todo.» Suspiró.

En realidad, aunque a él le preocupe que Jesús sea el Mesías o no, a mí no me importa en absoluto. Jesús es Jesús, y con eso basta.

«Por otro lado —insistió el eremita—, quizá sea mejor que este hombre no afirme ser el Mesías porque, como sabéis, la ley de Moisés dice claramente que a los falsos profetas se les ha de dar muerte.»

Yo no lo sabía. A diferencia de la ley referida a las brujas y los videntes, aquélla apenas nunca se aplica.

Le ayudamos a recoger los papiros —los había revuelto todos y la humedad de la cueva dañaría los textos— y luego él me dio este papel y me dijo que debería anotar mis pensamientos. Él haría lo mismo. Señaló una pila de papiros en el otro extremo de la cueva. «Allí están todas mis reflexiones desde que vine aquí», me explicó con orgullo. Me pregunto quién cree que las va a leer. Aunque a los escritores esto no les preocupa, sólo sienten la necesidad de escribir. Ya llegarán los lectores, piensan... pensamos.

Queridísimo hermano, te mando mi amor y te pido, como ya sabes que lo haría, que leas a Eliseba la pequeña carta adjunta y se la guardes para cuando sea mayor. Ve a la tumba de Joel una mañana y dile que le quiero, de mi parte y con mis palabras. Ya sabrás cómo hacerlo.

Tu hermana, María.

Queridísima niña:

Pienso en ti todos los días y todos los días veo cosas de las que me gustaría hablarte. Hoy he visto una gran tortuga, escondida bajo un arbusto en la colina. La vi por casualidad, porque estaba totalmente inmóvil y tenía los colores de la tierra y de las hojas que la rodeaban. Si pudiera, te la llevaría como mascota. Las tortugas son animales buenos, a pesar de esa piel tan rara y escamosa y de sus grandes garras. Si alguna vez tienes una tortuga como mascota, no cometas el error de pensar que son lentas. ¡Si les das la espalda y miras a otro lado un buen rato, se escapan y nunca más las vuelves a ver!

Dulce Eliseba, mañana encontraré otra cosa que contarte de este mundo maravilloso en que vivimos. Cuando volvamos a reunirnos, iremos a ver juntas todas estas cosas de las que te escribo de la mañana a la noche. Que el Dios de Abraham e Isaac, de Jacob y José, de Sara, Rebeca, Raquel y Lía te ampare en Sus brazos, hasta que pueda hacerlo yo.

Tu madre, que te quiere.

41

Transcurrieron los cuarenta días, secuestrados por los atardeceres que ponían fin a sus agotadoras jornadas, y llegó el momento en que María y sus compañeros tenían que poner rumbo a Betsaida. Demasiado pronto. Demasiado pronto porque aquel viaje seguía operando cambios en todos ellos, y sentían que aún no era la hora de interrumpir su peregrinación.

Encontraron a Juana y a Felipe junto a un pozo en las afueras de Betsaida.

—No hemos visto a nadie más —dijo Felipe—, debemos de ser los primeros en llegar. Podemos esperar aquí. —Se recostó contra la pared de piedra del pozo, se hizo sombra con la mano y miró a Susana.

—Ha venido para conocer a Jesús —explicó María. Qué bueno ver a Felipe y a Juana otra vez. Era como reunirse con su familia—. ¡La sané! —Prosiguió emocionada—. ¡De los demonios!

—Quieres decir que Dios la sanó —puntualizó Juan.

—Sí, por supuesto. Fue obra de Dios. En Coracín. Apelé a Su nombre y Él respondió.

—Pareces sorprendida —dijo Felipe.

María asintió.

—Es cierto. —Sorprendida de que Dios respondiera a la llamada de una persona como ella. Quizá fuera la confirmación de lo que tanto le costaba creer, que estaba realmente curada y los demonios se habían ido para siempre. Una parte oculta de sí misma pensaba que los demás podían ver lo que había sido durante tanto tiempo. Ahora aquello había desaparecido. ¿Quién había curado a quién?

—No te preocupes, nosotros también nos sorprendimos —dijo Juana—. Cuando llegamos a la primera ciudad, Endor, estábamos tan nerviosos que deseábamos que nadie se nos acercara. —Se dirigió a

Susana—. Seas bienvenida. Es un placer tener a otra mujer entre nosotros.

Susana parecía sentirse incómoda, y María explicó:

—No creo que pueda quedarse indefinidamente. Su marido espera su regreso.

—Pero quiero conocer a Jesús —dijo Susana con voz queda—. He de quedarme al menos hasta entonces.

Mientras esperaban, los habitantes de la ciudad acudieron al pozo a la caída del sol, agrupándose a su alrededor después de atar sus asnos a las palmeras que rodeaban el pozo. Llenaron sus jarras con el ánimo alegre, saludaron con efusividad a los discípulos y les hablaron de la vendimia.

—Las mujeres bailan en los viñedos —dijo un hombre fornido con un asentimiento cómplice de la cabeza—. A la luz de las antorchas. ¡Deberíais reuniros con ellas!

Juan se limitó a sonreír. No hacía falta explicar por qué no podían hacerlo.

—¿Dónde habéis estado? —preguntó Felipe después de que la gente se fuera.

—En las colinas de Galilea superior —respondió María—. Empezamos en Coracín y después nos adentramos más en las colinas, donde vive muy poca gente. En las alturas encontramos montes agrestes y barrancos, y también bosques poblados de cipreses y cedros, pero ninguna población. Luego descendimos hacia el camino de Tiro y Damasco, y visitamos algunos poblados cercanos al lago. Fue en Coracín donde tuvimos el mayor éxito. ¿Y vosotros?

Felipe y Juana les contaron su tentativa de Endor, donde les expulsaron de la sinagoga, y la experiencia más gratificante de poder curar a algunas personas gravemente afligidas de parálisis.

—¿Ningún caso de posesión? —preguntó María.

—Algunos parecían bastante deprimidos, pero no vimos casos auténticos de posesión —respondió Juana—. ¡Y créeme, yo les habría reconocido! —añadió riéndose.

Estaban todos cansados. La tensión de sus experiencias les había agotado, y ahora reponían fuerzas descansando y hablando. Aquella noche compartieron sus alimentos y se acostaron temprano, eligiendo uno de los campos cosechados para dormir. Las festividades de la vendimia no eran para ellos, no habrían podido mantenerse despiertos aunque hubieran aceptado ir.

A la mañana siguiente aparecieron Mateo y Tomás, ya antes del alba, seguidos de Judas y Santiago el Mayor. Mateo había adelgazado sensiblemente, las largas caminatas y la pobreza habían hecho estragos en su cuerpo. De hecho, parecía a punto de sufrir un colapso y, tan pronto estuvo cerca del pozo, sacó varios cazos de agua y se los bebió con avidez. Tomás no estaba más delgado aunque sí más grave, como si las cosas que había visto le hubieran dejado su marca.

—Bueno, amigos. ¿Dónde habéis estado? —preguntó Judas. Hasta él, habitualmente tan vivaz, sonaba fatigado.

—Nosotros fuimos a Gergesa —dijo Mateo.

—¡No! —Santiago el Mayor le miró sorprendido. Era el único que no parecía extenuado de las exigencias de su misión, su voz era tan atronadora como siempre—. ¿Vosotros solos?

—Sí —respondió Mateo. Su voz, de ordinario monótona, delataba gran emoción.

—¿Por qué? —inquirió Judas.

—Porque, evidentemente, las gentes de allí tenían grandes necesidades —contestó Tomás.

—Aunque eran muy pocos los que podían comprender la misión —puntualizó Felipe—. ¿Curasteis a alguien?

—A un par —dijo Mateo—. Pero no resultó tan fácil como lo es para Jesús. Y dos de ellos nos atacaron. —Extendió un brazo y levantó la manga, revelando grandes magulladuras y un sinfín de costras—. Pobres, pobres criaturas —concluyó.

—¿Alguno de vosotros tuvo que sacudirse el polvo de los zapatos? —preguntó Juan.

—Nadie se negó en redondo a oírnos —dijo Tomás. Parecía decepcionado, como si en verdad le hubiese encantado realizar la ceremonia de repulsa.

—Juan lo intentó —dijo María—. En Coracín. Creo que sólo le apetecía conocer la experiencia.

—Los lugareños fueron casi hostiles —alegó Juan.

—Aunque no todos —puntualizó María—. Allí pudimos predicar, realizar curaciones y hasta conseguir una compañera. —Hizo una pausa—. ¡Por eso pedí a Juan que bajara el pie!

—¡Nosotros estuvimos en Jerusalén! —anunció Judas—. Mi familia vive por allí cerca, y la familia de Santiago el Mayor tiene contactos en la casa del sumo sacerdote. Por suministrarle pescado. En fin, pudimos entrar en la mansión del sumo sacerdote, que está cerca del Templo, y espiar un poco.

—¡Santiago! —exclamó Juan—. ¡No puede ser! Abandonamos todo aquello, nuestros contactos, cuando dimos la espalda a padre!

—Sólo quería hacerles una visita de cortesía, nada más —respondió Santiago malhumorado—. Nunca está de más tener a gente influyente de tu parte. —Calló y se ruborizó—. ¡Te aseguro que no traicioné nuestra misión!

—Apostaría a que tampoco les hablaste de ella —repuso su hermano.

Aquella noche bajaron a las márgenes del Jordán, donde Jesús les había dicho que se reuniría con ellos. El sonido del agua que fluía en su lecho profundo les tranquilizó y se dejaron arrullar hasta quedar dormidos en sus cercanías. Allí les encontraron Simón y Santiago el Menor al día siguiente. Simón agitó los brazos en saludo y corrió hacia ellos, con Santiago el Menor siguiéndole los pasos.

Después de abrazarse unos a otros, Simón les contó que habían estado en el oeste del país, en los despeñaderos de Arbel y después en Magdala.

—Entonces el leopardo no mudó sus manchas —dijo Felipe meneando la cabeza—. Fuiste a ver aquel lugar, el escondrijo de los celotas.

—Quería ver a algunos de mis viejos amigos —admitió Simón. Después entornó los ojos y miró a su alrededor, poniéndose a la defensiva—. Y quería que ellos me vieran a mí. Deseaba contarles lo que me había sucedido.

—¿Y bien? —preguntó Mateo—. ¿Qué te dijeron? —Era obvio que recordaba demasiado bien al hombre que, cuchillo en mano, había provocado un pandemonio en su fiesta, y para él Simón seguía siendo el mismo de entonces.

—Les decepcioné —reconoció Simón—. Dijeron que he perdido mi valor, que me he vuelto cobarde.

—¿Alguno mostró interés en seguirnos? ¿O en venir a escuchar a Jesús? —preguntó Mateo.

—Uno —respondió Simón—. El más joven. Los mayores... no; dijeron que prefieren morir por la espada.

—Después nos fuimos de las cuevas y los acantilados, y bajamos a Magdala —dijo Santiago el Menor. Su cabello estaba más revuelto que nunca y su ropa le venía demasiado ancha.

—¿Qué pasó allí? —María hizo la pregunta aunque temía oír la respuesta.

—¡Nos ganamos algunos conversos! —proclamó Santiago el Menor—. ¡Es cierto! Llegamos a esa ciudad tan concurrida, llena de barcas, mercaderes y pescadores, y nos dirigimos al paseo del puerto, en el corazón mismo de Magdala, para predicar. Les hablamos de Jesús y de su misión. —Hizo una pausa para apartar un mechón de cabello de sus ojos—. Oh, muchos se burlaron de nosotros, pero también los hubo que mostraron curiosidad. Se nos acercaron dos inválidos y yo... nosotros... rezamos y posamos las manos sobre ellos y... pudieron caminar. Erguidos y sin cojear. Después vinieron otros más, y hablamos y hablamos...

¿Quiénes serían?, se preguntó María. ¿Amigos, vecinos míos? Tal vez mis propios padres fueran a escucharles. ¿Habrán cambiado de opinión acerca de Jesús?

—Algunos dijeron que vendrían aquí para ver a Jesús con sus propios ojos —concluyó Santiago el Menor. Estaba tan agitado que le faltaba el aliento.

—Buen trabajo, Santiago.

Aquella voz era inconfundible. Había llegado Jesús.

Se volvieron y le vieron a poca distancia de ellos, de pie entre dos surcos segados cerca de la orilla. El sol le iluminaba por detrás, dibujando los contornos de su túnica con líneas doradas.

—Lo habéis hecho muy bien —añadió, y avanzó hacia ellos. Les saludó a cada uno por separado, llamándoles por sus nombres—. ¿Os resultó muy difícil?

Empezaron a hablar todos a la vez, contándole sus experiencias en el desierto, las montañas, los acantilados y las cuevas. María y Juan le informaron con gran entusiasmo de su éxito en expulsar los demonios de Susana. Después Mateo y Tomás hablaron de su encuentro con los demonios en Gergesa.

—¡Vimos a Satanás caer del cielo como un rayo!

—¡Sí! —intervino María, que revivía el momento de exaltación cuando ordenó al demonio que abandonara a Susana—. ¡Los demonios nos obedecen! —La recorrió de nuevo el cosquilleo del orgullo de sentirse especial. Ella, antes infestada de demonios, ahora tenía el poder de obligarles a obedecerla.

Jesús les miró uno tras otro.

—¿Os alegráis de poder someter a los demonios? —preguntó como si considerara esa actitud un error—. Haríais mejor en alegraros de estar inscritos en el libro de la vida.

¿Qué quiere decir con esto?, se preguntó María. Sin embargo, deseaba presentarle a Susana y, tomándola de la mano, la condujo hasta él.

—Maestro, esta mujer estuvo poseída por los demonios, como yo. Quiere darte las gracias por haberla liberado.

Susana se arrodilló a los pies de Jesús y agachó la cabeza.

—Nunca podré agradecerte bastante que me hayas devuelto a la vida —murmuró.

Jesús la tomó de la mano y la ayudó a ponerse de pie.

—Fue Dios quien te devolvió a la vida —dijo—. Es Su poder lo que debemos agradecer.

Miró de uno en uno a los discípulos reunidos, aún cubiertos de polvo y sin haberse recuperado por completo de su misión.

—No olvidéis nunca que es Dios quien os otorga el poder de combatir el mal en Su nombre —dijo—. Este poder no es vuestro.

¡Dios, sin embargo, elige a sus agentes!, pensó María.

—La gloria que podáis ganar es de Él —prosiguió Jesús—. No es vuestra.

Miró a Susana de cerca.

—¿Quieres unirte a nosotros? —preguntó examinando su rostro.

—Yo... Sólo he venido por poco tiempo. Mi esposo... Sí, puedo quedarme por un tiempo... —Las palabras salían atropelladamente, las dudas mezcladas con la aceptación, como el agua que corre sobre piedras.

—Bien —respondió Jesús—. Te estoy agradecido por este tiempo, por breve que sea.

Nunca me dijo eso a mí, pensó María. ¿Acaso la prefiere a ella? ¡Ah, qué feo es competir, dejarse llevar por el deseo de ser la predilecta!

Primero la ayudo y luego tengo celos de ella, se reprendió a sí misma. ¡Soy un ser perverso! Aunque yo conocí a Jesús primero, le conozco desde hace más tiempo...

—María, no te atormentes con estos pensamientos —dijo Jesús tocándole en el brazo. Ella le miró a los ojos y le resultó imposible aceptar que nadie fuera más querido por él.

—No sé de qué me hablas —contestó secamente y retiró el brazo.

—No te atormentes —repitió Jesús.

Avanzado el día, llegó Pedro con Natanael y, casi pisándoles los talones, Tadeo y Andrés, rebosantes de emoción.

—Nosotros fuimos a Naín —informó Tadeo—. Y los habitantes... ¡Nunca se cansaban de escuchar lo que teníamos que decirles!

¡Naín! Allí vivía la familia de Joel, pensó María. ¿Estaban allí? ¿Habían ido a escucharles?

—¿Hicisteis algo más, aparte de hablar? —preguntó Jesús aunque con voz amable, sin ningún tono de acusación.

—Posamos las manos sobre algunas personas —respondió Andrés—. Aunque no sabemos si están realmente curadas, curadas para siempre. Parecían encontrarse mejor, pero no sé más que esto.

Jesús asintió.

—¿Fuiste a Dan, Pedro? —preguntó.

—Casi —respondió Pedro—. Llegué hasta Thella pero...

—Los pantanos de Huleh nos cortaron el paso —intervino Natanael—. No obstante, derribamos algunos altares paganos que encontramos por el camino.

—¿Qué pasó con la gente? —inquirió Jesús—. Las estatuas no pueden modificar sus hábitos.

—Oh, hablamos con ellos y...

—¿Os escucharon? —insistió Jesús.

—Pues... —Pedro miró a su alrededor con expresión confusa—. Algunos, sí. Pero la mayoría nos dio la espalda.

—¿Adónde fueron? —preguntó Jesús.

—No lo sé —admitió Pedro—. Sólo sé que miré a mi alrededor y su número había menguado.

—No es fácil —dijo Jesús—. Nunca se sabe quién escucha y recuerda las palabras, y quién se olvidará de ellas.

Mientras hablaban el sol se ocultó tras las colinas de Galilea. Los últimos rayos iluminaron la superficie del lago, creando la impresión de una presencia divina sobre las aguas.

—Yo también estuve predicando y enseñando —prosiguió Jesús—, y, en la mayoría de los casos, recibí el mismo trato que vosotros. Hay gente preparada para recibir el mensaje y otra que no lo está. —Los campos vacíos se extendían a su alrededor. Pronto llegarían las lluvias de otoño para restaurar la tierra, poner fin a la sequía y permitir que los campesinos sembraran sus cultivos—. Cuando el campesino lanza la semilla, nunca sabe dónde caerá —continuó Jesús—. Tiene que sembrar grandes superficies, dispersando las semillas tan lejos como le permita el brazo. Algunas caen sobre las piedras y se malogran sin remedio. Otras caen sobre tierra poco profunda. Germinan por un tiempo y se marchitan por falta de alimento. Otras caen sobre suelo tan fértil que pronto compiten por su supervivencia con la zizaña y otras plantas voraces. —Les miró a todos—. ¿Entendéis lo que esto significa?

Pedro empezó a hablar.

—¡El campesino tiene que preparar la tierra! —dijo.

Jesús rió.

—Verdaderamente, lo tuyo es la pesca. Nunca has visto trabajar a un agricultor. ¿Hay campesinos entre vosotros?

Todos negaron con la cabeza, el Celota, los hermanos recaudadores de impuestos, los hermanos pescadores, el rabino erudito, el ciudadano de Jerusalén, la dama de honor del palacio, el pintor de frescos, y María, el ama de casa.

—Inicié mi ministerio en Galilea y no encontré a un solo agricultor —se rió Jesús—. Esto es lo que quería decir: La semilla es la palabra de Dios. Puede caer en terreno pedregoso, un suelo hostil o vigilado por Satanás, que secuestra la palabra de Dios para que no sea oída. El suelo poco profundo simboliza a los que se entusiasman fácilmente con todo y, con la misma facilidad, pierden el interés. La tierra fértil es el mundo. El mundo que ofrece tantas riquezas, distracciones y preocupaciones que pronto ahogan la palabra de Dios.

Hizo una pausa.

—Hay, sin embargo, otro lugar donde puede caer la palabra de Dios. El suelo receptivo. Allí podrá producir una cosecha abundante. Cuando sembramos, sólo somos responsables de lanzar la semilla lo más lejos posible. No sabemos dónde caerá. Todos lo habéis hecho bien. Estoy orgulloso de vosotros. Que Dios cuide de la cosecha.

»¿Veis estos campos de cebada? Ahora están desnudos pero, cuando llegue la época de la cosecha, estarán cubiertos del blanco cereal y sus granos. Necesitaré vuestra ayuda para cosechar.

—¿Quieres que recojamos cebada? —preguntó Pedro decepcionado.

—Cebada, no, sino almas —explicó Jesús—. Mira: ¿Ves a la gente en el otro extremo de los campos? Están preparándose para la Fiesta de los Tabernáculos. Construyamos aquí nuestro propio tabernáculo y festejemos con ellos. —Les miró con afecto—. Pero antes volveremos junto al río. Hay algo que debemos hacer allí.

Dio la vuelta y les condujo a las márgenes herbosas del Jordán. El caudal había mermado. Ya no lo alimentaban las lluvias de invierno ni el deshielo primaveral, y el agua fluía borboteando plácidamente en su lecho.

—Venid —dijo Jesús, al tiempo que les indicaba que descendieran las márgenes escarpadas hasta la orilla misma del agua. Cuando estuvieron todos reunidos, Jesús se agachó y llenó las palmas de sus manos—. Juan bautizaba en el Jordán, un bautismo de arrepentimiento. Yo no bautizo a nadie, aunque más tarde lo haré con fuego. Ya lo veréis. Ahora debéis bautizaros unos a otros, no en señal de arrepentimiento sino de unión entre hermanos y hermanas. Aunque, para los que me siguen, no hay varón y hembra, ni esclavo y hombre libre, ni griego o judío.

Se miraron. No había esclavos entre ellos, ni había griegos. ¿Los habría más adelante?

—Juan, llena tus manos de agua y viértela sobre la cabeza de uno de tus hermanos o hermanas —dijo Jesús.

Juan recogió el agua y se dio la vuelta; el agua se le escurría entre los dedos mientras trataba de decidir a quién elegir. Levantó las manos por encima de la cabeza de María, y ella sintió el líquido frío que la salpicaba y oyó la voz de Juan:

—Con esta agua nos unimos a Jesús y entre nosotros.

Con el agua chorreando por su cara, María se agachó, recogió agua del río Jordán y la vertió sobre la cabeza de Juana.

—Con esta agua juramos lealtad a Jesús y entre nosotras.

El rito se repitió a lo largo de la hilera de los discípulos que aguardaban su turno. Las palabras variaban pero, una vez concluido el ritual, todos volvieron sus rostros resplandecientes hacia Jesús, que les estaba sonriendo.

—¿Quiénes son mis hermanos y mis hermanas? Sois todos vosotros.

A la luz decreciente, el verde oscuro de las aguas del Jordán se tornó pardo y siguió fluyendo, fluyendo sin cesar.

42

Durante la Fiesta de los Tabernáculos todos los israelitas tenían que abandonar la seguridad de sus hogares y vivir siete días al aire libre, en «tabernáculos» construidos de ramas de palmera y de sauce, en conmemoración de los años que sus ancestros y Moisés pasaron viviendo en tiendas, en el desierto. Era una festividad alegre y se celebraba cuando terminaba la cosecha de la oliva y los dátiles, justo antes de que llegaran las lluvias del invierno. A partir de las instrucciones sencillas de Moisés, los estudiosos habían definido con exactitud las características de aquellas construcciones. Tenían que ser independientes y temporales. Debían medir entre veinte codos y diez palmos de altura, y estar provistas de al menos tres paredes, ofreciendo vista libre al cielo y las estrellas. El mobiliario debía ser extremadamente modesto, y los celebrantes tenían que vivir en estos refugios durante siete días, salvo que se lo impidieran lluvias torrenciales. El interior de los tabernáculos se decoraba con hojas y frutas.

Los fariseos y los saduceos diferían en su interpretación de la utilización correcta de las plantas prescritas. Los saduceos, que sólo aceptaban los textos escritos de la Ley, alegaban que el cidro, el mirto, la palmera y el sauce debían emplearse en la propia construcción del tabernáculo. Los fariseos, que aceptaban la tradición oral tanto como la escrita, afirmaban que aquellas plantas tenían que usarse sólo para fabricar una vaina ceremonial que llevar ritualmente. Los seguidores de estas corrientes distintas de interpretación construían sus tabernáculos lejos unos de otros.

—¿Qué haremos, maestro? —preguntó Judas—. ¿Paredes o varas?

Jesús reflexionó por un momento y respondió:

—¿Por qué no ambas cosas? Si no empleamos estos materiales para hacer paredes y varas, ¿qué vamos a emplear? Los cipreses no se prestan a ello.

Las colinas que rodeaban Betsaida estaban cubiertas de bosques y huertos, y los discípulos se dispersaron para recoger ramas. Los bosques estaban llenos de gente que recolectaba mirto y palmeras, y los jóvenes se perseguían riéndose a través de la maleza. Aunque el sol intenso del largo verano había marchitado las flores silvestres, el aire del bosque era fresco y la vegetación, verde. Los robles y los álamos susurraban en lo alto, mientras María y sus compañeros batían el terreno en busca de ramas.

Las voces juguetonas de los muchachos y las muchachas que se llamaban despertaron recuerdos dolorosos en María. Se alegraba por ellos, pero hacían que sintiese un gran vacío. ¿Ya nunca más participaría de aquel alborozo? Todavía no había cumplido los treinta. Todo había sucedido muy rápido y se había ido para siempre.

Ya no eres joven, se dijo con dureza. Tienes casi treinta años. Muchas mujeres de tu edad son viudas y se conforman con lo que tienen, los recuerdos.

Pero Jesús... Miró a sus compañeros que cortaban ramas. ¿Será posible... que no me vea como ve a los demás?

¿Y qué significaría esta diferencia? Para mí, él es distinto a cualquier hombre que haya conocido, pero sigue siendo un hombre.

Algún día se casará. Tendrá que hacerlo. Necesita una compañera.

Sus manos se habían detenido y ya no recogían ramas. El cielo dio vueltas sobre su cabeza.

¿Por qué pienso en estas cosas?, gritó para sí. No debo hacerlo. ¡No es bueno!

Pero ¿por qué no es bueno?, preguntó una vocecita en su interior. ¿Por qué no?, insistió.

¿Era suya aquella voz o de Satanás? ¿Y por qué de Satanás? Jesús era un hombre. Los hombres se casan. Y ésta es la verdad.

En el linde de uno de los campos Pedro blandía una gran piedra para clavar los postes en el suelo, los postes que servían para marcar las cuatro esquinas de la construcción. Eran de la palmera requerida y bastante altos para que Pedro, Natanael y Judas, los tres discípulos más altos, pudieran moverse con comodidad bajo el techo. Hicieron la techumbre también de ramas de palmera, procurando dejar una parte al descubierto, para poder ver el cielo, aunque menor de la que estaba cubierta, según lo estipulado por la Ley. Trajeron piedras grandes para poder sentarse, ya que no querían fabricar muebles sólo para la ocasión.

El bullicio febril de la multitud que trabajaba en la construcción de tabernáculos prestaba a los campos un aspecto más alborotado del que ofrecían los muelles de Magdala a media mañana. A su alrededor crecían refugios de todo tipo y tamaño, y los trabajadores cantaban compitiendo entre sí para ver quién terminaría primero y empezaría a decorar el exterior con hojas y frutas.

Santiago el Menor y Simón, los menos corpulentos de los discípulos, luchaban por arrastrar hasta el refugio una roca grande y plana, que haría las veces de mesa. Pedro dejó su improvisado martillo a un lado y les echó una mano empujando, mientras ellos tiraban. Pronto la roca ocupó su lugar de honor dentro del tabernáculo. Juana y María la limpiaron antes de reemprender su tarea de colgar calabazas, manzanas y granadas secas del interior de las paredes.

Convencida de que la familia de Tadeo estaría ya en su tabernáculo, María le mandó a su casa a buscar la caja con su herencia, encargándole que comprara algunas linternas.

La larga luz del sol poniente iluminó los campos con su luz cálida, tiñendo los surcos vacíos de rojo vivo. En lo alto de las colinas se vislumbraban las paredes y las torres de guardia de los viñedos, y se imaginaron a los propietarios con su reciente vendimia. Quizá durmieran esa noche entre las cepas podadas después de bailar entre las hileras de vides, a la luz de las antorchas.

La luz menguaba. El tabernáculo estaba terminado y Tadeo, orgulloso, colgó las nuevas linternas de las paredes. Ya habían nivelado y barrido el suelo de tierra como mejor podían, cuando se reunieron en torno a la roca plana que hacía las veces de mesa. En Jerusalén, desde luego, celebrarían elaboradas ceremonias en el Templo pero allí, en el campo, serían sencillas. Tan sencillas como los rituales que el propio Moisés sin duda celebrara en el desierto. Ya estaba preparada la cena, lentejas cocidas en una cazuela pequeña y pan asado sobre ascuas encendidas en el suelo, manzanas troceadas, uvas y olivas de los campos circundantes. El dinero de María, que Tadeo había recuperado sin contratiempos, facilitaba todo aquello, así como un buen vino para el grupo.

María agradecía aquella oportunidad de ofrecerles algo, de poder contribuir en lugar de ser eterna huésped y mendicante.

Jesús llenó las copas de los discípulos de vino y, por último, la suya propia. La luz de las linternas encendió el color rojo oscuro del líquido fermentado. Jesús bendijo el vino y dio las gracias a Dios por él; después partió el pan tostado en pedazos y los ofreció a sus discípulos. Todos se sirvieron lentejas en sus pequeños cuencos de arcilla y esperaron, anhelantes.

—¿Quién quiere rezar y recitar los textos que corresponden? —preguntó Jesús.

Tomás se ofreció voluntario.

—Moisés dijo en el Levítico: «Cuando llegue la Fiesta de los Tabernáculos, el primer día debéis recoger buenas frutas de los árboles, hojas de palmera y ramas verdes de los álamos, y celebrar por siete días ante Dios, vuestro Señor. Viviréis en tabernáculos durante estos siete días. Todos los israelitas nativos han de vivir en tabernáculos, para que vuestros descendientes sepan que yo hice que los israelitas vivieran en tabernáculos cuando les saqué de Egipto.»

Jesús asintió.

—Gracias, Tomás. No me cabía duda de que un buen estudioso de la Torá, como tú, conocería este texto. ¿Y los demás?

—Tenemos el Deuteronomio —dijo Natanael, el otro estudioso del grupo—. Añade que nuestra celebración ha de ser sincera. «Celebrad la Fiesta de los Tabernáculos durante siete días después de recoger los productos de la era y del lagar. Regocijaos vosotros, vuestros hijos e hijas, vuestros criados y criadas, y los levitas, los extranjeros, los huérfanos y las viudas que habitan vuestras ciudades.»

Los huérfanos. Pobre Eliseba, era una de ellos. Las viudas. Como yo, pensó María. Dios se acordó de nosotras, quiso incluirnos en las festividades.

—Nosotros somos levitas —dijo Mateo mirando a su hermano.

—Lo único que nos falta para cumplir el mandamiento, es dar comida a un extranjero —dijo Judas—. Quizás el extranjero sea yo. Soy el único del grupo que no es de Galilea.

—No tenemos criados ni criadas —objetó Andrés.

—Sí, los tenemos —respondió Jesús—. Somos todos nosotros. Criados y criadas del pueblo de Dios.

Pedro parecía confuso.

—Perdonadme pero no lo entiendo —dijo al final.

Jesús le sonrió.

—Ya lo entenderás. Todos vosotros lo entenderéis y tú, Pedro, has hecho grandes progresos. —Tendió su copa y preguntó a Pedro si quería volver a llenarla.

¿Por qué dijo que Pedro había hecho grandes progresos? Viendo su expresión plácida, tan distendida y contenta mientras masticaba un pedazo de pan, a María le costaba atribuirle pensamientos profundos. Intentó no pensar en él, concentrarse en ese momento que compartían todos juntos. La calidez de su compañía, la sensación de proximidad le resultaban reconfortantes, especialmente dada su soledad y la confusión de sus sentimientos por Jesús. Contemplando sus rostros la invadió una cálida oleada de amor.

Terminada la cena, salieron a pasear por los campos. La luz menguante había adquirido una tonalidad purpúrea, y por todas partes correteaban niños, que habían salido de los tabernáculos para jugar al escondite tras los refugios y las últimas hileras de rastrojos. Los muchachos y las muchachas mayores se disponían a aprovechar la luz crepuscular y el ambiente festivo para encontrarse y flirtear. La noche estaba impregnada de gozo y celebraciones.

Una mujer joven —una muchacha— pasó danzando a su derecha, sus tobilleras tintineando y su cabello al viento. La seguía un joven risueño que trataba de atrapar los pliegues de su vestido. Desaparecieron tras un tabernáculo y ya no se oyeron más sus voces.

María pensó en Joel en la tumba. La risa y los correteos eran tan pasajeros, la tumba y su losa tan definitivas.

—Deberíamos llamarnos «Las Hijas Liberadas de los Demonios» —dijo Juana, y enlazó las manos con las de Susana y María, sacándola de sus pensamientos. Se estaba riendo.

—Hubo otra persona poseída, un hombre, que quiso unirse a nosotros cuando Jesús le sanó —dijo María a Susana—. Pero Jesús no se lo permitió. Somos doblemente afortunadas, nos curó y pudimos empezar una nueva vida juntas.

Susana se detuvo y volvió la cabeza, primero hacia María y después hacia Juana.

—¿Debo quedarme? —preguntó—. No sé qué hacer.

¡Cuánto la comprendía María!

—Primero —respondió Juana—, debes saber si deseas quedarte o te sientes llamada a hacerlo. No es necesariamente lo mismo. Después tendrás que preguntárselo a Jesús.

—Mi marido —dijo Susana—. ¿Hay algún modo en que pueda hablarle y explicarle?

—Puedes escribirle una carta, abrirle tu corazón —sugirió María.

—No sé escribir —dijo Susana.

—Yo, sí. Te ayudaré. Escribiré lo que tú me dictes, y después buscaremos a un mensajero que le lleve la carta.

Las cartas, portadoras del alma, pensó. ¿Guardará Silvano mis cartas a Eliseba?

Poco a poco, los juegos y el ruido cesaron en los campos. Los padres llamaron a sus hijos soñolientos y cerraron las delgadas puertas de madera de sus refugios. Dormir en el campo, en los tabernáculos improvisados, era como un juego. En el refugio del grupo de Jesús había espacio suficiente para que todos, una vez acostados, pudieran ver el cielo nocturno desde sus jergones.

—Pensad en nuestros ancestros en el desierto —dijo Jesús cuando hubo silencio. Su voz sonaba suave y soñolienta—. Habían sido esclavos en Egipto, acostumbrados a vivir en casas de adobe y de techos bajos, donde regresaban al final de la jornada para caer rendidos de cansancio. Y, de pronto, se encontraron en el desierto. Allí no tenían casas pero tampoco esclavitud. En el desierto sólo estaba Dios.

Sólo Dios... Sólo Dios... Acostada de espaldas, María contemplaba las estrellas. En el desierto las noches eran frías, pero no hacía demasiado frío donde se encontraban ellos. Dios sabía que, con el tiempo, Su pueblo se olvidaría de la estancia en el desierto con Moisés. Dios disfrutó del tiempo pasado con nosotros, cuando fuimos exclusivamente suyos. Pero sabía que lo olvidaríamos pronto. Por eso estipuló las festividades. Cada año debemos recordar. Debemos ir de nuevo al desierto, con la sola compañía de Dios.

Bajo la luz de las estrellas, con su fulgor blanco y frío ardiéndole en la mente, María volvió a soñar. En esta ocasión, el sueño consistió en una secuencia de imágenes silenciosas; no podía oír nada de lo que decía la gente. Vio su ciudad, Magdala, vio ejércitos luchando en las calles, barcos llenos de hombres armados que combatían en el lago, vio las aguas tornarse rojas de la sangre vertida y la orilla cercana a su casa cubierta de montones de cadáveres hinchados. Justo después de esta imagen espantosa vio la propia Jerusalén llena de combatientes y... ¿Era posible? No, no podía ser.

Se incorporó bruscamente, con el corazón desbocado y el cuerpo bañado en sudor, aunque no hacía calor en el tabernáculo.

El Templo estaba en llamas. Se estaba desmoronando, las paredes se combaban, las piedras volaban en todas direcciones, ríos de sangre corrían por la escalinata, lejos del altar donde sacrificaban animales, un recinto provisto de canales para drenar la sangre. Aquélla era sangre humana... tenía que serlo. No había sonidos en su visión, ni gritos, ni órdenes militares, ninguna lengua que la ayudara a identificar la escena. ¿Quién luchaba contra quién? ¿Quiénes morían? En el revuelo, ni siquiera podía distinguir a los romanos de los demás.

Cayó de nuevo en el jergón, como si una mano invisible la hubiese empujado, y tuvo que soportar más visiones. El resto de Jerusalén estaba en llamas. Las casas construidas en lo alto de la colina, las más cercanas al Templo —donde residía el sumo sacerdote y la clase rica— también ardían. La gente corría despavorida, como ganado presa del pánico. Las murallas de Jerusalén habían desaparecido.

Giró sobre el costado, asfixiada. Olía el denso humo negro y no podía respirar. Nubes de humo se elevaban hasta el cielo. La ciudad entera ardía.

Por fortuna, pudo despertarse, sudada y jadeando. Se arrastró hasta la puerta, ansiando el aire fresco de la noche.

Una vez fuera, gateó trastabillando y tratando de respirar. Los tabernáculos de los celebrantes se extendían hasta donde le alcanzaba la vista, y dibujaban una imagen de paz.

¡Quítame estas visiones!, gritó a Dios. ¡No puedo soportarlas, no puedo! Las lágrimas surcaban sus mejillas.

Aún podía oler la madera, la carne, el yeso quemados. Podía ver el feo color rojo oscuro de las llamas, que lamían las paredes como animales dementes... Sintió náuseas y luchó por recobrar el dominio de sí misma.

Envíame otras visiones, clamó. Visiones buenas, benditas. ¡No me atormentes con imágenes crueles!

Al final recobró el ritmo normal de su respiración y, reconfortada por la tranquilidad y la seguridad de los campos circundantes, se arrastró de nuevo al interior del tabernáculo y buscó a tientas su jergón. Todos dormían apaciblemente.

Encontró el jergón y se acostó. El cielo nocturno, visible desde su lecho, aparecía benévolo de nuevo.

Cerró los ojos, temerosa de lo que podría ver.

No dormiré, se prometió. No, me quedaré despierta.

Pero volvió a quedarse dormida y esta vez vio imágenes distintas. Un grupo de personas reunidas en una paz palpable. No podía ver sus caras, sólo sentir sus emociones. Entonces —qué extraño— vio a Jesús: sus ropas resplandecían y su rostro irradiaba luz. Sintió la intensidad de la luz en los párpados, se despertó y descubrió que era un rayo de sol.

Jesús pasó el día caminando entre los tabernáculos. Entablaba conversación con las familias, especialmente con la gente mayor y con los niños, que se mostraban más desinhibidos a la hora de hablar con él. Parecía disfrutar particularmente de su candidez. Los mayores maldecían a Roma con irritación; los niños le preguntaban si tenía hijos y por qué no los tenía.

Los discípulos le seguían los pasos, observando con atención su comportamiento.

—Quizá debimos hablar con más personas durante la misión —dijo Juan a María, preocupado—. Quizá debimos prestar más atención a lo que nos decían.

Pedro se había abierto camino hasta la primera fila e intentaba llamar la atención de Jesús. Siempre tan pesado, pensó María. Oyó que preguntaba a Jesús si quería que echara a los niños, porque sin duda debían de molestarle. Incluso trató de apartar a uno empujándolo. Jesús le reprendió y le dijo:

—El Reino de Dios es como esos pequeños. ¡Dejad que vengan a mí! —Levantó a un niño y le meció de un lado a otro, haciéndolo chillar de gozo.

Cuando el soñoliento calor amarillo del mediodía se apoderó de los campos segados y hasta las mariposas dejaron de revolotear, un gran grupo se reunió en torno a Jesús. Por sus vestimentas, María supo que eran fariseos, expertos y autoridades en religión, que venían de la ciudad para acosarle.

—Maestro —dijo un magistrado corpulento, que llegó a la cabeza de un grupo que atravesó resueltamente los surcos cosechados hasta acercarse a Jesús—. Necesitamos tu interpretación de un tema legal muy difícil.

Jesús miró los anchos campos que les rodeaban.

—¿Habéis hecho todo este camino para pedir mi opinión?

—Así es —dijo el hombre—. Aunque seamos de Jerusalén, tenemos familia aquí...

—Por supuesto —asintió Jesús—. Ésta es la razón de vuestra visita. —Hizo una pausa—. ¿Sobre qué tema deseas conocer mi opinión, amigo mío?

—Maestro, ¿es legítimo que un hombre se divorcie de su esposa?

—Veamos —dijo Jesús—. ¿Qué ordenó Moisés al respecto?

—Ya sabes que Moisés permite que un hombre redacte un documento de divorcio y la repudie. Él dijo...

—«Si un hombre desposa a una mujer que después deja de complacerle, porque encuentra algo indecente en ella, y redacta un certificado de divorcio, se lo entrega y la expulsa de su casa...» —Jesús terminó la cita—. En el resto de este pasaje, Moisés especifica si este hombre tiene o no derecho a desposarla de nuevo, si cambia de opinión. Aunque Moisés sólo os dio su permiso porque vuestros corazones estaban endurecidos. Dios no permite el divorcio. Dice en el Génesis: «Por esto el hombre dejará a su padre y a su madre y se unirá a su esposa, quien será carne de su carne.»

En lugar de mostrarse defraudado, el fariseo se sintió vindicado.

—Así que afirmas que Moisés cometió un error.

—Incluso nuestro último profeta, Malaquías, dice: «Dios, Señor de Israel, dijo: "Abomino el divorcio."» —respondió Jesús—. Así se expresa Dios sobre el asunto. Lo hace con claridad. No es Moisés quien nos ocupa aquí, sino Dios.

El fariseo asintió e hizo ademán de marchar, pero cambió de opinión y se acercó más a Jesús.

—Herodes Antipas te está buscando —susurró en voz tan baja que sólo los que estaban a su lado pudieron oírle—. He venido para advertirte. —Su tono había virado del desafío a la preocupación. Quizá fuera ésta la auténtica razón de su visita, pensó María, y la pregunta acerca del divorcio, un simple pretexto.

—¿Antipas? —preguntó Jesús en voz alta—. Dile a ese zorro que hoy y mañana expulsaré a los demonios y curaré a los enfermos, y el tercer día alcanzaré mi meta.

El fariseo le miró desconcertado.

—Yo he cumplido con mi deber. Te he prevenido —musitó y se volvió para irse.

La respuesta de Jesús tampoco tenía sentido para María. ¿El tercer día? Todavía estarían allí el tercer día.

Sólo después de que el fariseo y sus acompañantes se fueran, entró en escena otro grupo, encabezado por un hombre bien vestido, de mediana edad. Se acercaron a Jesús con actitud autoritaria.

—Maestro —dijo el hombre—, he oído hablar de tu gran sabiduría y tus conocimientos. Mis alumnos y yo quisiéramos plantearte una cuestión espinosa. —Hizo una reverencia burlona y señaló a los hombres que le acompañaban—. Sabes que la Ley estipula que, si un hombre muere sin dejar descendencia, su hermano debe casarse con la viuda y darle un hijo, para que no desaparezca la línea familiar. Nuestra pregunta es la siguiente, y perdónanos porque hemos de saberlo: ¿Qué ocurre si un hombre muere y ninguno de sus seis hermanos que desposan a la mujer a continuación consigue dejar herederos? Esta mujer habrá tenido siete esposos.

Jesús se rió.

—Y una vida muy interesante, diría yo.

El hombre frunció el entrecejo.

—No es ésta la cuestión. Lo que nos preocupa es lo siguiente: Cuando llegue el fin de los tiempos y se produzca la resurrección de todos los muertos, ¿de quién será ella esposa?

Jesús examinó atentamente las vestimentas de aquel hombre, su capa de lana blanca, las mangas de su túnica bordadas en oro, los tachones de bronce de sus sandalias.

—¿Vosotros también sois de Jerusalén? —preguntó.

—Sí, lo somos —respondió el hombre.

Entonces, tenían que ser saduceos, hombres del Templo, un estamento que no aceptaba la idea de la resurrección y se burlaba de la creencia en seres espirituales, como los ángeles, o en el Cielo. Su pregunta no era más que una mofa disfrazada.

—No dudo de que esta cuestión te preocupa hondamente —dijo Jesús. La sonrisa se borró de sus labios y su mirada penetró a su interlocutor—. La respuesta, no obstante, es sencilla. Cometes un error, porque no conoces las Escrituras ni el poder de Dios.

Si le hubiera abofeteado, no le habría ofendido más que acusando —a esa autoridad del Gran Templo— de no conocer las Escrituras y el poder de Dios. El hombre dio un paso atrás, profiriendo un fuerte gruñido.

—Cuando los muertos resuciten —prosiguió Jesús— ni se casarán ni serán ofrecidos en matrimonio. Serán como los ángeles del Cielo.

—¡Los ángeles! —resopló el saduceo—. ¿Qué ángeles? —Meneó la cabeza y se dio la vuelta, mascullando.

Jesús no le hizo caso sino que se dirigió a los discípulos y demás presentes.

—En el relato de la zarza que ardía, Dios dijo a Moisés: «Yo soy el Dios de Abraham, el Dios de Isaac y el Dios de Jacob.» Él no es el Dios de los muertos, porque eso sería imposible, sino el Dios de los vivos —explicó—. ¡Por lo tanto, cometes un grave error! —gritó al hombre que se alejaba.

—Te acabas de ganar a un enemigo —dijo Santiago el Mayor.

Jesús le miró como si le considerara tan ignorante como al saduceo.

—Él ya era mi enemigo —contestó.

—¿No se supone que deberíamos tratar de convencerles? —preguntó Judas.

—Sí, aunque se niegan a aceptar la verdad —respondió Jesús con tristeza—. Venid. —Quería volver al tabernáculo y descansar hasta que pasaran las horas de calor.

Antes de que alcanzaran la entrada, se les cruzó en el camino un hombre joven y apuesto, vestido con elegancia. Tragó saliva, como si reuniera valor para hablar a Jesús, y al final farfulló cayendo de rodillas:

—¡Buen maestro! ¿Qué debo hacer para heredar la vida eterna? —Parecía desesperado. Aquélla no era una artimaña, una prueba.

—¿Por qué me llamas bueno? —preguntó Jesús—. Únicamente Dios es bueno. Ya conoces los Mandamientos. Sabes qué debes hacer. «No matarás, no cometerás adulterio, no robarás, no darás falso testimonio, no mentirás, honrarás a tu padre y a tu madre.»

El joven de rostro sincero le dirigió una mirada de decepción.

—Maestro —dijo—, yo he cumplido estos mandamientos desde que era niño.

Jesús permaneció inmóvil por completo durante largo rato, observándole. Finalmente, dio un paso hacia él y le dijo con dulzura:

—Sólo te queda una cosa por hacer. Vende todas tus pertenencias y reparte el dinero entre los pobres. Así tendrás un tesoro en el Cielo. Después ven con nosotros, síguenos. —Señaló a los discípulos que le rodeaban—. Únete a nosotros. Te queremos.

Una sombra pareció cruzar el rostro del joven, nublando su expresión, haciendo nido en las curvas y los huecos de sus ojos y mejillas. Su boca se movió, pero ningún sonido salió de ella. Quiso levantar las manos y tenderlas hacia Jesús, pero sus brazos cayeron a ambos costados y él se puso de pie con dificultad, dirigió a Jesús una mirada angustiada y se marchó.

Jesús le observó mientras se alejaba, y María vio lágrimas en sus ojos.

—Debe de ser muy rico —dijo Santiago el Mayor—. Es evidente que no se ve capaz de abandonar sus riquezas. —Habló con cierto engreimiento, como si quisiera recordar a Jesús que él y Juan habían sido capaces.

Jesús estaba tan acongojado que no pudo responder. Cuando al fin habló, dijo:

—¡Es muy difícil que los ricos entren en el Reino de los Cielos!

Pedro le agarró del brazo y exclamó:

—¡Nosotros lo abandonamos todo para seguirte!

—Y seréis recompensados —dijo Jesús—. En verdad os digo, el que haya dejado su hogar, sus hermanos y hermanas, su madre, su padre, sus hijos y sus propiedades para seguirme a mí y mi mensaje, recibirá cien veces más en esta era: hogar, hermanos, hermanas, padres, hijos y propiedades. Y con ellos, se ganará persecuciones y, en la próxima era, la vida eterna.

¡Yo no quiero otro hijos, pensó María, sólo quiero a Eliseba! Nadie más podría satisfacerme, ni si me ofrecieran cien sustitutos. Ni todos los niños que están reunidos aquí...

Antes de que llegaran al tabernáculo, otro hombre se cruzó en su camino y les obligó a detenerse. Tenía aspecto de ser fariseo. María hizo una mueca. ¿Cuántos más brotarían del suelo, como cardos, antes de que Jesús consiguiera descansar?

—He oído tus predicaciones —dijo el hombre—. Te oí en Cafarnaún y también en el campo. Tus palabras son sabias. Dime: ¿cuál crees tú que es el mandamiento más importante? —Hablaba con humildad y parecía sinceramente impulsado por el interés.

Jesús respondió de inmediato:

—El que reza: «Escucha, oh Israel, Dios, nuestro Señor, Dios es Único. Ama a Dios, tu Señor, de todo corazón, con toda el alma, con toda la mente y todas tus fuerzas.» Y el otro: «Ama a tu prójimo tanto como te amas a ti mismo.» Son los mandamientos más importantes.

El hombre le miraba impresionado.

—¡Oh! —dijo—. Tienes razón cuando dices que Dios es Único y que no hay más dioses que Él. Amarle de todo corazón, con todo el poder de la mente, con todas tus fuerzas, y amar a tu vecino tanto como a ti mismo son más importantes que cualquier ofrenda y sacrificio.

Jesús sonrió.

—No estás lejos del Reino de Dios —dijo.

Aunque estaban rodeados de gente que escuchaba conteniendo el aliento, después de esto todos callaron y nadie le hizo ya más preguntas. Despacio, Jesús y los discípulos recorrieron la distancia hasta el tabernáculo. Lo único que se oía era el crujido de los rastrojos secos bajo el peso de sus sandalias.

Un grupo de mujeres aguardaba a un lado, las caras protegidas del sol del mediodía con los pañuelos que les cubrían las cabezas. Debían de ser de todas las edades. Algunas se encorvaban con la característica deformidad de la vejez, otras aparecían erguidas y fornidas como la mayoría de las mujeres de mediana edad, y otras más eran esbeltas y lucían la piel sedosa de la juventud. María se fijó en ellas al pasar y se preguntó ociosamente si compondrían un enorme clan familiar, pensando que eran dichosas de poder celebrar la fiesta todas juntas.

Algo le retuvo los pasos y se volvió para examinar las caras con atención. Miró a cada mujer a los ojos aunque, por lo general, le hubiera parecido una descortesía hacerlo. Ojos de un castaño tan oscuro que casi parecían negros; ojos rodeados de pestañas tan pobladas que proyectaban sombra en las mejillas; ojos del color leonado que tienen los caparazones de las tortugas; incluso un par de ojos sorprendentemente azules, tan azules como los de cualquier mujer macedonia. María las miró a todas y se sintió invadida de gratitud a Dios, que había creado aquella preciosa variedad de matices, tan definida como las obras de un joyero. De pronto, reparó en un par de ojos castaños y los reconoció. No era la primera vez que veía a aquella mujer.

La forma de aquellos ojos era perfecta, ni redonda ni almendrada, y su mirada reflejaba una inteligencia y una serenidad que María sólo había visto en Jesús.

¡Qué suerte tener tanta paz!, fue lo único que pensó. Si sólo algún día alguien viese tal serenidad en mis ojos, en los ojos de Juan, y de Pedro, y de Judas, y de Juana... De momento, no es así. Nuestras miradas no reflejan paz ni sabiduría, ni nada más que nuestros conflictos humanos.

Volvió a mirar los ojos dulces de la mujer, le sonrió débilmente e hizo ademán de alejarse. Entonces sintió que ella le tiraba de la capa.

—¡María! ¡María! ¿Eres tú? ¿Sigues con él? —preguntó una voz.

Se volvió para mirar a la mujer de ojos bellos, cuya mano asía siempre la lana de su capa. La mujer se quitó el pañuelo y el sol le iluminó la cara.

—¡Oh! —María la reconoció con un sobresalto. Era la madre de Jesús.

—¿Has estado con él todo este tiempo? —insistió la mujer.

María se detuvo, dejando que los demás siguieran su camino. Asió la mano de la madre de Jesús.

—Sí, he estado con él —dijo—. Ven, apartémonos. —La llevó de la mano un poco más allá.

El sol ardiente cayó sobre sus cabezas cuando María descubrió también la suya para que pudieran verse bien.

—La última vez que te vi fue en Cafarnaún, tú y Santiago queríais llevaros a Jesús. Pensabas que se haría daño a sí mismo. ¿Qué pasó desde entonces para que vengas aquí?

—He rezado mucho —respondió la madre de Jesús—. Pedí a Dios que me mostrara la verdad, lo que es bueno. He venido para escucharle, como le escuchan otros; como si le viera por primera vez. —Hizo una pausa y añadió con humildad—: Dios me hizo ver el error, mi confusión, y me ha traído hasta aquí, para estar a su lado.

—Dios te ha traído en el momento oportuno —dijo María—. Pero han sucedido tantas cosas desde que os dejamos en Cafarnaún...

Se retiraron a la sombra de un roble que se erguía solitario en medio del campo, y allí se sentaron. Habló a la madre de Jesús del exorcismo en Gergesa, de las misiones encomendadas a los discípulos, de su propia misión.

—Una misión de prueba, desde luego —explicó—. Y, sin embargo, hicimos progresos, sentimos el poder, pudimos sanar a los enfermos y expulsar los demonios. —Hizo una pausa—. Creo que la visión de Jesús se torna realidad.

Su madre reflexionó, inmersa en sus recuerdos.

—Hubo señales... —dijo—. Mensajes de Dios o, al menos, eso creía... hace muchos años. Aquellas... voces... me decían que Jesús no era un niño normal. Y es cierto, nunca recibí mensajes parecidos en referencia a mis otros hijos. ¡Pero Jesús fue normal durante tanto tiempo! Fue un niño feliz, juguetón. Un joven querido por la gente. Es cierto que sentía pasión por la Torá pero mucha gente la siente... Y una vez nos dejó para vivir en Jerusalén, en el Templo. —Meneó la cabeza—. Llevó una vida tranquila durante muchos años. Luego, de pronto, quiso ir a escuchar a Juan el Bautista y... —Sonrió a María—. Ya sabes qué ha ocurrido desde entonces. Le conociste cuando fue a ver a Juan. ¡Del resto, sabes más que yo! —Su voz delató lo duro que le resultaba admitirlo.

—Está verdaderamente inspirado —dijo María—. Tiene... poderes. —Hizo una pausa—. ¿Has sido testigo de ellos alguna vez?

—No —respondió su madre—. Mientras crecía parecía un muchacho tan normal que dudé de las voces y las visiones que tuve. Sospeché que fueran obra de Satanás. Cuando regresó de su peregrinación al desierto, donde escuchó a Juan el Bautista, e hizo aquella lectura en la sinagoga... significó un comienzo tan escandaloso... Nada parecido a lo que yo esperaba.

—Ven —propuso María—. Te llevaré a él. Te está esperando.

43

El interior del tabernáculo estaba en penumbra e inesperadamente fresco. Ni el calor ni la luz palpitantes conseguían atravesar las hojas de palmera y, cuando María entró, le costó unos momentos poder ver a su alrededor. Las paredes de ramas despedían un perfume seco y dulzón.

Varias personas yacían en los jergones, los ojos cubiertos con los antebrazos. ¿Dónde estaba Jesús? ¿Haría bien en molestarle? Cuando pudo ver mejor, le descubrió en el otro extremo del refugio, sentado en el suelo con las piernas cruzadas, con la cabeza baja. Estaba rezando.

María se le acercó y esperó respetuosa. Pasados unos minutos sin que él levantara la cabeza, se arrodilló a su lado.

Jesús alzó la vista al momento.

—¿Qué quieres? —preguntó con voz suave.

—Maestro, he traído... Tu querida madre está aquí —dijo María al fin, tirando suavemente de la mano de la otra mujer, que se inclinó para mirar a Jesús a la cara.

Sería difícil decir quién de los dos se emocionó más, si Jesús o su madre. Él pareció estupefacto aunque feliz, y ella, como si no pudiera creer que estaba de nuevo a su lado. Se inclinó aún más y se abrazaron. Después Jesús se puso de pie y la ayudó a incorporarse a la vez.

—Madre —dijo, y la palabra encerraba una satisfacción sin límites—, por fin has venido.

—Por fin he venido a ver... —Habló en voz tan baja que María no pudo oír el resto. Sólo vio a los dos abrazándose con fuerza.

Así permanecieron un largo rato. Luego relajaron su abrazo y Jesús se volvió hacia sus discípulos.

—Amigos —dijo y sólo María detectó la sutil diferencia en el tono de su voz, sintió el cambio operado en él—, mi madre ha venido de Nazaret para unirse a nosotros. —Se volvió para mirarla y echó a reír—. ¿O me he precipitado? ¿Has venido para visitarnos o para quedarte?

La mujer les miró de uno en uno. Su belleza impresionó a María de nuevo.

—Vine para visitaros pero... me quedo para unirme a vosotros —dijo lentamente. Su voz tenía la misma profundidad que María recordaba como su mayor distintivo, los años no la habían empañado.

—¿Eres su madre? —preguntó Pedro. Se puso de pie y abrió los brazos—. ¿Él tiene madre? —Se rió con su propia broma.

—Todo el mundo tiene madre —respondió Jesús. La actitud de Pedro parecía decepcionarle.

Judas se levantó también.

—¡Bienvenida! —Hizo un gesto hacia María la mayor—. Ojalá las madres de todos nosotros vinieran a vernos.

—¿Dónde está la tuya? —preguntó la mujer.

—Me temo que ella no puede venir —respondió Judas—. Murió hace bastantes años.

—Eso es duro —interpuso Andrés—. Muy duro.

—Sí, lo es. —Judas pareció avergonzarse de su comentario—. Aunque es frecuente. Tantas personas pierden a su madre que no es habitual que un adulto la tenga todavía a su lado. Te envidio —dijo a Jesús y se sentó de nuevo en su jergón.

—Te oí hablar con los fariseos y con el saduceo —dijo María la mayor—. ¿Han hecho todo este camino para retarte?

Jesús sonrió.

—Para ponerme a prueba, diría yo.

—Para tenderte una trampa, diría yo.

—Tal vez sea lo mismo. —Jesús suspiró—. Perdóname, madre, pero sus pruebas me han cansado mucho. —Se arrodilló en su jergón—. Necesito dormir un poco. Quédate aquí, conmigo.

Le hizo espacio para que se acostara y todos se dispusieron a dormir en la quietud calurosa de la tarde.

María, sin embargo, tenía miedo de dormir, miedo de tener visiones espantosas. Las horribles imágenes de guerra que se le habían aparecido por la noche la acompañaron toda la mañana, mientras recorrían los campos y presenciaban los interrogatorios de Jesús. Cerraría los ojos, pero dormir... En las ramas de la techumbre sonaba el zumbido penetrante de una mosca.

Ahora estamos todos aquí, juntos. ¿Qué haremos después, dónde iremos? Las preguntas martilleaban su mente como las lluvias torrenciales del otoño. Todo parece conducir hacia algo concreto, aunque Jesús nunca ha dejado entrever que tenga intención de variar su práctica. ¿Pasaremos toda la vida haciendo lo que hemos hecho hasta ahora?

¿Y qué habría de malo en ello?, se reprendió a sí misma. Es una vida dura pero una sola curación basta para darle sentido. A pesar de todo, me gustaría que nos enseñara más cosas, que nos explicara mejor, que nos abriera su corazón...

Se sobresaltó. Había empezado a quedarse dormida en el sopor de la tarde. ¡No! Se incorporó sobre un codo y sacudió la cabeza. Nadie se movía a su alrededor.

¡Qué suerte tenéis de poder dormir sin temer a los sueños!, les dijo en silencio.

Con el frescor de la tarde, Jesús y algunos de sus discípulos salieron del tabernáculo. Pedro y Andrés fueron a la ciudad a comprar comida con el dinero de María y de Juana. Volvieron con provisiones de lentejas, puerros y pasas, así como con cebada para hacer pan. Las dos Marías se encargaron casi en exclusiva de cocinar y lo hicieron sin apenas hablar, contentas de poder sumirse en sus reflexiones. Era bueno poder trabajar juntas, poder hacer esa ofrenda de trabajo a sus amigos y compañeros. Cuando el resto del grupo regresó, descubrieron que les aguardaba una cena de puerros asados, un guiso de lentejas con pasas y una hogaza de pan de cebada. Pedro levantó el vino que él mismo había elegido y afirmó que provenía de las mismísimas laderas lindantes con Nazaret.

—En tu honor —brindó a la madre de Jesús.

—Espero que sea de los viñedos buenos —respondió ella—. El vino de algunos más vale no probarlo. —Lo dijo, sin embargo, con una sonrisa, como si quisiera indicarle que conocía bien el sabor del vino malo.

La tarde era cálida y agradable, y decidieron cenar sentados en círculo delante del refugio. Antes de empezar, Jesús rezó una larga oración de agradecimiento por los alimentos y los compañeros que le rodeaban, y pidió que Dios bendijera a ambos. Y añadió:

—Doy las gracias a Dios por haberme traído a mi madre. —Con un asentimiento de la cabeza, le tendió la mano. Ella se acercó y se sentó a su lado—. Es una velada muy especial para nosotros —prosiguió Jesús—, porque es testigo de la unión de dos familias, mi familia terrenal y la celestial. —Rodeó a su madre con el brazo—. Las familias de todos serán bienvenidas si desean unirse a nosotros.

Ojalá que lo hicieran, pensó María. Ojalá que lo hicieran.

La brisa de la tarde era dulce y susurraba los placeres de la vendimia y de la vuelta a casa. Saborearon los alimentos del campo: las uvas recién recogidas, las apetitosas y resbaladizas olivas de los huertos cercanos, la espesa y oscura pasta de higos. Los pepinos y los melones jamás les habían parecido más refrescantes. Saboreaban la bondad y la abundancia que Dios les ofrecía a través de los productos de la tierra.

Los campos parecían respirar calidez a su alrededor; les rodeaban con su paz y les daban amparo.

—¿Pasaremos aquí los siete días? —preguntó Judas, el primero de los discípulos en hablar.

—Sí, ésta es la duración estipulada de la fiesta —respondió Jesús.

—Si nos quedamos, entonces, ¿por qué dijiste que el tercer día alcanzarías tu meta?

—Puedo alcanzar mi meta sin moverme —afirmó Jesús.

—¡Me gustaría que dejaras de hablar con acertijos! —le interrumpió Pedro—. Que explicaras con claridad qué quieres decir. O, al menos, explícanoslo a nosotros, en privado. —Sonaba más ofendido que enfadado.

—¿Qué quieres saber, Pedro? —preguntó Jesús.

—Muy bien: ¿Qué querías decir cuando preguntaste a aquel hombre por qué te llamaba bueno? ¿Por qué dijiste que sólo Dios es bueno? Sabes muy bien por qué lo dijo. Y sí eres bueno. ¡No tiene sentido!

—Quería saber si él me ponía en el lugar de Dios.

—¿Por qué iba a hacerlo? Te planteaba una pregunta sencilla y te llamó bueno en señal de respeto.

—Prefiero que reflexione en cómo ha de llamar a la gente, en lugar de hacerlo sólo para halagar —dijo Jesús tras una pausa.

—¡Desde luego, a partir de ahora reflexionará!

—¿Qué quiere decir que recibiremos a hermanos y hermanas nuevas, que sustituirán a los que perdimos? —preguntó María.

Jesús señaló a todos, que estaban sentados formando un círculo.

—¿No te parece que ya los habéis recibido? —respondió quedamente—. Y habrá muchos más. ¿No dije cien veces más?

—Pero también dijiste que habría persecuciones. «En esta era», fueron tus palabras.

—Ya habéis sido testigos de su comienzo —dijo Jesús—. Mucha gente se ha vuelto contra nosotros. El discípulo no está por encima de su maestro, ni el sirviente por encima de su amo. Si han llamado al amo de la casa Belcebú, ¿cómo repercute esto en sus sirvientes? —Jesús suspiró—. Aunque nada de esto es del presente. Disfrutemos de esta velada, libres de toda carencia y persecución. Nos hará bien recordarla más adelante.

—«En esta era.» Siempre utilizas esta frase en lugar de decir «ahora». ¿Por qué lo haces? —Una vez empezadas las preguntas, ya no podían parar.

—Os lo diré cuando entremos en el tabernáculo —dijo Jesús—. Y mi explicación será sólo para vuestros oídos, como habéis deseado. Aquí fuera, con tanta gente paseando y escuchando... —Calló para permitir que sus palabras hicieran efecto y, en ese momento, oyeron voces y movimientos muy cerca de ellos—. Éste no es el lugar apropiado. —Sin embargo, parecía que le apetecía seguir al aire libre, y sus discípulos quedaron en silencio a su lado, disfrutando de la brisa de la noche.

Cuando al final entraron en el refugio, Jesús depositó la lámpara en el centro de la habitación y dijo:

—Me habéis preguntado adónde os conduzco, y realmente tenéis derecho a saberlo, porque habéis arriesgado muchas cosas para seguirme. Ahora os explicaré de qué hablo en todos mis mensajes, a qué hago referencia en todas mis oraciones y en qué pienso sin cesar.

Esperaron sin saber qué. María sintió la boca reseca. Se produjo un silencio tan profundo que se oían sus respiraciones.

—La era actual, tal como la conocemos, pronto llegará a su fin —dijo Jesús al cabo—. No puedo ser más explícito. No nos queda mucho tiempo. El fin llegará de forma inesperada, como un ladrón en la noche. Y, cuando llegue, el orden de las cosas terrenales, todo lo que nos es conocido, desaparecerá. Será el amanecer del nuevo Reino de Dios, y los que no estén preparados serán separados de los demás, como la cizaña del grano.

Se lo quedaron mirando. Sí, todos sabían que llegaría el día del juicio y que, seguramente, tenía algo que ver con el Mesías o con el misterioso Hijo del Hombre, pero los presagios que lo auguraban eran vagos.

—¿Sucederá ahora? —preguntó Pedro.

—Quizá mañana mismo —respondió Jesús—. Por eso es tan urgente que trasmitamos el mensaje a la mayor cantidad posible de gente. Tenemos que prevenirles.

—Prevenirles... ¿de qué? —preguntó Judas. Su voz era grave, no desafiante—. ¿Qué se puede hacer?

—Prevenirles de que el nuevo orden será distinto por completo al actual y de que, si no desean ser destruidos en la conmoción, deben arrepentirse y cambiar sus vidas —explicó Jesús—. ¡Todo será distinto, todo! Éste es el mensaje. Si tuviera que resumirlo en una frase, diría: Los primeros serán los últimos y los últimos serán los primeros. Los pobres serán benditos, los ricos caerán, los poderosos serán débiles, y los débiles y sumisos serán los herederos de la nueva era. —Miró a su alrededor y, de repente, su rostro perdió la expresión amable y adquirió un aire feroz, algo que María nunca había visto antes.

»¿No lo veis? ¿No lo sentís? ¿Qué creéis que significan las sanaciones y los exorcismos? No se producen porque sí, se producen como signos de la llegada del nuevo Reino. El poder de Satanás ha sido desafiado, y ya relaja el puño con el que atenazaba al mundo. Los demonios que expulsamos son testigos de ello. —Mientras hablaba, su expresión cambió de nuevo y se tornó trascendental, de regocijo ante los acontecimientos inminentes.

Un silencio total cayó sobre los discípulos. Nadie deseaba hablar.

¡Yo no quiero que esto termine!, pensó María. No quiero que desaparezca, no puedo desprenderme de ello...

—No podemos llegar a todo el mundo —dijo Tomás al final—. No hay forma de prevenirles a todos.

—¿Es por eso... que piensas que los esfuerzos de gente como yo de liberarnos de los romanos no tienen valor? —preguntó Simón, planteándose el asunto por primera vez.

—Ahora lo entiendes —contestó Jesús—. Luchar por una nimia causa política, cuando todo está llegando a su fin y los que no están preparados serán condenados, es una desgracia. No importa quién gobierna a quién, ni la cantidad de los impuestos, ni si es justo o no que un romano pueda obligar a alguien a que cargue con su equipo en el camino. Llevarlo a cuestas una milla o dos, ¿qué más da? Tanto el romano como su equipo pronto habrán de desaparecer.

—¿Quedará algo? —preguntó Pedro con vacilación.

—Quedarán las obras buenas, y ésta es la razón por la que debemos llevar la carga una milla extra. Tu buena obra perdurará, el romano y su equipo, no. No es fácil entenderlo, pero forma parte del misterio de Dios.

María se aventuró a preguntar:

—Quizá sea una pregunta tonta, maestro, pero... ¿será doloroso? Jesús asintió con tristeza.

—Para los que no están en paz con Dios, sí. Habrá llantos y rechinar de dientes, pero ya demasiado tarde. Grandes lamentaciones, peores que en la caída de Jerusalén en tiempos de Jeremías.

La caída de Jerusalén... Aquel sueño pavoroso... ¡Santo Cielo, fue aquello lo que vi!, pensó María. La bañó un sudor frío. Y sucederá pronto, éste debió de ser el mensaje de mi visión.

—¿Cómo sabremos que ha llegado el momento? —preguntó la madre de Jesús—. ¿Cómo podemos prepararnos?

Él la miró, como si se sintiera aliviado de tenerla allí consigo, de poder ser él mismo quien la advirtiera.

—La única preparación posible es estar siempre listos. Caerá sobre nosotros con tanta rapidez que nadie podrá hacer nada. De dos personas que yacen en la misma cama, una podría salvarse y la otra, no. Cualquiera podría ser testigo de la desaparición de su compañero. Será un día terrible y los que le sigan serán peores. Habrá señales en el cielo, cataclismos que supondrán el fin del mundo. Lo sé. Este conocimiento me fue dado. Debéis creerme.

—Maestro, no nos has pedido que prediquemos este fin —dijo Pedro—. Sólo nos pediste que llamásemos al arrepentimiento y a creer en la llegada del Reino de Dios, para que la gente tomara partido por él.

—¿Qué más necesitan saber? —preguntó Jesús—. Si no responden a este mensaje, ¿crees que les convencerían los detalles? Yo os digo que será como en los días de Noé. La gente siguió comiendo y bebiendo y divirtiéndose hasta el fin, hasta que empezó a caer la lluvia, aunque ellos también habían sido advertidos. Optaron por seguir con su vida normal hasta el mismísimo momento en que Noé entró en el arca y cerró la puerta.

—Entonces... ¿qué sentido tiene advertirles? —preguntó Mateo.

—Dios ordenó que lo hiciéramos —respondió Jesús—. A todos los profetas les ordenó que hablaran, que comunicaran el mensaje, porque la culpa caería sobre ellos si no lo hicieran. —Hizo una pausa—. Si alguien escucha el mensaje y no responde, la culpa es de él. Si el mensaje no se divulga, la culpa es de la persona que lo calla.

—¿No deberíamos anunciarles claramente la llegada del fin? ¿Advertirles en firme? —preguntó el hermano de Mateo, Santiago, tomando parte en la conversación. Su mente legalista buscaba cubrir todas las posibilidades.

—Os contaré una historia —dijo Jesús—. Y su significado no es ningún secreto. Hubo una vez un hombre rico que se negaba a dar siquiera un mendrugo de pan al pobre mendigo que esperaba a su puerta.

Aquel mendigo se llamaba Lázaro. Cuando ambos murieron, Lázaro se encontró al lado de Abraham mientras que el rico bajó al infierno. El rico, abrasado de sed y desesperado por una gota de agua, suplicó a Abraham que permitiera que Lázaro se mojara un dedo para humedecerle la lengua. Pero, aunque Lázaro era bondadoso y habría ofrecido de buen grado lo que el rico le había negado en vida, no podía hacerlo. Un gran abismo separa al Paraíso del infierno. Entonces el rico suplicó a Abraham: «Deja que Lázaro hable con mis cinco hermanos, que les prevenga, para que no corran la misma suerte que yo.» Abraham contestó: «Tienen a Moisés y los profetas. Si no escuchan a Moisés y los profetas, tampoco les convencerá nadie más, aunque vuelva de entre los muertos para advertirles.» —Jesús les miró de uno en uno—. ¿Está claro?

—Maestro, con todos mis respetos, no estoy de acuerdo —dijo Judas—. Es fácil olvidar las advertencias generales, como también las admoniciones generales. «Sé limpio. Paga tus deudas. Sé bondadoso con las viudas.» La gente pasa esas cosas por alto. Pero, si alguien les dijera «¡Esta noche morirás!», prestarían atención. Quizá debamos hablarles con más claridad.

Antes de que Jesús pudiera responder, Tadeo irrumpió, angustiado:

—¿Cuándo sucederá todo esto?

—Nadie sabe el día ni la hora —contestó Jesús—. Aunque será pronto. Muy pronto. —Les miró a todos—. Deberíais alegraros. Regocijaros de formar ya parte del Reino. Y de tener el privilegio de llevar este mensaje a los demás.

Se arrastraron hasta los jergones para dormir. El espíritu alegre y jovial de la celebración se había disipado como el mundo cuando toca a su fin. Ahora todo aquello les parecía trivial, la recogida de ramas, la comida, las normas de construcción de los tabernáculos y la conmemoración de la experiencia en el desierto.

María yacía inquieta en su jergón. ¿Qué le pasaría en el futuro? ¿Y a Magdala? Aquella horrible visión de Magdala... ¿fue la imagen de sus últimas horas? ¿Cómo abandonar a su hija a aquel destino?

Cuando oyó que Jesús se levantaba y salía del tabernáculo, se levantó apresurada y le siguió afuera. Tenía que hablarle de las visiones.

La luna a medio crecer asomó sobre las colinas, bañando los tabernáculos en un tinte azulado. María distinguió la silueta de Jesús que caminaba hacia las laderas arboladas que dominaban los campos. Estaba solo. Muy pocas personas quedaban despiertas, y el sonido de sus cantos y sus risas flotaba sobre los segados. Recogiéndose la túnica, intentó alcanzarle. Jesús caminaba a grandes zancadas. María echó a correr y, justo en la entrada del bosque, le alcanzó y le tocó la manga.

—Jesús, tuve otra visión. Anoche. Me temo que fue del final que nos has contado. Necesitaba decírtelo. —Las palabras salieron atropelladas.

—¿Por qué no me lo dijiste cuando estábamos todos juntos? —Se volvió para mirarla y ella vio la determinación en su rostro. La fría luz de la luna le prestaba un aspecto severo, sentencioso.

—Pues... —Le pareció que la acusaba de guardar secretos—. No me fío siempre de estas visiones, no quería alarmar a los demás. —¿Habrá pensado que buscaba una excusa para estar a solas con él? María creía que se alegraría de verla. Se sintió decepcionada—. Las visiones fueron desagradables.

—Cuéntamelas. —Su voz sonó un poco más amistosa.

Una brisa liviana acarició los surcos segados, cálida y cargada de perfumes, antes de desaparecer entre los árboles. El mundo no iba a terminar todavía.

—Tuve tres —dijo María en voz muy baja, como si temiera que la oyera la tierra y desesperara—. La primera fue de Magdala. Se libraba una guerra terrible, había combates... Vi soldados de Roma a caballo asaltando la ciudad, luchando contra sus habitantes. Aunque fue aún peor la visión del lago lleno de barcos que combatían entre sí.

—¿Barcos? ¿En guerra? —preguntó Jesús de pronto—. ¿No eran barcas de pesca?

—Algunos podían haber sido barcos de pesca pero, en mi sueño, estaban llenos de hombres harapientos y desesperados que peleaban, y había otros barcos cargados de soldados romanos. Vi que algunos de los luchadores lanzaban piedras a los romanos sin causarles daño alguno, mientras que éstos les disparaban flechas y acertaban el blanco. Algunos de los barcos se hundieron y, cuando los tripulantes quisieron alejarse a nado, los romanos les cortaron las manos o las cabezas. Se ahogaron todos, y las aguas se tornaron rojas.

Jesús gruñó, como si él también pudiera ver la escena.

—¿Las aguas eran rojas?

—Tan rojas como si hubieran vertido centenares de cubos de tinta carmesí en ellas. Después vi la orilla, cubierta de cadáveres y restos de naufragios, y los cadáveres empezaron a hincharse ante mis propios ojos y... olí el hedor. Fue espeluznante. Aún podía olerlo cuando me desperté.

Jesús se mantuvo callado tanto tiempo que María tuvo que preguntarle:

—¿Pueden ser verdaderas estas visiones? ¿Es esto lo que va a suceder? ¿A esto te referías?

—Los romanos... Dios puede utilizar a cualquiera como azote —respondió Jesús pensativo—. Utilizó a los babilonios y a los asirios. De modo que ahora serán los romanos.

—¡Mi casa! —exclamó María—. No puedo soportar la idea de la destrucción de mi casa. Y los niños. ¿Se salvarán los niños cuando llegue el fin de los tiempos? Ellos no necesitan un mundo nuevo para empezar desde el principio, el mundo ya es nuevo para ellos, no lo han mancillado con sus pecados.

Pareció que Jesús se echaría a llorar. La severidad de su expresión se había tornado dulzura y tristeza.

—¿Se salvaron acaso los niños cuando cayó Jerusalén? No. Y no fueron los babilonios quienes les mataron sino sus propias familias.

—No. No puedo permitirlo. Iré a Magdala y salvaré a mi hija.

—No será posible.

—Sí, lo será. Debo dejarte.

—Puedes dejarme, pero no puedes evitar lo que ha de venir. —Le tomó las manos temblorosas—. No está en tu poder. —La abrazó y la estrechó para calmar su miedo—. Me has dicho que tuviste tres visiones. ¿Cuál fue la segunda?

La segunda. La de Jerusalén. Se la contó rápidamente y con voz muy baja, deseando que no la soltara. Pero al poco la soltó.

—¿El Templo, dices? —exclamó Jesús—. Entonces lo que se me dijo es cierto. ¡Oh, Padre, ojalá que no lo fuera! —Quedó inmóvil y empezó a temblar también él. Fue el turno de María de extender la mano para sostenerle.

—¿Cuándo ocurrirá todo esto? —le preguntó—. ¿Mis visiones significan que será pronto?

—No lo sabemos —respondió él—. La presencia de los romanos... Sí, podría indicar que será pronto. —Hizo una pausa—. ¿Y la tercera visión? —Lo preguntó como si temiera que ésta sería la más terrible de todas.

—Fue de ti. Llevabas una túnica blanca que brillaba y estabas rodeado de un gran número de gente. Aunque no sé dónde estabas ni quiénes eran aquellas personas. Fue la última visión y desapareció con rapidez.

—Ah. —En lugar de sonreír, como ella hubiera esperado, Jesús parecía tan turbado como con las otras—. Así tendrá que ser, entonces. Está llegando y es la suerte que me aguarda si... —Se interrumpió—. Te agradezco que me cuentes tus revelaciones. Puedo confiar en ellas. Puedo confiar en ti.

—Jamás podría ocultarte nada. —Mientras decía estas palabras, María tenía ganas de gritar: ¡Quédate conmigo! ¡No me dejes nunca! Pero, aunque Jesús se lo prometiera, ¿qué sentido tendría su promesa ante el advenimiento del apocalipsis?

«Durante los días que precedieron al diluvio, la gente se casaba y concertaba matrimonios hasta el último momento, cuando Noé entró en el arca.»

44

A la mañana siguiente el sol brillaba, cálido y luminoso, y nada indicaba que pronto podría oscurecerse o desaparecer. En la atmósfera afable de la dulce madrugada, las severas palabras de Jesús perdieron su gravedad de la noche. Ni siquiera él mismo parecía preocupado sino que emprendía sus tareas habituales y conversaba con su madre sobre su hermano Santiago y el trabajo en la carpintería. ¿Cómo estaban Simón y Joses? María le dijo que Santiago estaba tan descontento como siempre, pero que demostraba saber administrar bien el negocio, y que Simón era un ayudante con talento. Hasta el momento, ninguno de los dos había mostrado interés en las enseñanzas de Jesús, aunque resultaba imposible no oír hablar de las multitudes reunidas en Cafarnaún o del incidente de los cerdos en Gergesa.

Jesús supo consolarla por su falta de interés aunque, sin duda, también a él debía de herirle la indiferencia de sus hermanos.

—Algún día iré a buscar a Santiago —le prometió.

Cuando salieron del tabernáculo, ya había gente reunida esperando a Jesús. Como de costumbre, algunos estaban enfermos, otros eran pobres y otros más, sencillamente curiosos. Y entre ellos había fariseos, practicantes estrictos de la Ley, escribas y eruditos, como el día anterior. Detrás del gentío, estaban apostados unos cuantos policías de Antipas. Mientras Jesús caminaba entre los congregados, un hombre calvo y fornido se le acercó por detrás y le tocó la manga. Jesús se volvió al instante para ver quién era, aunque el roce había sido imperceptible. Enfrentado a la mirada escrutadora de Jesús, el hombre tuvo que reconocer que venía a pedirle más ayuda.

—Tú me devolviste la vista pero tengo problemas... No me acostumbro... Creía que la ceguera era la causa de todos mis problemas, pero ahora no estoy tan seguro... Me siento confuso. Veo cosas que no se parecen a nada... nada conocido. ¡Tengo que olerlas y tocarlas para saber qué son! —El hombre parecía tan afligido como si padeciera dolores físicos.

Jesús le dio la mano y le habló como si estuvieran a solas.

—¿Las cosas no son como tú esperabas? —preguntó.

—No esperaba nada en particular, sólo poder ver adónde voy, sin necesidad de que me guíen o de llevar un bastón. Me bastaba con no caerme y con no tener miedo de golpearme contra cosas que no podía ver. Ahora caminar me resulta aún más difícil. Veo escalones, barreras, colinas... y no sé distinguir un escalón de una sombra. No sé cuál es la realidad.

Calló, consciente de que todos estaban escuchando. Pero tuvo que continuar:

—Y la luz... Todos esos colores... son tan... inútiles. Antes, cuando tenía una manzana en la mano, la reconocía por su tersura y por su peso, en especial, por su olor. Por el olor era capaz de predecir su sabor. ¡Pero los colores! ¿Qué tienen que ver con nada? El rojo y... Los miro sin entenderlos. Hay más cosas rojas y redondas, las granadas, los caquis... Tengo que tocarlas y olerlas para diferenciarlas, como si todavía estuviera ciego.

—¿No te parecen hermosos los colores? —preguntó María.

—¡No! ¡Sólo desconcertantes! —respondió el hombre—. ¡No me gustan, me dan dolor de cabeza!

Jesús rió.

—El exceso de riqueza es desconcertante, en verdad. Y la escasez, sea de colores o de posesiones, ayuda a aclarar las ideas. Pero la luz fue la primera creación de Dios, y él desea que vivamos en ella. —Hablaba para que todos pudieran oírle pero después bajó la voz, para que le oyeran sólo los que estaban cerca—. Ahora te enceguecen otras cosas. Te aturde la gloria del mundo de Dios. Tendrás que acostumbrarte a ella poco a poco. Sostén la manzana en la mano y contémplala, examina cada matiz de sus colores, pide que te los nombren para así aprenderlos y, con el tiempo, llegarás a reconocer las cosas que te rodean. Aunque tu mirada siempre será distinta a la de los demás, porque tú elegiste ver.

—¡No entiendo el sentido de los colores! —exclamó el hombre—. ¡No quiero verlos!

Jesús se volvió hacia los demás.

—Esto es lo que hacemos a Dios cada día. Él nos regala la vista, nos presenta las cosas, y nosotros gritamos: «¡No quiero verlas!» Amigo mío, has recibido la bendición de la vista y no puedes volver atrás.

—Quizá no debas curar a los ciegos —sugirió Judas acercándosele—. Nunca se me había ocurrido que la vista puede causar más problemas que la ceguera.

—Siempre es más fácil vivir por debajo de tus posibilidades —le respondió Jesús—. Por eso pregunto a la gente: ¿Realmente quieres sanar? Algunos tienen el valor de admitir que no.

Su madre se acercó también y preguntó:

—¿Cómo es posible que nadie prefiera estar enfermo? Me parece increíble que alguien rechace la salud.

—Creen que la desean, pero no se dan cuenta de las consecuencias —dijo Jesús.

—No puede resultar más fácil ser ciego que poder ver —dijo Tomás—. ¡Me niego a aceptarlo!

Jesús le miró y meneó la cabeza.

—Has oído a este hombre, y él sabe lo que significa ser ciego y poder ver. Nosotros sólo conocemos uno de estos estados y somos incapaces de imaginar el otro.

—Quizá debieras dejar de curar —opinó uno de los oyentes.

—Dios es un dios de la luz y desea que vivamos en la luz —respondió Jesús—. Por muy duro que sea. Siempre es más fácil vivir en la oscuridad.

Entonces un hombre joven se acercó a Jesús y dijo:

—Yo estuve poseído por los demonios y tú los expulsaste. ¿Te acuerdas de mí? Como el ciego, mi nueva condición me resulta muy difícil. Para empezar, la gente sigue tratándome como si estuviera poseído. No confían en mí, sé que dudan de todas mis palabras y me vigilan a todas horas.

El joven tenía un porte erguido y vestía con elegancia. Nada en él sugería debilidad alguna.

—Es duro cuando los demás sólo recuerdan lo que fuiste —dijo Jesús. Hizo una pausa—. Aunque esto no es lo único que te preocupa.

—Pues, no... Tengo miedo de que vuelvan. Quizá sea esto lo que intuye la gente. ¡Que los demonios pueden volver!

—¿Has enmendado tu vida? —preguntó Jesús—. ¿Has expulsado de ella lo que pudo invitar a los demonios en primer lugar? Porque, si sólo te has tomado un respiro y has ordenado tus cosas un poquito, el demonio volverá. Y traerá a sus compañeros. ¡Y tú acabarás peor de lo que empezaste!

El joven cayó de rodillas.

—Creo que sí... pero había tanto que hacer, tantas cosas que enmendar.

—Reza para que los demonios se mantengan lejos, continúa con tus esfuerzos por reparar los daños que ellos hicieron, y Dios te protegerá.

Siguió caminando, y los enemigos en el borde del gentío siguieron acercándose. María vio una auténtica muralla de fariseos embutidos en sus túnicas austeras y un grupo apiñado que sólo podía ser de escribas y que asían con firmeza su fardo de materiales de escritura. Detrás de ellos se encontraban los soldados de Herodes Antipas, observando la escena con la mirada impasible de los dioses paganos. Lucían su distintivo uniforme azul y apoyaban la mano derecha en las vainas de sus espadas. El ánimo festivo de la congregación se disipó, ahuyentado por la vigilancia y la tensión.

De repente, alguien gritó:

—¡Una señal! ¡Danos una señal milagrosa!

Jesús se detuvo para ver quién le clamaba. Estaba rodeado de un mar de rostros, era imposible saber quién había hablado.

—¿Una señal? —preguntó—. ¿Y qué harías con esta señal?

—¡Nos convencería de que eres un auténtico profeta! —Volvió a sonar la voz, y vieron que pertenecía a uno de los fariseos, un hombre joven y autoritario apostado en las últimas filas.

En lugar de responderle amablemente, Jesús le gritó también:

—¡Sois una generación malvada y adúltera! ¡No habrá señales para vosotros, ninguna en absoluto!

La gente retrocedió, sorprendida.

—¡La señal de Jonás es la única que recibiréis! —gritó Jesús—. Porque Jonás predicó a las gentes de Nínive, y se arrepintieron. ¡Serán esas mismas gentes de Nínive las que os condenarán cuando llegue la hora del juicio, porque ha venido un profeta más grande que Jonás, y vosotros no queréis escucharle! —Se volvió hacia el resto de los congregados—. ¡Y la reina de Saba os condenará a vosotros en el día del juicio, porque ella acudió de los confines del mundo para conocer la sabiduría de Salomón, y ahora ha venido alguien más grande que Salomón!

—¡Estás loco! —gritó su interrogador—. ¿Te refieres a ti? ¿Afirmas ser más grande que Salomón? ¡Qué disparate!

La multitud empezó a murmurar descontenta, y los soldados de Antipas intervinieron para imponer el orden, blandiendo sus lanzas y apartando a la gente a empujones. Se abrieron camino hasta donde estaba Jesús y su capitán alargó el brazo para apresarle.

—Será mejor que vengas con nosotros —dijo.

Jesús se soltó de un tirón y miró al soldado tan fijamente que pareció inmovilizarle. Intercambiaron miradas silenciosas durante unos largos momentos, hasta que el soldado dio un paso atrás.

—Ya te hemos advertido —masculló, y vociferó hacia los reunidos—: ¡Dispersaos! ¡Volved a los tabernáculos, a los refugios! ¡Dejad solo a este hombre! ¡Dejad de seguirle, de provocarle y de interrogarle! —Señaló al joven fariseo que había pedido una señal—. ¡Estoy hablando de ti! ¡Si no le hacéis caso, pronto desaparecerá! ¡Vosotros generáis la atención que le permite prosperar!

El fariseo contempló al soldado con absoluto desdén, como si fuera un montón de desechos apestosos en medio del empedrado; porque realmente, para los practicantes estrictos, los secuaces de Antipas y de Roma eran tan impuros como los excrementos. No se dignó responder aunque obedeció. Ya no habló más con Jesús.

Los soldados patrullaron por los campos durante el resto de la festividad, y Jesús y sus discípulos permanecieron recluidos en el tabernáculo. Aprovecharon ese tiempo para hacerle preguntas, descansar y reflexionar. María recordaba las visiones una y otra vez, trataba de recuperar hasta los detalles más nimios de las escenas, a fin de estar mejor preparada cuando llegara el momento. Los colores y los sonidos intensos pervivían en su mente, salpicados con el tinte indeleble y el olor de la sangre, y las siluetas humanas repetían los mismos movimientos, acuchillando, derrumbándose y chillando.

También observaba a Jesús con atención, tratando de discernir sus sentimientos por cada uno de los discípulos. ¿Prefería a Tadeo antes que a Judas? ¿Estaba mejor dispuesto a contestar las preguntas de Tomás que las de Pedro? ¿Con qué intención hablaba a Susana? La mujer seguía con ellos. ¿Acaso Jesús le había reservado una bienvenida especial? María intentaba comparar sus expresiones y su comportamiento con cada uno de ellos y con su madre.

Al mismo tiempo, se despreciaba a sí misma por albergar tales pensamientos, por sentirse inclinada a competir por su aprobación.

No dejaba de preguntarse si ocupaba un lugar especial en los afectos de Jesús o si la complicidad que ella percibía entre ambos no era más que un producto de su imaginación.

¿Soy tan sólo una viuda solitaria que trata de imaginar lo que necesita allí donde no hay nada? La respuesta variaba de día en día, según las palabras o los actos de Jesús.

Es cierto que aún lloro por Joel y estoy desconsolada, admitía para sí. También es cierto que me siento distinta y no tan sola cuando estoy con Jesús. Pero desconozco sus sentimientos. Él y yo compartimos mis visiones y así puedo ayudarle, pero quizá sea esto lo único que hay... Quizá no exista nada de lo que ocurre entre un hombre y una mujer.

¿Lo sabré alguna vez?, se preguntaba. ¿Me atrevería a averiguarlo?

Cuando la fiesta de los tabernáculos terminó Jesús les condujo lejos de Betsaida, a las colinas. Su madre se quedó con ellos, y también Susana. Juana y María habían usado otra parte de sus pertenencias personales para comprar provisiones en Betsaida y asegurar la supervivencia del grupo en la siguiente etapa de su peregrinación.

Caminaban de dos en dos, y a veces María se encontraba al lado de Jesús; otras, no. Siempre era un privilegio poder caminar junto a él, ya fuera conversando o en silencio. En cierta ocasión, al quedarse deliberadamente atrás para permitir que los hermanos Zebedeos caminaran al frente, al lado de Jesús, oyó una conversación que la ayudó a superar toda la culpa causada por su deseo de ser ella la discípula preferida.

Jesús les había llamado con un ademán y, cuando los hermanos ocuparon el lugar de María, les preguntó:

—¿De qué estabais hablando allí atrás?

—De nada en particular —respondió Santiago el Mayor.

Cuando Jesús permaneció callado, mirándole, se encogió de hombros.

—Estábamos hablando de Antipas y de lo que significa la vigilancia de sus soldados.

—Pero estabais discutiendo —insistió Jesús—. Tú y Juan, y cuatro o cinco de los demás.

—Discutíamos sobre quién será el más importante en el nuevo Reino, cuando todas las cosas serán distintas, como nos dijiste —admitió Santiago el Mayor—. Juan y yo... queremos pedir tu permiso para sentarnos a ambos lados de ti. Queremos ser tus ayudantes especiales.

¡Hete aquí! ¡Todos se confabulan para ocupar un puesto mejor, todos quieren ser discípulos predilectos de Jesús!, pensó María. Yo sólo quiero su afecto y su estima, mientras que ellos desean prestigio y una posición especial. El descubrimiento la hizo sentir superior.

—¡Ellos no tienen derecho! —protestó Felipe, que se había adelantado por el camino—. Yo te conocí primero.

—Yo también estuve desde el principio —opuso Pedro.

—Yo te llevé a Jesús —le corrigió su hermano—. Yo fui el primero.

—Jesús tuvo una visión en la que yo aparecía bajo una higuera —interpuso Natanael—. Fui uno de los primeros a los que llamó.

Jesús se detuvo, y los demás hicieron lo mismo. Les envolvió el polvo que habían levantado con sus pies y que se suspendía como niebla en el aire.

—¡Mis Hijos del Trueno! No sabéis qué significa lo que me pedís —dijo a Santiago el Mayor y a Juan—. ¿Podéis tomar vosotros el cáliz que yo he de beber?

—Sí que podemos —respondieron con firmeza.

Jesús meneó la cabeza.

—En verdad, beberéis de mi cáliz, pero no soy yo quien puede autorizaros un puesto a mi lado. Estos lugares pertenecen a aquellos para los que fueron dispuestos por mi Padre.

—¡No deberían actuar así, a nuestras espaldas! —protestó Pedro—. A hurtadillas, tratando de asegurarse...

—¡Pedro! —Jesús alzó la voz—. ¡Y todos vosotros! ¡Escuchadme! —Se dio la vuelta lentamente, para cerciorarse de que todos pudieran oírle—. ¿Queréis ser como Antipas y sus soldados? ¿Queréis ser como los romanos? Ellos viven de acuerdo al rango y les encanta imponerse unos a otros. Vosotros debéis hacer lo opuesto. El más grande de entre vosotros deberá ser un sirviente, no, un esclavo de los otros. Como yo sirvo a los demás.

—¿Un esclavo? —Pedro parecía ofendido—. ¿Un esclavo? ¡Dices que somos los hijos de Dios, y los hijos de Dios no pueden ser esclavos!

—Debéis ser esclavos del Reino de Dios. —Jesús pronunció las palabras con toda claridad—. En el Reino del Señor no hay lugar para la ambición.

Juan y Santiago el Mayor se rezagaron, desconcertados, dejando que María y Juana ocuparan su lugar.

—Maestro —dijo María—, yo no tengo ambiciones.

Jesús se volvió hacia ella y le dirigió una mirada penetrante. En ese momento, supo que podía leer su mente.

—María, me temo que sí tienes. —Fue lo único que dijo.

Sus palabras la dejaron anonadada, como si la hubiera alcanzado un rayo. ¡No era cierto! ¿O sí? Jesús tenía razón en cuanto a los demás... Sintió que sus mejillas se arrebolaban de vergüenza.

Entonces Juana empezó a contar las cosas que sabía de Antipas y a opinar sobre su más probable curso de acción. Haría que les siguieran, afirmó. A partir de ese momento, nunca dejaría de vigilarles. Al menor desliz, correrían todos la suerte de Juan el Bautista, serían encarcelados, si no ejecutados.

—Hasta el propio Antipas debe obedecer algunas leyes —opuso María—. No puede encerrarnos sin más. —Agradecía la posibilidad de seguir hablando con Jesús, aunque de un tema menos espinoso. Desde luego, prefería hablar de Antipas que de sus sentimientos hacia Jesús.

—Ya encontrará un pretexto —le contestó Juana—. Le conozco, sé cómo piensa.

—Tienes razón, Juana —dijo Jesús—. Aunque nosotros no nos ocultaremos ni modificaremos nuestro comportamiento. Lo que hacemos, lo hacemos abiertamente. Que Antipas haga lo que quiera.

—¡Sí! —afirmó Juan, que caminaba justo detrás de ellos; su hermoso rostro resplandecía—. ¡Sigamos adelante con valentía, aunque sea hacia la muerte!

—Si las cosas llegan tan lejos, Juan —respondió Jesús pausadamente—. No es deshonroso intentar salvar la vida. Cuando yo me haya ido, espero que huyáis de las persecuciones mientras no reneguéis de mí.

¿De qué estaba hablando? ¿Cuando se haya ido? De repente, María se sintió asustada. La túnica blanca, las palabras: «Está llegando, es la suerte que me aguarda...»

—¡No debes hablar así! —exclamó, empujando a Juan a un lado y asiéndose de Jesús—. ¡No, por favor!

—María, María —dijo Jesús—, no podemos negar lo que ha de ser. Debemos estar preparados.

—Y tu mensaje... ¿Qué será de los que aún no lo han oído, si te hacen callar? —insistió Tomás.

—Por eso debo seguir hablando, seguir moviéndome mientras aún me lo permitan. Después, seréis vosotros los que hablaréis por mí.

«Después... Cuando me haya ido...»

Nunca antes les había hablado así. Al son de aquellas palabras, a María le pareció que una sombra atravesó la mañana luminosa, como si las alas de un águila enorme hubiesen tapado el sol al pasar. Si Jesús desaparecía, nunca más haría calor. Un auténtico escalofrío recorrió su cuerpo.

No podía ser. No se le había aparecido en visiones. ¿Cómo podía ser cierto si no había visiones de ello? Las visiones se lo decían todo. Ésa fue la primera vez en que accedió a reconocerlo, bajó la guardia ante el contenido revelador de sus visiones.

Le había visto envuelto en una túnica deslumbrante, ennoblecido, glorificado. Dicen que la túnica del martirio está glorificada... ¿Será posible que fuera éste el contenido de su visión?

Detrás de ella, los discípulos trepaban por una pendiente empinada, algunos ayudándose con bastones, otros, los más rezagados, gruñendo quejidos. Juan y Santiago se habían quedado atrás, avergonzados de su reciente conversación con Jesús. A su lado, los demás discípulos ambiciosos seguían discutiendo.

En la medida en que ascendían, sentían el aire más fresco de las alturas, y las ramas de los pinos, que se erguían altos como en los bosques, susurraban al paso de la brisa. María estaba tan inmersa en sus pensamientos que no se dio cuenta de que Judas caminaba a su lado hasta que él le habló.

—A Jesús sólo le puede seguir la gente joven —dijo. Avanzaba clavando su bastón en el suelo, como si necesitara de un ancla para dar el siguiente paso.

—Su madre nos sigue sin problemas —contestó María, mirando a la mujer que caminaba resuelta al lado de Pedro.

—No es muy mayor —dijo Judas—. No creo que haya cumplido los cincuenta todavía. Mateo casi tiene la misma edad. Simón, también. Fue celota durante mucho tiempo. Por eso está tan desmejorado. Ser celota durante tanto tiempo y no ver resultados... eso ha de envejecerte a la fuerza.

—Parece más joven desde que se unió a nosotros.

—Sí —admitió Judas—. Jesús tiene ese efecto en la gente.

—Pero ahora dice que su misión será reprimida por Antipas. ¡No podemos permitir que eso ocurra! —Judas sería su aliado en cualquier plan de oposición a Antipas. Era inteligente, imaginativo y más mundano que los demás. Recordó una frase de Jesús; había dicho que los hijos de este mundo son más listos que los hijos de la luz, al menos en lo que se refiere a determinadas cosas. Judas daba la impresión de ser un hijo muy competente de este mundo.

Judas reflexionó por un momento; María sólo oía los golpes sordos de su bastón contra el suelo. Finalmente, dijo:

—No, no podemos permitirlo. —Y añadió algo sorprendente—: Si Jesús se vuelve demasiado provocador, debemos detenerle.

¿Detener a Jesús? Sonaba a deslealtad aunque... ¿no sería mejor impedirle que se expusiese a peligros?

—¿Cómo? —preguntó.

—Por medio de la persuasión. Estoy seguro de que su madre nos ayudaría. Y si todo fracasara... somos más numerosos que él.

La idea de recurrir a la fuerza para impedir a Jesús que hiciera lo que se proponía no sólo parecía aborrecible sino también impracticable. Si se trataba de salvarle la vida, sin embargo...

—Pues sí. Si las cosas llegan a este extremo. —María se sintió aliviada y conspiradora a la vez. La sombra desapareció del cielo, aunque seguía haciendo frío.

Judas siguió caminando a su lado en silencio. Al cabo, dijo:

—Sé que tú y Juana habéis contribuido en nuestra alimentación. ¿Necesitas de alguien que cuide de tus finanzas? A mí se me da muy bien.

¿Por eso la había abordado?

—¿Conoces el oficio? Me parecía que Mateo...

—Él quiere olvidarse de su vida anterior —dijo Judas—. Lo mismo ocurre con su hermano, Santiago. ¿Quién más hay? ¿Los cinco pescadores? ¿El estudioso de la Torá? Estos hombres no tienen experiencia en el manejo del dinero. Jesús, sin duda, admira sus virtudes sencillas, la «sal de la tierra» pero, evidentemente, no son apropiadas para esto. Tenemos el dinero de nuestros miembros; recibimos contribuciones de simpatizantes; tenemos gastos de bebida y alimento. Alguien tiene que administrarlos. Yo tengo experiencia. ¿O preferirías hacerlo tú? —preguntó en tono cordial.

—No —respondió María. Deseaba estar libre para dedicar su atención a Jesús y su mensaje, para poder ayudarle siempre que pudiera.

—Te ofrezco, pues, mis servicios —concluyó Judas.

Pasaron la noche en un bosque, al amparo de los pinos y los robles. Aquellos bosques eran supervivientes de los tiempos antiguos, de los días de Josué y la conquista de la tierra prometida. Fueron testigos pacientes de la historia de David, Salomón, Josías y Elías, cuando aquellos grandes hombres fueron guardianes de la tierra. Ahora les tocaba el turno de proteger a Jesús y a sus discípulos. Ladera abajo había más seguidores, los que le acompañaban a distancia y los que no le conocían bien y, sin embargo, se sentían atraídos por sus palabras.

Los discípulos encendieron un fuego bajo los pinos y se sentaron en torno a él. Podían oír el murmullo de la gente un poco más abajo, personas que ansiaban unirse a Jesús y que buscaban un líder poderoso.

Reunidos, sin embargo, alrededor del fuego, observaron que Jesús parecía triste y distraído, en absoluto ofrecía el aspecto de un gran líder. Las llamas se elevaron cuando las ramas de pino cayeron en el fuego, engullendo las agujas verdes con gran chisporroteo. Su luz iluminó los rostros de Jesús y sus compañeros, destacando cada línea y cada músculo de sus caras y cuellos.

Si somos jóvenes, pensó María, esta noche no lo parecemos. Éstos no son los ojos de personas jóvenes.

Jesús les contemplaba, recorriéndoles con la mirada.

—Amigos míos —dijo al fin—. Y madre, mi mejor amiga. —Hizo un gesto de asentimiento hacia ella—. Hemos entrado en una nueva fase de nuestra peregrinación. —Miró alrededor—. No sólo porque nos encontramos en una parte de Galilea que casi todos desconocemos sino porque hemos atraído la atención de los romanos, de Antipas y de las autoridades religiosas. Pronto tendremos que ir a Jerusalén para enfrentarnos a ellos.

¡A Jerusalén!

—A Jerusalén, no —susurró María—. ¡No, maestro! —Sólo cosas malas les aguardaban allí.

Jesús inclinó la cabeza y cerró los ojos por un momento.

—Doy gracias a Dios por todos vosotros —dijo. Una expresión de angustia asomó en su rostro—. ¡Sois tan pocos, sin embargo, de tantos que me han escuchado!

En la distancia resonaba el barullo del gentío que les seguía y que se aglomeraba en la ladera inferior.

—Somos completamente tuyos —le aseguró María.

—Ahora estamos amenazados por los romanos y por Antipas, antes de concluir siquiera nuestro viaje por esta tierra. Debemos proseguir nuestro camino. Os pregunto: ¿Estáis dispuestos? ¿Seréis perseverantes? Será difícil.

Hubo un murmullo de asentimiento, aunque nadie elevó la voz.

—Ya me habéis oído hablar del fin —continuó Jesús—. Pero no nos está dado conocer cuándo llegará. Sólo podemos hacer lo que se nos ha asignado, hasta el último momento.

—Hijo mío —intervino su madre—, ¿cómo puedes hablar de la hora final? ¡Tu vida apenas ha empezado!

Jesús se rió, pero con una risa queda.

—Siempre pensamos así de nuestros seres queridos. Lo cierto es, amada madre, que han pasado muchos años desde la primera vez en que me tuviste en tus brazos. Cuando se trata de los que amamos, el tiempo siempre pasa rápido. —Volvió la cabeza y miró a los demás con ojos fieros. Después detuvo la mirada en Santiago y en Juan—. Él decide cuál será la hora final. No yo.

—Estamos dispuestos —dijeron todos al unísono—. Estamos dispuestos. —Sus voces eran tristes y guturales.

Durante la noche empezó a llover. El invierno había llegado de golpe. Hace tan sólo un año, las lluvias de invierno me empapaban mientras buscaba la salvación (cualquier forma de salvación) de los demonios, pensó María. Entonces aún no conocía a Jesús. Él no había iniciado su misión. Y ahora ya se siente amenazado.

Se cubrió la cabeza, agradecida de haberse preparado un lecho al amparo de un pino protector. Oía las gotas que caían salpicando a su alrededor, frías y pesadas.

Son muchos los que ya le han oído predicar. Pero son muchos más lo que aún no han tenido la oportunidad. No podrá llegarles a todos, pensó, mientras la lluvia azotaba las ramas por encima de su cabeza.

Oyó a los demás que trasladaban sus jergones improvisados para resguardarse del agua.

—¿María? —Era la voz de Judas. ¿Había estado cerca de ella todo el tiempo?

—¿Sí? —Se sintió incómoda. ¿Y si él pensaba... si se imaginaba que ella...?

Yo sólo pertenezco a Jesús. Las palabras, inesperadas y definitivas, refulgieron en su pensamiento.

—No comprendo cuál será nuestro destino —decía Judas—. Estoy confuso. Jesús no ha respondido nunca realmente a mis preguntas, las preguntas que deseo plantearle desde el principio, cuando nos conocimos en el desierto. —Hablaba en voz baja y tono de confesión.

¿A qué preguntas se refería? María sólo podía recordar frases de desafío.

—Quizá le pareciera que no deseabas recibir de verdad una respuesta —sugirió finalmente. Arrastró su jergón un poco más lejos de él.

—Debió de saber que mis preguntas eran sinceras —insistió Judas. Con un susurro, acercó su jergón al árbol.

A lo mejor no pretendía abordarla. A lo mejor sólo intentaba mantenerse seco. María se reprendió por pensar siempre lo peor de todos. A Jesús no le gustaría esta actitud mía, se dijo. Él espera lo mejor de cada uno y corre sus riesgos con gente como Simón y Mateo. ¿Cómo podría aprender a pensar como él?

—Mi búsqueda era sincera —prosiguió Judas—. Me temo que he pasado la vida buscando.

María se incorporó para poder oírle mejor y contestarle sin molestar a los demás.

—Tu búsqueda debió quedar satisfecha —susurró—. Te uniste a él.

—Sí, me uní a él, y hay momentos en que doy la búsqueda por concluida pero... —Su voz se hizo menos audible, como la última voluta de humo de un fuego que agoniza—. Quizá la culpa sea mía, pero hay otros momentos en que me abruman todas esas preguntas sin respuesta.

María inclinó la cabeza y cerró los ojos. Entendía demasiado bien lo que Judas quería decir.

—A veces hay que darle un voto de confianza —dijo al final. Fue lo que ella había hecho: depositar en Jesús su confianza, asumir un compromiso ferviente y ciego. Construir una muralla contra todo lo demás. Pisotear las dudas.

—Algunos de los que nos siguen, aquéllos, los de la parte baja de la colina, se han ido —dijo Judas. Su voz sonó sedosa en la oscuridad—. Oí que Jesús preguntaba a Pedro por ellos. Y añadió, muy afligido: «¿Os iréis también vosotros?» Pedro respondió: «¿Adónde iríamos? Tú tienes la palabra de la vida eterna.» Lo mismo siento yo. Quiero oír sus palabras, con la esperanza de que una de ellas, una palabra milagrosa, responderá a todas mis preguntas. Si me marcho, jamás la oiré.

Era una razón negativa para quedarse junto a Jesús, aunque María no podía culparle. Lo importante se mantenía firme: estaban allí con él, no se habían dispersado. Y tal vez una palabra elusiva bastaría para ganarse a Judas por completo, si estuviera allí para oírla.

45

Queridísimo hermano, Silvano:

Quizás ésta sea la última vez en que pueda escribirte. Espero poder encontrar a un mensajero que lleve mi carta a Magdala. Estamos en las colinas, lejos del lago, y nos dirigimos al norte. Sí, ya sé, no es allí adonde uno debe ir en invierno.

Todo ha cambiado. Recuerdo ahora que me advertiste que Jesús llamaba la atención, la atención de la gente equivocada. Tenías razón. Las autoridades religiosas vinieron de Jerusalén a vernos, los soldados de Antipas nos han amenazado y yo he tenido terribles premoniciones de terror y destrucción. El ánimo de Jesús también ha cambiado; habla del fin de esta era, afirma que llegará pronto, dice que debe ir a Jerusalén para enfrentarse allí con «ello». Todos nos sentimos oprimidos y amenazados, aunque no hay enemigos a la vista mientras nos abrimos camino colinas arriba.

La madre de Jesús está aquí, con nosotros, y esto nos reconforta, porque es una mujer fuerte. Su fuerza es serena, distinta a la de Jesús, pero igualmente vigorizante. Otro de los seguidores, un hombre de Judea llamado Judas, coincide conmigo en que Jesús está en peligro y desea evitarlo, de algún modo. No sé si será posible: no podemos prever de dónde vendrá la amenaza.

¡Oh, Silvano, considera tu vida junto al mar un tesoro! Te ruego que entregues a Eliseba esta pequeña nota de mi parte, de tu hermana que te quiere.

Mi pequeña Eliseba:

Está lloviendo y hace frío y, aunque a la mayoría de la gente no le gusta, a mí, sí, porque tú naciste en invierno y pronto será tu cumpleaños, cumplirás los tres. ¡Tres años! Cuando la gente te pregunte cuántos años tienes, levanta tres deditos de tu mano y sólo tres. Quizá te resulte difícil al principio, hasta que lo practiques algunas veces. ¡Los dedos no se dejan manejar fácilmente! Si estuviera allí, te haría un regalo muy especial. Pero fuiste tú quien me regaló algo a mí. Lo llevo ahora mismo. Lo llevaré siempre. Es un collar con un pequeño amuleto, que tú solías llevar. Pienso que mantiene nuestros espíritus unidos y, cuando te vuelva a ver, me lo quitaré y te lo colgaré del cuello, y entonces seré feliz.

Con todo mi amor, hijita preciosa,

Tu madre, María.

46

El tiempo se ponía feo. La lluvia de la noche empapó el suelo; de la tierra dormida volvería a brotar la vida, y las lluvias colmarían las cisternas y los barriles. Pero, para aquellos que tenían que vivir a la intemperie, eran tiempos de frío y desolación.

Jesús y sus discípulos avanzaban con dificultad. María se preguntaba por qué Jesús había elegido aquella zona. Eran terrenos escasamente habitados y muy accidentados, que las lluvias tornaban intransitables. El suelo empinado resbalaba bajo sus pies.

Por fin alcanzaron una altiplanicie, que se extendía más al norte de la región que María y Juan habían visitado en su misión. Era una meseta desolada, barrida por los vientos, y, al llegar uno tras otro al suelo llano, divisaron los valles que se expandían a su alrededor y las colinas sucesivas, y su mirada casi pudo abarcar el océano. Una región vasta y plana, apenas visible, se extendía entre ellos y el mar.

—La gran llanura de Megiddó —dijo Jesús mientras los discípulos se agrupaban a su alrededor, tratando de recuperar el aliento—. Se dice que aquí tendrá lugar la última gran batalla.

María observó la ancha planicie, que realmente parecía ofrecer cabida a varios ejércitos. En esos momentos, sin embargo, estaba tranquila.

—Al final de los tiempos... En los últimos días... —Jesús miraba fijamente la llanura—. Es aquí donde nos encontraremos todos. Los ejércitos de los justos y los ejércitos del mal. Y aquí se decidirá todo.

—Pero —interpuso María—, dijiste que el mundo que conocemos cambiará, que llegará a su fin, quizá mañana mismo. ¿Quién luchará en esa batalla? —No tenía sentido. Ambas nociones hablaban de finalidad y destrucción, pero las dos imágenes no encajaban juntas.

Jesús se volvió para mirarla y su rostro apareció radiante, casi tan luminoso como en su visión. Aunque no del todo.

—Ésa será la batalla final de todos los tiempos, antes de que el tiempo llegue a su fin. —Veía cosas, cosas que estaban más allá de la imaginación y la capacidad de comprensión de los demás—. Antes, no obstante, el Hijo del Hombre ha de venir y juzgar, y habrá gran tribulación en la tierra.

—¿Cuándo sucederá eso? —La pregunta angustiada escapó de los labios de María—. ¿Cuándo, Señor?

—María, María —Jesús se le acercó. La repetición de su nombre la emocionó—. Sólo has de vivir el día a día. Lo que os anuncio no sucederá mientras tú vivas.

—¡Acabas de decir que podría suceder pronto! —protestó Judas.

—Algo sucederá pronto —explicó Jesús—. Algo trascendental. Creo que es el amanecer del Reino de Dios. Pero habrá un largo lapso entre el amanecer y el mediodía, que es cuando se librará la batalla final.

Natanael se le acercó y dijo:

—Yo no veo nada de eso. Sólo veo pacíficas tierras de labranza. No puedo imaginar las cosas de las que nos hablas.

—Es lo único que necesitáis ver —repuso Jesús—. Tenemos que proclamar el mensaje mientras aún haya paz y la gente tenga oportunidad de escucharnos. ¡Oídme ahora! —Dio unos pasos atrás y levantó los brazos—. El final de los tiempos del que os he hablado... sólo el Padre sabe cuándo sobrevendrá. Nosotros debemos predicar y actuar como si dispusiéramos de todo el tiempo del mundo, aun sabiendo que quizá no sea así. Debéis vivir como si estuvieseis ya en la eternidad, donde el tiempo ya no existe.

A él le será fácil, pero a nosotros nos resultará casi imposible, pensó María.

—Seguiremos proclamando el mensaje tal como lo conocemos, día tras día y por todos los días que nos han sido otorgados. —Se volvió para mirar el ancho valle que se extendía delante y debajo de él, pardo y neblinoso—. Yo sí que veo los ejércitos. Aunque no sé cuándo se producirá el enfrentamiento. Quizá nos quede mucho tiempo.

Dio la espalda al valle y reemprendió el camino.

No se veía a nadie por ninguna parte. Las colinas barridas por el viento y los altiplanos se multiplicaban en todas las direcciones, pero la única señal de vida eran las cabras, los olivares abandonados y algunos rebaños de ovejas que pacían en las laderas. Aquel lugar parecía estar suspendido en el borde mismo de la tierra.

Empezó a llover de nuevo y la lluvia les empapó. Mientras chapoteaban a través de un campo embarrado, rodeado de suaves pendientes por todos los lados, Jesús dijo de pronto:

—Aquí. Nos detendremos aquí.

Era un páramo desolado. No había árboles y el viento arreciaba, azotándoles con las gotas de lluvia, que les lanzaba como jabalinas.

—Maestro —dijo Pedro—, ¿quieres que construya refugios?

—Era, no obstante, una pregunta sin sentido, porque no había materiales con los que construirlos.

—No —respondió Jesús—. Si nos refugiamos, no podrán vernos.

—Dejó su carga en el suelo, cogió la de su madre y la condujo al único refugio disponible, un arbusto de tojo cargado de espinas. Jesús lo cubrió con una manta y le indicó que se sentara a su amparo.

El nutrido grupo de seguidores alcanzó el campo llano y se apiñó en torno a ellos, confuso. El sonido de tantos pies chapoteando en el barro recordaba el ruido que hace un hato de bueyes cuando pisotea las márgenes de un río, con su escandalosa succión.

—¡Amigos! —llamó Jesús con voz resonante, tal que llegó hasta el extremo del campo, donde aumentaba el número de recién llegados—. ¡Escuchadme! ¡Habéis hecho un largo viaje sin oírme y así habéis demostrado que realmente deseáis escuchar!

La gente se acercó más; fueron formando grupos apretados y dejaron vacía la mayor parte del campo.

—¡Bienaventurados sois de poder oír! —gritó Jesús—. Porque yo os digo que los propios profetas quisieron ver lo que veis y no lo vieron, quisieron oír lo que oís y no lo oyeron.

¿Se proponía descubrir sus planes definitivos? ¿Por eso les había llevado hasta aquel lugar remoto?, se preguntó María mirando a su alrededor. Entonces, con el rabillo del ojo, vio más personas asomar por el borde del campo. Recién llegados. ¿De dónde habían salido? Mientras miraba, su número creció hasta llenar los espacios vacíos en el campo y formar una enorme multitud.

—¿Os preguntáis si he venido para abolir la Ley de los profetas? —gritó Jesús—. No, no he venido a abolirla sino a cumplirla. Pero no basta con que vosotros la obedezcáis, tenéis que ir más allá. Ya conocéis el mandamiento que ordena: «No matarás.» Yo os digo que también será juzgado el que se enoje con su hermano. Y el que llame a su hermano necio. El que lo haga, corre peligro de arder en las llamas del infierno.

María examinó el mar de rostros vueltos hacia arriba y atentos a las palabras de Jesús. Nos está diciendo que debemos refrenar nuestros pensamientos; que los pensamientos son tan reales como los actos.

—Ya conocéis el mandamiento que ordena: «No cometerás adulterio.» Yo os digo que el que mire a una mujer con lujuria ya ha cometido adulterio con ella en el corazón.

Unas risitas divertidas resonaron entre la concurrencia.

—¿Os parece una afirmación exagerada? —preguntó Jesús enseguida—. Os aseguro que si vuestro ojo derecho os incita a pecar, debéis arrancároslo y tirarlo. Es mejor perder un ojo que dejar que arrastre el cuerpo entero al infierno.

Las risitas se apagaron y fueron sustituidas por incómodas miradas de soslayo.

—¡Y si vuestra mano derecha os lleva a pecar, debéis cortarla! ¡Sí, cortarla!

Caminaba arriba y abajo por el barro, y el borde inferior de su túnica se arrastraba por el lodo como la cola de un manto real que, en lugar de joyas, lucía fango y hierbajos. Su voz se alzaba por encima de la lluvia y el viento.

—Ya sabéis que Moisés dijo: «Ojo por ojo y diente por diente.» Yo os digo que no debéis resistiros a las personas malintencionadas. Si alguien os golpea en la mejilla derecha, ofrecedle también la izquierda. Si alguien os denuncia para quedarse con vuestra túnica, dadle también vuestra capa. —Empezó a quitarse la capa. Dio un paso adelante para ofrecérsela, pero la gente retrocedió.

Simón dio un empujoncito a María.

—¿Se ha vuelto loco? —susurró—. Esta vez ha ido demasiado lejos.

—¡Amad a vuestros enemigos! —gritó Jesús—. ¡Rezad por vuestros perseguidores!

—¡Nunca rezaré por los romanos! —musitó Simón—. Ya es bastante que no les mate.

—Si lo hacéis —prosiguió Jesús—, seréis como vuestro Padre en el Cielo. Él hace que la lluvia caiga sobre todos, los buenos y los malos. —Tendió las manos para atrapar la lluvia—. ¿Qué valor tiene amar sólo a los que os aman? Si sólo saludáis a vuestro hermano, ¿en qué os distinguís de los demás? Esto también lo hacen los paganos. Debéis ser perfectos, como perfecto es vuestro Padre celestial.

Aunque no había elevado la voz, el silencio de la multitud, estupefacta, hacía parecer que gritaba.

—Cuando recéis, no hagáis como los hipócritas que procuran rezar de pie en las sinagogas o en las esquinas de las calles, donde todos les puedan ver. Entrad en vuestra habitación, cerrad la puerta y rezad a Dios, que es invisible. Él, que ve todo lo que se hace en secreto, os oirá. Os hablaré de dos oraciones. Un hombre justo fue al Templo y dijo: «Dios, te doy las gracias por hacerme distinto a los demás hombres, los ladrones, los malhechores y los adúlteros, distinto también a este recaudador de impuestos. Yo ayuno dos días por semana y doy a la caridad la décima parte de mis beneficios.» El recaudador permanecía a cierta distancia. Ni siquiera se atrevía a mirar al cielo, sino que se golpeaba el pecho y decía: «Dios, ten piedad de mí, un pecador.» Éste fue el hombre que recibió la justicia de Dios. Porque el que se exalte será humillado, y el que se humille será exaltado.

El viento arreció y ráfagas de lluvia golpearon sus rostros. Algunos se levantaron y volvieron trastabillando al extremo del campo, para buscar un lugar donde refugiarse. Jesús, por el contrario, se quitó la capucha y expuso su cabeza al chaparrón. Contempló a la gente que se alejaba, y María vislumbró en su rostro una expresión pasajera de profunda tristeza.

—¡No juzguéis! —clamó, tal vez tanto para sí como para los que se escabullían bajo la lluvia—. Porque los que juzgan serán juzgados. No miréis la mota de polvo en el ojo de vuestro hermano. ¡Si antes quitáis el puntal de vuestro propio ojo, veréis mejor cómo quitar la mota del ojo de vuestro hermano!

Permaneció inmóvil por un momento, alto y solitario, como un monumento perdido en el campo, mirando las espaldas que se alejaban hasta donde ya no le podían oír. Después irguió el talle y continuó:

—Yo os digo que no debéis preocuparos por la supervivencia, por la comida y por la bebida, ni por el cuerpo, ni por la ropa. Contemplad las aves del cielo; ellas no siembran, ni siegan, ni almacenan sus cosechas. Vuestro Padre celestial las alimenta. ¿Acaso no sois más importantes que ellas?

María recordó los grandes almacenes donde su familia guardaba pescado seco, ahumado y salado. ¿Cómo desprenderse de los almacenes? Sin ellos, no podrían prosperar en el negocio. Y sin embargo... qué alivio, dejarlo todo atrás.

—No os preocupéis por la ropa. Contemplad los lirios de los valles. Ellos no trabajan ni hilan. Pero ni el propio Salomón, en su esplendor, estuvo mejor vestido que ellos. ¡Si Dios viste así a la hierba del campo, que hoy está aquí y mañana arderá en la hoguera, cuánto mejor os vestiría a vosotros, hombres de poca fe!

Les miró a todos, en apariencia de uno en uno, antes de proseguir:

—No os preocupéis diciendo: «¿Qué comeremos?» «¿Qué beberemos?» «¿Con qué nos vestiremos?» Los paganos se desviven por estas cosas y vuestro Padre celestial sabe que las necesitáis. Pero antes debéis buscar Su Reino y Su justicia. Entonces, todas esas cosas os serán dadas. —Hizo una pausa—. ¡No dejéis que el futuro os inquiete! Cada nuevo día ya trae consigo bastantes problemas.

Echó a caminar de un grupo a otro, patéticamente encorvado bajo la lluvia. María se esforzó para seguir viéndole mientras se alejaba.

—Si vuestros hijos os pidieran pan, ¿acaso les daríais una piedra? Si vosotros sabéis procurar el bien a vuestros hijos, el Padre celestial sabrá procurar un bien mucho mayor a aquellos que Se lo pidan. Por eso, siempre haced a los demás lo que os gustaría que ellos os hicieran a vosotros.

Se dio la vuelta y repitió sus palabras.

—Si no queréis oír nada más, oíd esto: Haced siempre a los demás lo que os gustaría que ellos os hicieran a vosotros. Aquí está resumida la Ley de los profetas. ¡Si me seguís, os diré más! —Hizo una pausa—. Entre vosotros hay muchos que lloran a seres queridos; yo os digo que serán dichosos, porque serán reconfortados. Otros tienen hambre y sed de justicia, y serán dichosos, porque heredarán la tierra. Y los piadosos son bienaventurados, porque serán tratados con piedad. Los que buscan la paz serán llamados hijos de Dios. Y bienaventurados serán los que son perseguidos por ser justos, porque suyo será el Reino de los Cielos.

Entonces se alejó de los grupos dispersos por el campo y volvió junto a sus discípulos.

—En cuanto a vosotros, los elegidos... seréis bienaventurados cada vez que la gente os insulte, os persiga y os lance calumnias maliciosas por mi causa. Alegraos y sed felices, porque grande será vuestra recompensa en el Cielo. Así fueron también perseguidos los profetas que vinieron antes que vosotros. —Les habló mirándoles de uno en uno y, cuando dijo «la gente os persiga», miró a María.

Ella temblaba y se estremecía de frío, y la palabra «persecución» resonó tan hondo que fue como enfrentarse a un abismo. Persecución. Había tantas formas de persecución: ataques fulminantes, devastaciones y encarcelamientos largos y lentos, aislamientos, torturas. La cisterna en la que tiraron a Jeremías, el pozo donde tiraron a José... La pérdida de Eliseba era la persecución suprema para ella. Sí, había perdido a su hija porque la gente «lanzó calumnias maliciosas» a causa de Jesús. Para María, la persecución ya había dado comienzo.

Jesús dirigió la mirada a los demás, despertándoles uno tras otro a la terrible posibilidad de la persecución. Le devolvieron la mirada con expresión perpleja y atemorizada.

Entonces, de repente, Jesús se volvió hacia la gran aglomeración reunida en el campo. Al fijarse en todos ellos, María no podía explicarse cómo la muchedumbre había crecido tanto.

Ya no se estremecía sólo por culpa del frío. Las palabras de Jesús también la hacían temblar.

La luz se agostaba. Andrés se acercó a Jesús y le dijo suavemente:

—Señor, pronto caerá la noche y estamos en un páramo apartado. Debemos enviar a esa gente de vuelta a tiempo para que lleguen a sus casas sin problemas. Están mojados, tienen frío y pronto tendrán hambre.

También nosotros, pensó María. Yo ya quisiera hacerme un refugio, agazaparme en él, comer el pan y los dátiles que llevo conmigo y tratar de secarme.

—Quizá debiéramos darles algo de comer —dijo Jesús.

Andrés se lo quedó mirando. La lluvia le aplastaba la capucha en la frente, como si fuera un gorro.

—¿Qué podemos darles? ¡No podríamos alimentar a tanta gente aunque sacáramos todas nuestras provisiones, todo lo que compraron María y Juana! Aquí no hay tiendas para comprar comida. ¡Estamos en plena naturaleza!

—¿Qué alimentos tenemos?

Andrés rebuscó en su bolsa, nervioso.

—Pan rancio, pescado salado... es lo único que tengo.

—¿Y los demás?

Sorprendidos, los discípulos miraron en sus bolsas para ver qué llevaban.

—Les ofreceremos esto —dijo Jesús—. No podemos dar más de lo que tenemos. —Y añadió en tono inusual en él—: Recordadlo. Jamás podéis ofrecer más de lo que tenéis, y no debéis disculpas por ello.

Amontonaron los alimentos —dátiles, higos secos, tortas de pan, pescado salado— en una pila que resultó demasiado pequeña comparada con la multitud que les rodeaba.

—Se los ofreceremos —dijo Jesús.

Cada uno de los discípulos se llenó las manos de víveres y se dispersaron hacia el gentío que esperaba.

—Esto es todo lo que tenemos —les dijeron.

Cuando María les ofreció su carga, la gente se la quitó de las manos y desapareció. Creía que se pelearían por la comida, pero no fue así.

—¡Bendita seas! —exclamó una mujer—. ¡Que Dios te bendiga! —Se abrió camino hasta la primera fila y tocó la cabeza de María, como si quisiera trasmitir la bendición con su contacto.

Cuando terminaron de repartir lo poco que tenían, los discípulos se reunieron en torno a Jesús. La multitud parecía estar contenta, aunque María no alcanzaba a comprender el porqué.

—Nos preocupamos por ellos —dijo Andrés, asombrado—. Y parece que con esto tienen suficiente.

Jesús asintió.

—Nuestro ofrecimiento de alimentos es más importante que los propios alimentos —dijo—. La gente muere por falta de interés, y el espíritu está más hambriento que el cuerpo. Una palabra puede significar más que una hogaza de pan.

De los murmullos de agradecimiento que llegaban hasta sus oídos, María supo que tenía razón. Su gesto, salido del corazón, había sido muy elocuente, más elocuente que el rumor de los estómagos vacíos.

La lluvia torrencial y el cielo encapotado trajeron una noche temprana. Algunos intentaron encender antorchas, pero la lluvia las apagó enseguida. En lugar de dispersarse, sin embargo, la multitud se agrupó formando corrillos e, inesperadamente, echó a andar hacia Jesús, resuelta e incontenible.

Y entonces resonaron las palabras, aquellas palabras increíbles:

—¡Nuestro rey! —clamaba la gente—. ¡Tú eres nuestro rey!

Avanzaban sin precipitación, marchando de manera ordenada a través del campo, oscuro y encharcado.

—¡Nuestro rey! —coreaban—. ¡Nuestro rey!

Jesús les miraba sorprendido. Retrocedió. Ellos siguieron avanzando y cantando:

—¡Nuestro rey! ¡Nuestro rey!

Jesús vaciló y quiso retroceder más. Se refugió detrás de María y de Andrés, como si necesitara tiempo para ordenar sus pensamientos.

—Te proclaman —balbuceó María mientras pensaba: ¡No, no nos dejes! ¡No te vayas con ellos!

—No saben lo que hacen —respondió Jesús, inmóvil e indeciso.

—¡Tú eres nuestro rey, el Mesías anunciado! —gritaba la gente—. ¡Tienes que conducirnos! ¡Te hemos esperado tanto tiempo!

Las primeras filas ya se acercaban a Jesús, rostros sinceros de hombres y mujeres con valor suficiente para liderar el gentío.

—¿No perteneces a la casa de David? ¡Te conocemos, sabemos quién eres! ¡Derrotarás a Roma y nos liberarás!

—¡Ya no podemos esperar más! —gritaron algunos jóvenes de la primera fila—. ¡Vinimos para ver y estamos satisfechos! ¡Sí, tú eres nuestro guerrero! ¡Te preocupas por nosotros! ¡Nosotros te seguiremos y les expulsaremos de nuestra tierra! —El ruido de pasos se tornó más próximo—. ¡Ha llegado el día! ¡Ha llegado tu día!

María miró a Jesús y vio su cara rígida, tensa, pétrea. Pero la expresión tallada en aquella piedra era de horror y repulsión.

La multitud seguía avanzando. Sólo cuando estuvieron peligrosamente cerca, Jesús se adelantó para hacerles frente.

Se interpuso en su camino y levantó los brazos.

—¡Amigos! ¡Seguidores! ¡Estáis equivocados! ¡Yo no os conduciré contra Roma! —Su voz casi fue engullida por los cánticos: «Nuestro rey, nuestro rey, nuestro rey.»

—¡El Mesías! —gritaban—. ¡El Mesías! ¡Romperá las cadenas de Roma, nos devolverá nuestra grandeza!

—Yo no puedo romper las cadenas de Roma —contestó Jesús—. Ningún Mesías podría. Existe el poder terrenal y el poder celestial. Los romanos ejercen el poder terrenal supremo.

—¡Nos prometieron un Mesías! —vociveró el gentío—. ¡Queremos un Mesías!

—El Mesías que vosotros queréis es imposible —replicó Jesús.

La muchedumbre siguió avanzando, aunque a paso aminorado. La palabra «imposible» les había dejado anonadados.

—¡Es imposible! —repitió Jesús—. El Mesías que vosotros esperáis no vendrá jamás. Dios será siempre el Dios del presente. El Mesías militar pertenece al pasado. —Vio que se detenían. La luz del ocaso destacaba sus figuras y sus ropas, aunque no los rostros.

—El Mesías es el ungido de Dios —prosiguió Jesús—. Cuando venga, será diferente a lo que vosotros buscáis. Dios le utilizará para hacer algo nuevo.

—¡Tú! ¡Tú! ¡Tú eres lo nuevo! —coreó la multitud avanzando otra vez. Alcanzaron a Jesús e intentaron tocarle, pero él retrocedió y se ocultó detrás de María y de Andrés.

—No me toquéis —ordenó, y la firmeza de sus palabras consiguió detenerles.

—¡Debes liderarnos! —gritaron—. ¡Tienes que hacerlo! ¡Israel te llama!

—Ningún hombre puede servir a dos amos —respondió Jesús—.

Porque amará a uno de ellos y odiará al otro. No puedo servir a Israel como líder terrenal al mismo tiempo que sirvo a Dios.

Mientras hablaba, una línea oscura perfiló los contornos de la congregación. Hombres en uniforme. Cascos. Armaduras. Los hombres de Antipas. Llegaban más y más; rebosaban las márgenes del campo como una riada.

Jesús alzó la vista y les vio.

—Ah. Aquí están. Las fuerzas de este mundo.

La multitud que se había acercado a Jesús para proclamarle su Mesías dio la vuelta para enfrentarse a los recién llegados. Los soldados de Antipas avanzaban con las lanzas en posición horizontal, en formación de ataque.

Se lanzaron contra el gentío, haciendo fintas y golpeando con sus armas. La gente se disolvió y corrió en busca de refugio, chillando de sorpresa y de dolor. Se suponía que estaban en un lugar secreto. La invasión de Antipas era un ultraje y causó conmoción. La gente estaba convencida de que su brazo no llegaba a esas regiones apartadas.

—¡Escoria! ¡Chusma! —gritaban los soldados—. ¡No podéis escapar! ¡Muerte a los traidores!

Avanzaban agrediendo, y Jesús les esperó pacientemente. Cuando llegaron tan cerca que podían oírle, dijo:

—No hemos hecho nada que merezca este castigo. Hablé a mis seguidores, les distribuí comida, les dije que yo no soy un rey.

Los soldados de Antipas se detuvieron delante de él, los pies hundidos en el barro.

—Lo hemos oído. Pero este tipo de reunión es peligroso. Al rey Antipas no le gusta. No es lo que se dice sino las expectativas de la gente lo que importa.

—Eso no puedo remediarlo —repuso Jesús.

—Antipas no opina lo mismo —dijo el capitán—. Él cree que alimentas estas expectativas. Si no desistes de tu actitud, ordenará tu arresto.

—¿Con qué cargos? —Jesús no parecía preocupado.

—Agitación —respondieron—. Da igual que rechaces esa historia del Mesías. Cualquier aglomeración se considera subversiva.

—¿Incluso cuando es para hacer caridad? —preguntó Jesús.

—Sobre todo entonces —repuso el capitán—. Es una crítica al propio Antipas. Él ha sido generoso en su caridad; si la gente pide más y recurre a otra persona que se la dé... ¡No podemos permitirlo!

—¿Soy libre para marchar? —preguntó Jesús secamente.

—Sí —respondió el capitán con cierta vacilación—. Pero te estaremos vigilando. A la primera equivocación... —Hizo un ademán brusco hacia el sur y añadió—: Irás directo a Antipas. —Dio la orden de retirada y los soldados abandonaron el campo, echando miradas de amenaza hacia atrás y produciendo un desagradable ruido al caminar sobre el fango.

También la multitud, decepcionada por la negación de Jesús de ser proclamado rey, siguió a los soldados y pronto desapareció del campo. Era casi noche cerrada, y los caminos escarpados y resbaladizos serían demasiado peligrosos en la oscuridad. Se fueron apresuradamente, y pronto el ancho campo se encontró vacío; la muchedumbre había sido como un sueño.

Jesús y los discípulos se acurrucaron en una tienda improvisada que montaron bajo un gran roble, en un extremo del campo. Allí el suelo estaba menos mojado. Los que tenían las mejores capas se las quitaron y las emplearon a modo de toldo, pasando un extremo por encima de una rama baja. En el interior, el número de personas era suficiente para generar calor, y Jesús, envuelto en su capa de lana ligera, la abrió para cubrir las espaldas de Juan y Santiago, que estaban sentados a ambos lados de él.

—Así, por fin, os concedo vuestro deseo —les dijo—. Uno está sentado a mi derecha, y el otro, a mi izquierda. —Se rió quedamente, aunque parecía estar agotado—. Os enfadasteis tanto, mis queridos Hijos del Trueno, que creí que la vida del capitán corría peligro por vosotros.

Santiago el Mayor meneó la cabeza.

—Si tuviera una lanza...

—Me pregunto si oíste algo de lo que dije —le interrumpió Jesús—. La violencia es un arma de este mundo, y a nosotros no nos interesa este mundo.

—Creo que tampoco la gente te entiende —dijo María—. Ni Antipas. ¿Cómo podrían entender?

Jesús asintió y le dijo:

—Es difícil. No todos pueden comprender lo que tú entiendes con facilidad.

—¡Supongo que te refieres a nosotros! —dijo de pronto Santiago el Mayor—. ¡Somos demasiado estúpidos para entenderte!

—¿Por qué te pones siempre de su parte? —dijo Pedro de pronto—. ¿Qué es lo que ella puede entender y el resto de nosotros, no? Escucha, maestro. La conozco desde hace años, es buena persona, pero estuvo poseída por los demonios y ahora tiene visiones. ¿Eso la convierte en sabia? ¡Ella es... bueno, como el resto de nosotros! —Se detuvo para recuperar el aliento. El golpeteo de la lluvia sobre la tienda endeble sonaba como un tambor tribal que repiqueteaba para dar énfasis a sus palabras.

Nadie habló, y el silencio demostró que todos estaban de acuerdo con Pedro. Él había expresado el sentimiento común. María se sintió turbada, avergonzada por completo, como si hubiese intentado sobresalir entre sus compañeros a propósito.

¡No es cierto!, pensó. Ni las visiones ni las voces son un truco para llamar la atención y mejorar mi posición. ¡Díselo, Jesús!

Pero Jesús miraba los rostros que le rodeaban alternativamente, como si esperara que alguien hablara. La voz de la lluvia era la única que se oía en la tienda.

Aunque... es verdad que pensé que, si soy la única que tiene visiones, puedo ofrecer a Jesús algo que los demás no pueden, admitió María para sus adentros. No quería que nadie más tuviera visiones. Si alguien las tuviera, de repente, sería una amenaza para mí.

—Los profetas tienen visiones —dijo Jesús al final—. Las visiones auténticas identifican a los verdaderos profetas. Pedro, ¿has tenido visiones alguna vez?

—No —reconoció él—. Pero las visiones no bastan para denotar grandeza. ¿Acaso, a veces, no tienen visiones las personas corrientes?

—Sí —respondió la madre de Jesús, apartándose el cabello mojado de la mejilla—. Hasta yo tuve visiones. Cuando era más joven... Visiones de ti, hijo mío. No fueron muy claras y nunca te hablé de ellas pero, no obstante, fueron visiones. ¿Esto me convierte en una profeta, en una persona santa?

Jesús asintió.

—Yo creo que lo eres —dijo—. No obstante, pienso que a María le fueron otorgados unos dones espirituales muy especiales, no debido a su valía o sabiduría sino por elección misteriosa de Dios. Él elige y, a veces, su elección puede parecer demasiado ordinaria. Moisés se quejaba de ser lento en su forma de hablar. Gedeón afirmaba ser el menos importante de su tribu y hasta de su propia familia. ¿Acaso Dios no dijo: «Tendré piedad de quien quiera tener piedad y compasión de quien quiera tener compasión»?

—Sí, pero la compasión y la piedad no son lo mismo que los privilegios —repuso Pedro—. Yo podría apiadarme de un cuervo, pero no quedaría prendado de él.

¿Tan obvio ha sido que deseaba el favor de Dios?, pensó María. Se sintió extremadamente incómoda.

Pareció trascurrir una eternidad antes de que Jesús respondiera:

—En el Nuevo Reino, todos seremos tesoros para Dios, como lo fuimos en el Edén. Pero María ha tenido más experiencias que vosotros, vivencias que moldean el alma. ¿Qué moldea el alma? El sufrimiento. Es triste pero, sin sufrimiento, nuestros ojos espirituales casi nunca se abren. María fue presa de los demonios, fue vilipendiada y perdió a su marido, tanto su afecto como su vida. Le quitaron a su hija. Estas experiencias cambian a las personas, del mismo modo que la madera seca no es igual a la madera verde. Por tanto, no se trata sólo de sus visiones.

—¿Nos estás diciendo que somos como la madera verde? —Pedro parecía agraviado. Se puso de pie y miró al grupo.

—En comparación, sí —respondió Jesús.

—¿Como este fuego estúpido que encendimos aquí fuera, que humea y apesta porque la madera está verde? —Pedro sonaba incrédulo.

—Deja de cuestionar la posición de María. —La voz controlada de Judas irrumpió—. No tienes derecho.

—¿No ves lo que está pasando? —insistió Pedro—. ¡No debería haber favoritismos!

—¡Pedro! —exclamó Jesús—. Yo soy carpintero. ¿No crees que entiendo de maderas, estén verdes o secas? No tiene sentido decir de la madera verde que es inútil. Toda madera está verde, al principio.

—¿Entonces, debo esperar a que pase el tiempo para que el verdor desaparezca? ¡Yo quiero ser útil ahora! —Pedro suplicaba.

Jesús le miró con una sombra de tristeza en la expresión.

—Oh, Pedro —dijo—. Ahora eres joven, puedes vestirte e ir adonde te plazca. Cuando seas viejo, abrirás los brazos y otros te vestirán y te conducirán adonde no querrás ir.

Pedro abrió la boca para protestar, pero se quedó sin argumentos. La imagen que Jesús acababa de describir, esa especie de predicción... ojalá no la hubiese oído. Volvió a sentarse pesadamente.

Un profundo silencio imperó entre los reunidos. María pudo oír la respiración de cada uno de ellos. Se sentía tan incómoda que desearía poder escapar en lugar de quedarse encerrada en la tienda, con todas esas personas que no le tenían simpatía.

Aunque no les soy antipática a todos, pensó. Ni siquiera le soy antipática a Pedro; él sólo se resiente de mi «posición especial». Miró a la madre de Jesús, a la regia Juana y a la indecisa Susana. A ellas no les soy antipática, siempre las he sentido cerca. Y Andrés, Felipe y Natanael se han mostrado siempre amistosos. Hasta Simón parece tenerme afecto, a mí y a los demás. En cuanto a Mateo, Santiago el Menor y Tadeo... no les conozco bien, son poco comunicativos, pero nunca he percibido una actitud hostil en ellos. Entonces, es sólo Pedro. Pedro, que está celoso de mis visiones. No debería sentirme incómoda con los demás por culpa de él.

Aunque así me siento. Los sentimientos de cada uno de nosotros influyen en el ambiente que se genera entre todos. De la misma manera en que... una sola ramita verde levanta una gran cantidad de humo.

—Ahora deberíamos cenar —dijo Jesús, y se acomodó de nuevo sobre sus piernas cruzadas, como si nada supiera de la escasez—. Creo que algo nos debe de quedar. ¿Tenéis todos algo que ofrecer?

Pedro se puso a rebuscar en su bolsa enseguida, con la cabeza gacha. Los demás hicieron lo mismo y, para su gran sorpresa, descubrieron que aún les quedaba un surtido de provisiones. Uno tras otro, se acercaron a Jesús y depositaron los alimentos a sus pies, para que los inspeccionara. Había algunas tortas de pan, pasteles de higos secos, uvas y trozos de pescado seco.

—Nuestro festín —dijo Jesús con una sonrisa, y la calidez de su voz disipó la incomodidad que pendía sobre sus cabezas. A pesar de sus defectos, les quería a todos por igual; lo podían sentir.

—Amigos, demos las gracias. —Cogió un pequeño pedazo de pan y lo partió en trozos menores—. Dios, Padre nuestro, Te damos las gracias por este trozo de pan. —Sostuvo dos pequeños trozos en las manos, la izquierda y la derecha, manos fuertes de carpintero, y los pasó al resto del grupo. Cada uno de ellos partió su pedazo por la mitad y, aunque no debería quedar nada cuando le tocó el turno a María, que estaba sentada al final, llegó a sus manos un buen trozo. Miró a los demás y vio que hacían grandes esfuerzos por permanecer impasibles.

—Bendito sea el nombre de Dios, que siempre satisface nuestras necesidades —dijo Jesús. Observaba sus expresiones con una sonrisa, como si les estuviera diciendo: Podéis estar seguros de que Dios no os olvidará. Él no tiene favoritos. Si da de comer a la multitud, también os dará de comer a vosotros—. En cuanto a los cuervos, ni cultivan la tierra ni almacenan el grano, pero Dios les da alimento. Imagínate si no te lo dará a ti... Pedro.

Al ver que Pedro se sobresaltaba al oír su nombre, que casi se encogía, como si esperara recibir una reprimenda, Jesús añadió:

—No tienes por qué preocuparte. Dios te ama tanto como a los cuervos. Aunque es más difícil aceptar lo contrario, es decir, que ama a los cuervos tanto como a ti. —Hizo una pausa—: Dios reprendió a Job diciéndole: «¿Quién proporciona alimento al cuervo cuando sus crías lloran y deambula en busca de comida?» Job, no, desde luego.

En el interior de la tienda miserable, la atmósfera tomó el cariz de un banquete real, como si estuvieran reclinados en los más exquisitos sofás de pies dorados y almohadones de seda, y en compañía distinguida. Como si aquélla fuera la reunión de las personas más privilegiadas del mundo. María, que hacía un momento se había sentido tan excluida, se vio invadida por un intenso afecto por todos ellos. Miró a Jesús, que reía y se inclinaba hacia Santiago el Mayor y hacia Juan, sentados a ambos lados de él. Todos sonreían, y se fijó en que Judas trataba de atraer su atención. Incluso él parecía ahora relajado y benévolo.

Cuando volvió a mirar a Jesús, vio que su rostro resplandecía como un arco iris entre las nubes y que sus vestimentas emitían luz. El resplandor lastimó sus ojos.

De manera instintiva, miró a los demás y descubrió que seguían comiendo tranquilamente, con la mirada puesta en los platos. Pedro, sin embargo, no apartaba los ojos de Jesús; tampoco Juan ni Santiago el Mayor. Veían lo mismo que ella.

Era la imagen que se le había revelado en su visión. La túnica resplandeciente, el rostro iluminado. Se había cumplido, y demasiado pronto.

47

El lóbrego cielo invernal pendía sobre sus cabezas mientras marchaban a paso ligero hacia el norte. Se encaminaban hacia el extremo septentrional de los territorios de Herodes Filipo, el hermano de Antipas, en las proximidades del monte Hermón, para alejarse del acoso de Antipas y de las multitudes.

Esta tierra salvaje y montañosa, donde nacía el río Jordán, estaba cubierta de árboles y por sus laderas discurrían torrentes que, al precipitarse, llenaban el aire de vapores. La temperatura se mantenía baja, y allá, a lo lejos, se podía divisar la silueta del monte Hermón, que ya estaba cubierto de nieves. En primavera, las aguas del deshielo hacían crecer el río Jordán y subían el nivel del agua del mar de Galilea.

Ojalá pudiese recordar qué dicen exactamente las Escrituras de Dan y Jeroboam, pensó María. Hay alguien entre nosotros —aparte de Jesús— que conoce bien estas cosas, y ése es Tomás. Sí, se lo consultaré a Tomás.

Se le acercó para preguntarle y le notó muy complacido de que ella le considerara un erudito.

—El conocimiento es una gran bendición —le dijo María—. Permite contestar las preguntas sin necesidad de buscar ayuda.

—No es una bendición tan pura como te imaginas —le aseguró Tomás—. A veces, me hace confiar demasiado en mis propias interpretaciones. Puede haber centenares, no, miles de maneras de interpretar los textos sagrados. Es peligroso enfrascarse en una sola.

—Aun así, me gustaría saber más. —Ahora tenía la oportunidad de preguntarle—: ¿Qué opinas de las interpretaciones de Jesús? Supongo que estás de acuerdo, pero ¿no crees que algunas resultan sorprendentes? —En realidad quería decir «escandalosas», si bien no se atrevió.

Tomás reflexionó por un momento antes de contestar; era un hombre siempre cauto.

—Como persona que estudia las Escrituras desde que era niño, a veces, tengo que morderme la lengua cuando él habla. Aunque tiene esa autoridad... y después, cuando repaso mentalmente el pasaje en cuestión, me doy cuenta de que él supo entenderlo mejor o que pudo ir más allá del texto, a la auténtica intención de las palabras. Por eso, siempre me interesa escuchar lo que él tiene que decir de cualquier pasaje. Me gustaría que interpretara las Escrituras palabra por palabra. —Dio un suspiro de frustración—. Tendría que vivir mil años para conseguirlo.

Sus palabras melancólicas la afectaron.

—En ocasiones, las Escrituras expresan nuestro anhelo de cosas que sabemos imposibles pero que deseamos, a pesar de todo —continuó Tomás—. Como cuando Dios dice, en Ezequiel: «Depositaré mi Espíritu en ti y vivirás.» —Calló por un momento—. He de creer que Dios lo hará. Pienso que Jesús puede mostrarnos cómo eso es posible. ¡No lo puedo explicar! Sencillamente, creo que él sabe ciertas cosas... —Su voz se apagó—. Más que yo, con todos mis estudios. —Hizo una nueva pausa—. Por eso decidí seguirle. Para aprender de él. Y cada día aprendo un poco más.

Cada uno tiene sus razones personales para unirse a nuestro grupo, pensó María.

—¿De qué estáis hablando con tanta seriedad? —Judas les había alcanzado y echó a caminar a su lado. Parecía ansioso por participar en la conversación.

Tomás se apartó un poco para dejarle espacio.

—Estábamos hablando de nuestras razones para estar aquí. De por qué vinimos y por qué nos quedamos. ¿Por qué lo hiciste tú?

Judas se encogió de hombros.

—No sé si es posible contestar a esta pregunta. —Les miró a ambos, tratando de descifrar sus expresiones para sopesar su respuesta—. Todos hemos oído lo que necesitábamos oír —dijo al final.

—¿Qué necesitabas oír tú? —insistió Tomás.

—Él parecía tener todas las respuestas. —Judas contestó tan rápido que fue evidente que había ensayado sus palabras—. Pero ¿dónde creéis que nos lleva? No me gusta esta situación, tengo un mal presentimiento, es como si deambulara sin rumbo, esperando atraer mayor atención de las autoridades. ¿Por qué?

—No lo sé —respondió Tomás—. Estoy de acuerdo contigo, es una situación peligrosa.

—Como mujer —dijo Judas—, sin duda estarás preocupada por

tu seguridad. —Se acercó más a María, como si quisiera ofrecerle su protección.

—No más que los hombres —respondió ella. Y decía la verdad, el peligro le parecía indiscriminado. Incluso se podía pensar que, en caso de ataque, respetarían más la vida de una mujer.

Judas se le arrimó aún más.

—He puesto los libros en orden —dijo—. Las contribuciones...

Caminando siempre hacia el norte, se adentraron en territorios paganos. De vez en cuando, vislumbraban entre el follaje algún que otro altar erigido en honor de Apolo, de Afrodita o de no se sabe qué dios impío. Lo que antaño había sido territorio de una de las tribus de Israel, la tribu de Dan, ahora pertenecía irrevocablemente al mundo griego. Formaba parte de la gloria perdida tras las invasiones de los asirios, los babilonios, los griegos y los romanos. Los profetas decían que aquél era el castigo que sufrían los israelitas por haber adorado a los ídolos. Ahora que ya no querían tener ídolos en su tierra, estaban obligados a soportar su presencia, en contra de su voluntad.

El tercer día llegaron al emplazamiento de la antigua ciudad de Dan. Un asentamiento romano más reciente se extendía a un lado, pero la propia colina estaba cubierta de vegetación.

—¡Ya estamos aquí, Pedro! —dijo Jesús, rodeándole los hombros con el brazo—. Hemos llegado al lugar que tanto deseabas visitar.

—Está más lejos de lo que creía —dijo Pedro—. ¡Pero mi sueño está cumplido! Visitar lo que fue el norte de Israel en los tiempos de Salomón... —Miró a su alrededor, observando cada detalle—. De modo que estuvo aquí. La frontera de nuestra tierra.

—Sí —confirmó Jesús—. En aquellos días de esplendor, los reyes extranjeros solían detenerse aquí y se estremecían de asombro.

Los bosques aguardaban a su alrededor, en un silencio sólo perturbado por las llamadas de los pájaros. De la espesura emergía una lengua de agua plateada, un arroyo que pronto se uniría al Jordán.

—Quizá necesitemos espadas para abrirnos camino entre las ramas —dijo Jesús. Tenía razón, el bosque se alzaba ante ellos como una muralla infranqueable.

—¡Las tenemos! —exclamó Simón y alzó su espada.

—¡Sí, las tenemos! —repitió Judas y blandió la suya.

Reemprendieron el camino, precedidos por Judas y Simón que abrían paso. Les rodeó una quietud profunda, como si los bosques se hubieran apoderado del viejo emplazamiento y fueran sus guardianes desde antiguo, resueltos a no ceder su dominio. Abriéndose camino entre la vegetación, avanzaban cuesta arriba, siempre cuesta arriba.

El sol se ponía cuando, al fin, llegaron a un claro en el bosque. Alguien había estado allí recientemente. María vio los restos de una hoguera y huellas de pisadas sobre el suelo húmedo. Aún había gente que subía hasta allí a escondidas, algo les atraía de aquella cima.

Con cautela, salieron a una amplia extensión enlosada. Su tamaño era asombroso. En algún lugar de su pensamiento, sin que llegara todavía a conformar una auténtica visión, María vio a la gente de antaño que se reunía en gran número en ese sitio, para ellos sagrado. En el otro extremo del terreno empedrado había una amplia escalinata que conducía a lo que era, a todas luces, un «lugar alto», un altar.

La luz del ocaso acariciaba los escalones y la plataforma vacía. Los árboles y los arbustos de alrededor susurraron y se estremecieron entre el follaje, como si una diosa les hubiera dado orden de actuar al unísono. Obedientes, sus ramas danzaron.

Jesús se detuvo sobre el último escalón.

—Descansaremos aquí —dijo—. En este lugar que fue parte del gran pecado de Jeroboam. —Su túnica de lana ligera, la que su madre le había regalado en Nazaret, resplandecía en tonos rosados a la luz del crepúsculo—. Tomás, tú conoces las Escrituras. Después de la cena, puedes hablarnos de este lugar.

Terminada la cena, se reunieron en torno a la hoguera que a duras penas conseguía iluminar la plataforma oscura e informe a su lado.

—Cuéntanos —dijo Jesús con un ademán de asentimiento.

—Es un relato sórdido —respondió Tomás. Ya se lo había contado a María mientras trepaban por el camino de subida.

—Cuéntalo, a pesar de todo —insistió Jesús—. Tal vez, el mal que aún pervive aquí necesite oírlo.

Tomás relató la triste historia de aquel lugar, una historia de idolatría y apostasía. En la generación que sucedió al rey Salomón, el reino fue dividido. Roboam, el hijo de Salomón, gobernó las tierras meridionales de Judea y Jeroboam, antiguo supervisor de los proyectos de edificación del rey, gobernó los territorios septentrionales, es decir, Israel.

—Ya que el Templo y la orden sacerdotal legítima quedaban dentro de los límites del reino de Roboam, Jeroboam tuvo que inventar su propia religión y sacerdotes, para rivalizar —explicó Tomás—. Lo hizo en Dan y también en Betel, erigió centros de culto donde se adoraban los carneros de oro e instituyó su propio sacerdocio y sus propios rituales.

»Desafió a Dios y la Ley divina y, como resultado, el reino del norte fue destruido en su totalidad y, con ello, las diez de las doce tribus de Israel.

—Así pereció Jeroboam y su reino —concluyó Jesús.

—¡Aunque no enseguida! —exclamó Tomás—. ¡Tardaron doscientos años en desaparecer! Entretanto, los reyes que le sucedieron fueron cada vez más malvados. ¿No fue Ajab quien también construyó aquí un altar?

—Dios intentó advertirles a través de Sus profetas, pero ellos no quisieron escuchar —dijo Jesús—. Tampoco nosotros les hacemos caso. Estos medios ya no son suficientes. Por eso Dios pondrá fin a la era en la que vivimos. Cuando la maldad haya alcanzado su punto culminante. Y lo ha alcanzado.

Se levantó un viento que arrancó susurros de las copas de los árboles. A su alrededor crecían robles centenarios, cuyas ramas se abrían en todas direcciones y se inclinaban casi hasta el suelo. Parecía que los espíritus de los ídolos se escondían entre las hojas, escuchaban y les prevenían: Todavía estamos aquí, éste es nuestro sitio, cuidado con lo que decís.

Una y otra vez, los profetas predicaban contra los sacrificios paganos «bajo los anchos robles», recordó María. En esos momentos, todo parecía muy real: las ramas bajas que invitaban al culto y la intimidad, que llamaban a buscar refugio a su amparo. Los falsos dioses y los ídolos preferían los lugares altos y los reivindicaban para sí. Se estremeció al sentir la animosidad de los antiguos dioses que pasaban rozándole la mejilla, y al recordar a Asara.

Se acostaron, los hombres a un lado, juntos, y las mujeres a otro, también. El extraño entorno les impulsó a buscar la proximidad física de los compañeros, más que de costumbre. A María no le costó demasiado conciliar el sueño, porque los ecos lejanos de los dioses que aún podían pervivir en aquel lugar no eran nada comparados con los demonios feroces contra los que había tenido que luchar. Sus sueños, sin embargo, fueron inquietantes: vio una imagen fugaz de Jesús en la que le agredían y goleaban, y sangraba. Después, de la oscuridad y el silencio emergieron algunas siluetas, vestidas con antiguos trajes majestuosos. Ocuparon sus lugares en la plataforma, sobre la que había un altar, y un hombre con vestimentas más lujosas, envuelto en una túnica bordada en verde y oro, les dirigió la palabra. Habló empleando muchas expresiones que María no conocía, mezcladas con otras, de extraña pronunciación; apenas podía entenderle. Señaló un objeto cubierto con una tela, y alguien retiró la cobertura y descubrió a un animal reluciente, medio arrodillado y medio apoyado en sus patas traseras. Tenía cuernos y el hocico familiar de los toros. Debía de ser un carnero de oro, y la figura sería la del propio Jeroboam, que volvía a cobrar forma, manifestándose en su mente. Así pues, aún estaba allí. María se incorporó jadeando y abrió los ojos para librarse de aquella imagen. Miró la plataforma vacía, sin carnero, sumida en un silencio roto sólo por el correteo de pequeños animales y por el murmullo de las briznas de hierba que la rodeaban.

Se ha ido, se ha ido, ha vuelto al polvo y a la tierra, y el carnero dorado se ha ido con él, pensó María tratando de reconfortarse. Él ya no existe.

Cuando apenas despuntaba el alba, María vio a Pedro que caminaba arriba y abajo en la plataforma pagana; casi parecía flotar en las sombras purpúreas y azuladas del alto emplazamiento. La niebla del bosque circundante se arrastraba sobre el suelo de la plataforma como incienso salido de incensarios ocultos.

Se levantó y fue hacia él. Parecía estar muy agitado, y la amenaza inquietante que emanaba de aquel lugar encendió su deseo de protegerle. Pedro no percibió su presencia hasta que ella estuvo justo detrás de él y le tocó en el hombro. La niebla se arremolinaba alrededor de los pies de María, hasta sus rodillas.

—¿Qué te pasa, Pedro? ¿Puedo ayudarte? —Intuía que también él había tenido un sueño o una visión.

—¿Ayudarme? —Se dio la vuelta para mirarla. Su rostro expresaba angustia y congoja—. No sé cómo...

—¿Has tenido algún sueño? ¿Una visión? ¿Un sentimiento, siquiera? ¿Has oído alguna voz? —Quizá Jeroboam le había visitado a él también.

Pedro pareció despertarse, volver en sí.

—Sí —admitió finalmente. Hizo una larga pausa antes de proseguir—: Pero no puedo revelártelo. Ya sé que crees poseer una intuición especial, una visión o un saber, llámalo como quieras. Yo no confío en él. No puedo olvidar la época en que estabas tan débil y afligida por los demonios... ¡Lo cierto es que, si Andrés y yo no te hubiésemos acompañado al desierto, habrías muerto! ¡Por eso no puedo creer, perdóname pero no puedo, que tu saber espiritual es superior al del resto de nosotros!

—Claro que no —respondió María—. Pero si puedo ayudarte, sea como sea...

—Te pondré a prueba —la interrumpió. Ahora ya no parecía necesitar consuelo, y María se arrepintió de haber ido en su busca—. Dime de qué trataba mi visión, mi sueño. Entonces creeré que posees un conocimiento espiritual especial.

—Sólo Dios puede saberlo —contestó ella.

—Pues pídele que te lo revele —insistió Pedro—. Sin duda lo hará, si eres Su confidente. —Le dirigió una mirada de desafío.

—Pedro, sólo he venido para ayudarte —dijo ella.

—¡Ayúdame, pues! ¡Dime de qué trataba mi visión!

—¿Cómo podría eso ayudarte? Tú ya sabes lo que has visto. Mis palabras nada podrían cambiar. Sería mejor interpretar tu visión.

—¡No! No puedo confiar en tus interpretaciones si no me convences antes de que Dios te hace revelaciones. Por eso debes describirme lo que vi.

Era a Dios a quien ponía a prueba, no a ella. A María no le importaba ser capaz o no de adivinar el sueño de Pedro. No le importaba ser capaz o no de tener visiones. De hecho, preferiría no tener ese don. ¡Ojalá fracase en esta prueba!, gritó a Dios. ¡Sí, haz que fracase y líbrame de todo esto!

—Pediré a Dios que me lo revele —dijo al fin—. No sé cuándo querrá hacerlo, suponiendo que quiera. Tal vez, no lo desee.

Pedro asintió ante su última afirmación.

—Es lo más probable —dijo secamente.

María se envolvió en su capa y se fue, dejando a Pedro allí. Debería sentirse ofendida pero no era así.

Pedro no confía en mí, pensó. ¿Y por qué tendría que hacerlo? ¿Y si yo fuera como él cree, una impostora, una adivina con suerte? ¡Cuánto odio este don indeseado! ¡Ojalá desapareciera tan rápido como apareció! Encontró un sendero medio oculto bajo las malezas y lo siguió hasta la cima de la colina; allí el terreno caía en picado hacia una extensa planicie en el fondo; María se detuvo en ella para descansar.

Dios, Padre mío, rezó finalmente, Pedro ha tenido una visión que, tal vez, le enviaste Tú. Quiere que yo también la vea, para ponerme a prueba y averiguar si es cierto que me haces revelaciones. Muéstrame su visión, si es Tu voluntad. Sólo Te lo pido, sólo lo espero, para glorificar Tu nombre.

Suspiró con alivio. Dios no accedería a revelarle la visión de Pedro, y ella podría librarse, por fin, del extraño don que le había sido otorgado. Estaba lista para aceptar su desaparición. Quizá fuera realmente un efecto perdurable de la presencia de los demonios, de la mayor sensibilidad con que aquella presencia le había dotado, y, en su proceso de reintegración a la vida y las costumbres normales, acabaría por desvanecerse.

Antes de concluir sus reflexiones, sin embargo, la invadió una avalancha de imágenes: Pedro en... debía de ser en Roma, porque las túnicas parecían romanas... Unos hombres le perseguían, le capturaban y le ataban a una especie de travesaño. Él era bastante mayor. Tenía el cabello cano y ralo, y estaba pálido y endeble. Allí había alguien más, un hombre regio que lucía una corona de laureles... un emperador romano, aunque no era Tiberio. Conocía el rostro de Tiberio de las monedas, y aquél no era Tiberio.

¿Qué tenía que interpretar? Estaba todo muy claro. ¿Pedro decía algo? Deseó que la imagen reapareciera y esta vez escuchó con atención las voces. «Así, no —decía Pedro—, no soy digno.» Entonces ellos, los soldados romanos, le dieron la vuelta y le ataron cabeza abajo al madero.

Se lo diré, pensó María. Le repetiré estas palabras: «Así, no. No soy digno.» Quizás él sepa qué significan.

Permaneció sentada largo rato en el promontorio, saboreando su encuentro a solas con Dios aunque decepcionada de no verse libre de la carga de las visiones. Sin embargo, si aquél era el precio que tenía que pagar por haber sido llamada...

Cuando regresó al campamento, encontró a los demás despiertos, vestidos y listos para afrontar la jornada. Pedro se afanaba recogiendo su manta y hablaba animadamente con Andrés, como si no hubiera pasado nada. Ya habría tiempo de hablarle más adelante.

A Jesús no se le veía por ninguna parte. Debió de haberse alejado, buscando intimidad para rezar o poner sus pensamientos en orden. Los demás deambulaban por el claro, esperando sus direcciones.

La niebla se había disipado, y los bosques y el altar pagano no parecían tan misteriosos ni tan ominosos a la luz del día. La mañana traía consigo el consuelo y la seguridad.

Finalmente, Jesús reapareció, repuesto y fortalecido.

—¿De qué estáis hablando? —les preguntó.

—Maestro —dijo Pedro, expresando la pregunta que todos se hacían en silencio—, ¿por qué nos has traído aquí?

Jesús reflexionó un largo momento.

—Porque es un lugar apartado. Incluso Galilea tiene lazos estrechos con los poderes de Jerusalén y de Roma. Necesitaba tranquilidad para poder pensar, reflexionar en lo que debo hacer y en dónde me necesitan más.

—¿Ya lo sabes? —La voz de Judas sonó clara.

—Sí, me temo que sí —respondió Jesús en voz baja—. Ojalá no lo supiera.

—¿Qué has decidido? —insistió Judas.

—Debo ir a Jerusalén —contestó Jesús al instante—. Y lo que allí ocurra... Ya sabéis que Jerusalén da muerte a sus profetas. —Calló un momento—. No podría esperar menos.

—¡No, maestro! —Pedro se levantó y corrió hacia él, posando las manos sobre Jesús como si así pudiera evitar el desenlace—. ¡No debes ir! ¡No lo permitiremos!

Jesús se soltó. Una expresión de horror profundo cruzó su rostro.

—¡Vete, Satanás! —ordenó con el mismo tono de voz que empleaba en los exorcismos.

Pedro retrocedió, estupefacto.

—¡Silencio, Satanás! —gritó Jesús—. ¡Ves con los ojos de los hombres, no según los deseos de Dios!

Pedro había caído sobre una rodilla y ahora levantaba los brazos, como si quisiera evitar un golpe.

—Pero, maestro, soy un hombre —dijo al final—. No puedo ver con los ojos de Dios. Sólo sé que quiero protegerte de cualquiera, de cualquier cosa que pudiera hacerte daño.

Jesús cerró los ojos y apretó los puños; parecía rezar. Tras un prolongado silencio, relajó las manos y dejó fláccidos los brazos a ambos lados de su cuerpo.

—Pedro —dijo—, ¿quién creen los hombres que soy?

—¡Algunos dicen que eres Juan el Bautista vuelto a la vida! —exclamó Tomás impulsivamente.

—¡Otros dicen que eres Elías! —gritó Andrés sin que nadie se lo pidiera.

—¿Quién crees tú que soy? —preguntó Jesús mirando a Pedro a los ojos.

—Yo... yo creo... —Luchó por encontrar las palabras adecuadas—. Yo creo que eres aquel a quien hemos estado esperando, el ungido, el que inaugura el Reino de Dios... —Se arrodilló a los pies de Jesús—. Quizá seas el elegido de Dios, Su hijo, el que Le entiende y comprende Su voluntad más que cualquier otro hombre vivo...

Jesús miró a Pedro con fijeza desde arriba y le agarró los hombros.

—Ah —dijo—. Esto te fue revelado por Dios, mi Padre celestial. —Se inclinó y ayudó a Pedro a ponerse de pie—. Levántate. —Miró a los discípulos reunidos a su alrededor—. Reconozco que todo esto me desconcierta. Pero habrá más revelaciones.

Los discípulos se dispersaron por la plataforma. Miraban el entorno, los árboles, las piedras del enlosado y sus propios pies; miraban cualquier cosa menos a Jesús. No soportarían ver la incertidumbre en sus ojos. Se había mostrado siempre tan seguro de sus actos, tan firme, como una roca. ¿Qué sería de ellos si Jesús desfallecía?

—Esperaré a recibir direcciones —anunció Jesús al cabo—. No me moveré hasta que las reciba.

—¿Aquí... en este lugar? —Judas parecía alarmado. También él había percibido el influjo maligno del lugar. De hecho, desde que se había despertado aquella mañana, su mirada era distinta, velada.

—Es bueno enfrentarse al enemigo —contestó Jesús—. Si Satanás tiene poder aquí, debemos hacer nuestros planes a su sombra, no a la luz inocente del sol.

Si hubiesen viajado hasta allí para admirar el paisaje y descansar, la belleza de aquel entorno sería ideal. La colina donde habían erigido el altar hacía casi mil años dominaba una magnífica vista del monte Hermón y, a lo largo de los días que pasaron en el lugar, las lluvias se apiadaron de ellos y cesaron. Los árboles que poblaban las laderas eran reminiscencias de los bosques que en tiempos cubrían el país: robles, terebintos y cipreses erguían sus copas majestuosas y proyectaban su sombra sobre el bosque entero.

Mientras esperaban la decisión de Jesús, María buscó a Pedro para contarle lo que sabía de su sueño. La expresión de Pedro cambió cuando ella mencionó a los soldados romanos y el grueso madero. Y, en el momento en que María repitió las palabras que le había oído pronunciar, se tambaleó y tuvo que buscar apoyo en el tronco de un árbol cercano.

—¿Oíste esas palabras? —susurró.

—No sé qué significan —dijo María—. Pero, sí, las oí.

—Lo que me asusta es que tampoco yo sé qué significan. Y los soldados... las ataduras... —Se estremeció—. Sea lo que fuere, ocurrirá en un futuro lejano. Yo era ya viejo. —Así trató de reconfortarse.

—Jesús dijo algo de tu futuro. «Cuando seas viejo, abrirás los brazos y otros te vestirán y te conducirán adonde no querrás ir.» ¿Se estaría refiriendo a eso? —reflexionó María en voz alta.

—¡Dios mío! —exclamó Pedro—. Esos hombres... ¿eran mis verdugos? —El miedo ahogó su voz—. Yo creía que hablaba de la vejez, la senilidad, cuando no podría vivir sin la ayuda de mi familia. —Parecía estar a punto de llorar—. ¡No de mi ejecución! ¡Por los romanos!

—Pedro, nosotros no vimos sino unas sombras. —¿Qué significaba, entonces, la visión de Jesús apaleado?— No podemos saber qué significan, exactamente.

—Pero... Dios te reveló mi visión —repuso Pedro—. Y esto me lo demuestra: tus visiones y tus vaticinios son reales. Debo respetarlos. Nunca volveré a cuestionarte. Perdóname, tenía que estar seguro.

—Te respeto por ello. Las escrituras están llenas de falsos profetas. No quiero ser una de ellos. ¡A decir verdad, no quiero ser profeta, ni falsa ni auténtica!

—Dios lo dispuso de otra manera —dijo Pedro—. Es un extraño compañero de vida. —De pronto, estalló en risas—. ¡Qué irrespetuoso suena eso!

María también rió.

—No. Sólo significa que Le conoces lo suficiente para usar términos de familiaridad con Él.

Necesitaba hablar con Jesús. Necesitaba contarle el sueño que había tenido de él. Jesús se levantaba cada día con las primeras luces, se alejaba en silencio antes de que los demás despertaran y regresaba cuando caía el crepúsculo; entonces hablaba con ellos dulcemente durante el corto rato que pasaban juntos alrededor del fuego. No les comentaba sus ideas ni sus conclusiones pero, noche tras noche, parecía estar más afligido y consternado. Los discípulos esperaban, temerosos del momento en que decidiera comunicarles su mensaje.

Cuando oyó que se alejaba, María apartó las mantas de un manotazo, se puso las sandalias y le siguió. Cruzó apresurada la antigua plataforma, tropezando con algunas matas de hierba. Es él, pensaba, observando su manera característica de caminar. Le siguió por el sendero que atravesaba el bosque.

Él avanzaba despacio, buscando su camino casi a tientas en la penumbra. Ella corrió, le alcanzó y le asió del brazo.

—María.

—Maestro. —Dejó caer la mano—. Necesito hablar contigo en privado. —Pero, ahora que tenía la oportunidad, enmudeció de pronto.

Jesús esperó. No dijo «¿De qué se trata?», ni «¡Habla, pues!».

—Ya sé que éstos son momentos difíciles para ti... que hemos llegado a un punto de inflexión...

—Así es.

—Quería decirte que tuve otro sueño, otra visión o como se llame. Trataba de ti. Debo contarte lo que vi.

Él suspiró.

—Sí. He de saberlo. —En la penumbra, ella no podía ver su cara, sólo oía su voz.

Le relató con celeridad sus impresiones: Jesús en manos de alguien, golpeado, ensangrentado. Agredido.

—¿Pudiste ver dónde sucedía? —se limitó a preguntar.

—Al fondo... se veía una ciudad. Llena de gente. Y con grandes edificaciones.

—Jerusalén. —Jesús pronunció el nombre casi exultante—. Jerusalén.

—Maestro, no lo sé. No puedo identificar el lugar ni sé qué estaba ocurriendo en la escena que vi.

—Era Jerusalén —afirmó él—. Lo sé. Y sé que moriré allí.

Sabía que no debía contradecirle. No lo soportaría si se volviera contra ella y le gritara «¡Vete, Satanás!», como había gritado a Pedro. Cada fibra de su ser, no obstante, deseaba desmentirle. Se limitó a decir:

—No te mataban, sólo... te hacían daño.

—Sólo viste el principio —dijo Jesús—. Dios te ocultó el espantoso final. —Su rostro empezó a cobrar facciones a la luz creciente del alba—. Estos últimos días, he tenido varias revelaciones. Algunas son tan horribles que me cuesta hacerles frente. Pero ahora ya veo, ya sé, que mi primera intuición fue... incompleta. Habrá realmente un final, y Dios intervendrá para inaugurar la nueva era, aunque no será tan sencillo como creía. Yo formo parte integral del proceso, no sólo he venido para anunciarlo, como hizo Juan el Bautista. Por alguna razón, es necesario que vaya a Jerusalén, al corazón mismo del reino, donde está el Templo, el lugar sagrado de Dios. No acabo de entenderlo, pero es lo que Dios me reveló.

—Pero ¿por qué? ¿Qué ha de suceder allí?

—No puedo responder a eso —dijo Jesús. Ahora ya se le veía con nitidez, sus ojos turbados y confusos—. Sólo sé que debo obedecer.

—Obedecer, ¿qué?

—Dios me ha dicho que debo ir a Jerusalén durante la Pascua. ¿Te acuerdas de tu viaje cuando eras niña? —El tono de su voz cambió de manera repentina, y la pregunta sonó como un comentario sociable, superficial.

—Sí —respondió María—. Aunque sólo recuerdo las multitudes, la magnitud del Templo, la reverberación cegadora de las piedras blancas y los adornos de oro.

—¿No percibiste la santidad?

—Si la percibí, se me ha olvidado —admitió María—. Perdóname.

—Si no la sentiste, quizás intuyeras lo que ha de venir. —Su voz delató angustia—. Tal vez los niños perciban la presencia de la auténtica santidad mejor que los adultos.

—Era demasiado pequeña.

—Razón de más. —Parecía convencido—. Dios repudia el Templo y a los sacerdotes corruptos —añadió—. En pocos años, no quedará piedra sobre piedra.

María contuvo el aliento, a pesar de sí misma. El Templo era un edificio gigantesco, casi tan sólido como una montaña.

—¡Oh, no! —Y, sin embargo, su visión...

—Sí. Nada quedará de él. —Jesús se volvió y la tomó suavemente de los hombros—. Ya te dije que la era actual llegará a su fin. El juicio final se iniciará en Jerusalén y de allí se extenderá al resto del mundo.

—El Templo... Nos enseñaron que es la morada de Dios. ¿Quieres decir que Él se irá y nos abandonará?

—Jamás nos abandonará —contestó Jesus con voz autoritaria—. No sé qué significa la destrucción del Templo. Sólo que he de obedecer la llamada e ir a la ciudad. Cuando llegue, Dios me dirá qué debo hacer.

—Mi visión...

—Fue verdadera. Aunque desconocemos las circunstancias que la rodean. —Jesús le tomó las manos en las suyas—. Te agradezco que me la hayas revelado. Y doy gracias a Dios por permitirte ver estas cosas. —Le apretó más las manos—. Y Le doy las gracias por permitirte venir a buscarme y hablarme con franqueza.

Sus palabras la colmaron de emoción y se sintió honrada, como si una fuente impoluta brotara impetuosa en su interior.

Jesús reconocía los lazos misteriosos que les unían. Los aceptaba y hasta daba las gracias a Dios por ellos. No sabría darles nombre, eran demasiado singulares para definirlos, sencillamente eran y... ¡Oh! Dios la había conducido hasta allí, la había creado justo para eso.

Cuando, por fin, las palabras cobraron forma en su mente, ésta fue la frase que hilvanaron: «¡Jesús es mío!»

La invadió el júbilo de la posesión. Jesús era suyo, la veía con ojos distintos que a todos los demás, la honraba por encima de los demás, eran espíritus gemelos. Ambos recibían revelaciones, que no eran las mismas pero se complementaban. Ella podía ofrecerle algo que nadie más tenía. La quería. Ahora ya lo sabía. ¿Por qué no podía hablar? Llevó la mano al cuello, como si quisiera forzar la salida de las palabras. Necesitaba hablar, decir algo. Pero siguió mirándole, su rostro alargado, sus ojos hundidos. Todo lo que ella había sido, todo lo que había deseado en la vida, parecía estar en aquel rostro.

—Así, no, María. —Fue Jesús quien habló—. No escuches la voz de Satanás. —Parecía casi derrotado—. Ya esperaba su oposición. Sí, la esperaba, aunque no así. Pedro y tú, los dos. Satanás os habló y vosotros le escuchasteis. —Hizo una pausa y prosiguió con dulzura—: María, escúchame ahora a mí, no a Satanás. Ya sabes que aprovecha nuestros dones para atacarnos, y tú tienes muchos. Los convierte en fuente de orgullo para ti.

¿Orgullo? ¡Yo no soy orgullosa!, pensó ella.

Mirando a Jesús a los ojos, sin embargo, se sintió avergonzada. Él advertía su placer secreto ante la idea de saber más que los demás o cuando recibía una revelación que a ellos les era negada, aunque fingiera no desear las revelaciones, incluso ante sí misma.

—Perdóname —dijo al final, hundida. La emoción se había disipado y sólo deseaba huir.

—No quiero ser duro —dijo Jesús—. Siempre es más fácil ver la intervención de Satanás en los demás que en uno mismo. María, recuerda que él sólo ataca a los que tratan de hacer el bien. Yo no te juzgo.

Aunque, evidentemente, lo hacía. Le disgustaba su orgullo; lo había visto; lo había desenmascarado. Le sería imposible amarla... de aquella manera.

—No es tu orgullo lo que más interesa a Satanás —dijo Jesús.

¡No! ¡No más, por favor, que no vea más cosas en mí!, rogó María para sí.

—Su objetivo principal es manipular lo que nos es más natural y convertirlo en un obstáculo. —Jesús calló, como si no se atreviera a seguir—. Hablo del amor que un hombre siente por una mujer, y una mujer por un hombre. María, sé que me amas.

Se sintió mortificada. Porque era claro que sus palabras siguientes no serían «Yo también te amo». Quería alejarse corriendo de él, huir de aquella vergüenza. ¿Por qué exponía sus sentimientos de ese modo si no era capaz de corresponderla?

¿Por qué negarlos, por otra parte? Si él ya lo sabía todo. ¿Qué podría ser peor que lo ya dicho?

—Sí, te amo —admitió—. Y tú también me amas. ¡Lo sé! —añadió en tono de desafío, aunque ya no lo creía.

—Te amo, es cierto —respondió Jesús—. Amo tu valentía y tu integridad, tu sensibilidad y tu sosiego y, si me fuera dado seguir otra dirección en la vida, te elegiría a ti para acompañarme. Aun ahora te elijo para recorrer el camino conmigo. Pero se trata de un camino singular, que no es el que sigue la mayoría: el matrimonio, los hijos, el hogar. No puedo pertenecer a nadie de ese modo. Satanás sabe bien lo difícil que esto me resulta y no deja de recordarme las cosas a las que debo renunciar.

—¡No lo entiendo! ¿Por qué no puedes seguir ese camino?

—Porque el camino que me ha sido asignado lo he de recorrer solo. A partir de cierta encrucijada, no cabe más que un caminante en él.

—¡Que te ha sido asignado! Tú mismo lo elegiste. —María sintió la necesidad de contraatacar, de disimular la confusión de sus propios sentimientos—. ¡Nos tomas el pelo con tus misteriosas indirectas y alusiones, y nosotros te seguimos, pero no sabemos adónde vamos ni por qué estamos aquí!

—Para mí tampoco es fácil. Vosotros, al menos, os tenéis los unos a los otros.

—Si estás solo es porque... No sería lo mismo...

—Es porque así lo elegí, como tú has dicho. Y no quiere decir que no valoro la compañía que me es permitido tener.

—No... no lo entiendo. —María intentó evitar que su voz se quebrara.

—Ya lo entenderás. Entonces recordarás mis palabras y sabrás el porqué. De momento, has de saber que yo te amo aunque no como te amó Joel. ¡No me abandones! Necesitaré tu fuerza. ¡Te lo suplico!

Ella quiso apartarse. Deseaba correr, huir, huir lejos.

—¡Por favor, María, por favor, quédate conmigo! Sin ti... los demás no podrán aguantar.

—Los demás... los demás... ¿qué son ellos para mí? —Lo único que les mantenía unidos era Jesús. Sin él...

—Sois hermanos de bautismo. Ellos te necesitan. Te necesitarán.

Pero María no quería que nadie la necesitara; lo que quería era que alguien satisficiera sus necesidades. No respondió; enfiló el camino de vuelta al campamento. Los discípulos ya debían de estar despertándose, buscándoles.

—Tengo que ir a Jerusalén. Es allí donde debo hablar, en el corazón mismo de la morada sagrada de Dios. Debo ir, aunque tenga que hacerlo solo. —Habló con voz quejumbrosa, como si le suplicara que comprendiese, que prometiera que le seguiría hasta el final.

María le dio la espalda y le dejó solo en la plataforma. Se sentía tan destruida que no soportaría verle ni un instante más.

48

Mientras se preparaban para dejar Dan, María guardó silencio. Tenía la sensación de que su cara ardía, no sabría decir si de cólera o de vergüenza, e intentaba no mirar a nadie, para que nadie viera su expresión. El revés del rechazo le dolía como una bofetada. ¿El rechazo? Por supuesto, es exactamente lo que fue, se dijo a pesar de las palabras suaves y consoladoras de Jesús. Ella se había expuesto, le había revelado su profundísimo deseo de ser suya y sólo suya, y él, de ella. Y Jesús dijo que no, que eso nunca sería posible. Ahora conocía su necesidad y ninguno de los dos podría olvidar jamás. Aquella escena se interpondría siempre entre ambos.

Los demás ni siquiera se dieron cuenta de su mal humor. Estaban ocupados hablando mientras recogían sus cosas, preguntándose en voz alta cuál sería su siguiente destino. Todos ansiaban abandonar aquel lugar poblado de fantasmas. Pero ¿para ir adónde?

Jesús parecía distante, distraído.

—Nos quedaremos en los territorios de Herodes Filipo hasta Pascua —les dijo—. Podemos acercarnos a su ciudad, no está lejos de aquí.

—¿A Cesarea de Filipo? —Pedro se sorprendió—. ¡No pretenderás entrar en la ciudad!

—¿Por qué no? —repuso Jesús. Su expresión era inescrutable y, por un instante, María le odió. Así era él. Incitaba a las personas, les conminaba a algo, pero él no decía nada; dejaba que los demás se expresasen, que manifestaran sus opiniones. De repente, se le ocurrió que Jesús nunca había promovido un encuentro con nadie; eran siempre los demás los que iban en su busca. Los enfermos, los pobres, los necesitados, todos tenían que acercarse a él y pedir su misericordia. ¡Como ella misma había hecho!

—¡Es una ciudad grande, llena de forasteros, no es lugar para nosotros! —contestó Pedro con firmeza.

—Tal vez sea el lugar para nosotros —dijo Jesús.

—Pero... ¡es cara! —protestó Pedro—. El alojamiento, la comida...

—Tenemos medios —respondió Jesús.

¡Supongo que se refiere a mi dinero!, pensó María.

—Me parece que malgastaríamos nuestros fondos. —Sonó la voz inconfundible de Judas—. Es cierto que tenemos medios, pero ¿es así como debemos emplearlos? Los pobres...

—¿Desde cuándo te preocupan los pobres, Judas? —intervino Simón—. Es la primera vez que te oigo hablar de ellos.

—Creo que en Cesarea de Filipo derrocharíamos el dinero —dijo Judas a Jesús, haciendo caso omiso de Simón—. Podemos acampar en las afueras y ahorrarnos el gasto. Salvo... —Hizo un gesto de asentimiento y prosiguió—: Salvo que desees hablar a los habitantes de la ciudad. En tal caso...

—¡Son gentiles! —exclamó Tomás—. ¿Qué sentido tendría hablarles? ¿No es tu mensaje sólo para Israel? ¿Qué significado puede tener para los gentiles?

—¡El Mesías viene sólo para los hijos de Israel! —afirmó Pedro con rotundidad—. No tiene sentido para los forasteros. Forma parte de nuestra tradición y de ninguna otra.

Jesús escuchaba, de pie sobre la elevación irregular que dominaba la plataforma fantasmal.

—Quizá. Pero ellos también darán cuenta de sus actos. ¿No deberíamos prevenirles? Los profetas incluyeron todas las naciones en su condena, pero también les ofrecieron la posibilidad de arrepentirse. Quizá debiéramos propagar más nuestro mensaje.

—¿Qué estás diciendo? ¿Que también los gentiles serán llamados? —Tomás parecía indignado—. ¡Son pueblos impuros, mancillados!

—Cuando Dios condena a un pueblo, también le ofrece la posibilidad de salvarse —respondió Jesús pausadamente—. Envió a Jonás a predicar al pueblo de Nínive. Amós advirtió a las naciones vecinas. Debo consultar a Dios.

De modo que ahora le preocupa eso, pensó María. Se olvidará de mí y de nuestra conversación en la madrugada.

¿Debo sentirme agradecida u ofendida?

Optó por lo segundo, o mejor dicho, hizo lo único de lo que era capaz. Sé que debería estar por encima de esto, pensó. Él tiene que cumplir una misión importante. Debe ceñirse a ella y yo no debo entorpecerla. Ya lo sabía, pero la abrasaba la envidia y la decepción. Hasta sentía envidia de los gentiles, que de repente parecían preocupar tanto a Jesús.

Emprendieron el camino que les llevaría a Cesarea de Filipo. El descenso del monte donde había estado Dan, la ciudad que el profeta Amós había denunciado hacía ochocientos años, les llevó la mayor parte de la mañana. Cuando alcanzaron el terreno llano se sintieron todos mejor, aliviados de poder dejar atrás los recuerdos y los espíritus que habitaban aquel lugar maldito.

Numerosos altares paganos se erguían junto al camino, y María vio que algunos de los discípulos tiraban de la manga de Jesús y le preguntaban acerca de ellos. Ella prefirió caminar en la retaguardia, lo más lejos posible de Jesús.

—¿Qué te pasa? —María oyó la voz suave e inconfundible de la madre de Jesús.

¡No podía decírselo!

—Nada, sólo me inquieta la incertidumbre —respondió, evasiva.

—Sí... la incertidumbre. —María la mayor echó a andar a su lado—. Tengo miedo. Algo va a ocurrir. —Respiraba con dificultad. María se dio cuenta de que, para la madre de Jesús, aquel viaje suponía una aventura tanto espiritual como física. Probablemente fuera la primera vez en que emprendía un viaje tan largo.

—¿Por qué abandonaste tu hogar para seguirle? —María tenía que preguntarlo. Era la pregunta por excelencia que todos debían de hacerse, y cada respuesta sería distinta.

La madre de Jesús reflexionó, dando vueltas a las palabras que emplearía.

—Desde que él nació he sabido que tiene una misión especial que cumplir, una llamada a la que responder. Cuando empezó todo, quería estar allí, verlo con mis propios ojos. Llegué un poco tarde, pero aquí estoy. —Hizo una pausa para recobrar el aliento. María aminoró el paso para que la mujer mayor pudiera seguirla sin dificultad.

—Eres dichosa. Tu hijo te permitió acompañarle. No muchos hijos adultos harían lo mismo.

—Lo sé. —La madre de Jesús la miró. María quedó de nuevo impresionada con su belleza delicada y con su franqueza. La mujer caminaba resuelta detrás de su hijo, sin pedir nada más que la oportunidad de compartir su destino, cualquiera que fuese.

Qué distinta es de las mujeres de mi familia, pensó María con envidia. Ellas me han apartado de mi hija, a la que no quieren en absoluto.

Pasaron el invierno en las inmediaciones de Cesarea de Filipo, una ciudad de gran belleza provista de un foro romano, amplias calles, fuentes de agua y estatuas de mármol. A pesar de su carácter mundano, pronto cautivó a los discípulos, que ya empezaban a sentirse cómodos en ella cuando Jesús anunció de pronto que les conduciría a las fuentes cercanas, a un manantial subterráneo que brotaba del interior de unas cuevas y daba vida al río Jordán. Un sitio que los griegos consideraban territorio sagrado del dios Pan.

Los discípulos ya sabían que era inútil discutir o cuestionar sus decisiones, aunque les pareció una elección muy extraña. Caminando obedientemente detrás de Jesús, hablaban entre sí con voces quedas y se hacían la pregunta que ya sonaba como un estribillo: ¿Qué significaba aquello?

Las lluvias del invierno ya habían remitido y los signos de la primavera aparecían por doquier: la dulzura del aire, el cielo azul que parecía hecho de porcelana y los almendros silvestres, los primeros en florecer, que lucían sus brotes blancos en los bosques, enmarcados con el verde luminoso de las hojas nuevas. Más al sur, en la lejana Galilea, la estación estaría más avanzada. Y en Judea, la zona que rodea Jerusalén, los vientos del desierto ya abrasarían la ciudad a su paso. Mientras recorrían el camino que conducía a las fuentes, a su alrededor sonaban los cantos de los pájaros que se regocijaban en el despertar de la primavera.

¿Qué nos traerá la primavera a nosotros? María estaba inquieta. No quería ir a Jerusalén, no quería dar a sus visiones la menor oportunidad de hacerse realidad.

Ya mediaba el día cuando llegaron a un terreno abierto, al resguardo de un acantilado rocoso. El sol acariciaba la cara del acantilado, inundando con su luz los rincones más profundos de las miríadas de hornacinas abiertas en la piedra, en cuyo interior albergaban otros tantos ídolos. Cada arco tenía la forma de una concha marina que se abría para revelar su tesoro.

Las estatuas eran hermosas. De talla exquisita, llevaban en las manos gráciles cornucopias, báculos, lanzas y arcos, y sus rostros perfectos sonreían a los fieles, que llegaban en gran número y se apiñaban delante de una amplia gruta, cuya entrada tenía la forma de unas fauces abiertas.

—Quedémonos aquí para observar —dijo Jesús, y les condujo a un punto desde el cual podían ver los nichos, los devotos congregados ante ellos y el pequeño templo construido a un lado, donde ataban las cabras. Sus balidos sonaban como instrumentos musicales antiguos que convocaran a los iniciados de una secta secreta.

—Aquí está su templo. Recordadlo cuando lleguemos a nuestro Templo, en Jerusalén —dijo Jesús—. Mirad. Allí están las cabras, listas para el sacrificio. Aquí están los peregrinos, que han venido para ver y sentir una manifestación sagrada. Aquí están los dioses, que miran desde sus alturas con benevolencia. Cosas hechas de piedra y talladas por manos humanas se convierten en objetos de culto... como si un ídolo tuviera más poder que las manos que lo fabricaron.

—¡Sí! —intervino Tomás de pronto—. Como dijo Isaías, los que fabrican ídolos cogen un trozo de madera, tallan la mitad, se inclinan ante ella y tiran la otra mitad al fuego, para hacer pan. ¡Son idiotas!

—Ellos dirían que no adoran la madera en sí sino a la deidad que representa, y que tiene su morada en otro lugar —dijo Judas—. No son tan idiotas. Isaías fue muy ingenioso y, sin embargo, les subestimó. Nunca es bueno subestimar a tus adversarios.

—Bien dicho, Judas —dijo Jesús—. En cuanto a nuestras diferencias, nosotros no tenemos estatuas en el Templo, pero sí un santuario que representa la presencia de Dios. Sería difícil distinguir las cabras de nuestro Templo de las que hay aquí. O hacer distinción de los peregrinos, que acuden en parte para hacer el viaje y en parte por razones religiosas. Me pregunto si un extraño podría detectar las diferencias entre ellos y nosotros. —Con un amplio movimiento del brazo, señaló el escenario que se abría ante ellos.

El color dorado de las rocas, las hornacinas, las losas rojizas que cubrían el lugar de reunión... todo generaba una impresión de paz profunda y adormilada, el deseo de abandonarse a la calidez del sol, la placidez y el deleite de los sentidos. La religión griega era sofisticada en todos los aspectos, refinada, agradable y complaciente.

—Zeus, Atenea, Hera, Afrodita... están todos felices en sus hornacinas —dijo Judas con un gesto de asentimiento.

—¡Quisiera hacerlos añicos! —exclamó Simón, con el ardor de su antigua calidad de celota—. ¡Coger un palo y romperlos en pedazos!

—El dios principal de este lugar es Pan —dijo Jesús sin prestarle atención—. En esta gruta sacrifican cabras a Pan. Y de esta gruta sale la corriente que acaba convirtiéndose en el río Jordán. Y el Jordán es sagrado para nosotros.

—¡Mancillan nuestra agua sagrada con sus ritos obscenos! —dijo Tomás.

—¿Es así? —preguntó Jesús—. ¿O es exactamente al revés? ¿El hecho de que nuestra historia haya santificado el Jordán, desde los tiempos de Josué hasta los de Juan el Bautista, anula los rituales paganos que se celebran en sus fuentes? ¿Es la santidad la que se propaga o la iniquidad la que contamina? Reflexionad detenidamente en esto.

No iba a darles la respuesta. María se preguntó por qué Jesús se comportaba así, por qué les inquietaba con preguntas a las que luego se negaba a responder, a pesar de que sin duda conocía las respuestas.

—Amigos míos (he de llamaros amigos, ni seguidores ni discípulos sino amigos, porque es lo que sois) estamos listos para emprender nuestro viaje, como hace el río Jordán. Como el Jordán, que fluye desde sus fuentes hasta el mar Salado atravesando espesuras y yermos desolados de los que no hay salida, tampoco yo podré salir de Jerusalén. Como el Jordán, terminaré en el lugar adonde me dirijo desde aquí.

—¡Entonces iremos para morir allí contigo! —dijo Tomás.

Sorprendentemente, Jesús no le contradijo.

¿Habrían de morir todos? ¿Es lo que les estaba diciendo? María no sabía si tendría el valor de morir. O, incluso, si alguna vez desearía encontrarlo.

Jesús les hizo señal de que le siguieran hasta un sitio más tranquilo, lejos del templo y su emplazamiento. Un bosquecillo de sauces formaba un refugio donde recogerse.

—Judas, ¿tienes las plumas y el papel que utilizas para hacer cuentas? —preguntó Jesús.

Judas asintió y empezó a rebuscar en su bolsa. Cuando alzó la vista, María vislumbró en sus ojos una expresión oscura y velada.

—Creo, amigos, que haríais bien en dirigir algunas palabras a los que habéis dejado atrás —prosiguió Jesús—. Judas tiene papel en blanco para ello. Si deseáis decir algo a alguien, éste es el momento de hacerlo.

¡Nuestras últimas palabras! La mano de María buscó instintivamente el talismán de Eliseba que colgaba de su cuello.

—Maestro —objetó Pedro—, dijiste que teníamos que abandonarlo todo.

—Sí, Pedro, dije que uno debe abandonar la vieja vida cuando empieza la nueva. Muchos de vosotros, sin embargo, no tuvisteis la oportunidad de despediros, y es lo que debéis hacer ahora.

¡El último adiós! Porque después ya no podremos. Porque... ¡«iremos para morir allí contigo»!, se dijo María.

—Yo no tengo a nadie a quien escribir —dijo Judas—. Pero estaré encantado de hacerlo para aquellos que desean escribir y no saben.

—Yo también —dijo María. Habló rápidamente para paliar la vergüenza que quizá sintieran los que no sabían escribir.

Jesús se retiró a las márgenes de un arroyo, dejándoles solos.

—Yo... quiero escribir a Mara —dijo Pedro—. ¿Puedes ayudarme? —Se sentó al lado de María. Le sorprendió que la buscara a ella, una mujer, antes que a Judas. Aunque era evidente que la conocía mejor y desde hacía más tiempo.

—Por supuesto. —Alisó el arrugado trozo de papiro, que no era de la mejor calidad sino del tipo empleado en los libros de cuentas, y le hizo ademán de empezar a dictar.

—Escribe: «Mi amada esposa» —susurró él—. «Espero que tú y tu madre estéis bien. Desde que nos fuimos de Cafarnaún hemos viajado muchísimo, hemos predicado a grandes multitudes y hemos sanado a muchos enfermos. Ahora estamos de camino a Jerusalén, donde celebraremos la Pascua.» —Hizo una pausa para que María terminara de escribir la última frase—. ¡Esto es muy duro! —dijo—. Tengo la impresión de que debo explicárselo todo o no decirle nada.

—No hay papel suficiente para contárselo todo —respondió María con tristeza.

—No, claro que no. Veamos: «Rezaré por ti cuando lleguemos al Templo. Has de saber que estás siempre en mi pensamiento. Tu esposo, Simón bar-Jonás.» No suelo hablar así, parecen las palabras de otra persona —reflexionó—. Pero... no sé qué decirle. No quiero alarmarla hablándole de los peligros que nos esperan.

—Me parece que el saludo inicial sería más que suficiente para ella, viniendo de ti. No necesita más.

Juan, cabizbajo, escribía enfervecido en su trozo de papel. Su hermano, Santiago el Mayor, refunfuñaba a su lado:

—Basta con que uno de nosotros escriba a nuestra madre. ¡No pienso escribir a padre!

La madre de Jesús fue a sentarse al lado de María.

—¿Te importaría echar un vistazo a esto? Puedo leer, pero escribir no se me da tan bien. —Y le tendió un pequeño trozo de papel.

A mi amado hijo, Santiago:

Encontré a Jesús en las inmediaciones de Cafarnaún y decidí seguirle. Mi corazón se alegra de haber hecho este viaje y de haberme quedado a su lado, y rezo porque también tú consigas superar el enojo que sientes por nosotros. Dios te ama tanto como a Jesús, y yo te amo tanto como a Jesús. No tengo palabras para expresar lo mucho que significas para mí. Nos dirigimos a Jerusalén para celebrar allí la Pascua. Rezaré por tu salud y tu tranquilidad.

Tu madre que te quiere...

—Esto fundiría el corazón de cualquier ser viviente —dijo María al tiempo que le devolvía la carta.

—No quiero fundirlo, sólo llegar a él —repuso María la mayor con un suspiro.

Cuando se fue, Susana ocupó su lugar y preguntó a María si la ayudaría a escribir a su esposo.

—Me gustaría tanto poder explicarle la situación —dijo.

María sonrió, aunque con tristeza. Susana hablaba como lo hiciera ella misma cuando aún intentaba convencer a Joel.

—Por supuesto —respondió—. Puede ser una carta breve. Ya te ayudé a escribirle una, ¿te acuerdas?

—No sabemos si llegó a sus manos —dijo Susana.

—Es cierto. Como dice Jesús, podemos enviar un mensaje, pero no sabemos adónde irá.

Los ojos le escocían mientras trataba de reunir las palabras adecuadas para su carta a Eliseba. La tristeza la envolvía como un manto, robándole los pensamientos y hasta los propios sentimientos. Abatida por la idea de que nunca volvería a ver a su amada niña, optó por dirigir una nota breve directamente a su hermano Eli, adjuntando un mensaje para Eliseba. Eli ya no le inspiraba temor.

Partieron el día siguiente; irían a Jerusalén atravesando el territorio de Samaria. Era el camino más corto, y Jesús parecía tener prisa ahora, después de su lenta y deliberada espera durante el invierno. Aunque estaban siempre alerta, no vieron soldados de Antipas en su camino a través de Galilea. Cruzaron sin problemas la frontera con Samaria, dejando atrás la jurisdicción de Antipas y adentrándose en la de Roma. María se preguntó si el cambio sería beneficioso para ellos. Antipas se mostraba mezquino y obstinado en la persecución de sus enemigos, pero el poder de Roma era impersonal e implacable y no daba tregua ni posibilidad de apelación.

Prosiguieron su viaje hacia el sur, por caminos que atravesaban valles estrechos, flanqueados a ambos lados por altas colinas. Los samaritanos que encontraban a su paso a veces les abucheaban y otras se limitaban a observarles, taciturnos y en silencio. La animadversión entre judíos y samaritanos no había menguado desde el tiempo en que María hiciera aquel viaje por primera vez. Por el contrario, había crecido. Pero la peregrinación por aquellos caminos era distinta en compañía de Jesús y los discípulos, que no se dejaban amedrentar por los hostigadores ni se asustaban de los posibles enfrentamientos, como ella y su familia hacía tantos años.

La temperatura aumentaba con el paso de las horas, y al mediodía hacía mucho calor. Cuando estuvieron cerca de Sejem, la antigua capital de Samaria, decidieron detenerse para descansar. Encontraron un pozo providencial, y Jesús se sentó en el borde. Envió a los hombres del grupo a la ciudad en busca de comida, mientras él, su madre y las demás mujeres esperaban en las afueras. La quietud del mediodía parecía inmovilizarles dentro de aquel paisaje inerte, cuando se alzaron unas pequeñas nubes de polvo tachonando el camino que venía de Sejem, siguiendo los pasos de alguien que se acercaba. Pronto apareció la silueta de una mujer cargada con un cántaro. Se acercó al pozo y, cuando llegó, Jesús le habló y le preguntó si le daría un trago de agua.

Ella le miró con recelo. Era una mujer de mediana edad, cuyo rostro aún delataba su belleza en la juventud.

—¿Cómo? —preguntó tras cierta vacilación—. ¿Tú, un judío, pides agua a una samaritana?

—Sí —respondió Jesús—. ¿Me dejarías beber un poco del agua que saques del pozo?

La mujer bajó el cántaro a las profundidades del pozo y volvió a subirlo con gestos ágiles y fuertes. Ofreció agua a Jesús, mirándole en todo momento como si le considerara peligroso. Él le dio las gracias y bebió. Después le devolvió el cántaro.

—Se supone que no debemos hablar —dijo la mujer—. Ni beber del mismo vaso.

Jesús rió.

—Mujer —dijo—, si conocieras la gracia divina y supieras quién te ha pedido agua, serías tú quien le pediría un trago, y él te habría ofrecido el agua viva.

La mujer retrocedió ante sus palabras. Aquel hombre debía de estar loco.

—Señor —dijo al final—, no tienes con qué sacar el agua, y este pozo es muy profundo. ¿Cómo sacarías el agua viva? Hasta Jacob, nuestro ancestro común, en toda su grandeza, tuvo que cavar este pozo para encontrar agua.

—Cierto, y todos los que beban de él volverán a sentir sed. Pero aquel que beba de mi agua, ya nunca se encontrará sediento. Llevará en sí un manantial rebosante, que fluirá hacia la vida eterna.

—¡Entonces, dame tu agua, así no tengo que volver aquí a sacar del pozo! —exclamó la mujer.

—Ve a buscar a tu marido y os la enseñaré —dijo Jesús.

—No tengo marido.

—¡Dices la verdad! Porque has tenido cinco maridos, y el hombre con el que vives ahora no es tu esposo.

La mujer se quedó tan asombrada que se olvidó de asustarse. En cambio, farfulló:

—¡Veo que eres un profeta! —Se dio la vuelta para ir a la ciudad, olvidándose del cántaro con las prisas. Dio unos pasos y se detuvo—. Señor, nosotros, los samaritanos, siempre hemos adorado a Dios en esta montaña de aquí. —Señaló al monte Gerizim—. Mientras que vosotros, los judíos, insistís en que el lugar de culto verdadero es Jerusalén. ¿Por qué?

Jesús meneó la cabeza.

—Créeme, mujer, cuando te digo que se acerca la hora en que a Dios no se le adorará en ninguno de estos dos lugares sino en el espíritu y en todas partes. Dios es espíritu, y sus fieles deben adorarle en espíritu.

—Sé que vendrá un Mesías —dijo la mujer— y, cuando venga, nos explicará todas estas cosas.

—Mujer —Jesús pronunció lentamente las palabras—, el que te habla es Él.

La mujer se tapó la boca con las manos y huyó corriendo en dirección a la ciudad. María la oyó gritar a la primera persona que encontró en el camino:

—¡Ven a ver a un hombre que conocía toda mi vida! ¿Crees que es el Mesías?

Tropezó con los discípulos que ya estaban de vuelta y siguió corriendo hacia la ciudad. Pronto un torrente de ciudadanos acudió para escuchar a Jesús, y él y sus discípulos se vieron de nuevo rodeados de una gran multitud.

¡Había dicho que era el Mesías! ¡Lo había dicho! María estaba tan anonadada como la mujer de Samaria. Miró a la madre de Jesús y vio que estaba sonriendo.

—Lo sabías. —María la tocó en el brazo y habló bajo, para que la oyera sólo ella—: ¿Siempre lo has sabido?

María la mayor se volvió para mirarla directamente a los ojos. Los suyos, castaños y llenos de sabiduría, buscaron en la profundidad de su alma.

—Lo sabía —admitió—. Aunque él tenía que descubrirlo por sí mismo. —Tomó la mano de María y la apretó.

—¡Venid! —llamó Jesús—. Vayamos a Sejem a predicar. —Para enorme sorpresa de los discípulos, se puso de pie y les hizo ademán de que le siguieran.

Pasaron muchos días en Sejem, donde la gente escuchó con atención las enseñanzas de Jesús, y muchos le aclamaron y le abrazaron como Mesías.

—¡Ahora que le hemos oído —dijeron a la mujer del pozo—, lo creemos todo!

Pedro, Tomás y Simón estaban escandalizados. Jesús comía con aquellas gentes, las mismas que habían sido consideradas indignas para ayudar en la reconstrucción del Templo hacía ya siglos, las mismas que, desde entonces, representaban una espina en el costado de todo judío. ¡Jesús les aceptaba como fieles y seguidores! ¿Quiénes serían los siguientes? ¿Los egipcios? ¿Los romanos, acaso? Los tres se mantenían al margen, negándose a sentarse al lado de los samaritanos y a compartir la comida con ellos. Cuando llegó el momento de proseguir el viaje, empaquetaron sus pertenencias con tanta prisa y ansiedad que Jesús les encontró esperándole en las afueras de la ciudad.

La palabra «Mesías» se cernía sobre sus cabezas mientras marchaban hacia el sur, aunque nadie se atrevía a pronunciarla en voz alta.

49

¡Jerusalén! Allí estaba, sobre el horizonte, reluciente en la distancia. Se detuvieron en lo alto del primer risco que les ofrecía una vista de la ciudad. Para algunos de ellos, era la primera. Jerusalén resplandecía luz blanca bajo el sol del mediodía, una ciudad cubierta de pureza y esculpida de mármol.

Cuando el camino que llevaba a Jerusalén empezó a descender las laderas escarpadas, Jesús volvió a detenerse. Miró a sus discípulos, contempló la ciudad cercana y se echó a llorar en silencio. Estaba solo frente a todos ellos, y nadie sabía qué hacer. Al fin, Pedro se le acercó con pasos indecisos y le abrazó, dándole palmaditas en los hombros e intentando consolarle. Juan también se adelantó y le rodeó con un brazo.

Entonces se acercaron todos para ver cuál era la causa de su dolor, y María le oyó decir, con la voz ahogada, sobre el hombro de Pedro:

—¡Jerusalén! Si tú, siquiera tú, supieras el día de hoy cómo alcanzar la paz... pero tus ojos ya no pueden distinguirlo. —Volvió a mirar la ciudad—. Llegará un día en que tus enemigos construirán un muro a tu alrededor, te encerrarán y te acosarán por todos lados. Te derribarán, a ti y a tus hijos dentro de tus murallas. No dejarán piedra sobre piedra, porque no fuiste capaz de reconocer la hora en que Dios vino a ti.

Un muro, un asedio... ¿formaba eso parte de la visión que María había tenido? ¿Era así como entrarían los romanos en la ciudad, para asolarla y profanar su Templo? Jesús también lo estaba viendo.

La madre de Jesús se unió a Pedro y a Juan, y abrazó también a su hijo, con la cabeza baja. Le debía partir el corazón verle tan atormentado. La ciudad se extendía ante ellos en todo su esplendor, celebraba sus festejos y su hermosura, pero Jesús la veía tal como llegaría a ser en el futuro.

Al fin se sosegó, consintió en ser reconfortado. Con un hondo suspiro de aceptación, hizo ademán para que prosiguieran el viaje.

Se encontraron con grandes multitudes que convergían hacia Jerusalén, riadas de gente que venía de todas las direcciones para visitar la ciudad santa; entonaban canciones, como siempre habían hecho los peregrinos, coreaban los salmos que celebraban la llegada a Jerusalén. Las tensiones políticas no hacían mella en el júbilo ni en el orgullo que la ciudad inspiraba en los judíos. En todas las celebraciones y, especialmente, en Pascua, la fiesta que simbolizaba la liberación de todo opresor, los romanos guarnecían la ciudad con tropas adicionales, y Poncio Pilatos acudía desde su sede en Cesarea para controlar las cosas de cerca. En esta ocasión, esperaban a Herodes Antipas en persona. Deben de tener información de posibles disturbios, pensaba María.

Subiendo la colina conocida como el monte de los Olivos, una elevación muy próxima a Jerusalén, se detuvieron en una aldea llamada Betania, donde Jesús, al parecer, tenía adeptos. Gente que posiblemente le había escuchado predicar en Galilea. A María la sorprendió descubrir que allí había personas que seguían a Jesús. Muchas veces les habían advertido que «llamaban demasiado la atención de las autoridades», pero tener auténticos seguidores entre el pueblo llano y tan lejos de casa era algo inesperado por demás.

Jesús les sorprendió todavía más cuando dijo a María y a Judas:

—Quiero que vayáis al pueblo vecino y busquéis un borrico que estará atado en las afueras. Es un animal tan joven que aún no lo ha montado nadie. Desatadlo y traedlo aquí.

—¿Quieres que... lo robemos? —preguntó Judas.

—Si alguien os pregunta, decidle que el Señor lo necesita y que pronto les será devuelto.

De nada serviría discutir, porque vivían circunstancias extraordinarias. Todos podían sentirlo. María y Judas se despidieron de los demás y enfilaron el sendero que conducía al pueblo vecino.

Por el camino, Judas miró en más de una ocasión a María, como si quisiera decir algo, pero se reprimió. Finalmente, preguntó:

—¿Te gustaría conocer a mi padre?

—¿A tu padre?

—Sí. Sabes que vive cerca de Jerusalén. Cuando lleguemos... cuando tengamos un momento, me encantaría presentaros.

—Pero... ¿por qué? —Jesús sin duda desaprobaría una visita al viejo hogar.

—Dentro de unos días será Pascua. Ya sé que hemos de celebrarla con Jesús y nuestros compañeros, y me parece muy bien, pero quizá pudiéramos pasar un momento por casa, donde estará reunida mi familia.

—No sé qué sentido tendría mi presencia, soy una extraña para ellos —objetó María. La idea le resultaba muy incómoda. Al mismo tiempo, anhelaba tener una visión, por fugaz que fuera, de una familia reunida por la celebración, como su propia familia en Magdala.

—Lo cierto es que creo... Espero... que consideres la posibilidad de formar parte de mi familia.

¡No! ¡Eso no! Las palabras de Judas la conmocionaron y apartó los ojos bajo su intensa mirada.

—Pensaba que, como discípulos, somos compañeros. Adonde Jesús tuviera a bien enviarnos podríamos ir juntos, trabajar juntos. Como marido y mujer.

¿Qué he hecho para inspirarle estas ideas? Debí ser más firme aquella noche en el campamento... Sin dejar de caminar, María buscaba desesperadamente las palabras adecuadas para responderle, y ni siquiera se atrevía a mirarle.

—No... no sé qué decir —farfulló al cabo—. Creo que esto es... demasiado precipitado.

—No, hace mucho que pienso en ello. Ya hace un año entero que nos conocemos, te he observado, te admiro y... estoy seguro de mis sentimientos.

De nuevo se encontraba en el camino con un pretendiente. De nuevo el entorno era hermoso y sereno, aquél, a orillas del lago, éste, en las suaves pendientes que bordeaban Jerusalén. Aunque esta vez todo era distinto. Cuando conoció a Joel era joven, y el único futuro posible era el matrimonio.

Ya he superado todo aquello, pensó. Ahora soy libre, he dejado atrás el matrimonio y toda relación con mi vida anterior. La única persona con la que aún podría comprometerme de esta manera es Jesús.

Y él había dejado claro que tal compromiso no le interesaba.

Por un instante, revivió el dolor intenso del rechazo que tuvo que soportar cuando Jesús se desentendió de sus deseos, y vio con claridad la distancia que aún les separaba desde entonces. ¡Ojalá yo no inflija un dolor similar a nadie!, pensó.

Seguían caminando. Al menos, necesitaba detenerse. María lo hizo y esperó hasta que Judas se detuvo también.

—Creo que ahora deberíamos dejar estos asuntos a un lado —dijo con extrema delicadeza—. Recuerda lo que dijo Jesús: «En el Reino de Dios no habrá matrimonios.» Si todo ha de terminar pronto, será mejor que evitemos complicaciones.

—¿Complicaciones? ¿Al amor entre un hombre y una mujer lo llamas «complicación»? ¡La unión de dos fieles sería muy especial, una unión bendita! —Judas parecía enfadado porque María no podía entenderle o porque insistía en fingir que no le entendía. Tenía que ser más clara con él aunque, ¡santo Dios!, quería evitar herirle a toda costa.

—Judas... no es posible. No puedo ser tu esposa. La verdadera causa son mis sentimientos, que no me lo permiten. —Cómo ocultar la auténtica razón, cómo darle cierto consuelo, la oportunidad de salvar la cara—. Mi viudez es muy reciente. Todavía no sé lo que quiero. Pasarán muchos años antes de...

—Esperaré —contestó Judas con expresión solemne.

—No habrá futuro —repuso María—. No podemos pensar en estos términos.

Judas, ofendido, le dio la espalda y reemprendió el camino. Permaneció callado largo rato. Finalmente, dijo con voz queda y decidida:

—De acuerdo. Te pido que olvides todo lo que he dicho. Prefiero olvidarlo. Ahora me causa vergüenza.

María entendía demasiado bien sus sentimientos.

—¡No tienes por qué avergonzarte! —protestó—. Mi situación...

—¡Olvídalo, te digo! —Su voz sonó áspera y desagradable—. ¡No ha sucedido, nunca te he dicho nada!

—Muy bien. —El repentino cambio de Judas la desconcertaba—. Si tú no quieres recordar, yo tampoco. —Si su carácter era tan cambiadizo, se sentía doblemente satisfecha de no estar ligada a él, de no tener que someterse a su temperamento violento.

Siguieron caminando en silencio. María se sentía tan incómoda que hubiera preferido desaparecer. Poco después, sin embargo, Judas empezó a hablar como si nada hubiera ocurrido. Le miró de reojo y vio que mantenía los ojos entrecerrados, aunque su voz sonaba desapasionada.

Por suerte, pronto llegaron a las afueras de un gran pueblo. Atado a un poste, encontraron un borrico blanco. Judas lo desató y, mientras lo hacía, se acercó un muchacho y preguntó:

—¿Qué estás haciendo?

—¡El Señor lo necesita y pronto os será devuelto! —ladró Judas. Nadie se habría atrevido a discutir.

Dieron la vuelta y condujeron el borrico por el camino de Betania. El sonido de los cascos del pequeño animal sobre el polvo del sendero era lo único que rompía el silencio entre ambos.

Jesús les recibió con alegría cuando llegaron con el animal.

—Ahora, amigos míos, debemos ir a Jerusalén —dijo—. Sólo para echar un vistazo. A la noche volveremos aquí a dormir.

Había mediado la tarde. Les quedaban pocas horas hasta que se cerraran las puertas de la ciudad. Jesús colocó una capa sobre los lomos del borrico y montó, y enfilaron el empinado camino de bajada del monte de los Olivos.

Se encontraron rodeados de auténticas hordas de peregrinos que se dirigían a la ciudad santa, cantando y avanzando a empujones. María deseaba pasar desapercibida, fundirse en aquel mar de gente. De repente, sin embargo, todas las miradas se centraron en Jesús, que montaba al burro; curiosamente, al animal no parecía importarle ser montado por primera vez. Pedro lo llevaba de la brida, ya que la bestia no sabría entender las órdenes de su jinete. La muchedumbre se apartaba para dejarle paso. Cuando, al fin, Jesús y los discípulos se acercaron a las puertas de Jerusalén, la gente que les rodeaba empezó a tender sus capas sobre el suelo para que el borrico caminara sobre ellas, y a agitar ramas de palmera, entonando las palabras del Salmo 118:

—¡Bendito es el que viene en nombre del Señor!

Otros se unieron al coro, gritando:

—¡Hosanna al Hijo de David!

—¡Bendito sea el Reino de David, nuestro padre!

—¡Bendito sea el rey que viene en nombre del Señor!

—Paz en el cielo y gloria al Sublime.

Y hubo un grito sonoro y ronco:

—¡Bendito sea el rey de Israel!

—¡El profeta Zacarías lo predijo! —gritó alguien—. «Vuestro rey traerá la justicia y la salvación, montado a lomos de un burro.»

—Es todo teatro —dijo una voz familiar al oído de María. La voz de Judas—. Jesús leyó estas profecías, las conoce y decidió representarlas.

María se volvió para mirarle. Vio su expresión sombría e iracunda. Judas se sentía traicionado, no sólo por ella sino también por Jesús.

—Lo tenía todo preparado —siseó él—. El burro. Las multitudes. Lo del burro lo tenía planeado, eso ya lo sabemos. ¿Qué viene después? ¿Qué hará cuando lleguemos a Jerusalén? Veamos... hay tantas profecías. Aunque no tiene que cumplirlas todas, con unas cuantas será suficiente. La gente quedará... maravillada. —En sus labios, la palabra «maravillada» sonó como una maldición.

María no supo qué responder, porque Judas decía la verdad. Lo del borrico estaba planeado. Quizás hubiera una explicación inocente, pero a ella no se le ocurría ninguna. Nunca antes necesitó Jesús montar un animal. Ese hecho le resultaba inexplicable.

Optó por no responder y echó a andar calladamente al lado de Jesús, mientras la multitud le saludaba. Vio soldados y oficiales en lo alto de las murallas, que les observaban con atención. Sin duda, se estarían preguntando: ¿Quién es ese tipo? Tal vez fuera éste el único objetivo de Jesús, conseguir que la gente se hiciera esa pregunta crucial. ¿Quién es él? Los discípulos ya habían encontrado la respuesta; ahora debían hacerlo los demás.

Un grupo de ceñudos maestros de la Ley les estaba observando.

—¡Maestro, desmiente a tus alumnos! —ordenaron a Jesús cuando el gentío volvió a gritar: ¡Hosanna! ¡Bendito sea el que viene en nombre del Señor!

En lugar de rebatirles o de no hacerles caso, Jesús exclamó:

—¡Yo os digo que, si les hago callar, las propias piedras gritarán la verdad!

Los sabios le miraron disgustados.

Jesús y los discípulos alcanzaron las puertas de la ciudad y recibieron permiso de franquearlas, dejando atrás a los seguidores entusiastas. Ahora ya no eran más que unos peregrinos normales. Recorriendo las estrechas calles de la ciudad, María vio a numerosos soldados romanos apostados en cada esquina. No recordaba una presencia militar tan nutrida de su anterior visita, aunque habían pasado muchos años y no estaba segura. Parecían en estado de alerta, listos para intervenir en cualquier momento. María vio en sus miradas duras el desdén y la hostilidad.

Realmente, nos odian, pensó. Odian nuestras fiestas y nuestra religión, y detestan que los hayan destinado aquí, a Jerusalén. Para ellos, no somos más que una fuente de problemas.

Finalmente, llegaron a las inmediaciones del Templo, cerca de la gran puerta que separaba las calles normales de los caminos del recinto sagrado. Los soldados que montaban guardia, aburridos, con las piernas bien separadas, eran los únicos indiferentes a la gloria del Templo.

Su tamaño y opulencia resultaban sobrecogedores. El propio edificio parecía divino, el hogar apropiado del Dios supremo de los cielos.

Los demás pensaban lo mismo. Pedro, siempre con la brida en la mano, se volvió hacia Jesús y dijo:

—¡Maestro! ¡Qué piedras tan enormes! ¡Qué edificio tan magnífico!

—¿Esto te impresiona? —repuso Jesús con voz cortante—. Te digo que muy pronto no quedará piedra sobre piedra.

Desmontó del burro y entró a grandes zancadas en el recinto exterior del Templo, donde los mercaderes vendían animales y los cambistas tenían sus puestos. Se los quedó mirando largo rato; después se volvió en silencio, montó de nuevo el animal y dijo:

—Venid. Ya cae la noche y debemos encontrar un lugar donde dormir.

Bajo los cielos teñidos por el crepúsculo, atravesaron la misma puerta por la que habían entrado en la ciudad y vadearon el mismo arroyo camino del monte de los Olivos, donde habían acampado muchos peregrinos.

A los pies de la colina había un jardín vallado, que contenía un huerto de olivos viejos y una prensa de aceite. Es un lugar encantador, pensó María. Ojalá pudiéramos quedarnos aquí.

A ambos lados del camino, grupos de gente extendían sus mantos sobre el suelo para dormir, indiferentes a la incomodidad que suponía el declive del terreno. Durante las festividades, la población de Jerusalén crecía tanto que el único lugar donde podían dormir los peregrinos era fuera de las murallas, al aire libre.

María notó, al pasar, que muchas miradas seguían a Jesús, como si aquella gente supiera quién era y observara sus movimientos. ¿Cómo podían conocerle todos aquellos peregrinos? ¿Y por qué le habían aclamado por la tarde?

Jesús eligió el lugar donde pernoctarían y después se apartó, evitando cualquier conversación. Hasta su madre buscó la compañía de las demás mujeres. Jesús mandó a Juan y a Santiago a devolver el burro, y su actitud no aceptaba discusiones.

Los discípulos oían el murmullo adormecido de centenares de voces a su alrededor, las voces de los peregrinos que se disponían a dormir y que les rodeaban como un ejército.

A la mañana siguiente el monte entero bullía de gente que se despertaba y se preparaba para la jornada. Había mucho que hacer: reservar los corderos que, según el protocolo, tenían que ser sacrificados en el Templo en la víspera de Pascua, y procurar las hierbas y el vino requeridos para ello. A Jesús no parecía preocuparle eso. En cambio, dijo de pronto:

—Volvamos a Jerusalén. Debemos ir al Templo.

Sin darles apenas tiempo para recoger sus pertenencias, puso rumbo apresurado a la ciudad. Al pasar por delante de una vieja higuera que asomaba sobre un muro de piedra, tiró de una de las ramas. Examinó las hojas por ambos lados y dijo:

—¡No hay higos, aunque este año prometía! —Sacudió la rama y la soltó—. ¡Ya nunca más darás higos! —gritó.

¿Por qué estaba alterado? María nunca le había visto comportarse de un modo tan irracional. Debía saber que aquélla no era la temporada de los higos. ¿En qué estaría pensando?

Miró a Juan, que caminaba a su lado, y vio la misma perplejidad en sus ojos.

Leales como siempre, siguieron caminando al lado de Jesús sin hacer preguntas.

Un gran gentío se apretujaba delante de las puertas de Jerusalén, esperando que se abrieran. Cuando lo hicieron, una riada de gente las cruzó y se precipitó hacia el Templo. El recinto bullicioso ya estaba listo para hacer negocio: las puertas abiertas invitaban a entrar, y el jolgorio de voces del recinto exterior indicaba que los ciudadanos de Jerusalén habían acudido al Templo a primera hora, para adelantarse a las multitudes de visitantes.

La periferia de la Corte de los Gentiles estaba llena de animales y cambistas. Había jaulas con palomas, puestos con cabras y ovejas, y una interminable hilera de mesas atendidas por cambistas.

Todo aquello era necesario, ya que la Ley estipulaba el sacrificio de determinados animales. Su traslado desde localidades lejanas resultaba, sin embargo, poco práctico, de modo que se debía facilitar su obtención en la propia ciudad de Jerusalén.

En cuanto a la presencia de cambistas, las únicas monedas aceptadas eran las de plata de Tiro, más pura que el patrón romano. Todas las demás debían ser cambiadas. Y, si los cambistas facilitaban esta labor al público, era lógico que se les permitiera un margen de beneficio. Éste era el planteamiento. A fin de cuentas, también tenían que ganarse la vida, y aquél no era un asunto de caridad.

La algarabía de las transacciones reverberaba por el recinto, una ofrenda de ruido tan densa como el incienso que emanaba de los altares, y los cánticos de los levitas.

—¡Cabras! ¡Cabras! ¡Comprad aquí vuestras cabras! ¡Son las mejores! —Fue el primer grito que les saludó.

—¡Sin tacha! ¡Mis animales no tienen tacha! Recordad las palabras de Malaquías: «¿No es pecado llevar animales ciegos al sacrificio? ¿No es pecado sacrificar animales lisiados o enfermos? ¡Maldito el estafador que sacrifica animales impuros al Señor!» Dios escupe sobre las ofrendas impuras. ¡Las mías son perfectas! —vociferaba un vendedor a voz en cuello. Al mismo tiempo intentaba controlar un grupo de cabras revoltosas, que balaban y trataban de escapar.

—¡Lo mejor son los corderos! —gritaba otro—. ¡Corderos! ¡Puros y dóciles, aptos para el Señor!

—¿Llevas moneda impura? —Un hombre agarró la manga derecha de María—. ¡No puedes entrar con ella en el recinto del Templo! ¡Tienes que cambiarla aquí!

—¡Es un ladrón! —Otro la agarró de la manga izquierda—. ¡Un embustero, un estafador! ¡Mira yo! —Le puso un puñado de monedas bajo la nariz—. ¡Busca todo lo que quieres, no encontrarás ni una moneda falsa! ¡Ni una!

De repente, Jesús se volvió contra una de las mesas.

—¡Ladrón! —chilló—. ¡Timador!

El vendedor se quedó petrificado, después miró a su alrededor para ver si le habían oído. Aquella acusación no se podía tomar a la ligera.

—¿Disculpa? —gritó—. ¡Yo no timo a nadie! ¿Cómo te atreves a decir eso? Tendrás que responder, señor, en una corte de justicia, por difamar...

—¡Todos sois ladrones! —gritó Jesús—. ¡Todos vosotros! —Se abalanzó sobre las mesas y empezó a volcarlas, tirando al suelo las pilas de monedas y los libros. Antes de que nadie pudiera reaccionar y detenerle, había volcado una fila entera, dispersando lo que había sobre ellas por el recinto—. ¡Víboras, chupasangres! Está escrito en Isaías: «Mi casa será una casa de oración para todos los pueblos.» ¡Y vosotros la habéis convertido en un nido de ladrones, como dijo Jeremías!

Las monedas rodaban alrededor de sus pies, y los mercaderes gateaban para recuperarlas. Un vendedor de porte distinguido agarró el hombro de Jesús y le dijo:

—¿Acaso hemos de desobedecer la Ley de Moisés? ¿De qué otro modo podrá la gente atenerse a lo prescrito? ¡Nosotros ofrecemos un servicio público!

—¡Un servicio público! ¡Convertir el recinto exterior del Templo en un vulgar mercado! —gritó Jesús.

—La Ley de Moisés no nos deja elección —insistió el hombre, que se resistía a perder la calma—. Reconozco que produce esta escena desagradable de mesas y animales y pilas de monedas. Pero ¿qué quieres que hagamos? ¿Infringir la Ley? Tenemos la obligación de respetarla.

Sin hacerle caso, Jesús se revolvió y quitó el látigo a un hombre que pasaba con una aguijada en la mano. Luego atacó a los cambistas y a los vendedores de animales, azotándoles con el látigo —que tenía nudos dolorosos— y llamándoles profanadores. Asustados y coléricos, los mercaderes se dispersaron. Jesús pisoteaba el revoltijo formado en el suelo, blandía el látigo, les gritaba y les perseguía. Los soldados romanos observaban la escena desde fuera, en silencio aunque, sin duda, estaban recopilando información para Pilatos.

Entretanto, los discípulos estaban demasiado pasmados para preguntar siquiera: ¿Qué estás haciendo? Aquel Jesús era muy extraño, de algún modo, semblaba un desconocido.

María nunca le había visto tan enfadado por algo en apariencia tan trivial. Esperaba la oportunidad de hablar con él, arreglar los asuntos que quedaban pendientes entre ambos. Ahora se preguntó si tal reconciliación sería posible. El hombre a quien creía conocer, a quien creía amar, sólo era una parte de ese profeta, esa persona que, de pronto, parecía tan distante a todos ellos. Instintivamente, se volvió hacia la madre de él y vio la misma expresión escandalizada en su rostro.

Las autoridades del Templo acudieron corriendo, enfadadas y vociferantes.

—¿Qué significa esto? —gritó uno de ellos—. ¿Cómo te atreves a causar tal escándalo en un lugar sagrado?

—¿Un lugar sagrado? —gritó Jesús a su vez—. El comercio profana la sacralidad del lugar. ¡Y lo hace con vuestro permiso y connivencia!

—Sólo ofrecen un servicio necesario —contestó el hombre—. ¡Nos debes daños y perjuicios!

—¡Sois vosotros quienes debéis daños a Dios! —chilló Jesús.

—Sabemos quién eres —dijo el hombre—, aquel rabino de Galilea que embauca a la gente con su retórica y su parloteo mesiánico. Jesús de Nazaret. ¿No eres tú? Ayer organizaste una entrada grandiosa en Jerusalén. Mucha gente se inclinaba ante ti y agitaba las palmas. Alimentas las esperanzas populares de un Mesías, engañas a la gente para glorificarte.

—No sabéis nada —repuso Jesús.

—Sabemos lo suficiente para encerrarte. Pon fin a esto de inmediato o tendrás serios problemas. —El hombre se le acercó un poco más—. Mira, amigo, ya hemos tenido bastantes problemas aquí, y las autoridades romanas están preparadas para cualquier eventualidad. Ayer mismo un rebelde llamado Barrabás tendió una emboscada a un contingente entero de soldados. Mató a dos de ellos antes de que le capturaran. Ahora sus seguidores amenazan con más violencia. Será mejor que te tranquilices si no quieres que te confundan con esos malhechores.

—Ya advertí a los rebeldes —respondió Jesús—. Les dije que debían detenerse.

—Pues no les das buen ejemplo —repuso el hombre—. ¿Por qué habrían de hacerte caso? —Con un amplio ademán señaló las mesas volcadas y los animales que habían escapado.

Curiosamente, les permitieron marchar sin impedimentos. Los soldados apostados a cada lado del pórtico permanecieron inmóviles como estatuas de madera y no les pusieron las manos encima. Los vendedores recogieron sus mercancías murmurando y preguntándose cuánto tardarían en volver a ordenarlo todo. Jesús era un fastidio aunque —esperaban— un fastidio pasajero, como un granizo inesperado o una plaga de langostas.

Después de abandonar la ciudad bajo la silenciosa dirección de Jesús, los discípulos pasaron junto a la higuera y vieron que la rama y las hojas se habían marchitado, como fulminadas por la maldición de la mañana. Los diminutos brotes primaverales estaban ennegrecidos y la rama colgaba inerte.

—¡Maestro! —exclamó Pedro—. ¿Qué es esto? ¿Cómo ha podido pasar? —Sostuvo la rama muerta. Su expresión delataba miedo y confusión.

—¿Te sorprende? —preguntó Jesús—. Si tienes fe, puedes ordenar a una montaña que se mueva y se tire al mar. ¡Esto no es nada! —Cogió la rama, la examinó y la dejó caer—. Todo lo que pidáis en vuestras oraciones os será concedido, si tenéis fe.

¿Qué tiene que ver esto con la fe?, pensó María.

Era una situación turbia y misteriosa. Nada tenía que ver con la fe, ni con la voluntad de ayudar a la gente, ni con el deseo de predicar, ni con la expulsión de los demonios, ni con ninguna de las cosas que ella creía que definían la misión de Jesús. Pero ella le había seguido por estas cosas, todos le habían seguido por estas cosas.

Aquella noche cenaron en silencio, con las cabezas gachas. María observó que también la madre de Jesús estaba azorada y que mantenía la cabeza baja, como los demás. Aparte de rezar, Jesús casi no habló, y, justo después de la cena, Judas se levantó y se fue. María le vio bajar la abrupta pendiente. ¿Había decidido ir a casa a visitar a su padre? Jesús no lo aprobaría, pero quizás a Judas no le importara su aprobación. Posiblemente estuviera disgustado por la violenta exhibición en el Templo y por el castigo de la inocente higuera.

María se acercó a la madre de Jesús, que se había sentado bajo uno de los pinos achaparrados que luchaban por erguir sus troncos en la ladera. Tenía la cara hundida en el pliegue de un codo, y María la tocó suavemente en el hombro. La madre de Jesús levantó la cabeza, y María vio que sus ojos estaban bañados en lágrimas. Sin decir palabra, la rodeó con los brazos. La mujer mayor se echó a llorar.

—Ha sido siempre tan respetuoso, tan observante —susurró al fin—. Cuando era niño le encantaba pasar horas enteras en el Templo, e interrogaba a los escribas y los estudiosos hasta que se hartaban de contestar... —Meneó la cabeza—. Y ahora hace esto...

—Está claro que se sintió ultrajado. Quizá pensara que debía redimir al Templo —sugirió María, aunque con la sola intención de consolar a la madre de Jesús.

—¿Qué diría Santiago? —preguntó ésta.

—Ninguno de los dos ha dicho nada —respondió María. Ambos Santiagos habían presenciado la escena, tan anonadados como los demás.

—No me refiero a ellos. Hablo de mi hijo, del hermano de Jesús. ¡Es un hombre muy piadoso! ¡Moriría de vergüenza si lo supiera! Espero que no se entere nadie en Nazaret.

—Nazaret está muy lejos —dijo María—. Ven, sentémonos en un lugar más cómodo, donde podamos hablar.

Al final, se atrevió a hacer la pregunta que la obsesionaba desde hacía tiempo. ¿La familia de Jesús descendía del linaje de David? No debería importarle, pero le importaba. Otra profecía...

—Sí —respondió la madre de Jesús—. Siempre nos han dicho que sí. Saberlo nos hacía sentir bien, nos daba fuerzas cuando las cosas marchaban mal. Era como un estímulo especial, que nos impulsaba a dar lo mejor de nosotros. Aunque hay muchas familias que alegan parentesco con el linaje de David; no es algo insólito.

De modo que era cierto, pensó María. Esa profecía, al menos, se cumplía en la persona de Jesús. Y él no pudo haberla manipulado, no como hizo con el borrico.

Más tarde, cuando María la mayor se acostó para dormir, la joven se levantó y empezó a pasear, inquieta. Vio a Tomás encorvado sobre un pequeño papiro, escribiendo a la luz del fuego. Se agachó para ver qué hacía.

Tomás alzó la vista y dijo:

—Estoy anotando algunas de las cosas que ha dicho Jesús. Frases sueltas. Me temo que, si no las escribo, acabaré olvidándolas. Ya me he olvidado de muchas.

María se agachó más y leyó algunas líneas:

Jesús dijo: «Yo os daré lo que ningún ojo humano ha visto, lo que ningún oído humano ha oído, lo que ninguna mano ha tocado, lo que aún no existe en los corazones.»

Jesús dijo: «El que busca, encuentra, y la puerta se abrirá para quien llame.»

—Nunca le he oído decir nada de eso —dijo María.

—Él dice cosas diferentes a cada uno de nosotros —explicó Tomás—. Depende de quién esté a su lado en cada momento. Estoy seguro de que tú puedes recopilar tu propia lista.

—Deberías explicar cuándo y por qué dijo estas cosas —propuso ella—. Será más fácil comprenderlas.

—Estas notas son para mí. No olvidaré su significado.

Supongo que realmente dice cosas distintas a cada uno de nosotros, pensó María. ¡Aunque, por mi parte, no sólo nunca escribiré algunas de las que me dijo, sino que ojalá pudiera olvidarlas!

A lo lejos, oyó la voz de Jesús que hablaba con alguien, le hablaba en un tono suave y afable. El sonido de su voz tal como era antes despertó en ella un gran anhelo. ¿Por qué había cambiado? ¿Había cambiado para siempre?

Es tan imprevisible como Judas, pensó.

¿Dónde estaba Judas? ¿Por qué se había ido a hurtadillas?

50

De nuevo se encontraban en el Templo. Jesús les había conducido allí, y ahora esperaban en el recinto exterior mientras él se preparaba para hablar. Algo en su porte y su actitud atraía a la gente como un imán.

Cualquiera podía predicar en los pórticos del Templo y muchos eran los rabinos que reunían allí a sus discípulos, aunque pocos lo intentarían siquiera en medio del bullicio de las festividades. No obstante, Jesús se colocó cerca de uno de los pilares y esperó, una roca en medio de los remolinos de gente que entraban en el Templo para rezar, curiosear y reservar animales para el sacrificio.

Los puestos de cambistas y vendedores de animales ocupaban su lugar habitual. Sus propietarios miraron a Jesús con recelo cuando pasó por delante, pero él no les hizo el menor caso, actitud que resultó muy curiosa. ¿Por qué estaba dispuesto a pasar por alto la ofensa ese día y no el anterior? Los soldados se fijaron en él y quizás aguzaran la atención, aunque sólo lo siguieron con la mirada. María, sin embargo, observó que una amplia representación de escribas y fariseos aguardaba detrás del gentío.

En cuanto Jesús levantó los brazos y dijo: «Gente de mi pueblo, contestaré a vuestras preguntas acerca de la Ley y las Escrituras», invitación tradicional a los discípulos y alumnos, una gran multitud se congregó alrededor de él. Hubo una avalancha de preguntas, algunas muy sencillas —¿Qué dijo Moisés acerca de la tala de leña en Shabbat?— y otras más complicadas —¿Honrar a tu padre y a tu madre significa obedecer su elección de cónyuge aunque tengas más de cuarenta años?— Jesús respondió a todas, sin vacilación aparente, como si tuviera las respuestas preparadas y en espera de ese momento.

—¿Con qué autoridad te pronuncias sobre estos asuntos? —Fue la pregunta clara y vibrante de un fariseo. Un hombre robusto se abrió camino hasta Jesús—. Hablas como si tuvieras una licencia o un privilegio especiales.

Jesús se interrumpió bruscamente y miró al hombre.

—Responderé a tu pregunta si tú respondes a la mía. ¿Te parece justo?

El hombre pareció confuso. Había sido el primero en preguntar, aquello era irregular. Asintió, sin embargo.

—El bautismo de Juan —dijo Jesús—. ¿Fue de Dios o del hombre?

El hombre arrugó el entrecejo y se volvió para consultar a sus colegas. María podía imaginarse sus deliberaciones sin necesidad de oírles hablar. Si responden que es de Dios, Jesús les preguntará por qué no se bautizaron. Si contestan que es del hombre, la muchedumbre reaccionará y se volverá en su contra, porque la gente piensa que Juan fue un hombre santo.

—No podemos decirlo —respondió el fariseo al final, exactamente como esperaba María.

—Entonces, yo tampoco os diré con qué autoridad hago lo que hago —repuso Jesús.

María oyó a la madre de Jesús proferir un grito ahogado. Se volvió hacia ella y preguntó:

—¿Qué ocurre?

—Tengo miedo —dijo la mujer—. Estas personas a las que desafía... tienen gran poder. Se está granjeando su enemistad. Les ofende en público, a la vista de todos, y no pasarán la ofensa por alto. —Miró a Jesús y se tapó la boca con el puño—. ¡Oh, hijo mío!

—Su poder es limitado —dijo María para consolarla—. Roma les ata las manos.

—Convencerán a Roma de que les apoye —repuso la madre de Jesús—. Apelarán a Roma y después...

—Pero él no ha hecho nada contra Roma —objetó María—. El imperio está sujeto a leyes.

Los fariseos y los saduceos repitieron muchas de las viejas preguntas acerca del matrimonio, las restricciones del Shabbat y las reglas referentes a la pureza, y recibieron las mismas respuestas, desafiantes y definitivas, que habían recibido antes en otros lugares. En esta ocasión, sin embargo, la situación era más seria. Jesús les había desenmascarado delante de sus semejantes, en la sede misma de su poder, en Jerusalén, no en la lejana, poco ortodoxa e insignificante Galilea.

—Venid —dijo Jesús de pronto a sus discípulos—. Acerquémonos al santuario. —Les condujo escaleras arriba, a la Corte de las Mujeres. No fue más allá, puesto que no deseaba excluir a sus seguidoras.

Aquí, en el recinto menor, sólo podían entrar los adeptos de la Ley; ni los romanos, ni los fenicios, ni los mercaderes de otros países. Aquí estaban las trece famosas y anchas cajas de ofrendas, aquí estaban las cuatro cámaras para los sacerdotes, los leprosos purificados, los naziritas y las ofrendas de aceite y vino.

Numerosas personas esperaban su turno delante de las cajas de ofrendas, en las que introducían su dinero. Jesús las miró y dijo:

—Cuando dais limosnas, que vuestra mano derecha no sepa lo que hace la izquierda.

Señaló con la cabeza a uno de los donantes, que retiró bruscamente la mano derecha y se la quedó mirando. Le seguía una anciana encorvada, que metió la mano temblorosa en la abertura y la miró sin pestañear mientras la moneda caía con un tintineo sobre el montón acumulado en el fondo de la caja. El sonido pareció ponerla enferma.

—¡Acaba de ofrendar todo lo que tenía! —anunció Jesús—. Más que los ricos que hacen cola detrás de ella. —Señaló a los hombres bien vestidos que esperaban su turno—. ¡Ellos darán una parte, ella lo ha dado todo!

—Entonces, es una necia. —Judas habló justo detrás de María—. Ahora se convertirá en una carga para la sociedad, en una molestia, tendrá que mendigar o depender de sus hijos. Oh, es un gesto muy bien visto, pero del todo estúpido.

¿De dónde había salido Judas? María no le había vuelto a ver desde su desaparición la noche anterior. No estaba con ellos por la mañana.

—Eres un cínico —fue lo único que ella supo responder.

—Soy pragmático —repuso él, sin intención de disculparse—. No podemos aceptar sin más todo lo que dice Jesús. Algunas de sus palabras no tienen sentido.

En esos momentos, algo pareció llamar la atención de Jesús. Miró por encima de las cabezas de la multitud y se dirigió a las autoridades y a los fariseos que le habían seguido hasta el recinto interior.

—¡Malditos seáis! —gritó señalando con el dedo al grupo de fariseos—. ¡Sí, malditos seáis! Os sentáis en el trono de Moisés pero ponéis cargas pesadas sobre la gente, cargas que no pueden llevar. Todo lo vuestro tiene el único propósito de llamar la atención: los largos flecos de los chales litúrgicos, los puestos de honor en los banquetes, los asientos más importantes en las sinagogas.

Los fariseos se removieron, pero no contestaron.

—¡Malditos seáis, maestros de la Ley y fariseos hipócritas! ¡Cerráis las puertas del Reino de los Cielos a las caras de los hombres!

Los miembros de la elite religiosa se miraron con aire de suficiencia y se encogieron de hombros.

—¡Malditos seáis, maestros de la Ley y fariseos hipócritas! —repitió Jesús—. Dais el diezmo de vuestras especias, menta, eneldo y comino, pero habéis olvidado los aspectos más importantes de la Ley: la justicia, la misericordia y la fe. ¡Sois guías ciegos! ¡Se os atragantan los mosquitos, pero sois capaces de tragar un camello entero!

La voz de Jesús se elevó hasta el punto de quebrarse de angustia. Sus oyentes, sin embargo, no mudaron el gesto.

—¡Malditos seáis, maestros de la Ley y fariseos hipócritas! —prosiguió—. Construís tumbas para los profetas y adornáis los sepulcros de los justos. Decís: «Si hubiéramos vivido en los tiempos de nuestros antepasados, no habríamos vertido la sangre de los profetas, como hicieron ellos.» Con ello os ponéis en evidencia, admitiendo ser los descendientes de aquellos que asesinaron a los profetas. ¡Ya podéis alzaros a la altura de los pecados de vuestros padres!

Ahora el gentío irrumpió en un murmullo enojado y ofendido.

—¡Serpientes! ¡Crías de víboras! ¿Cómo evitaréis ser condenados al infierno? —continuó Jesús—. Dios os envía profetas, hombres sabios y maestros. A unos les matáis o les crucificáis, a otros les hacéis flagelar en vuestras sinagogas y les perseguís de ciudad en ciudad. Sobre vuestras cabezas caerá la sangre inocente que habéis vertido en este mundo, desde la sangre del honesto Abel hasta la de Zacarías, hijo de Berequías, a quien asesinasteis entre el Templo y el altar. ¡Yo en verdad os digo que todo esto caerá sobre las cabezas de esta generación!

María oyó la voz entrecortada de la madre de Jesús:

—No, no —murmuraba—. ¡Ahora le destruirán!

Se volvió para mirarla y vio su hermoso rostro contraído de miedo y angustia.

—No pueden castigarle sólo por sus palabras —dijo, aunque no estaba convencida. Sus palabras eran muy poderosas.

—Cuando le trajimos a este lugar... oh, hace muchos años, para hacer la tradicional ofrenda de agradecimiento por el hijo primogénito —dijo María la mayor—, había un viejo aquí, en los recintos del Templo. Me pareció entonces que padecía demencia y así expliqué sus palabras. Nos miró y dijo: «Este niño está destinado a causar la caída y el encumbramiento de muchos en Israel, se convertirá en un símbolo que atraerá condenas y desnudará los pensamientos íntimos de muchos corazones. Y una espada atravesará tu corazón.» ¡Ahora tengo el corazón herido! ¡Ya veo lo que va a pasar! —Asió el brazo de María—. ¿Tú no lo ves?

Con todas mis visiones, ahora no veo nada, pensó María. Después de aquella en que aparecía Jesús maltratado y agredido... no he tenido otra. ¿No debería saber si tal ataque es inminente?

—No, yo no veo nada —trató de consolar a María la mayor.

—¡Oh, te equivocas! —insistió ella—. Sé lo que va a pasar, lo presiento. ¡Oh, hijo mío! —Se libró del abrazo de María y se abrió camino hacia Jesús a empujones, aunque sin lograr atravesar la multitud para llegar hasta él.

María miró a su alrededor con cautela. Vio que llegaban más soldados. Unos lucían el uniforme de Antipas y otros, el de Pilatos.

Han venido para arrestarnos o para informar sobre nosotros. Realmente, hemos atraído la atención de las autoridades. Nos tienen miedo. Pero nosotros no somos temibles, no tenemos ningún poder, pensó.

Observó que Juan era el único que se encontraba cerca de Jesús. Se mantenía a su lado con firmeza, dispuesto a que le arrestasen con él.

Pero no hubo arrestos. Los soldados ocuparon sus puestos y se limitaron a observar la escena. No habían recibido órdenes de intervenir.

Jesús bajó de la plataforma y se mezcló con la gente, contestando a sus preguntas. No hizo caso al contingente que les rodeaba.

—Los sumos sacerdotes no están aquí. —La voz de Judas sonó de nuevo—. Ni Caifás, ni Eleazar, ni Jonatán. No han venido. Ya saben todo lo que les interesa saber.

—No sabría reconocerlos. ¿Y qué es lo que saben, si nunca han visto a Jesús en persona?

Judas se encogió de hombros.

—Creo que ya saben que tienen un problema entre manos. Y, si aún no lo saben, lo sabrán cuando les informen del sermón de las maldiciones.

—Hablas como si estuvieras de su parte. ¿Por qué te has vuelto en contra de Jesús? —preguntó María.

Judas profirió un sonido que podría confundirse con una risita.

—¿En su contra? No sé a qué te refieres. Simplemente, me hago algunas preguntas. ¿Es esto tan malo?

—En cierta ocasión me dijiste que buscabas, buscabas desesperadamente, y él parecía tener todas las respuestas. No eran respuestas previsibles, aunque sí tan convincentes que te veías obligado a considerarlas. ¿Qué pasó después, Judas?

—Consideré las respuestas y no aguantaron el escrutinio. Me temo que vuelvo a emprender el camino de la búsqueda.

Había rechazado a Jesús. María aún no comprendía del todo las consecuencias de aquel rechazo.

—¿Crees que... sus respuestas no son válidas? ¿No te satisfacen?

—Son absurdas —repuso Judas. Estaba enfadado—. Al principio me pareció que él sabía cosas que los demás ignorábamos, pero después se quedó atascado en profecías arcanas y en la lucha contra las autoridades. —Calló para ordenar sus pensamientos—. ¡Las autoridades! ¿Qué importancia tienen? ¡Jesús pierde el tiempo con ellas, habla de diezmos de comino y de menta! ¿Qué filósofo, qué líder, qué Mesías gastaría energías en esas cosas? Es un político, como todos. A mí no me interesan los políticos. No pueden ofrecerme nada.

—Somos parte de la época que nos tocó vivir, y los políticos mandan en esta época, siempre han mandado —dijo María—. Moisés tuvo que enfrentarse al faraón. Ester tuvo que comparecer ante Jerjes. Nos gustaría desmarcarnos de los poderes mezquinos que gobiernan nuestras vidas, pero no podemos.

—Los grandes hombres los trascienden —contestó Judas.

—Sólo después, cuando la historia les juzga. Moisés no hubiera podido convertirse en líder de no haber tenido que luchar contra la oposición del faraón.

Judas emitió un gruñido de desaprobación e hizo ademán de alejarse. María le agarró de la manga.

—¿Crees que Jesús está en peligro? —preguntó.

Judas le echó una mirada de piedad, condescendiente.

—Sí. Sé que lo está.

Sus ojos. Habían cambiado desde que estuvieron en Dan, en la tierra de Jeroboam, el lugar habitado por el mal.

¿Cómo podía saber que Jesús estaba en peligro?

—¿De dónde sacas tu información?

—De mucha gente ajena a nuestra causa.

Gente a la que debió repudiar después de decidir seguir a Jesús. ¡Judas no había renunciado a nada!

—Jesús no es una amenaza para Roma ni para el sumo sacerdote.

—Él representa una amenaza mayor de lo que crees —contestó Judas—. Eres demasiado ingenua.

Ingenua. Nadie la había llamado así jamás. Aunque bien podía serlo, en lo que a política se refería. No era algo de lo que avergonzarse.

—No me lo puedo imaginar como un peligro —repitió.

—Es porque él no amenaza lo que tú representas —dijo Judas.

Pudieron salir de la ciudad sin problemas, a pesar de la vigilancia de los soldados. Acamparon de nuevo en el monte de los Olivos, junto con tantos otros peregrinos. En esta ocasión, sin embargo, cuando se hubieron acomodado, Jesús anunció de repente:

—Un leproso a quien curé hace ya algún tiempo nos ha invitado a cenar en su casa, en Betania. Yo iré. ¿Quién quiere venir conmigo?

Era tarde y estaba oscuro. Todos se sentían cansados y se disponían a acostarse. La idea de salir, reunirse con extraños, tener que darles conversación y regresar a medianoche era demasiado. Muchos declinaron la invitación diciendo que se quedarían para guardar su espacio en el monte.

—Si nos marchamos todos —dijo Mateo—, nos quitarán el lugar.

Supongo que debo ir, pensó María. Miró a las demás mujeres alternativamente, interrogándolas con la vista. ¿La madre de Jesús? María la mayor asintió, a pesar del cansancio. ¿Juana? Sí, ella también. ¿Susana? También iría. Si ellas van... tengo que hacerlo, pensó.

El camino a Betania no era largo pero implicaba subir hasta la cima de la colina para después descender del otro lado. Acompañado de tan pocas personas, Jesús resultó más asequible y dispuesto a conversar de manera distendida con quien tuviera al lado. María deseaba hablar con él, lo deseaba fervientemente, pero algo la retenía. Preferiría estar a solas con él y no correr el riesgo de sufrir interrupciones inesperadas: «Jesús, me gustaría preguntarte...» Optó por esperar un momento más oportuno.

Aún no habían resuelto el problema que pendía entre ambos. Por fin, María estaba preparada para hablar de ello. Ya surgirá la ocasión, pensaba. En cualquier momento. Y, cuando surja, la aprovecharé.

Betania era una localidad pequeña, y la calle principal atravesaba la plaza del mercado y el recinto comercial. Después corría entre las residencias mayores de los más pudientes, que se erguían a ambos lados de la vía.

Para asegurarse de que sus invitados encontrarían con facilidad la casa, su anfitrión había apostado muchachos provistos de linternas en el cruce principal del pueblo, que preguntaban a todos los transeúntes:

—¿Jesús? ¿Jesús de Nazaret?

Cuando él respondió que era aquel que esperaban, condujeron al grupo a una casa imponente, apartada del centro.

La residencia no era tan grande como la de Mateo ni había tantas antorchas y sirvientes en el jardín pero, aun así, era una casa impresionante, sobre todo para alguien que, hasta hacía poco, padecía de lepra.

Una vez en el interior, los sirvientes les lavaron los pies y les quitaron los mantos, y Simón apareció y saludó a Jesús con efusión.

—¡Queridísimo rabino! Quizá no lo recuerdes pero soy uno de los leprosos que se te acercaron junto al lago. Siento no haber podido volver para darte las gracias entonces. Mi corazón está agradecido y ahora puedo expresarte este reconocimiento.

—No sabía quién eras —respondió Jesús—. Sólo me preocupaba que tú y todos los demás afligidos por la enfermedad pudierais volver a ocupar un lugar en la vida en vez de en el cementerio. —Volvió la cabeza y se dirigió en voz alta a todos los que se encontraban en la sala—: ¡Porque he venido para que todos tengan una vida, y una vida de mayor abundancia!

Entonces María vio que la sala estaba llena de gente. Todos se levantaron para saludar a Jesús.

—¡Sí! —exclamaron—. ¡Una vida de abundancia! ¡Es lo que todos deseamos!

—Yo hablo de la vida del alma —dijo Jesús—. No de... —Señaló los cojines y las mesas incrustadas de nácar.

Los discípulos entraron detrás de Jesús y vieron que las mesas estaban preparadas para muchos comensales.

—Por favor —dijo Simón señalando con orgullo el puesto reservado para Jesús. Él se sentó. Indicó que Juan se sentara a un lado y su madre, al otro. Simón ocuparía el sofá contiguo.

—Simón, ¿cómo te recibieron después de tu curación? —preguntó Jesús.

—Fue difícil al principio —admitió el anfitrión—. La gente no quería creer que estaba curado.

María lo entendía perfectamente.

—Hasta a mí me costaba creerlo. Temía que la enfermedad reapareciera. Había vivido tanto tiempo con ella...

—Parece que tu familia cuidó del negocio, para que tuvieras dónde volver —dijo Jesús. Contempló de nuevo el entorno opulento.

—Sí, y les estoy agradecido. No tuve que vivir de las limosnas.

María notó que Judas estaba reclinado cerca de ella, masticando una rama de perejil y escuchando con atención la conversación. Pedro y Andrés comían de buena gana; los discípulos raras veces disfrutaban de una buena comida. Santiago el Mayor estaba también absorto en la cena. Nadie se fijó en la mujer que entró en la sala con una jarra de alabastro en la mano, hasta que estuvo justo detrás de Jesús.

¡Una asesina! María se alarmó. Dejó caer su servilleta y se puso de pie, dispuesta a defender a Jesús. La mujer se había apostado junto a su homoplato izquierdo, el lugar ideal para apuñalarle por la espalda. Santiago el Mayor también se levantó.

Ni la madre de Jesús ni Juan, sin embargo, hicieron caso a la desconocida. Siguieron cenando hasta que el ruido de un recipiente descorchado llamó su atención. Entonces Jesús se dio la vuelta y se encontró cara a cara con la mujer, que cayó a sus pies y empezó a besarlos.

¿Quién era? ¿Una discípula secreta, desconocida por todos menos por Jesús? Su gesto no parecía sorprenderle. La mujer se puso de pie y con gestos lentos y reverentes empezó a verter el contenido de la jarra sobre la cabeza de Jesús mientras él comía. El perfume intenso e inconfundible del selecto ungüento de nardos impregnó la sala. Luego la desconocida sacó un paño y, con ademanes tiernos, enjugó con él las gotas que resbalaban por la cabeza y las mejillas de Jesús. Después vació el ungüento restante sobre sus pies y se los frotó con él, incluso las plantas y entre los dedos.

Un silencio profundo imperó en la sala; lo único que se oía eran las manos de la mujer que masajeaban los pies de Jesús, impregnándolos de esencia de nardo. Finalmente, se desató el cabello y secó con él el ungüento con movimientos circulares. El sonido de un llanto ahogado escapó de sus labios, aunque nadie podía verle la cara; su pelo la cubría por completo.

Después se puso de pie y, tapándose el rostro con la mano, hizo ademán de irse. No había hablado a Jesús ni le había pedido nada, sólo le había ofrecido aquel regalo.

—¡Nardos! —La voz de Pedro fue la primera en resonar—. ¡Nardos! ¡El perfume más caro que existe! ¡Debe de valer trescientos denarios!

—¡El sueldo anual de un soldado, por no hablar de un pobre artesano! —Judas estaba indignado—. ¡Qué desperdicio! —Se volvió hacia Jesús—. ¿Cómo has podido permitirlo, maestro?

Jesús le miró.

—Déjala en paz —dijo. Se volvió a la mujer y le tomó la mano—. Ha hecho algo hermoso. Me ha untado de antemano, ha preparado mi cuerpo para el sepelio.

Su madre lanzó un grito.

—Sí, ha hecho un bien, y el mundo la recordará mientras exista.

—Hijo... —Su madre tendió la mano para tocarle en el hombro, pero Jesús no se volvió. Seguía mirando a Judas y a la mujer, alternativamente.

«Mientras exista.» ¿Pretendía afirmar que la gente hablaría de aquello en lo sucesivo, incluso la gente del futuro? María no acababa de comprender. ¿Por qué razón hablarían? No tenía sentido, como tampoco lo tenían muchas de las cosas que Jesús decía en los últimos días.

—Judas —Jesús habló al fin—, si tanto te preocupa la suerte de los pobres, recuerda que ellos siempre están allí, esperando recibir el bien que uno quiera hacerles. Nunca es demasiado tarde. En cuanto a mí... yo no estaré siempre con vosotros.

La mujer quiso partir pero, en el momento en que se ponía en marcha, Jesús la llamó:

—Te doy las gracias. Éste será el único ungimiento que recibiré; cuando llegue el momento no habrá oportunidad para ello.

Su madre gimió al oír esas palabras. El resto de la concurrencia se puso de pie; ya resultaba imposible terminar la cena. A pesar de los murmullos tranquilizadores de Simón, los invitados se despidieron precipitadamente.

Una gran multitud curiosa se había reunido delante de la casa e, incluso a esa hora avanzada y en ese lugar privado, esperaba ver a Jesús. María no deseaba ver a ninguna de aquellas personas; sólo le preocupaba el estado de la madre de Jesús. Sin duda, él se acercaría y le explicaría qué había querido decir, la consolaría. ¿Cómo podía un hijo hablar tan a la ligera de su propia muerte delante de su madre? Con alivio, vio que Jesús se acercó a su madre y echó a caminar a su lado. Inclinó la cabeza y empezó a hablarle.

De repente, Juana contuvo el aliento.

—¡Es él! —dijo, y agarró a María del brazo, clavándole las uñas en la piel.

—¿Quién?

—¡Eliud! El jefe de los espías de Antipas. —Agachó la cabeza para que el hombre no pudiera reconocerla—. Creí que nunca más volvería a ver su fea cara. Su presencia aquí significa que Antipas sigue los movimientos de Jesús. El incidente con los cambistas... aunque no le hayan arrestado, a partir de ahora lo estarán vigilando.

Se apresuraron en pasar, tapándose las caras con los velos. A través de la tela diáfana, María pudo distinguir el contorno de los rasgos del hombre: facciones toscas y marcadas, labios carnosos. Sus ojos escrutaban a todas las personas que pasaban delante de él.

—Hace mucho que Antipas se fijó en Jesús —prosiguió Juana—. Ahora tendrá su oportunidad. Unirá sus fuerzas con la policía religiosa de los sacerdotes del Templo y le perseguirán. Jesús ha caído en su trampa.

Dicho así, Jesús parecía una víctima imprudente y torpe. A ojos de María, sin embargo, la trampa la había tendido Jesús, ofreciéndose él mismo como cebo. No entendía por qué, pero ésa era la verdad.

—No creo que a Jesús le pase nada que él no desee —dijo al final. Le parecía que Judas tenía razón cuando afirmaba que Jesús estaba orquestando una sucesión de acontecimientos. Su interpretación de este hecho (que Jesús era un impostor) no parecía acertada, pero su observación de partida resultaba muy aguda. Jesús podía orquestar acontecimientos para satisfacer determinados propósitos, especialmente, el de convencer a los demás de algo en concreto, pero era incapaz de realizar actos deshonestos. María estaba convencida de ello.

—Quizá no haya previsto lo que ocurrirá a partir de ahora —insistió Juana—. Las cosas pueden dar giros inesperados. Creo que podría averiguar cuáles son los planes de Antipas. —Inclinó la cabeza y bajó el tono de su voz, tanto que María tuvo que aguzar el oído para entenderla—. Antipas se encuentra en su palacio de Jerusalén —dijo Juana—. Conozco todas las entradas y salidas, podría entrar fácilmente y espiar un poco.

—¡No! ¡Es demasiado peligroso!

—Claro que es peligroso —contestó Juana—. Pero todos nosotros estamos en peligro. Estoy dispuesta a arriesgarme para ayudar al resto.

—¡Jesús jamás lo permitiría!

—Lo sé, está resuelto a llevar la peor parte. Pero ¿por qué fui liberada de los demonios? Tal vez para poder cumplir esta tarea. Nadie más tiene acceso a la residencia de Antipas. Debo ser yo.

—Iré contigo.

—Ahora soy yo quien dice: ¡No!

—Y yo podría responder: ¿Por qué, si no, fui liberada de los demonios? En situaciones como ésta, dos pasan más desapercibidas que una. Insisto en acompañarte.

No hizo falta más para convencer a Juana. En el fondo, agradecía la ayuda.

—Mañana, entonces, cuando entremos en la ciudad...

—¿De qué hablan estas mujeres con tanta seriedad? —Judas estaba a su lado. ¿Cuánto había oído?

—Comentábamos lo largo que se hace el camino de vuelta —dijo María rápidamente.

—Sí, siempre parece largo cuando uno tiene ganas de llegar —apostilló Judas. Su actitud era afable, ya no se mostraba turbado ni sarcástico—. Yo, desde luego, no veo el momento de acostarme.

A la mañana siguiente volvieron al Templo donde Jesús se proponía predicar aunque, en esta ocasión, sólo a la gente corriente. Sus encuentros con las autoridades habían terminado; ya les había dicho todo lo que tenía que decirles.

María y Juana habían decidido esperar hasta que Jesús estuviera ocupado predicando a la multitud antes de escabullirse hacia el palacio. No les sería difícil en medio del gentío. Nuevos peregrinos llegaban a la ciudad a diario, agravando el estado de confusión.

Era fácil oír retazos de conversaciones, porque la gente hablaba con demasiada ligereza. Entre el parloteo normal —«Hemos traído el cordero directamente a las puertas del Templo», o «Han venido todos los primos, y estamos hacinados en la casita de mi tío»— sonaban comentarios políticos en voz baja —«Antipas está aquí... ¿Pretenderá enfrentarse a Pilatos?», o «Anás es un necio, intenta dirigir el sacerdocio como si fuera aún sumo sacerdote», y también «Ese hombre a quien sigue la gente...»—.

Más inquietantes eran los rumores de que había sicarios en las calles, dispuestos a atacar en cualquier momento. Barrabás estaba encarcelado, pero había muchos más que ansiaban usar los cuchillos y no tenían nada que perder más que la vida, que arriesgaban alegremente. En el aire vibraba una mezcla de tensión, miedo y emoción.

—¡Ahora! —Juana tiró a María de la manga.

Jesús peroraba y se reía, y un grupo de niños le había rodeado y le hacía preguntas diligentes. Las mujeres les dieron la espalda, abandonaron el recinto del Templo, atravesaron apresuradas las enormes puertas y salieron a las calles, donde fueron engullidas de inmediato por la riada de gente. Sólo faltaban dos días hasta Pascua y la concurrencia se encontraba en su punto culminante.

—Se aloja en el viejo palacio —dijo Juana—. Cuando Pilatos viene a la ciudad, ocupa el palacio moderno que Antipas mandó construir cerca del muro. ¡Pobre Antipas! Tiene que conformarse con mármol de colores en lugar de blanco, y con corrientes de aire en los salones. Aunque supongo que le merece la pena, si así aplaca al amo de Roma.

El alcázar, conocido como Palacio Asmoneo, se encontraba muy cerca de la colina del Templo. Un lugar muy conveniente para la reunión y posterior dispersión de los conspiradores.

—Hay una puertecilla aquí atrás que sólo la conoce la servidumbre —dijo Juana, y condujo a María por un callejón sin salida. Un portón bajo se abría en la ancha pared. Antes de entrar, Juana tuvo que morderse el labio para hacer acopio de fuerzas. En ese momento no parecía tan confiada, tan segura de su habilidad para penetrar en la fortaleza del enemigo.

—Si no intuyera que aquí dentro se están tramando planes vitales para Jesús, no tendría valor para entrar. —Se detuvo y tragó saliva—. Ni siquiera ahora estoy segura de tener este valor.

—¡Sí que lo tienes! —la animó María. Quizá por eso tenían que ir juntas, para darse ánimos la una a la otra.

Reuniendo fuerzas, Juana giró el pomo de la puerta y franqueó la entrada. María entró detrás de ella.

Se encontraron en un pasadizo oscuro; no había linternas ni lámparas de aceite iluminando el camino. Evidentemente, raras veces se utilizaba aquella entrada.

—Ven, conozco el camino —dijo Juana—. ¿Tienes el velo a mano?

María asintió. Llevaba un velo ancho para ocultarse la cara.

Avanzaron de puntillas por el corredor, hasta que Juana encontró la salida a la luz; dejaron atrás otro pasillo y entraron en una sala abovedada, de techos altos y paredes encaladas. Tenía aspecto de almacén corriente: filas de tarros y pilas de manteles se alineaban en estantes de madera.

—¡Por aquí! —Juana sabía con exactitud adónde dirigirse. Salieron en una antecámara que daba acceso a dos corredores. Allí se detuvo y miró furtivamente por la esquina—. No hay guardias. Aquí abajo está el comedor y ya casi es la hora del almuerzo. Podríamos servirles y aprovechar para observar.

¿Y si alguien se fijara en Juana y la reconociera? Si los comensales ignoraban su caída en desgracia, no habría problema, sería parte de su disfraz. Pero si sabían que ella ya no pertenecía al séquito de Antipas...

Numerosos criados desfilaban ya a toda prisa por la galería, llevando grandes bandejas al comedor. María y Juana se unieron a la procesión.

El olor a comida casi pudo con ellas. Había pepino cocido con hinojo, almendras y uvas en salsa de vino, un manjar que ninguna de las dos había probado en mucho tiempo. Se hicieron fuertes para no pensar en la comida, porque se les hacía la boca agua. Entraron en el comedor y vieron los sofás dispuestos alrededor de las mesas de mármol, adornadas con incrustaciones de gemas relucientes.

Allí estaba Antipas, reclinado sobre uno de los sofás; Antipas y también su ilícita esposa, Herodías. Juana agarró con fuerza el antebrazo de María.

—Allí están —susurró. Sus manos temblaban, y bajó el velo para ocultar su cara. Miraron a los criados que depositaban las bandejas en las mesillas dispuestas delante de los señores.

Antipas no tendría más de cincuenta años pero parecía mucho mayor, avejentado por las preocupaciones y la vigilancia incesante. Su esposa, su Herodías, irradiaba un encanto ansioso y atildado. ¿Valía su amor la vida de Juan el Bautista?, se preguntó María. ¿Y cuánto amor les quedaba ya? Ambos habían envejecido, y la pasión no perdura. Demasiado tarde para Juan el Bautista.

Antipas levantó la tapa de una de las bandejas y meneó la cabeza. La criada la retiró enseguida y se apresuró hacia la puerta. María y Juana la siguieron.

Este palacio, este estilo de vida y su esposo, Chuza, son las cosas a las que tuvo que renunciar Juana, pensó María. ¿Las echaba de menos? ¿Su presencia ahí despertaba emociones extrañas? No podía ser de otra manera.

En la cocina las cocineras se afanaban con el siguiente plato. El pescado se presentaría en una bandeja cubierta con berros de Sumeria y adornada con puerros y cebolletas en vinagre, y no debía servirse ni demasiado caliente ni demasiado frío. A nadie le pareció extraña la presencia de las dos mujeres en la cocina. Juana se desenvolvía con tanto aplomo, conocía tan bien el lugar de cada cosa, que resultaría vano preguntarle qué hacía allí. Antipas era famoso por su hábito de tender trampas e introducir espías, y ésa podía ser una más de sus artimañas. De modo que las cocineras entregaban a Juana y a María las bandejas preparadas con una sonrisa.

María observaba a Juana para ver cómo se debían presentar los alimentos a los señores. Había que seguir un protocolo. Destapar la bandeja. Sonreír. Hacer una reverencia. Servir los platos. Y retirarse. Aunque no debían abandonar el comedor, sólo apostarse discretamente en las sombras, en un extremo de la sala.

Un anciano ataviado con un mantón rojizo entró apresurado, seguido por un hombre de mediana edad y pobladas cejas negras. Se sentaron a la mesa, junto a Antipas y Herodías, y empezaron a hacer aspavientos y a hablar acaloradamente.

—¡Son los sumos sacerdotes! —susurró Juana—. El actual, Caifás, y el anterior, Anás. Les reconozco. Demasiadas veces les he visto a ambos.

—El sumo sacerdote... ¿aquí? —María siempre había pensado que el alto dignatario no salía del Templo.

A Juana se le escapó una risita, que reprimió de inmediato.

—Tienen que inclinarse ante su amo. Por supuesto, Antipas no es el amo supremo. Ése es Pilatos. —Reflexionó un instante—. El viejo Anás es el suegro de Caifás. El sagrado oficio se rige por los intereses de dos familias. El auténtico cerebro es Anás; Caifás es un estúpido. Hace lo que le manda el viejo Anás. Siempre ha sido así.

—Tenemos que acercarnos más —dijo María. Desde su puesto no oían nada.

—Nos acercaremos —respondió Juana—. Después del almuerzo se retirarán a una sala de recepción. Ven. —Y la condujo a la sala.

La sala de recepción tenía altos techos abovedados que descansaban sobre vigas incrustadas en oro. Las ventanas se abrían a dos panoramas distintos: una daba a la colina del Templo; la otra, a las anchas avenidas de los barrios opulentos de Jerusalén.

María y Juana se apostaron como criadas obedientes junto a la pared del fondo de la sala. Pronto Antipas y Herodías hicieron su entrada a pasos lentos y majestuosos, arrastrando sus mantones reales; les seguían Caifás y el viejo y quisquilloso Anás. Cuando, no obstante, apareció Judas, María y Juana apenas consiguieron mantenerse en sus puestos y no echar a correr.

Un sirviente entró con cálices de oro. Todos aceptaron uno.

¡Judas! Allí estaba, vestido con el fino mantón azul que nunca se había puesto desde que seguía a Jesús, hablando sonriente con Antipas, Herodías, Anás y Caifás. Asentía desenfadado y parecía estar en su casa. Era bienvenido en palacio. Aquella gente ya le conocía de antes.

María se sintió mal. Le observaba —no podía apartar los ojos de él— incrédula. ¡Judas! Uno de los discípulos de Jesús, ahí, con aquella gente.

Hablaban, sonreían y decían cosas que ni María ni Juana podían oír. Era necesario que se acercaran más. En silencio, ambas hicieron un gesto de asentimiento, se bajaron aún más los velos y avanzaron hacia el grupo.

Por el camino, María cogió una jarra de una de las bandejas dispuestas en la sala.

—¿Más vino? —murmuró con la cabeza gacha y tratando de alterar su voz. El miedo de ser descubierta la hacía temblar, y resultaba difícil no derramar el vino.

Judas la miró con rostro sonriente e inexpresivo. No daba signos de haberla reconocido.

—Gracias —dijo con un asentimiento, y ella rellenó el cáliz con ademanes trémulos.

¡Ojalá se emborrache!, pensó. ¡Ojalá se emborrache y hable por los codos, así sabré qué está tramando! No se atrevía a mirarle a los ojos —aquellos ojos tan cambiados— por temor a que la reconociera, aunque ansiaba ver qué ocultaba su mirada.

—Ya basta con el tipo ese —dijo Anás con voz quejumbrosa—. Esto tiene que acabar.

—¿Más vino? —preguntó Juana, y rellenó el cáliz del sacerdote con gestos exquisitos. Éste le dirigió una mirada de agradecimiento y asintió, complacido.

—No hay problema —contestó Caifás arqueando las pobladas cejas—. Le arrestaremos.

—¿Con qué cargos? Perdiste tu oportunidad hace dos días, cuando permitiste que el alboroto que organizó en el Templo pasara sin consecuencias. —Judas habló con voz irritada—. Ahora ya no tienes ningún pretexto. —Se inclinó hacia delante—. Él no te dará motivos. Es muy inteligente. Sabe exactamente qué hacer y dónde poner los límites.

—Entonces, crearemos un motivo —repuso Caifás.

—Eres un asno —le espetó su suegro—. Cualquier pretexto tiene que ser válido a ojos de los romanos. Si sospechan tejemanejes, se volverán contra nosotros.

—No te preocupes, se lo creerán —insistió Caifás, empecinado—. Ese hombre es un peligro para nuestro pueblo, una amenaza para el acuerdo que hicimos con los romanos. Acabará provocando una rebelión. No podemos permitir que siga.

—Me sorprendes, Caifás —dijo Anás—. A veces, hasta eres capaz de pensar. —Se volvió hacia Judas—. Es demasiado popular, sin embargo. Eso es un inconveniente. Cuando todo termine la gente estará contenta, tarde o temprano todo se olvida, no cabe duda, pero ahora... Si le arrestamos delante de las multitudes... Ya le visteis en el Templo, visteis cómo le saludaba el gentío el primer día en que entró en Jerusalén... Tendremos problemas. Tenemos que actuar con discreción. Lejos de las multitudes. Por eso te necesitamos.

—Y esto es, justo, lo que vengo a ofreceros. —El movimiento incesante de los pies de Judas era lo único que delataba en él cierto nerviosismo—. Yo puedo conduciros hasta Jesús cuando esté solo. Conozco todos sus movimientos. Os garantizo un arresto rápido y fácil, lejos de la gente que le adora. —Las palabras fluyeron de su boca.

—Muy bien —asintió Anás.

—Espero, sin embargo, una buena remuneración. Soy el único que puede ofrecer este servicio. —La voz de Judas se tornó pastosa y quebradiza.

—Diez monedas de plata —dijo Caifás, con su sonora voz sacerdotal.

Judas se rió.

—Veinte. —Caifás levantó las manos, palmas arriba, en señal de benevolencia—. Veinte siclos tirios.

Judas meneó la cabeza con pesar.

—Me decepcionáis, nobles señores —dijo—. Yo os ofrezco algo que no tiene precio, y vosotros tratáis de estafarme.

—Treinta. —El viejo Anás habló con autoridad—. Es nuestra última oferta.

Judas volvió a menear la cabeza.

—Es muy poco —contestó.

—Lo tomas o lo dejas. Lo que ofreces es la posibilidad de un arresto privado. Podemos arrestarle en público sin pagar nada.

—Y sufrir las consecuencias.

—Ya nos arreglaremos. Llevaremos una cohorte romana. ¿Hay alguna situación que los soldados de Roma no puedan manejar? Unos cuantos legionarios, unos cuantos muertos... eso no les preocupa. Es su pan de cada día. Desde luego, preferiríamos un arresto discreto, pero estamos dispuestos a proceder en público.

—De acuerdo —accedió Judas—. Treinta monedas.

—Pasa por mi oficina —dijo Caifás—. Te pagaré allí.

—No. Seguro que llevas la suma encima, no es tanto dinero, como ya he dicho. Prefiero cobrar ahora. No tengo ganas de dar explicaciones a tus secretarios.

Refunfuñando, Caifás rebuscó en su monedero y sacó varias monedas de plata.

—Cinco... diez... Aquí tengo dos más...

Judas tendió la mano y las aceptó.

—¿Sigue siendo válido nuestro acuerdo? ¿No le haréis daño?

—Si no quieres verle sufrir, ¿por qué le entregas? —preguntó Anás.

—Creo que necesita ser protegido de sí mismo —respondió Judas lentamente. María ya le había oído hablar así, eligiendo sus palabras con cuidado para causar una determinada impresión, para cubrirse las espaldas. No obstante, en cierta ocasión también a ella le había dicho que era necesario evitar que Jesús se hiciera daño. ¿Creía de verdad que su entrega tendría ese efecto? ¿Utilizaba a las autoridades del Templo para cumplir ese propósito, como antes había pensado en utilizar a la madre de Jesús?

—Ha despertado expectativas muy grandes, que jamás podrá satisfacer. Cuando se descubra que no es capaz, la gente se volverá contra él. Su arresto puede darle la oportunidad de reflexionar, antes de que sea demasiado tarde.

—Y, de paso, tú te haces rico.

—¿Con treinta monedas de plata de Tiro? Señores, debéis de pensar que soy un campesino de Galilea. No es mucho dinero, pero me doy por satisfecho —se apresuró en añadir. Aún tenían que darle dieciocho monedas. Cayeron en la palma de su mano una tras otra, tintineando contra la pila que ya estaba en ella.

—Decidiste seguirle —dijo Caifás—. Algo debiste de ver en él. ¿Qué es lo que atrae a la gente? No lo entiendo.

Tres, cuatro, cinco, seis. Las últimas monedas se amontonaron en la palma de Judas.

—Creí en él —respondió con su voz normal—. Creí que él tenía las respuestas que buscaba. Tenía respuestas, desde luego, pero no las que yo quería o necesitaba oír. No es lo mismo. Yo estaba dispuesto a aceptar lo que necesito, aunque fuera doloroso. Él no puede proporcionármelo. Por tanto... —Extendió las manos, y añadió con su voz falsa—: Lo mínimo que puedo hacer es protegerle. ¿No os parece, nobles señores?

María sintió que se le revolvía el estómago, creyó que tendría que salir corriendo afuera para vomitar. Judas no pedía garantías ni quería saber los detalles de cómo iban a proteger a Jesús.

¡Tenemos que advertirle, Juana y yo! Tenemos que contarle la traición de Judas. Que sepa qué le espera.

Judas. Volvió a mirarle, elegante y sofisticado, meciéndose en sus túnicas lujosas. Oh, Judas... casi lo habías conseguido. Casi habías comprendido. Se sorprendió llorando por él y reprimió sus sollozos para que Juana no se diera cuenta. Lloraba por Judas en lugar de por Jesús. No entendía por qué, pero era Judas quien le partía el corazón.

Judas se despidió y se escurrió como una sombra. Los conspiradores restantes siguieron discutiendo el problema de Jesús. Cuando María pudo controlar sus lágrimas, llevó a Juana a un lado y, tratando de calmar su voz trémula, le preguntó:

—¿Nos quedamos? Podríamos averiguar más cosas.

Juana echó una mirada vacilante a los maquinadores reunidos. Sería difícil penetrar en su círculo. El almuerzo había terminado, y ya les habían servido todo el vino y los postres que les podían apetecer. Todos los criados excepto los sirvientes personales de los gobernantes, se retirarían; cualquier presencia extraña sería detectada enseguida.

—Es demasiado peligroso —susurró Juana. Volvió a mirar al grupo—. Podemos acercarnos una vez más. Fingiremos buscar cálices usados o restos de comida.

Se acercaron a los cuatro tratando de comportarse con normalidad, mirando cualquier cosa menos a ellos. Mantenían la mirada baja.

—... No acabo de fiarme de él —decía uno—. Es peligroso confiar en discípulos desengañados. Resultan extremadamente cambiadizos. Basta que, de repente, Jesús diga algo que le guste a Judas para que...

María se agachó para recoger un cáliz vacío, haciendo una gran reverencia.

—Tenemos que correr ese riesgo —dijo otro—. Judas parecía asqueado. Cínico, diría yo.

—¿Qué es un cínico? —Sonó la voz de una mujer. Herodías—. Un cínico es alguien que amó intensamente y fue traicionado. Es fácil recuperar el afecto de estas personas. Estoy de acuerdo con Caifás.

De modo que quien tenía reservas era Caifás. Quizá no fuera tan estúpido como le creían.

—Y después de arrestarle, ¿qué? ¿Qué haremos con él? ¿Encerrarle, como a Barrabás?

—No, debemos entregarle a los romanos para que le juzguen. Enseguida. Barrabás puede pudrirse en la cárcel, pero los romanos tienen que juzgar este caso antes de dejar Jerusalén y volver a Cesarea, a sus banquetes y sus carreras de cuádrigas. Si se van, pasarán años antes de que estimen su caso. Se lo entregaremos en cuanto le detengamos y presentaremos nuestros cargos contra él.

Juana encontró un cáliz volcado y lo recogió con toda ceremonia. Después, sin embargo, hizo señal a María de que debían irse. Su oportunidad había terminado.

Justo en ese momento uno de los invitados se volvió y miró a aquellas sirvientes. Afortunadamente, su mirada se detuvo en María, la desconocida, antes que en Juana, a quien Antipas hubiera podido reconocer.

Se retiraron de la sala y dejaron caer el cáliz.

—No podemos volver a la cocina —dijo Juana—. ¡Marchémonos! ¡Ahora mismo!

Recorrieron la galería y, tomando sucesivos pasillos, alcanzaron la puerta de servicio y salieron al amparo del callejón. Caminaron apresuradas hasta llegar a una calle principal. Allí María tuvo que apoyarse en un muro.

—¡Oh, Santo Dios! —exclamó, invocando el Nombre Sagrado. Se sentía mareada, vencida por lo que había visto y oído.

Juana la ayudó a enderezarse.

—Dios nos ayudó. Quería que nos enteráramos. Pero ¿qué hemos de hacer? Prevenir a Jesús, desde luego, pero... ¿crees que deberíamos enfrentarnos a Judas?

Enfrentarse a Judas. ¿Cambiaría él de opinión si lo hicieran?

—No, no tiene que saber que les hemos oído —contestó María. Estaba convencida de ello—. Será mejor fingir que no ha pasado nada. Pero tenemos que hablar con Jesús. Y con su madre.

—Su madre, no —objetó Juana—. ¿Por qué afligirla? Además, ella no puede hacerle cambiar de opinión. Ya sabemos que la quiere pero no acepta consejos de nadie.

—Juana, estoy muy confusa —admitió María—. Todos nosotros teníamos preguntas que hacer a Jesús, y algunas nunca fueron contestadas. Pero confiamos en él. ¿Cómo puede otro discípulo hacer algo así? ¿Por qué no se limita a irse, a desertar? Muchos lo han hecho. Ha habido seguidores curiosos que se han ido, se han alejado. ¿Por qué Judas hace esto?

—Por despecho —respondió Juana sin vacilación—. Es como un amante traicionado. Estas personas no se van, quieren causar dolor a quien les hizo daño, para que él reconozca su poder, su existencia. Es una manera de hacerse reconocer, a la vez que de vengarse.

—Pero Jesús no le ha hecho daño.

—No sabes qué le pidió Judas, qué esperaba de él, ni cuál fue la respuesta de Jesús.

Era cierto. Nada sabía de la relación de los demás discípulos con Jesús. Cada relación era privada, única, no como las relaciones que otros maestros solían establecer con sus alumnos.

—¡Le odio! —María estalló. Y pensar que ese hombre, Judas, quería tenerla como compañera de su vida.

—No le odies —contestó Juana—. El odio sólo puede turbar tu mente.

—¡Hablas como Jesús! —protestó María—. Ama a tus enemigos...

—¿No es esto lo que debemos hacer? ¿Hablar como Jesús? Él nos pidió que rezáramos por él... por todos nuestros enemigos.

—Lo haré pero... —La ira despertada por Judas, el discípulo perdido, era tan intensa como la pena que la hiciera llorar por él.

—Aunque tenemos que luchar contra él —concluyó Juana—. Rezar por su alma, pero desbaratar sus planes.

Se abrieron camino por las calles atestadas, mirando ansiosamente a su alrededor. Las multitudes rebosaban de peregrinos vestidos con trajes exóticos, de habitantes de Jerusalén, de soldados romanos y de gente misteriosa, cuya procedencia resultaría imposible averiguar. El sol se ponía, y los que debían abandonar la ciudad formaban riadas humanas que fluían hacia las puertas. Llegaba la Pascua.

«¿Por qué es esta noche distinta de todas las demás noches?» Era la pregunta tradicional.

¿Sería esta Pascua distinta de las demás? Muchos peregrinos se hacían esta pregunta. ¿Vendría el Mesías? Cada año existía la posibilidad. Por eso la Pascua era siempre en el presente y nunca en el pasado.

51

Era demasiado tarde para volver al Templo. El día declinaba y Jesús ya se habría ido. Tenían que buscarle en la ladera del monte de los Olivos. Había tal aglomeración de peregrinos en el estrecho camino que conducía a lo alto del monte, que María y Juana decidieron desviarse hacia el huerto de olivos que se encontraba al pie de la colina y esperar allí a que pasara el gentío.

En el interior del jardín, al que llamaban Getsemaní por la prensa de aceite que había allí, encontraron un refugio verde y tranquilo, al amparo de olivos antiquísimos, que susurraban secretos olvidados, misterios de los tiempos antes de la restauración de Jerusalén. Qué no habrían visto esos árboles. ¿La reconstrucción de la ciudad bajo Nehemías y Esdras, tal vez? Fueron testigos pacientes del paso de aquellos quinientos años que necesitó Israel para reconstituirse y luchar, primero contra los griegos y después contra los romanos. Los líderes macabeos pudieron reunirse bajo aquellas mismas ramas nudosas. Los soldados de Antíoco pudieron agruparse entre los troncos torcidos.

—Este lugar está habitado por fantasmas —dijo Juana—. Se oyen demasiadas voces. —Estaba sentada bajo un olivo de tronco excepcionalmente grueso.

—Se oyen más los peregrinos allá fuera —repuso María.

Aún estaba bajo los efectos de la conversación que oyeran en palacio. Juana ya podía afirmar que bastaba con prevenir a Jesús para evitar la tragedia. Pero ¿y si no lo conseguían? Judas, su deserción, su fría traición, la turbaba tanto como si hubiera recibido un golpe físico. Agradecía aquel remanso de tranquilidad entre el descubrimiento de la conspiración y el reencuentro con Jesús.

Se recostó bajo el olivo, al lado de Juana. Sus pensamientos zumbaban como un enjambre, más ruidosos que el tumulto del gentío que avanzaba por el camino. Las lenguas, abigarradas, se confundían en un todo indefinido; retazos inocentes de conversaciones sobre comida y cobijo resonaban como un rugido ominoso. Por primera vez en su vida, María cuestionó la validez de la Ley que requería la reunión de tanta gente para las tres grandes fiestas de Jerusalén. Y también por primera vez cuestionó los motivos que habían llevado a Jesús a elegir estos días para ir a la ciudad.

La más importante confluencia de gente, bajo la mirada escrutadora de los romanos, los partidarios de Antipas y las autoridades del Templo... Jesús quería ser blanco de esas miradas, quería atraer el tipo de atención que sólo se dispensaba en momentos como ésos y en lugares como Jerusalén. Quería trascender el territorio de Galilea, lanzarse al corazón mismo de la nación. Todo eso formaba parte de su plan, de un designio grandioso que le relacionaba con el amanecer divino del Reino de los Cielos.

Y ahora Judas se proponía poner fin a este proceso. Provocaría el arresto de Jesús. Antes de que se produjera el clímax que el maestro esperaba, sería silenciado y encarcelado.

Ella y Juana tenían que advertirle a tiempo para protegerle. Pero ¿qué pasaría si Jesús se negaba a ponerse a salvo?

El huerto de los olivos era un refugio tan sereno que se quedaron a respirar su aire manso y benevolente. Les parecía que los árboles susurraban palabras de consuelo, de esperanza: Tranquilizaos... Son cosas del momento... Pensad con claridad... Todo se arreglará... Qué tentación tan grande quedarse allí, respirar profundamente y creer que todo se aclararía, que los acontecimientos seguirían el mejor curso posible.

Después de un largo rato, Juana se incorporó y dijo:

—Tenemos que subir. Se está haciendo tarde.

María tuvo que emerger de sus ensoñaciones para descubrir que las multitudes se habían dispersado y que ya no tenían excusa para evitar seguir su camino. Aunque con vacilación, se levantaron y dejaron atrás la tranquilidad del huerto ajardinado para incorporarse al camino público.

Pronto se reunieron con los demás, que acampaban en el lugar habitual y ya habían encendido el fuego para preparar la cena. Jesús no estaba con ellos; de pie a cierta distancia, contemplaba la ciudad de Jerusalén, apenas visible ya en la oscuridad creciente. Aún se podían distinguir las murallas y el reflejo blanquecino del Templo, pero el resto de la urbe estaba en tinieblas.

¡Debo contárselo!, pensó María. Antes de la cena, antes de que nos sentemos con los demás. Debo contárselo ahora.

Se le acercó llena de aprensión. Extendió una mano y le tocó suavemente en el hombro, mientras él seguía contemplando la silueta apenas visible de Jerusalén. Jesús se volvió con presteza y la miró, pero su expresión no era de bienvenida.

—¿Qué quieres? —preguntó.

—Maestro —dijo ella. De repente, la embargó el doloroso recuerdo de su último encuentro a solas y de las cosas que se habían dicho. ¡Dios, por favor, no permitas que aquel malentendido reste crédito a mi mensaje de ahora!, suplicó por dentro.

—¿Qué quieres? —repitió Jesús. La estaba mirando, si bien no con frialdad, sino como si no la reconociera.

—Maestro, hoy Juana y yo pudimos introducirnos en el palacio de Herodes Antipas. Para espiarles... y con mucho éxito, debo añadir. Allí estaba Caifás, el sumo sacerdote, el viejo Anás, Antipas con Herodías...

—Menuda reunión —musitó Jesús—. ¿Te impresionaron?

La pregunta le dolió.

—No —contestó—. ¿Por qué habrían de impresionarme? No tienen mucho de envidiable.

—Mucha gente les envidia —replicó Jesús.

—No soy una de ellas —respondió María, deseando no tener que soportar aquella prueba—. Si alguna vez me ha impresionado la riqueza, recuerda que renuncié a ella en Magdala.

Jesús seguía mirándola sin decir nada. Finalmente, ella se le acercó más y dijo con voz queda:

—Oímos sus conversaciones. Te consideran peligroso. Pretenden hacerte callar.

En lugar de hacer cualquier comentario, Jesús la siguió mirando, penetrándola con los ojos, hasta que María apartó la cara.

—Lo peor de todo es... —Hizo una pausa. ¿Conseguiría reunir el valor de decírselo?— Judas fue a verles. Judas estaba con ellos. Les habló de ti. Aceptó conducirles hasta ti, en secreto.

Por fin parecía que Jesús la escuchaba.

—Judas. —Se llevó una mano a la frente y empezó a frotarla—. Judas.

—¡Sí, Judas! —María tomó aliento—. Él mismo. Incluso... aceptó cobrar por ello. Sí, aceptó su dinero para conducirles hasta ti.

—Entonces, han malgastado su dinero. Mi paradero no es un secreto.

¿Era lo único que tenía que decir?

—¡Quieren arrestarte en privado! Cuando la gente... las multitudes... no estén aquí para verlo —gritó María.

—Judas —repitió Jesús de pronto—. Judas. Oh, querido Judas. ¡Oh, no!

—Fue él. Le vi y le oí. También a mí me aflige su traición. Se había acercado tanto, había llegado a comprender tantas cosas, su interés parecía sincero... pero maestro, debes protegerte de él. —Respiró profundamente—. ¡Es malvado! ¡Es nuestro enemigo!

—No podemos evitar el mal —dijo Jesús tras una pausa—. Lo que tenga que pasar pasará, pero, ¡ay del hombre que sirva de vehículo!

—Jesús... —Tendió su mano hacia él. Tengo que decírselo, pensó, tengo que decirle cuánto lamento lo que le dije en Dan, que ahora ya comprendo, que estoy contenta de...

—No puedo escucharte más. —Jesús la interrumpió—. Te doy las gracias por la información que me has ofrecido. Hacía falta coraje para hacerlo. Vete ahora y no hables más. Debo prepararme, yo y los demás.

Yo necesito hablarte de mis sentimientos, de las cosas que me atormentan, pensaba María.

—Sí, maestro —respondió y, obedeciendo su deseo, se marchó.

Los demás estaban atareados. Simón se había hecho cargo del fuego y ladraba órdenes sobre cómo preparar los pinchos que querían asar. Susana supervisaba los platos y Mateo se había encargado del vino que, según aseguraba, llegaría de un momento a otro. Su inocente preocupación por asuntos tan triviales no hizo más que incrementar el dolor del secreto que compartían Juana y María.

Entonces se acercó también Jesús, sonriente y risueño, como si no tuviera ninguna preocupación en el mundo. ¿Pretendía demostrar que los pequeños actos cotidianos son importantes? Él mismo los había condenado, sin embargo, cuando ordenó a sus discípulos que renunciaran a la vida normal.

Quizá ni él sepa qué es lo importante, pensó María. Quizá... ¡Oh, tal vez, sigamos a un hombre que no hace más que aprender sobre la marcha!

Estaban todos sentados cenando alrededor del fuego. Jesús partió el pan y dio las gracias, como siempre, sosteniendo la hogaza en sus manos hábiles y fuertes. Su manto de lana fina le cubría suavemente los hombros. Nada en su actitud indicaba que aquello no sería eterno. Las reuniones, la partición del pan, las noches apacibles, el predicar por las mañanas... Día tras día y por el resto de sus vidas.

—Mañana será la noche de Pascua —dijo Jesús al final—. Será nuestra última oportunidad de cenar juntos, como hemos hecho siempre. —Les miró a todos, alternativamente. Nadie preguntó por qué la «última oportunidad». Cuando posó la mirada en María, ella sintió que Jesús comprendía su angustia aunque nunca hablarían de ella.

—¡Pascua en Jerusalén! —exclamó Tomás—. Siempre he soñado con ello.

—Será todo un festín —dijo Jesús—. Ya está todo organizado. Pedro y Juan, mañana debéis ir a la ciudad pronto. Entraréis por la puerta de los Corderos, donde os esperará un hombre con un cántaro de agua. Será fácil localizarle, porque los hombres no suelen llevar cántaros. Seguidle por las calles, hasta que entre en una casa. Cuando habléis con el amo de la casa, decidle que el maestro necesita un lugar donde celebrar la Pascua con sus amigos. Os enseñará una sala grande en la planta superior, bien amueblada y adecuada para la ocasión. Allí debéis hacer los preparativos para la cena.

También tiene seguidores en la ciudad, seguidores secretos, de los que nada sabemos, pensó María. ¿Cuántos habrá, cuántos alumnos dispersos le buscaron individualmente, personas que él conoce y que nosotros nunca conoceremos? Estoy atrapada en una red invisible de secretos, de misterios...

—Mis corderos oyen mi llamada —dijo Jesús, respondiendo a su callada pregunta—. Hay otros corderos, que no pertenecen a este rebaño.

Se levantó el viento y las ramas de los pinos se estremecieron. ¿Quiénes eran los otros corderos? Y, de pronto, la duda egoísta, la pregunta prohibida: ¿Les quiere más que a nosotros?

Jesús estaba sentado casi enfrente mismo de ella; la luz titilante del fuego teñía sus facciones de rojo luminoso. Y todos los demás... Juan, sentado al lado de Jesús, como siempre, su rostro pálido ahora coloreado por las llamas; Santiago el Mayor, con la mandíbula apretada; Tomás, su hermosa cara cargada de dudas, como era habitual en él; Pedro, inmerso en una conversación risueña con Simón; Simón, que había cambiado su vieja expresión ceñuda por una sonrisa; Susana, que sonreía relajada y ajena a todo tormento... Les amo a todos, pensó María, sorprendida. Estas personas, que tan difíciles resultan a veces... las amo con locura. Nuestra lealtad hacia Jesús es el lazo que nos une a todos.

Eli y Silvano se habían convertido en un recuerdo borroso. Su madre y su padre se habían esfumado en el pasado. Joel era una evocación lejana aunque todavía dolorosa. Sólo Eliseba seguía siendo real. Observó a Jesús y a su madre, y supo que el lazo de la maternidad no se rompería jamás. Algún día... algún día volveremos a encontrarnos, todo será comprendido y perdonado y, de algún modo, sucederá por mediación de Jesús, a quien Eliseba llegará a conocer. De alguna manera...

—Cuando emprendimos el viaje a Jerusalén os llamé amigos, y amigos sois —decía Jesús—. Y, como amigos, hay muchas cosas que deseo deciros. Después las recordaréis, pensaréis en ellas y buscaréis su significado.

Nadie dijo nada. Tenían miedo de interrumpir a Jesús, de impedirle decir lo que de verdad deseaba contarles, porque él siempre respondía a sus preguntas, por intempestivas que fueran. Así que guardaron silencio, mientras sus vecinos de acampada se preparaban ruidosamente para la noche.

—Ya sabéis que existen señales que anuncian el pronto fin de esta edad —dijo Jesús, como si anunciara una transitoria escasez de agua o una interrupción en el curso habitual del comercio—. Falta poco para que todo termine. El fin sobrevendrá de la mano de Dios. Nosotros sólo podemos inclinarnos ante Su voluntad, someternos a Su causa y servirla lo mejor que podamos, sacrificarnos a Sus propósitos. Yo estoy dispuesto a hacerlo. ¿Lo estáis vosotros?

Nadie habló hasta que Mateo preguntó:

—¿Cómo sabremos que se acerca la hora?

—Habrá señales... señales inequívocas en los Cielos y sobre la tierra. Hasta que aparezcan, no os equivoquéis. No os dejéis engañar. Manteneos firmes. Amigos míos —prosiguió Jesús—, habéis sido todos un regalo de Dios. Y Le he prometido que no perderé a ninguno de vosotros (excepto al hijo de la perdición, el que está condenado a la destrucción) pase lo que pase. No temáis, pues.

Judas, que no había dicho ni una palabra a lo largo de la cena, se sobresaltó cuando Jesús habló del que «está condenado a la destrucción» y volvió rápidamente la mirada a María. Sus facciones estaban tensas y no la miró a los ojos, pero los suyos delataban un vasto vacío interior, que María reconoció con un escalofrío. Ya no llevaba el lujoso manto azul. Acaso lo hubiera escondido en el tronco de algún árbol cercano, listo para lucirlo de nuevo cuando se reuniera con sus amigos del Templo.

Los rescoldos de la hoguera iluminaban el rostro de la madre de Jesús. Era la única que parecía aprensiva, como si reuniera fuerzas para afrontar lo que venía. Se mantenía inmóvil, sin embargo.

Se quedaron largo tiempo junto al fuego, disfrutando de la luz y el calor menguantes. Después se levantaron uno tras otro y se dirigieron a sus jergones. De nuevo, Jesús se acercó a un promontorio, lejos de los demás. María le siguió.

El promontorio dominaba un valle deslucido al que llamaban Gehena, al sur de Jerusalén, un vertedero donde ardían noche y día los desperdicios y las basuras de la ciudad. Un humo acre emanaba de las ascuas y les picaba la nariz cada vez que el viento lo arrastraba hacia ellos. María recordó el estercolero donde Joel y ella habían tirado los ídolos rotos, hacía ya tanto tiempo.

—Inmundicia —murmuró Jesús—. Allí abajo arde la mugre y la depravación. —Se volvió para mirar a María, como si la hubiese estado esperando—. ¿Sabes por qué arden fuegos eternos en este valle?

—No lo sé —admitió ella.

—Es allí donde ofrecían sacrificios humanos a Moloc —explicó Jesús—. Los propios reyes de Israel, los mismos que adoraban a Dios en el Templo, sacrificaban a sus hijos y a sus hijas al dios Moloc. Cuando Josías accedió al trono e impuso sus reformas, consignó el lugar dedicado a los altares de Moloc como vertedero de basuras. Y basuras lo cubren, hasta el día de hoy. El mal, sin embargo, aún no ha sido erradicado. —Suspiró—. Nuevas acciones son necesarias. El mal no desaparece sólo con el paso del tiempo.

—Hay demasiado mal e inmundicia allí abajo —dijo María, señalando a Gehena y el humo que cubría el valle—. Pero Juana y yo descubrimos un lugar tranquilo y agradable a los pies del monte. Es un viejo huerto de olivos, y está desierto incluso en la hora de gran afluencia de gente. Quizás pudieras reponerte allí.

—Un lugar tranquilo —repitió Jesús admirado—. ¿En medio de todo esto?

—Pues, sí. Justo a la izquierda del camino principal. Hay una puerta, pero se puede abrir.

—Tengo que ir a verlo —dijo Jesús—. Quizás a primera hora de la mañana.

Un ruido a sus espaldas delató la presencia de alguien.

—Horrible espectáculo. —Judas se había detenido justo fuera de su alcance. ¿Les había oído? ¿Se había enterado de la existencia del huerto?

—Es la manifestación del pecado —respondió Jesús—. Si pudiéramos ver el pecado, ésta sería su cara.

—Por desgracia, no podemos verlo —dijo Judas con voz triste.

—Satanás no desea que lo veamos, por si huimos de él horrorizados. —Jesús se fue, dejando a Judas y a María solos. Se dirigió al lugar que había elegido para dormir.

Judas seguía mirando el barranco.

—Sí, el pecado es muy feo —dijo María—. Y a veces se muestra sin reservas. ¿Qué deberíamos hacer, Judas?

—Prenderle fuego, por supuesto —respondió él en tono frívolo—. Como hizo Josías.

—Las personas no arden tan fácilmente.

Judas se volvió para mirarla.

—¿Las personas?

—Las que eligieron el camino de Satanás, las que le prestaron oído. —Se produjo una pausa muy tensa—. Judas... —Le odiaba, pero aún estaba a tiempo de abandonar el camino emprendido, aún podía traicionar a Caifás en lugar de a Jesús—. Ya sabes a qué me refiero.

Hubo un silencio prolongado. Judas parecía a punto de confesar; una larga sucesión de expresiones transitó por su rostro pero, al final, se impuso la máscara conocida.

—Me temo que no —dijo—. Quizá debieras examinar tu alma para ver si los demonios se han ido de veras. Parece que sus voces vuelven a sonar y te confunden.

Oh, es muy listo, pensó María. Sabe cómo debe atacar, cómo dejar indefensas a sus víctimas... o eso cree. Como el propio Satanás, según me advirtió Jesús.

—Lo siento por ti, Judas —dijo al final con voz firme—. Te estás equivocando.

—¿Acerca de tus demonios? Ya lo veremos.

—No se trata de mis demonios. Son los tuyos los que me preocupan. —¿Pudo Satanás apoderarse de él en el terrible altar de Dan?

Satanás trató de derrotar a Jesús en el desierto. Fracasó pero en Dan consiguió a Judas.

—Me entristece verte otra vez arrastrada hacia la locura —dijo él con voz de preocupación—. De veras que sí. —Calló por un momento—. Vamos, es hora de dormir. —Quiso conducirla al espacio donde yacían todos rodeándola solícitamente con el brazo.

¿Pensaba esperar hasta que todos estuvieran dormidos para escabullirse otra vez?

El contacto de su piel resultaba repelente. La gente suele pensar que es asqueroso tocar una serpiente pero, en cierta ocasión, María tuvo que coger una pequeña serpiente que había entrado en su habitación para sacarla fuera de la casa, y su piel le había parecido suave, seca y fresca, agradable al tacto. Incluso los camaleones —había domesticado uno de niña— presentaban rugosidades inesperadas que le resultaban divertidas cuando les acariciaba la cabeza. Pero el brazo de este hombre, que había sido incapaz de aceptar lo que le pareciera un rechazo por parte de Jesús, la decepción que el maestro sintiera por él o lo que fuera, era más abominable que el propio ídolo de Asara.

Lo apartó y se alejó de él con un estremecimiento que Judas percibió.

—No estoy loca, aunque te complace afirmar que lo estoy. Más mentiras, a las que tan acostumbrados nos tienes últimamente. ¿No te cansas de mentir y de fingir ser alguien que no eres? —No quiso decir más, por temor de revelar a Satanás que le habían descubierto.

A la luz de la luna casi llena, las hermosas y estilizadas facciones de Judas resplandecían, como si la luz de la luna estuviera enamorada de ellas. Una sonrisa apenada asomó en sus labios.

—Ah, María. Nunca he fingido. Siempre lo he cuestionado todo, y la gente lo sabe.

Ahora, sin embargo, eres un embustero y un traidor, quiso expresar ella. Deseaba decírselo, lanzar esas palabras contra su ego falso y sobrado, pero así le daría información que Judas no debía conocer.

—Te llevarás tus preguntas y tus falsedades a la tumba. —Fue lo único que pudo decir.

—Muchos y más dignos que yo hicieron lo mismo —repuso Judas—. Será un honor pertenecer a su grupo.

—No te confundas con los filósofos y los revolucionarios famosos —protestó María—. Ellos no te aceptarían en sus filas. Tú perteneces... —A los hijos desobedientes de Aarón, a los rebeldes que se levantaron contra Moisés, quería decirle—. Perteneces al grupo de los que tropiezan y se buscan la condena.

Volvió a sonar la risita irónica.

—Necesitas descansar —dijo Judas, aunque esta vez no intentó tocarla.

—Necesitas arrepentirte —replicó María—. Pero ¿quién te perdonaría?

Acostada en el jergón improvisado, tardó mucho en dejar de pensar en Judas. Su caída le resultaba muy dolorosa. No culpaba a Caifás ni a Antipas. Ellos ni siquiera conocían a Jesús. Le consideraban un alborotador de Galilea, cuando era de vital importancia no llamar demasiado la atención de Roma. Judas, no obstante, había sido el más consciente, el más conocedor de todos los discípulos.

Quizá fuera ése el problema, se dijo María. ¿Será posible que el mensaje de Jesús perturbe más a las mentes afiladas?

Para que un movimiento pueda perdurar, es necesario que venza a los Judas. Es necesario que los interrogadores expliquen por qué consideran sus preguntas respondidas, y no en términos sencillos sino con razonamientos complicados.

La deserción de Judas no representaba la simple pérdida de un discípulo de Jesús sino —lo que era más problemático— la pérdida de una oportunidad para el movimiento en general.

52

La luna brillaba sobre Jerusalén, bañándola en su luz de azul y plata. El Templo resplandecía como una perla sumergida en el mar, y los palacios y edificios de mármol diseminados por toda la ciudad relucían como joyas, destacando entre sus hermanos de piedra caliza. María los miraba desde su jergón, incapaz de conciliar el sueño. Los muros de la ciudad reflejaban la luz como gigantescas hojas de cuchillo, erguidas en defensa de las casas y las espléndidas construcciones que quedaban tras su línea de demarcación. Pronto llegaría el alba, los sacerdotes abrirían de par en par las grandiosas puertas del Templo y los guardias ordenarían la abertura de las puertas de la ciudad. Un ritual eterno, reconfortante. Un lugar sagrado que siempre estaría allí.

Vio que Jesús estaba ya de pie no lejos de ella, contemplando también la ciudad. Le daba la espalda y no podía ver la expresión de su cara, pero la actitud de su cuerpo denotaba tristeza. La sola vista de Jerusalén parecía despertar una honda aflicción en él.

Su vigilia impedirá que Judas se escabulla, pensó María, aliviada. El traidor estaba atrapado en la ladera del monte, fueran los que fuesen sus planes para esa noche, ya no podría llevarlos a cabo. Y ella podría dormir.

Cuando al fin quedó dormida, sin embargo, su sueño no fue tranquilo. La luz radiante de la luna atravesaba sus párpados, deslumbrándola, y penetraba en sus sueños, agitados y violentos. Pero cuando despertó sólo recordaba uno de ellos.

Imágenes de Jesús, ensangrentado y tambaleante. Ya había tenido ese sueño antes, aunque nunca con tanta nitidez. En esta ocasión, además de ver cómo le golpeaban y le herían, había visto los edificios que le rodeaban, construcciones reconocibles: los patios exteriores del palacio de Antipas y una de las puertas de entrada a Jerusalén, aunque no era ni la del norte ni la del este, por las que habían entrado hasta ahora en la ciudad. Había visto la cara de Pilatos —por primera vez, aunque le reconoció por su atuendo, una toga romana oficial— y la de Antipas, desdibujada en los límites de la imagen. Allí estaba también Disma, el sicario que viera de pasada en el banquete de Mateo, hacía ya tanto tiempo. Se estaba muriendo. ¿Qué tenía que ver aquel hombre con Jesús? Se había olvidado de su nombre hasta que alguien lo susurró en el sueño: «Disma. Disma.»

Poco a poco, se desveló. Los demás empezaban a moverse. Rompía el alba, el cielo aparecía teñido de un delicado color rosáceo y, a la luz tierna de la mañana, la ciudad ofrecía una imagen de palpitante belleza etérea. Desde la distancia, parecía satisfacer las más elevadas expectativas de esplendor y santidad.

Se sentaron alrededor del fuego matinal mientras los gallos anunciaban, a lo lejos, la llegada del día. Jesús les habló dulcemente, como si estuviera satisfecho por demás con lo que les deparaba la jornada.

—Nos reuniremos para celebrar la Pascua en el lugar convenido —dijo—. Creo que encontraréis la mesa pía y satisfactoria. Os conducirán hasta allí los discípulos que ayudarán a prepararla. —Señaló con un gesto de asentimiento a las mujeres, a Pedro y a Juan—. Celebraremos la Pascua juntos. Estoy impaciente. —Alzó el tono de su voz, y María detectó una nota de alegría en ella.

Y los golpes, los latigazos, la sangre... ¿no debería hablarle de ello? ¡Debo decírselo!, pensó María. ¡Debo comunicarle todo lo que me han revelado mis visiones!

Jesús iba hacia ella. Era el momento de decírselo.

Él sonrió.

—María, voy a retirarme en el jardín del que me hablaste, al huerto de olivos que hay a los pies de la colina.

—Es un lugar tranquilo y, si buscas la soledad, allí la encontrarás —dijo ella—. Pero antes debo contarte lo que vi...

—Yo también lo vi —interrumpió él al instante—. No hace falta que me lo cuentes. —Calló por un momento—. María, voy a ocupar mi lugar en estas visiones. Y esto es sólo el principio. Hay más, mucho más, que las visiones no nos pueden revelar. Tienen sus limitaciones. Yo, sin embargo, lo veo, mi Padre me habla de ello. Me lo revela. —Le tomó las manos—. Tu visión, no obstante, tiene gran valor para mí. Te agradezco que me la comuniques, como has hecho siempre.

—Judas... —comenzó a decir María.

—Ha seguido su camino. Lo has intentado, has hecho lo que has podido.

Le miró sorprendida. ¿Cómo lo sabía? ¿Había oído su conversación?

—¿No conoces las escrituras? Tenía que suceder así, estaba predestinado. «El amigo en quien confié, con quien compartí mesa y comida, me ha traicionado.» «Si me hubiera injuriado un enemigo, lo podría soportar; si un adversario me mirara con desprecio, evitaría su mirada. Pero has sido tú, mi otro yo, mi camarada y amigo, tú, mi aliado y compañero de camino...» Ya sé que te resulta difícil entenderlo.

—Entenderlo, no —dijo ella finalmente—. Pero creerlo... sí, me resulta difícil creerlo. ¿Cómo puede alguien que te conoce...?

—El conocimiento y la fe no son la misma cosa —dijo Jesús—. Recuérdalo en los días venideros.

Enfilaron el empinado camino que conducía a la ciudad. El aire ya vibraba con la emoción de la noche esperada, la antigua festividad parecía perfumar el espacio con su incienso especial.

María miró de reojo a Judas, que caminaba junto a ellos con una sonrisa fija en los labios, y sintió tanta aversión que hubiese querido recoger una piedra del camino y tirársela a la cabeza, mandarle rodando hasta el fondo de la pendiente, de donde ya no se podría levantar, de tan quebrado y malherido como quedaría.

La intensidad de aquel odio la sorprendió. Jesús dice que debemos amar a nuestros enemigos y rezar por ellos, pensó. ¡Pues, a veces, es imposible!

Cuando se acercaban ya al final de su descenso, justo antes de que el camino se nivelara y cruzara el barranco del Cidro, María aceleró el paso para alcanzar a Jesús, que caminaba junto a Pedro y Juan.

Echó a andar a su lado y le dijo:

—Aquí está el jardín, a la izquierda.

Desde fuera ya se veían los olivos plateados, algunos tan altos que tendían sus ramas al cielo, como robles. Jesús se detuvo para mirarlos.

—Entraré para rezar —dijo.

—¿No irás al Templo? —preguntó Pedro, sorprendido.

—Hoy, no. Hoy no voy a predicar, excepto a vosotros.

—Entonces, ¿no te veremos hoy?

—Nos veremos por la noche —respondió Jesús—. Nos reuniremos todos en el lugar convenido.

Se volvió y se dirigió a la puerta del huerto, sin invitar a nadie a que le acompañara.

Los discípulos siguieron su camino sin él, para entrar en la ciudad y cumplir las tareas que se les había encomendado. Treparon las escarpadas laderas del barranco del Cidro y se dirigieron a la puerta de los Corderos, que cruzaron rodeados de los rebaños de corderos que los pastores conducían hacia el Templo. Los discípulos se apostaron detrás de la puerta y esperaron la llegada de un hombre con un cántaro de agua. No tardó mucho en aparecer un individuo corpulento, que trataba torpemente de equilibrar un cántaro en la cabeza.

Pedro se le acercó corriendo.

—¿Eres tú? —farfulló.

El hombre le dirigió una mirada recelosa.

—¿Si soy el que ha de conduciros a una casa? —preguntó.

—Ese mismo —vociferó Pedro.

El hombre esbozó una mueca de disgusto e hizo un ademán a Pedro. Juan se acercó también.

—Os llevaré —dijo el desconocido.

Le siguieron a lo largo de las tortuosas calles de Jerusalén, que ascendían hacia la parte alta de la ciudad, los barrios residenciales que tan bien conocían Juana y Judas. El hombre indicó una puerta y se fue, como si prefiriera no entrar allí. Pedro se volvió a los demás y dijo:

—Debe de ser aquí. Nos ocuparemos de los preparativos. Los que se han encargado de la compra de la comida, es aquí donde nos encontraremos después. —Les miró uno a uno—. Recordad que hemos de comprar un cordero. Ya debimos haberlo hecho, aunque todavía quedarán muchos entre los que escoger.

Desde luego, los rebaños de corderos que acababan de ver lo garantizaban, pensó María. Nada tenían que recriminarse.

—Vayamos al Mercado Alto —propuso Judas—. Tienen el mejor surtido de productos.

—¡No, elijamos primero el cordero! —repuso María—. Es lo más importante. —Se dirigió a los demás—: Necesitamos el cordero, no podemos celebrar la Pascua sin él. No nos queda mucho tiempo, en las próximas horas deberá ser sacrificado y preparado...

—¿No deberíamos examinar antes el lugar de la reunión? —preguntó Judas.

—No —contestó María—. No hay tiempo que perder. —No estaba dispuesta a aceptar ninguna de sus sugerencias.

El Templo era un hervidero de gente. Menos mal que Jesús no pensaba acudir ese día. De haber intentado hablar o predicar, nadie le habría hecho caso. Los más rezagados convergían en los lugares de venta de corderos, los demás se apretujaban en dirección al altar, donde sonaban las trompetas sacrificiales. La confusión reinaba en el recinto.

Los discípulos se acercaron a empujones a los vendedores de corderos. Centenares de animales atados con ronzales balaban y corcoveaban, apiñados. Ya nadie recordaba a Jesús y su ataque contra los mercaderes; la gente esperaba en filas de a diez delante de los puestos de los cambistas. Cuán fútiles habían sido los actos de Jesús, qué poca importancia les había dado la gente, pensó María. La tristeza le pesaba como un lastre.

Sería preferible disponer de tiempo para elegir un animal pero, dadas las circunstancias, sólo podían señalar a un cordero de buenas proporciones y gritar:

—¡Éste! ¡Éste!

—Muy bien, señor —respondió el mercader—. ¿Querréis encargar los preparativos? Mi socio, aquí, tiene una buena cocina que todavía puede aceptar reservas... —Señaló a un hombre que sonreía a su lado.

Al final, acordaron que el mercader proporcionaría el cordero asado, de acuerdo con lo estipulado en la Ley Mosaica. Felipe y Mateo, sin embargo, dijeron que ellos mismos llevarían el animal al Templo, para que fuera sacrificado correctamente. No quisieron contratar a un agente.

Judas buscó en su bolsa de monedas.

—Necesitaréis dinero para comprar lo necesario —dijo.

¡No, no! María casi tiró las monedas al suelo, antes de recordar que la mayor parte venía de otra gente, ella misma incluida. Ese dinero no estaba mancillado.

Judas contó las monedas de una en una.

—Yo me ocuparé de otras cosas —dijo—. No me necesitáis para comprar comida —concluyó, e hizo una reverencia, sonriendo.

¿Por qué no preguntaba nadie de qué cosas se tenía que ocupar? Cuando confías en alguien, no se hacen preguntas.

—Vamos —dijo Natanael, sin sospechar nada.

—Natanael —farfulló María—, Judas es... Judas va a... —Quería romper su promesa a Juana y descubrir la traición de Judas a los demás. Si se enteraban, sin embargo, Pedro, Simón o Santiago el Mayor podrían enfadarse, gritar y amenazar, y dar a Judas el aviso que necesitaba para cambiar sus planes a tiempo.

—¡Síguele! —dijo a Natanael—. ¡Averigua adónde va!

Natanael miró a su alrededor.

—Ya se ha ido. Le hemos perdido. ¿Por qué habría de seguirle?

María no pudo responder, las palabras se helaron en su garganta.

El Mercado Alto era un campo sembrado de cestas, todas llenas a rebosar de productos suculentos. Tenían mucho que comprar: verduras amargas, rábanos picantes, harina de trigo y de cebada para elaborar pan ácimo, manzanas, almendras, dátiles y uvas pasas para el charoset, huevos, olivas y vinagre y, por supuesto, el vino, de la mejor calidad que se podían permitir. También mostaza, miel y uvas para la salsa que acompañaría al cordero. Los vendedores les hacían señas, cada uno de ellos prometía el mejor trigo de los campos de Zanoa, higos de Galilea, vino de los viñedos de Zereda, dátiles de Jericó y lechugas de las granjas de cultivo de Jerusalén.

María no tenía ganas de liderar aquella expedición. No podía dejar de pensar en Judas y en cómo desbaratar sus planes. Los demás, sin embargo, esperaban, pendientes de ella.

—Queridísima María —dijo al final a la madre de Jesús—, tú tienes mucha experiencia. Has presidido muchas cenas de Pascua. Creo que tú deberías elegir las hierbas amargas y los ingredientes para el charoset.

María la mayor asintió. Ese pequeño gesto la desconcertó, le resultaba incómodo que la madre de Jesús obedeciera las instrucciones de una mujer más joven.

—Y el resto de nosotros... cada uno debería encargarse de comprar algo. Juana, tú te ocupas de la harina para el pan ácimo. Susana, compra los ingredientes para la salsa. —Detestaba dar órdenes, aunque alguien tenía que hacerlo si querían cumplir la tarea—. Los hombres buscarán cosas que les apetecen, no alimentos rituales, sino comidas que han echado de menos. Yo compraré los huevos. —Se asignó esta tarea humilde de manera deliberada.

Recorriendo sola el mercado oía retazos de conversaciones y prestaba oído atento: la gente hablaba de Barrabás y de un par de soldados romanos que habían sido apuñalados, corrían rumores sobre los próximos días y se decía que Antipas y Pilatos se estaban preparando para reprimir una revuelta inminente. Apostados por todo el mercado, en las esquinas y detrás de los puestos de los vendedores, los soldados romanos vigilaban cautelosos, las manos en las empuñaduras de sus espadas.

El viento trajo un olor acre a sangre recién vertida. Centenares, no, miles de corderos estaban siendo sacrificados en el Templo. El cabeza de cada familia pasaba el cuchillo por el cuello del animal elegido. La sangre quedaba recogida de acuerdo con el antiguo ritual y, finalmente, los sacerdotes la derramaban a los pies del altar, desde donde se drenaba. Incluso desde el mercado se podían oír los chillidos y los balidos de los animales condenados a morir.

¿Realmente Dios desea esto?, se preguntó María. Es cierto que se lo ordenó a Moisés hace mucho tiempo, pero había poca gente implicada. ¿De verdad Moisés previó lo que está sucediendo ahora, las multitudes, los preparativos necesarios para el sacrificio de miles de animales? Esto es repelente, nauseabundo. Sintió que se ahogaba cuando una ráfaga de viento trajo una intensa oleada de olor a sangre. Y la necesidad de celebrar la Pascua sólo en el Templo... ¿no es causa de grandes tribulaciones para muchas familias devotas? No es fácil llegar hasta aquí y cuando llegas... ¡te espera un sinfín de gastos!

Miró a su alrededor y tuvo que reconocer que el ambiente era cualquier cosa menos piadoso. El gentío que regateaba a voces los precios de los corderos y de la comida; la escasez de alojamiento; la falta de intimidad, de un espacio sereno donde poder meditar, todo iba en detrimento de la fe, en lugar de potenciarla.

Las peregrinaciones masivas nada tienen que ver con la fe, pensó María de pronto. Quizás ayuden a la gente a sentir que forman parte de un mismo pueblo, que son judíos, que son hermanos, pero esto fomenta las relaciones entre los hombres, no la relación con Dios.

¿Cómo puedo acercarme a Dios? ¡Es a Dios a quien busco, a quien necesito, no a esta jauría de peregrinos!

Enfiló el camino de vuelta a la casa que habían reservado para celebrar la Pascua. Necesitaba un respiro. Ojalá Jesús estuviera allí, pues sus palabras podrían conseguir que se sintiera mejor.

Pero Jesús no estaba allí; sólo las otras mujeres, atareadas ya en la preparación de la cena.

El espacio reservado para ellos era un amplio comedor en la planta superior, con vistas a los tejados de la ciudad. Ya estaban dispuestas las mesillas bajas y los sofás reclinatorios. El comedor resplandecía a la luz del mediodía.

—¿Cenaremos al estilo romano? —preguntó María observando lo dispuesto.

—Encaja en el ceremonial —respondió Susana—. No contradice las viejas leyes.

—¿Y nuestro número? —insistió María. Cenar al estilo romano

requería siempre múltiples de nueve: tres sofás en torno a cada mesa, tres comensales en cada sofá.

—Oh, no pretendemos ser puristas —explicó Juana—. Juntaremos varias mesillas auxiliares en el centro y sofás a cada lado de ellas. Somos casi veinte. ¿No deberíamos compartir la misma mesa? —Se rió—. Moisés nada dijo al respecto, y me imagino que los fariseos nada tendrían que objetar.

Serían trece hombres y cuatro mujeres. Juana cantaba mientras colocaba las mesas y los sofás. La madre de Jesús se afanaba en la cocina preparando el charoset, troceando manzanas y moliendo la preciada canela que habría de aromatizar el vino. Susana amasaba la harina de trigo y cebada para el pan ácimo; tenía que hornearlo aquella misma tarde y dejar que se enfriara dentro del horno, para que saliera crujiente. María tenía que cocer los huevos y picar los rábanos en vinagre para elaborar el condimento amargo de las hierbas. Mientras trabajaban, las mujeres pensaban en la cena.

—Será una buena velada —dijo Susana. María detectó cierto tono de tristeza en su voz. Debía de acordarse de Coracín, preguntándose tal vez qué haría su esposo, dónde celebraría el ágape.

—Pon las copas en la mesa —le decía la madre de Jesús, tendiéndole una bandeja cargada con copas de cerámica. No había suficientes, María, no obstante, las colocó en su lugar y volvió a la cocina a buscar más.

—Qué amable ha sido el dueño al proporcionarnos copas y bandejas —dijo la madre de Jesús—. ¿Dónde está? Deberíamos darle las gracias.

—Pedro y Juan son los únicos que le han visto y todavía están ocupándose del cordero —respondió Juana—. Nuestro misterioso anfitrión debe de ser muy tímido.

O, simplemente, no desea identificarse, pensó María. Es peligroso tratar con Jesús o ser visto con él en público.

La cocina, situada en la planta baja, era pequeña aunque funcional y bien equipada. Tenían a su disposición tablas de cortar, morteros y majas, y toda una hilera de cuchillos listos para cortar y picar. Aun así, les resultaba difícil desenvolverse a gusto en la cocina de un desconocido.

El pequeño horno construido dentro de la cocina —todo un lujo— ya estaba caliente y listo para recibir la masa de pan ácimo, que Susana estaba moldeando en porciones planas y circulares.

—¡Date prisa, Susana! —dijo Juana—. ¡Más rápido, si quieres que los fariseos lo aprueben! —Se volvió a las dos Marías y explicó—:

Han calculado el tiempo exacto que debe transcurrir entre el amasado y el horneado del pan. No debe exceder el tiempo necesario para recorrer una milla romana a paso lento.

—¿Qué pasará si somos más lentas? —preguntó la madre de Jesús.

—Nuestro pan ácimo no será apropiado para la celebración —respondió Juana—. Por suerte, ni vendrán fariseos a la cena ni nadie nos está observando ahora. Vamos, Susana, métalo en el horno.

—Son este tipo de cosas lo que mi hijo critica con dureza —dijo María la mayor—. En última instancia, es por ellas que las autoridades religiosas se enemistan con él y quieren condenarle. —Estaba a punto de llorar—. Él merece una oposición más noble, no una discusión sobre el tiempo que hace falta para hacer pan ácimo.

—Como los profetas —dijo Juana—. Elías desafió a los sacerdotes de Baal, Natán se enfrentó a David, Moisés se opuso al faraón... Nada que ver con los fariseos, sus diezmos y sus reglamentos de cocina. Tal es la mezquindad de nuestro tiempo.

María dejó la canasta con los huevos sobre la mesa y escogió los que iban a ser horneados con el pan. Moisés estipuló que debemos proceder así, pensó, y nosotros todavía lo hacemos. Con gestos reverentes, colocó los huevos en la bandeja para el horno. Quizás, en el fondo, éstas sean las cosas que podemos saber, que podemos entender. Normas e instrucciones sencillas. Dios puede confiarnos al menos estas cosas sencillas.

El crepúsculo cayó sobre la ciudad. Por las ventanas del comedor se veían los últimos rayos del sol, que se retiraban de los tejados para ser sustituidos por el cálido resplandor de las paredes calizas. Cuando esta luz se apagó también, la ciudad se sumergió en un halo azulado. Se levantó la luna, pálida contra el cielo nocturno. Empezaba la Pascua judía.

Uno tras otro, los discípulos subieron la escalera y entraron en el comedor. Felipe y Natanael llegaron primero y quedaron admirados.

—¡Es una sala preciosa! —dijo Felipe—. ¿Quién es el dueño?

—Todavía no lo sabemos —respondió la madre de Jesús—. Tenemos que esperar a que se dé a conocer.

Detrás de ellos entraron Mateo y Andrés, seguidos de Tadeo, Santiago el Mayor y Tomás, que subieron las escaleras corriendo y jadeando. En la entrada se detuvieron maravillados, de tan hermoso y bien arreglado como estaba el comedor.

Ya había oscurecido mucho cuando Judas apareció en lo alto de la escalera. Tampoco ahora llevaba su elegante túnica azul, a pesar de la solemnidad de la ocasión. Quizá se imaginaba que sólo la túnica —y no su persona— estaba mancillada por su traición. También él quedó impresionado con las mesas.

—Esto es magnífico —dijo, sin dirigirse a nadie en particular—. ¿A quién debemos agradecerlo?

—A un discípulo leal aunque secreto —contestó Juana, escudriñando su expresión.

—Ya entiendo —dijo Judas—. Él elige a los suyos. —Y se volvió bruscamente.

Casi era noche cerrada cuando llegaron Pedro y Juan con el cordero asado en una bandeja cubierta.

—¡Es buena carne! —dijeron—. ¡Y está muy bien asada, mejor que las demás! Aunque el cordero estaba tan gordo que necesitó más tiempo. —La bandeja despedía un olor delicioso. Raras veces tenían ya la oportunidad de comer carne.

Sólo faltaba Jesús. Tras una espera que les pareció interminable, apareció en lo alto de la escalera y entró en la sala.

Está tranquilo y descansado, pensó María de inmediato. El jardín de Getsemaní le ha hecho bien. ¡Gracias a Dios que lo descubrí y pude recomendárselo!

—Os saludo, amigos —dijo Jesús—. Me siento feliz de poder estar aquí con todos vosotros.

Su madre se le acercó y le dijo algo en privado. María vio que él asentía, antes de decir:

—Ocupemos nuestros lugares.

María se procuró un asiento en un sofá cercano al central, aunque ella y las demás mujeres se encargarían de servir los platos y no siempre podrían ocupar los asientos asignados. Juan se sentó al lado de Jesús, para poder cuidar de él.

Pero, en lugar de sentarse e iniciar el antiquísimo ritual, Jesús se levantó y se quitó la ropa de abrigo, incluida la preciosa capa que le había tejido su madre.

—Todos vosotros seréis sirvientes —dijo, mirándoles alternativamente—. Los mayores servirán a los menores. He venido para daros ejemplo. —Se envolvió en una toalla, se colgó otra del brazo y pidió una palangana con agua. María se levantó y bajó a la cocina para buscarla.

Jesús la cogió y dijo:

—Es necesario que os lave. Deberéis serviros unos a otros de esta manera. —Inclinándose, tomó los pies de Tomás y empezó a lavarlos; después los secó con la toalla. El único sonido que se oía en el comedor eran las manos de Jesús que removían el agua.

Cuando le tocó el turno a Pedro, éste se puso de pie de un salto.

—¡No, no puedo permitir esto! —exclamó y se apartó.

—Si no te lavo, no tendrás una parte de mí —dijo Jesús.

Pedro le miró fijamente por un momento.

—¡Entonces, no sólo mis pies sino mi cuerpo entero! —gritó, y volvió a sentarse, levantando el faldón de su túnica.

—A los que sois limpios, basta con que os lave los pies —dijo Jesús—. A los que no son limpios... —Miró a Judas, quien se descubrió los pies rápidamente y los tendió para que se los lavara.

Dejando a Judas, Jesús se acercó a Santiago el Mayor y repitió el ritual en solemne silencio. A continuación, se inclinó a los pies de María, que apenas soportaba sentir que la tocara y se arrodillara ante ella como un criado. Aquello no estaba bien. Jamás un hombre había realizado una tarea tan humilde para ella, y el hecho de que fuera Jesús lo hacía parecer aún más inapropiado. Al mismo tiempo, sin embargo, sentía que aquel gesto les unía de un modo que nada más hubiera podido conseguir.

Cuando terminó de lavarles a todos, Jesús dijo:

—Recordad esto. Debéis serviros los unos a los otros. —Volvió a vestirse y ocupó su lugar en el sofá principal.

En las mesillas auxiliares ya estaba dispuesto el primer plato, lechuga, escalonias y semillas de sésamo. También había panales de miel, manzanas y pistachos. Eran los alimentos elegidos por los hombres, los que más echaban de menos en su dieta frugal de cada día.

—Reconozco los higos de Galilea —dijo María—. Sé que los echas en falta, Simón. Pero el pescado seco de Magdala... ¿a quién podría apetecerle más que a mí? —La presencia del pescado en la mesa fue como una bendición mística para ella. Todo aquello que el pescado simbolizaba, los rituales y las rutinas de su antigua vida, estaban presentes también, no se habían olvidado ni habían muerto.

—A mí también me apetecía —dijo Pedro—. ¿Crees que no echo de menos las cosas que dejé atrás? Tú no eres la única.

Era claro que tenía razón. Todos habían tenido que renunciar a mucho. María lo reconoció con un gesto de asentimiento.

Todos comían despacio. Había achicoria en vinagre y una salsa de uvas pasas elaborada por Juana. María y las demás mujeres se levantaron para llenar las copas de todos y regresaron a sus puestos antes de que Jesús levantara su copa de vino para dar inicio al ágape propiamente dicho. A continuación sirvieron el plato principal. De nuevo, las mujeres fueron a buscar las bandejas con el cordero asado, la pasta de dátiles, las cebollas asadas y el condimento de cilantro. La bandeja con los alimentos rituales ya estaba preparada —pierna de cordero, huevos cocidos, berros, agua salada y pan ácimo—, y la colocaron en la mesilla delante de Jesús.

La cena transcurrió según el ceremonial antiguo, y Tadeo, el más joven de los discípulos, hizo las preguntas rituales.

Terminadas las preguntas, Jesús se sirvió más vino y levantó su copa.

—No volveré a beber el zumo de la uva hasta que esté en el Reino de Dios —dijo, y tomó un sorbo—. Ésta es mi sangre de la nueva alianza, que será vertida por el perdón de los pecados. Cada vez que la bebáis, recordaréis mi muerte. —De repente, añadió—: Uno de vosotros me va a traicionar.

Todos le miraron sorprendidos y después se miraron unos a otros.

—¿Seré yo? —balbuceó Tomás, asustado.

—¿Seré yo? —preguntó Tadeo, inquieto.

Todos murmuraban y hacían examen de conciencia. Todos tenían dudas. Todos temían que, sin querer, pudieran traicionar a Jesús. María vio que Juan, a instancias de Pedro, se inclinaba hacia Jesús y le susurraba algo al oído.

—¿No seré yo, maestro? —preguntó Judas, en voz tan baja que se confundió con los murmullos.

—Será aquel cuya mano descansa con la mía sobre la mesa. —Jesús habló aún más bajo; María sólo pudo entender sus palabras porque le leyó los labios.

Sólo había dos manos sobre la mesa, la de Jesús y la de Judas. Éste retiró la suya precipitadamente. María parecía ser la única que había oído la pregunta y la respuesta de los dos hombres.

Jesús cumplió con serenidad el ceremonial de la cena. Tomó un trozo de pan ácimo, lo partió en pedazos y dijo:

—Éste es mi cuerpo, que será ofrecido por vosotros. —Repartió los pedazos a los discípulos. Cuando terminaron de comérselos, pensativos y en silencio, Jesús mojó un pedazo en el cuenco con los restos de la cena y se lo tendió a Judas—. Lo que has de hacer, hazlo rápido —le dijo.

Judas se levantó deprisa, volcando casi la mesilla auxiliar tras la que estaba sentado. Los demás le miraron pensando que se proponía salir para repartir dinero entre los pobres, ya que era el único responsable de las finanzas del grupo.

También María se levantó. Tenía que detenerle. Jesús hizo un gesto de advertencia:

—No, María. —Era una orden, y ella volvió a sentarse, desconcertada.

Judas desapareció escaleras abajo y se perdió en la noche.

Sólo quedaban los fieles en el comedor de la planta superior.

—Deseaba ardientemente celebrar esta Pascua con vosotros —dijo Jesús—. Sois mis elegidos. Y ahora debo hablaros.

»Hijos míos, no estaré con vosotros mucho tiempo más. Me buscaréis pero, donde yo voy, no podéis seguirme. Os daré un nuevo mandamiento: Amaos los unos a los otros, como yo os he amado a todos. Ésta será la señal que os identificará como discípulos míos: vuestro amor mutuo.

Entonces habló Pedro:

—¿Adónde vas, maestro? ¿Por qué no puedo ir contigo?

Jesús le miró con tristeza.

—Ay, Simón, Simón —murmuró.

—¡No, llámame Pedro! —objetó él.

—Satanás exigió que seas cribado como el trigo —contestó Jesús con voz áspera—. Y yo recé para que la fe no te falle. Cuando hayas recapacitado, deberás infundir fuerzas a tus hermanos y hermanas.

¡Así que Satanás había reclamado a Pedro, no sólo a Judas!

—¡Señor —exclamó Pedro—, estoy dispuesto a ir a la prisión y a morir contigo!

Jesús meneó la cabeza.

—Te digo, Pedro, que antes de que cante el gallo negarás conocerme tres veces. —Después se volvió a los demás con expresión pétrea—. ¿Os faltó algo cuando os envié a predicar sin dinero, sin provisiones ni sandalias?

—No nos faltó nada —respondieron Tadeo y los demás. María asintió con la cabeza.

—Ahora será distinto. Llevad dinero, llevad provisiones y, si no tenéis una espada, vended vuestro abrigo para comprar una. Porque las escrituras deben cumplirse: «Él fue contado entre los malvados.»

Simón y Pedro sacaron dos espadas y las agitaron.

—¡Mira, señor, ya tenemos dos espadas!

Jesús pareció satisfecho.

—Es suficiente —respondió—. Venid. Tengo que hablaros, hablaros como a amigos y no como a sirvientes. —Indicó que debían retirarse a la otra parte de la sala, donde había asientos y almohadones esperándoles.

—Sentaos, amados míos —dijo Jesús, hablándoles a todos como a enamorados—. Tengo tantas cosas que deciros... y se me parte el corazón.

Se acomodaron en los almohadones y en los espacios dispuestos para el descanso. Jesús permaneció de pie.

—Debo dejaros. Aunque esto ya lo sabíais. Lo que no sabéis es que será mejor para vosotros que me vaya, porque después de irme os enviaré al Consolador, al Espíritu Santo. No os dejaré huérfanos; vendré a visitaros. Y prepararé un lugar para vosotros allá donde voy.

Todos le miraban sin saber qué decir.

—Os dejo en paz; os doy mi paz. No os la doy como se dan las cosas del mundo. No permitáis que vuestros corazones sufran ni tengan miedo.

Siguió hablando, pero sus palabras resultaban confusas. María sólo podía entender que se marchaba.

—Regocijaos, porque voy con mi Padre —añadió Jesús.

Después dijo que él era la viña y ellos, las cepas nuevas. No tenía sentido, nada tenía sentido; ahora no, esta noche, no.

—Es para gloria de mi Padre que produzcáis muchas frutas y seáis mis discípulos. Como el Padre me ama a mí, yo os amo a vosotros.

La palabra «amor»... ¡cuánto la he necesitado!, pensó María. Aunque en su sentido personal, no en el general. No para compartir con todos los demás, como una ración distribuida de una manera equitativa.

—Lloraréis y sufriréis —decía Jesús— mientras el mundo festeja. Estaréis afligidos, pero vuestra aflicción se tornará alegría. —Les miró de uno en uno, demorándose en cada rostro—. Volveremos a vernos, y vuestros corazones se alborozarán, y nadie podrá quitaros esa alegría.

¿Qué intentaba decirles? Todo lo que hacía esa noche resultaba muy misterioso. Les había lavado los pies. Había llamado al vino sangre y al pan, carne. Y las espadas... Y ahora esto. Lo único que quedaba claro era la parte que se refería a Judas.

Aunque sólo nos queda claro a Juana y a mí, pensó María. Quizá todo sea igualmente claro, y nosotros seamos incapaces de entenderlo. No podemos entenderlo.

Tenía ganas de caer a los pies de Jesús y gritar: ¡Explícanoslo! ¡Explícanoslo todo, por favor, para que lo comprendamos!

—Entonemos los tradicionales Salmos de Pascua —decía Jesús—. Empecemos por «Yo amo al Señor»: «Yo amo al Señor, porque ha escuchado mi voz y mis súplicas. Porque Él me prestó su oído, yo invocaré Su nombre mientras viva.»

Su expresión era distante y sus pensamientos, lejanos. Ya no estaba con ellos.

¡Vuelve!, quería gritar María. Tendió las manos pero Jesús la miró severamente, advirtiéndole que no debía tocarle, y ella las dejó caer. Él siguió entonando el Salmo: «Oh, Señor, soy Tu siervo. Tu siervo soy, el hijo de Tu sierva.»

Su voz se elevó, sostenida y quejumbrosa, y traspasó las paredes de la casa, perdiéndose en la noche.

53

Juntaron sus voces en el canto, y esta unión hizo que las palabras familiares les brindaran consuelo en aquella situación tan poco familiar. Después Jesús inclinó la cabeza y dijo:

—Debo hablar a mi Padre de vosotros, amados míos.

Callaron todos y aguardaron.

—Padre querido, yo revelé Tu nombre a aquellos que Tú me ofreciste en este mundo. Eran Tuyos, y me los ofreciste, y ellos mantuvieron Tu palabra. Ahora saben que todo lo que tengo es Tuyo, porque les di las palabras que Tú me diste y ellos las aceptaron. Rezo por ellos.

»Yo ya no estaré en el mundo pero ellos quedan en el mundo, mientras yo voy hacia Ti. Padre Santo, protégeles en Tu nombre, el nombre que me diste, para que sean uno, como lo somos nosotros. Cuando yo estaba con ellos, les protegí en Tu nombre, el nombre que me diste, y les guardé del mal.

»Ahora voy hacia Ti. Lo digo en este mundo para que ellos compartan plenamente mi alegría. Yo les di Tu palabra, y el mundo les odió, porque no pertenecen a este mundo más de lo que yo le pertenezco. No Te pido que les lleves del mundo sino que les protejas del Maligno. Como Tú me enviaste al mundo, yo ahora les envío a ellos.

»No rezo sólo por ellos, sino también por aquellos que creerán en mí a través de su palabra, para que todos sean uno, como Tú, Padre, estás en mí y yo, en Ti. Padre, ellos son Tu regalo. Deseo que ellos estén donde yo esté, que sean testigos de la gloria que me diste, porque Tú ya me amabas antes de la fundación de este mundo.

»Padre misericordioso, el mundo no Te conoce pero yo Te conozco, y ellos saben que me enviaste Tú. Les di a conocer Tu nombre, daré a conocer Tu nombre, para que Tu amor por mí esté en ellos, para que yo esté en ellos.

Jesús hablaba con voz queda y nada más se oía en el comedor; todos escuchaban con atención sus asombrosas palabras. María no podía entender su significado, pero intuía que les estaba encargando una misión muchísimo más importante que la que les había encomendado con anterioridad. Demasiado importante para gente como ellos. «Son Tu regalo... No pertenecen a este mundo... Han mantenido Tu palabra...» ¿Realmente, lo hemos hecho bien? No. Hemos sido una decepción constante, hemos sido débiles e indecisos. Y, sin embargo, él confía en nosotros. En nosotros... De veras que no comprendo. Pero debo confiar en él. Me está pidiendo que le crea, como he creído las otras cosas que ha dicho.

—Venid, mis elegidos, mis amados. No os llamo sirvientes sino amigos —dijo Jesús, y abrió los brazos para rodearles con ellos, a uno tras otro—. Y ahora salgamos de aquí.

Abandonaron el comedor y salieron a la calle, bordeada de las casas lujosas de la Ciudad Alta, el sector predilecto de la vieja aristocracia. Las espaciosas y elegantes residencias que se alineaban a lo largo de las anchas calles enlosadas exhalaban un aire de grandeza y serenidad. Cerca estaba el palacio de Anás y, un poco más allá, la residencia palaciega de Pilatos. La luna bañaba los edificios, resaltando la blancura de sus fachadas. En el interior, pensaba María, los habitantes observaban el ritual de la Pascua con grandes pompas. Los enemigos de Jesús celebraban los festejos con manos que creían limpias. ¿Estaría Judas con ellos? ¿Habría ido a ocupar su lugar en la mesa?

Siguieron a Jesús por las calles escalonadas que conducían a la Ciudad Baja, donde las casas eran cada vez más pequeñas y estaban hacinadas. Pero de las ventanas estrechas salía el mismo resplandor cálido de las lámparas de aceite, porque la Pascua se celebraba con las mismas palabras y con los mismos ritos que en la Ciudad Alta. Porque, en esa noche, todos los judíos eran uno.

Estaban atravesando aquella parte de la Ciudad Baja que correspondía a la antigua Ciudad de David, un segmento en forma de espolón que se extendía desde el monte del Templo hasta casi el fondo del barranco del Cidro. Hacía mucho que ya no era el centro de la ciudad, pero su asociación con David era imperecedera. Cruzando una pequeña puerta oriental, se encontraron en el barranco del Cidro.

Nadie se atrevía a hablar mientras seguían a Jesús. Su oración en el comedor había sido tan perturbadora y, a la vez, tan noble que no querían desmerecerla comentándola entre ellos. Caminaban, pues, tras él en silencio y ni siquiera intercambiaban miradas.

El camino del monte de los Olivos ascendía delante de ellos. Jesús lo enfiló pero, cuando alcanzó la puerta del jardín de Getsemaní, se detuvo.

—Venid conmigo. Deseo rezar en el jardín. —Entró y mantuvo la puerta abierta para que pasaran.

Como María ya había visto en anterior ocasión, un huerto de antiquísimos olivos se extendió ante ellos. Estaban plantados en hileras, y algunos de los troncos eran tan gruesos como el talle de Pedro. La luna parecía haberse enredado en uno de los altos cipreses que bordeaban el jardín.

Jesús se detuvo y les reunió a su alrededor. Aquéllos eran los hombres —con excepción de Judas— y las mujeres que tan fielmente le habían seguido desde Galilea.

—Necesito rezar —dijo—. Si alguien prefiere regresar a nuestro campamento en el monte, es libre de hacerlo. Yo iré más tarde. No sé cuánto tiempo estaré aquí, por tanto, podéis iros.

Al final, habló Tomás, aunque con voz queda y trémula.

—Maestro... has mencionado repetidas veces algo tremendo que va a ocurrir. Nosotros no lo entendemos. Pero ¿cómo llegar a entenderlo si te dejamos ahora? No veríamos lo que va a pasar.

Jesús suspiró.

—Mi amor y mi confianza en vosotros no decrecerán si no estáis y no lo veis.

Algunos —Santiago el Menor, Mateo, Tadeo y Natanael— decidieron volver al campamento y esperar allí. Los demás permanecieron inmóviles en el huerto oloroso y sereno, esperando a que Jesús les indicara lo que debían hacer.

Él llamó con un ademán a Pedro, Santiago el Mayor y Juan.

—Venid conmigo. —Los cuatro se alejaron entre los árboles, hasta que desaparecieron de la vista.

Los demás se miraron.

—Debemos esperar aquí y rezar —dijo Tomás al final. Se volvió y buscó un lugar donde estar solo.

Incluso en esa luz tan tenue, María vio que la madre de Jesús estaba llorando. Se le acercó y le dijo:

—No llores, por favor. No entendemos qué quería decir ni sabemos qué va a pasar.

María la mayor la miró y respondió:

—Habló de la traición. Habló de su muerte. Dijo que se reuniría con Dios. ¿Cómo puedes decir que no sabemos qué va a pasar? —Casi se le escapó un grito, pero logró reprimirlo—. ¡Oh, no creo que pueda soportarlo!

María la rodeó con el brazo.

—Él espera que lo soportemos —dijo, y sólo entonces comprendió que de eso trataba una parte de su oración. El resto seguía siendo incomprensible—. Sabe que será duro... no, angustioso, pero nos dice que así debe ser. —Calló para aclarar sus pensamientos—. Aunque no sabemos con exactitud qué deberá ser. Tal vez, él tampoco lo sepa. Forma parte de la prueba.

—Estoy cansada de tantas pruebas. He soportado muchas, una tras otra. No puedo más... ¡Basta de pruebas! ¡Ya basta de pruebas! —exclamó la madre de Jesús.

—Dios sabe qué puedes soportar y qué no —repuso María—. Debe de tener confianza en ti. —No entendía de dónde salían aquellas palabras, aunque sabía que expresaban lo que ella pensaba de Dios, lo que le había sido revelado hasta entonces, por muy turbio y extraño que fuera—. Ven, sentémonos aquí. —Se acomodaron a los pies de un gran olivo.

La luna trepó a lo alto del cielo, escapando de las ramas de los cipreses. Brillaba ahora intensamente, iluminando el huerto entero y convirtiendo los árboles robustos en bestias plateadas formadas en filas, un ejército de elefantes.

Justo en ese momento María vio la luz de las antorchas y oyó de lejos el sonido acompasado de las pisadas. Se levantó con celeridad —la madre de Jesús dormía un sueño inquieto en el suelo— y escudriñó la zona justo detrás de la puerta.

Un grupo enorme había aparecido de repente, con gritos y linternas. Derribaron la puerta, sin molestarse en abrir el pestillo, e invadieron el huerto. Los discípulos dormidos despertaron y se incorporaron, sobresaltados y aturdidos. Simón fue el primero en reaccionar; se lanzó hacia el grupo y trató de impedirles el paso.

—¡Deteneos! ¡No os acerquéis! —gritó, agitando los brazos.

Quiso desenvainar la espada, pero uno de los soldados se la arrebató y le empujó a un lado como si fuera un niño, y el Celota desarmado tuvo que desistir. María vio que la gente que encabezaba el grupo llevaba bastones y garrotes, pero la seguían los soldados del Templo, armados con espadas, picas y escudos. Hasta podría haber soldados romanos en el fondo, invisibles todavía desde el huerto. Sólo una orden oficial podría haber legitimado su presencia allí.

Los soldados entraban sin parar, una hilera interminable de ellos. María y las demás mujeres se hicieron a un lado, impresionadas con la magnitud del destacamento enviado para detener a Jesús. Su madre también presenciaba la escena, tensa aunque ya sin lágrimas.

De pronto, Jesús surgió desde el fondo del huerto.

—¿A quién buscáis? —preguntó con voz potente.

—A Jesús de Nazaret —respondieron varios soldados a la vez. Otros agarraron a los apóstoles y les inmovilizaron.

—Soy yo —dijo Jesús—. ¡Soltad a estos hombres!

Curiosamente, le obedecieron y liberaron a los discípulos.

Justo en ese momento Pedro, Santiago el Mayor y Juan aparecieron detrás del contingente. Con ademán rápido, Pedro echó la mano a la espada que llevaba debajo de la capa.

La llegada de más personas desvió la atención de María: un grupo de hombres bien vestidos, entre los cuales se encontraba... ¡Judas!

Judas se abrió camino hacia Jesús con expresión afectuosa, aparentemente colmado de alegría por ese encuentro.

—¡Rabino! —exclamó, como si no le hubiera visto en semanas—. ¡Maestro! —Se le acercó con deferencia y le tomó la mano como haría un buen alumno en señal de respeto y sumisión.

Jesús levantó la mano.

—Amigo, haz lo que has venido a hacer. —Judas se la besó.

Jesús le miró con desaprobación.

—Judas. ¿Traicionas al Hijo del Hombre con un beso?

Judas retiró la mano bruscamente.

Entonces Jesús se dirigió a los demás allí reunidos, haciendo caso omiso de Judas.

—¿Por qué habéis venido a buscarme armados, como si yo fuera un ladrón o un cabecilla rebelde? Nos encontramos en el Templo a diario pero no me arrestasteis allí. Ésta es vuestra hora, la hora del poderío de las tinieblas. —Escudriñó sus caras una tras otra, con detenimiento. Muchas le resultaban familiares, las había visto entre la gente que escuchaba sus sermones.

De pronto, Pedro se abalanzó, espada en mano, y atacó a un hombre que aguardaba cerca de Jesús con aspecto amenazante. Le hizo un corte en la oreja, del que empezó a manar sangre. El hombre retrocedió con un grito.

—¡Detente! —gritó Jesús a Pedro—. Los que viven con la espada, morirán por la espada. ¿Acaso no he de beber del cáliz que me ofrece mi Padre?

Se acercó al hombre herido y le tocó la oreja, rezando para que se curara pronto.

—¡Coged a este hombre! ¡Detenedle! —ordenó el capitán de la guardia, y un grupo de soldados se abalanzó hacia Jesús, agarrándole e inmovilizándole.

Se produjo un forcejeo, un sonido de pies que se arrastraban, y María vio con asombro que los discípulos varones huían despavoridos. Pedro dejó caer la espada y huyó, y lo mismo hizo Santiago el Mayor, precipitándose hacia la puerta. Les siguió Juan y todos los hombres con los que Jesús acababa de compartir la Pascua y las oraciones. Andrés, Felipe, Simón y Tomás. Abandonaron a Jesús a su suerte y corrieron a salvar el pellejo. Sólo las mujeres permanecieron en el huerto y fueron testigos de todo.

Los soldados estrecharon el cerco alrededor de Jesús, y María le perdió de vista. Tantos hombres para arrestar a uno solo... tantos, como si hiciera falta un ejército. «Ésta es vuestra hora, la hora del poderío de las tinieblas.» Se volvió para abrazar a la madre de Jesús, que estaba a su lado, trémula y enmudecida. Juana y Susana corrieron también hacia ellas.

La noche se llenó de gritos repugnantes, los gritos del cazador que ha alcanzado a su presa y la tiene arrinconada. Las llamaradas de las antorchas y la luz oscilante de las linternas prestaba al jardín el aspecto grotesco de una fiesta de borrachos convertida en bacanal. Después el tropel se dirigió hacia el hueco donde antes había estado la puerta, llevándose a Jesús con ellos. Justo en el margen de la masa en movimiento, María vio a la única persona que conocía. Judas. Trataba de abrirse camino hasta el centro del grupo, alborotado.

—¡Esperad! ¡Esperad! —gritaba.

María no pudo evitarlo. Consumida por un arrebato de odio, abandonó a María la mayor y se abalanzó hacia Judas, recorriendo la distancia que les separaba con tanta rapidez que él no tuvo tiempo de verla venir. En el camino, ella pasó junto a un muchacho que llevaba una antorcha; lo tiró al suelo de un empujón y le arrancó la antorcha antes de que él supiera qué estaba pasando. Con tres zancadas ágiles alcanzó a Judas, que se había vuelto para mirar a alguien que iba detrás de él. Apenas tuvo tiempo de reconocerla antes de que María blandiera la antorcha y le golpeara con ella en la cara, con tanta fuerza que Judas cayó al suelo. El fuego le había chamuscado el cabello, que estaba humeando. Ojalá le haya desfigurado, pensó María.

Judas giró de costado para protegerse la cara, dejando el cuello y las manos expuestas. María empujó el palo encendido en las palmas de sus manos, sintiendo cómo se hundía en su carne.

—¡Muérete! ¡Muérete! —gritaba, presa de arremetidas del mayor de los odios.

Judas gemía, pero consiguió agarrar el soporte de la antorcha e intentó arrebatársela, arrastrando a María al suelo. Ésta cayó sobre él y empezó a arañarle la cara; sintió que la epidermis quemada se desprendía a jirones y que la piel blanda de debajo se desgarraba, sangrando.

—¡Muérete! ¡Muérete! —siguió chillando María, no del todo consciente de sus actos. Sólo entendía la necesidad de golpear, arañar y arrancar; los demás sentidos la habían abandonado, como los discípulos que acababan de huir.

Judas logró agarrarla por las muñecas y apartar sus manos, que retorció hasta que ella cayó al suelo, al lado de él. Se incorporó con esfuerzo, la cara hinchada y ensangrentada. Le temblaban las rodillas y dio varios traspiés hasta conseguir estabilizarse.

—Maldito seas —le espetó María—. ¿Por qué no te mueres? ¿O no puedes morir?

Judas, el rostro quemado cubierto de sangre, la miraba estupefacto, incapaz de asimilar lo que acababa de ocurrir. Hizo intentos repetidos de tocarse la cara, pero el dolor era insoportable.

—Sé por qué no puedes morir —insistió María, al tiempo que se ponía de pie—. Es tal como dijo Jesús. Ésta es tu hora, el poderío de las tinieblas.

—¿Y qué crees que diría Jesús si te hubiera visto hace un momento? —Judas consiguió hablar por fin; su voz era estridente a causa del dolor y la conmoción—. Sabría que ha fracasado. Acabas de demostrar que es imposible seguir sus enseñanzas. Ofrecer la otra mejilla. Yo lo he hecho, y me has quemado ambas.

—¡Ojalá pudiera arrancártelas!

—¿Lo ves? Has estado con Jesús desde el principio pero ahora, cuando te enfadas, obras como si nunca hubieses oído hablar de él.

—Te equivocas. Jamás atacaría a nadie como te he atacado a ti si no fuera por Jesús.

—Eso es lo que crees. Pero Jesús es sólo un pretexto. —Judas calló, tratando de controlar el temblor de su voz—. En el fondo, tú y yo deseamos lo mismo. Proteger a Jesús. Lo hemos intentado de maneras distintas; eso es todo.

La chusma se alejaba en la noche.

—Se van —se burló María—. Les perderás.

—Sé adónde van —respondió Judas—. No voy a perderles.

—¿Y adónde van?

—A la casa de Anás y, de allí, al palacio de Caifás. Investigarán a Jesús, le interrogarán y le retendrán hasta que terminen las celebraciones y los peregrinos se vayan de Jerusalén. Después le dejarán volver a Galilea con sus fieles, pacíficos... —Se tocó la mano quemada—. Sus valientes y leales... —Recorrió el jardín vacío con la mirada antes de añadir—: Sus seguidores.

—Ve a reunirte con tus amos —dijo María. No deseaba estar ni un minuto más en su presencia, ya que no había conseguido matarle. Todavía deseaba hacerlo.

Furiosa y avergonzada —acaso por perder el control, acaso por haber fracasado en el intento de detener a Judas, no sabría decirlo— volvió junto con las demás mujeres, que habían presenciado el ataque, incrédulas.

—¡María! —exclamó Juana—. ¿Qué... cómo has podido hacer eso?

—Tenía que hacer algo por Jesús. —María jadeaba; aún le faltaba el aliento después de la pelea—. No podía permitir que Judas se marchara, sin más.

—Desde luego, le cuesta bastante caminar, gracias a ti.

A lo lejos, del otro lado del barranco del Cidro, se veían las luces titilantes que señalaban el camino que seguía el tropel. Ascendían hacia una de las puertas de entrada a la ciudad.

—Anás. Se van a la casa de Anás —dijo María—. ¿Dónde está? Juana, tú debes de saberlo. Tenemos que seguirles. —Miró a la madre de Jesús, que permanecía callada e inmóvil—. ¿Te sientes con fuerzas para ir? Si prefieres quedarte, una de nosotras se quedará contigo.

—Iré con vosotras —dijo María la mayor—. Aunque tenga que ir a Roma o a los confines de la tierra.

—También nosotras —respondieron las mujeres al unísono.

La residencia de Anás se encontraba en la Ciudad Alta. Delante de la puerta de la casa, que era tan grande que se podía considerar un palacio, se había reunido una gran multitud que murmuraba, inquieta y revoltosa. Era el mismo tropel de gente que había capturado a Jesús y le había llevado hasta allí para entregarle. Remoloneaban como perros famélicos a las puertas del matadero, esperando poder colarse al interior. Sin embargo, las puertas estaban cerradas, y los guardias, ceñudos, vigilaban sus movimientos. Las discípulas de Jesús, las únicas mujeres presentes, se mantenían al margen del gentío y observaban. María no podía ver a Judas. ¿Se había escabullido? ¿O le habían permitido entrar en la residencia, dada su condición de colaborador?

De pronto, se produjo un alboroto. Alguien salía de la casa al patio.

—¡Dispersaos! —gritó una voz. Pertenecía a un hombre vestido con el uniforme de los soldados del Templo—. ¡Abrid paso! —No había terminado de gritar cuando una procesión salió de la casa y cruzó el patio—. ¡Abrid la puerta! ¡Atrás, atrás!

Abrieron la puerta, y un contingente de guardias del Templo salió a la calle, alerta a cualquier conato de disturbio entre la multitud reunida. Les seguía un grupo reducido de escribas y sacerdotes, todos muy abrigados para protegerse del frío de la noche. En medio de ellos caminaba Jesús: atado, cautivo, con la mirada fija al frente. No buscó a los discípulos ni vio a las mujeres; los soldados que le flanqueaban le obstruían la visión.

El grupo y su prisionero enfilaron la pendiente de bajada en dirección a la residencia de Caifás. Las mujeres les siguieron en silencio y aprisa para no perderles de vista; ni siquiera hablaban entre sí.

El palacio de Caifás era una mansión grandiosa, situada muy cerca del palacio de Antipas —donde, de momento, se alojaba Poncio Pilatos— e incluía varios edificios de dos plantas, un gigantesco patio central, fuentes de agua, arcadas y otros patios, circundantes y anexos. A la luz de la luna, las columnas de las galerías proyectaban sombras compactas, como dedos largos que se extendían hacia el centro del enorme patio.

Las puertas se abrieron y la guardia, con apremio, hizo pasar a Jesús y a sus captores. Con la misma celeridad volvieron a cerrar las puertas, dejando fuera al gentío con sus antorchas, bastones y linternas.

—¡Idos! —gritó un guardia a la multitud—. ¡Marchaos de aquí! No saldrán en toda la noche. ¡Idos a casa!

Algunos le obedecieron. Ya era tarde, pasada la medianoche. Otros, sin embargo, decidieron quedarse y vigilar. María seguía sin descubrir un rastro de Judas. Quizá le hubiera causado heridas graves. Así lo esperaba, desde luego.

El gentío se apretujaba contra la puerta y trataba de convencer a los guardias de que les dejaran pasar. Los soldados estaban atizando una hoguera en el patio, y la gente suplicaba que les permitieran entrar para calentarse. Los guardias, no obstante, no les hacían caso.

Al final, alguien consiguió convencerles de que abrieran la puerta un poquito. María vio a dos hombres delante de la puerta, hablando animadamente con los guardias. Entonces, el resplandor de la luna iluminó las facciones de uno de ellos. ¡Era Juan!

Antes de que él y su acompañante pudieran deslizarse al interior, María y las otras mujeres se abrieron camino con valentía entre el gentío y se reunieron con ellos.

—¡Juan! ¡Juan! ¡Oh, has venido! —María estaba exultante de que otro discípulo de Jesús hubiera decidido seguirle. El otro hombre volvió la cabeza. Era Pedro.

Juan la mandó callar con un gesto. Ella se dio cuenta de que el guardia le conocía personalmente y no sospechaba que fuera uno de los discípulos de Jesús. Recordó apenas que el padre de Juan, Zebedeo, tenía contactos en la corte del sumo sacerdote, aunque no podía recordar cuáles eran, en concreto. Aquello les permitiría entrar en el palacio, acercarse más a Jesús; no importaban los medios que se empleasen para conseguirlo.

Su viejo compañero de misión la miró con pesar.

—María, vete. Es peligroso estar aquí. No es para tus ojos. Se ha reunido el Sanedrín, a estas horas de la noche. Celebrarán una vista preliminar. Es irregular en extremo. De noche no se puede celebrar juicios legales.

—No, tenemos que estar con Jesús —insistió ella—. No podemos volver atrás. Hemos ido demasiado lejos. —Y se apretó contra Juan, a fin de atravesar la puerta con él.

En el interior del patio ardían hogueras. El frío de la noche primaveral se había intensificado, y los sirvientes del sumo sacerdote —obligados a estar dispuestos a todas horas— se calentaban cerca de las llamas. Allí había también un amplio contingente de soldados, que caminaban sin cesar y se frotaban las manos para entrar en calor. Era un grupo más tranquilo y ordenado que la muchedumbre que aguardaba en la calle, aunque también más ominoso, con su autoridad oculta al amparo de los uniformes oficiales.

María vio a Jesús y a sus captores, que entraban en el palacio. La luna seguía alta aunque ya había iniciado su declive. Más de la mitad de la noche había pasado, aunque todavía quedaban muchas horas de oscuridad.

Jesús desapareció en el interior de la mansión y la puerta se cerró con un golpe sonoro. Ya no se podía hacer más que esperar, esperar en el patio central. Juan y Pedro estaban acercándose al fuego. No miraron a las mujeres ni una vez, no dieron señal alguna de conocerlas, para el bien de todos.

¡Hacía tanto frío! El fuego era una tentación. María condujo a la madre de Jesús hacia él, procurando no acercarse al lugar donde Juan y Pedro se estaban calentando las manos.

¡Qué agradable era el calor! María extendió las manos y dejó que el calor de la madera chisporroteante las calentara. Sólo entonces se le ocurrió mirar si tenía heridas. Sí, tenía algunas, aunque muchas menos de las que recibiera Judas. La idea la complacía.

—Oh, María, ¿qué crees que va a ocurrir? —susurró la madre de Jesús. No sonaba tan asustada como resignada, como si se estuviera preparando para lo peor.

Los sueños, las predicciones sangrientas de Jesús, su insistencia en un desenlace terrible... ¿Era posible que su madre no recordara aquellas palabras?

—No lo sé —tuvo que responder—. Debemos rezar para que esta investigación y este juicio sean justos. Si lo son, se hará como dijo Judas. Al final de las celebraciones le permitirán volver a Galilea. —Tomó las manos de María la mayor entre las suyas—. Le tienen miedo. Es importante que lo tengamos en cuenta. Debemos recordar la situación política y cómo su mensaje puede haberle hecho parecer peligroso. Cuando descubran, sin embargo, que no lo es, cuando se convenzan de que no supone para ellos ninguna amenaza... —Se interrumpió porque Pedro estaba diciendo algo.

De pie junto al fuego, Pedro estaba envuelto en su capa, que casi ocultaba sus facciones. Extendió las manos, que aparecían pálidas y exangües a la luz de la luna.

—¡Eres uno de sus seguidores! —Sonó la voz de una criada que se estaba calentando en la hoguera—. ¡Sí, tú! ¡Eres uno de sus discípulos!

Pedro se volvió al instante, sujetando su capucha. ¿Se le había caído?

—¿Qué? ¡Mujer, no sé de qué me hablas! —exclamó con voz ofuscada.

—¡Tú! —Uno de los guardias del Templo se adelantó y señaló directamente a Pedro—. ¡Te vi en el huerto de los olivos! ¡Atacaste a mi tío, le cortaste la oreja con tu espada! ¡Es cierto, eres uno de los seguidores de ese Jesús!

—¡No! —gritó Pedro, apretando los puños—. ¡Os digo que no conozco a ese hombre!

—¡Eres de Galilea! ¡Tu acento te traiciona! ¡Es obvio que eres uno de ellos! ¡Tienes que serlo! —gritó la criada.

Pedro le dio la espalda y no le respondió. Juan dio unos pasos atrás, tratando de ocultarse en las sombras.

Entonces otro hombre, uno de los sirvientes del sumo sacerdote, señaló a Pedro y dijo:

—¡Yo te vi, juro que te vi! ¡Eres un seguidor de ese Jesús!

Pedro le traspasó con la mirada y gritó, enfurecido:

—Que la maldición de Yahvé caiga sobre mí, que muera ahora mismo y que mi familia desaparezca del mundo de los vivos si conozco a ese hombre... a ese Jesús...

En la quietud de la noche, sonó el canto de un gallo muy cerca de las murallas de la ciudad. Su llamada ronca y estridente reverberó por el gran patio.

Pedro calló bruscamente. El gallo volvió a cantar, esta vez más fuerte.

Justo en ese momento se produjo una conmoción y se abrió una de las puertas en el otro extremo del patio. Un grupo de hombres la cruzó; Jesús iba en medio, atado y flanqueado por soldados.

Pedro se quedó anonadado, lo mismo que Juan, y María, y los soldados, y los curiosos. Jesús pasó muy cerca de ellos, se volvió y miró a Pedro con tristeza. Pedro profirió un grito ahogado. Jesús se alejó, conducido por los guardias de Caifás y los soldados del Templo y seguido por un grupo nutrido de representantes de la autoridad, visiblemente cansados: los miembros del Sanedrín. Éstos y los soldados llevaron a Jesús hacia los pórticos.

—¡Dios mío! —gritó Pedro, y salió a la calle corriendo y llorando—. ¡Dios mío! —El gallo cantó por tercera vez y la puerta se cerró a sus espaldas.

Algunas de las personas que se calentaban al amor de la lumbre permanecieron en su sitio. Otras se precipitaron hacia el pórtico para ver qué pasaba, con la esperanza de hallar cierta diversión para aliviar el tedio y el frío de la noche. Las discípulas de Jesús —y Juan con ellas— corrieron también y llegaron a los soportales umbríos antes que el resto de la gente.

Jesús estaba de pie, atado y rodeado de sus enemigos. Habían abandonado cualquier intento de parecer jueces imparciales y ahora ya se comportaban como carceleros y torturadores declarados. Caifás caminaba en círculos alrededor de Jesús, como un animal al acecho; su tupida barba, su cabello alborotado y sus cejas pobladas enmarcaban un rostro de expresión leonina. Uno de los hombres del consejo estaba canturreando:

—¡Muerte! ¡Muerte! ¡Estás condenado a muerte por tu vil blasfemia!

Los otros dos le escupieron, riéndose. Uno de los soldados se adelantó, sacó un trozo de tela y le vendó los ojos. Otro le golpeó en la cara y otro más le asestó puñetazos por la espalda.

—¿No eres un profeta? —gritó uno de los miembros del consejo—. ¡Adivina quién te ha golpeado!

—¡Sí, sí! ¡Tú puedes ver cosas, dinos qué ves! —Un nuevo golpe obligó a Jesús a caer de rodillas. Entonces otro guardia le golpeó en la cabeza con un bastón, haciéndole caer a gatas.

—¿No puedes adivinar quién ha sido? ¿Qué te pasa?

Un clamor de risas reverberó bajo las arcadas.

—¡Falso profeta, falso profeta!

María, que no había tenido reparos en atacar a Judas, estaba paralizada. Se sentía drenada de toda fuerza y no era capaz de moverse, aunque le parecía que cada golpe que Jesús había recibido también caía sobre ella. Ya conocía aquella imagen de Jesús agredido y ensangrentado. Su visión, sin embargo, había sido borrosa; esta escena era terriblemente clara y nítida.

¡Muévete, muévete!, gritaba una voz en su mente. ¡Muévete, haz algo para ayudarle! Pero permanecía inmóvil e impotente. Sólo fue capaz de tender una mano para tomar la de María la mayor.

—¡Levántate! —Uno de los soldados rodeó a Jesús con una cuerda y le obligó a incorporarse tirando de ella—. ¡De pie, como un hombre!

Otro soldado le golpeó con los puños. Entonces Caifás dijo:

—Ya basta. Tiene que comparecer ante Poncio Pilatos, nuestro ilustre gobernador. Ahora mismo. —Y le arrancó la venda de los ojos. Jesús se volvió para mirarle, pero Caifás apartó la vista.

Uno de los soldados aguijoneó a Jesús con una pica.

—¡En marcha!

54

Trastabillando sobre los adoquines, cegadas casi por las lágrimas y la brutal conmoción, las mujeres, y Juan, siguieron al gentío ya disminuido hasta el palacio donde tenía su residencia Pilatos. Era la hora, apagada e incolora, en que la noche pasa el testigo al día, ese día que el gallo había saludado tan sonoramente. La luna se había ocultado, detrás de los edificios, y la única luz provenía de las antorchas agostadas de la gente y del resplandor emborronado que anunciada la llegada del alba a oriente.

Las calles estaban tranquilas. Las celebraciones de Pascua habían terminado y la gente dormía en sus casas. Los más devotos ya habían recogido los restos de la cena festiva, que se amontonaban en pequeñas pilas a lo largo de la calle.

El palacio cedido a Pilatos no estaba lejos de la mansión de Caifás. Parecía cubrir un terreno incluso mayor que el Templo. Sus muros formidables, fortificados con torres de guardia como las ciudadelas militares, lo hacían parecer inexpugnable. Allí dentro, pensó María, se debe de ofrecer todo tipo de placeres, por partida doble y triple, para satisfacer todos los apetitos. Las deslumbrantes paredes blancas, las torres imponentes, las puertas, todo proclamaba el poderío y la grandeza del rey Herodes Antipas de Galilea y exigía el reconocimiento y sometimiento de todos sus súbditos. Pilatos desafió todo eso reclamando el palacio para sí. Roma es más grande, parecía anunciar. Ya podéis erigir torres, ya podéis alzar murallas; cuando Roma esté dispuesta, las derribará o se apropiará de ellas para su diversión.

Cuando llegaron María y los demás, Jesús y sus captores habían desaparecido. La multitud que se apretaba contra las puertas conformaba curiosos y religiosos devotos, estos últimos ataviados con sus chales litúrgicos. También había entre ellos rebeldes acerados, dispuestos a entrar en pelea. Los enemigos declarados de Jesús, los ilustres miembros del Sanedrín, esperaban asimismo cerca de las puertas, preparados para emitir nuevos juicios si fuera necesario.

María y los demás se abrieron camino a empujones hasta la verja misma y se agarraron de los barrotes, tratando de discernir qué ocurría en el interior.

La imagen de Jesús apaleado no se borraba de la mente de María. Jamás dejaría de seguirle.

—¿Qué significa esto, Juan? —preguntaba—. ¿Por qué le han llevado ante Pilatos?

—Porque quieren condenarle —respondió Juan con voz queda—. El Sanedrín le proclamó culpable de blasfemia en su ilegal proceso nocturno. Esta ofensa se penaliza con la muerte por lapidación, pero sólo los romanos pueden ejecutar a los súbditos que se encuentran bajo su jurisdicción. Ahora esperan convencer a los romanos de que lo hagan.

—¿Ejecutarle?

—Ejecutarle —repitió Juan lentamente—. Quieren que Jesús muera, como murió Juan el Bautista.

—Pero... ¡no es culpable de ningún crimen! —exclamó María, como si el propio Juan hubiera pronunciado la sentencia. Aquello no era posible. ¿Qué había hecho Jesús en contra de la ley?

—La blasfemia se considera alta traición contra Dios, es el crimen más deleznable de todos.

María la mayor apareció de pronto a su lado.

—¡Blasfemia! Mi hijo ha respetado el nombre de Dios más que nadie. —Su voz temblaba.

—Uno de los miembros del Sanedrín, José de Arimatea, es discípulo secreto de Jesús. Se me acercó en el patio de Caifás y me dijo que, aunque Jesús no quiso contestar a la mayoría de las preguntas, consiguieron de él una respuesta que se puede interpretar como blasfema.

Otro discípulo secreto, se dijo María. ¿Cuántos seguidores desconocidos tenía Jesús? ¿Y cómo era posible sacarle palabras que él no quería decir? ¿No lo había vaticinado todo en sus sangrientas previsiones?

—Conozco a José a través de los contactos de mi padre en la residencia de Caifás, por eso confió en mí —explicó Juan—. Pero no debemos delatarle.

A quién le importaba José.

—¡Pilatos! ¡Él asesinó a mi esposo! —Y pensar que Jesús comparecía ante él—. Es notorio por su crueldad —susurró María.

—Es notorio por su arbitrariedad —puntualizó Juan—. Podría

decepcionar a los acusadores y no satisfacer su demanda. El Sanedrín no tiene utilidad para él, lo ha dejado claro. Sería capaz de proteger a Jesús sólo para contrariarles.

María la mayor escuchaba la conversación sin reaccionar. Parecía estar vacía de toda fuerza y emoción y, sin embargo, se mantenía erguida, sin siquiera tender la mano para buscar un apoyo.

—¿Mi hijo, entonces, tiene que apelar al gobernador romano? ¿Pilatos es nuestra última esperanza?

—Apelar, no —respondió Juan—. Él debe defenderse ante el gobernador romano. El Sanedrín ya le ha declarado culpable. Aunque no sabemos si podrán convencer a Pilatos de que Jesús ha cometido un crimen potencialmente perjudicial para el emperador romano.

—¡Jesús no ha cometido ningún crimen! —exclamó su madre—. ¿Por qué juzgarle, en primer lugar?

—Él mismo nos lo explicó. Dijo que ésta es la hora del poderío de las tinieblas —dijo María. Era la única explicación verdadera.

Rompía el alba. ¿Se retirarían ya las fuerzas de la oscuridad?

—¿Pilatos presidirá un proceso a esta hora de la mañana? —preguntó la madre de Jesús. Le parecía poco realista pensar que se ocupara de su caso tan temprano.

—Piden que Pilatos les escuche antes de emprender sus diversiones habituales —dijo Juan—. Están resueltos a llegar a una conclusión antes del mediodía.

—¡Santo Dios!

Retazos de conversaciones resonaban a su alrededor: Sí, ese hombre, ese apóstata abyecto, el tal Jesús, fue llevado ante Pilatos. Muy bien hecho. Y Pilatos sabrá la verdad, que toda esa cháchara acerca del Mesías y la llegada del Reino de los Cielos, todas esas predicciones del fin del mundo inminente, son actos subversivos que ponen en peligro el orden público. Pilatos ya se encargará de él.

Esperaron delante de las puertas del palacio durante lo que les pareció una eternidad. Vieron la entrada y salida de muchos funcionarios, pero nada más. Al final, de repente, una piña de personas salió precipitadamente del edificio, liderada por un magistrado vestido en su toga ribeteada en carmesí.

—¡Pilatos! —murmuró Juan al reconocerle. Avanzaba flanqueado por soldados romanos, escribas y letrados. Y en medio de todos caminaba Jesús, ensangrentado y maniatado. El equipo accedió a una tribuna dispuesta en lo alto del muro.

Pilatos se acercó al borde de la tribuna y contempló a la multitud.

Su mirada se detuvo en los miembros del Sanedrín reunidos junto a la fachada.

—Por respeto a vuestros... peculiares rituales religiosos, me dirijo a vosotros —dijo Pilatos. Su voz sonó estridente y desagradable—. No necesito hacerlo, pero lo hago para complacer a mi pueblo. —Esbozó una sonrisa burlona—. Ya que no podéis entrar en mi residencia, para no ser mancillados ritualmente, he salido yo. —El tono de su voz dejó claro que el solo hecho de hablarles le ensuciaba a él—. Escuchadme, pues. —Hizo además a sus soldados, que empujaron a Jesús hacia el borde—. Este hombre es Jesús de Nazaret. ¿Por qué me lo habéis traído? Si ha ofendido a vuestro dios, es asunto vuestro. A mí, desde luego, este tema no me preocupa, y tampoco a los jueces de Roma. —Pilatos les dirigió una mirada acusadora.

Con cada palabra espetada, con cada movimiento de la cabeza, el gobernador romano manifestaba su desprecio. María observaba con impotencia a ese hombre que había asesinado a Joel y de cuyos antojos dependía ahora la vida de Jesús.

Pilatos era un hombre de mediana edad y estatura, y llevaba el cabello, oscuro, muy corto. Tenía las espaldas anchas y la túnica oficial le favorecía, si bien su porte, erguido, era muy rígido. De hecho, parecía una estatua, como si no tuviera energía humana suficiente para suavizar sus movimientos. Se diría que ya le costaba bastante esfuerzo mantenerse de pie y hacer esos gestos entrecortados y abruptos.

Caifás le gritó su respuesta:

—Hemos declarado a este hombre culpable de blasfemia y de intentar engañar a nuestro pueblo. Se opone a los impuestos que pagamos al César y afirma ser un Mesías, un rey.

Pilatos se volvió para mirar a Jesús; le observó con atención y reprimió con dificultad una sonrisa de sorna.

—¿Eres el rey de los judíos? —le preguntó.

—Tú lo has dicho —replicó él.

Pilatos se rió.

Entonces Caifás gritó de nuevo:

—¡Es un subversivo, un agitador!

Otro miembro del Sanedrín le secundó:

—¡Sus prédicas han sublevado al pueblo de Galilea!

Pilatos miró primero a los acusadores y después a Jesús:

—¿No piensas contestar? ¿No oyes los testimonios que aportan contra ti?

Jesús permaneció callado mientras Pilatos le miraba con estupor.

Finalmente, el romano se echó a reír. Se volvió a la muchedumbre y gritó:

—Proclamo a este hombre inocente.

Una oleada de alivio recorrió a María. Se acabó. Pilatos se había pronunciado. Los enemigos de Jesús habían fracasado.

—Gracias, gracias —murmuró a Dios.

—¡No! ¡No! ¡Es un criminal!

—¡Ordena su ejecución!

El gentío chillaba, mil voces se alzaban para exigir el castigo de Jesús. El rugido de sus voces conmocionó a María. Los enemigos de Jesús debieron de colocar agentes entre la multitud, para arrastrarla a reclamar su perdición.

—¡Empezó alborotando en Galilea —gritó Caifás desde la primera fila del gentío— y luego vino aquí para continuar su actividad subversiva!

—¿Galilea? —preguntó Pilatos sorprendido—. ¿Galilea? ¿Eres de Galilea?

Jesús respondió con un leve asentimiento de la cabeza.

—Entonces perteneces a la jurisdicción de Herodes Antipas en aquella región —dijo Pilatos—. ¡Es Antipas quien debe juzgarte! —Parecía contento, como si así se vengara de Antipas.

Obedeciendo a una señal, los soldados agarraron a Jesús de los brazos y le bajaron a rastras de la tribuna, por las escaleras, hasta la calle. Otros soldados formaron cadena para contener a la multitud.

Al pasar por delante de los discípulos, pareció verles; María intuyó que se daba cuenta de su presencia y que con este conocimiento les daba fuerzas. ¿No podrían darle fuerzas ellos también? ¿No habría alguna manera de ayudarle?

Le siguieron de nuevo a lo largo de las calles estrechas y a través de la plaza pública y el mercado, que bullía con la intensa actividad de primera hora de la mañana. Pronto se irguió ante ellos el palacio ya familiar, los edificios imponentes que se comunicaban a través de galerías y pasarelas, y que se alzaban majestuosos en lo alto de una gran escalinata. Cuando María y Juana habían entrado en el palacio no lo habían hecho desde la puerta principal; María contemplaba por primera vez la entrada oficial a la mansión. Jesús y sus captores remontaron los escalones y desaparecieron en el interior del edificio, seguidos de Caifás y sus acólitos. Los guardias cerraron la puerta tras ellos. Hoy no había manera de colarse en palacio.

Después de lo que pareció mucho tiempo Jesús emergió del edificio. Llevaba ahora una túnica lujosa ribeteada en escarlata, aunque iba siempre con las manos atadas. La sangre del primer apaleamiento se había secado y dibujaba regueros oscuros en sus mejillas.

—¿Adónde le lleváis? —gritó un miembro del Sanedrín—. ¿Qué han decidido?

—Nada —respondió el capitán de los soldados—. No ha habido veredicto. Él se negó a contestar a sus acusadores. Ni siquiera quiso complacer a Antipas cuando le pidió un milagro. Le llevamos de vuelta a Pilatos. —Caifás escuchó la respuesta con expresión de ira y frustración.

Pilatos había vuelto a entrar en el palacio, pero el movimiento y los gritos de la multitud que seguía al Jesús cautivo le obligaron a salir de nuevo. Hizo señal de que le subieran otra vez a la tribuna. Entonces hizo una pantomima socarrona de admiración por la túnica nueva que llevaba Jesús y que colgaba torcida de sus hombros, donde la habían colocado para mofarse de él.

—¡*Ecce homo!* —exclamó con una floritura de la mano—. ¡He aquí al hombre!

El gentío rugió riéndose. Algunos aplaudieron y silbaron.

—¿Un regalo de Antipas? —preguntó Pilatos—. Tendrás que quitártela, no puedes estar aquí con ropa prestada. —Los soldados le arrancaron la túnica y la entregaron a Pilatos, quien la tiró encima de uno de los asientos de la tribuna—. Así que te ha devuelto. Es una lástima. —Hizo una seña a Caifás—. Ven aquí, tú. Y también todos tus colegas de la corte religiosa o como se llame.

Caifás se acercó a la puerta del palacio pero no cruzó el umbral por temor a contaminarse. Sus seguidores hicieron lo mismo.

—¡Y ahora escuchadme! —gritó Pilatos con voz chillona; parecía la llamada de un cuervo—. Habéis traído a este hombre ante mí, acusándole de incitación a una revolución. He investigado vuestras acusaciones y no le encuentro culpable. Tampoco Antipas, por lo visto. Él no ha cometido ningún crimen capital. Por tanto, ordenaré que sea flagelado y a continuación puesto en libertad.

¡Oh, gracias a Dios! Las palabras silenciosas brotaron de la boca de María cuando oyó la sentencia. Habían desestimado los cargos. ¡Jesús quedaría libre! ¡Dios misericordioso! Tendió ambas manos y tomó la de la madre de Jesús en una y la de Juana en la otra.

—¡No! ¡No! —gritaba la muchedumbre—. ¡No sueltes a este hombre! ¡Si alguien ha de ser puesto en libertad, elegimos a Barrabás!

—¡Devuélvenos a Barrabás! —Sonaron nuevos gritos del otro lado.

—¡Os digo que liberaré a Jesús! —gritó Pilatos en respuesta.

—¡No! ¡No! ¡Tiene que ser crucificado! —Las voces tronaron como el agua de una catarata, ahogando las protestas de los seguidores de Jesús.

—¿Queréis que crucifique a vuestro rey? —preguntó Pilatos.

—¡El único rey es César! —chillaron los sumos sacerdotes una y otra vez, y el gentío repitió su respuesta.

—¡No es culpable de nada y no pienso crucificarle! —Pilatos se empecinó—. ¿Qué crimen ha cometido este hombre? —gritó tanto que su voz se quebró. Jesús aguardaba en silencio, no miraba a Pilatos ni a Caifás, sino a sus discípulos perdidos entre el gentío, incapaces de gritar más fuerte que la chusma.

—Si le liberas, no eres amigo del César. Cualquiera que se proclame rey, se opone al César. —La voz grave de Caifás retumbó.

La muchedumbre empezó a mecerse y a avanzar como si pretendiera iniciar un motín.

—¡Te denunciaremos ante Roma! —gritaron—. ¡Nos aseguraremos de que el César se entere de tu deslealtad!

La actitud de Pilatos cambió. Tras un momento de vacilación, llamó a un sirviente y le dio instrucciones. Pronto el sirviente regresó con una palangana de agua.

Pilatos se volvió hacia el gentío y levantó las manos en alto.

—Soy inocente de la sangre de este hombre. ¡Inocente! —El sirviente sostuvo la palangana y Pilatos metió las manos en el agua; se lavó con parsimonia, enjuagándose hasta las muñecas. Después tendió las manos mojadas para que otro sirviente se las secara con una toalla.

—Entregadles a Barrabás —ordenó Pilatos al centurión que estaba de servicio.

Durante los breves minutos que transcurrieron hasta la aparición de Barrabás, Pilatos miraba de la multitud a Jesús y otra vez a la multitud. Jesús no daba señales de haber oído siquiera el veredicto y, por supuesto, no intentó rebatirlo. Cuando los guardias subieron a Barrabás a la tribuna a empujones, Jesús le dirigió una mirada acerada. Se inclinó hacia él y le dijo algo. Barrabás, la cara pálida y tensa, le miró estupefacto.

María no pudo oír sus palabras desde la distancia.

Barrabás bajó las escaleras tambaleándose. En la puerta, el guardia cortó las ligaduras de sus manos. Se abalanzó hacia el gentío, que le saludó con gritos alborotados. Miró a Jesús una última vez antes de perderse entre la multitud.

—¡Flageladle! —ordenó Pilatos, señalando a Jesús—. Después llevadle a las afueras para que sea crucificado. ¡Así sea!

Justo en ese momento se produjo un movimiento violento cerca de Caifás, y María le vio: era Judas. Judas, la cara magullada y cubierta de ampollas, agarró los ropajes de Caifás y empezó a zarandearle. Los dientes del sumo sacerdote castañetearon y su mandíbula se batió varias veces, hasta que sus colegas atraparon a Judas y lo inmovilizaron.

—¡Tomad! ¡Tomad! —chillaba Judas, golpeando a Caifás con una bolsa de cuero—. ¡Os las devuelvo! ¡Dios mío, me habéis mentido! ¡He pecado, he traicionado a un hombre inocente!

Caifás se encogió de hombros y enderezó el cuello de su túnica.

—Y a nosotros, ¿qué nos importa? —contestó—. Es cosa tuya.

Con un grito ahogado y un chillido de horror, Judas huyó. María vio que se precipitaba calle abajo, apartando a la gente a empujones, y corría hacia el Templo.

Había descubierto que los amos a los que servía eran unos embusteros. Aunque demasiado tarde para salvar a Jesús, al maestro que había traicionado. Que le crucifiquen a él, María rogó a Dios. ¡Él ha matado a Jesús! Miró a Caifás, a los demás miembros del Sanedrín, a Pilatos y a la muchedumbre. No. Todos ellos han matado a Jesús.

Y Pedro... Pedro renegó de él, y Jesús le oyó. Y vio a los discípulos huir del jardín de Getsemaní. ¿Cómo ha podido soportarlo?

En ese instante se produjo cierta agitación, sonó el susurro de muchos pies sobre el terreno, y María vio a un grupo de soldados romanos que empujaban a Jesús escaleras abajo y por el patio enlosado del palacio, burlándose de él con desprecio.

Pilatos descendió ceremoniosamente de la tribuna, esbozó un saludo de aprobación a los soldados y desapareció en el interior del palacio.

Los discípulos que aún estaban allí se abrieron camino hasta la puerta, estirando el cuello para ver mejor. Todo era confuso, sin embargo; sólo una imagen borrosa, acompañada de los gritos y murmullos que repetían: Crucificado... Crucificado... María asió la verja de la puerta cerrada y se quedó mirando a los soldados, que se reían y silbaban alborotados. Jesús apareció de repente en medio de todos ellos, las manos siempre atadas, con el rostro ensangrentado vuelto hacia la multitud.

¡Nos está mirando! ¡Nos está mirando! Los ojos de Jesús se encontraron con los de María antes de desviarse hacia su madre, Juana, Susana y Juan. No miraba al gentío ni a sus enemigos, sólo les miraba a ellos.

Quiero decirte... Quiero decirte... María rompió en sollozos mal contenidos. Debo decírtelo, tengo que pedirte perdón... Yo no pretendía... Oh, por favor... Incluso en esos momentos, la dominaba el absurdo deseo de caer a los pies de Jesús y contarle las cosas intrascendentes que la habían estado preocupando. Deseaba decirle lo que sentía por él. Hacerle saber que, por fin, lo comprendía todo.

Aparecieron dos soldados que llevaban una túnica de color púrpura, la sostenían con reverencia y avanzaban, y la gran túnica se combaba tras ellos como una vela desplegada. Envolvieron con ella los hombros de Jesús y se la abrocharon con mucho esmero. Otro soldado tejía una corona de espinos, imitación de las coronas radiadas que tanto gustaban a los emperadores romanos y que denotaban divinidad.

—¡Aquí la tienes! —El soldado la agitó con orgullo y la depositó sobre la cabeza de Jesús con una floritura. Algunas espinas se proyectaban hacia dentro; le desgarraron la frente, abriendo pequeños regueros de sangre en cada punta. La sangre resbaló por sus mejillas, pero Jesús no podía levantar la mano para limpiársela.

—¡Ave, rey de los judíos! —Algunos de los soldados se inclinaron en profunda reverencia.

—¡Esperad, le falta el cetro! —Un soldado tendió un trozo de caña y la metió en la mano atada de Jesús—. ¡Ya está! —Cayó de rodillas, en una burla de adoración—. ¡Tu esplendor me enceguece! —dijo, cubriéndose los ojos.

—¡Rey de los judíos, rey de los judíos! —corearon los demás soldados y se inclinaron ante él, uno tras otro—. ¿Qué podemos hacer para servirte, majestad?

Jesús permanecía quieto y no daba señal de haber oído siquiera sus burlas.

—¿Quieres que corramos a Siria a buscar hielo para tus bebidas? —preguntó un soldado joven.

—¿Tal vez su majestad prefiera un plato de codornices o un melón fuera de temporada?

—Podemos aplastar a vuestros enemigos, a los edomitas, los jebusitas y los canaanitas... a cualquiera que luche contra vuestro pueblo. ¡Ay, se me olvidaba, ellos ya no existen! Bueno, encontraremos un sustituto.

Siguieron inclinándose y burlándose pero, al ver que Jesús no reaccionaba, empezaron a escupirle, gritando:

—¡Haz algo, cobarde!

Como él no hizo nada, un hombre le quitó la caña de la mano y empezó a golpearle en la cabeza con ella.

—¡Di algo, estúpido! —gritaba.

—Ya es suficiente —intervino el capitán—. Desnudadle y prosigamos.

Le quitaron la túnica púrpura y le llevaron a rastras hasta un poste erigido en el extremo más lejano del patio. Cortaron las cuerdas que le ataban las manos, le hicieron abrazar el ancho poste y volvieron a atárselas.

—¡El látigo!

El capitán se acercó a Jesús y desnudó de un tirón su cuerpo hasta la cintura, para exponer la carne desnuda al látigo, que uno de los soldados esgrimía con placer malicioso. Era un azote de cuerdas múltiples, rematadas con bolas de plomo, que se hundían en la carne como colmillos de perro.

La Ley judía autorizaba treinta y nueve azotes, pero los romanos no se sentían afectados por esas normas. Pocos hombres eran capaces de sobrevivir cuarenta golpes, por eso la Ley establecía el límite en treinta y nueve. Se creía, no obstante, que la flagelación rigurosa iba en beneficio de los condenados a morir en la cruz. El reo ya estaba medio muerto antes de enfrentarse a la muerte más horrenda de todas, reservada exclusivamente para los prisioneros no romanos, los criminales y la escoria de la sociedad. Estaba prohibida la crucifixión de ciudadanos romanos. Los pueblos conquistados —como los judíos—, los esclavos y los enemigos eran merecedores de la cruz.

María no era capaz de pensar; ni siquiera era capaz de sentir. Ya había visto todo aquello, la sangre y la violencia, pero no había visto la muerte de Jesús. Nunca le había visto muerto, en ninguna de sus visiones. Se volvió hacia su madre. Tenía que pensar en María, la madre de Jesús. Sí. Lo único que podía hacer ya era ayudar a la madre.

María la mayor tenía la mirada perdida en el patio donde flagelaban brutalmente a Jesús. La expresión de su cara era de pura agonía. Se habían borrado de su rostro la dulzura, la profunda capacidad de comprensión que solían iluminar sus facciones. Sólo quedaba el dolor. Torcía el gesto de un modo tan violento que su cara parecía una réplica del rostro de Jesús, como si ambos fueran una sola persona.

—¡Basta! ¡Es suficiente! ¡Fuera! ¡Al Gólgota! —Un soldado barrigudo agitó los brazos—. ¡Atrás! ¡Atrás! —Y avanzó amenazador hacia el gentío, mientras los soldados armados se disponían a abrir las puertas. Otro soldado recogió del suelo la túnica ajada de Jesús y le cubrió con ella.

Cuando María y los demás discípulos no quisieron apartarse, los soldados abrieron las puertas y les barrieron a un lado con ellas.

Jesús salió tambaleándose a la calle, cargando un grueso travesaño de madera a los hombros. Aunque era un hombre fuerte, estaba tan debilitado que trastabillaba bajo el peso. Era la viga transversal de la cruz, que fijarían sobre el palo vertical cuando llegaran al lugar de la ejecución.

—¿Adónde van? —gritó María—. ¿Dónde está ese lugar?

—Sólo podemos seguirles —dijo Juan.

María y la madre de Jesús, dotadas de una fuerza casi masculina, se abrieron camino entre el gentío compacto que formaban los enemigos de Jesús. La gente sudorosa se apelotonaba, y un olor agrio impregnaba el aire. Había envites y empujones violentos, como si la falta de espacio hubiera convertido a las personas en animales conducidos por una rampa estrecha. Al mismo tiempo, vociferaban y se reían, felices de formar parte de aquella procesión macabra.

Abriéndose camino a codazos, retorciéndose y esquivando cuerpos, María y la madre de Jesús lograron al fin alcanzarle, se le acercaron por la espalda, agarraron su túnica y consiguieron tocarle en el hombro.

—Hijo mío, hijo mío —decía su madre—. ¡Oh, Jesús!

Jesús la miró a los ojos. Su mirada, en lugar de estar empañada por el dolor, parecía más viva que nunca.

—Madre —dijo. Su voz sonó muy baja—. No te aflijas. Nací para este trance. Yo lo elegí.

—¡Hijo! —Su madre le tendió las manos con un gran sollozo, pero los soldados empujaron a Jesús hacia delante.

María consiguió situarse delante de él.

—¡Amado mío! Debo decirte... Tengo que decirte... Oh, estaba equivocada... cuando te dije, cuando pensé...

Él se detuvo por un breve instante. Estaba rodeado de enemigos que le empujaban y no le dejaban en paz.

—Lo sé —respondió—. Sé lo que siente tu corazón. El mejor de los corazones. —La miró a los ojos, aunque sólo por un instante—. Lo sé todo. —Y, al arrancar de nuevo la marcha, añadió—: Cuento con tu amor.

Durante años María recordó esas palabras, tratando de rememorar el tono exacto de su voz al pronunciarlas, intentando comprender su significado. En ese momento, sin embargo, sólo sintió un alivio enorme, una bendición. Él comprendía. Él perdonaba.

Un contingente de soldados romanos abría el camino. Toda ejecución debía tener lugar fuera de las murallas de la ciudad, para que la muerte no contaminara Jerusalén. Las calles estaban abarrotadas de curiosos que miraban con avidez lo que para ellos no era más que un espectáculo y una diversión. Aún no era mediodía. ¿Cómo era posible que tan sólo veinticuatro horas antes estuvieran comprando la comida para Pascua?

María no lo recordaba. Todo sucedía en un torbellino. Hasta ayer, Jesús podía irse sin más. Si hubiera optado por celebrar la cena y salir para Galilea, Judas no le habría encontrado. Nada de eso habría sucedido.

No obstante... Judas sabía de dónde venían. Las autoridades les podrían haber seguido hasta Galilea. ¿Lo habrían hecho?

¿Qué había dicho Jesús? María trató de recordar. Que su muerte era necesaria. Que iría a Jerusalén para morir. Como si lo hubiera provocado él. De no haber existido Judas, ¿se habría entregado voluntariamente a los sumos sacerdotes?

Ahora ya no tenía importancia. Ahora sólo quedaba el sol, que iluminaba las calles de la ciudad como si fuera cualquier día normal y feliz; quedaban las multitudes, una mezcla de gente curiosa, hostil y aburrida. Y quedaba Jesús, que luchaba con su pesada carga. Detrás de él —aunque María no tenía tiempo para pensar en ellos— trastabillaban los demás hombres que iban a ser crucificados al mismo tiempo; salidos de otras cárceles y otros procesos, tropezaban por las calles arrastrando sus travesaños.

María y la madre de Jesús empleaban todas sus fuerzas en poder mantenerse detrás de él. Caminaba encorvado bajo su carga, ya sólo sostenido por su fuerza innata, labrada durante los años de trabajo en la carpintería y en sus peregrinaciones por Galilea. Su hermosa túnica estaba sucia y ajada; sus sandalias —qué extraño que María se fijara en las sandalias y los pies— estaban mal abrochadas y entorpecían sus pasos. Mientras miraba, Jesús tropezó en el enlosado resbaladizo y cayó.

Cayó de rodillas, y el travesaño se desplazó hacia un lado y resbaló de su hombro. Él trató de incorporarse pero no tenía fuerzas para levantar la viga. Nadie le ayudó, y los soldados apartaron a empujones a los que lo intentaron. También apartaron sin miramientos a María y a la madre de Jesús. Finalmente, uno de los soldados le levantó de un tirón y le empujó hacia delante. Jesús dio unos pasos tambaleantes por la calle.

El gentío cerró filas de nuevo, pero tuvo que detenerse cuando Jesús volvió a caer. En esta ocasión su madre se precipitó hacia delante, deslizándose entre el ovillo de soldados, y consiguió llegar hasta él. No intentó ayudarle a levantarse sino que apoyó su cabeza en el regazo y le limpió la cara. No quería que él se levantara ni que diera un solo paso al frente.

—¡Apártate de él! —Un soldado corpulento tiró de ella y casi la lanzó contra la gente. Un gemido de dolor salió por vez primera de los labios de Jesús.

—¡Y tú, de pie! —Dos soldados le agarraron de las axilas y le levantaron, empujándole para que siguiera caminando.

—¡Oh, querida amiga! —María abrazó con fuerza a la madre de Jesús, aunque parecía un gesto inútil. No había consuelo posible para ella, sólo horror. Horror, miedo y un profundísimo dolor por los dos.

Jesús volvió a caerse.

—¡Tú! ¡Tú, allí! —Los soldados detuvieron la procesión. Señalaron a un hombre que, a todas luces ignorante de los acontecimientos del día, acababa de cruzar una de las puertas de la ciudad para atender sus negocios—. ¡Ven aquí!

El hombre, sorprendido, obedeció y se acercó al capitán de los soldados. Era joven y de hombros muy anchos.

—¡Tú llevarás esta viga! —Le ordenó el capitán—. Este hombre no puede.

Antes de que Jesús o el extraño pudieran protestar, los soldados quitaron el travesaño de los hombros de Jesús y lo cargaron al recién llegado.

—No te preocupes —dijo el capitán—. ¡A ti no te crucificaremos! —Y se echó a reír.

Cuando Jesús quedó libre de su carga, se le acercó un grupo de mujeres que lloraban y lamentaban a grandes voces el tormento de los tiempos, de ese tiempo.

—¿Lloráis por mí, mujeres de Jerusalén? —susurró Jesús con voz dulcificada por el agotamiento—. Llorad mejor por vosotras mismas y por vuestros hijos. Porque, si los hombres actúan así cuando la leña está verde, ¿qué no harán en tiempos de sequía?

Leña verde... Sequía... No era la primera vez que las mencionaba, recordó María.

Jesús reemprendió su camino y ellas le siguieron, dejando a un lado a las mujeres que se lamentaban, llorando también ellas. Porque María y la madre de Jesús no lloraban por Jerusalén ni por sí mismas, sino sólo por Jesús, por el cuerpo encorvado que tropezaba sobre las piedras lisas del adoquinado.

Ahora los dos hombres caminaban juntos, recorriendo las calles que separaban la residencia de Pilatos del lugar de la ejecución.

María se inclinó hacia la madre de Jesús. Se le acababa de ocurrir que ellos cinco —María la mayor, Juana, Susana, Juan y ella misma— podrían ayudar a Jesús a escapar. Podrían provocar una conmoción que le permitiera escabullirse de sus captores.

—Cuando lleguemos a ese lugar, María, esté donde esté... ¿le ayudarás a escapar? Si creamos una gran confusión, podríamos conseguirlo.

—Pues... Yo no... —Sumida en su dolor anonadado, María la mayor no supo qué contestar.

María se volvió a Juan, Susana y Juana.

—Podemos poner fin a esto. Tenemos alguna posibilidad. Hemos de hacerlo. ¡Es necesario! —Miró a su alrededor—. ¡Somos lo único que le queda!

—¿Crees que nos seguiría? —preguntó Juan—. Por las cosas que nos dijo, me temo que él acepta esta situación, que la celebra, casi.

¿No había ayuda posible? ¿Nada en el mundo que pudiera ayudarle?

La muchedumbre crecía, más gente acudía de sus casas y mercados para ver la procesión. Todos tenían prisa por concluir sus negocios antes de la puesta del sol, que daría entrada al Shabbat. La clientela de última hora abarrotó la calle estrecha, obligando a los verdugos y a sus víctimas a desfilar en fila única ante las miradas escrutadoras de los curiosos.

—¡No debemos alejarnos de él! —dijo Juana mientras empujaba hacia delante, apartando a los demás a codazos.

Habían quedado rezagados. María miraba la espalda del hombre que cargaba con el travesaño y que luchaba por tirar adelante, aunque era joven y sano. Jesús caminaba delante de él, flanqueado por dos centuriones que vigilaban con ojos recelosos la multitud en busca de posibles libertadores. Pero no había ninguno, sólo un gentío indiferente y apático. Una mujer salió de la masa y se precipitó hacia Jesús para enjugarle la frente sudorosa con el pañuelo, pero los centuriones la empujaron a un lado. Otras tendían las manos con cuencos llenos de agua, pero Jesús no podía alcanzarlos.

Durante todo ese tiempo estaban bordeando los altos muros exteriores del palacio, que parecían una segunda muralla de la ciudad.

Desde lo alto les contemplaban las piedras blancas encajadas a la perfección. En la base del muro, sin embargo, los espectadores se apiñaban contra las piedras y estiraban el cuello para ver a los hombres ensangrentados que daban traspiés bajo sus cargas, les seguían como perros que ansían la oportunidad de lamer la sangre en el lugar de la ejecución. Detrás de ellos venía el tétrico desfile de los demás condenados. María no sabía cuántos eran.

Cuando Jesús tropezó, uno de los soldados le agarró de un hombro y le enderezó de un tirón.

—¡Ya no falta mucho! —le dijo.

Cuando Jesús volvió a tropezar, un poco más adelante, y cayó de rodillas, el centurión le dio una patada.

—¡Levántate! ¡Levántate! —Jesús gateó un poco antes de conseguir ponerse otra vez de pie. Caminaba oscilando de un lado al otro, incapaz de mantenerse erguido.

María trató de llegar a él, pero uno de los soldados se volvió contra ella y le golpeó en la cara, obligándola a caer hacia atrás.

—¡No te acerques! —chilló.

La cara le ardía a causa del golpe; María tuvo que retroceder.

—¡Tenemos que hacer algo, Juan! ¡Hay que hacer algo! —suplicó. Ahora ya sabía, sin embargo, que los soldados no dudarían en agredirles.

¡Daría la vida para liberar a Jesús!, pensó. Al reconocer que sería realmente capaz de hacerlo, se maravilló. Ella, que tanto había temido siempre a la muerte.

Se acercaban a una de las dos enormes torres de guardia del palacio, que flanqueaba una de las puertas de la ciudad. María vio a los soldados romanos apostados en lo alto de la torre, quienes, arcos y lanzas en mano, estaban preparados para reprimir cualquier disturbio.

Enseguida cruzaron la puerta y se encontraron fuera de las murallas de Jerusalén. La situación había empeorado. Mientras estaban en la ciudad, aún les separaba cierta distancia del lugar de la ejecución. Ahora se estaban acercando. El terreno era pedregoso; atravesaban el linde noroccidental de la ciudad, donde estaban las canteras de piedra. Era un lugar gris y desolado, coloreado apenas por los distintos matices del color de las rocas: gris, pardo y blanquecino.

Entonces María los vio: altos postes clavados en la loma de la colina, sus siluetas oscuras apuntando al cielo. Era el lugar. Era la otra mitad de la cruz, que aguardaba la llegada de Jesús.

Los curiosos rompieron filas y echaron a correr hacia la colina, peleándose por ocupar los mejores puestos desde donde presenciar la ejecución. Sólo los propios condenados, los guardias y los discípulos siguieron avanzando a paso lento.

Ahora. Si iban a intentar algo, tenía que ser ahora. María miró a Juan.

—¿Estás dispuesto? —susurró—. Si les distraigo abalanzándome sobre los guardias, podrías agarrar a Jesús y huir con él. Mira allí, hay acantilados llenos de escondrijos, si consiguiéramos llegar...

—María, haría cualquier cosa, pero eso es ridículo. Nos verán correr en este descampado y nos atraparán con facilidad. ¿Crees que Jesús puede correr rápido en su condición? —La asió del brazo—. ¡Piensa, María, usa la cabeza!

Trataba de detenerla, pero no, ella no se lo permitiría. Tenía que intentarlo o se odiaría durante el resto de su vida. Tenía que hacer algo.

Se soltó de la mano de Juan y corrió hacia la cabeza de la procesión; adelantó a Jesús y se enfrentó al centurión. Sorprendido, Jesús la vio arrojar su capa sobre la cabeza del guardia y tirar de ella. El guardia cayó pesadamente sobre una rodilla.

—¡Jesús! ¡Jesús! —Tendió la mano y le tocó en el brazo—. ¡Corre! ¡Por allí! ¡Por allí! —Señaló hacia un lado del pedregal.

Pero Jesús se limitó a negar con la cabeza ensangrentada.

—¿Acaso no he de beber del cáliz que me ofrece mi Padre? —repuso en tono tan firme que ella tuvo que callar—. María, siempre recordaré tu valentía —añadió, y se volvió para seguir su camino hacia los postes erguidos.

—¡Detened a esa mujer! —gritó el guardia mientras se zafaba de la capa, pero el centurión no hizo más que encogerse de hombros. El ataque no tenía importancia para él, sólo era una diversión del desagradable deber que tenía que cumplir.

María ya corría hacia el pedregal en busca de refugio, porque aún no se había dado cuenta de que nadie la seguía. Jadeando, llegó al borde de la pendiente, lo franqueó y se deslizó cuesta abajo. Algunos pinos retorcidos crecían en la ladera, anclados en el suelo escaso. Era un panorama de piedras, pinos, barrancos y tierra cenicienta, y todo convergía en un huerto lejano, un huerto arbolado donde encontraría refugio.

Se detuvo sin aliento. Estaba sola, no la seguía nadie. A lo lejos resonaban los gritos del gentío reunido en el lugar de la ejecución.

Tengo que volver, pensó. Debo estar con Jesús. Volvió a ponerse de pie y se encaminó de nuevo hacia la cantera.

55

La cavidad fea y hueca de la cantera formaba una especie de cuenca invertida. La muchedumbre se había aglomerado en la cima, un ejército de hormigas negras que se revolvían alrededor de los postes erectos.

María forzó el paso entre la gente, buscando a los demás discípulos. Oía el coro espantoso de voces que hacían comentarios crueles: «¿A quién tenemos hoy?» «Un líder rebelde de Galilea y un par de ladronzuelos.» «Se reservan los mejores para después de las fiestas.» «Dicen que uno de ellos alega ser el Mesías.» «No, es un revolucionario.» Los insultos iban en aumento.

Por fin María encontró a los demás. Se habían acercado tanto como podían al pie de la cruz y miraban con impotencia a los soldados, que tiraron a Jesús de espaldas contra el poste mientras otros dos venían con clavos y martillos para atarle al travesaño.

La crucifixión era un proceso lento y despiadado. El reo podía sobrevivir durante días, según las fuerzas que le quedaran en el momento de subirle a la cruz. Poco a poco, perdía la capacidad de respirar, su cuerpo se combaba y pendía de las manos atadas. Algunas cruces disponían de un apoyo para los pies, pero su función era más que dudosa, puesto que ese apoyo no hacía más que prolongar la agonía. A veces, cuando se acercaba el fin, rompían los huesos de las piernas del crucificado para acelerar el proceso; así los miembros inferiores ya no podían soportar peso.

Jesús no dijo nada, no protestó siquiera, sino que ofreció sus brazos sin oponer resistencia. Los soldados, uno a cada lado, le fijaron las manos en el travesaño y con un único golpe de martillo le atravesaron las muñecas con dos clavos enormes. Sus manos fuertes se contrajeron con el dolor de la herida. El sonido fue terrible, el inconfundible ruido de la carne y el hueso que son partidos.

—Ahora —dijeron.

Ataron el travesaño con cuerdas y tiraron de ellas, izándolo lentamente a lo largo del poste. Finalmente, el travesaño encajó en la muesca correspondiente con un «clac» sonoro. Uno de los soldados utilizó una escalera para afianzar la cruz con gruesas cuerdas. A continuación, emplearon de nuevo los clavos y el martillo para clavar los pies de Jesús al poste. María se cubrió los ojos cuando se inclinaron para hacerlo; no podía mirar, el espectáculo era insoportable. Desnudaron a Jesús, dejándole sólo una tira de tela en torno a la cadera, además de la corona de espinos.

—Ten... toma... —gritaron a los otros soldados, tirándoles la capa de Jesús, su cinturón, sus sandalias y su túnica. Los de abajo los cogieron.

Mientras tanto los discípulos observaban, incapaces de moverse y de hablar. Estaban horrorizados. La propia madre de Jesús permanecía inmóvil, como una estatua. María la rodeó con el brazo y la atrajo hacia sí, pero fue como abrazar a un objeto tan rígido e inánime como la madera de la cruz.

Debajo de la cruz, los soldados encargados de la ejecución se sentaron en el suelo y empezaron a repartirse la ropa. El más corpulento, uno de los que habían fijado los clavos, se quedó con la capa, la misma capa que María y los demás habían visto sobre los hombros de Jesús en tantas ocasiones, en las barcas, en los campos, en las sinagogas. Su color claro y tenue permitía distinguirla con facilidad desde la distancia. El soldado que había clavado la mano derecha se quedó con el cinturón. Otro cogió las sandalias, y otro más, la túnica. Entonces el corpulento levantó la capa.

—Está intacta —dijo—. ¡Bonito trabajo!

La madre de Jesús, que había tejido la capa, hizo un movimiento leve, casi imperceptible, sin desviar la mirada. Apretó la mano de María.

—¡Echémosla a suertes! —exclamó el capitán—. Sería una pena destruirla cortándola en cuatro pedazos. —Sacó unos dados de una bolsa de cuero, y los soldados se arrodillaron para tirarlos.

Un leve rumor vino de la cruz. Jesús habló mientras miraba a los soldados que se jugaban sus ropas.

Los murmullos de la gente casi no permitían distinguir sus palabras. María aguzó el oído y cerró los ojos, como si con ello pudiera lograr oír mejor.

—Padre... perdónales, porque no saben lo que hacen.

¡Era imposible que dijera eso! Las acciones de los soldados eran deliberadas, no eran accidentales; sabían lo que hacían. María siguió escuchando con la esperanza de que Jesús repitiera las palabras, pero fue en vano.

El capitán, feliz ganador de la capa, se subió de nuevo a la escalera con una copa de vinagre blanco.

—¡Ten, bebe! —dijo, y la acercó a la boca de Jesús. Él apartó el rostro. Entonces el capitán colocó por encima de su cabeza una inscripción que rezaba en griego, latín y hebreo: EL REY DE LOS JUDÍOS.

Entretanto, los soldados habían clavado a los otros dos condenados a sus travesaños y les izaban a las cruces uno a cada lado de Jesús.

—¿Qué estás mirando? —gritó un romano a María, y se le acercó con actitud amenazadora—. Podrías ser la siguiente. A las mujeres les reservamos un tratamiento especial, las clavamos de espaldas a la gente. ¡A fin de cuentas, una mujer tiene que ser modesta! —Se rió e hizo un leve amago de dirigirse hacia ella y sus acompañantes, pero se volvió a las otras cruces para clavar las inscripciones que declaraban sus delitos: CRIMINAL y REVOLUCIONARIO. Con una floritura de la mano, invitó a los espectadores a acercarse. El gentío se abalanzó hacia delante.

Se arremolinaron todos en torno a las cruces, y empezaron a burlarse de los crucificados, colgándose de sus piernas.

—Debiste quedarte con Barrabás. ¡Ese sí que sabe manejar el cuchillo!

—¿Cuántos quedan escondidos en las cuevas? ¿Tenéis mujeres allí arriba? ¡Te echarán en falta esta noche!

—Al menos, estos dos son buenos judíos. ¡Demasiado buenos, demasiado judíos para sus pellejos! Pero éste... este Mesías fracasado y patético... Un Mesías ejecutado. ¡Es la monda!

—Eh, tú. ¿Te llamas Jesús? ¿No eras tú quien decía que derribaría el Templo y lo volvería a construir en tres días? ¡Vamos, demuéstranos tu poderío! —Risas chillonas acompañaron las burlas.

—¡Si bajas de la cruz, creeremos en ti!

—¡Decía que había venido para salvar a la humanidad, y ni siquiera es capaz de salvarse a sí mismo!

—Él cree en Dios. ¡Pues que Dios le salve ahora!

Se produjo cierta conmoción cuando una representación de autoridades religiosas apareció remontando la abrupta pendiente de la ladera. Habían llegado Caifás y sus acólitos. Con movimientos lentos y deliberados que pretendían subrayar la naturaleza oficial de su presencia, el grupo se detuvo al pie de la cruz y leyó la inscripción que había encima de la cabeza de Jesús.

—¡El rey de los judíos! ¡Bueno, bueno! En realidad, debería poner que él alega ser el rey de los judíos porque, desde luego, no es así —dijo Caifás—. Cuando estuviste en mi casa, afirmaste ser el hijo de Dios. No debería serte difícil bajar de la cruz, pues. Baja ahora. ¡Sorpréndenos!

Jesús se limitó a mirarles.

—Baja de la cruz y te creeremos. ¿De acuerdo? —le increpó uno de los escribas.

—¿Por qué no hacerlo, si eres capaz? Nos convertiríamos todos. ¿No es ésta la voluntad de Dios? ¿Que todos seamos creyentes?

Entonces uno de los revolucionarios se sumó a las interjecciones:

—¿No eres el Mesías? ¿Lo eres? ¡Entonces sálvate y sálvanos también a nosotros!

—¡Cállate! —Un grito fuerte y resonante vino de la otra cruz—. ¿No tienes miedo de Dios? ¡Estás condenado, tanto como él! Nosotros dos lo merecemos. Cometimos los crímenes de los que nos acusan. Este hombre es inocente.

Jesús volvió la cabeza hacia el hombre que había hablado.

—Disma —dijo.

La cara del crucificado mostró sorpresa y gratitud al mismo tiempo.

—Sí —respondió. Estaba claramente asombrado de que Jesús recordara su nombre, pero su gratitud fue más grande que su curiosidad—. ¡Sí, Señor!

—Disma —repitió Jesús; las palabras salían con dificultad de sus labios agrietados—, aquel día en casa de Mateo... elegiste este camino.

—Lo hice. Ojalá hubiese elegido otro. Merezco esta muerte. Pero tú... ¡Señor, oh, Señor! Recuérdame cuando estés en Tu Reino.

Jesús respondió:

—En verdad, te digo que hoy estarás conmigo en el Paraíso.

—¡En el Paraíso! —chilló uno de los espectadores—. ¡Hoy estaréis en una tumba!

—¡No, les arrojarán a los perros! —exclamó otro—. ¡Las tumbas son para los ricos!

Al oír la horrible predicción, María hizo una mueca de dolor. ¿Por qué tenía que escuchar esas cosas su madre? Aquello traspasaba los límites de la crueldad, iba más allá de lo soportable.

El cielo se oscureció y nubes veloces ocultaron el sol. Se levantó un viento que arrastró el polvo y lo sopló a sus caras, arremolinándolo alrededor de las cruces. Los dos revolucionarios desaparecieron en la polvareda.

—¡Amenaza tormenta! —dijo uno de los soldados, buscando su capa.

Pero fue más que una tormenta. El propio sol se apagó y les envolvió una súbita oscuridad.

—¡Es un eclipse! —gritó una voz. Pero no hay eclipses solares con luna llena; lo sabe todo el mundo. Tampoco los astrónomos habían previsto ningún eclipse.

En medio de la confusión causada por la oscuridad, los discípulos pudieron acercarse más, hasta los pies mismos de la cruz. Jesús les miró desde lo alto y les reconoció a todos. Lo sabían. Sintieron que les tendía la mano para fortalecerles y sostenerles.

Incapaz de mover los brazos, Jesús indicó con un movimiento de la cabeza que quería hablar a María la mayor.

—¡Madre —dijo—, éste es tu hijo!

Y con otro movimiento leve pudo señalar a Juan.

—Ésta es tu madre.

Juan abrió los brazos y abrazó a María la mayor. Jesús esbozó un gesto imperceptible de aprobación.

La oscuridad se hizo más intensa. Casi parecía de noche, y unos sonidos ominosos retumbaron en el aire. ¿Venían del cielo o de la tierra? María no sabría decirlo.

—Tengo sed. —La voz de Jesús sonó en lo alto de la cruz, y uno de los soldados la oyó. Trepó a la escalera y tendió una esponja empapada en vinagre para humedecer sus labios.

A los pies de la cruz sólo quedaban los discípulos leales y los soldados de Roma. Muchos más discípulos, no obstante, casi todas mujeres, habían surgido de la multitud, y ahora se acercaban a los demás. Algunos les habían seguido desde Galilea, otros eran los discípulos secretos de Jerusalén. Las mujeres corrían menos peligro a la hora de dejarse ver en público. De los discípulos varones, sólo Juan había tenido el coraje de quedarse. No era de extrañar que Jesús le amara tanto.

Juan... ¿Quién iba a imaginar que sería Juan, el guapo y temperamental Juan, quien se convertiría en el discípulo más amado? Al principio no parecía prometer demasiado, pensó María. Era soñador y petulante al mismo tiempo, el vozarrón de Pedro y la inteligencia de Judas le hacían sombra. No es fácil adivinar el carácter de las personas. Fui afortunada en compartir mi misión con él, se dijo María.

Pero sus pensamientos sobre Juan, las mujeres de Galilea y la propia madre de Jesús se desvanecieron cuando de pronto éste gritó:

—Dios mío, ¿por qué me has abandonado? —El grito desgarró el aire, por encima del retumbar tronante y los sonidos ultramundanos que brotaban de las entrañas de la tierra.

Jesús se revolvía en la cruz, se retorcía, agonizaba. Miraba al cielo con la boca desencajada.

—¡Está llamando a Elías! —dijo alguien—. Clama a Elías. Veamos si acudirá en su ayuda.

Pero no hubo más movimiento que el remolino de nubes y el meneo inquieto de los espectadores. Tampoco Jesús se movía ya.

—Padre, en Tus manos encomiendo mi espíritu. —María oyó las palabras con claridad sorprendente. La cabeza de Jesús bajó y se apoyó en el esternón. La corona de espinos se desprendió y rodó por el suelo hasta chocar contra una roca.

—Es el fin. —Fue la voz de Jesús. Después su cabeza colgó inerte y exánime.

Las mujeres cayeron de bruces y se retorcieron en el suelo.

Dios les había abandonado.

Dios se había ido, les había dado la espalda, todo se había desmoronado, Jesús estaba muerto y sólo quedaba María y sus seguidores, abatidos y anonadados.

María se levantó del suelo. ¿Qué importaban ellos? Jesús había muerto. Nadie había podido hacer nada para salvarle. Sólo restaba ahora un cuerpo muerto del que cuidar. Y nadie había pensado siquiera en eso.

Necesitaban una tumba. Necesitaban administrar los ritos. Tenían que preparar el cuerpo. Y no tenían nada. Eran visitantes en una ciudad desconocida, estaban lejos de sus hogares, dependían por completo de los demás, hasta para los más nimios detalles. Estaban, además, fuera de la ley, eran amigos de un criminal ejecutado.

Las multitudes se habían dispersado como motas de polvo. Los discípulos desconocidos de Jerusalén podrían ayudar, pero permanecían allí mirando como animales asustados.

Pronto se pondría el sol, y la Ley prohibía expresamente que los criminales ajusticiados siguieran expuestos después del crepúsculo.

Los soldados se levantaron también. Un nuevo oficial se acercó y los dos fueron a la cruz de Disma que seguía respirando entrecortadamente. De repente, uno de los soldados levantó una porra y rompió las tibias del crucificado con dos golpes certeros. Su cuerpo se combó hacia delante.

Disma profirió un grito ahogado de dolor, pero los soldados ya se habían acercado al otro insurrecto, que les veía venir con ojos aprensivos.

—No —suplicó—. No, por favor...

Su súplica terminó en un alarido cuando los soldados asestaron dos golpes duros a sus pantorrillas. Los huesos se quebraron y sus pies atravesados de clavos se retorcieron, con los dedos encogidos.

—Habrán muerto antes de la noche —dijo a su compañero el soldado que había asestado los golpes. Miró al cielo para asegurarse mientras se dirigía a la cruz de Jesús. A los pies del madero se detuvo.

—Creo que éste ya está muerto —dijo el otro soldado—. Ha tenido suerte. —Caminó alrededor de la cruz y examinó a Jesús desde todos los ángulos—. Se ha ido —anunció al final.

—Debemos asegurarnos. —El primer soldado clavó su lanza en el costado de Jesús, pero no hubo reacción. Brotó un chorro de sangre y de líquido transparente.

María tuvo que apartar la vista. En ese instante, el horror, la inexorabilidad del final no podía quedar más clara.

—Tienes razón —respondió el otro—. Deberíamos bajarle mientras esperamos a que mueran los otros dos.

—Necesitaremos una escalera. —El romano fue a buscar una y no tardó en regresar.

Apoyaron la escalera contra la cruz. Uno de los soldados cortó las cuerdas, después de atar ambos extremos del travesaño para poder bajarlo con el cuerpo. No sería fácil arrancar los clavos del ángulo superior; los hombres necesitaban trabajar en el suelo. Antes de proceder, consiguieron quitar los clavos de los pies.

Bajaron el pesado travesaño despacio y con cuidado, como si el peso que llevaba se hubiera vuelto quebradizo. Lo apoyaron a los pies de la cruz, y los hombres se afanaron con las manos de Jesús.

Aquellas manos y los brazos ya parecían distintos, más pálidos, la piel más transparente. Al mirarlos, María recordó de pronto y con gran nitidez su visión de un Jesús trasfigurado y cómo, poco después, le había visto cambiado, más pálido y ligero aunque de un modo glorioso. Aquella imagen, sin embargo, nada tenía que ver con esto, con semejante desolación. Aquélla era una transparencia viva y luminosa; ésta, una palidez muerta y exangüe.

—¡Ya está! —Los soldados liberaron las manos de Jesús y arrojaron los clavos a un lado. Eran largos y pesados, y cayeron al suelo pedregoso con un sonoro tintineo. Los soldados quitaron el cuerpo de Jesús del travesaño y lo tendieron en el suelo.

María la mayor corrió hacia él; gritaba. Se dejó caer sobre su pecho con un alarido, seguido de largos lamentos quebrados. Sollozando, apoyó la cabeza de Jesús en el regazo, alzó la vista al cielo y profirió un grito desgarrado. Los soldados retrocedieron, dejándola con el cuerpo.

—Hijo mío... Hijo mío... —Su madre trató de levantarle, suplicándole que reaccionara, que se moviera. Jesús seguía inerte en sus brazos; era un peso tan grande que apenas conseguía sostenerlo.

Juan se acercó lentamente para cumplir el deseo de Jesús de que cuidara de su madre. Sin embargo, cuando llegó junto al cuerpo tendido, se detuvo, incapaz de seguir. Con un ademán vacilante, tocó a María la mayor como si quisiera protegerla, pero ella ni se dio cuenta.

Haciendo acopio de valor, María avanzó hacia ellos.

Cuando se acercó lo suficiente para ver el cuerpo pálido e inmóvil de Jesús en el suelo, las pocas fuerzas que había reunido estuvieron a punto de abandonarla.

¡Oh, está muerto, está realmente muerto! Allí yacía Jesús, inerte y macilento como había yacido Joel. Asesinado por Pilatos.

Ya he pasado por esto, no puedo hacerlo otra vez, no puedo, se dijo María. Se arrastró hasta la cabeza de Jesús, que descansaba en el regazo de su madre, y le besó la mejilla; la tenía empapada en sudor frío, el sudor de la muerte.

Él aceptó su beso. Estaba segura. A diferencia de Joel, él no había muerto repudiándola, su cadáver no le era hostil. Esta muerte era distinta, a pesar de todo. Las últimas palabras que le dirigió Joel fueron: «¡No te llevarás nada, nada en absoluto!»; mientras que Jesús le había dicho: «Siempre recordaré tu valentía.»

—Hijo mío, hijo mío... —repetía su madre, una y otra vez, como en una letanía, sin dejar de acariciarle el cabello.

María se inclinó hacia ella y la acarició, como María la mayor hacía con su hijo. No se le ocurría otro consuelo posible.

De pronto, advirtieron un movimiento, y un hombre desconocido, que lucía las vestiduras de los prelados religiosos, se apostó junto a ellas.

—Pilatos me ha concedido permiso para retirar el cuerpo —dijo—. Aquí está. —Les mostró una tablilla; los soldados la cogieron y la examinaron.

—Esto es irregular —anunció al fin uno de ellos—. Debemos mostrársela al capitán.

—Os aseguro que todo está en regla —respondió con serenidad el desconocido.

Juan se puso de pie, pero el hombre le indicó que haría mejor en mirar a otro lado mientras aguardaban el retorno de los soldados con su superior.

El centurión se acercó, mirando el cuerpo de Jesús.

—Ya veo. Ya veo; pues... de acuerdo, si Pilatos ha firmado... —Se encogió de hombros—. Adelante.

—Gracias —dijo el desconocido. Llamó con un gesto a unos hombres que le acompañaban y éstos se acercaron rápidamente. Llevaban una litera. Con gestos cuidadosos y expertos depositaron el cuerpo de Jesús en ella.

—Por aquí —dijo el hombre, y se puso a la cabeza del pequeño cortejo; Juan, la madre de Jesús, María y los demás les siguieron.

Dejaron atrás el lugar de la crucifixión y desfilaron en dirección contraria a la ciudad, hacia el campo abierto. Caminaban en silencio, en silencio total, anonadados.

El paisaje transcurría en tonos de gris. Suelo gris, rocas grises, cielo gris virando al negro de la noche, nubes grises que atravesaban veloces el firmamento gris. La oscuridad ultramundana había desaparecido, cediendo su lugar a esa monotonía descorazonadora. La monotonía habitual. ¿Cómo era posible? Las tinieblas del mediodía, la tormenta de arena o lo que fuera aquel fenómeno inexplicable, al menos daban testimonio de la tragedia vivida. Pero la vuelta a la normalidad... Dios realmente les había abandonado. Había dispuesto un final normal para aquella jornada, incluso el tiempo había mejorado, para que nadie recordara lo sucedido.

Remontaron una colina pedregosa y, de repente, apareció una extensión verde. Ante sus ojos se abría un jardín, un huerto de olivos, un pozo de agua, un emparrado y un viñedo, algunas higueras y hasta rosales. La vegetación exuberante brotó como por milagro.

El hombre les señaló que se detuvieran.

—Éste es mi jardín mortuorio —dijo—. Lo mandé plantar para mí y para mi familia, como un lugar agradable que visitar. Aún no lo hemos utilizado, sin embargo.

Atrás había quedado el lugar de la ejecución y los soldados de Roma. Juan se acercó al desconocido y le dijo:

—Gracias, José. Nos has hecho un gran regalo.

José. Juan había mencionado a José de Arimatea, un miembro del Sanedrín que también era discípulo secreto de Jesús. Éste debía de ser él.

Fuera quien fuese, indicó a los porteadores que continuaran. Los demás les siguieron a través de caminos de grava recién construidos hacia un gran peñasco, en cuya cara habían abierto tres grandes puertas.

La tumba de un rico. Tallada en la roca viva, con lechos de piedra en el interior y espaciosa... como las habitaciones de los vivos. Aunque en estas cámaras jamás se celebrarían comidas, sólo en el exterior, cuando los parientes fueran a visitar la tumba de sus seres queridos. Tampoco resonarían en los espacios aseados conversaciones entre sus ocupantes. Los cuerpos se irían secando envueltos en mortajas podridas, esperando el momento de ser trasferidos a vasijas de cerámica decorada para así dejar espacio para nuevos entierros. Las tumbas eran cámaras prestadas, incluso para los ricos. En las tierras pedregosas que rodeaban Jerusalén, nadie disfrutaba del lujo de una tumba privada, suya para la eternidad.

Era, no obstante, una tumba, al menos de momento, a diferencia del hoyo frecuentado por perros donde yacerían los cuerpos de Disma y de su compañero anónimo.

—Tengo las especias —dijo José, al tiempo que señalaba una caja que había junto a una de las tumbas—. Las trajo Nicodemo.

Al oír su nombre, otro desconocido asomó con cautela de detrás de la roca y se les acercó.

—Pensamos que harían falta —explicó. También él era un hombre mayor e iba bien vestido. Debía de ser otro discípulo secreto.

María fue hacia la caja, la abrió y examinó su contenido: había grandes vasijas de alabastro llenas de áloe y mirra, especias extremadamente caras. Nicodemo no había reparado en gastos.

—Eres muy generoso. Te lo agradecemos —dijo con voz temblorosa.

Pidió que depositaran la litera en el suelo. Mientras daba las instrucciones, se preguntó por qué le tocaba a ella asumir el mando. José estaba allí; y Nicodemo; y Juan, el elegido de Jesús; y María, la madre de Jesús; y Juana, Susana y otra gente de Galilea. Sin embargo, todos estaban pendientes de ella para llevar a cabo sus instrucciones. Tal vez les hubiera abandonado el coraje, o ya habían dado todo lo que podían dar. Quizá necesitaran relajarse y descansar. Sea como fuere, sólo quedaba ella para decirles lo que tenían que hacer.

Y no le importaba; lo cierto era que no le importaba. Esos ritos apresurados no serían los definitivos. Ella y, sin duda, también los demás volverían para completarlos adecuadamente. De momento, era necesario hacer lo mínimo imprescindible antes de que cayera la noche.

—¿Tenemos con qué lavarle? —preguntó, aunque ya sabía que no. Y añadió—: Prosigamos con la unción.

José abrió las vasijas de alabastro que contenían el áloe y la mirra, teniendo que retroceder ante el primer vaho perfumado que impregnó el aire. María se llenó las manos e, inclinándose con reverencia, vertió las especias sobre el cuerpo de Jesús, como lo había hecho antes con el cuerpo de Joel. El brillo opaco del ungüento cubrió los hematomas, la sangre seca y la herida abierta en el costado, y disimuló el color pétreo y exangüe de los pies. La sustancia correosa le hizo parecer como si nunca hubiera vivido, como si su existencia hubiese sido siempre un espejismo.

Los hombres envolvieron el cuerpo con la mortaja de lino y cubrieron su cabeza con una tela especial, que fijaron con unas vueltas de la mortaja. Por último, le enfundaron en un largo sudario.

José ordenó a sus hombres que llevaran a Jesús al interior de la tumba central. Levantaron el cuerpo en silencio respetuoso y lo trasladaron a la cámara mortuoria. Pronto reaparecieron libres de su carga e inclinaron las cabezas ante José.

—Le hemos depositado sobre el lecho inferior —dijeron.

—Muy bien —aprobó él.

Dirigieron su atención a una gran piedra redonda apoyada en la pared del peñasco, dispuesta ya en una ranura.

—Cerradla. —José dio la orden, y tres hombres arrimaron el hombro y empezaron a empujar la piedra a lo largo de la ranura. Les costó un momento moverla, pero después se deslizó hasta tapar la entrada a la tumba y allí se detuvo, retenida por un tope hábilmente colocado. Se cerró con un gran ruido hueco y el eco respondió desde la profundidad de la tumba.

—Hemos terminado —dijo José—. Que descanse en paz. Un hombre verdaderamente bueno; más que un hombre, tal vez.

Juan, María, la madre de Jesús y los que habían querido acompañarles hasta el jardín guardaron silencio. El sonido de la lápida les había sellado las bocas. La piedra había sido tan elocuente que ya no les quedaba nada que decir.

—Te damos las gracias —dijo Juan al final, hablando por todos—. Te lo agradecemos más de lo que se puede expresar con palabras, nunca te lo podremos pagar.

José meneó la cabeza.

—Es una pena, una gran pena...

Caía la noche. No debían quedarse allí en la oscuridad.

—Puedo ofreceros una casa en Jerusalén —concluyó José—. Un lugar donde descansar hasta que sepáis qué vais a hacer.

Estaban sentados en la amplia sala de la casa prestada, cerca unos de otros. Una tumba cedida, una casa cedida... José era generoso. Se había ido aprisa, sin embargo, por temor a sus colegas del Sanedrín. «Permaneced ocultos —les había aconsejado—. No os conocen y no pueden identificaros... todavía. Pero, por lo general, persiguen a los discípulos tanto como a los maestros.»

Cubriéndose la cara con la túnica, se fue.

Por eso Pedro negó conocer a Jesús, pensó María. Por eso los demás huyeron. Juan es un hombre valiente.

Juan estaba pendiente de todos ellos, trataba de hacerles sentir cómodos, intentaba consolarles. Condujo a la madre de Jesús a un sofá y la ayudó a tenderse en él, preguntó a Juana y a Susana si aceptaban servir la comida, suponiendo que encontrarían algo que comer, hizo todo lo que se debe hacer para un grupo de heridos, supervivientes de una batalla. Como respuesta recibió un silencio pétreo, cuerpos derrengados y expresiones decaídas. La pena había hecho presa en todos.

—Necesitamos luz —dijo Juan, y empezó a encender las lámparas de aceite distribuidas por la sala, que estaba en acusada penumbra. Era noche cerrada, y la única luz provenía de la luna casi llena que acababa de salir.

—No debemos encender lámparas en Shabbat —dijo María, con voz de autómata—. Debimos encenderlas antes del anochecer.

—Poco me importa el Shabbat. —Juan pronunció las palabras heréticas con calma—. Ya poco me importa el Shabbat —repitió. Sostuvo una caña encendida sobre una mecha, acercándola lenta y deliberadamente. La mecha se encendió y la llama iluminó el espacio oscuro—. Quiero decir que no me importan las normas que lo rigen. Jesús decía que el Shabbat está hecho para el hombre, no el hombre para el Shabbat. Y no creo que Moisés quisiera vernos aquí sentados a oscuras durante horas cuando acaba de morir nuestro hermano más querido, aunque haya muerto en un momento poco oportuno con respecto al Shabbat.

—Por eso querían terminar pronto con las crucifixiones —dijo Juana—. Los soldados mataron a aquellos hombres para no faltar a las reglas del Shabbat.

El Shabbat y el poder que ejercía en las vidas de todos... Jesús sanaba y trabajaba en Shabbat. ¿Cómo conseguirían volver a las viejas costumbres? En última instancia, ésta fue la causa por la que había muerto. Eran demasiados los que pensaban como él, demasiados los que hacían caso omiso de las restricciones, demasiados los que estaban dispuestos a seguirle. Estaba rompiendo las tenazas de hierro del orden religioso establecido, las tenazas del ritual sabático en cuyo nombre gobernaban las autoridades religiosas. Y eso no lo podían permitir.

—Yo también encenderé una lámpara. —María se levantó y tomó la caña encendida de la mano de Juan; sus miradas se cruzaron, cómplices en el desafío. Se agachó y prendió fuego a otra mecha, y la luz se incrementó más del doble en la sala.

—Ten. —Dio la caña a Juana; ésta la cogió y encendió una tercera lámpara. La sala de José estaba bien provista de luces.

Uno tras otro, encendieron más lámparas y el espacio se agrandó a la luz de las llamas.

Cuando llegó la hora de dormir o descansar —aún no sabían qué estados les depararía la noche— apagaron las lámparas, trasgrediendo otra prohibición relacionada con el Shabbat. Tendidos en la oscuridad, cada uno de ellos buscó su propia comunión con Dios.

Acostada en un camastro duro y estrecho, al lado de la madre de Jesús, María esperó hasta que todos estuvieran callados para caer mentalmente de rodillas a los pies de Dios.

Yacía rígida como el camastro, con los puños apretados, y enviaba sus pensamientos y sensaciones sin forma hacia lo alto, con la esperanza de que serían aceptados. En algún momento de la noche, la misericordia corrió un velo sobre su mente y le permitió dormir. No tuvo sueños ni obtuvo respuestas pero, por un ratito, se evadió de la tortura en la que se había convertido la vida.

La luz del día irrumpió en la casa, ahuyentando las tinieblas. Era la jornada del Shabbat, un tiempo de prohibiciones e inactividad. Aunque esto ya formaba parte del pasado. Ha muerto con Jesús, pensó María cuando despertó y vio la luz tenue que entraba en la sala. Entonces lo recordó todo.

Hay trabajo que hacer, se dijo. Tengo que comprar los aceites para la unción, y todos necesitamos comer algo pronto. No hemos comido nada desde que... desde que cenamos con Jesús.

La muerte, la pérdida, la golpearon con fuerza y, por un momento, la aturdió una oleada de dolor, que llegó con más pujanza y nitidez que la propia luz del sol.

No puedo soportarlo, suspiró. No puedo. No podré seguir. Permaneció acostada durante largos momentos, escuchando los ruidos de los demás, que se despertaban en la sala contigua, y la respiración de la madre de Jesús, en la cama de al lado.

Cuando termine de cuidar de ellos, cuando haya ungido a Jesús correctamente, cuando todos hayan vuelto a Galilea y a... no sé... a la pesca, los estudios, la recaudación de impuestos... entonces veré qué puedo hacer. Ahora mismo...

Con una extraña fuerza consiguió levantarse de la cama. Sus piernas no temblaban; la tarea emprendida les daba vigor. Termina la misión que tienes delante, termínala bien y después...

María la mayor dormía todavía. María se agachó para examinar su cara. En medio de todo aquel dolor, en medio de su gran tormento, su rostro aparecía sereno y hermoso.

Este rostro, esta serenidad siempre me han dado fuerzas, pensó María. Ahora el mundo se ha vuelto del revés, y soy yo quien debe fortalecerla a ella.

Salió del dormitorio y entró en la sala principal. Allí había gente nueva. ¿De dónde habían venido? Un hombre corpulento, bastante corpulento, estaba acurrucado en un rincón. María se le acercó de puntillas y levantó el manto que le cubría.

¡Era Pedro!

La sorpresa fue tan grande que casi se le escapó un grito. ¿Cómo había llegado hasta allí, cómo les había encontrado?

Y otra silueta encorvada: Simón. Y una tercera... Tomás.

¿Por qué habían vuelto todos? ¿Qué les había hecho cambiar de opinión?

Juan ya estaba levantado, inspeccionando el espacio y tratando de solucionar problemas prácticos.

—Juan —dijo María, siguiéndole hasta su alcoba particular—, ¿cómo han podido encontrarnos?

—Supieron dónde estábamos, aunque no puedo explicar cómo. Llegaron uno tras otro a lo largo de la noche. Quizá José lograra mandarles un mensaje. —Calló por un momento—. Se les veía aliviados de estar aquí.

—¿Qué hacemos ahora? —María se sentía extrañamente activa y diligente.

Juan pensó bastante antes de contestar:

—Debemos esperar. —Y añadió—: Como dijo José, nos estarán buscando, aunque no creo que la caza dure mucho. No causaremos problemas, permaneceremos escondidos. Las autoridades no tienen nada de qué preocuparse.

—¿Cómo puedes decir esto? —exclamó María mientras le agarraba del brazo.

—Jesús ya no está. Nunca habrá otro Jesús —respondió Juan—. Nadie puede hablar como él, nadie puede curar como él, nadie puede hacer... ¡nada de lo que él hacía!

—Pero, Juan, estuvimos juntos en la misión. Jesús nos envió. Y, por obra de un poder misterioso, también nosotros pudimos curar. Y predicamos a la gente. A Susana... ¡la curé yo! —María le miraba, haciéndole recordar.

—Nadie puede hablar como hablaba él. Nosotros no hicimos más que repetir sus palabras. No teníamos nada propio que decir —exclamó Juan, con suavidad.

—Quizá baste con repetir lo que él decía.

—La gente le hacía preguntas y Jesús respondía a cada uno de manera individual. Nosotros no podemos hacerlo. No tenemos su sabiduría. No basta con citar sus palabras; haríamos lo mismo que los fariseos, que no hacen más que repetir a sus maestros. —Meneó la cabeza.

—Jesús dijo que deberíamos acercarnos a la gente, como hizo él. Que las misiones sólo eran el principio de nuestra enseñanza. De otro modo, todo morirá con él. No creo... no creo que sea esto lo que él esperaba. Me parece que éste era el sentido de nuestra misión, por torpes e inexpertos que fuéramos.

—Desde luego, fuimos torpes e inexpertos —admitió Juan.

—Nosotros somos... distintos —insistió María—. Jesús sabía que seríamos torpes y nerviosos. No nos condenaba por ello. —Esperó a que Juan dijera algo. Al ver que callaba, prosiguió—: Él sabía que podemos aprender. Sabía que podemos tirar adelante.

—Se equivocaba —repuso Juan—. Todo ha terminado, no hay nada que tirar adelante.

Pedro, Simón y Tomás se estaban despertando. Pedro se levantó y miró a su alrededor, parpadeando.

—Amigos míos —dijo—, me siento feliz de estar con vosotros de nuevo... —Se interrumpió y se echó a llorar, tapándose la cara con un brazo—. Doy las gracias a Dios porque me aceptáis entre vosotros. Yo le traicioné... Dije que no le conocía... —Estalló en sollozos desgarrados.

—Lo sé —dijo Juan.

—¡Oh, Dios! —se lamentó Pedro.

—Te sorprendieron, aunque a Jesús, no —prosiguió Juan—. Él lo predijo.

—Es imperdonable. —Pedro sollozaba.

—Jesús ya te ha perdonado —repuso Juan—. Debes aceptarlo.

—No puedo.

—Entonces le traicionas de nuevo. —Juan le miró con severidad—. Él murió en una cruz romana, como querían Caifás y sus acólitos. Todo ha sucedido como ellos lo ordenaron. Jesús fue derrotado, silenciado y ejecutado. ¿Estás enterado?

—Me... lo han contado. Aunque desconozco los detalles. —Pedro se dejó caer sobre un taburete—. No creo que pueda soportarlos.

—Cuando te fuiste —dijo María, con esfuerzo— y concluyó el juicio del Sanedrín, llevaron a Jesús ante Pilatos. —Tuvo que callar para poder dominar el temblor de su voz—. Pilatos se mostró tan cruel como dicen que es... Entregó a Jesús a ellos, a la chusma que vociferaba... a pesar de que hacía pocos minutos le había proclamado inocente.

—¡No! —Pedro se levantó tambaleándose—. ¿Pilatos le puso en libertad?

—La gente pudo más que él... verbalmente, quiero decir... le amenazaron, le asustaron... —María meneó la cabeza, incapaz de continuar.

—Pilatos cedió al clamor de la chusma —dijo Juan—. Y Jesús fue ejecutado en lo alto de una cantera desolada conocida como el Calvario. Ahora está muerto, su cuerpo descansa en una tumba particular, gracias a la generosidad del mismo hombre que nos cedió esta casa.

María vio que Pedro hacía muecas de dolor a cada revelación. Había huido como un cobarde. Todo su fervor y todas sus resoluciones no habían podido evitar que escapara para salvar el pellejo.

—¡Perdóname, Dios mío! —Fue la única respuesta de Pedro, doblado en dos por el llanto.

Tomás no dijo nada. Simón parecía tan estupefacto ante la ejecución de Jesús y de Disma que no dejaba de repetir:

—Uno era inocente, y el otro, no. ¿No se daban cuenta?

La liberación de Barrabás le arrancó un torrente de palabras:

—A Barrabás le soltaron... Un asesino. Un enemigo del estado. A Pilatos no le importó. Jesús no mató a nadie. Esto significa que el mensaje de Jesús está equivocado. Él dijo que el que vive con la espada, morirá por la espada, pero ha pasado todo lo contrario.

Esto es lo que no podemos entender, pensó María. Muy propio de Simón presentarlo con esta claridad: Jesús estaba equivocado. Él dijo a Simón que renunciara a la violencia, pero liberaron al asesino Barrabás y en su lugar ejecutaron a Jesús, que nunca mató a nadie. Jesús predijo el fin de esta era, pero el sol ha salido y la luna ha brillado como si no hubiera pasado nada. Jesús se equivocaba. Y, si se equivocaba en estas cosas... ¿en qué más estaba equivocado? Dijo que estaría siempre con nosotros y ahora se ha ido.

¡Quizá fuimos necios en seguirle! Todo ha terminado.

Sólo me queda ungir su cuerpo, pensó María. Porque aún le quiero. Lo haré cuando la oscuridad de la nueva noche haya pasado. Y entonces todo habrá terminado de veras.

56

Las calles de Jerusalén estaban tranquilas, vacías de las muchedumbres festivas. Los mercados estaban cerrados durante el Shabbat, los puestos, recogidos y los toldos, bajados.

En su extraño estado de percepción agudizada, María observaba con atención los edificios de aquel barrio opulento de la ciudad, examinaba las fachadas de piedra tallada y los postigos de madera maciza, calculando cuánto debían de costar. Inmediatamente, se preguntó qué importancia tenía eso. Ya nada importaba. Ella y Juan recorrieron apresurados las calles del barrio, dejaron atrás el palacio de Pilatos y cruzaron la puerta de salida de la ciudad, siguiendo el mismo itinerario que el día anterior. El único movimiento en la residencia de Pilatos era el paso de los centinelas que montaban guardia. El enlosado del patio estaba limpio. No quedaba sangre ni rastro alguno de lo que había sucedido hacía veinticuatro horas.

Una vez fuera de la muralla, siguieron los pasos de los hombres condenados sobre la extensión rocosa. Habían sentido la necesidad de volver, de rehacer el camino, como si aquello pudiera aliviar su aflicción y hacerles sentir más cerca de Jesús. Ahora podían pisar donde él había pisado y participar de su viaje de un modo que no había sido posible mientras los acontecimientos ocurrían de verdad.

El día era nublado y triste. El sol brillante de la jornada anterior se había ocultado, como si supiera que su luz no era apropiada. Ráfagas de viento frío barrían el descampado que ellos atravesaban con la cabeza gacha. No hablaban, su dolor era callado y, no obstante, compartido.

Se acercaban al lugar. Vieron a lo lejos las tres cruces vacías que esperaban a los siguientes ocupantes.

María se detuvo.

—No puedo hacerlo —dijo con voz queda—. Todavía, no. —Y volvió la cabeza. Juan se detuvo a su lado.

Al otro extremo del pedregal desolado vio la colina a la que había huido después de su repentino y absurdo intento de salvar a Jesús.

—Vayamos hacia allí —dijo. Necesitaba recluirse en aquella soledad, perder de vista las cruces horrendas y reunir su valor antes de volver a acercarse al lugar de la ejecución.

Juntos se dirigieron a la colina. María recordaba intensamente su escapada a todo correr, el jadeo incontenible, la grava suelta y resbaladiza bajo los pies. Aunque en aquellos momentos Jesús seguía con vida; estaba vivo, le bastaba volver la cabeza para verle. Pero, al mirar atrás ahora, no vio más que el pedregal vacío, un camino que nadie transitaba.

Remontaron la pendiente, como ella hiciera el día anterior, aunque sin prisas, y llegaron a la cima. Allí abajo estaba el huerto, el huerto que desde el principio había parecido tan fuera de lugar. No había entrado en el huerto. Se había detenido a escuchar los gritos de la multitud y había sabido que no era capaz de huir.

Una neblina envolvía los árboles del huerto bajo la luz grisácea. María aún no estaba preparada para volver al Gólgota, la colina del Calvario. Prefería quedarse un rato en el huerto. Descendieron la ladera y se dirigieron a las hileras de árboles, cuyas ramas estaban cubiertas de relucientes hojas nuevas que temblaban al paso del viento.

La rama de uno de los árboles no se movía, algo pesado colgaba de ella...

María profirió un pequeño grito cuando vio el bulto oscuro que pendía de la rama de uno de los árboles más distantes; supo que no era un bulto ni una bolsa, sino algo más largo y más pesado, algo que tenía cabeza, brazos, piernas y pies desmayados, y el bulto daba vueltas lentamente, impulsado por el viento...

—Quédate aquí —dijo Juan. Se acercó al árbol con cautela, sin hacer ruido, como si temiera asustarlo. María vio que el bulto se movía y giraba mientras Juan se acercaba.

—¡Dios mío! —gritó Juan—. ¡Oh, Dios mío!

Desobedeciendo, María se precipitó hacia él, atravesó corriendo el áspero terreno, esquivando los árboles. Alcanzó a Juan y le cogió la mano.

—Oh, Dios mío —repetía él. La figura que colgaba del árbol giró hacia ellos, y María reconoció la cara hinchada y ennegrecida de Judas.

Un grito se ahogó en su garganta al mirarle. Los ojos ya habían desaparecido, comidos por los pájaros. De la boca desencajada salía una lengua roja y entumecida, y la cabeza caía a la derecha en un ángulo tan cerrado que descansaba justo sobre el hombro. Del cuerpo emanaba un olor nauseabundo, que se hacía más intenso al paso de la brisa. María apartó la vista conteniendo las arcadas.

¡Judas se había suicidado porque traicionó a Jesús! ¡Ni que su muerte pudiera devolverle la vida!

—¡Es demasiado tarde! —gritó al cadáver—. Eres inútil, un inútil, tus remordimientos son inútiles, como lo fue tu vida. —Su odio no había mermado; la muerte no podía paliarlo—. Me alegro de que no te arrepintieras, me alegro de que no le siguieras al Gólgota porque, si lo hubieras hecho, él te habría perdonado, y no debes ser perdonado, nunca, nunca, en toda la eternidad...

—¡María! —Juan estaba escandalizado.

—No sabes cómo era él, no lo entiendes, era peor que un poseso, merecía morir sin recibir perdón. ¿No le llamó Jesús «hijo de la perdición»? Dijo que estaba condenado a la destrucción.

Cric... Cric... la soga giraba lentamente con el peso, y los pies pendían inertes, rozando casi el suelo.

—¡Ésta es la única paz que encontrarás jamás, la paz de colgar de una soga! —gritó María—. Juan, mira, aún lleva la bolsa con el dinero. Deberíamos quitársela, es nuestro dinero, él era el tesorero, ahora lo necesitamos y...

—No —la interrumpió Juan con severidad—. Dejémosle a él y a su dinero. ¿Realmente quieres tocarlo?

—No —admitió María, y se deshizo en sollozos—. ¡No!

—Vámonos, pues. Este lugar es peor que el Gólgota. —La condujo lejos de allí, lejos del árbol que gemía quedamente bajo el peso.

Pocos minutos después se encontraban a los pies de la cruz central, lúgubre y silenciosa excepto por el viento que silbaba entre los hierbajos. Tanto ruido y tanto dolor el día anterior; tanta quietud ese día. Como si el horror se hubiera disipado, perdido en el vacío. Se arrodillaron para rezar y María susurró:

—Siento que el mal ha desaparecido, aunque no sé cómo. Ni adónde ha ido.

Los discípulos deambulaban por las estancias de la casa prestada, a paso cansino, como animales acobardados. Aunque gente nueva había acudido mientras María y Juan estaban fuera, sus miradas estaban vacías, espantadas. Hablaban entre sí en murmullos, como si temieran que alguien pudiera oírles. Los hombres no dejaban de mirar por las ventanas, nerviosos, pero la quietud propia del Shabbat imperaba en las calles desiertas.

María y Juan entraron juntos, y él dijo:

—Amigos, tenemos que contaros lo que hemos visto. Judas ha muerto. Se ahorcó.

La gente profirió gritos de angustia y dolor. Pero ellos no conocían la historia de Judas, desde luego, no en todos sus detalles. María deseaba contársela, exponerle a ojos de todos ellos. Algo, no obstante, la retuvo. No se veía capaz de hacerlo. Su odio virulento parecía haberse apagado, purgado por la última visita al Gólgota.

—Recemos por él —dijo Pedro, y se puso de pie. María esperó en silencio mientras rezaban.

—Tenemos... que comprar comida para esta noche —dijo cuando terminaron—. Y especias... para ungir el cuerpo de Jesús.

La madre de Jesús, sentada en las sombras del rincón más lejano de la sala, dijo con voz queda:

—No queremos comer.

—Ya lo sé, pero tenemos que hacer un esfuerzo. —Los discípulos, debilitados y alicaídos, se reunieron en torno a ella y se sentaron allí mismo, apocados—. Jesús querría que comiéramos —añadió María. No podría explicar cómo lo sabía, pero estaba segura de ello. Tenía la impresión de que él estaba a su lado.

A la caída del crepúsculo se reabrieron los mercados e infinidad de personas aparecieron de pronto, impacientes por hacer sus compras. María y Juan fueron juntos a comprar comida y especias. Por el camino, comentaron lo que habían visto en el huerto.

—El padre de Judas vivía cerca de Jerusalén —dijo él—. ¿No crees que alguien debería decírselo? Conocemos el apellido de su familia... Iscariote.

—Cuando terminemos lo que tenemos que hacer —contestó María.

¿Qué le debían a Judas y a su familia? ¿Qué les aconsejaría Jesús en este caso? No lo sabía. Mejor dicho, lo sabía pero no tenía ganas de hacerlo. Judas podía esperar. Tenían otros asuntos, más urgentes, que atender.

Pan, vino, queso, lentejas, cebolla tierna, puerros, pasta de higos... Sería una cena sencilla. Pero nutritiva. Y eso era, precisamente, lo que necesitaban en aquellos momentos: un alimento sencillo.

Los discípulos se sentaron en el suelo, prescindiendo de las mesas en observancia del luto, formando un óvalo. Nadie presidía la cena, todos eran iguales. Se habían reunido de nuevo todos los discípulos, aunque la ausencia de Judas parecía cernirse sobre ellos, más patente que la presencia de los asistentes. De un modo misterioso, también parecía estar allí el otro ausente, su anfitrión, José de Arimatea.

Pasaron de mano en mano la canasta con el pan, y cada uno de ellos se cortó un pedazo. Inclinándose hacia el centro, se sirvieron porciones de lentejas cocidas, verduras frescas y queso de cabra antes de reacomodarse en su sitio. Por último, hicieron circular una jarra de vino, llenando las copas una tras otra.

Había llegado el momento de bendecir la cena. Cualquier comida, y especialmente la que sigue al fin del Shabbat, tenía que ser bendecida. Un silencio profundo imperaba, sin embargo, en la sala. Llenarse los platos ya suponía un gran esfuerzo. No se veían capaces de recitar la bendición. ¿Qué bendición? Dios les había abandonado. Había abandonado a Jesús en su hora más negra, y todos sus seguidores quedaban igualmente desamparados. Dios les había contemplado y se había encogido de hombros o —peor aún— se había burlado de ellos.

Pedro levantó su pedazo de pan con ambas manos, a la altura de la cara. Lo sostuvo con reverencia.

—Nuestro maestro dijo que éste es su cuerpo —explicó lentamente—. Dijo que éste es el pan de la nueva alianza. —Agitó con suavidad el pedazo de pan—. No lo entiendo, pero es lo que nos dijo. Y también indicó que debemos recordarle cuando lo comamos.

La luz de la lámpara sobre el pan, tan parecida a la luz de aquella noche, cuando Jesús había sostenido su pedazo, provocó una descarga de emoción en María. Casi podía ver las manos de Jesús —fuertes, tostadas por el sol— allí donde estaban los dedos toscos de Pedro.

«Éste es mi cuerpo —había dicho—. Éste es mi cuerpo.»

Todos se llevaron el pan a la boca al mismo tiempo. Al momento, Jesús estuvo allí con ellos. El pan ya no era pan, sino una parte de él.

Jesús está muerto, enterrado en la tumba de la roca, pensó María. La tumba que mañana debo visitar.

Masticaban todos despacio, confusos. Todos sentían lo mismo.

Prosiguieron con el resto de la cena frugal hasta que, al final, Juan levantó la copa.

—«Ésta es mi sangre de la nueva alianza, que será vertida por el perdón de los pecados. Cada vez que la bebáis, recordaréis mi muerte.» Es lo que nos dijo. —Despacio, concentrados, los discípulos levantaron las copas y bebieron.

Jesús les había asegurado que, si decían estas palabras, él les acompañaría siempre que comiesen, durante el resto de sus vidas. Desde luego, estaba con ellos esa noche. El vino, de sabor fuerte y color oscuro, en verdad parecía sangre.

—Estamos todavía aquí —dijo Pedro al cabo—. Y debemos permanecer unidos. Jamás debemos olvidar.

—Sin Jesús... —La voz de Tomás sonó quejumbrosa—, ¿qué ganamos estando juntos? Él habló de amar y de servir, aunque debía de referirse a lo que hace cada uno de nosotros por separado. Ya no tiene sentido actuar en grupo. Será mejor volver a casa y contar a los nuestros lo que recordamos de él.

—Los recuerdos se desvanecen. —Juan habló con vigor sorprendente—. No creo que Jesús se refiriera a nuestros recuerdos.

—¿A qué, si no? —preguntó Pedro—. Es lo único que nos queda. ¡Él ni siquiera tomaba anotaciones! Debemos confiar en lo que cada uno de nosotros recuerda de sus palabras.

—Yo sí hice algunas anotaciones —contestó Tomás—. Que, por supuesto, son incompletas.

—Se acabó, todo ha terminado —insistió Pedro—. Le recordaremos y le honraremos siempre, quizá podamos celebrar una cena una vez al año, beber el vino y partir el pan y hablar de él. Pero... —Tomó otro sorbo de su copa.

Fuera caía la noche. La ausencia de Jesús rompía el círculo, aunque él estaba allí de un modo misterioso, a pesar de lo que dijera Pedro. ¿Acaso él no lo veía, no lo sentía? María miró el pan. ¿Era posible que las palabras de Jesús aquella última noche imbuyeran en el pan un cambio que afectaría a cualquier trozo de pan ofrecido en su nombre? El pan era distinto. Casi no quería comer el resto, aunque sabía que así desobedecería los deseos de Jesús. Con movimientos lentos, se llevó un pedazo a la boca y lo comió. Podía ver a Jesús sentado con todos ellos. ¿Por qué no le veían los demás?

De pronto, se sintió segura, protegida. Estaban todos asustados, pero aquella extraña ceremonia... sí, les había devuelto a Jesús, aunque sólo fuera por un momento. La sensación desaparecería, se esfumaría como lo hacen las visiones y las exaltaciones, pero si consiguieran asirla, sacar fuerzas de ella...

El resplandor se había borrado del rostro de Moisés después de hablar con Dios. La gloria del Señor que se cernía sobre el Templo de Salomón recién construido se había desvanecido. La misteriosa intensidad de la imagen de Jesús en la tienda azotada por la lluvia, cuando María tuvo la visión de su exaltación, había sido fugaz. Pero ninguno de ellos era menos real por eso.

¿Por qué Dios no nos permite quedarnos con estos momentos?, gritó María por dentro. Si pudiéramos verlos, entenderlos y volver a ellos cada vez que sentimos debilidad... entonces no vacilaríamos. ¿Por qué Dios nos los quita?

Miró la copa con el poco vino que quedaba en el fondo. El vino de Jesús, que evocaba su presencia entre ellos.

«No volveré a beber el fruto de la vid hasta que esté en el Reino de Dios.» Eso había dicho Jesús. Pero ya no volvería a beber nada.

—Debemos descansar —dijo Pedro. Todos estuvieron de acuerdo. Diligentemente, recogieron los platos, los restos de la cena, lo que quedaba del vino y del pan.

Entonces terminó la ceremonia y Jesús se despidió de ellos. Pero le habían visto.

Dormían... o, al menos, lo intentaban. Habían apagado las luces y se habían acostado todos. En el silencio de la noche, María distinguía algunos llantos ahogados y el susurro de los cuerpos que daban vueltas en los camastros, y unos suspiros parecidos a gemidos.

En cuanto rompa el alba iré a la tumba, pensaba. Podría ir ya pero...

Le asustaba la idea de atravesar el terreno pedregoso en total oscuridad. Y la propia tumba: sería espantoso enfrentarse a ella en las tinieblas.

Junto a su cama estaban dispuestas tres pequeñas vasijas llenas de especias para la unción: mirra de Etiopía, gálbano —una especie de gomorresina dulce de Siria— y la sustancia más cara de todas, aceite de nardo aromático, un bálsamo de la India. Eran productos difíciles de encontrar, incluso en el bien surtido mercado de Jerusalén, y tan costosos que tuvo que comprar vasijas más pequeñas de lo que hubiese deseado, aunque se sentía afortunada de, al menos, poder disponer de éstas.

¡Qué larga se hacía la noche! Estaba impaciente por ponerse en camino, presa de una especie de inquietud enfervorizada que la impulsaba a cumplir con su último deber. Era necesario empezar y terminar, de una vez.

¿Consiguió dormir? ¿Tuvo sueños? No sabría decirlo. Desde la muerte de Jesús todo estaba confuso, incluso dentro de su cabeza. Oyó el primer canto de los gallos aunque aún faltaba mucho para el amanecer. Los gallos volvieron a cantar y, de pronto, de alguna calle lejana llegó el tenue retumbar de las ruedas de un carro. Su avance señalaba el comienzo del nuevo día.

Se levantó sin hacer ruido y se calzó los zapatos. Había dormido con la ropa puesta, para no despertar a los demás con sus preparativos de madrugada. Se cubrió con el manto, que había dejado cuidadosamente doblado a los pies de la cama, y recogió las tres vasijas. Al llegar a la puerta, se volvió para mirar la sala a oscuras.

Os quiero, a todos y cada uno de vosotros, dijo en silencio.

La ciudad dormía todavía, aquel carro debió de ser el primero en salir. Hacía frío y el cielo estaba literalmente sembrado de estrellas. La luna menguante brillaba en lo alto, no se pondría hasta bien entrada la mañana.

De los árboles que crecían a los pies de la muralla, fuera del recinto urbano de Jerusalén, llegaba el canto de un coro de pájaros. Claro. Había llegado la primavera, la época del apareamiento y de la construcción de nidos, aunque para los seguidores de Jesús no era más que una farsa. Los trinos y gorjeos exuberantes penetraban en las últimas tinieblas, y acompañaban a María mientras recorría el camino que cruzaba el pedregal.

El color pálido de las rocas que reflejaban la luz de la luna la ayudó a distinguir el sendero. Se sentía aliviada de que nadie quisiera acompañarla; no había insistido en invitarles, temerosa de que aceptaran. En especial la madre de Jesús.

Sólo cuando alcanzó el recinto de las tumbas se acordó de la piedra que sellaba la entrada. Era grande y pesaba mucho. Hasta el momento, la recordaba en un sentido poético, una losa que cerraba el paso a la luz, no como un objeto pesado.

Puedo hacerlo, se dijo. Puedo moverla. No lleva allí mucho tiempo, no se habrá asentado en su sitio. Soy fuerte. Si quiero moverla, la moveré. Y yo quiero moverla.

Al doblar el recodo del camino y entrar en el jardín, el verdor fresco relucía a la luz tenue del alba. El sendero que conducía al jardín era gris, irregular y pedregoso. De pronto, como una aparición del Edén, hubo una alfombra de hierba, árboles frutales en flor y lechos de rosas cultivadas junto a la pared de la tumba. También había parterres con flores que todavía no podía distinguir. Y, debajo de un almendro en flor, un banco de madera.

María se sentó en el banco y dejó las vasijas en el suelo, junto a sus pies, contenta de esperar la llegada del día. Se sentía agradecida de estar allí, en ese jardín precioso, cerca de Jesús. Inclinó la cabeza y rezó. Rezó por Jesús, por su espíritu, dondequiera que estuviera, y por los discípulos y la familia que había dejado atrás, confusos y acongojados. Rezó por ella misma, por tener el valor de entrar en la tumba. Y rezó por Eliseba, porque algún día pudieran encontrarse de nuevo y la niña pudiera perdonarla; su hija sería bendita en esa otra vida.

Bendita más allá de lo que yo pudiera ofrecerle ahora, pensó María. No sé cómo viviré ni dónde. Seguí a un maestro que ha sido declarado criminal, mi propia vida podría correr peligro. Aún no puedo ser una auténtica madre para ella, todavía no.

¡Oh, Eliseba! Debo confiarte a Dios, ahora más que nunca. Te entrego a Su custodia, porque confío en Él más que en cualquier ser humano.

También Jesús confiaba en Dios, y le abandonó en la cruz. Le dejó solo, le dejó llorar de vergüenza delante de la gente que gritaba «¡Que Dios le salve!» y que se reía cuando nada ocurría.

Al mismo tiempo, parecía que Jesús estaba conforme, que lo había planeado todo. Y anoche estuvo en la casa con nosotros... ¿o no? ¿Fue sólo el recuerdo? Él dijo que daría entrada al Reino de los Cielos pero no fue así. Salvo que hablara de otra cosa, que nosotros no podemos entender.

Yo confiaba en Jesús pero él no pudo con... esto.

La tumba la llamaba.

Se puso de pie y contempló las flores del almendro, blancas y profusas, que le ocultaban la vista de la tumba. Ahora ya podía distinguir las flores de los parterres, eran azafranes púrpura y amarillos, y narcisos de flores doradas y lozanas. Los grandes lirios que bordeaban los márgenes aún no estaban abiertos, sus cabezas se vencían bajo el peso del rocío. Un par de tórtolas pasaron volando y llamándose.

Si me retraso más tendré miedo, pensó. Debo ungir el cuerpo de Jesús.

Se dirigió hacia la roca en la que estaban excavadas las tumbas. Sólo cuando estuvo cerca vio que alguien ya había retirado la piedra. La puerta de la cámara mortuoria estaba abierta. Su boca oscura bostezaba en la madrugada.

El corazón de María latía desbocado.

La piedra no está. No puede ser... me he equivocado. ¿Es ésta la tumba? ¿No habré errado el camino?

¿Cómo encontraré la tumba si me he perdido? ¡Tengo que buscarla! ¡Tengo que encontrarle!

El banco de madera, sin embargo, y la piedra tallada eran los mismos. Aquélla era la tumba de Jesús.

¡Profanadores de tumbas! Se tapó la boca con una mano. No había pensado en eso. Aquél era el recinto mortuorio de un hombre rico, por fuerza atraería a los ladrones. Y, si han retirado la piedra, entonces los animales...

Reprimiendo un grito, se lanzó hacia la entrada. ¡Debí venir ayer, es demasiado tarde, debí preverlo!

La idea de que los animales pudieran entrar en la tumba era tan terrible que se echó a llorar mientras corría. Llegó a la puerta y esforzó la vista para ver el interior. Estaba oscuro, sin embargo, y no conseguía distinguir nada. Cayó de rodillas y tanteó los lechos tallados en la roca viva; allí no había nada.

Con un alarido, huyó de la cámara. Buscó con frenesí por todo el jardín, más allá del recinto mortuorio, y no encontró nada.

No podía creer su descubrimiento. La pérdida total de Jesús, saber que ya nunca le encontraría, la dejaron anonadada.

Desaparecer, no disfrutar siquiera de un lugar de descanso... Este último castigo era la burla definitiva de Dios. Le llamó a gritos, aunque sabía que no la escuchaba.

Casi cegada por las lágrimas, regresó a la casa de José y entró tambaleándose. Todos seguían durmiendo; se acercó a Pedro y a Juan, y les zarandeó. Cuando se despertaron les hizo ademán de que la siguieran afuera.

—Juan... Pedro... —Le resultaba muy difícil hablar. Aquéllas eran las primeras palabras que pronunciaba desde que se levantara—. He ido a la tumba... con las especias para ungir el cuerpo de Jesús, al concluir el Shabbat, pero esperé demasiado, es demasiado tarde...

—¿Por qué fuiste sola? —preguntó Pedro—. ¿No se te ocurrió que nos gustaría acompañarte? —Parecía que intentaba expiar su anterior deserción.

—Me sentí... llamada; era demasiado temprano para despertaros... No sé...

—¿Qué ha pasado, María? —preguntó Juan.

—¡La tumba estaba vacía!

—¿Qué dices? —exclamó Juan—. ¿Estás segura?

—¡Sí, entré en la cámara, está vacía!

Los hombres intercambiaron miradas, se remangaron el sayo y echaron a correr en dirección a la tumba, dejando a María atrás. Les siguió tan rápido como pudo.

Cuando llegó, sin embargo, ellos ya salían del huerto, con los cuerpos rígidos y el gesto de estupefacción.

—No está aquí —murmuró Juan—. Tal como nos dijiste.

—¡Tenemos que decírselo a los demás! —intervino Pedro.

Se miraron de nuevo y se alejaron apresurados, sin siquiera invitarla a acompañarles. Mejor así. No quería ser ella quien anunciara lo ocurrido a la madre de Jesús.

Los lechos de flores resplandecían en su belleza primaveral, no sólo había púrpuras y amarillos, sino también rosados y las tonalidades más sutiles del blanco. Los capullos emergían de sus vainas como estrellas.

María cayó de rodillas ante las flores. Su hermosura le hería el corazón más que cualquier otra cosa. Se imaginó a los ladrones pisoteando los parterres al entrar. Ocultó la cara entre las manos y estalló en un llanto sonoro y desesperado.

Alguien se movía cerca de uno de los parterres. Alzó la vista y vio a un jardinero que arrastraba los pies de planta en planta, examinando las ramas y podándolas. ¡Hoy, de todos los días! Qué falta de respeto.

En cuanto consiga dominarme, le preguntaré acerca de la piedra, pensó María. Ahora, no. Todavía, no. Se levantó del banco y buscó más intimidad, mientras sus lágrimas fluían, incontenibles.

—Mujer, ¿por qué lloras?

¡Esas mismas palabras! ¡Ya las he oído otra vez! La recorrió un violento escalofrío. Pero ¿dónde las he oído?

—¿A quién buscas? —insistió el jardinero.

El jardinero me está hablando. ¿Cómo se atreve? ¿Cómo se atreve a irrumpir en mi dolor? ¿Tan estúpido es?

Llena de ira, se volvió para encararse con él.

Su silueta se recortaba contra la luz, como la silueta de alguien. Pero ¿quién era?... Hacía mucho, mucho tiempo. Llevaba una holgada túnica de jardinero y un enorme sombrero, y estaba apoyado en su pala. Parecía un hombre muy paciente y curioso dentro de los límites de la amabilidad.

—El cuerpo de mi maestro ha desaparecido de esa tumba —dijo señalando la entrada—. Te lo ruego, señor, si lo tienes tú, condúceme hasta él, para que pueda recuperarlo. O si has visto algo, lo que sea, dímelo. Trabajas aquí, es muy posible que hayas visto algo. —Se enjugó las lágrimas, tratando de secarse los ojos y controlar el temblor de su voz.

El hombre hundió la pala en la tierra y apoyó un pie sobre ella. María intentaba verle la cara, pero estaba a contraluz, como el resto de su cuerpo.

—María —dijo él.

Era la voz de Jesús. La mismísima voz de Jesús.

Oleadas sucesivas de frío y calor recorrieron su cuerpo, unas descargas de temperatura tan intensas que casi la dejaron sin voz.

—Maestro —logró pronunciar al final—. Maestro...

Él se quitó el sombrero y lo tiró a un lado; allí estaba Jesús: vivo, robusto y pleno de color. Su piel había perdido la palidez mortecina.

—María.

El sonido de su nombre era como el viento que acaricia las cañas, susurrante, sugestivo y envolvente.

—¡Maestro! —María corrió hacia él, trastabillando.

Estaba vivo. Estaba allí mismo, en el jardín, sano y salvo. Incapaz de pensar siquiera, cayó a sus pies.

Le abrazó las pantorrillas y, sólo en el momento de tocar las piernas cálidas, vio las grandes heridas que habían dejado los clavos, cubiertas ya de costras.

Esperaba que él se agachara, le tocara la cabeza, le quitara el pañuelo y le acariciara el cabello; que la reconfortara. Lloraba y palpaba sus pies, susurrando:

—Señor, Señor, estás aquí.

Entonces él retrocedió y dijo algo extraño:

—No me toques. No te aferres a mí, porque aún no he ascendido a mi Padre. Ve y díselo a los demás. Explícales lo que has visto. Diles que voy a reunirme con mi Padre, con tu Padre, con tu Dios y mi Dios. —Al dar un paso atrás, fuera de su alcance, las manos de María cayeron sobre la hierba que cubría la tierra.

Apartó las manos del suelo y se puso de pie, sin dejar de mirarle.

Jesús estaba allí, aunque se mostraba distante. No se atrevió a desobedecer y tocarle, a pesar de que lo deseaba intensamente. Sus ojos familiares la miraban con ternura.

¿Qué ha pasado? ¿Cómo puedes estar vivo? ¿Fue la crucifixión una mentira? ¿Te enterramos vivo? ¿No moriste de verdad? ¿Qué pasará ahora? Las preguntas se le amontonaban en la punta de la lengua, pero la expresión de los ojos de Jesús la obligó a callar. No se atrevió a hablar, aunque su corazón cantaba de alegría. Se volvió y se fue, consciente de que a lo mejor no le encontraría al regresar y, sin embargo, obediente a su orden.

Díselo a los demás. Díselo a los demás. Era lo único que recordaba. Tenía que decírselo a los demás.

Era ya pleno día, y las calles estaban abarrotadas de gente, animales, vendedores y compradores. Corriendo, María se escabulló entre todos ellos hasta llegar a la casa, exhausta y sin aliento. Irrumpió en la sala principal, donde estaban todos reunidos, escuchando. Juan y Pedro ya les habían dado la noticia. Todos los ojos se volvieron hacia ella.

La puerta se abrió a su paso con brusquedad y golpeó la pared, una trompeta que anunciaba la buena nueva.

—He visto a Jesús —dijo.

Siguieron mirándola sin decir nada.

—He visto a Jesús, está vivo —gritó ella—. Le encontré en el jardín. Vi sus heridas, pero está vivo. La tumba está vacía. Que lo digan ellos. —Señaló a Pedro y a Juan.

Éste se dirigió a María.

—¿Pretendes decirnos que le viste después de irnos nosotros? ¡Oh, debimos quedarnos! ¡Para verle! Si está vivo, tenemos que verle. ¿Vendrá aquí?

—Sólo me pidió que os dijera que se levantó y que ahora irá a reunirse con su Padre, con Dios.

—¡No pudimos verle! —exclamó Juan—. ¡No pudimos verle! —Su angustia invadió la sala—. ¡Oh, no puedo soportarlo!

La madre de Jesús se acercó a María y le tomó las manos.

—¿Está vivo?

—Tanto como yo estoy aquí —respondió ella—. Toqué sus pies con mis propias manos. —Dejó que María la mayor se las acariciara.

La madre de Jesús inclinó la cabeza sobre sus manos, las besó y lloró.

Permanecieron en la casa de José, no sabían qué hacer. Algunos querían volver al jardín, pero María sabía que Jesús ya no estaría allí.

—Le buscaréis en vano —les advirtió.

Empecinados, Pedro y Juan fueron al jardín y volvieron para confirmar su predicción.

—Jesús no está —dijeron—. El jardín está lleno de soldados romanos y guardias del Templo, tuvimos suerte de poder escapar. Están furiosos. Creen que se trata de una conspiración, aunque no entienden qué sentido tiene.

—Yo tampoco lo entiendo —dijo María—. Sólo sé que él está a salvo. En cuanto a nosotros... Jesús nunca se queda. Siempre nos lleva la delantera, somos nosotros los que tardamos en reaccionar.

Pasaron el día hablando de lo que había visto María, haciéndole preguntas interminables y, entristecida, descubrió que el recuerdo de la imagen de Jesús se estaba desvaneciendo. Cuando ocurrió, todo era extraordinariamente nítido: el olor de los setos podados, el frescor del rocío sobre la hierba, la voz saludable de Jesús. Ahora que los demás le pedían detalles, ella vacilaba, dudaba, luchaba con todas sus fuerzas por recordar.

Qué difícil resultará no olvidar sus enseñanzas, pensó. Ojalá él hubiera escrito lo que desea que recordemos, lo que espera que prediquemos a los demás... Porque cometeremos errores, olvidaremos muchas cosas.

Cuando el grupo dejó de hacerle preguntas, sin embargo, pudo revivir aquellos preciosos e intensos momentos en el jardín.

Jesús vive. Está vivo. Me llamó por mi nombre. Y preguntó lo mismo que me había preguntado hace tantísimo tiempo en Nazaret: «¿Por qué lloras?» Debió de recordar aquellos tiempos. Por eso lo dijo. Y yo le estaba buscando creyéndole muerto, como lo había creído entonces, cuando le buscaba entre los peñascos. Y él me llamó como entonces, cuando apareció vivo al borde del acantilado.

Jesús vive. ¿Qué significa esto? No está vivo como lo estaba en Nazaret. Esto es distinto... profunda y misteriosamente distinto.

Cayó la noche, la tercera desde la crucifixión. La primera pasó sumida en la congoja, la segunda les brindó la inesperada cena conmemorativa. Y ahora la tercera, impregnada de las asombrosas noticias que trajeran Juan, Pedro y María. Habían atrancado puertas y ventanas, y habían apostado un centinela, temerosos de que las autoridades les buscaran para interrogarles.

Aquella cena fue tranquila, sin ceremonias. Comieron aprisa y se retiraron tras una breve oración. Estaban recogiendo los platos cuando, de repente, Juan se detuvo, paralizado y con los ojos dilatados de miedo.

Jesús estaba allí. Se encontraba entre ellos de cuerpo entero, a pesar de las puertas cerradas.

—Que la paz esté con vosotros —dijo.

—¡Señor! —exclamó Juan, y corrió hacia él.

—¡Hijo mío! —Su madre le tendió las manos.

Jesús les sonrió y, con un gesto, les indicó que se acercaran. Se reunieron en círculo alrededor de él.

—¡Oh, Señor! —susurraban todos.

Más tarde, abrió su túnica para mostrarles la herida del costado y enseñó sus manos, manchadas de sangre coagulada. Curiosos y asombrados, se arremolinaban a su alrededor e inspeccionaban las heridas por turnos.

Luego les dijo con dulzura:

—Las Escrituras predecían todo esto, si sólo tuvieseis ojos para verlo y la posibilidad de entenderlo. Mi nueva vida ha inaugurado el Reino de los Cielos y una nueva era. La muerte ha sido vencida, y Satanás, derrotado. Os encontráis en el umbral mismo del Reino, estáis abriendo sus puertas.

Les miró a todos con ternura y devoción.

—Ahora debéis compartir este tesoro. Sois testigos de lo ocurrido. —Hizo una larga pausa—. Os invisto con la promesa de mi Padre. Pero quedaos aquí, en Jerusalén, hasta que recibáis el poder desde lo alto.

Después sostuvo el rostro de cada uno entre las manos y, mirándoles a los ojos, dijo:

—Que la paz esté contigo. Como mi Padre me envió a mí, yo te envío a ti al mundo. —Tomando aliento, soplaba directamente sobre cada uno de ellos y musitaba—: Recibe al Espíritu Santo.

Cuando llegó el turno de María y él le tomó el rostro entre sus manos cálidas, ella se sintió desfallecer de dicha y del misterio del que participaba.

Jesús sopló con dulzura sobre su cara y boca, y le dijo en voz baja:

—María, recibe al Espíritu Santo. —Estrechó su cara entre las manos y la soltó. Le indicaba que debía ceder su lugar al siguiente de la fila.

TERCERA PARTE

APÓSTOL

57

A la honorabilísima señora Eliseba de Magdala, patrona y líder de la sinagoga de Tiberíades:

Con los saludos y los mejores deseos de María, la que llaman Magdalena, apóstol y sierva de Jesús en la iglesia de Éfeso, y madre de la señora Eliseba de Tiberíades.

Puesto que soy tu madre y te quiero, te ruego que leas esta carta; no la tires como hiciste con las otras misivas que te he escrito a lo largo de todos los años. Ten piedad de mí, porque soy ya muy vieja; acabo de superar la edad de nuestra ancestra Sara: noventa años. Tú tampoco eres joven, y debes darte cuenta de que se nos agota el tiempo y las oportunidades de poder hablar.

Me siento muy orgullosa de ti, de todo lo que has conseguido, según las noticias que me llegan. Sé muy bien que eres una de las líderes más respetadas y poderosas de la sinagoga de Tiberíades, bien versada en la tradición y las Escrituras, y que eres famosa por tu caridad. Por eso me atrevo a esperar que harás esta caridad extensiva a mí, que soy tu madre.

No seas implacable. No me queda mucho tiempo y desearía volver a ver tu cara. Han pasado tantas cosas desde aquel día, hace ya más de sesenta años, en que me obligaron a dejarte. Es importante que comprendamos lo que sucedió aquel día porque, de lo contrario, jamás podremos comprendernos la una a la otra. Ni perdonarnos tampoco. Ambas hemos cometido errores. Lo digo con tristeza y reconozco los míos sin reservas.

Tengo en mis manos el texto de la maldición que se debe leer en todas las sinagogas contra los «nazarenos», como nos llamáis. El texto reza así: «Que para los apóstatas no haya esperanza; arranca, oh, Señor, la semilla de la arrogancia de nuestra tierra.

Que los nazarenos y los herejes perezcan en este instante. Que queden borrados del libro de la vida, alejados para siempre del mundo de los justos. Bendito seas, oh, Señor, Tú que castigas a los arrogantes.»

Me han dicho que esta maldición fue autorizada por el Sanedrín y adoptada para que a todos aquellos que asisten a las sinagogas y permanecen callados mientras se pronuncia se les expulse por herejes.

¿Por qué nos veis como enemigos? ¿Cómo pudo producirse esta escisión? Jesús se sentiría hondamente afligido por ella. Ya sé que aborreces su nombre. Pero también presumo que debe de despertar tu curiosidad, aunque sólo sea para conocer algo mejor a ese hombre —ese grupo de seguidores— que te supusieron una pérdida personal tan grande. Por eso, lee la historia que adjunto con esta carta, te lo suplico. He trabajado muchos años en el texto, como testimonio y garantía contra los fallos de la memoria y la desaparición de los testigos. Cuando cayó Jerusalén, hace veinte años, muchas cosas fueron destruidas y borradas para siempre de nuestra historia. El Templo... ¡ya no existe! La obra más gloriosa de nuestro pueblo, arrasada y demolida por completo por los romanos. Los libros hechos cenizas, como tantísimas otras cosas. La huida de judíos y cristianos de la ciudad condenada... Hemos sobrevivido, pero cuánto hemos perdido.

Sólo quedamos Juan y yo. Pedro murió en Roma. Santiago, hijo de Zebedeo, fue decapitado nueve años después de la partida de Jesús. Los demás se dispersaron, y ya deben de haber muerto. Hubo muchos más, pero también se han ido. Sólo Juan y yo seguimos con vida, viejos y decrépitos, pero con vida.

La gente viene a vernos, hace largos peregrinajes para preguntarnos: ¿Cómo era aquello? ¿Cómo era él? ¿Qué decía, qué aspecto tenía? Y, con las pocas fuerzas que nos quedan, les respondemos. Aunque resulta muy laborioso hablar a la gente de uno en uno.

Así que decidí escribirlo; todo lo que sé, todo lo que recuerdo, para que este conocimiento me sobreviva.

Esto es lo que ocurrió después de la vuelta de Jesús, si la memoria no me falla.

58

El testamento de María de Magdala, la que llaman Magdalena

Jesús ha vuelto. Jesús estuvo otra vez entre nosotros. Esto es lo principal, lo más importante que hay que recordar. Él había muerto. Yo le ví en la tumba. Y después le vi con vida... fui la primera en hacerlo. Apareció ante mí en el jardín y, más tarde, por la noche, apareció ante todos los discípulos. Estábamos escondidos, las puertas atrancadas, temerosos de que vinieran a detenernos.

Vino a nosotros y nos aseguró que todo estaba bien, que él estaba vivo. Uno de los nuestros, Tomás, no se encontraba allí la primera noche. Cuando le contamos lo sucedido, se burló de nosotros... como era lógico. Jesús reapareció y le convenció de que en verdad era él. Jesús, el hombre que había sido crucificado y después, misteriosamente, volvió a la vida. Tomás palpó sus heridas, tocó su cuerpo y exclamó:

—¡Mi Dios y mi Señor!

Jesús respondió con dulzura:

—Tomás, ahora crees porque me has visto. Bienaventurados serán aquellos que crean sin haber visto.

Ésta es la razón por la que escribo la historia de lo que nos ocurrió de aquel momento en adelante. Muchos vendrán después de nosotros, y ellos no habrán visto, y deben tener la garantía de lo que vimos nosotros.

Jesús no se quedó mucho tiempo con nosotros. Durante un período que nos pareció muy corto pero que, en realidad, duró unos cuarenta días, apareció repetidas veces aunque ya nunca caminó con nosotros. No estaba siempre a nuestro lado, comiendo, descansando y hablándonos. No; aparecía en momentos extraños e inesperados, casi como si pretendiera ponernos a prueba. Podíamos estar haciendo cualquier cosa, pescar, cocinar o caminar, cuando, de repente, allí estaba él.

Nos dio nuevas instrucciones. Con una de ellas nos encargaba la misión de dar a conocer su mensaje al mundo, mucho más allá de las fronteras de Israel; con otra nos instaba a quedarnos en Jerusalén hasta que nos sucediera algo importante, algo que no quiso especificar.

Adorábamos los ratos pasados con él, disfrutábamos de su compañía, pero no nos atrevíamos a hacerle preguntas. ¿Cuánto tiempo pensaba quedarse? ¿Cómo podíamos ponernos en contacto con él? ¿Cómo íbamos a seguir adelante sin él? Estas preguntas nos ardían en la boca. Jesús nos aseguraba que «algo» vendría a dar respuesta a todos los interrogantes, y que él siempre estaría con nosotros, pero no entendíamos qué quería decir.

Entonces apareció entre nosotros un día soleado de principios de verano. Ya nos habíamos acostumbrado a sus apariciones inesperadas, y no nos sorprendían. Nos habló de nuestra misión, dijo que siempre estaría con nosotros, y entonces nos dimos cuenta. Se iba, se estaba despidiendo, aunque de un modo enteramente distinto de como se había despedido antes de morir en la cruz.

Para entonces ya estábamos bien adiestrados. Ninguno de nosotros lloró ni protestó. Yo no me aferré a él aunque deseaba hacerlo. Intentamos comportarnos como a él le hubiera gustado.

—Venid, hijos míos, amigos, hermanos y hermanas —dijo, y nos condujo fuera de la ciudad, de vuelta al monte de los Olivos. Dejamos atrás el huerto de olivos de Getsemaní y seguimos subiendo, más allá de nuestro viejo lugar de acampada. Finalmente, llegamos a la cima misma de la montaña.

A nuestros pies se extendía Jerusalén, gloriosa como una obra de arte, proclamando su belleza y su existencia eterna.

Jesús nos reunió a su alrededor y dijo:

—Sois testigos de todo lo que ha pasado. Conocéis mi mensaje, lo habéis oído desde el principio. Ahora os encomiendo la misión de darlo a conocer a otros. Aunque debéis permanecer en Jerusalén hasta que se os invista de poder desde lo alto. —Después nos abrazó a todos, uno tras otro—. Recordad que estaré siempre con vosotros, hasta el fin de la era.

Y desapareció. Le perdimos de vista. A algunos nos pareció que había ascendido a las nubes; otros eran incapaces de describir lo que había ocurrido, sólo sabían que él ya no estaba. ¡Pero tenía que volver! Recordamos lo que tantas veces había repetido después de la crucifixión, que se marcharía otra vez para regresar en gloria. Estaba hablando de Juan. Nos dijo:

—¿Y si quisiera que él permaneciera hasta mi vuelta? ¿Qué os importa a vosotros? Vosotros me seguís. —Creímos que quería decir que volvería antes de que Juan muriera. Volvería para caminar de nuevo con nosotros. ¿Qué otra cosa podrían significar sus palabras?

Estuvimos mirando por todas partes, como unos estúpidos. Entonces, de la nada, aparecieron dos hombres vestidos de blanco.

—¡Galileos! —dijeron—. ¿Qué hacéis aquí mirando al cielo? El Jesús a quien habéis visto ascender al cielo regresará del mismo modo en que le habéis visto partir.

Enloquecidos de emoción a la vez que asustados, volvimos a Jerusalén, cantando y tratando de convencernos de que nos sentíamos felices cuando, en realidad, estábamos desolados. Nos encaminamos directamente al Templo, como si allí pudiéramos encontrar respuestas. No sabíamos qué más hacer.

En el momento mismo en que pisé el recinto, sin embargo, supe que nunca más me sentiría cómoda allí dentro. Aparte del recuerdo de Jesús predicando a las masas, había demasiadas memorias nefastas: el ataque contra Joel; el enfrentamiento de Jesús con los cambistas; la expresión de Caifás, el sumo sacerdote, cuando clamaba por la muerte de Jesús entre el gentío. Hasta la familiar barrera que impedía el paso a las mujeres se hacía intolerable, de repente. Su existencia ya no tenía sentido.

Jesús había vaticinado la caída del Templo. Dijo que no quedaría piedra sobre piedra. Nosotros no lo entendíamos ni lo creíamos. Sólo pasado el tiempo llegaríamos a comprenderlo, como sucedió en tantas otras ocasiones. Incluso ahora hay cosas cuyo significado nos está vedado.

Seguíamos alojados en la casa de José de Arimatea y cada noche nos reuníamos en la sala de la planta superior, donde tantas cosas habían ocurrido. Para mí, aquél era el auténtico lugar sagrado, no el Templo, porque fue allí donde reapareció Jesús a todos nosotros. Ya en otra ocasión habíamos compartido una cena en su ausencia, un ágape celebrado con tristeza y camaradería. Ahora debíamos hacerlo de nuevo, con Jesús ausente de una manera muy distinta.

Las mujeres salimos pronto del Templo y regresamos a la casa con los alimentos necesarios para la cena. Asombradas, descubrimos que allí nos esperaba Santiago, el hermano menor de Jesús. Su madre profirió un grito ahogado de alegría y se le acercó, vacilante, para tomar entre sus manos las manos de su segundogénito. Santiago no era tan alto como Jesús, ni tan esbelto. Sería imposible confundir uno por el otro. Y, sin embargo, había cierto parecido en la profundidad de la mirada.

—¡Hijo mío! —exclamó María la mayor—. ¡Oh, querido hijo! —No le preguntó por qué estaba allí. Las madres sabemos que estas preguntas no se hacen; sencillamente, aceptamos la presencia de nuestros hijos como un regalo.

—¡Le he visto! —La cara morena de Santiago expresaba su perplejidad y confusión—. ¡Te digo que le he visto!

—Entonces lo sabías...

—Claro que lo sabía, todo el mundo lo sabe. Yo vine para la Pascua y...

—¿Estabas aquí? ¿Desde el principio? —La voz de María la mayor temblaba.

—Alquilé un alojamiento —explicó Santiago. Al ver que su madre arqueaba las cejas pensando en el gasto, añadió—: La carpintería ha ido bien este último año. Pero, madre... le vi de repente, estaba allí, en mi habitación. Sí, en mi habitación. Y me contó tantas cosas, me explicó tantas cosas que... No sé, estoy asombrado. Citó tantas profecías de las Escrituras... ¡Era mi hermano! Y, al mismo tiempo, no era mi hermano, sino otra persona...

—Me había prometido que algún día iría a buscarte —dijo María la mayor—. Cumplió su promesa, la cumplió gloriosamente. —Tendió la mano y tocó la mejilla de su hijo—. Ahora se ha ido. Ha vuelto con su Padre, como también había predicho. Nosotros tenemos que encontrar nuestro camino. Dejó claro que tenía trabajo para nosotros. Muchísimo trabajo.

—Sí, el cumplimiento y perfeccionamiento de la Ley —dijo Santiago. Frunció el oscuro entrecejo antes de añadir—: Debemos perseguir este fin con más celo que nunca.

—¿Es, realmente, eso lo que te dijo? —preguntó Pedro, que avanzaba hacia ellos.

—¿Qué otra cosa podría ser? Él vino para cumplir las profecías, la Ley y las Escrituras. Nada se puede hacer al margen de ellas. —Santiago parecía sorprendido de que nadie cuestionara siquiera esta verdad.

—El propio Jesús no cumplía la Ley con rigor —contestó Pedro—. ¿Es lo que te dijo textualmente?

—¿Qué importan las palabras exactas? —protestó Santiago—. ¡Estamos aquí para demostrar que él fue un hijo cumplidor de Israel, el más cumplidor de todos! ¡Las autoridades religiosas que le criticaron estaban equivocadas!

—Seas bienvenido —dijo Pedro—. Todos los hermanos en Jesús son bienvenidos. —Pedro abrió los brazos, pero no hizo ademán alguno de abrazar a Santiago—. Y todos los hermanos aquí presentes somos iguales. Jesús nos dijo una vez que, para él, somos como hermanos y hermanas de sangre.

—¿Eso dijo? —Santiago parecía perplejo.

—No obstante —intervino—, la presencia entre nosotros de su verdadero hermano de sangre es todo un privilegio. —Le sonreí al tiempo que recordaba otras conversaciones, menos agradables, que habíamos tenido en el pasado. Quizá Santiago hubiera cambiado. Jesús tenía el poder de cambiar a la gente.

Pedro arqueó las cejas y se alejó.

Celebramos otra cena en memoria de Jesús, partimos el pan, pronunciamos las palabras especiales y pasamos la copa de la nueva alianza. En esta ocasión no nos sentíamos abrumados de dolor, sino unidos en una misión, aunque no entendíamos con exactitud en qué consistía. Esperábamos instrucciones, y sabíamos que llegarían.

Bebimos a sorbos el vino, sintiendo que era el propio Jesús quien nos lo ofrecía con un asentimiento de aprobación.

Nuestro grupo visitaba el Templo cada día para rezar, tratando de observar todos los ritos. Como he dicho, no sabíamos qué más hacer, aunque a mí el Templo no me atraía. Jesús ya no estaba. ¿Qué otra cosa había allí para nosotros? Pero los hombres acudían al Templo con diligencia, como si quisieran demostrar que eran más piadosos que cualquier fariseo, para que la gente les señalara y dijera: «Son seguidores de Jesús pero ¡muy tradicionales! ¡Jesús era un auténtico hijo de Abraham!»

Se reunían con regularidad bajo el pórtico de Salomón para rezar, y no sólo el círculo más íntimo de discípulos, sino también muchos seguidores de Jerusalén y adeptos venidos de Galilea, tanto hombres como mujeres. En ocasiones, les acompañábamos nosotras, las mujeres, y el hermano de Jesús. Ese día en concreto señalaba el inicio de la Fiesta de las Semanas, también llamada Pentecostés, la fiesta a la que había asistido hacía tanto tiempo, cuando era niña. A diferencia de aquella ocasión, entré en el recinto sagrado libre de pecados ocultos, limpia de secretos inconfesables y vergonzosos, cuestionando el Templo en lugar de a mí misma.

Trataba de no pensar en Caifás porque sabía que, si le viera, no me hacía responsable de mis actos. Le odiaba con un odio indescriptiblemente profundo.

Incluso en aquella corte abarrotada y bulliciosa pudimos retirarnos y rezar en grupo. Yo intentaba concentrarme en el significado de las oraciones, olvidándome del sentimiento de pérdida que manaba de la ausencia de Jesús. Me resultaba imposible no imaginármelo allí, en el Templo, aunque no fuera aquél el lugar al que pertenecía. El Templo era el responsable de su expulsión, persecución y destrucción.

Mientras estaba allí de pie, con la cabeza inclinada y cubierta con el pañuelo... ¿Cómo voy a describir esto? Es algo imposible... Oí un fuerte ruido, parecido al sonido de las alas de una bandada de pájaros que levantan el vuelo, sorprendidos. Sí, como el sonido de una bandada de aves de las marismas. El batido de sus alas removió el aire, que corrió entre nosotros. Miré hacia arriba, pero no había pájaros a la vista. No había nada, aunque se había levantado el viento. Vi que agitaba mi pañuelo y sacudía las faldas de las túnicas de los demás.

Entonces algo rojo y luminoso hizo su aparición en el aire, danzando como una llama. Como numerosas llamas, como lenguas de fuego, que se separaron de la llama original y vinieron a descansar sobre nuestras cabezas. Vi las puntas de las llamas que tocaban las cabezas de los otros, los cuales no gritaron de dolor; tampoco ardieron sus pañuelos. Después, un círculo de luz llameante descendió sobre mí y me envolvió; lo vi con el rabillo del ojo. Tendí la mano para tocarlo, pero no sentí nada, mi mano lo atravesaba. El ruido había cesado, y sólo quedaban las llamas que nos envolvían.

Juan el Bautista... Juan el Bautista había dicho: «Vendrá alguien mucho más poderoso que yo... ¡Yo os bautizo con agua, él os bautizará con fuego! ¡Con la llama del Espíritu Santo!» Y Jesús... ¿qué había dicho Jesús el primer día de su regreso entre nosotros?: «Quedaos aquí, en Jerusalén, hasta que recibáis el poder desde lo alto.»

Y —ya te lo he advertido, no tengo palabras para describirlo— sentí que se cernía sobre mí una presencia, algo que nunca antes había conocido. Parecía que me hablaba, parecía que susurraba, parecía penetrar hasta el fondo más recóndito de mi mente.

No tuve conciencia de hablar, aunque oí que los demás lo hacían. De pronto, Andrés empezó a hablar en una lengua extraña, y lo mismo hizo Simón. También, Mateo y yo misma y... todos nosotros. ¿Qué estábamos diciendo? Las palabras fluían, incontenibles, y no podíamos entender lo que significaban.

Los demás peregrinos congregados en el recinto exterior callaron de repente; se produjo un silencio inquietante. Si el viento soplara en otras partes, lo habríamos oído. Pero sólo hacía viento en el lugar donde estábamos nosotros.

—¿No sois galileos? —Un hombre se acercó, al cabo, y nos desafió—. ¿Por qué habláis todas estas lenguas?

Nosotros seguimos hablando, incapaces de contener el flujo de palabras que manaba sin fin.

—¡Escuchad! ¡Venimos de todos los países que existen bajo el sol, unidos sólo por nuestra común descendencia de Abraham! —gritó el hombre, y abrió los brazos de par en par para abarcar la multitud entera—. Somos partos, medos y elamitas, habitantes de Mesopotamia, Judea y Capadocia, del Ponto y de Asia, venimos de Frigia y Panfilia, de Egipto y los distritos de la Libia cirenaica, somos viajantes de Roma. Judíos natos y conversos al judaísmo, cretenses y árabes. ¡Y ahora estos galileos hablan todas nuestras lenguas!

¿Realmente hablábamos todas esas lenguas? ¡No conocíamos ninguna de ellas!

—¡Están borrachos! —Una voz resonó del otro lado de la corte—. ¡Han bebido demasiado vino joven!

Entonces Pedro empezó a comportarse de un modo del todo impropio. Fue en ese instante cuando me di cuenta de que algo había descendido realmente sobre nosotros y nos había cambiado. No podía verlo en mí, pero lo vi enseguida en Pedro.

Con aplomo se puso de pie, delante de todo el mundo, y se dirigió a una piedra sobreelevada desde la que podría hablarles a todos. Pedro, un hombre fortalecido hasta ser irreconocible.

Alzó la voz y gritó:

—¡Escuchadme, todos vosotros! —Su tono tenía una sorprendente autoridad—. ¡No estamos borrachos! ¡Aún no es mediodía! No; ha sucedido lo que predijo el profeta Joel. «Ocurrirá en los últimos días. Dios dijo: "Verteré una porción de mi espíritu en la carne humana. Vuestros hijos y vuestras hijas serán profetas, vuestros jóvenes verán visiones, vuestros viejos soñarán sueños. En verdad, en esos días yo verteré una porción de mi espíritu sobre mis siervos y mis siervas, y ellos serán profetas. Obraré milagros en los cielos y sembraré la tierra de señales: sangre, fuego y una nube de humo. El sol se oscurecerá y la luna se teñirá de sangre antes del advenimiento del grandioso y espléndido día del Señor, y serán salvados aquellos que gritan el nombre de Dios."»

¿Cómo podía Pedro recordar todo aquello? Jesús nos prometió que recordaríamos cosas pero...

—¡Vosotros, los israelitas, escuchad estas palabras! —gritaba Pedro—. Jesús Nazareno fue un enviado de Dios, un hombre capaz de grandes obras...

Y prosiguió. Les refirió la historia de Jesús, de principio a fin. No se oía nada en la corte. Estaban todos absortos en el relato. ¡Pedro! ¡El Pedro indeciso, vacilante y negador!

Con cautela, tanteé el aire por encima de mi cabeza para ver si podía detectar cierto calor, algo que demostrara el cambio profundo. Porque, si lo tenía Pedro, yo también podría tenerlo. Todas las llamas tenían el mismo aspecto.

—Que la casa de Israel sepa sin duda que Jesús es Señor y Mesías, es el Cristo, el ungido, este Jesús a quien vosotros crucificasteis.

Hubo un largo silencio. Luego sonó una voz que gritaba:

—¿Qué debemos hacer, hermano?

Sin vacilación, Pedro respondió:

—Arrepentíos y sed bautizados, todos vosotros, en el nombre de Jesús, el Cristo, y por el perdón de vuestros pecados. Y recibiréis el don del Espíritu Santo.

¿Cómo se le había ocurrido una respuesta tan definida? Jesús jamás les había dicho nada parecido. Aunque estas llamas, la misteriosa presencia que contenían... podrían representar el consuelo, el amigo que Jesús les había prometido.

Dijo que sería una versión distinta de sí mismo, pero aquello no se parecía a él. ¿Habría empleado Jesús esas palabras? ¿Podíamos confiar en ese amigo recién llegado? ¿Aunque Jesús hubiera anunciado su llegada?

Entonces la congregación entera corrió hacia Pedro gritando:

—¡Bautízanos! ¡Bautízanos!

Y yo no podía salir de mi asombro.

Nos vimos en la necesidad de abrir un registro y de buscar un lugar con agua corriente donde cupiera aquella multitud: unas tres mil personas. El sermón espontáneo de Pedro había ganado tres mil conversos. Tres mil fieles dispuestos a declarar en público que eran seguidores de Jesús, más gente de la que se había atrevido a reconocerlo mientras él vivía.

Pero ¿eran realmente seguidores de Jesús? Pedro era Pedro, no Jesús, y su nuevo y extraño compañero espiritual tampoco era Jesús. Es cierto que, en ocasiones, según cuentan las escrituras, el Espíritu de Dios había descendido temporalmente sobre personas que necesitaban su fuerza para hacer frente a situaciones extraordinarias. Ahora parecía que ese Espíritu Santo habría de acompañarnos durante el resto de nuestras vidas, siendo, de algún modo, el sustituto de Jesús.

Aunque —¡ah!— preferiría mil veces tener al propio Jesús, en toda su asombrosa complejidad. Con el paso del tiempo, sin embargo, llegué a aceptar que aquello era lo que él había dispuesto para mí. No podía sino inclinar la cabeza y acatar su voluntad. ¿Qué alternativas tenía? «No te aferres a mí.» Aquellas palabras resonarían en mis oídos hasta el fin, aquel gesto de mantenerme a distancia. Y, sin embargo, me habló primero a mí, antes que a los demás.

Los tres mil fueron debidamente bautizados y nuestra comunidad creció. ¿Qué teníamos que hacer? Éramos galileos, extranjeros, peregrinos en la ciudad de Jerusalén. No obstante, nos habían cedido una casa, un cuartel general donde iban a vernos muchos conversos. ¿Debíamos quedarnos allí?

Acompañados de nuestro nuevo amigo, rezábamos al Espíritu y confiábamos en que él —o ella, o la Sabiduría, o como quisiera llamarse la nueva presencia— nos conduciría adonde Jesús deseaba que fuéramos.

Dos cosas sucedieron casi enseguida. La primera, que Pedro y Juan empezaron a realizar los mismos actos que Jesús cuando curaba y predicaba. ¡De hecho, Pedro alcanzó tanta fama que la gente tendía a sus enfermos en la calle con la esperanza de que su sombra caería sobre las literas y les curaría!

La segunda fue que nosotros, los discípulos, apóstoles y conversos, empezamos a organizarnos. Necesitábamos una nueva sede, la casa de José sólo era un préstamo. Fueron muchos, sin embargo, los que se adhirieron al Camino (así nos llamaban al principio) en Jerusalén, entre ellos, incluso algunos sacerdotes del Templo, y ellos nos facilitaron casas y lugares de reunión. Puesto que algunos tenían más dinero que otros, la gente abría fondos comunes y compartía todo, para que nadie pasara hambre. Aquella caridad espontánea llamó la atención del público, y fue así como nuestra fama se expandió.

En los lugares de reunión sucedían muchas más cosas, sin embargo. Partíamos el pan y consagrábamos la copa del vino en el nombre de Jesús, rezábamos, estudiábamos las escrituras para localizar todas las antiguas referencias a Jesús, tal como él nos había dicho. Distribuíamos ropa y alimentos a los más pobres de entre nosotros.

Oh, estábamos muy ocupados. Había muchas cosas que hacer, desde el alba hasta la medianoche. No teníamos tiempo para la tristeza, apenas tiempo para la reflexión; sólo había tiempo para la acción y la precipitada oración.

Como una de las primeras discípulas y alguien que conoció a Jesús a lo largo de su ministerio, me llamaban repetidamente para hablar de él a los nuevos conversos, para recrear su persona.

Cuánto ansiaban conocerle. Ahora ya sé que este hambre, esta sed, continuarán y que me es imposible saciarlas. Es lo que intento hacer en este testimonio, en mi humilde medida, pero reconozco que es muy poco.

Posdata a mi hija:

Ahora, Eliseba, voy a enviarte esta carta. Te enviaré más, porque mi testimonio no ha terminado. Quería que tuvieras el principio, sin embargo, la parte que más perplejidad puede causarte.

Te doy mi bendición y rezo para que sientas el deseo de responder. He intentado relatarlo todo con honestidad aunque me he dejado una cosa. Dije que la aparición del Espíritu Santo fue indescriptible. También lo es el amor que siento por ti y que no se ha extinguido en tantísimos años. Escucha tu corazón, te lo ruego. No me cabe duda de que te habla de mí. Dios no sería tan cruel de silenciarlo para siempre.

59

A la viuda de Joel de Naín, antaño conocida como María de Magdala, actualmente, María de Éfeso:

Mi ama, la señora Eliseba de Tiberíades, viuda de Jorán de Magdala, me ha pedido que conteste a tu correspondencia. Desea que te diga que ha leído el extraño testimonio de tu vida —lo que alegas es la introducción a tal documento— y que lo encontró totalmente desconcertante. El hecho de que después de más de sesenta años le presentes una defensa tan interesada y le pidas que te reconozca como su madre, con la esperanza de celebrar alguna especie de reconciliación, es en exceso temerario y presuntuoso.

Dice que, a lo largo de los años en que crecía como huérfana, hija de una madre que se sabía poseída, desertora de su familia y unida a una banda de profetas y rebeldes itinerantes, nunca intentaste verla ni ponerte en contacto con ella. Creció con la vergüenza de tener a esa madre, un escándalo para la ciudad. A su manera infantil te escribió muchas cartas, pero nunca recibió respuesta y, al final, desistió. Si no fuera por la amabilidad de su tío Eli y su familia, jamás habría conocido un hogar. El tío Eli le enseñó todo lo que sabe y le dio un motivo por el que sentirse orgullosa de su familia.

Durante muchos años te consideró muerta, tan muerta como aquel rabino a quien seguiste. No fueron pocos los bandidos perseguidos y ejecutados. El nombre del odiado rabino se tornó aún más odioso para los fieles israelitas después de su muerte, y la herejía vil y la perversión de las Leyes de Moisés que sus discípulos practican desde entonces sólo puede resultar abominable para los verdaderos devotos.

Dice que, en la hora de la necesidad del pueblo judío, cuando el Templo cayó y los fieles se dispersaron, tú y los seguidores del rabino desacreditado perseverasteis en vuestra herejía. Ni siquiera los sufrimientos actuales de los judíos han conseguido devolveros al buen camino, y sois por ello peores que los edomitas, los antiguos hermanos de sangre de los judíos que les dieron la espalda en sus momentos de necesidad.

¡Y ahora, después de tantos años, reapareces en su vida y le pides que lea tu defensa de la herejía! ¡Ni que esperaras poder convertirla!

Mi ama te dice, con profundo pesar, que sigue siendo huérfana de madre.

Saludos y paz,

Tirsa, de la casa de la Honorable Eliseba.

60

A mi única y queridísima hija, Eliseba, conseguida a un alto precio y amada siempre,

De María, apóstol en la iglesia de Éfeso:

No puedo describir mi alegría desbordante al recibir la carta que me envió tu ayudante. Por fin, he oído tu voz, aunque sea de segunda mano y cargada de ira. Me gustaría responder a tantas cosas de las que me acusas, explicarte qué pasó. Cosas que me han permitido entender lo que ocurrió entonces. Jamás recibí las cartas que me enviabas de niña. Sospecho que tu «amable» tío Eli las escondía. Y ahora también sospecho que tú tampoco recibiste las mías, aunque confié algunas a Silvano y envié otras directamente a Eli. El amable tío Eli a buen seguro estimaba mejor que nunca nos pusiéramos en contacto.

Lo cierto es que fui a Magdala después de la muerte de mi maestro, pero Eli no me permitió verte ni hablar contigo. Me dijo que te habían explicado que estaba muerta y, en lo que a ellos se refería, lo estaba. Recuerdo que le contesté que no sólo no estaba muerta sino que me sentía más viva de lo que hubiese podido soñar nunca. Él, sin embargo, no tenía interés alguno en saber qué me había sucedido.

Piensa un momento en ello. A esas personas, consideradas buenas, caritativas y devotas, no les interesó en absoluto conocer la suerte que había corrido su hermana, quien había padecido una gravísima enfermedad. ¿Qué misericordia es ésta? Creo que su actitud demuestra que la «bondad» humana está siempre condicionada por el egoísmo y la ceguera, y por eso nuestros esfuerzos por alcanzar la santidad no pueden satisfacer a Dios. Isaías supo definirlo mejor: «Nuestra rectitud moral es un montón de trapos sucios.»

En todos esos años, siempre que encontraba a alguien de Magdala le preguntaba por ti. Traté por todos los medios de no perderte la pista. Supe que te habías casado con Jorán, un líder de la comunidad religiosa de Tiberíades. No sabía, sin embargo, que él había muerto y te compadezco de todo corazón, porque sé bien lo que significa ser viuda. Nunca pude averiguar si tienes hijos; la información que llegaba hasta mí era muy parca e incompleta. Estoy agradecida, no obstante, de todo lo que pude saber.

Las cosas del pasado ya no existen. La gente, las barreras y los acontecimientos que nos separaban han desaparecido. Tú ya no eres una niña y no dependes de un adulto para recibir o no una carta. Y yo no pertenezco a una banda itinerante, pues fijé mi residencia en Éfeso hace muchos años. ¡Soy una mujer respetable! Es cierto, los miembros de mi grupo me consideran una anciana honorable, estimada y venerable. Este grupo mío de herejes ha sido reconocido como una auténtica religión. Contamos con miles de fieles por todo el mundo, desde España hasta Babilonia. Empezamos como un grupúsculo de gente asustada, afligida por la muerte de su maestro en Jerusalén, y ahora tenemos hermanos adeptos en casi todas las ciudades del Imperio. Siete u ocho años después de la muerte de Jesús ya teníamos seguidores en Damasco y otras ciudades. El estigma de pertenecer a una herejía marginal se borró hace mucho.

Por tanto... superemos las últimas barreras, que sólo existen en nuestras mentes, y acerquémonos con los brazos abiertos. Nadie puede detenernos, somos libres de seguir nuestros corazones.

Respeto los sentimientos que te impulsaron a responder en un tono tan distante y a través de una mediadora, a la vez que rezo porque estos sentimientos se suavicen. En todo caso, el solo hecho de haber recibido tu carta fue una respuesta a mis viejas plegarias.

A instancias de la congregación de Éfeso, sigo escribiendo la historia de Jesús y de los primeros creyentes, y te haré llegar copias de mis escritos. Deseo que las tengas. Te pertenecen, aunque decidas destruirlas sin leerlas.

Tu madre que te quiere,

María de Magdala y Éfeso.

61

El testamento de María de Magdala, la que llaman Magdalena, en su continuación

Como ya he dicho en mis escritos anteriores, hermanos y hermanas en Dios, nuestros primeros tiempos estuvieron colmados de acontecimientos asombrosos. De hecho, nos encanta recordar aquellos tiempos, porque fueron como los primeros días después de un casamiento, cuando los novios están muy enamorados y sólo tienen ojos el uno para el otro, y pasan el tiempo en la alcoba conyugal, ajenos al resto del mundo. También nosotros estábamos en una cámara conyugal, porque Jesús nos había elegido como compañeros suyos para la eternidad —de esto ya no nos cabía duda— y, más que compañeros, como partícipes de su Espíritu.

Porque habíamos cambiado. Yo apreciaba los cambios en los demás, en la recién hallada autoridad de Pedro, en la profunda sabiduría de Juan, en la completa aceptación y beatitud de María la mayor, y en la actitud de Santiago que, en lugar de desdeñar a su hermano, le reverenciaba ya con gran fervor.

Aunque en aquel momento todavía no percibía los cambios operados en mí.

Nuestras actividades no tardaron en llamar la atención de las mismas personas que habían perseguido a Jesús y que —según creían— le habían silenciado para siempre. Pedro y Juan habían estado rezando en el Templo, como de costumbre. Al subir las escaleras, pasaron por delante de un mendigo paralítico que tendió la mano para pedirles dinero. Para su gran sorpresa —y la de todos los que le rodeaban— Pedro exclamó:

—No tengo oro ni plata para darte. Pero te doy lo que sí tengo.

—Se inclinó y le tendió la mano—. ¡En el nombre de Jesús, el Cristo de Nazaret, levántate y camina!

Acto seguido, cogió al paralítico de la mano derecha y le ayudó a ponerse de pie. El mendigo no sólo pudo sostenerse sin ayuda sino que sus piernas y sus tobillos dejaron de temblar, y subió las escaleras corriendo y alabando a Dios.

Como es natural, aquel milagro atrajo la atención, porque al mendigo le conocían todos los que cruzaban la Hermosa Puerta del Templo. El hombre se quedó con Pedro y con Juan, y Pedro empezó a predicar acerca de Jesús a la multitud de curiosos que se congregaron en torno a ellos.

El capitán de la guardia del Templo, flanqueado por sacerdotes saduceos, salió a toda prisa y arrestó a Pedro y a Juan, aunque ya mucha gente les había escuchado y se había convertido en su fuero interno. Encerraron a Pedro, a Juan y al mendigo en la cárcel hasta el día siguiente, cuando tendrían que comparecer ante los jueces. Vi cómo se los llevaban. Así se habían llevado también a Jesús, aquellas mismas autoridades.

A diferencia de Jesús, sin embargo, Pedro y Juan fueron puestos en libertad y pudieron volver con nosotros. Y nos contaron cómo había sido el interrogatorio, cosa que Jesús nunca tuvo la oportunidad de hacer.

—Eran las mismas personas —dijo Juan—. Es un honor ser interrogados y amenazados por nada menos que Anás y Caifás.

Fue entonces cuando intuí por primera vez que quizás a mí también me había cambiado el Espíritu Santo. Hasta entonces, habría sentido el deseo de abalanzarme sobre Caifás y arrancarle los ojos. Incluso me habría gustado poder sacar un cuchillo del cinto y matar a Anás. Ahora, sin embargo, sólo me sentía triste por la ceguera y la violencia de mis enemigos.

La desaparición de mi propia violencia se me hacía extraña, como si hubiera perdido un brazo.

¡Son malos!, pensaba. ¡Merecen ser castigados! Pero, de algún modo extraño, los viejos sentimientos de venganza habían perdido su sabor y su atractivo.

—Nos interrogaron, nos amenazaron y, al final, accedieron a liberarnos si acordábamos no hablar nunca más en nombre de él —dijo Pedro.

—No fueron capaces de pronunciar el nombre de Jesús —añadió Juan—. Como si el solo nombre tuviera poderes.

—Los tiene —afirmó Pedro—. Yo curé al mendigo diciendo «En el nombre de Jesús, el Cristo de Nazaret, levántate y camina.»

»Entonces juntamos las manos y rezamos. Las palabras vinieron a mi mente y dije: "Escucha sus amenazas, oh, Señor, y ayuda a Tus siervos a propagar Tu palabra sin miedo, porque Tú extiendes la mano para curar, y señales y milagros se producen en el nombre de Tu santo siervo, Jesús."

Por supuesto, aquello no terminó así. Nos arrestaron de nuevo; sí, a las mujeres también. Nos llevaron a la cárcel pública. Fue la primera vez que veía el interior de una cárcel y, de inmediato, sentí compasión por los prisioneros, en cuya suerte nunca había reparado antes. Las celdas eran tenebrosas como cuevas, aunque no estaban por debajo del nivel del suelo. Nos acurrucamos todos juntos, e intenté no perder el ánimo, pero estaba asustada.

No puedo explicar lo que ocurrió, pero la puerta se abrió en medio de la noche y conseguimos salir, tanteando el camino a ciegas. Pedro afirmó que un ángel le había encomendado una misión: «Ve a la corte del Templo y transmite a la gente el mensaje de la nueva vida.» Yo no fui testigo de ello. Quizá fuera sólo un carcelero descuidado o simpatizante quien no cerrara la puerta con llave y por eso pudimos abrirla. Pero, aunque fuera el carcelero, Dios debió de guiar su mano. Dios obra a través de la gente. Creo que es así como prefiere operar.

A la mañana siguiente fuimos al Templo y empezamos a enseñar y a predicar; sí, yo también. Sentía que podía enseñar, si no predicar. Los guardias vinieron enseguida y nos arrestaron de nuevo.

¡Otra vez en la cárcel! María de Magdala, una mujer respetable. (Doy las gracias a Jesús por devolverme la respetabilidad.) En esta ocasión, tuve el privilegio de ser juzgada en persona y no tener que oír el relato de segunda mano de boca de Pedro o de Juan.

Comparecimos ante el poderoso Sanedrín, ese augusto cuerpo de sacerdotes, escribas y prelados que habían condenado a Jesús. Estábamos atados y encadenados, y nos obligaron a encararnos con nuestros acusadores. Se supone que eran setenta, aunque no vi setenta hombres observándonos. Busqué las caras de Nicodemo y de José de Arimatea, los discípulos secretos de Jesús, y me pareció verles en la última fila. Pero no estoy segura.

Caifás dio un paso adelante con expresión tensa. Caifás. Mi peor enemigo. Como ya he dicho, en el pasado habría aprovechado esta oportunidad para abalanzarme sobre él con un grito y un cuchillo. Ahora, para mi sorpresa, sólo sentía pesar y resignación por ese hombre tan mal encaminado. No le amaba, no, pero le compadecía.

—Os dimos órdenes estrictas, ¿no es cierto? —Sonó la voz grave y estentórea de Caifás—. Os ordenamos que dejaseis de predicar en nombre de él. Pero vosotros habéis inundado Jerusalén con vuestras enseñanzas y pretendéis que la sangre de ese hombre caiga sobre nuestras cabezas.

De repente, oí mi voz que contestaba:

—¡Hemos de obedecer a Dios, no a los hombres!

Y Pedro añadió:

—Somos testigos de los hechos que proclamamos, como lo es el Espíritu Santo, que Dios otorga a los que Le obedecen.

Tras unos murmullos iniciales, el Sanedrín irrumpió en acusaciones.

—¡Nuevas blasfemias! ¡La muerte para ellos! —gritó uno de los miembros. Los demás le secundaron, reclamando nuestra sangre.

—¡Aquel falso profeta que les lideraba les ha vuelto tan locos como él!

—¡Hay que silenciarles!

—Un momento. —Un miembro salió a enfrentarse a Caifás. Más tarde supe que se llamaba Gamaliel y que era un fariseo respetado y un maestro de la Ley—. Coterráneos israelitas, cuidado con vuestras sentencias. Como ya sabéis, ha habido otros impostores. Teudás y sus cuatrocientos seguidores, y Judas de Galilea. Todos afirmaban haber recibido una revelación especial, ser los líderes que necesita Israel. Y todos han muerto, líderes y seguidores.

Caifás le miraba fijamente.

—Ya lo sabemos. ¿Y qué? Los impostores, lo herejes y sus allegados deben ser destruidos.

—Sólo esto: dejad a esta gente en paz. Que salgan en libertad. Si su movimiento es de Dios, Él lo defenderá y nada podremos hacer para destruirlo. Si no es de Dios, desaparecerá. Es muy sencillo. No es necesario hacer nada al respecto. —Hizo una pausa—. Si en verdad es de Dios, no queremos formar parte de una lucha contra Él.

Caifás permanecía rígido, su rostro parecía una máscara de ira. Al cabo, dijo:

—Muy bien. Aunque tú mismo debes reconocer que merecen

ser castigados como promotores de disturbios públicos. Deben ser flagelados.

¡Como Jesús! Fue lo primero que pensé. Y enseguida: Dios mío, es un castigo brutal y doloroso.

Los guardias del Templo nos sacaron a rastras y nos llevaron a un patio particular, donde nos ataron y nos flagelaron con el mismo tipo de azote que habían usado contra Jesús.

Fue más doloroso de lo que pudiera imaginarme jamás, aunque hubiese sido testigo de la flagelación de Jesús. Dar a luz es doloroso, pero el parto da vida a un regalo de Dios y la mujer, aunque recuerde luego el dolor, ya no le da importancia. Creo que lo mismo pasó con aquella experiencia. Nos azotaron con brutalidad, nos golpearon con varas y bastones, las bolas de plomo se clavaban en mi piel como alambres candentes, pero aquella flagelación proclamaba nuestra lealtad a Jesús y por ello fuimos capaces de soportarla.

Por fin, nos desataron y nos dejaron en libertad. Al salir tambaleándonos del recinto, nos ordenaron:

—¡Dejad ya de hablar en nombre de Jesús!

Pedro tuvo que apoyarse en uno de los postes y musitó una oración; pedía que Dios le diera fuerzas.

En el momento de salir, Andrés se volvió de pronto y gritó a sus torturadores:

—¡Regocijémonos de haber sido dignos de sufrir el deshonor en el nombre de JESÚS!

Y, antes de que pudieran reaccionar, cruzamos corriendo las puertas. No podíamos correr muy deprisa, las piernas se aflojaban, pero nadie intentó seguirnos.

Fuimos considerados dignos de sufrir como Jesús, de ser castigados por los mismos hombres que le habían castigado a él. Más tarde supimos que alguien llamado Pablo afirmaba que Jesús se le había aparecido y le había encomendado una misión. Alegaba ser un apóstol, como nosotros.

Al principio, su afirmación parecía muy extraña. Ese Pablo, un judío de Tarso que ni siquiera había conocido a Jesús en vida, aseguraba que se le había aparecido, mejor dicho, que le había abrumado con su presencia y le había encargado una misión.

Aunque Pablo no conocía a Jesús, nos conocía a nosotros... y nos había perseguido. Como agente convencido de Caifás y de sus propias convicciones religiosas, había dado caza sin piedad a nuestros hermanos y hermanas, llegando a perseguirles más allá de las fronteras de Israel en misiones de hostigamiento.

Era temido y odiado por todos. Cuando, de repente, desapareció en medio de una persecución de cristianos en Damasco, nos alegramos todos.

Y luego... apareció en nuestro cuartel general de Jerusalén afirmando que Jesús le había cambiado la vida. No había venido para buscar nuestra aprobación —eso lo dejó bien claro—, sino para conocer mejor las enseñanzas de Jesús y sus obras en la vida terrenal. Sólo deseaba hablar con Pedro y con el hermano de Jesús.

¿Qué pensar de él? Si realmente creíamos que Jesús seguía vivo, ¿por qué no aceptar que pudiera aparecerse a otros, a gente que nosotros no conocíamos? Y, sin embargo, ¿cómo admitirles entre nosotros? ¿Cómo entenderles, siquiera? Su experiencia de Jesús sería muy distinta a la nuestra. Aunque no nos incumbía juzgarles y mucho menos, desacreditarles.

En aquellos tiempos iniciales, éramos como novios, después como una pequeña familia y, al final, como un amplio clan. Nos conocíamos todos, confiábamos los unos en los otros, comparábamos nuestras experiencias con las revelaciones especiales que el Espíritu Santo hacía a cada uno de nosotros, hablábamos de ellas hasta altas horas de la noche en nuestros cuartos de Jerusalén. Juntábamos el dinero y demás recursos en un fondo común y, por medio de la oración, encomendábamos todas nuestras decisiones a la inspiración divina.

Y esperábamos el regreso de Jesús. Le esperábamos de un momento a otro. ¿Acaso los mensajeros que aparecieron en el monte de los Olivos no nos dijeron que reaparecería como se había ido? Jesús había vuelto inesperadamente de la tumba para estar con nosotros, y estábamos convencidos de que volvería a hacerlo. No nos cabía duda de que la separación era transitoria, sólo transitoria.

Había mañanas en que me despertaba sintiendo que había llegado el día. Lo sabía. Tenía la certeza inconfundible de que aquél no sería un día cualquiera. Jesús aparecería... tal vez cuando nos reuniéramos para comer, quizás a uno solo de todos nosotros, pero aparecería.

Emprendía mis tareas habituales en estado de alerta perpetua, sin dejar de mirar un instante por encima del hombro, pero la jornada concluía sin haber visto nada.

Pablo —de quien todavía tengo reservas, aunque dijo algunas cosas muy profundas— escribió que, en cierta ocasión, rogó a Dios que le librara de una «espina» que tenía clavada en la piel. Dios respondió: «Mi gracia es suficiente, porque la debilidad perfecciona la fuerza.» En cierto sentido, yo había recibido la misma respuesta. «Mi gracia es suficiente.» Así que dejé de esperar su pronto regreso mucho antes que los demás.

Nuestro grupo de Jerusalén siguió creciendo, y pronto surgieron facciones internas: judíos de habla griega y judíos que hablaban arameo. Era inevitable. Nuestra hermandad sufrió escisiones y, en todo caso, había crecido tanto que ya no podíamos reunirnos todos en un mismo lugar. Cuando esto sucedió surgieron discusiones y rivalidades. Pronto aparecieron «la gente de Pedro», «la gente de María», «los judíos griegos de los libertos de la sinagoga» y muchos otros.

Si me preguntaran qué recuerdo mejor de aquel período, para ser honesta tendría que responder: las peleas. Las acusaciones de favoritismo —¿eran las viudas griegas discriminadas en favor de las judías?— y otras discusiones parecidas nos hicieron pedazos mucho antes que las bestias salvajes de Nerón. Así terminó el maravilloso, extático y embriagador período inicial.

Otro tema que nos dividió desde muy pronto fue la admisión o no de gentiles en el seno de nuestra comunidad. Los judíos de habla griega eran, a fin de cuentas, judíos. Sin embargo, los forasteros ansiaban conocer las enseñanzas de Jesús mucho más que los compatriotas israelitas. Era una vergüenza y un escándalo. Los que no pertenecían a nuestra tradición nos acosaban con sus solicitudes; los propios, con su hostilidad. ¿Qué debíamos hacer?

En esa ocasión, fue Pedro quien recibió la visión, la dirección. Vivía en Jopa por aquel entonces, y un mediodía subió al terrado de su casa para rezar. Mientras oraba tuvo un sueño extraño, una visión. Vio una gran sábana que descendía del cielo; cuando llegó a su altura y se abrió, vio que pululaba con todas las bestias impuras que la Ley de Moisés nos prohíbe comer. Allí había serpientes y tortugas, criaturas que viven en las conchas marinas, conejos y —lo peor de todo— cerdos. Su sola visión producía repugnancia y, cuando se oyó una voz que le ordenaba: «¡Levántate y come!», Pedro retrocedió asqueado.

Y protestó la orden de aquella voz que parecía ser de Dios, pero podía ser de Satanás:

—Jamás he comido estos animales, jamás he trasgredido la Ley que los proclama por demás impuros.

La voz le censuró diciendo:

—No debes declarar impuro lo que Dios declara puro.

Pedro se resistió y repitió su protesta dos veces más, y dos veces recibió la misma respuesta.

Entonces la visión, la tela y los animales, se desvanecieron. Unos gentiles de Cesarea, que habían recibido la sorprendente orden de Dios de buscar a Pedro mientras él rezaba, llamaron a su puerta. Su amo de Roma, Cornelio, había tenido una visión que le ordenaba mandar llamar a Pedro.

¿Cómo podía negarse? Acudió a casa de Cornelio, les habló de Jesús y terminó bautizándoles. Habían entrado en nuestra comunidad, unos romanos, unos gentiles. Teníamos que compartir la mesa con ellos, recibirles como hermanos.

Y hubo otros, más prohibidos todavía. Uno de nosotros bautizó a un eunuco de Etiopía. Un eunuco, cuando la Ley de Moisés decía claramente: «Ningún hombre castrado, por corte o aplastamiento, puede entrar en la asamblea del Señor.»

«Olvidad las cosas del pasado, no os aferréis a ellas. Contemplad, yo hago algo nuevo, ahora habrá de suceder. ¿No lo reconoceréis?» Las propias Escrituras lo habían vaticinado. Pero ¿cómo ponerlo en práctica?

Había muchas opiniones e interpretaciones distintas de lo que debíamos hacer. Algunos, encabezados por el hermano de Jesús, Santiago, creían que sólo la estricta observancia de la Ley de Moisés podría guiarnos por ese nuevo territorio que atravesábamos. Él y otros del mismo parecer sostenían que debíamos seguir rezando en el Templo, cumplir todos los preceptos de la Ley y, de hecho, ser más devotos que los propios fariseos. Se sentían ofendidos por las acusaciones de que Jesús había infringido la Ley y estaban resueltos a demostrar que él y sus seguidores eran herederos obedientes de las antiguas tradiciones.

Otros decían: «Santiago, se acabó, tenemos que seguir adelante.»

Santiago no les hizo caso y mantuvo un férreo control sobre las actividades de la Iglesia en Jerusalén. Curiosamente, el propio Pedro le mostraba gran deferencia, aunque creo que esta actitud se puede entender si tenemos en cuenta que, en ese tiempo, prevalecía la impresión de que las cualidades de Jesús se explicaban por su sangre «real», especial, que por supuesto su familia compartía y, por tanto, era merecedora de honores y privilegios también especiales. Era inevitable. ¿Cuántas veces habíamos oído hablar del linaje real de David, de las promesas especiales derivadas de su sangre? Incluso las alianzas secretas de nuestro pueblo se fundamentaban en el lenguaje genealógico, empezando por el propio Abraham, quien debía tener un hijo nacido de su semilla.

Ahora había otra Familia Santa, tan sagrada como la familia de David, cuyos miembros serían nuestros líderes. Jesús tenía hermanos que, por supuesto, tenían precedencia sobre cualquiera de los demás. Era la vieja manera de pensar; Jesús y el Espíritu que nos había enviado acabaron por derrocarla, aunque no de inmediato. Incluso el día de hoy Simeón, un primo de Jesús, se acepta como uno de los líderes de la Iglesia. Los romanos, sin embargo, sospechan de él, no porque sea cristiano sino porque desciende del linaje de David, del que Roma aún espera la emergencia de nuevos líderes populares.

Santiago aplicaba las normas y las restricciones mosaicas y rabínicas de una manera tan opresora, que muchos de nosotros acabamos congregándonos al margen de él. A mí no me interesaba asistir a sus reuniones ni acatar sus sermones. Me alegraba de que, aun tarde, hubiera reconocido a su hermano, pero sus tácticas me resultaban agobiantes.

Mucho peores que Santiago y el estricto legalismo que ejercía dentro de nuestra comunidad eran las persecuciones de las autoridades religiosas judías que no pertenecían a ella. Arrestaron y enjuiciaron a Esteban, uno de los conversos de habla griega, condenándole a la muerte por lapidación, y, a continuación, desataron su furia contra todo judío «apóstata» que cayera en sus manos. Aquellas persecuciones nos obligaron a dispersarnos. Algunos fuimos a Samaria, donde encontramos a gente dispuesta a escuchar y ganamos muchos conversos. Otros llegaron más lejos, de modo que, diez años después de la crucifixión en la colina del Calvario, Jesús tenía seguidores en lugares tan lejanos como Etiopía, Roma, Chipre y Damasco.

El terrible deseo de Juan y de Santiago el Mayor de sentarse a la derecha de Jesús y beber de su cáliz fue cumplido por otro de nuestros enemigos, la autoridad secular del rey Agripa, sucesor de Antipas en el trono.

Ocurrió en el período en que muchos de nosotros seguíamos en Jerusalén, tratando de conducir a la Iglesia lejos de los planteamientos erróneos de Santiago. Santiago el Mayor le manifestaba su oposición abiertamente y sin reservas, y predicaba a las multitudes en su contra. Su actividad no hizo mella en las convicciones del hermano de Jesús, pero atrajo la atención de Agripa, quien decidió aumentar su magra popularidad declarando la guerra a los cristianos. Santiago el Mayor era un blanco lógico y fácil de arrestar. Yo estaba allí cuando le prendieron los soldados de Agripa mientras predicaba en el Mercado Alto. Se le acercaron por la espalda y le inmovilizaron los brazos.

Estábamos acostumbrados a los arrestos, aunque no a manos de las autoridades seculares. La detención de Santiago el Mayor nos llenó de temores y rezamos por su liberación, sin imaginarnos ni por un momento que Dios nos la negaría.

La noticia salió de palacio un ventoso día de verano: Santiago bar-Zebedeo había sido condenado a muerte por decapitación, y la sentencia sería ejecutada en la corte del palacio. Por decapitación, sin duda, por respeto a la elevada posición social de su familia. Sus antiguos contactos en la residencia del sumo sacerdote sólo le habían valido para determinar la forma de su ejecución.

Cuando fuimos a informar a Juan, la noticia le sorprendió y le amedrentó hasta tal punto, que se encerró en su casa de Jerusalén y no dejaba de mecerse en la silla, con la cabeza apoyada en las manos.

—Santiago... No, no... —repetía rítmicamente—. No, no, no...

La madre de Jesús vivía entonces con él, tal como había prometido a su hijo, y se volcó tratando de reconfortarle, con todos nosotros reunidos a su alrededor.

—Juan, hijo querido (mi verdadero hijo, tal como quiso Jesús), no dejes que el dolor te atormente. Es lo que tu hermano quería, lo pidió hace mucho tiempo. ¿No te acuerdas de la respuesta de Jesús?

Juan levantó la cabeza para mirarla.

—Nunca la olvidaré. «En verdad, beberéis de mi cáliz.» ¡Pero no sabíamos qué significaba eso, como nos dijo el propio Jesús!

—Ahora lo sabéis —respondió María la mayor—. ¿Querrías retractarte?

—No —admitió Juan—. Por mí, no. Yo estoy preparado. Pero mi hermano... —Apartó la vista—. Es un precio demasiado alto. Morir así...

—Es una muerte más piadosa que la de su maestro —le recordó la madre de Jesús.

—Sí, claro, ya lo sé, pero... —Juan agachó la cabeza y se echó a llorar.

Juan no tuvo el valor de presenciar la ejecución, aunque se podía ver a través de la verja del palacio. Tampoco el resto de nosotros; habíamos visto una ejecución y no podríamos soportar otra. Aguardamos reunidos en la casa espaciosa de Juan, fresca y luminosa, rezando mientras Santiago el Mayor se enfrentaba a la muerte... con valentía, según nos dijeron, y proclamando su fe.

Fue un golpe muy duro, la primera muerte de un miembro leal de nuestro grupo. Hasta entonces nos habíamos sentido protegidos por el propio Dios. ¿Acaso no había abierto Él la puerta de la celda donde nos encerraron a Pedro y a los demás? ¿No habíamos recorrido las calles de Jerusalén desinhibidos, desafiando a los sumos sacerdotes y a todos nuestros enemigos? Estábamos convencidos de que la urgencia de nuestra misión era un escudo de protección.

Con lágrimas y congoja, llevamos a Santiago a su última morada, una tumba excavada en la roca, no lejos del jardín de Nicodemo, en presencia de todos los miembros de la Iglesia de Jerusalén. Juan apenas conseguía mantenerse erguido y necesitaba apoyarse en los demás.

—¡Santiago! —llamaba— ¡Santiago, oh, Santiago!

—Jesús está ahora con él —dijo Pedro—. Jesús le estaba esperando.

—Jesús también está con nosotros —susurró Juan—. No hace falta morir para verle. —Y siguió llorando.

Ávido de popularidad, Agripa vio que su acción había complacido a determinados sectores del pueblo. Lanzó, pues, una ofensiva para dar caza al resto de nosotros, y capturó a Pedro en Pascua. Le encerró en la cárcel, mientras nosotros buscamos refugio en casas de amigos dispuestos a ocultarnos de las autoridades.

Aunque temíamos por nuestras vidas, nunca nos planteamos abandonar nuestra misión. No conseguirían hacernos callar. Pedro había dicho a Caifás en cierta ocasión: «Nos resulta imposible no hablar de lo que hemos visto y lo que hemos oído.» Tramábamos, pues, planes de supervivencia, no planes de abandono de nuestra causa.

¡Para nuestra gran sorpresa y alegría, Pedro logró escapar! Vino a buscarnos mientras estábamos reunidos en una casa, y la mujer que montaba guardia se sorprendió tanto que creyó que era un fantasma. Entró en la sala trastabillando para advertirnos pero, cuando corrimos a la puerta, allí estaba Pedro, vivo y muy real.

Le condujimos a la sala. Él mismo se sentía confuso y conmocionado, creía que todo había sido un sueño.

—Me encontré deambulando por un callejón —nos dijo. Tenía un aspecto terrible, su cabello estaba enredado, y sus ropas, ajadas—. Creí que estaba soñando. No sé cómo pude salir. Me parece... me pareció... que vino un ángel para guiarme. Pero el aire de la noche y los olores del callejón me hicieron ver que no era un sueño.

Alguien le puso una copa en las manos e insistió en que bebiera. Le ofrecimos pan con queso, y Pedro comió con apetito voraz.

—Este lugar es demasiado peligroso —dijo al final—. No puedo quedarme.

—Creo que no vigilan esta casa —contestó la propietaria y madre de Marcos, uno de nuestros seguidores.

—Me refiero a Jerusalén —explicó Pedro—. Debo irme de la ciudad. Y sugiero que hagáis lo mismo todos los que sois conocidos por las autoridades.

—¿Adónde irás? —preguntó Juan.

—Adonde nunca se les ocurrirá buscarme. A Roma.

—¡Roma! —exclamó la madre de Jesús.

—Sí. Iré directo a Roma. Allí viven hermanos judíos que necesitan oír lo que tengo que contarles.

—Calígula nos odiaba...

—Dicen que Claudio tiene mejor disposición hacia nosotros. A diferencia de su predecesor, el nuevo emperador no se cree dios. Y tenemos que fundar una Iglesia en Roma; es, a fin de cuentas, la capital del mundo.

—¡Roma! Nuestro enemigo...

—Es difícil concebir a un Mesías que no vino para destruir a los romanos sino para morir a sus manos, ¿no es cierto? —repuso Pedro con serenidad—. Si admitimos, sin embargo, la adhesión de los gentiles, debemos incluir a los romanos, incluso a los que viven en la propia Roma.

—Los romanos. Ya hay algunos entre nosotros aquí, pero ir de verdad a Roma... Oh, Pedro, no debes ir. —Juan le tendió delicadamente una mano.

—Me temo que Jesús me lo pidió. —Pedro miró a Juan a los ojos—. Por lo tanto, he de ir. Debo despedirme de vosotros, aun sabiendo que quizá nunca volvamos a vernos.

¡También se iba Pedro! Uno tras otro, acabaríamos dispersándonos todos, muriendo en lugares lejanos. De repente, me sentí muy sola.

62

El testamento de María Magdalena, en su continuación

¿Qué debíamos hacer ahora? ¿Cómo decidir adónde ir? ¿Sería mejor mantenernos unidos y rezar? ¿Debíamos buscar señales indicativas? ¿Cómo decidía Jesús lo que tenía que hacer? No lo sabíamos. Él siempre anunciaba lo que pensaba hacer, pero nunca nos había dicho qué le había llevado a tomar la decisión. Sí sabíamos que se pasaba muchas horas rezando.

No sé por qué, se me ocurrió que quizá se esperara de cada uno de nosotros lo que resultaba más opuesto a nuestra naturaleza. ¿Pedro se sentía incómodo entre los no judíos? Entonces tenía que ir a Roma. ¿Mateo ansiaba volver a Galilea? Entonces debía quedarse aquí. ¿Juan se sentía llamado a ir a países extranjeros, como Pablo? Pues, su compromiso con la madre de Jesús le significaba un impedimento. María, su madre ahora, ya no era joven y tenía más hijos aquí, en Jerusalén, especialmente a Santiago, una figura muy importante de nuestra Iglesia. Mientras María siguiese con vida, Juan debía quedarse en Jerusalén.

¿Y yo? ¿Qué debía hacer yo? ¿Qué esperaba Jesús de mí? ¿Podía preguntárselo directamente? (Pablo afirmaba que el Espíritu de Jesús le hablaba, le indicaba lo que tenía que hacer y dónde tenía que ir. ¿Me hablaría también a mí?)

Por encima de todas las cosas, deseaba ir a Magdala. Volver a ver a mi familia. Buscar a mi hija y estrecharla entre mis brazos. Ahora tenía diecisiete años, era toda una mujer. Tenía la misma edad que yo cuando me prometí con Joel. Mi niña... ya no era una niña. Mi necesidad de verla por fin, en persona, se convirtió en un dolor que crecía, como una ola.

Me recluí —no fue tarea fácil, porque para entonces vivía en la gran casa que Juan estableciera en el monte Sión—, y supliqué a Jesús que me mostrara el camino. En realidad, ya sabía qué quería hacer; sólo deseaba que me diera su permiso.

Sabía que diría que no. Sabía que me pediría que me quedara en Jerusalén, para atender las necesidades de los creyentes perseguidos en esta ciudad.

Me arrodillé, cerré los ojos y apreté los párpados; los cuarenta y dos años de mis rodillas tenían dolorosa conciencia de la dura piedra del suelo en que se apoyaban. Y empecé a presentar mi alegato, punto por punto. En primer lugar, quería averiguar si había seguidores del Camino en Magdala. En segundo lugar, necesitaba conocer el estado de nuestra comunidad en el territorio de Galilea y redactar un informe sobre ello. En tercer lugar, Jerusalén era una ciudad peligrosa y sería mejor alejarme de ella.

No esperaba más respuesta que el silencio. La molesta convicción de que todas mis buenas razones no eran más que pretextos egoístas. Y el impulso de renunciar a ellas.

La respuesta llegó, inconfundible, antes de que terminara de formular mis argumentos. Ve. Ve a Magdala. Es la opción que requiere más valor que todas.

«Antes de que llamen, responderé. Mientras aún estén hablando, les contestaré.»

La confirmación de aquella vieja promesa de Isaías casi me dejó sin aliento.

A veces, Jesús nos permite seguir los deseos de nuestro corazón, aunque sepa que no nos conducirán adonde nosotros pensamos. Como dijo el salmista: «Les concedió su deseo; y les llenó el alma de flaqueza.»

Y —¡oh!— cuánta flaqueza me esperaba allí. Llegué a las murallas de la ciudad y las crucé sin contratiempos al mediodía, aunque mis piernas temblaban. La sola visión de los edificios me hacía temblar, y tenía que extender la mano para buscar apoyos. La plaza del mercado; el largo paseo que bordeaba la orilla del lago y donde estaba mi vieja casa; el almacén de mi padre; los adoquines del empedrado; los muelles; las alcantarillas; el camino de la orilla... todo aquello me había formado y seguía siendo parte de mí. Todo estaba allí. Y en algún lugar, en algún punto de la ciudad, estaba Eliseba. Estas calles la veían pasar, estas aguas rompían contra el muelle por donde caminaba ella.

No sabía que ya no vivía allí. Se había casado y se había trasladado a Tiberíades; mientras yo recorría las calles buscándola, ella no estaba. ¡Oh, cómo escudriñaba cada rostro tratando de averiguar si era el suyo! ¿Qué aspecto debía de tener como mujer joven? ¿Se parecía a mí, se parecía a Joel, o a ninguno de los dos? ¿Era alta o baja, tenía la cara redonda u ovalada; los labios, delgados o carnosos? ¿Cómo era esa hija mía, en qué la había convertido Dios?

Alcancé la orilla del lago. La luz estaba menguando. ¿Quedaba algo de la vieja gloria? Allí había empezado todo. ¿Tenía Jesús seguidores en esta ciudad? Joel, y Jesús, y Eliseba... y sólo me quedaba este presente suspendido y vacío, alejado de mis principios y todavía lejano de mi fin, colmado del anhelo de ver un rostro humano por encima de todos los demás, el rostro de mi hija. Y, sin embargo, no la podía encontrar.

Agaché la cabeza y escuché el rumor de las olas.

«Recordad que estaré siempre con vosotros, hasta el fin de la era», había dicho Jesús antes de partir para siempre.

Para siempre. Estas palabras melancólicas se contradecían tanto con su significado... Querían decir que él estaba allí, en aquellos precisos momentos. En el muelle. ¿Por qué, pues, me sentía tan sola? No hay nadie más aquí. Jesús no está conmigo, a pesar de lo que dijo. Y Eliseba tampoco. No soy más que una mujer estúpida y confundida, sentada en un muelle abandonado, pensaba yo.

¡Eliseba! ¡Jesús! ¡Venid a mí!

Débil y desanimada, me disponía a pasar la noche allí, sumida en la tristeza y la autocompasión, cuando alguien —un seguidor de Jesús, según descubrí luego— me vio. No se dejó convencer de que prefería quedarme allí a solas y me llevó a la casa de un capitán de puerto.

Era el hijo del capitán de puerto que yo había conocido en la juventud, y era creyente. Cuando le confesé mi identidad, tuve mi primera experiencia de veneración.

—¿Estuviste con Jesús? ¿Con Jesús en persona? —Su expresión registró una emoción que nunca había visto antes, ni siquiera en los rostros de las personas que conocían a Jesús, el auténtico Jesús. El hombre fue corriendo a la puerta y, con grandes aspavientos, susurró algo a su sirviente.

Resultó que había convocado a los creyentes que solían reunirse en su casa, y pronto vinieron todos para conocerme. Me hacían preguntas y más preguntas, tocaban mis ropas, presentaban peticiones.

—Fuiste la primera en verle cuando se alzó de entre los muertos —dijo un hombre joven—. Debía de apreciarte más que a los otros. —Y se arrodilló con reverencia.

Qué irónico resultaba aquello. Habitantes de Magdala que se inclinaban ante una mujer a la que algunos conciudadanos consideraban indigna de conocer a su propia hija.

—Te equivocas —respondí—. Jesús no hacía favoritismos. Somos todos iguales para él.

—¡Tú estabas con él! Te eligió como miembro de su círculo más estrecho. Nosotros le oímos predicar, aunque desde la distancia. Háblanos de él, dinos cómo era. ¡Explícanos todo lo que decía!

Recuerdo lo que nos dijo Jesús en la última cena que compartimos, que el Espíritu Santo vendría más tarde para recordarnos todas sus palabras. Ahora me parece que debo anotar hasta los más ínfimos detalles, tal como me vienen en la memoria, porque podrían ser importantes para alguien, alguien a quien nunca conoceré.

Pasé la noche entera tratando de responder a sus preguntas. Nadie durmió, hasta que tuvimos las bocas pastosas y las cabezas, pesadas. Tenía tantas preguntas que hacerles como ellos a mí. ¿Cómo había empezado la Iglesia en Magdala? ¿La fundó alguien a quien impresionó la presencia de Jesús cuando pasó por la ciudad? ¿Había gentiles interesados en ingresar? ¿Cuántos miembros tenían? ¿Se adherían al ritual, rezaban en la sinagoga?

Esta última pregunta suscitó risas burlonas.

—¿Con Eli y sus acólitos al frente? —dijo un hombre que meneaba la cabeza—. Puedes imaginarte la recepción que nos hicieron.

—¿Eli bar-Natán? —pregunté—. ¿Su esposa se llama Dina?

—El mismísimo —confirmó el hombre—. Tu hermano. Es tan devoto, recto y estirado, que podría convertirse en columna de sal, como la mujer de Lot. No hace sino mirar atrás.

—Intentamos hablar de las Escrituras y explicar la esencia de Jesús —dijo otro hombre—, pero Eli procuró que nos silenciaran y nos expulsaran de la sinagoga. Jamás nos permitieron volver a entrar.

—Nos odia —añadió mi primer interlocutor—. Si las autoridades romanas vinieran a buscarnos, sería el primero en entregarnos.

—Es a mí a quien odia —dije, dándome cuenta de que la ruptura familiar había causado serios problemas a otros—. Se enfureció tanto conmigo por seguir a Jesús, que me expulsó de la familia como a vosotros os expulsó de la sinagoga. Nunca me permitió explicarme, nunca me dio la oportunidad de hablar.

—Así es Eli —dijo una de las mujeres, encogiéndose de hombros.

—Decidme... ¿todavía vive en la misma casa?

—No. Se mudó a un barrio más elegante. Ahora vive cerca del extremo occidental de la plaza del mercado. Creo que ganó mucho dinero cuando vendió tu vieja casa.

—La niña que adoptaron, mi hija... ¿alguien de vosotros la conoce? ¿La habéis visto? —Mi corazón se detuvo esperando la respuesta.

—Tenían mucha prole —respondió una mujer—. Varios hijos varones, si no me equivoco.

—Y una hija —insistí, con la esperanza de despertar recuerdos.

—Sí, es cierto. Se llamaba Ana. Una joven muy hermosa... y muy terca. —La mujer se rió—. Se escapó con un mercader de Tiro. ¡Dicen que la atrajeron sus brocados! —Risas chillonas resonaron por doquier.

—¿Un hombre... pagano? —No podía creérmelo. Un golpe muy duro para Eli y Dina.

—No era judío —dijo el hombre—. Supongo que ya no adoran a Baal, pero él creía en los dioses que tienen ahora.

—¿Y la otra niña? —insistí—. ¿Sabéis algo de ella?

La mujer volvió a encogerse de hombros.

—Hace muchos años que no la vemos. Recuerda que hace tiempo que nos expulsaron de la sinagoga.

—Necesito averiguarlo —dije—. Os ruego que mañana me llevéis a la casa de Eli.

Después siguieron acosándome con preguntas acerca de Jesús y de la Iglesia de Jerusalén, hasta que me quedé sin voz.

Me encontraba de pie delante de la casa, una gran residencia de piedra, realmente imponente. La venta de la casa de Joel debió de resultar muy ventajosa, pensé. Desde luego que sí.

Me costaba respirar. Tras esa puerta vivía la cosa más preciada de mi vida, a la que podía no volver a ver jamás.

Cuando una criada abrió la puerta, me quedé mirándola como una boba.

¡Eli y Dina tenían criados!

—Deseo ver al amo o al ama de la casa —anuncié con firmeza. Me sentía débil, a la vez que inexplicablemente fuerte. La fuerza provenía de Jesús, cuya presencia sentía a mi lado. La debilidad era mía.

—Un momento. —En lugar de invitarme a entrar, la criada me cerró la puerta en la cara y me dejó esperando en la calle.

Al final, la puerta se abrió y allí estaba Eli; me fulminó con la mirada.

—¡Tú! —Fue su primera palabra.

—Sí, soy yo, tu hermana, María. —Eli seguía mirándome, sin acabar de abrir la puerta—. ¿Puedo pasar?

Abrió a regañadientes y entré en la casa. Mi primera impresión fue de un atrio espacioso y, más allá, de estancias elegantes.

Eli me miraba fijamente de arriba abajo. Yo tenía cuarenta y dos años, y hacía muchos que no nos veíamos. Él había cumplido los cincuenta y tres; seguía siendo un hombre apuesto, sus facciones no habían cambiado mucho, el tiempo sólo las había curtido. Sus hijos eran hombres adultos; su hija, una mujer casada. Era un buen momento para volver a encontrarnos.

—Los años te han tratado bien —dijo él, pronunciando las palabras con esfuerzo.

¿Ah, sí? No lo sabía. No recordaba cuándo fue la última vez que me miré en un cristal o en el agua de una palangana. Estaba tan dedicada a la parte invisible de mi ser que me había olvidado por completo de la otra.

—¿Cómo estás, Eli? —El interés era sincero. Sentía una extraña preocupación y... sí, me inquietaba por él. Era mi hermano, y el tiempo pasaba veloz, más aprisa de lo que quisiéramos. Ya no podíamos permitirnos el lujo del odio y la incomprensión.

—Bastante bien —respondió. Aún no tenía intención de invitarme a acceder a la casa propiamente dicha. Me tenía de pie en el atrio, como si fuera una vendedora.

—¿Y Dina?

—Bastante bien —repitió él.

Me miraba sin moverse. Así estaban las cosas, pues.

—¿Y mi hija, Eliseba?

—Ya no está aquí —respondió.

—¿Dónde está?

—Se casó. Con un buen hombre de Tiberíades. Se llama Jorán.

Casada. Mi hija estaba casada. Y no me habían consultado, ni siquiera me habían informado de ello.

—¡Sólo tiene diecisiete años! —exclamé.

—Buena edad —repuso Eli—. Fue un buen arreglo.

—¿Vive allí?

—Sí. ¡Aunque nunca te diré dónde! —Si llevara un bastón, Eli habría golpeado el suelo con él.

—¿Por qué no? —Y añadí antes de que pudiera contestar—: Si no me lo dices, contrataré a alguien para que lo averigüe.

—Contrata a quien quieras —me espetó Eli, y se cruzó de brazos.

—Lo haré —insistí—. Pero sería mucho más sencillo que me lo dijeras.

—No pienso hacerlo.

—Ya veo. —Respiré profundamente—. ¿Qué pasó con las cartas que le envié? Nunca recibí respuesta.

—Ella no deseaba hablar contigo, ni en persona ni por escrito. —Se mantenía erguido y rígido, sin pestañear.

—¿Es eso cierto? ¿O escondiste las cartas y no le dejaste opción de decidir?

—¿Me acusas de embustero? —Sus ojos se abrieron más ante el insulto.

—Sí, Eli, es exactamente lo que hago. ¿De verdad le entregaste mis cartas?

—No —admitió entonces—. Sabía que eran tratados impuros, llenos de herejías, y que debían ser destruidos. —Hizo un ademán de desprecio.

—Gracias por reconocerlo —dije—. ¿De modo que mi hija nunca supo que intentaba ponerme en contacto con ella?

—No. ¿Qué más da? ¿Cuál es la diferencia? Ella no habría deseado oírte, ni leer tus palabras. Es una fiel devota, conoce la verdad. La verdad que tú tratas de falsear. —Meneó la cabeza.

Me lo quedé mirando con una extraña mezcla de alivio y pesar infinito. Mi hija no me había rechazado, aunque tampoco había leído las cartas que con tanto trabajo había redactado para ella a lo largo de los años. Y para responder a la pregunta de Eli: la diferencia era la eterna diferencia entre la verdad y la mentira.

—Entiendo. —Miré a mi alrededor—. Veo que tampoco ahora me invitarás a entrar en tu casa.

—Eres una apóstata, una desgracia para nosotros —me espetó Eli—. Jamás te permitiría entrar en mi casa. —Y me condujo hacia la puerta, con firmeza.

—¿Dónde está Silvano? —pregunté. Necesitaba verle, cuánto lo necesitaba.

—Me imagino que te refieres a Samuel. ¿Crees que correrás mejor suerte con él? Samuel ha muerto. Fue a reunirse con nuestros antepasados. Puedes visitar su tumba, fuera de los muros de la ciudad.

Mi mano voló hacia mi boca.

—¡No! ¿Cuándo, cómo murió?

Eli adoptó una expresión ominosa.

—De una enfermedad degenerativa —contestó secamente—. Hará al menos diez años. ¡Sus hábitos helénicos no le sirvieron de nada, y tampoco su médico griego!

—Oh, Eli —respondí—. ¿Alguna vez te has parado a pensar que la verdadera enfermedad degenerativa es tu odio?

Mi hermano resopló.

—Muerte a los herejes. —Pronunció mi sentencia, y me cerró la puerta en la cara.

Ahora ya lo sabes, Eliseba. Esto es lo que ocurrió cuando volví a Magdala a buscarte.

Partí a pie para Tiberíades. Después de pasar un día entero preguntando a la gente dónde vivía un hombre llamado Jorán, un ciudadano nativo de la ciudad, me dirigieron a una casa de piedra de planta única, construida en la pendiente. Llamé a la puerta, pero no recibí respuesta.

No hubo respuesta. ¿Habías salido de compras? ¿Estabas de viaje? Nunca lo sabría. Sólo sabía que llamaba y que la puerta no se abría, aunque dentro de aquella casa estabas tú, mi queridísima hija.

¿Era tu casa? Sólo tenía el nombre de Jorán por el que preguntar, y debía de haber muchos con este nombre en Tiberíades aunque, a juzgar por las palabras de Eli, aquel Jorán debía de ser un ciudadano eminente.

Volví muchas veces a lo largo de los años, sólo para encontrar la puerta cerrada. Pregunté insistentemente por ti, pero el silencio fue la única respuesta que obtuve.

63

A la mujer conocida como María de Magdala, actualmente de Éfeso:

Mi ama, la señora Eliseba, ha leído las apologías que insistes en mandar y sigue encontrándolas extrañas y embarazosas. Se siente particularmente turbada por la narración de tu encuentro con Eli y tus posteriores indagaciones en Tiberíades. A lo largo de los años pudo observar cómo gente desconocida inspeccionaba su hogar, merodeando por las inmediaciones y espiando el patio. Tenía la sensación de que la estaban acechando, y ahora entiende por qué. Tú la tenías vigilada, habías enviado a gente que espiara y te mandara informes de sus actividades.

De nuevo, te pedimos que desistas. Si vives en temor de Dios y deseas obedecer Sus mandamientos, dejarás de enviar estas misivas inquietantes a una dama que sólo desea vivir una vida honrada y en paz.

Tirsa, sirvienta de Eliseba.

A mi madre:

No puedo evitar añadir unas palabras de mi puño y letra, aunque había jurado no hacerlo. Tirsa habla por mí, aunque no con las palabras que yo hubiera elegido.

Durante toda mi vida tú has sido un misterio para mí. Ahora, por fin, te conozco. Admiro el valor que demuestras al hacer este conocimiento posible.

Vernos, sin embargo... No, creo que será mejor dejar que las cosas sigan como hasta ahora.

Tu hija, Eliseba.

64

El testamento de María Magdalena,
en su continuación

Regresé a Magdala y estuve muchos días con los creyentes de la ciudad, dispuesta a responder a sus preguntas y a contarles todo lo que creía que debían saber. Parecía, sin embargo, que su fe ya descansaba sobre firmes cimientos, y eso me tranquilizaba. Les dije que, aparte de mí, había otras personas dedicadas a la compilación de las obras y las palabras de Jesús, para que su memoria no se perdiera en las brumas del olvido humano.

—Eres famosa aquí, en Galilea —dijo uno de los ancianos—. Tuviste algo que ya nadie volverá a tener jamás: la oportunidad de caminar al lado de Jesús mientras vivía.

¡Y pensar que, en su momento, todo el mundo tuvo esa misma oportunidad!

—¿Te quedarás un tiempo con nosotros? —preguntaban—. Para guiarnos y enseñarnos.

Creía tener la obligación de volver a Jerusalén, donde estaba la Iglesia madre, pero había prometido respetar la dirección del Espíritu Santo, y algo me impelía a pasar más tiempo con la gente de Galilea.

—Sí, me quedaré —les aseguré.

Permití que me buscaran un pequeño alojamiento, una habitación improvisada en el terrado de una casa, cuyas paredes consistían en mantas colgadas de un armazón de madera. Desde el terrado podía divisar el lago y las colinas, y me gustaba sentarme allí sola por las noches, cuando las brisas fragantes descendían de los montes.

Cada noche, antes de retirarme a la alcoba improvisada, dirigía la mirada hacia la ciudad de Tiberíades y mandaba mi amor y mis bendiciones a la casa donde sabía que vivía mi hija. En cierta ocasión, envié una carta con una canasta llena de frutas selectas como regalo, pero el muchacho tuvo que dejarla delante de la puerta porque, de nuevo, nadie abrió... o nadie estaba en casa.

¿Por qué no volví en persona, estando tan cerca? Me he hecho esta pregunta un millón de veces. Creo que las palabras crueles de Eli me habían asustado, y temía que pudieran ser verdad. En ese sentido, fui una cobarde. Ensayaba una y otra vez las palabras delicadas que emplearía cuando me encontrara cara a cara con mi hija perdida, y nunca me parecían lo bastante delicadas, cariñosas y persuasivas. De modo que no las dije nunca, cosa que fue muchísimo peor.

Al mismo tiempo que luchaba contra el desaliento nacido de la pérdida de mi familia, recibía la adoración del pequeño grupo cristiano de Magdala. (Emplearé el término «cristiano» porque su uso se está generalizando ahora.) Nos encontrábamos en distintas casas, donde nos reuníamos por las noches. Como muchos otros creyentes, los de Magdala habían empezado a reunirse el día en que se descubrió la tumba vacía, no en el Shabbat. Eran, pues, días laborales normales, y los encuentros no podían tener lugar antes de la noche.

Aunque cansados por el trabajo, todos aparecían llenos de fuerza y energía, ansiosos de verse y hablar de Jesús. Los hombres llevaban vino y las mujeres, pescado, pan, uvas, olivas, higos y miel. El ágape compartido formaba parte de su ceremonial. Cenando juntos revivían la última cena de Jesús con sus discípulos y recordaban su pronunciamiento sobre el cuerpo y la sangre. Como nos había sucedido a nosotros aquella primera noche sin Jesús, cuando de pronto le vimos entre nosotros, lo mismo les ocurrió aquella noche a los seguidores de Magdala.

Después de la cena entonamos salmos y leímos las Escrituras, así como fragmentos de cartas escritas por cristianos que viajaban y deseaban informar sobre las congregaciones que habían visitado en otros lugares. Las cartas que escribía Pablo eran famosas, en ese sentido, aunque había muchos más. Una Iglesia en concreto tenía un corresponsal llamado Justo, a quien preocupaba el protocolo de los servicios religiosos. No quería que se pareciera demasiado al ritual de las sinagogas.

—Ni que pudiera parecerse —dijo una mujer que estaba sentada a mi lado—. ¡En la sinagoga, bastaría con pronunciar el nombre de Jesús para que nos expulsasen! —Se rió de buena gana, y yo no pude reprimir una sonrisa cuando me imaginé a Eli haciendo los honores.

Un hombre se sintió impregnado del Espíritu Santo y se levantó para hacer una profecía. Quería hablar de la presencia de Jesús en las cosas cotidianas. Tras una oración final, el grupo abordó los problemas y las necesidades de la comunidad. También se preguntaban cómo variaban las costumbres de una Iglesia a otra. Aparte de las cartas que recibían, eran ignorantes de las actividades de las otras comunidades.

—No tenemos manera de conocerlas —dijo un hombre—. A veces, vienen visitantes, como tú, y nos informan. Pero, siendo un grupo prácticamente clandestino, no conocemos a nuestros correligionarios ni podemos comunicarnos con ellos.

—Parece que tenéis líderes informales —respondí—. Quizá sería mejor elegir líderes permanentes, delegados o servidores que puedan ponerse en contacto con otras Iglesias en representación de la vuestra. Sé que en la Iglesia de Jerusalén, que debe considerarse la Iglesia madre, tenemos prelados, miembros de consejos o misioneros elegidos que van a las nuevas congregaciones para instruirlas. Recuerdo que Pedro y Juan tuvieron que ir a Samaria para hablar a los conversos locales.

—¡No queremos prelados! —contestó un joven—. Se supone que somos todos iguales. En el momento en que declaras a alguien prelado, se inaugura una jerarquía. ¿Cómo establecer el orden apropiado? ¿Son los maestros inferiores a los que se encargan de la caridad? ¿Y los que profetizan? Dínoslo tú: ¿No eran, acaso, todos los discípulos de Jesús iguales entre sí? —Siguió hablando sin dejarme responder—. Se habla mucho de una misión especial que Jesús encomendó a Pedro. ¿Es eso cierto? Tú estabas allí. ¿Es verdad lo que cuentan?

—No lo creo —repuse, tratando de recordar qué había dicho Jesús de Pedro delante de todos nosotros. Tenía que ser delante de todos, si aquellas palabras le otorgaban cierta primacía. Recordé que Jesús había vaticinado el final de la vida de Pedro, diciéndole que le conducirían adonde él no quería ir. Recordé que dijo a Pedro: «Alimenta a mis ovejas.» Pero eso no era un cargo específico, no le adjudicaba ninguna autoridad.

—La gente de Pedro afirma que sí —insistió el joven—. Hay muchos por aquí, estamos cerca de Cafarnaún, donde vive su familia. Alegan que Jesús nombró a Pedro su... representante o algo por el estilo. Que le dotó de sus mismos poderes.

No pude reprimir la risa.

—Es cierto, Pedro ha podido curar a enfermos. Y es un orador imponente. Pero Jesús nos dio a todos el poder de sanar cuando nos envió a nuestra misión.

—La gente dice que Pedro puede perdonar los pecados —se obstinó el joven.

—Jamás le he oído afirmar nada parecido. Y he pasado mucho tiempo con él. No creo que Jesús haya designado sucesor. Él sabía que éramos todos indignos... o todos igualmente dignos.

—La gente de Pedro afirma que nadie puede ser verdadero cristiano ni recibir el Espíritu Santo si Pedro o uno de sus delegados no visita la Iglesia en cuestión y posa las manos en los creyentes.

—Esto, sencillamente, es mentira —repuse—. Lo que sí es cierto es que, a veces, los discípulos originales tenemos que acudir a rectificar falsas enseñanzas. Hay muchos maestros que predican acerca de Jesús, y algunos no han sido bien informados. Sus conocimientos son incompletos. Hay discípulos, por ejemplo, que se llaman cristianos y que sólo han sido bautizados según el rito de Juan el Bautista, cuando nuestro bautismo es de iniciación, no de arrepentimiento.

Mientras hablaba me di cuenta de que cierta regulación de nuestras prácticas podría ser finalmente necesaria. No obstante, ¿cómo llevarla a cabo? Ya había grupos cristianos en Alejandría, en Damasco y hasta en Roma. ¿Cómo conseguiríamos los de Jerusalén imponer las mismas normas, las mismas formulaciones, a todo el mundo?

—¿Qué hacéis en la Iglesia de Jerusalén? —preguntó una mujer.

—Pues, nosotros... —Era una pregunta muy importante—. Nosotros... —Empecé de nuevo—: Rezamos en el Templo, celebramos reuniones en las que revivimos la última cena con Jesús, atendemos a los necesitados y enviamos misioneros a las Iglesias filiales.

—¿No enviáis misioneros a los territorios hostiles?

—Esos misioneros existen, aunque no les enviamos nosotros sino el Espíritu Santo. —Pensaba en Pablo, y en sus actividades peligrosas en las tierras más allá de Éfeso. En los anónimos judíos griegos de Creta y de Chipre que hacían proselitismo en Antioquía. ¿Y quién fue primero a Alejandría? ¿Y a España?

—La gente, sin embargo, sigue consultándoos a vosotros, como si tuviera que pedir vuestro permiso —dijo un hombre de avanzada edad.

—Sí, supongo que sí. Aunque sólo porque es en Jerusalén donde se encuentra la mayoría de los discípulos originales, como también la madre de Jesús y sus hermanos. —Meneé la cabeza. Todo aquello resultaba muy confuso y contradictorio. ¿Por qué no nos había preparado Jesús para eso? ¿Por qué no nos había dicho qué debíamos hacer?

—No es práctico tener que consultar con Jerusalén —dijo la mujer.

—Tampoco es práctico pensar que todos, por obra de algún milagro, llegaremos a las mismas conclusiones —apostilló el joven.

—Ya hemos visto algunos milagros —le recordé—. Tenemos que confiar en la dirección del Espíritu Santo.

—Será un caos —intervino otra mujer—. Ya hemos oído que el grupo de Betsaida admite paganos. Intentan convencerles de seguir el proceso entero de la conversión. ¡Circuncisión incluida! No es fácil para un hombre adulto. Y no me importa si Abraham se la hizo a los noventa y nueve años.

—¡Nada de eso importa! —La voz fuerte de una mujer se impuso sobre los murmullos—. Háblanos de Jesús. Dinos cómo fue estar con él. ¡Explícanoslo!

Me resultaba casi imposible describirle. (Mediana estatura... cabello oscuro, ojos negros, mirada profunda, boca firme; voz agradable, aterciopelada, pero también capaz de elevarse para hablar a centenares de personas... Fue un hombre fuerte, capaz de caminar largas distancias... Pero ¿qué sentido tenía todo aquello? Podía ser la descripción de mil hombres distintos.) Sus características especiales, a la hora de describirlas, sonaban tontas. (Te miraba siempre a los ojos, dando la sensación de que te conocía...) ¿Qué había dicho aquella mujer en Samaria? «¡Ven a ver a un hombre que conocía toda mi vida!»

—Nunca nos ponía a prueba, conocía nuestras posibilidades mucho antes de conocerlas nosotros. En él se reunían el futuro y el presente.

»Parecía antiguo, poseía conocimientos que estaban fuera de nuestro alcance y, al mismo tiempo, pertenecían por completo a nuestro tiempo y lugar.

Era inútil. Aquellas descripciones no acertaban a dar cuenta de él. La última, sin embargo, la de pertenecer a nuestro tiempo y lugar, significaba que ahora los acontecimientos se precipitaban hacia delante, dejando atrás el tiempo en que vivió él.

Desde que las autoridades religiosas habían puesto a la congregación de Jerusalén en el punto de mira, asesinando a Santiago el Mayor y arrestando a Pedro, la situación se había tornado muy peligrosa, no sólo para los cristianos sino también para los judíos moderados. Estaba en auge un movimiento de extremistas judíos que preparaban la lucha contra Roma, una lucha a muerte. Recordaban la intervención divina en los tiempos de los macabeos y del faraón, y estaban dispuestos a confiar sus vidas a la misericordia de Dios. Los moderados argüían que era una estupidez, que Roma no era Antíoco ni el faraón, y que era una temeridad insensata —no, la perdición segura— desafiar a Roma. El mundo judío estaba dividido, los extremistas provocaban a los romanos en cada esquina, con la esperanza de suscitar una respuesta e iniciar una guerra, una guerra que sólo ellos deseaban pero que nos engulliría a todos.

Aquella situación sometía a los cristianos a una dura prueba: ¿éramos todavía judíos? Si los celotas luchaban contra Roma, ¿debíamos los cristianos seguir su ejemplo? ¿O aquella guerra no era de nuestra incumbencia?

¿Por qué Jesús no nos dijo nada acerca de nuestra posición en todos esos problemas?

Incliné la cabeza y cerré los ojos, tratando de evadirme de las voces.

Porque —fue la respuesta que recibí— él confiaba en nosotros. Y porque... con el paso del tiempo habrá muchas más preguntas, y él no podía instruirnos en todos los temas.

Jesús quería que nuestro grupo siguiera adelante, más allá de los problemas de Jerusalén, el Templo y los romanos. Hacia un futuro que ni siquiera podemos imaginar, habitado por pueblos cuyos nombres nunca conoceremos.

Esa respuesta —y la imagen que la acompañaba, una hilera de creyentes que descendía desde nosotros hasta la eternidad— fue tan conmovedora que me eché a temblar.

Regresé a Jerusalén. Confieso que seguí el camino más largo, disfrutando del viaje. Pasé por Tiberíades y volví a la casa que se negaba a aceptarme. Llamé a la puerta pero, cuando no recibí respuesta, me fui.

Pasé por las ciudades de Arbel y Naín y, al llegar a Jezrael, ya estaba cansada. Era fuerte y gozaba de buena salud, pero aquél era un viaje largo para cualquiera. Me senté un rato para descansar y después me dirigí a la sinagoga, no para rezar sino para averiguar, con discreción y cautela, si había seguidores de Jesús en la ciudad.

El viejo guarda que barría la nave me dijo:

—¡Ah, esos locos! —Meneó la cabeza—. ¿Por qué preguntas?

—Porque soy una de ellos —contesté. Me sorprendió la facilidad con que admití mi fe.

—Se reúnen en la casa de Caleb, cerca del mercado —dijo, dándome indicaciones concretas—. ¡Pero están todos locos!

Ya estaba acostumbrada a eso. Siempre nos llamaban locos. A fin de cuentas, creíamos que un carpintero ajusticiado era el Mesías. Y que Dios le había devuelto a la vida. ¿Qué locura podía ser mayor que aquello?

—Gracias —respondí.

—¡Tú pareces una mujer sensata! ¡No vayas a buscarles! —gritó mientras me alejaba, camino de la casa.

Había aprendido a llamar a casas ajenas. Lo hice sin vacilación. (¿Tendría el mismo valor si no hubiera llamado antes a tu puerta, Eliseba? Ahora puedo llamar a cualquier puerta en el mundo. Incluso ahora que soy tan vieja, estoy dispuesta a ir a cualquier parte, emprender cualquier viaje, para poder llamar al fin a esa puerta que deseo se me abra más que cualquier otra puerta en el mundo.)

Un hombre me abrió y entré en la casa. Lo primero que vi fueron montones de sacos y paquetes apilados hasta el techo. Daban al atrio el aspecto de un almacén.

—¿Caleb? —pregunté.

—¿Quién eres? —El portero me miró de arriba abajo.

—Soy María de Magdala —respondí.

—¡Santo Dios! —El hombre retrocedió y cayó de rodillas.

—¡Una de los suyos! ¡Una de sus íntimos! ¡Oh, Dios mío, oh, Dios! —Se deshizo en reverencias y después tomó mi mano derecha y la cubrió de besos.

—¡Basta! —exclamé, y retiré mi mano—. Soy una persona corriente, como tú.

—¡Conocías a Jesús! —repetía él una y otra vez—. ¡A Jesús, a Jesús! —Luego alzó la vista y parpadeó—. ¿Eres de veras María de Magdala? ¡La mujer a quien sanó de los demonios! ¡Ah, sí, conocemos tu historia!

¿Cómo la conocían? ¿Qué les habían dicho, exactamente? ¿Cómo podría rectificar las falsedades después de mi muerte? Incluso ahora sería una empresa imposible. Todas las falsas historias que se contaban acerca de Jesús, de Pedro, de Santiago, de Juan, de la madre de Jesús, de mí... No, ya era humanamente imposible desmentirlas.

—Me gustaría conocer a los creyentes de la ciudad —le dije—. Viajo de vuelta a Jerusalén.

—¿A la Iglesia madre? ¿A la Iglesia madre donde se encuentra la verdad? —El hombre empezó a hacer nuevas reverencias. Le di unas palmaditas en la espalda, como lo haría con un niño, y mi gesto le hizo enderezarse, sorprendido.

—No somos detentores de la verdad —dije—. Esto es absurdo. No tenemos una doctrina. Jesús dijo que, donde se reunieran dos o más cristianos, él estaría allí. No somos como los sacerdotes del Templo. ¡Nosotros no tenemos Templo, ni autoridad central, ni pronunciamientos doctrinales!

El hombre se puso de pie y me miró a los ojos.

—Oh, estás equivocada. Si el mundo pervive, las cosas serán así. Habrá una autoridad central, y todo será críptico, como la Ley de Moisés lo es para los judíos devotos. ¡Alabado sea Jesús, porque el mundo llegará a su fin antes de que ocurra nada de eso! —Abrió los brazos para señalar las pilas de paquetes y sacos.

—El fin llegará pronto —prosiguió—. Tal como lo anunció Jesús. Nosotros estamos preparados. Tenemos suministros. No pereceremos enseguida. Sobreviviremos aquí, al menos, por un tiempo. Hemos dejado nuestros trabajos, hemos repartido nuestras posesiones y hemos hecho las paces con el mundo exterior. ¡Qué deliciosa es esta libertad!

—Pero... —No sabía qué decirle. No podía dejar de mirar las provisiones amontonadas en el atrio.

Otro intento de controlar lo imprevisible. Otro intento de predecir nuestro fin. Jesús nos había prevenido expresamente contra eso. Dijo que nadie sabía cuál sería el lugar ni el momento.

—Amigo mío —dije al final—, me temo que estás equivocado. Nuestro fin puede ser repentino, tan inesperado como lo retrataba Jesús en sus parábolas, o puede tardar años en producirse pero, en todo caso, será siempre sorpresivo, como lo era en sus parábolas.

—¡Jesús dijo que el tiempo llegaba a su fin! —insistió el hombre—. Yo le oí. Estaba en el campo, en las afueras de Cafarnaún, el día en que habló y vinieron los leprosos...

Sí, aquel día. Lo recordaba muy bien, aunque había oído relatos diferentes de lo ocurrido.

—Ya sé —respondí—. También estaba allí.

—¿Cómo puedes estar tan despreocupada, entonces? —exigió saber él—. Si el fin te sorprende... —Se le veía tan consternado que me di cuenta de que mi paso por Jezrael no era casual; mi presencia era necesaria para liberar a aquella gente.

—Entonces, será una gran sorpresa —dije—. Quizá no esté en nuestras manos evitarlo. —Observé las provisiones acumuladas en el atrio: había sacos de cereales, molinillos, cestas de pescado seco que despedía su característico olor a sal ahumada—. ¿Cuándo se reúnen aquí los creyentes? ¿Esta noche? —Porque era el día después del Shabbat, el día de la Resurrección.

—Sí —confirmó el hombre—. Llegarán poco después de la puesta del sol. Somos unos veinte. ¿Te gustaría tomar un refrigerio, entretanto? ¿Quieres hacerme compañía mientras clasifico estos pistachos y los guardo en bolsas?

—Haré más que eso —respondí—. Te ayudaré a clasificarlos.

—Prefiero que me expliques todo lo que sabes y recuerdas de Jesús —dijo él.

¡Siempre la misma petición! ¿Cómo satisfacerla, yo o cualquiera de nosotros? Aunque escribiéramos todos nuestra experiencia, nunca conseguiríamos referirlo todo.

—Me parece que puedo hacer ambas cosas. —Fuimos al almacén anexo a la casa y nos agachamos juntos para dividir los pistachos en montones separados y guardarlos en bolsas de cáñamo. Entretanto, yo respondía a sus preguntas como mejor podía.

Los creyentes llegaron con el crepúsculo. Cada uno traía una lámpara de aceite, que depositaba en una hornacina de la sala principal y, al aumentar el número de fieles, aumentaba también la luz. Pronto la sala resplandecía, y la luz amarillenta de las lámparas la bañaba en su pálido oro.

Caleb me presentó con tan embarazosa deferencia que tuve que rechazarla. «Sí —dije—, es cierto, fui una de las primeras discípulas y estuve con Jesús desde el principio. Sí, es cierto, fui una de las primeras personas a las que él sanó. Sí, fui la primera en verle redivivo y, sí, todavía hablo con él... y él me habla a mí. Pero, a pesar de todo esto, soy una persona normal, como todos vosotros», les indiqué.

—Te equivocas —objetó entonces una mujer—. Tu rostro irradia una gloria de la que nosotros carecemos.

¿Era eso cierto? Debe de ser la luz dorada de las lámparas, pensé.

—El rostro de Moisés resplandecía después de hablar con Dios, y el tuyo, también —insistió la mujer.

¡Ah, qué tentador sería creer sus palabras! Pensar que, de alguna manera, me había ganado un resplandor divino, tan obvio que los demás podían verlo. Realmente, las burlas de Satanás son sutiles. Cuanto más espirituales nos hace sentir, más se hincha nuestro orgullo.

Me obligué a reír aunque, por un momento, había sucumbido a una descarga de emoción.

—También tu rostro resplandece —le aseguré. Y, en cierto modo, así era. Poco a poco, las transformaciones interiores empiezan a reflejarse en la cara.

Como me había dicho Caleb, unos veinte creyentes acudieron a su casa; parecían ser de todas las edades, la mitad, hombres, y la otra mitad, mujeres. Además de las lámparas de aceite, cada uno de ellos había traído provisiones, no sólo para la cena que compartiríamos después de la oración, sino también para contribuir a los montones acumulados en el atrio.

El servicio religioso era distinto al que se observaba en Magdala y también diferente del nuestro, de Jerusalén, aunque eso era normal. Sus textos favoritos eran aquellos que hablaban de los personajes antiguos, como Enoc y Elías, que habían ascendido al cielo, y su salmo predilecto era aquel que prometía: «Dios traspasará sus cuerpos con flechas y les dejará sin conciencia... Los justos se regocijarán y encontrarán refugio en Dios.»

Más tarde, a lo largo de la cena y mientras repetían las palabras sagradas que evocaban nuestra cena con Jesús, descubrí que, aunque el orden y la elección de frases diferían, la misma sensación de presencia dominaba en la mesa. Con agradecimiento incliné la cabeza, junté mis manos con las manos del hombre y la mujer desconocidos que se sentaban junto a mí, a cada lado, y sentí que ese contacto me enlazaba con el misterio que nos había legado Jesús, maravillándome en él.

Cuando terminaron el ágape y la conmemoración empezamos a hablar, y tuve que preguntarles por qué estaban tan seguros de que el fin del mundo era inminente.

—Jesús nos dijo que nadie conoce el lugar ni las circunstancias en que se producirá este fin —les recordé—. Dijo que ni él mismo lo sabía. Sólo Dios.

—Sí, pero dejó claro que llegaría pronto —insistió Caleb—. Esto, al menos, se deduce de sus palabras. Dijo que tenemos que estar preparados, y que todo es pasajero.

Tuve que hacer un esfuerzo por recordar sus palabras exactas. Se habían desvanecido, sin embargo, y sólo quedaba la esencia de sus ideas.

—Lo que es pasajero es el antiguo orden de las cosas. El Reino ya ha sido inaugurado, vivimos en él en este momento.

—¡Eso no tiene sentido! —protestó el joven que estaba sentado a mi izquierda—. Nada ha cambiado. Cuando me convertí, esperaba cruzar la puerta y descubrir que todo era distinto.

—¿No lo es? —le pregunté.

—No. Las mismas calles de siempre, los mismos vendedores, los mismos carteles colgados sobre las mismas tiendas. —Se le veía hondamente decepcionado.

—¿Y tú no los ves con otros ojos? ¿A los vendedores en sus puestos y a los mercaderes en la calle?

—No te entiendo —dijo el joven.

—Me refiero a sus caras, a sus ojos. ¿No ves algo distinto cuando los miras? ¿No ves, quizás, a Jesús?

—No sé qué aspecto tenía Jesús —repuso él.

—Oh, yo creo que sí lo sabes. Creo que podrías reconocer sus ojos.

—No miro a la gente a los ojos. Es una falta de respeto —contestó el joven.

—Jesús siempre nos miraba a los ojos. Eso te lo puedo asegurar. —Hice una pausa. ¿Sería producente mostrarme sentimental y contar una vieja historia? Sí, podía hacerlo. A Jesús nunca le preocupaba ponerse en ridículo, y a mí tampoco debía preocuparme—. Una vez un rabino contó una historia que nunca he olvidado, y creo que Jesús consideraría que viene al caso. Ya sabéis que el Shabbat empieza, y termina, con la puesta del sol. Y que el nuevo día empieza con la salida. Preguntaron, pues, a un hombre sabio cómo se puede discernir el paso de la noche al día. ¿Es cuando ya no se ven las estrellas en el firmamento? ¿Es cuando uno puede distinguir entre un hilo negro y otro blanco? El sabio meneaba la cabeza, aunque ambas son definiciones antiguas y muy respetables. «Es cuando puedes mirar a otra persona a los ojos y ver que es tu hermano», respondió. Por eso, si pertenecéis al nuevo orden, sabéis que el mundo viejo ha terminado. —Miré las provisiones que ya invadían la parte habitada de la casa—. Estáis equivocados, amigos míos. El mundo no terminará hoy ni mañana y, aunque así fuera, estas provisiones no os servirían de nada.

—De acuerdo —dijo la mujer situada a mi derecha—. Aun así, debemos abandonar la vida normal y dedicarnos a la oración y la meditación. En ese tiempo que nos queda hemos de purificarnos y centrarnos en lo que es realmente importante. Olvidarnos de lo mundano, lo cotidiano, y dedicarnos a lo eterno.

Todos esperaban que yo les diera una respuesta sabia. La terrible responsabilidad de intentar trasmitir lo que tal vez estuviera en el pensamiento de Jesús pesaba sobre mí cuando contesté:

—Creo que... Jesús siempre veía lo eterno en las cosas cotidianas.

Él no separaba las dos cosas, como hacéis vosotros. Vuestro último día en la tierra debería parecerse a todos los días de vuestras vidas, y habríais de dedicarlo a las tareas cotidianas con afecto y honestidad. No sé qué otra cosa podéis hacer. Quizá los días ordinarios sean los más sagrados de todos.

—¡Dijo que debemos buscarle! —Caleb se inclinó hacia mí.

—Nunca le oí decir eso —contesté—. Sólo decía que hacen falta muchas manos para la cosecha, y que debemos trabajar para ella.

—¿Existe alguien cuya vida cotidiana esté tan de acuerdo con Dios que cualquier día resulte aceptable como último? —gritó una mujer.

—No —tuve que admitir. Porque, si supiera que aquél sería mi último día, volvería corriendo a Tiberíades, y aporrearía la puerta, y forzaría mi entrada en la casa para abrazar a mi hija y, con mi último aliento, le diría que la quiero.

65

Cuando llegué a Jerusalén la encontré repleta de iracundos agitadores políticos y ciudadanos asustados; los fieles se hallaban en medio de la conmoción.

El emperador Claudio había dado la repentina orden de expulsión de todos los judíos de Roma, a causa de las luchas y las peleas en el seno de la comunidad. El emperador no comprendía la situación; las luchas se libraban entre los judíos cristianos, que creían en Jesús, y los judíos tradicionalistas, que no creían en él. Aquélla fue la primera vez en que un emperador romano se fijara en nosotros. ¡Ojalá hubiese sido la última!

Más o menos por la misma época padecimos una gran hambruna en Judea y tuvimos que depender de las Iglesias de Siria para nuestro abastecimiento. Otra primicia: la Iglesia madre dependía de la caridad de sus hijas para su supervivencia.

Ahora hablaré de la sucesión de acontecimientos en que nos vimos inmersos antes de partir de Jerusalén. Ya he mencionado al rey Agripa, que fue rey de Judea durante tres breves años.

Le sucedió su hijo, Agripa II, hombre de carácter débil y una desgracia para nuestro pueblo, ya que sus lealtades estaban puestas en Roma. Aunque intentó impedir el enfrentamiento final y la guerra, sólo lo hizo para ganarse el favor de sus amos romanos. En todo caso, ninguno de los dos bandos quiso escucharle, y estalló la guerra.

Agripa II era buen amigo del emperador Nerón; incluso rebautizó la ciudad de Cesarea, llamándola Neronia para halagarle. Es más, compartía los vicios de su ídolo, ya que mantuvo una relación incestuosa con su hermana Berenice. A diferencia de sus súbditos, salió indemne de la guerra y se retiró en Roma con un título honorífico.

Fue durante su reinado cuando ejecutaron a Santiago, el hermano de Jesús. Hacía años que las actividades de Santiago irritaban al Sanedrín, porque se obstinaba en cumplir la Ley con meticulosidad y en rezar ostentosamente en el Templo.

En cuanto surgió una oportunidad, pues, le arrestaron y le llevaron a juicio. La sentencia no sorprendió a nadie: le condenaron a la muerte por lapidación, como culpable de blasfemia. Así murió Santiago, unos treinta años después que su hermano, por manos del mismo consejo religioso.

Ninguno de nosotros estuvo presente en la ejecución. No sólo no queríamos verla sino que, para entonces, tampoco queríamos ser vistos en las inmediaciones del Templo, para no recordar al Sanedrín nuestra existencia. Desde lo alto del muro del Templo le arrojaron al precipicio, donde encontró la muerte en el fondo del barranco del Cidro. Lloramos por él. A pesar de nuestras diferencias, había sido uno de nuestros líderes y el hermano querido de Jesús.

Temblando, Juan y yo llevamos la noticia a María, su madre. Débil ya a sus más de ochenta años, pasaba casi todos los días en la estancia soleada de la planta superior de la casa de Juan, contemplando las lejanas colinas de Jerusalén desde la ventana. Aún, a veces, iba al mercado; otras, recorría las calles del vecindario apoyada en nuestros brazos. Estaba claro que sus fuerzas la abandonaban. Ahora teníamos que cumplir la tarea más terrible de todas, la de anunciar a una madre la muerte de su hijo.

Estaba sentada de espaldas a la puerta, envuelta en un chal de color azul, su color favorito. Su cabello, blanco ya aunque abundante, brillaba a la luz del mediodía como un tocado de perlas.

Me arrodillé a su lado.

—Queridísima madre —empecé a decirle, pero mi garganta se cerró y no pude continuar. Queridísima madre... Así el brazo de aquella mujer que, durante más de treinta años, había sido realmente mi madre. Cuando Jesús dijo a Juan: «Ésta es tu madre», creo que se refería también a mí. María, más madre que mi propia madre desde la primera vez que la vi, cuando era una niña.

»Ay, madre —dije y me eché a llorar.

—Ya sé —contestó ella—. Ya sé. —Y se inclinó, me abrazó y me consoló; siempre fue una madre para aquellos que la rodeaban.

La muerte de Santiago precipitó la muerte de María. El dolor la abatió, aunque no dejó de estar pendiente de todos nosotros. Mandó llamar a sus otros hijos, que no sabía dónde estaban. Joses, Judá y Simón vinieron a verla, hombres viejos ya. No pudimos localizar a Rut ni a Lía. Puede que ya hubieran fallecido. ¿Qué habían hecho después de que Jesús muriera condenado como un vulgar criminal? ¿Habían revelado alguna vez su verdadera relación con él? ¿Habían intentado reunirse con su madre? Tantas cosas que ya nunca sabríamos, tantos dolores con los que María tenía que convivir.

También tenía, sin embargo, un hijo adoptivo, el fiel discípulo Juan, que Jesús le entregó cuando estaba clavado en la cruz. María estaba más cerca de él que de cualquiera de sus hijos aún con vida. Y yo volvía a hacerme la vieja pregunta: ¿cuál es la verdadera familia? Porque allí había hijos, hermanas y hermanos unidos a través de Jesús con lazos más poderosos que los que ofrece la naturaleza.

Durante los últimos días de su vida María se dedicó por igual a los desconocidos que eran seguidores de Jesús. Conversaba con muchos de los que hacían la peregrinación hasta la casa de Juan, en la parte alta de la ciudad, sólo para verla. La reverencia creciente que inspiraba su persona no hacía sino exasperarla. Muchos creyentes caían a sus pies, pero no se atrevían a tocarle la mano, ni siquiera cuando ella se la tendía.

—Oh, madre bendita —farfullaban sin apenas mirarla.

—Ven —respondía ella—. Toma mi mano. Será un consuelo para mí. Hace mucho tiempo que no la toca él. Le echo de menos. Ansío volver a verle. Sé que tú también lo deseas. —Tendía la mano y tocaba la cabeza del creyente arrodillado—. Estaremos juntos, y él nos dará la bienvenida a los dos.

Cuando ellos protestaban, y reverenciaban su edad y honorabilidad, ella respondía:

—Recuerdo que él decía: «¿Quiénes son mi madre y mis hermanos? Los que escuchan la palabra de Dios y la cumplen.» Tú y yo compareceremos juntos ante él.

Murió un año después que Santiago, y el suyo fue un lento declinar. Primero, abandonó sus caminatas por el barrio; después, dejó de salir de su cuarto; luego ya no caminaba siquiera dentro de su alcoba y, por último, no se levantaba de la cama. Fue como el proceso de un niño, pero al revés. Su mundo se fue reduciendo, hasta que sólo quedaron sus gestos, las manos delicadas que nos daban su última bendición.

Cuando posó las manos en mi cabeza, sentí que sus fuerzas la abandonaban y recé porque lo poco que quedaba sobreviviera en mí. Quería ser su hija, la continuación de su vida.

El Espíritu Santo nos indicó dónde debíamos enterrarla: en una cueva al pie del monte de los Olivos. En solemne procesión, llevamos su litera por la empinada pendiente de la colina de Jerusalén y a media altura de la ladera del monte.

Miré hacia lo alto, a los oscuros cipreses que se mecían con el viento. El Espíritu tenía razón en conducirnos hasta allí; aquel lugar poseía una solemnidad natural. Tal como nos había revelado, una gruta se abría más allá de los árboles. Los porteadores depositaron la litera delante de la entrada, y nos reunimos en torno a ella.

Por encima de la mortaja, habíamos tendido un paño mortuorio de color azul, tan intenso como el azul del cielo matutino. Yo estaba cerca del féretro. Pronto fueron tantos los que venían siguiéndonos desde la ciudad, que atestaron el olivar cercano a la gruta.

Simeón, el sobrino de María, se apostó a los pies del féretro y condujo la ceremonia. Simeón era hijo de Clofas, el hermano de José, y ya había cumplido los cincuenta. He oído decir que lo «eligieron» cabeza de la Iglesia en sustitución de Santiago, pero no es cierto. Se eligió a sí mismo, y nosotros consentimos en ello. Parecía ser un buen hombre, y algunos de nosotros aún nos aferrábamos a la idea de que los parientes consanguíneos de Jesús compartían algo de su magia.

—Preciosa a los ojos de Dios es la muerte de Sus santos —entonó las palabras de un salmo—. María era una santa preciosísima para el Señor. —Simeón se inclinó y besó el paño mortuorio.

Entonces los porteadores levantaron la litera y la llevaron al interior de la gruta, mientras el resto de nosotros aguardábamos a la luz deslumbrante de la mañana, con los ojos anegados en lágrimas.

66

—Pedro ha muerto.

Simeón lo anunció con estas sencillas palabras al final de una reunión, cuando acabábamos de cenar, rezar y entonar los salmos. Se levantó, se dirigió lentamente al fondo de la amplia sala de la casa de Juan y pronunció aquellas terribles palabras. Antes de que irrumpiéramos en un torbellino de preguntas, alzó los brazos y sacó un trozo de papel arrugado.

—Uno de nuestros hermanos en Roma nos escribió para darnos la noticia —añadió.

Pedro no fue el único en morir, aunque sí el más querido por nosotros. Se desató una cruel persecución generalizada contra nuestros hermanos, a quienes se acusaba del gran incendio que había devastado Roma.

—No lo entiendo —dijo Mateo. El viejo discípulo estaba ya muy débil; había trabajado diligentemente en Jerusalén durante años, compilando textos y ocupándose de nuestra contabilidad—. ¿Cómo es posible?

—El fuego arreció durante días, y destruyó gran parte de Roma —explicó Simeón—. El pueblo odia tanto a Nerón que sospechan que fue él mismo quien provocó el incendio, para así poder embarcarse en uno de sus proyectos de construcción y reedificar la ciudad. Lo cierto es que ni siquiera estaba allí cuando empezó el fuego y, aunque no cabe duda de que está loco, ni siquiera él prendería fuego a su propia ciudad. No obstante necesitaba un chivo expiatorio y nos eligió a nosotros.

—¿Hay alguna prueba, por inconsistente que sea, que relacione a los cristianos con ello? —preguntó Juana. También ella había envejecido, pero su mente era tan perspicaz como siempre.

—Sólo el testimonio de algunos testigos, quienes afirmaron haber visto a gente que arrojaba objetos a las llamas para alimentarlas —respondió Simeón—. Apoyándose en eso, Nerón, o sus consejeros, pensaron que debía de tratarse de los cristianos, porque creen que el mundo está llegando a su fin y que terminará devorado por las llamas. Deseaban contribuir a ese fin, dijeron, felices de poder precipitar el advenimiento del último día.

—Algunos bien podían cometer este error —dije, acordándome de la gente de Jezrael, tan ansiosa por ver el fin. Cabía la posibilidad de que así fuera.

—Nerón será un loco, pero es inteligente —repuso Simeón—. Conoce las diferencias que nos separan del resto de la comunidad judía y sabe que no gozamos de la protección oficial de Roma para la práctica de nuestra religión. Sabe que muchos recelan de nosotros, porque celebramos ritos secretos y no hacemos sacrificios al emperador. No tenemos protectores ni defensores en las altas instancias. No tenemos miembros suficientes para organizar una defensa eficaz. Y nos atacó de la manera más horrible.

Exigimos saberlo todo, y nos lo contó con voz quebrada. Los cristianos fueron acorralados y asesinados por pura diversión. A algunos les soltaron en el circo, cubiertos con pieles de animales, para que les devoraran las bestias salvajes. A otros les untaron con alquitrán y, tras atarlos a una estaca, les prendieron fuego para que iluminasen, como antorchas humanas, los jardines de Nerón. A los líderes les crucificaron, Pedro entre ellos.

—Al menos, nuestros hermanos y hermanas pudieron rescatar el cuerpo para darle sepultura —prosiguió Simeón—. Lo enterraron en la ladera de la misma colina donde murió, cerca del hipódromo de Nerón.

—¿Y los demás? —preguntó Mateo, temeroso de la respuesta.

—Se les dio sepultura en fosas comunes, suponiendo que se les diera sepultura —respondió Simeón—. Murieron con valentía, como los macabeos, y siempre honraremos su memoria.

—¿Quedan cristianos en Roma? —preguntó otro hombre—. ¿O han aniquilado la Iglesia?

—Sabemos que nuestro enviado está allí —contestó Simeón—. Aunque puede que haya muy pocos supervivientes.

—Los mártires inspirarán a nuevos conversos —opinó Juana—. La gente querrá pertenecer a esta fe, capaz de crear héroes como ellos.

—No, si es ilegal —objetó un joven sentado a mi izquierda—. La mayoría de la gente es cobarde.

—No queremos cobardes —afirmó Juana—. ¡Ellos que se abstengan!

—No —dije, y me puse de pie para dirigirme a la concurrencia—. Todos somos cobardes. El propio Pedro negó a Jesús. Pero lo cierto es que podemos superar nuestras aptitudes naturales. Por eso digo: Que vengan los cobardes. Yo también soy cobarde, cuando sólo cuento con mis propias fuerzas.

—También han ejecutado a Pablo . —Simeón había dejado esta noticia para el final—. Sus largos años de apelaciones terminaron con su decapitación en Roma. A instancias de Nerón, asimismo.

—¡No! —Varias voces se alzaron .

Pablo había burlado la muerte tantas veces, que parecía imposible que ésta le hubiera alcanzado. Diez años atrás había sufrido el ataque de un grupo de líderes fanáticos del Templo, que lo acusaban de llevar a cabo prácticas irregulares en el recinto sagrado. Pero recurrió a su condición de ciudadano romano; consiguió eludir al Sanedrín y la ejecución que le tenían preparada, y apeló a las autoridades de Roma. Finalmente, compareció ante el emperador. Y terminó a manos del verdugo.

—Sabía que esto podía pasarle —dijo Mateo—. En su carta a Timoteo, escribía: «Ya me están vertiendo como una ofrenda de vino, y ha llegado el momento de mi partida. He participado en la lucha noble, he terminado la carrera y he mantenido la fe.» —Mateo tosió—. Un epitafio muy apropiado. Ojalá nosotros merezcamos uno parecido.

Uno tras otro, nuestros líderes nos eran arrebatados, y eso nos asustaba. Santiago el Justo, Pedro, Pablo..., ¿quién sería el siguiente?

Pero había más noticias, y Simeón asestó su último golpe ominoso:

—Ayer el sumo sacerdote del Templo ordenó la interrupción de los sacrificios en honor del emperador.

Los sacrificios diarios para el emperador —que no a él— habían proclamado la lealtad de Jerusalén a Roma durante más de cien años. Según la religión judía, los sacrificios a un ser humano eran ilegales, aunque podían honrar la figura del emperador sacrificando en su nombre. Bonito compromiso. Y ahora...

—El altar está vacío —prosiguió Simeón—. El fuego está apagado. Esta mañana no hubo sacrificio ni oraciones.

—Un acto de guerra —dijo Mateo.

—Sí —asintió Simeón—. Desde esta mañana nosotros, la provincia de Judea, estamos en guerra con Roma.

—Sólo puede terminar de una manera —interpuse—. Sólo de una manera.

Caímos de rodillas y rezamos, llorando la muerte de Pedro y de

Pablo, y de todos nuestros hermanos y hermanas de Roma; lamentábamos también la inminente conflagración de Jerusalén, que sería mucho mayor que la devastación que había barrido Roma.

Pedro había muerto... como un mártir. Pensaba sosegadamente en él. Tantas veces había salvado la vida y ahora estaba muerto. ¿Qué había dicho Jesús? «Cuando seas viejo, abrirás los brazos y otros te vestirán y te conducirán adonde no querrás ir.» Y es lo que había ocurrido, como en aquel sueño que tuviera Pedro hacía tantos años. Le habían atado y le habían conducido a la colina del Vaticano, donde le crucificaron. La carta decía que Pedro había suplicado una ejecución diferente, porque «no era digno de sufrir la misma muerte que su maestro». De modo que los soldados le crucificaron cabeza abajo.

Pedro ya nada tenía que ver con el pescador vociferante que yo había conocido... oh, hacía tantísimos años, cuando ambos éramos jóvenes. Su fe le había convertido en un hombre valiente, como los macabeos.

Aquél era un milagro más portentoso que los prodigios que la gente crédula quería atribuir a Jesús: caminar sobre las aguas, convertir el agua en vino, multiplicar los alimentos. Ésos no serían sino trucos de magia barata, mientras que la auténtica magia consistía en tomar la débil y falible materia humana y convertirla en heroica, más allá de los límites de su humanidad.

Aquella noche, mi mente sufrió el tormento de ver imágenes terribles del sufrimiento de Pedro que se convulsionaba en la cruz; sus miembros estaban pálidos, porque su posición invertida los drenaba de sangre; tenía la cara hinchada y enrojecida; la boca, abierta y jadeante. Me sumí en una especie de túnel extraño, un túnel largo y tenebroso.

No había tenido más visiones desde que Jesús nos dejara. En cierto modo, me sentía aliviada de estar libre de ellas y de las horribles obligaciones que me imponían. Desde hacía más de treinta años mis decisiones dependían tan sólo de mis ideas e intuiciones.

Ahora, mientras me absorbía el negro vórtice del sueño, sentí que me caía sin tener de dónde agarrarme, sin poder aferrarme a las paredes de aquel espacio desconocido y, por primera vez en muchos años, supe en mi fuero interno que me adentraba en un lugar distinto, un lugar sagrado y protegido.

«Estás pisando suelo sagrado.» Sabía que era cierto.

Como Samuel, podía responder, aunque sólo con el silencio de mis pensamientos más recónditos: «Habla, tu sierva escucha.» Y fui capaz de esperar en obediencia. El paso de los años también me había cambiado a mí. Los cambios que tan fácilmente vemos en los demás, resultan casi invisibles cuando se trata de uno mismo.

En mi sueño, seguí cayendo ingrávida, girando en el aire, hasta que alcancé un lugar espacioso, iluminado por una luz distinta a la de las lámparas, distinta a la del sol. Era una luz tan cegadora que tuve que taparme los ojos. Allí había mucha gente reunida y todos miraban a una figura bañada en una luz aún más intensa, tanto que no podía mirarla.

«Estaba atrapado en el tercer cielo, aunque no sé si en mi cuerpo o fuera de él. Sólo Dios lo sabe.» Eso había escrito Pablo, y ahora lo entendía. «Estaba atrapado en el Paraíso, y oí cosas inefables, cosas que no se pueden pronunciar.»

Dios me había otorgado este don —esta carga— hacía muchos años. Ahora no podía zafarme, no tenía escapatoria.

Vi la ciudad de Jerusalén en toda su extensión. Fue como si volara sobre ella, como si tuviera alas milagrosas que me llevaban a sobrevolar el Templo, el montículo chato que Herodes había creado, las casas modestas de la ciudad original de David, los gigantescos palacios y las residencias opulentas de la Ciudad Alta, los tres anillos de la muralla protectora que garantizaba nuestra seguridad. Qué hermosa era Jerusalén, resplandecía a la luz del sol, proclamando ser la ciudad de David, nuestra eterna herencia y nuestro refugio.

Descendí, atravesando bancos de nubes. Jerusalén. Entonces, de repente, la ciudad estalló en llamas. En mi visión, podía volar hacia donde quisiera y me dirigí a las afueras. Allí vi formaciones interminables de soldados romanos alineados cerca de las murallas. Sus insignias proclamaban: LEGIÓN V, LEGIÓN X, LEGIÓN XII.

Los muros caían, uno tras otro. Oí los gritos y los alaridos de la gente dentro de la ciudad. Vi las columnas de humo que se alzaban. Y luego —oh, qué visión tan atroz— vi que las llamas envolvían el Templo. Vi que sus muros se desmoronaban, las paredes se combaban hacia el interior, como las tablas de un barril comido por los gusanos. Vi una gigantesca columna de humo que ascendía del santuario.

¿Caería el Templo? Ya en otra ocasión había tenido un atisbo de esta visión. Dios había enviado el mismo sueño al faraón en repetidas ocasiones, para que supiera que era verdad, y ahora hacía lo mismo conmigo.

Entonces las palabras de Jesús resonaron en mis oídos, una y otra vez magnificadas en el sueño: «Yo os digo que, en pocos años, no quedará piedra sobre piedra.»

—El Templo... —grité. «Ha estado en nuestra tierra desde hace miles de años, es la morada de Dios.» Y mi visión me otorgó un cuerpo compuesto de muchas almas, más fuerte y más resistente que el mío.

Entonces vi a un grupo de sacerdotes que entraban en el santuario y, como éste se desmoronaba, una voz dijo: «Vayámonos de aquí.» Así Dios les decía que todo había terminado, que, a partir de ahora, ya no Le contendrían las paredes que construye la mano del hombre.

El Templo sería destruido y Dios se mudaría a otro lugar. A nosotros nos decía: «No lo defendáis, pues ya no estoy allí.»

El Templo... al que peregriné cuando era niña, el lugar donde había predicado Jesús, donde nos había visitado el Espíritu Santo, donde Pedro había predicado por primera vez y había convertido a la gente a la fe de Jesús... ¿Cómo podía desaparecer, eclipsarse? Era la piedra angular de nuestra religión.

«Ya no está —me dijo la visión— Ya no existe.»

»Jerusalén perecerá. Los romanos prevalecerán. Nadie salvará la ciudad en el último momento, como ocurrió hace setecientos años, cuando la asaltaron los asirios. Los que esperan esta salvación, se engañan. Marchaos de Jerusalén. Debéis cruzar el Jordán y buscar un refugio seguro. No dejéis a nadie atrás. Yo os conduciré. Allí esperaréis mis instrucciones.

»Y, sobre todo, no tengáis miedo, porque estoy siempre con vosotros, hasta el fin del mundo, como os prometí.»

La habitación daba vueltas. Volví suavemente a la tierra, mientras la luz cegadora se apagaba hasta quedar reducida al pequeño y titilante resplandor de una lámpara de aceite, que estaba encendida en un anaquel a mi lado. Las voces, sin embargo, seguían resonando en mis oídos, y supe que no olvidaría ni una palabra.

Cuando relaté lo que había visto y oído a la congregación de creyentes aquella noche, el grupo, por lo general muy hablador, se quedó callado y confuso. Todavía estaban conmocionados con las noticias que habían llegado de Roma, y ahora eso: la orden de abandonar Jerusalén, donde teníamos nuestra sede desde hacía más de treinta años, donde había muerto Jesús para volver a nosotros con la resurrección; la necesidad de buscar un nuevo cobijo. ¿Adónde ir? ¿Por qué confiar en mi visión? Hacía mucho tiempo que no tenía visiones. La mayoría de las personas allí reunidas no me relacionaba con visiones ni con revelaciones.

Yo tenía que reconocer, íntimamente, que había tenido una visión anterior que nunca se cumplió. Aquel sueño horrible, aún vívido después de tanto tiempo, del mar de Galilea enrojecido con la sangre y de la batalla naval entre romanos y rebeldes.

—Fue Jesús quien me hizo la revelación —dije—. Fue inconfundible e inequívoca. No quiero irme de Jerusalén, pero sé que debo obedecer sus órdenes.

Y era cierto. Tenía más de sesenta años —¡qué pocos me parecen ahora!— y estaba establecida en Jesusalén. No me atraía la perspectiva de un viaje ni la búsqueda de un nuevo hogar. Mientras el resto seguía interrogándome, me di cuenta de que me adjudicarían el papel de su líder. Sería a mí a quien Jesús revelaría el lugar indicado.

—Algunos de nosotros no podemos viajar —objetó un anciano—. No tenemos fuerzas para ello. Ni los medios.

Recordé las historias que narraban la resistencia de Lot en abandonar Sodoma, su retraso hasta que casi fue demasiado tarde, su cumplimiento parcial de las instrucciones recibidas de Dios. Así es la naturaleza humana. Miré a los rostros de los fieles, pendientes del mío. ¿Cuántos discípulos originales estábamos allí? Juan; Mateo; Tadeo, que había demostrado ser un ejemplo de nuestra causa de caridad; Simón el Celota, encogido ya y débil, apenas capaz de sostener un báculo y mucho menos una espada. Los demás se habían dispersado, les habíamos perdido en tierras extrañas, y quizá ya hubieran muerto lejos de su hogar. Se rumoreaba que Tomás y Felipe estaban en la India, y Andrés, en Grecia. Pero no era seguro.

—Según mis instrucciones, debemos irnos todos —respondí.

—¿O qué pasará?

—Moriréis. —Desde luego, ésa había sido mi visión.

—Entonces, debo morir. —Un anciano de piernas arqueadas y temblorosas se puso de pie—. No puedo hacer este viaje.

—Tu martirio demostrará tu amor por el Señor —dijo Simeón colocándose a mi lado—. Y quizá sirva para atraer a nuevos creyentes.

—El mío, también. —Se levantó una anciana que, a todas luces, no era capaz de emprender el viaje.

Poco a poco, los más viejos y débiles se fueron levantando para unir sus voces a los que estaban dispuestos a sacrificar la vida.

—No impediremos el viaje de los demás ni causaremos demoras peligrosas —dijo una mujer tan vieja que su piel no era más que arrugas—. Sería un pecado muy grave. —Calló para toser, doblándose casi por la mitad—. Iremos al martirio, y yo lo haré contenta.

Me tocaba conducir al grupo a través del desierto, como hiciera Moisés. Era una misión abrumadora, aunque mi grupo era mucho más pequeño y más obediente que el suyo. Aceptar que Dios guiaría nuestros pasos y nos protegería en aquel viaje demostraba nuestra fe inquebrantable en Él.

Jerusalén era un hervidero. Las calles estaban abarrotadas de gente asustada, furiosa y atropellada y, de repente, aumentó la presencia de soldados romanos. Parecían estar por todas partes; montaban guardia en las esquinas y los portales; vigilaban a todos y cada uno de los que iban a los mercados o atravesaban las puertas del Templo. Se rumoreaba que a Nerón le había indignado la ofensa del sacerdocio y había ordenado represalias. Grandes números de celotas acudían a Jerusalén. Galo, el gobernador romano de la provincia de Siria, venía de Antioquía con la Duodécima Legión, marchando contra nosotros. ¡La Duodécima, cuya insignia había aparecido en mi visión!

El día en que fuimos al Templo para rendir nuestros últimos honores, para examinar con afecto y atención hasta la última piedra, las espléndidas puertas y los imponentes altares de sacrificios, no fueron los celotas sino los sacerdotes los que se burlaron de nosotros.

—¡Aquí estáis, traidores hipócritas! —Sonó una gran voz mientras Simeón y yo conducíamos al grupo a través de las cortes, hacia el pórtico de Salomón. Alcé la vista y vi a una figura envuelta en sedas bordadas; lucía un gran tocado que enmarcaba su cabeza a contraluz. Estaba justo del otro lado del muro que dividía la corte de los Israelitas de la corte de los Sacerdotes—. ¡Vosotros! ¡Que fingís respetar todavía la Ley de vuestros ancestros mientras la pisoteáis sin miramientos! ¡Vuestro líder, Pedro, acaba de encontrar el final que se merecía en Roma! Ojalá que todos vosotros corrierais la misma suerte, la suerte de Santiago de Jerusalén. ¡Y de aquel Santiago que le precedió! ¡Muerte a los blasfemos!

El odio violento de aquel hombre nos impactó.

—Tenemos tanto derecho a estar aquí como tú —respondió Simeón.

Con un ademán, el hombre llamó a los guardias del Templo, y los soldados uniformados abandonaron sus puestos en la muralla para converger hacia nosotros.

—Vámonos de aquí —dijo Simeón—. Dios juzgará a estos hombres.

Así fue como nuestra emotiva y respetuosa despedida del antiguo lugar sagrado se convirtió en una huida apresurada.

Empezamos los preparativos para el viaje, recogimos nuestras posesiones, vendimos todo lo que era demasiado voluminoso para transportar y embalamos el resto. Antes de marchar, quisimos recorrer por última vez los lugares donde Jesús había caminado. Entramos en Jerusalén por la misma puerta que había atravesado él a lomos del burro; nos dirigimos al palacio del procurador y contemplamos a través de la verja el patio del sumo sacerdote; paseamos por el jardín de Getsemaní. No visitamos la tumba; preferimos recorrer los lugares donde se nos apareciera después de su muerte. En mi caso, el jardín que rodeaba la tumba. En el caso de los demás, la sala principal de la casa cedida por José de Arimatea. Finalmente, visitamos el lugar de descanso de la santa María, su tumba de la gruta.

Es muy duro abandonar las cosas que dan forma a tus recuerdos, que constituyen tu manera de ser. En Jerusalén nacimos como grupo que había visto a Jesús después de la tumba; ésa era la ciudad que él tanto quería. Ahora teníamos que irnos. Nuestro apego a ese lugar concreto apenaría a Jesús, que nos había pedido que no nos aferráramos a su persona y, mucho menos, a un sitio terrenal.

Partimos de Jerusalén, un grupo de algunos centenares de personas, en un día soleado que mostraba la imagen más seductora de la ciudad. El Templo resplandecía más que nunca; sus adornos de oro fulguraban más que nunca a la luz del sol; sus grandes puertas de bronce —abiertas para permitir la entrada de los fieles— lucían sus grabados más que nunca. Jerusalén nos llamaba con voz poderosa.

Pero estábamos preparados para el viaje. Cruzamos la muralla y dejamos atrás los contingentes de soldados ceñudos que acampaban junto a las puertas. Los romanos nos miraban airados al pasar.

«Debéis cruzar el Jordán y buscar un refugio seguro.» ¿Pero dónde estaba este refugio?

Enfilamos el camino del río, el camino que conducía a Jericó, asolado por ladrones y bandidos, el camino que Jesús había mencionado en su parábola del buen samaritano. Después seguimos las márgenes del Jordán, procurando mantenernos lejos de las frondas de zarzas espinosas y las peligrosas hondonadas.

Pasamos por el lugar donde bautizara Juan y donde yo había buscado mi salvación o, mejor dicho, pasamos cerca de aquel lugar. Vi las márgenes abruptas y yermas del río, recordé la desolación de mi anterior estancia y supe que no era allí donde nos conducía Jesús.

Seguimos nuestro camino hacia el norte, siempre hacia el norte. Allí abajo, el Jordán dibujaba sus meandros; del otro lado se extendía la escuálida llanura que pronto cedía su lugar a las colinas. Jesús dijo que debíamos cruzar el Jordán. Quería que nos dirigiéramos al otro lado.

Aquí había ciudades paganas, la liga de Decápolis —las Diez Ciudades— que eran griegas en su totalidad y conformaban una franja de ciudadanía propia. Por lo demás, el terreno aparecía totalmente desierto.

Continuamos viaje. Todavía no llegaba el mensaje que nos indicaría dónde detenernos. Me seguía una columna desordenada de creyentes, los que tenían condiciones físicas para hacer el viaje, que, mientras caminaban, esperaban una revelación divina en medio del polvo que se levantaba a grandes nubes a su alrededor.

Aún no nos habíamos acercado al mar de Galilea —donde ansiaba llegar para escudriñar en la orilla opuesta las siluetas de Tiberíades y de Magdala— cuando me embargó la urgente necesidad de detenerme.

—¡Deteneos! ¡Un descanso! —Se dio la orden y el grupo paró.

Todavía nos separaban varias leguas del extremo meridional del lago, y el Jordán serpenteaba entre las espesuras a nuestra derecha. Un sendero, no obstante, descendía hacia el río, convirtiéndose en camino ancho del otro lado.

Me senté con la cabeza baja; esperaban algún tipo de indicación.

Y allí, a la luz radiante del mediodía, en la hora menos misteriosa de la jornada, recibí instrucciones.

«Cruza el río. Vadéalo. Y sigue el camino de la margen opuesta.»

«¿Esto es todo?», pregunté. «¿No vas a revelarnos nuestro destino?»

No hubo respuesta.

Cruzamos el río, cuyas aguas corrían bajas en esa época del año. Conseguimos vadearlo levantando las túnicas a la altura de los hombros. No pude evitar pensar en Josué cuando cruzó el Jordán y se adentró en estas tierras por primera vez; había recogido piedras del lecho y las había amontonado para erigir un monumento conmemorativo. Me parecía apropiado que nosotros también hiciéramos un gesto igual, pero ¿cuál? Vadeamos el Jordán sin dejar ningún recuerdo de nuestro paso.

Emprendimos el camino que conducía tierra adentro y, al remontar la cima de la primera colina, vimos delante una ciudad hermosa.

«Aquí. Es aquí donde tenéis que esperar.» Las palabras resonaron en mis oídos, claras y persistentes.

Pero... ya desde mi puesto podía ver que se trataba de una ciudad pagana. En las afueras había edificios de columnatas simétricas, características de los templos helénicos.

—¿Cómo vamos a vivir aquí? —exclamé en voz alta—. ¡Este lugar es pagano! ¿Por qué nos has traído aquí?

«Es seguro. No será aplastado por Roma. Sobreviviréis para seguir con vuestra misión.»

Seguimos el camino que ascendía a través de las colinas en dirección a la ciudad, la ciudad llamada Pela, y anuncié a los que me seguían:

—Éste es el lugar donde Dios nos ha conducido. Aquí desea que busquemos refugio.

Nuestros primeros meses en Pela fueron difíciles. Teníamos que buscar alojamiento y trabajo, aprender a vivir entre extranjeros. No era la primera vez que tratábamos con gentes de otros pueblos, pero allí los extranjeros éramos nosotros. En esa ciudad no muy grande, construida de acuerdo a los cánones de planificación helenos, el idioma que se hablaba era el griego, y la moneda, el dracma; la actividad laboral no contemplaba un día de descanso. Había una pequeña sinagoga mientras que, aparentemente en cada esquina, se alzaban templos a la multitud de dioses helenos, como Zeus y Apolo, aunque también a deidades más lejanas, como Isis y Serapis. De los puestos de comida emanaban olores a cerdo asado, efluvios inconfundibles, que nada tenían que ver con el olor a cabra o a cordero. Jóvenes medio desnudos marcaban sus pasos contoneados por las calles, mordisqueando pedazos de cerdo asado que llevaban en las manos grasientas. Solían ir camino de un gimnasio, donde se despojarían de todas sus vestimentas y desfilarían desnudos por la arena.

Aunque Simeón era nuestro líder nominal, la verdadera líder era yo, porque nos sentíamos perdidos en aquel lugar extraño y sólo yo recibía instrucciones acerca de cómo debíamos vivir. Los demás dependían de mí, y hacía cuanto podía para no defraudarles, rezando siempre por mantenerme en el buen camino.

Por cortesía más que por convicción, visitamos la sinagoga aunque, en cuanto les dijimos quiénes éramos, nos pidieron que nos fuéramos, como ya sabía que harían. Habían oído hablar de nosotros, de la extraña secta que creía que el Mesías ya había venido, si bien no les interesaba saber más. Unos pocos nos siguieron para hacernos algunas preguntas, pero sólo un puñado de ellos acabó uniéndose a nosotros.

Los meses pasaron y las primeras lluvias de otoño nos encontraron ya establecidos en nuestro nuevo hogar. Poco a poco, la ciudad y sus alrededores empezaron a ejercer su encanto sobre mí. Demasiado. Me sentía atraída por los templos y la belleza de las estatuas. De una manera peligrosa, ya no me parecían extraños sino seductores. Y se me hacía cada vez más difícil pasar por delante sin detenerme a admirarlos. Pronto me vi obligada a prohibirme mirar siquiera en su interior, blanco y luminoso, tan diferente a nuestro tenebroso Sanctasanctórum, oculto tras pesados cortinajes.

Nos manteníamos unidos en la ciudad extraña reuniéndonos cada noche en una casa distinta. ¿Sería aquél nuestro hogar definitivo o sólo un breve alto en el camino?

—Según demuestra la historia de nuestro pueblo —dijo Simeón—, las visitas breves tienen la costumbre de convertirse en estancias prolongadas. Jacob fue a Egipto para comprar cereales, y sus descendientes no marcharon hasta pasados cuatrocientos años. ¿Es éste el destino de nuestros hijos? ¿Vivir con unos griegos que comen cerdo? —Fueron las palabras que pronunció en una de las reuniones de nuestra comunidad, después del servicio religioso.

El desenlace estaba en manos de Dios, y Dios puede ser muy imprevisible.

—Yo opino que debemos esperar —dije—. ¿Os acordáis cómo tuvieron que esperar los israelitas en el desierto hasta que la nube y la columna de fuego se apartaran del Tabernáculo? A veces, durante años. Nosotros tenemos que enfrentarnos a la misma prueba.

Porque se trataba de una prueba, de eso no me cabía duda. ¿Esperaríamos las instrucciones de Dios o tomaríamos las riendas de nuestras vidas, reincorporándonos a la sinagoga, o dejándonos seducir por las costumbres paganas de los griegos que nos rodeaban? De hecho, era una dura prueba. Sólo yo sabía lo que significaban para mí los templos, las estatuas y los hermosos ídolos que asomaban por doquier.

Algunos trabajábamos en la compilación de las palabras de Jesús, para poder transmitirlas a aquellos que tuvieran interés en conocerlas. Otros querían redactar la lista más completa posible, para que los nuevos creyentes pudieran revivir nuestra experiencia de oírle hablar. Había muchas colecciones de frases en circulación, pasaban de Iglesia a Iglesia, pero ninguna era completa o siquiera muy larga.

También empezamos a organizar un curso de enseñanza para los aspirantes, a quienes llamábamos «catecúmenos», es decir, instruidos. Tenían que conocer ciertas cosas antes de ser admitidos en el seno de nuestra comunidad: la vida de Jesús, sus enseñanzas, las misiones que nos había encomendado, su muerte y su gloriosa vida después de la muerte. Ideamos una fórmula bautismal para recitar en el momento en que la persona emergía de las aguas: «Porque vosotros, que habéis sido bautizados en Cristo, estáis investidos de él. No hay judíos ni griegos, no hay esclavos ni ciudadanos libres, no hay varones ni mujeres. Todos somos uno en Jesucristo.» A continuación, llevábamos al nuevo miembro a nuestra sala, donde él o ella participaba de la cena conmemorativa y recibía el estatus de miembro de pleno derecho, con gran regocijo de todos. Uno de nosotros se ofrecía a apadrinarle y a hacerle de guía durante los primeros meses, y esa persona era como un pariente consanguíneo para el nuevo hermano.

Había los que todavía sostenían que aquél era un procedimiento demasiado legalista, y que el único requisito debería ser la convicción íntima del aspirante y su aclamación pública de que «¡Jesús es el Señor!». Poco a poco, sin embargo, nuestras limitadas formalidades acabaron imponiéndose.

Lo que más nos asombró durante aquella época fue la capacidad de Jesús de atraer a la gente, a pesar de los torpes métodos de sus imperfectos seguidores, a pesar del paso del tiempo y, lo que era más importante, a pesar de la ausencia física del propio Jesús.

Recibimos noticias acerca de los romanos y Jerusalén. Los rebeldes habían obtenido éxitos grandes e inesperados en la ciudad, hasta el punto de llegar a afirmar que Dios les protegía, como en épocas pasadas. Consiguieron hacerse con la mayor parte de Jerusalén y, cuando Galo, el gobernador de Siria, recibió órdenes de Nerón de marchar al sur y apoderarse de la ciudad, los rebeldes repelieron el ataque y mataron hasta al último de los cuatrocientos hombres que formaban su retaguardia. El primer asalto terminó con la victoria de los celotas, una victoria que parecía de inspiración divina. Formaron su propio gobierno y dividieron la ciudad en nuevos distritos administrativos, libres, al fin, del odiado amo extranjero.

Aquélla, sin embargo, no era la victoria de Moisés sobre el faraón, sino la primera batalla de una guerra. Los romanos eran los amos del mundo y, a la larga, una escaramuza más o menos no significaba nada.

Nerón ordenó a Vespasiano, uno de sus mejores generales, que aplastase la rebelión de los celotas. Vespasiano era un militar precavido y había aprendido a rechazar emboscadas en Britania. Estaba al mando de las legiones Quinta y Décima. Ordenó a su hijo, el comandante Tito, que subiera con la Decimoquinta legión de Egipto, y convocó las tropas de los reinos aliados de la región. Pronto un ejército de sesenta mil hombres, incluida la caballería y los auxiliares, marchó contra los rebeldes.

Hacía mucho tiempo, en la época de Gedeón, Dios había dicho que las grandes adversidades no hacían sino brindarle la oportunidad de demostrar su poder. Sin embargo, cuando empezó el avance del ejército romano, el ejército más poderoso que el mundo había conocido, Dios guardó un extraño silencio.

Vespasiano descendía desde Siria y, para alcanzar Jerusalén, tenía que atravesar los territorios septentrionales de Galilea. Batallas cruentas se libraron en Jotapata, Tiberíades y Magdala, donde se había refugiado una banda de rebeldes feroces.

67

¡Magdala! ¡Se dirigían a Magdala! ¡Y a Tiberíades, donde vivía mi tesoro más preciado en la tierra!

Aquella visión. Aquella visión sangrienta de una batalla librada con barcos, de tanta gente muerta, de las aguas del lago enrojecidas de la sangre de las víctimas humanas... ¿iba a cumplirse ahora? Tenía que ir allí, tenía que buscar a mi hija para salvarla.

—¡No! —se opuso Simeón—. ¡No puedes ir! Eres (perdona que te lo diga) vieja. Pero los soldados no se apiadan de las viejas en el pillaje.

—No tengo miedo. —No lo tenía. ¡Por un milagro divino, no tenía miedo!

—Piensa en los demás. Recuerda tus responsabilidades. Tú nos condujiste hasta aquí. Y, aunque no fuera así, eres una de las últimas supervivientes de los que conocieron a Jesús en persona. No puedes olvidarte de eso. Ellos te necesitan... todos esos jóvenes que se unen a nuestras filas. Necesitan oír lo que sólo tú puedes contarles.

—Tengo que ir.

—¿Es una orden del Señor? ¿O tu propio deseo? —Simeón me miraba, feroz.

Ambas cosas, habría podido contestar sin mentir. Había tenido esa visión hacía muchos años y sabía que se cumpliría. Pero la voz de la maternidad era muy poderosa... Tenía que ir.

—¿Y si te dijera que Jesús lo ha prohibido? —preguntó él.

Deseé de todo corazón que no fuera cierto, aunque tal vez lo fuera. Reflexioné por un momento antes de decir:

—Entonces tengo que desobedecerle y pedirle perdón después. Yo no soy tan... fuerte como él. —Hice una pausa—. Pero él ya lo sabía cuando me eligió.

Simeón asignó a un joven, un creyente nuevo de Pela llamado Jasón, que me acompañara en el viaje. Cruzamos el Jordán vadeando las aguas frías que nos llegaban a la rodilla y salimos del otro lado, el lado de Israel, esperando ver infinidad de romanos alineados a lo largo de la margen. Pero no había nadie. La zona estaba desierta y tranquila. Los cultivos tardíos estaban listos para la cosecha, dorados a la luz del sol.

Vespasiano había tardado cuarenta y siete días en someter Jotapata, y estaba de muy mal humor. No iba a tolerar interferencias. Marchaba con resolución hacia el este, hacia las ciudades fortificadas de Tiberíades y Magdala.

Logramos llegar a Magdala antes que Vespasiano. Nos escabullimos puertas adentro; las puertas habían sido reforzadas y guarnecidas para la guerra. «Ninguno de vosotros sobrevivirá a los romanos.» Tuve la revelación en el momento de cruzar la puerta, y ese conocimiento me pesó y me entristeció. Miré las imponentes espadas y los escudos, y vi que al cabo de unos días formarían una pila humeante. Corrimos hacia la casa de Eli. Tiramos frenéticos de la aldaba, aporreamos la puerta sin aliento, sin preocuparnos por el recibimiento que pudieran darnos, angustiados por prevenirle.

Por fin la puerta se abrió con cautela. Era Dina. La reconocí, después de no haberla visto en décadas.

—Dina, soy yo, María. He venido a preveniros. El general Vespasiano marcha sobre Magdala en estos mismos momentos. ¡Tenéis que protegeros! ¡Huid!

Ella me miraba fijamente.

—María... ¿la mujer de Joel? Oh, hace mucho tiempo. —Escudriñó mi cara, tratando de descubrir en mis ojos a la mujer joven que había conocido. Luego meneó la cabeza y añadió—: ¿Cómo lo sabes?

—Me ha sido revelado. —No pude decir nada más. Ésa era la verdad.

Ella me miró con escepticismo.

—Ya entiendo.

—¿Dónde está Eli? ¿Puedo hablar con él? —Era imprescindible encontrarle enseguida.

—Se reunió con sus ancestros, en el seno de Dios —respondió Dina.

—Lo lamento. —Me embargó la tristeza y, en mi interior, lloré por Eli—. Entonces, huye tú o morirás.

—Ésta es mi casa —contestó ella con orgullo—. Estaré protegida.

Conseguimos llegar a Tiberíades antes que la guerra.

La ciudad estaba protegida con altas murallas, recientemente fortificadas para soportar el ataque. Los resistentes, sin embargo, no contaron con el poderío de Roma. En cuanto las vi, supe que sucumbirían al ataque de las legiones, cual si fuesen de papel.

—¡Dejadme entrar! ¡Dejadme entrar! —grité, al tiempo que aporreaba las puertas, cerradas a cal y canto incluso en pleno mediodía.

—¿Quién eres? —preguntó un centinela.

—¡Una madre! —grité—. ¡Una madre que debe entrar!

Las puertas se abrieron muy despacio, y los soldados que las custodiaban nos miraron con recelo. Entramos de manera apresurada. ¡Tengo que encontrar a mi niña! ¡Tengo que encontrarla!

Mi «niña» sería ya una mujer de mediana edad, pero eso no importaba. Aún podía ver sus ojos, la mirada luminosa de la carita de mi niña, su expresión alerta, su astucia. Esos ojos no habrían cambiado. Los ojos nunca cambian.

Por fin llegamos a la casa, jadeando y sin aliento. Me detuve y respiré despacio. Después llamé a la puerta.

¡Dios, haz que me abra! ¡Permite que la vea! Y la puerta se abrió, tirada por un criado.

—La señora Eliseba —dije—. ¿Puedo verla?

—No está aquí —respondió.

—¿Realmente no está aquí o no desea recibir visitas? —insistí.

—Realmente, no está aquí. —Esperó un momento antes de preguntar—: ¿Quién eres?

—Soy su madre —contesté.

Pareció sorprendido.

—Creía que no tenía madre.

—Sí tiene madre, que la quiere con locura y ha venido a prevenirla. ¿Dónde está?

—Salió a las colinas —respondió el criado—. No parecía haber peligro.

—Hay un gran peligro —repuse—. Vespasiano viene de camino para destruir la ciudad. Mañana estará aquí. Eliseba tiene que huir. ¡Todos debéis huir!

—Le daré tu mensaje —dijo con sequedad y cerró la puerta.

Tuve que apoyarme en la pared. ¿Debía aguardar su regreso? Pero ¿quién sabía cuándo volvería? Si desde las colinas ella viera a los soldados que se acercaban, quizá decidiera no volver a la Tiberíades sitiada sino ir a otro lugar, un lugar que yo ni podía imaginar. Y yo quedaría atrapada en la ciudad, quizá muriera en el enfrentamiento, dejando la Iglesia de Pela sin su líder. No, tenía que marchar y confiar la seguridad de mi hija a las manos de Dios.

Las calles se estaban llenando de gente preocupada, porque los ciudadanos corrientes de Tiberíades no deseaban verse implicados en una guerra. Una facción rebelde huida de Jerusalén se había hecho fuerte en la ciudad, y ahora todos los habitantes tenían que pagar el precio. Jasón y yo luchamos para abrirnos camino en dirección contraria al gentío y cruzamos las puertas, de vuelta al campo abierto. También nosotros nos dirigimos a las colinas, lejos del terreno llano que pronto serviría como campo de batalla. A la vuelta de cada arbusto y de cada peñasco, tenía la esperanza loca de encontrarme con Eliseba, de que nos viésemos, nos reconociésemos y nos abrazásemos, salvando los años.

Pasados los meses, cuando todo terminó, cuando las batallas concluyeron y los romanos vencieron, llegó hasta Pela el relato detallado de lo ocurrido. Poco después de mi visita, los rebeldes habían atacado a un emisario de paz de los romanos. Los ciudadanos de Tiberíades, en absoluto preparados para las represalias, huyeron al campamento romano y se encomendaron a la misericordia del amo de Roma, declarando que ellos nada tenían que ver con los rebeldes. Los romanos aceptaron su entrega y exigieron que les abrieran las puertas de la ciudad, cosa que hicieron. Entonces el ejército romano entró en Tiberíades y recibió una cálida bienvenida; mientras, los rebeldes huían en dirección contraria, hacia Magdala.

¡Doy gracias a Dios porque Eliseba estaba en Tiberíades y no en Magdala! Porque en Magdala ocurrió una masacre espeluznante después del sonoro discurso de Tito, que rezaba: «Ningún rincón de la tierra habitada ha podido hasta ahora escaparse de nuestras manos.» Sucinta descripción de nuestro mundo. La batalla naval que mi visión me había revelado hacía años ocurrió de veras en las aguas del mar de Galilea. Miles perdieron la vida, y los rebeldes que luchaban desde los barcos... fueron masacrados sin piedad, tal como había visto en mi visión. La superficie del lago se tiñó de un rojo tan brillante que reflejaba la luz del sol como una crecida de rubíes.

Muchos inocentes murieron en la propia ciudad, porque los soldados no podían distinguir entre los habitantes y los rebeldes; muchos edificios ardieron y la destrucción fue devastadora. (Mi viejo hogar, el almacén de mi padre, la casa de Eli, Dina y toda mi familia... ¿desaparecidos?) Al final, Vespasiano presidió un tribunal de jueces que deliberó qué se tenía que hacer con las víctimas inocentes de la guerra. Cuando le dijeron que la destrucción de sus casas acabaría por convertirles también a ellos en rebeldes, aceptó el plan pérfido de uno de sus consejeros. Se dirigió a aquella gente, garantizándoles su seguridad y ordenándoles que acudieran a Tiberíades para presentar sus reclamaciones. Una vez allí, les encerró en el estadio mientras ordenaba el asesinato de los más viejos y enfermos. Los seis mil más jóvenes y fuertes fueron enviados para trabajar en el canal de Nerón en Grecia, y treinta mil más fueron vendidos como esclavos. Ése fue el destino de mi hogar, y por eso ya no soy María de Magdala, porque Magdala fue destruida.

Lloramos nuestra patria y nuestras ciudades durante cuarenta días, un luto que no pueden describir las palabras. Yo rezaba continuamente por la seguridad de Eliseba, y el único consuelo al que podía aferrarme era que mi hija vivía en Tiberíades y no en Magdala.

Los romanos prosiguieron su marcha hacia el sur. A diferencia de la batalla de Magdala, la de Jerusalén, librada casa a casa a lo largo de casi un año, se conoce bien y otras crónicas la describen. Antes del fin, los habitantes de Jerusalén morían de hambre, reducidos a un estado casi animal. Cuando amaneció el último día de la existencia del Templo, su caída no fue resultado de la estratagema o el plan premeditado de un hombre, sino de la antorcha fortuita que arrojó un soldado y que prendió fuego a su gloria. Todo lo que había en el interior del Templo pereció y, algunos días más tarde, un soldado romano tropezó con la inscripción rota y ennegrecida que proclamaba que los gentiles que se aventuraran más allá de la balaustrada «morirán, y ellos solos serán los responsables de su muerte». Así desapareció el Templo y todas sus normas, restricciones, sacrificios, esperanzas e historias. Es el tesoro perdido más importante en la memoria del pueblo judío.

La ciudad entera quedó arrasada, con excepción de tres torres de defensa que resistieron el asalto. Los habitantes que no murieron por la espada fueron vendidos como esclavos. Tito y sus soldados se apoderaron del menorá dorado y los demás tesoros del Templo, que exhibieron en su desfile triunfal en Roma, reduciendo los objetos sagrados a botín que alegró la vista de las multitudes vitoreantes.

Nuestro hogar, el centro espiritual de nuestro universo, había desaparecido. ¿Qué debíamos hacer? Sin la Iglesia madre de Jerusalén, nuestra ancla en el mundo, nos sentíamos a la deriva.

¿Y qué había de las Iglesias filiales fundadas por todo el mundo? Las que había fundado Pablo no habían prosperado en la época inmediata a su muerte. La doctrina de la interpretación estricta de la Ley había ganado posiciones a lo largo de los diez años de su arresto, y el futuro del pensamiento visionario y liberal de Pablo no parecía claro. La caída de Jerusalén lo cambió todo en un abrir y cerrar de ojos. No existía más cristianismo que el de Pablo y, a partir de entonces, la brecha entre la religión madre y su hija se ensanchó tanto que ni los mejor dispuestos podían discernir a sus hermanos en el otro lado.

Permanecimos diez años en Pela, cinco años más después de la caída de Jerusalén. Simeón y un grupo reducido decidieron volver a la ciudad, que se estaba reconstruyendo con grandes dificultades. Juan y yo optamos por ir a Éfeso. Mateo, Simón y Tadeo habían muerto en Pela, y ya sólo quedábamos nosotros dos.

—¿Por qué Éfeso? —nos preguntó Simeón—. ¿Por qué no volver a Jerusalén?

—La Iglesia de Éfeso era fuerte mientras vivía Pablo —dijo Juan—. Ahora corre peligro de desaparecer. Resulta difícil vencer la poderosa influencia del culto a Artemisa. Y el emplazamiento de Éfeso nos facilita la ayuda a las demás Iglesias debilitadas de la zona. Pablo fundó comunidades en Derbes, Listra, Iconio y Pisidia; no tenemos noticias de su funcionamiento.

—Espero que no pienses ir allí —contestó Simeón—. Serás bastante afortunado si llegas a Éfeso.

Juan miró sus sandalias.

—Son buenas para caminar —repuso.

—¡Tienes casi ochenta años! —exclamó Simeón.

—¡Son pocos, cuando se trata de la obra de Dios! Moisés tenía ochenta cuando se enfrentó al faraón. ¿Y Caleb, el viejo guerrero de Moisés? Si te acuerdas, dijo a Josué: «¡Aquí estoy, con ochenta y cinco años cumplidos! Tan fuerte como el día en que Moisés me envió, tan capaz de ir a la guerra como entonces.»

—¿Y qué pasó? —preguntó Simeón.

—¿No lo sabes? —Juan se burló cariñosamente de él—. Prevaleció. Conquistó la tierra.

—Bueno, bueno. —Simeón meneó la cabeza—. Quizá debieras hacerte llamar Caleb.

—Aún hay batallas que librar —dijo Juan—. Y, a decir verdad, tengo ganas de luchar.

—¿También tú estás decidida, María? —preguntó Simeón—. Tus conocimientos y tu dedicación serían muy valiosos para la reconstrucción de nuestra comunidad en Jerusalén.

—Gracias. Pero me siento llamada a avanzar hacia el futuro. Jerusalén forma parte de mi pasado. —Empezando por mi peregrinación infantil a la ciudad, el accidente de Joel, las tribulaciones de Jesús. Necesitaba cosas nuevas, en mi vejez no podría soportar el peso de los recuerdos. Tenía que ir a un lugar donde no hubiese ninguno.

Éfeso es una ciudad bonita. Nuestro lento caminar en compañía de nuestros hermanos tardó mucho en traernos aquí. Nos dirigimos primero a Tiro, donde nos embarcamos en un barco que zarpaba hacia el norte bordeando lentamente la costa, sin alejarse de ella, por miedo a las tormentas. Dejamos atrás Seleucia y Antioquía, y la desembocadura del río Cidno, donde estaba Tarso, la ciudad de Pablo. Remontando como bueyes tenaces la gran joroba de la provincia de Asia, alcanzamos por fin Éfeso. Nuestro barco atracó en el puerto y, al desembarcar con piernas temblorosas, nos impresionó la opulencia y la sofisticación de esa gran ciudad provincial de Roma. Una amplia avenida pavimentada con losas de mármol, la llamada vía del Puerto, conducía hasta el corazón mismo de la ciudad, directa al teatro. Galerías con arcos flanqueaban la avenida por ambos lados, y cincuenta farolas iluminaban la calle a todo lo largo.

—¡Estáis pisando el mismo suelo que Antonio y Cleopatra! —gritó uno de los vendedores—. ¿No os altera la sangre? —Y nos tendió un surtido de frascos de perfume.

No pude reprimir la risa. Era una buena señal. ¡Los habitantes de Éfeso debían de rebosar de vida impenitente si trataban de vender perfumes a una vieja de setenta y cinco años, recordándole el legado de Cleopatra!

—¿Quieres un poco? —El vendedor destapó un botellín y lo agitó debajo de mi nariz.

—Hijo mío —le dije—, no lo malgastes conmigo. Busca clientes más jóvenes.

—¿Qué quieres decir? —preguntó fingiendo sorpresa—. ¡Eres

hermosa, tienes una belleza que los años no pueden empañar! ¿Qué edad tienes? ¿Treinta y cinco?

Entonces me reí de veras.

—Sí, los tuve una vez. Pero ya no. Mis tiempos de perfumes han pasado.

—¡Nunca! —insistió él con galantería.

Por alguna razón incomprensible, sentí el impulso de parafrasear a Pedro y decir a aquel hombre: «No tengo oro ni plata, pero te doy lo que sí tengo: ¡Jesús me mantiene joven!» Me hubiera gustado ver su mueca de confusión.

Juan y yo nos instalamos en un cómodo almacén cerca del puerto. A pesar de lo que dijera el vendedor de perfumes, nuestra edad nos protegía de toda sospecha de trasgresión y vivíamos juntos en paz. Descubrimos que la Iglesia necesitaba atención urgente, porque había languidecido desde la partida de Pablo. Los cristianos locales nos acogieron con cariño; de hecho, nos mimaban demasiado. Fue, sin embargo, un placer trabajar con gente joven e instruirla, y un gran privilegio poder hablarles directamente de Jesús, contarles lo que sabíamos de él.

Para entonces, la religión judía se había desmarcado por completo de los seguidores de Jesús. Ya no podíamos ir a las sinagogas a leer y a rezar, porque habían añadido un versículo a su liturgia que proclamaba: «Que los herejes y los nazarenos desaparezcan por completo y se les suprima del Libro de la Vida.»

¡Cuánto se habría entristecido Jesús! En mis oraciones le preguntaba qué respuesta debíamos dar a aquello, pero no recibí respuesta. Quizás estuviera demasiado afligido para hablar de ello.

Entretanto, Juan y yo trabajamos en «la viña», como diría Jesús. Y qué viña: una ciudad bulliciosa, habitada por ciudadanos prósperos y dedicados por completo a sus asuntos, aunque también muy interesados en las cosas del espíritu. Aquí prosperan todas las religiones, desde los cultos misteriosos hasta el gran templo de Artemisa. A la sombra profunda de las columnas de ese templo imponente, los cristianos crecemos y nos hacemos cada vez más fuertes.

Y aquí, como escribiera Pablo en sus cartas, os dejo, hermanos y hermanas mías en Cristo. Mi trabajo ha concluido. Soy vieja y pasaré el resto de mis días aquí, en Éfeso, lejos de donde pensaba que iba a transcurrir mi existencia. Pero, como también dijo Pablo, Dios nos conduce en el desfile triunfal de Jesús y, a diferencia de los romanos, que desfilan por rutas conocidas, nuestro camino es desconocido y a menudo nos lleva a territorios que no esperábamos ni deseábamos visitar. A Pedro le llevó a Roma, a mí, a Éfeso. La vida, la vida que Jesús nos brinda, está llena de mundos extraños.

Aquí concluye el testamento de María de Magdala.

68

Homilía del obispo Sebastián de Éfeso con ocasión de la celebra-
ción de la fiesta de Santa María de Magdala, el veintidós de julio del
año de Nuestro Señor Jesucristo quinientos diez, iglesia de San Juan
Apóstol: circular para las congregaciones de fieles de nuestra provincia.

Saludo a todos vosotros que habéis venido el día de hoy para honrar la memoria de la bendita santa María, quien caminó al lado de
Jesús cuando él vivió en la tierra y murió aquí, en Éfeso, mártir en su
vejez. Fuimos bendecidos con la presencia de dos apóstoles entre
nosotros, porque el san Juan de gran renombre vivió aquí en castidad
con santa María hasta el fin de sus días. Aquí predicaron la doctrina
y las enseñanzas de Cristo, y aquí terminaron sus vidas; la de María,
de forma violenta; la de Juan, en paz.

Es testimonio apropiado que María, a quien el Señor había librado
de los demonios, muriera repudiándolos. Durante la época en que vivió
en Éfeso, la ciudad era famosa por el gran templo de Artemisa, una de
las siete maravillas del mundo antiguo. El templo parecía inexpugnable;
el culto a la diosa, invencible, y sus estatuillas de plata, omnipresentes.
Nuestra María, en un acceso de desesperación por el culto que se ren-
día a la diosa, arrojó una de las estatuillas al suelo, gritando que esas cosas no podían ayudar a nadie. De inmediato, la agredió la multitud, a
pesar de su fragilidad y lo avanzado de su edad, y el ataque fue tan
brutal que murió al poco tiempo de las heridas, muerte que ella estimó
como un triunfo. Sus últimas palabras fueron: «Ya no podéis tentarme.»

La enterraron en la colina, en las afueras de la ciudad. Sé que muchos de vosotros querréis visitar su tumba en solemne procesión después del servicio religioso; por tanto, os hablaré del lugar de su sepelio.

Cuando quisieron preparar su cuerpo para el entierro, entre sus
posesiones terrenales encontraron una carta, su «última carta», guar-
dada en una pequeña caja, junto con una especie de amuleto de niño,

colgado de un cordón. Pensando que la carta pudiera ser valiosa para la Iglesia, la leyeron. Resultó ser de su hija, que vivía en la lejana Tiberíades. Decía que, por fin, estaba lista para venir, para hacer el largo viaje. No sabían qué significaba pero conservaron la misiva. Podéis verla en el relicario, junto al altar.

Su compañero, Juan, aunque acosado por el emperador romano y condenado por un tiempo al exilio, volvió a nosotros con cien años casi cumplidos y prosiguió su ministerio, recorriendo la provincia para supervisar las actividades de las diferentes comunidades.

En su extrema vejez solía reunirse con nosotros y sólo decía: «Niños, amaos unos a los otros.» Sus discípulos le preguntaron por qué repetía siempre las mismas palabras y él respondió: «Ésta fue la orden de Jesús, y su solo cumplimiento habrá de bastar.»

Se llegó a pensar que Juan no moriría nunca. Es cierto, se generalizó la convicción de que viviría hasta el regreso de Jesús. De modo que cuando Juan cayó enfermo, los fieles de Éfeso se prepararon para la vuelta de Jesús a la tierra. Pero eso no ocurrió, y el último de los discípulos, el único que quedaba con vida de los que habían caminado junto a Jesús, abandonó este mundo.

El templo de Artemisa cayó. ¿Quién de nosotros sería capaz de localizar sus restos, siquiera? Cuando María arrojó la estatuilla al suelo, predijo su desaparición. Su emplazamiento es ahora un cenagal pantanoso, y sus piedras se utilizaron para la construcción de otros edificios. La diosa ya no está entre nosotros.

Si salís de la ciudad para ir al campo, seguid el camino trillado que conduce a Éfeso y pronto encontraréis la venerable tumba de María de Magdala. Durante más de cuatrocientos años la gente ha venido a visitarla, a rezar y a conversar con ella. Prestad especial atención al monumento fúnebre de mármol que se alza junto a la tumba. Retrata a la discípula que se despide de todos sus hijos en Cristo. Ella está representada de pie, una figura alta a la izquierda y, a su derecha, la multitud de hijos espirituales que dejó atrás, hombres, mujeres y niños. Observadlo con atención. Lo erigió su hija, que vino a Éfeso para ver a su madre pero llegó demasiado tarde. En su honor mandó esculpir esa estela funeraria. Hasta nosotros han llegado sus palabras: «Madre, me arrodillo ante tu tumba anhelando abrazar tu cuerpo. Adiós. He venido tarde, demasiado tarde.»

Vivamos el presente, no el futuro ni el pasado, y ojalá no lleguemos nunca tarde a nuestros seres queridos. Como dijo Juan: «Niños, amaos unos a los otros.»

Epílogo de la autora

La Biblia atormenta a sus lectores. A menudo, cuenta con detalle cosas que no les urge saber, mientras omite otras, que despiertan gran interés. Sirva como ejemplo el famoso versículo del Éxodo 1:15, que da los nombres de dos comadronas judías y se olvida de identificar al faraón que esclavizó a los hebreos. Cualquier novelista o dramaturgo que se siente atraído por las historias bíblicas tiene que lidiar con este problema.

En el caso de María Magdalena, su nombre aparece en los cuatro Evangelios canónicos —el de Mateo, el de Marcos, el de Lucas y el de Juan— con relación a cinco acontecimientos distintos: 1) Su liberación de siete demonios por Jesús. 2) Su permanencia al lado de Jesús, junto con otras mujeres a las que él había sanado, y el apoyo material que brindó a su ministerio. 3) Su presencia en la crucifixión. 4) Su temprana llegada a la tumba la mañana de Pascua, para ungir el cuerpo de Jesús. 5) Su encuentro con el Cristo resurrecto. (Según el evangelio de Juan, Cristo se apareció primero a ella y le ordenó que llevara la noticia a los demás, hecho que le otorgó el título de «Apóstol de los Apóstoles», siendo un apóstol un «emisario».) Los discípulos y los apóstoles no son necesariamente lo mismo. San Pablo fue apóstol sin ser discípulo. María Magdalena fue ambas cosas, como también Pedro, Juan y Santiago.

María Magdalena reaparece en los llamados Evangelios apócrifos, documentos que fueron redactados con posterioridad, algunos ya en el siglo III d.C. Éstos incluyen el Evangelio de María, el Evangelio de Felipe, el Evangelio de Tomás, el Evangelio de Pedro y el Pistis Sofía. En estos textos gnósticos, que ponen de relieve enseñanzas y conocimientos secretos, María Magdalena aparece como una figura iluminada, poseedora de un saber espiritual especial, por el que Jesús la honra. Los estudiosos sostienen que esto podría ser un reflejo de la huella histórica que dejó la importante posición que esta mujer ocupó entre los discípulos. Los textos apócrifos, sin embargo, no nos facilitan detalles de su vida personal.

A partir de ese momento, como sucediera con los demás discípulos, María Magdalena se funde en la leyenda de sus fantásticas aventuras en lugares exóticos.

Cuando quise escribir una novela sobre la vida de María Magdalena, descubrí que disponía de muy pocos datos biográficos en los que apoyarme. Los especialistas suponen que su título, María de Magdala, significa que provenía de la ciudad del mismo nombre a orillas del mar de Galilea, un centro de salado y secado del pescado. El hecho de poder contribuir sustancialmente a la financiación del ministerio de Jesús demuestra que era una mujer con recursos. No existen bases históricas ni bíblicas que apoyen la teoría de que fuera una prostituta, la pecadora que lavó los pies de Jesús con su cabello o, siquiera, la propia María de Betania.

Traté, por lo tanto, de idear una vida probable, una vida representativa de su época y clase social, la biografía de una persona normal y corriente. Por eso hice que tuviera un padre y una madre vivos y con dos hermanos. Retraté una familia de judíos practicantes y, para ilustrar uno de los conflictos del judaísmo en aquella época, hice que uno de los hermanos defendiera la interpretación estricta de su religión y que el otro fuese más receptivo a las influencias griega y romana de su entorno.

Hice de María una mujer casada y una madre, porque eso sería lo normal entonces. También porque quería indicar que abandonó su familia para seguir a Jesús, que ser discípulo conllevaba una serie de sacrificios personales.

Aunque no existen menciones específicas de su papel en los primeros tiempos de la Iglesia, estimo probable que prosiguiera con su misión con los demás discípulos. Según una vieja tradición, terminó sus días en Éfeso, en Asia Menor, donde murió como mártir. Su tumba, cercana a las sepulturas de los Siete Durmientes de Éfeso, fue lugar de peregrinación. La primera mención de su festividad, el veintidós de julio, aparece en los anales de Éfeso y corresponde al año 510 d.C.

Hice que su edad coincidiera con el siglo: nació en torno al año 1 y murió alrededor del 90 d.C. Tendría, por lo tanto, veintisiete años cuando se unió a Jesús, más de treinta cuando él fue crucificado, y fue convirtiéndose en uno de los «pilares de la Iglesia» a partir de su mediana edad y hasta su extrema vejez. Es verosímil que los primeros seguidores de Jesús, testigos presenciales de su vida y sus obras, fueran celebridades en la vejez, ancianos venerables cuyos recuerdos tenían un valor inestimable para los fieles.

En cuanto a los demonios, mis investigaciones apuntan a que suelen abordar a una persona gracias a un objeto o posesión que entra en su casa y está relacionado con la actividad demoníaca. A veces, el objeto se adopta por ignorancia; otras, por ingenuidad. Los exorcismos, desde luego, existían pero no se parecían a los complicados rituales del catolicismo medieval. La práctica habitual estipulaba el ayuno y la oración, seguidos de la orden de expulsión del demonio. En cuanto a las demás manifestaciones —el aturdimiento, los arañazos y magulladuras (que, en ocasiones, trazan letras o vocablos en la piel de las víctimas), la bajada de la temperatura ambiental— se dan actualmente en los casos de posesión.

Debe quedar claro que la posesión se distinguía claramente de la enfermedad. No había confusión entre las dos, como tiende a haber hoy en día.

Incluí el encuentro con Jesús y su familia en la niñez para mostrar que él siempre tuvo una percepción y capacidad de expresión extraordinarias.

Envié a María al desierto como último recurso contra los demonios porque era un remedio conocido de la época. Algunas de las leyendas posteriores también hablan de su estancia en el desierto.

En relación con los sentimientos románticos entre Jesús y María, y Judas y María, me imagino a Jesús como un hombre atractivo, y sería extraño que alguna de sus seguidoras no albergara sentimientos nobles hacia él. Suele ocurrir entre mentores y pupilos, profesores y alumnos, maestros y discípulos. También sería insólito que no se produjeran lazos de este tipo en el seno de un grupo mixto, discípulos y discípulas en el primor de la vida. (De hecho, resultaría ingenuo suponer que no fue así.)

La escena donde María y Juana espían las actividades de Judas en el palacio de Antipas es, por supuesto, ficción, aunque la pertenencia del esposo de Juana a la casa de Antipas hacía tal escena posible. Sería sorprendente que los discípulos de Jesús no intentaran averiguar qué planeaban las autoridades con respecto a su maestro.

Sabemos por las epístolas de san Pablo que algunas Iglesias esperaban el segundo advenimiento de Jesús como algo inminente, y que sus miembros abandonaban la vida mundana a fin de prepararse para su llegada. La congregación de fieles de Jezrael, que yo creé para ilustrar ese hecho, se basa, por lo tanto, en la realidad.

Los cristianos de Jerusalén se refugiaron realmente en Pela, en el estado actual de Jordania, antes de la destrucción del Templo.

Santiago, el hermano de Jesús, fue un converso tardío a la causa, y sus demás parientes también fueron importantes líderes de la Iglesia durante el siglo I d.C.

El historiador Josefo describió la batalla de Magdala.

Aunque algunos testimonios afirman que la Virgen María murió en Éfeso, la tradición que ubica su muerte en Jerusalén es más antigua y está más extendida, y por eso la elegí.

En general, fue la historia particular de María Magdalena —su edad, familia, aspecto y educación— la que tuve que reconstruir, a partir de los datos disponibles. Sus obras después de unirse a Jesús, así como el contexto histórico y geográfico general, se fundamentan en mis investigaciones y en los anales existentes.

Incluyo a continuación algunas sugerencias para los que estén interesados en mis fuentes y material de lectura.

Entre los libros no canónicos:

Robinson, James M., *The Nag Hammadi Library in English*, Harper, San Francisco, 1990.
Barnstone, Willis, *The Other Bible*, Harper, San Francisco, 1984.

Entre mis lecturas preparatorias:

Daniel-Rops, Henri, *Daily Life in the Time of Jesus*, Weidenfeld & Nicholson, Londres, 1962.
Murphy-O'Connor, Jerome, *The Holy Land*, Oxford University Press, Nueva York, 1999.
Nun, Mendel, *The Sea of Galilee and Its Fishermen in the New Testament*, Kibbutz Ein Gev, Israel, 1989.
Nun, Mendel, «Galilee Harbors from the Time of Jesus», *Biblical Archaeology Review*, julio-agosto de 1999.

Sobre la posesión demoníaca:

Martin, Malachi, *Hostage to the Devil*, Harper, San Francisco, 1976.

Entre los estudios de la función de la mujer en la Iglesia primitiva:

Schüssler Fiorenza, Elisabeth: *In Memory of Her: A Feminist Theological Reconstruction of Christian Origins*, Crossroads Publishing Company, Nueva York, 1983.

Shepard Kraemer, Rose y D'Angelo, Mary Rose, *Women & Christian Origins*, Oxford University Press, Nueva York, 1999.

Pagels, Elaine, *The Gnostic Gospels*, Random House, Nueva York, 1979.

Entre la enorme cantidad de libros escritos sobre Jesús, me fueron de especial ayuda los siguientes:

Grant, Michael, *Jesus: An Historian's Review of the Gospels*, Scribner, Nueva York, 1977.

Ehrman, Bart D., *Jesus: Apocalyptic Prophet of the New Millennium*, Oxford University Press, Nueva York, 1999.

Allen, Charlotte, *The Human Christ*, Free Press, Nueva York, 1998.

Son muchos los libros escritos sobre María Magdalena. Entre ellos, un estudio de la figura histórica de María y de las varias interpretaciones que han hecho de ella el arte, la leyenda y la literatura a través de los siglos:

Haskins, Susan, *Mary Magdalen: Myth and Metaphor*, Riverhead Books, Nueva York, 1993.

Los intentos más recientes de interpetación de la vida de María incluyen:

Thompson, Mary R., *Mary of Magdala, Apostle and Leader*, Paulist Press, Mahwah, Nueva Jersey, 1995.

Maisch, Ingrid, *Mary Magdalene: The Image of a Woman Through the Centuries*, Liturgical Press, Collegeville, Minnesota, 1998.

De Boer, Esther, *Mary Magdalene-Beyond the Myth*, SCM Press, Londres, 1997.

Ricci, Carla, *Mary Magdalene and Many Others: Women Who Followed Jesus*, Burns & Oates, Tunbridge Wells, Kent, 1994.

Moltmann-Wendel, Elisabeth, *The Women Around Jesus*, SCM Press, Londres, 1982.

Existe un libro más antiguo, que fue uno de los primeros en abordar la investigación de las bases históricas de la vida de María Magdalena y su posterior distorsión:

Malvern, Marjorie M., *Venus in Sackcloth: The Magdalen's Origins and Metamorphoses,* Southern Illinois University Press, Carbondale and Edwardsville, 1975.

«Para viajar lejos no hay mejor nave que un libro».

Emily Dickinson

Gracias por tu lectura de este libro.

En **penguinlibros.club** encontrarás las mejores
recomendaciones de lectura.

Únete a nuestra comunidad y viaja con nosotros.

penguinlibros.club